Ullstein

ÜBER DAS BUCH:

Wieder hat Lord Hornblower die Segel gesetzt – diesmal zu abenteuerlicher Kreuzfahrt in der Karibischen See. Piraten und Aufständische machen die westindischen Gewässer unsicher. Als weit bedrohlicher jedoch dürfte sich erweisen, was General Cambronne, vormals Kommandant der bei Waterloo geschlagenen napoleonischen Garde, im Schilde führt. Hornblower jedenfalls hält die sich aus Cambronnes Vorhaben möglicherweise ergebenden Folgen für schwerwiegend genug, um zu einer List Zuflucht zu nehmen und seinen Ruf als Ehrenmann aufs Spiel zu setzen. Nur so glaubt er die Pläne des Franzosen, der mitsamt fünfhundert seiner Getreuen auf einem gecharterten Schiff New Orleans mit unbekanntem Ziel verlassen hat, noch vereiteln zu können ...

DER AUTOR:

Cecil Scott Forester machte Hornblower mit seinen Romanen, die von Lesern in aller Welt verschlungen werden, zum berühmtesten Seehelden aller Zeiten. Und wurde selbst damit zu einem Autor mit Millionenauflagen.

C. S. Forester

Hornblower in Westindien

Roman

Ullstein

Ullstein Buchverlage GmbH,
Berlin
Taschenbuchnummer: 24303
Titel der englischen Originalausgabe:
Hornblower in the West Indies
Aus dem Englischen von
Eugen von Beulwitz

November 1997

Umschlagentwurf:
Hansbernd Lindemann
Umschlagillustration:
Thomas Luny, entnommen dem Buch ›Maler der See‹ von Prof. Dr. Jörgen Bracher, Dr. Michael Northé und Peter Tamm; Koehlers Verlagsgesellschaft mbH, Herford 1980

Printed in Germany 1997
Gesamtherstellung:
Ebner Ulm
ISBN 3 548 24303 7

Gedruckt auf alterungsbeständigem Papier mit chlorfrei gebleichtem Zellstoff

Vom selben Autor
in der Reihe
der Ullstein Bücher:

Fähnrich zur See Hornblower (22433)
Leutnant Hornblower (22441)
Hornblower wird Kommandant (22462)
Hornblower auf der »Hotspur« (22651)
Der Kapitän (24064)
An Spaniens Küsten (23633)
Unter wehender Flagge (23789)
Hornblower – Der Kommodore (24175)
Lord Hornblower (24171)
Zapfenstreich (22836)
Fähnrich zur See Hornblower/Leutnant Hornblower (23529)
Die letzte Fahrt der »Bismarck« (22430)
Brown von der Insel (23376)
Die Kanone (21083)
Tod den Franzosen! (21092)
Die »African Queen« (22754)
Die letzte Fahrt der Bismarck (22430)

Die Deutsche Bibliothek – CIP-Einheitsaufnahme

Forester, Cecil S.:
Hornblower in Westindien : Roman / C. S. Forester. [Aus dem Engl. von Eugen von Beulwitz]. – Berlin : Ullstein, 1998
(Ullstein-Buch ; Nr. 24303)
ISBN 3-548-24303-7

Inhalt

Die heilige Elisabeth von Ungarn

Konteradmiral Lord Hornblower, Oberbefehlshaber Seiner Majestät Schiffe und Fahrzeuge in Westindien, hatte sich trotz seiner stolzen Stellung zu seinem offiziellen Besuch in New Orleans auf Seiner Majestät Schoner CRAB eingeschifft, einem winzigen, mit zwei Sechspfündern bewaffneten Schiffchen, das ohne das überzählig eingeschiffte Personal nur sechzehn Mann Besatzung fuhr.

Mr. Cloudesley Sharpe, Generalkonsul Seiner Britischen Majestät in New Orleans, konnte sich denn auch einer Bemerkung darüber nicht enthalten.

»Ich hatte nicht erwartet«, meinte er mit einem abschätzigen Blick in die Runde, »daß uns Eure Lordschaft mit einem so kleinen Fahrzeug beehren würden.«

Er war in seinem Wagen an der Pier vorgefahren, wo die CRAB längsseit lag, und hatte seinen livrierten Diener zur Stelling geschickt, um sich anmelden zu lassen. Nach diesem feierlichen Beginn war es etwas ernüchternd für ihn, daß ihn nur zwei Bootsmannsmaate mit ihrem Seitepfiff empfingen, weil es auf der CRAB ganz einfach nicht mehr gab, und daß er auf dem Achterdeck außer dem Admiral und seinem Flaggleutnant nur einen einzigen jungen Leutnant, den Kommandanten des Schiffes, zum Empfang vorfand.

»Das bringt der Dienst zuweilen so mit sich, Sir«, erklärte ihm Hornblower, »aber folgen Sie mir doch bitte unter Deck, dort steht Ihnen alles zur Verfügung, was mein derzeitiges Flaggschiff seinen Gästen zu bieten hat.«

Mr. Sharpe – selten paßte wohl ein Name so schlecht zu seinem Besitzer, der in unserem Fall ein wahrer Fettkloß von unglaublichem Umfang war – Mr. Sharpe also zwängte sich mühsam in einen Sessel am Tisch der hübschen kleinen Kajüte und meinte auf Hornblowers Einladung zu einem Frühstück, nein, er habe sich schon vor seinem Kommen gestärkt. Man merkte nur zu deutlich, daß er sich auf dieser kleinen Nußschale alles andere als eine genießbare Mahlzeit erwartete. Gerard, der Flaggleutnant, wartete mit gezücktem Bleistift bescheiden im Hintergrund, bis Hornblower den Faden der Unterhaltung wieder aufnahm.

»Ja, die PHOEBE wurde vor Cap Morant vom Blitz getroffen. Auf ihr wollte ich mich eigentlich einschiffen. Die CLORINDA war schon zur Überholung in der Werft, und die ROEBUCK kreuzt vor Curaçao, um die Holländer ein bißchen im Auge zu behalten. Der Waffenhandel in Venezuela scheint ja gegenwärtig ganz nett zu blühen.«

»Das ist mir bekannt«, sagte Sharpe.

»Sehen Sie, das sind nun meine drei Fregatten«, fuhr Hornblower fort. »Da schon alles für meinen Besuch vorbereitet war, schien es mir immer noch besser, mit diesem Schoner zu kommen, als überhaupt nicht.«

»Wie sind die Mächtigen gefallen!« zitierte Mr. Sharpe. »Eure Lordschaft als Oberbefehlshaber mit nur drei Fregatten und einem halben Dutzend Sloops und Schonern!«

»Vierzehn Sloops und Schonern, Sir«, verbesserte ihn Hornblower. »Sie sind für meine gegenwärtigen Aufgaben ganz besonders geeignet.«

»Ohne Zweifel, Mylord«, sagte Sharpe, »aber man denkt eben unwillkürlich an die Zeiten, da dem Befehlshaber auf der westindischen Station ein ganzes Linienschiffsgeschwader unterstand.«

»Damals waren wir im Krieg, Sir«, belehrte ihn Hornblower und dachte dabei an die Worte des Ersten Seelords, als er ihm dieses Kommando angeboten hatte. »Das Unterhaus«, hatte er gesagt, »würde die Royal Navy lieber an ihren Moorings verrotten lassen, als die verhaßte Einkommensteuer wieder ins Leben rufen.«

»Nun, Eure Lordschaft sind immerhin glücklich angelangt«, sagte Sharpe. »Haben Eure Lordschaft mit Fort St. Philip Salut ausgetauscht?«

»Schuß um Schuß, so wie es nach Ihrer Depesche vereinbart war.«

»Ausgezeichnet!« sagte Sharpe.

Das war ein seltsames kleines Schauspiel gewesen. Alle Mann an Bord der CRAB waren längs der Reling angetreten, wie sich das während eines Saluts gehörte, und die Offiziere hatten grüßend auf dem Achterdeck gestanden. Aber »alle Mann« waren eben doch nur ein sehr bescheidenes Häuflein, da vier Mann Bedienung für das Salutgeschütz, ein Mann an der Flaggleine und der Rudergänger wegfielen. Dazu hatte es auch noch in Strömen geregnet, so daß Hornblower fühlte, wie ihm die schimmernde Gala durch und durch naß am Leib klebte.

»Haben Eure Lordschaft die Dienste eines Dampfschleppers in Anspruch genommen?«
»Weiß Gott, ja!« rief Hornblower aus.
»Das war für Eure Lordschaft gewiß ein nicht alltägliches Erlebnis, nicht wahr?«
»Begreiflicherweise«, sagte Hornblower. »Ich . . .«
Er hielt inne und zwang sich, seine Gedanken über jenes aufregende Fahrzeug für sich zu behalten, weil er sich sonst in Erörterungen verloren hätte, die jetzt nicht zur Sache gehörten. Aber es war wirklich unerhört gewesen: Ein Dampfschlepper hatte die CRAB ohne weiteres hundert Meilen gegen den Strom von See her nach New Orleans gebracht und dazu nicht länger gebraucht als vom frühen Morgen bis zum Abend des gleichen Tages. Dabei hatte ihm der Kapitän auch noch die Ankunftszeit auf die Minute genau vorausgesagt.
New Orleans! Überall an den Kais drängten sich die ozeangehenden Segelschiffe und dazu eine ganze Flotte langer, schmaler Dampfer, die dank ihrer beiden Paddelräder mit einer Leichtigkeit in den Strom hinaus und dann wieder irgendwo an die Pier manövrierten, die selbst für die CRAB mit ihrer handigen Gaffeltakelung nie erreichbar gewesen wäre. Unter den Schlägen dieser Paddelräder flogen sie dann, wann immer sie wollten, mit einer ans Unglaubliche grenzenden Fahrt stromauf.
»Der Dampf hat einen Kontinent erschlossen, Mylord«, sagte Sharpe und sprach damit aus, was Hornblower eben dachte. »Ein gewaltiges Reich – Tausende und aber Tausende von Meilen schiffbarer Gewässer. Die Bevölkerung des Mississippitals dürfte schon in wenigen Jahren nach Millionen zählen.«
Hornblower fiel wieder ein, wie oft sie damals, als er noch auf Halbsold zu Hause saß und auf seine Beförderung zum Flaggoffizier wartete, über jenen geheimnisvollen »Dampfkessel« gesprochen hatten. Da hatte der oder jener sogar behauptet, man werde eines Tages auch richtige Hochseeschiffe mit Dampf betreiben, aber die Mehrheit hatte solche Phantasten immer noch ausgelacht und war sich darüber einig, daß dann das Ende aller guten Seemannschaft gekommen wäre. Hornblower war durchaus nicht so fest überzeugt, daß diese Auffassung richtig war, ließ aber von seinen wirklichen Ansichten keine Silbe verlauten, da er nicht die geringste Lust hatte, in den Ruf eines gefährlichen Utopisten zu geraten. Nicht einmal hier, im Ge-

spräch mit einem bloßen Zivlisten, wollte er sich auf eine Erörterung dieser heißumstrittenen Probleme einlassen.
»Haben Sie Informationen für mich?« fragte er.
»Jawohl, eine ganze Menge, Mylord.«
Mr. Sharpe brachte aus seinem Rockschoß ein Bündel Papiere zum Vorschein.
»Hier die letzten Meldungen aus New Granada. Ich nehme kaum an, daß Sie schon Nachrichten neueren Datums besitzen. Die Aufständischen ...«
Der Generalkonsul legte mit kurzen Worten die militärische und politische Lage in Mittelamerika dar. Die spanischen Kolonien schienen im Begriff zu sein, den Endkampf um ihre Unabhängigkeit aufzunehmen.
»Die Regierung Seiner Majestät dürfte nicht lange zögern, die neuerrungene Unabhängigkeit anzuerkennen«, meinte Sharpe. »Unser Gesandter in Washington ließ mich bereits wissen, daß die Vereinigten Staaten einen ähnlichen Schritt in Erwägung ziehen. Bliebe also nur noch abzuwarten, wie sich die Heilige Allianz zu dieser Frage verhalten wird.«
Europa wurde von absoluten Monarchen regiert und verfolgte darum zweifellos mit scheelen Augen, wie sich mit einem Mal eine ganze Reihe unabhängiger Republiken konstituierte. Aber was verschlug es, wie Europa darüber dachte, solange die Royal Navy – und sei es in magerer Friedensstärke – die See beherrschte, und solange die beiden Englisch sprechenden Regierungen in Freundschaft verbunden blieben.
»Auf Kuba sind wieder Anzeichen von Unruhe festzustellen«, fuhr Sharpe fort. »Ich habe ferner zuverlässige Nachricht, daß die spanische Regierung an Schiffe, die von Havanna in See gehen, nach wie vor Kaperbriefe ausstellt ...«
Diese Kaperbriefe machten Hornblower immer schwer zu schaffen. Sie wurden von den Regierungen der Aufständischen und ihrer Mutterländer gleichermaßen ausgefertigt und gaben ihren Inhabern das Recht, auf Schiffe Jagd zu machen, die unter der alten oder im umgekehrten Fall unter der neuen Flagge segelten. Die Inhaber solcher Kaperbriefe wurden natürlich im Handumdrehen zu ganz gewöhnlichen Piraten, wenn es einmal keine rechtmäßigen Prisen und kein abschreckendes Prisengericht gab. Von Hornblowers vierzehn kleinen Fahrzeugen waren dreizehn über das ganze Karibische Meer verteilt, um die Unternehmungen der Kaperschiffe zu überwachen.

»Ich habe Abschriften von allen vorliegenden Meldungen vorbereitet«, schloß Sharpe seinen Bericht. »Sie stehen Eurer Lordschaft zur genaueren Information zur Verfügung. Hier sind sie — und hier, ebenfalls in Abschrift, die Beschwerden der betroffenen Kapitäne.«

»Ich danke Ihnen, Sir«, sagte Hornblower, während Gerard die Papiere in Verwahr nahm.

»Wenn Eure Lordschaft gestatten, komme ich nun auf den Sklavenhandel zu sprechen«, fuhr Sharpe fort und schlug wieder andere Papiere auf.

Der Sklavenhandel war ein ebenso brennendes Problem wie die Seeräuberei, ja, in mancher Hinsicht konnte man es sogar für noch wichtiger halten. Die »Gesellschaft zur Bekämpfung des Sklavenhandels« verfügte in beiden Häusern des Parlaments über die mächtige und vor allem lautstarke Unterstützung von Leuten, die sich womöglich noch wilder gebärdeten als eine von Piraten heimgesuchte Reederei, wenn einmal eine Ladung Sklaven unangefochten nach Havanna oder Rio de Janeiro gelangte.

»Zur Zeit zahlt man in Havanna für einen ungelernten, frisch importierten Mann von der Sklavenküste volle achtzig Pfund — und drüben in Widah ist er schon für gewöhnliche Handelsware im Wert von einem Pfund zu haben. Diese Riesengewinne sind natürlich eine Versuchung, Mylord.«

»Das ist klar«, sagte Hornblower.

»Ich habe allen Grund, anzunehmen, daß auch Schiffe britischer und amerikanischer Registerzugehörigkeit an diesem Handel teilnehmen.«

»Davon bin ich fest überzeugt.«

Als der Erste Seelord Hornblower seinerzeit die letzten dienstlichen Anweisungen gab, hatte er bei diesem Punkt nachdrücklich auf den Tisch geklopft. Nach dem neuen Gesetz konnten britische Staatsangehörige, die sich am Sklavenhandel beteiligten, gehenkt, ihre Schiffe beschlagnahmt werden. Bei Schiffen unter amerikanischer Flagge hieß es dagegen Vorsicht. Wenn sie auf See nicht beidrehen wollten, um sich untersuchen zu lassen, dann erforderte die Lage größten Takt. Schoß man eine amerikanische Spiere ab oder kam gar ein amerikanischer Staatsbürger ums Leben, dann gab es unter allen Umständen die ärgsten Schwierigkeiten. Erst neun Jahre zuvor hatte Amerika wegen ganz ähnlicher Vorfälle England den Krieg erklärt.

»Wir möchten auf keinen Fall Schwierigkeiten heraufbeschwören, Mylord«, sagte Sharpe. Er hatte ein Paar harte, kluge, graue Augen, die tief in seinem aufgequollenen Gesicht saßen.
»Darüber bin ich mir durchaus im klaren, Sir.«
»Es liegt mir daran, diesen Wunsch besonders im Hinblick auf ein Fahrzeug zu betonen, das zur Stunde hier in New Orleans seeklar macht, und das ich der besonderen Aufmerksamkeit Eurer Lordschaft empfehlen möchte.«
»Was ist das für ein Schiff?«
»Man sieht es von Deck aus, Mylord, und ich meine ...«
Sharpe quälte sich mühsam aus seinem Stuhl und trat ans Heckfenster der Kajüte: »Ja richtig, dort liegt es! Was halten Eure Lordschaft von diesem Fahrzeug?«
Hornblower blickte neben Sharpe zum Fenster hinaus. Dort lag ein wunderschönes Schiff von achthundert oder mehr Tonnen Wasserverdrängung. Die feinen Linien des Rumpfes, der elegante Fall der Masten, die weitausladenden Rahen deuteten unverkennbar auf große Geschwindigkeit hin, der zuliebe man augenscheinlich sogar einen kleineren Laderaum in Kauf genommen hatte. Dem Typ nach handelte es sich um einen Glattdecker mit sechs gemalten Geschützpforten an jeder Seite. Amerikanische Schiffbauer hatten von jeher mit Vorliebe solche schnellen Schiffe gebaut, aber dieses hier war gewiß eines der schönsten und schnellsten.
»Stehen hinter diesen Pforten auch Geschütze?« fragte Hornblower.
»Jawohl, Zwölfpfünder, Mylord.«
Auch in jenen Friedenszeiten traf man nicht selten bewaffnete Handelsschiffe, sei es nun, daß sie nach Westindien oder nach dem Fernen Osten segelten. Aber so schwere Geschütze waren denn doch nicht üblich.
»Das Fahrzeug ist offenbar als Kaperschiff gebaut«, sagte Hornblower.
»Ganz recht, Mylord, es ist die DARING, sie wurde während des Krieges gebaut, machte eine einzige Reise und nahm uns vor dem Frieden von Gent noch sechs gute Prisen ab. Und jetzt, Mylord, was treibt sie wohl jetzt?«
»Sklavenhandel, schätze ich.«
»Mylord ziehen durchaus den richtigen Schluß.«
Ein Sklavenhändler wußte die schwere Bewaffnung zu schätzen, wenn er in einem westafrikanischen Fluß vor Anker lag

und jeden Augenblick mit einem Überfall zu rechnen hatte. Das durchgehende Oberdeck bot die beste Möglichkeit, ein Sklavendeck einzurichten, die hohe Geschwindigkeit trug dazu bei, die Zahl der Todesfälle unter den Sklaven während der Überfahrt auf ein Minimum herabzudrücken. Umgekehrt war das geringe Fassungsvermögen an Schwergut für einen Sklavenhändler ohne Belang.

»*Ist* sie denn wirklich ein Sklavenhändler?«

»Anscheinend ist sie es trotz allem äußeren Anschein *nicht*, Mylord. Und doch ist sie zum Transport einer erheblichen Menge Menschen gechartert worden.«

»Ich wäre Ihnen verbunden, wenn Sie sich etwas deutlicher erklären würden, Mr. Sharpe.«

»Ich kann Eurer Lordschaft nur berichten, was ich selbst in Erfahrung brachte. Der Charterer ist ein französischer General, der Graf Cambronne.«

»Cambronne? Cambronne? Ist das nicht der Mann, der bei Waterloo die Kaiserliche Garde führte?«

»Eben der ist es, Mylord.«

»Der Mann, der damals das Wort prägte: Die Garde stirbt, aber sie ergibt sich nicht?«

»Jawohl, Mylord, man sagt allerdings, er hätte sich nicht so gewählt ausgedrückt. Damals wurde er verwundet und gefangengenommen, blieb aber am Leben.«

»Richtig, davon habe ich gehört. Aber was will er jetzt mit diesem Schiff?«

»Allzu schwer ist das nicht zu erraten. Nach dem Kriege tat sich die alte Garde zu einer Organisation zusammen, die sich gegenseitige Hilfe zur Aufgabe machte. 1816 faßten diese Männer den Plan, hier in der Neuen Welt eine Kolonie zu gründen. Eure Lordschaft haben doch sicher von diesem Vorhaben gehört?«

»Nur ganz beiläufig.«

»Nun, sie kamen also herüber und nahmen ein Stück Land an der Küste von Texas in Besitz, es handelte sich um jene Provinz von Mexiko, die an unseren Staat Louisiana grenzt.«

»So wurde berichtet, aber damit sind meine Kenntnisse in dieser Sache erschöpft.«

»Der Anfang war nicht schwer, denn Mexiko trug eben seine Revolte gegen das Mutterland Spanien aus. Begreiflicherweise machte ihnen in dem allgemeinen Durcheinander zunächst niemand Schwierigkeiten, aber diese stellten sich dann später ganz von selbst ein. Ich kann mir auch nicht vorstellen, daß Soldaten der alten Garde je gute Landwirte abgeben können – und noch dazu an dieser fieberverseuchten, kaum bewohnten Küste, die nur aus einer Reihe trostloser Lagunen besteht.«

»Das Vorhaben ist also gescheitert?«

»Es kam nicht, wie es kommen sollte, Mylord. Die Hälfte starb an Malaria und Gelbem Fieber, von den Übriggebliebenen ist dann noch jeder Zweite elend verhungert. Zuletzt kam Cambronne von Frankreich herüber, um die Überlebenden dieser Katastrophe in die Heimat zurückzubringen. Es sollen ihrer fünfhundert sein. Eure Lordschaft können sich wohl vorstellen, daß die Regierung der Vereinigten Staaten von den Plänen der Franzosen wenig begeistert war. Und die Insurgentenregierung Mexikos sitzt nun ebenfalls schon fest im Sattel und braucht daher nicht mehr mit anzusehen, daß sich ein ganzes Regiment fremder ausgebildeter Soldaten an ihrer Küste niederläßt – mögen ihre Absichten noch so friedlich sein. Eure Lordschaft werden zugeben, daß diese Darstellung Cambronnes einen durchaus glaubwürdigen Eindruck macht.«

»Ja.«

Ein als Sklaventransporter eingerichtetes Achthundert-Tonnen-Schiff faßte mit Leichtigkeit fünfhundert Soldaten und bot alle Möglichkeiten, sie auch während einer längeren Seereise ausreichend zu ernähren.

»Cambronne nimmt eine Menge Reis und Wasser an Bord – Sklavenkost, Mylord, aber eben darum für den gedachten Zweck am besten geeignet.«

Die Sklavenhändler wußten aus langer Erfahrung, wie man eine auf engstem Raum zusammengedrängte Masse Menschen am Leben erhielt.

»Wenn Cambronne seine Leute nach Frankreich zurückbringen will«, meinte Hornblower, »so werde ich ihn nicht daran hindern – im Gegenteil ...«

»Das ist ganz meine Ansicht, Mylord.«

Die beiden Männer maßen einander mit einem ausdruckslosen Blick ihrer grauen Augen. Fünfhundert ausgebildete Soldaten, die auf einem Schiff im Golf von Mexiko schwammen, mußten dem britischen kommandierenden Admiral schwere Sorgen bereiten, wenn im Golf und in der Karibischen See so viel Aufruhr und Unruhe herrschten, wie das zur Zeit der Fall war.

Bolivar und die anderen spanisch-amerikanischen Aufständischen boten sicherlich hohe Preise, um sich im gegenwärtigen Kriegszustand ihrer Dienste zu versichern. Andere mochten etwa die Eroberung von Haiti oder einen richtigen Piratenüberfall auf Havanna im Schilde führen. Jede Art von Raubzug lag im Bereich der Möglichkeiten. Sogar die Bourbonen-Regierung in Frankreich intrigierte nach Kräften mit, um womöglich irgendeine Kolonie zu erhaschen und die Englisch sprechenden Mächte vor vollendete Tatsachen zu stellen.

»Ich werde die Burschen im Augen behalten, bis sie in sicherer Entfernung sind«, sagte Hornblower.

»Ich habe Eure Lordschaft pflichtgemäß über den Fall unterrichtet«, bemerkte Sharpe.

Hornblowers ohnedies schwache Sicherungsstreitkräfte im Karibischen Meer wurden damit aufs neue dezimiert. Er überlegte schon, welches seiner wenigen Schiffe er zur Beobachtung der Golfküste detachieren sollte.

»Und nun«, fuhr Mr. Sharpe fort, »ist es meine Pflicht, den Aufenthalt Eurer Lordschaft hier in New Orleans im einzelnen durchzusprechen. Ich habe eine Liste offizieller Besuche für Eure Lordschaft aufgestellt. Darf ich fragen, ob Eure Lordschaft der französischen Sprache mächtig sind.«

»Ja«, sagte Hornblower und hätte ums Haar wie unter einem Zwang hinzugefügt: Seine Lordschaft sind des Französischen mächtig.

»Ausgezeichnet«, sagte Sharpe. »In der guten Gesellschaft spricht man nämlich hier allgemein Französisch. Eure Lordschaft werden wohl in erster Linie den Spitzen der Marine und dem Gouverneur Ihren Besuch abstatten. Außerdem ist Eurer Lordschaft zu Ehren ein Abendempfang geplant. Mein Wagen steht Eurer Lordschaft natürlich zur Verfügung.«

»Das ist außerordentlich liebenswürdig von Ihnen, Sir.«

»Eine Selbstverständlichkeit, Mylord. Ich freue mich aufrichtig, dazu beitragen zu können, daß der Aufenthalt Eurer Lordschaft in New Orleans in jeder Hinsicht angenehm verläuft. Hier ist eine Liste der hiesigen Prominenz, die Eure Lordschaft kennenlernen werden. Ich habe bei jedem Namen kurz das Wissenswerte über die betreffende Persönlichkeit vermerkt. Die mündlichen Erläuterungen dazu gebe ich wohl am besten dem Flaggleutnant Eurer Lordschaft, nicht wahr?«

»Bitte, tun Sie das«, sagte Hornblower und war froh, daß er

eine Weile nicht so aufmerksam zuzuhören brauchte. Gerard war ein guter Flaggleutnant, er hatte seinen Admiral während der zehn Monate, die Hornblower jetzt schon in seiner Stellung war, zur vollen Zufriedenheit unterstützt. Vor allem verlieh er ihrem gemeinsamen Auftreten immer jenen unverkennbaren Flair gehobener Geselligkeit, den sich Hornblower nie zu eigen machen wollte, weil ihm dieses ganze Getue viel zu gleichgültig war.

Die Liste war bald durchgesprochen.

»Damit wäre meine Aufgabe erfüllt, Mylord«, sagte Sharpe, »ich darf mich also jetzt wohl beurlauben. Heute abend habe ich ohnedies die Ehre, Eure Lordschaft wieder begrüßen zu dürfen.«

»Ich bin Ihnen für Ihre Dienste außerordentlich verbunden, Sir.«

New Orleans war eine bezaubernde Stadt, und Hornblower brannte schon darauf, sie näher kennenzulernen. Es sollte sich bald herausstellen, daß er nicht der einzige war, dem es so ging, denn Sharpe hatte sich kaum empfohlen, als Leutnant Harcourt, der Kommandant der Crab, auf dem Achterdeck zu Hornblower hintrat.

»Verzeihen Mylord die Störung«, sagte er und hob grüßend die Hand an den Hut. »Haben Mylord Befehle für mich?«

Jedermann wußte, was Harcourt mit seiner Frage bezweckte. Vor dem Großmast hatte sich der größte Teil der Besatzung der Crab zusammengeschart, und alles starrte voll Erwartung achteraus. Auf einem so kleinen Fahrzeug wußte eben jeder, was der andere trieb, daher beruhte auch die unerläßliche Zucht und Ordnung auf ganz anderen Voraussetzungen als auf einem großen Schiff.

»Können Sie sich darauf verlassen, daß Ihre Leute an Land keinen Unfug treiben?« fragte Hornblower den Kommandanten.

»Jawohl, Mylord.«

Hornblower warf einen Blick nach vorn. Die Männer sahen wirklich tadellos aus, sie hatten während der ganzen Reise von Kingston hierher wie wild geschuftet, um sich neue Päckchen zu schneidern. Das hatte schon angefangen, als sie erfuhren, daß die Crab die unerwartete Ehre haben sollte, die Flagge ihres Admirals zu führen. Jetzt trugen sie alle hübsche blaue Hemden, schneeweiße Hosen und breitkrempige Strohhüte. Hornblower sah, wie sie sich gleich selbstbewußt aufbauten, als sie seinem Blick begegneten – sie wußten natürlich ganz genau, wovon auf dem Achterdeck eben die Rede war. Diese Männer waren alle Friedens-Seeleute, die sich freiwillig zum Dienst gemeldet hatten. Hornblower hatte zwanzig Jahre Kriegsdienst mit gepreßten Besatzungen hinter sich, Leuten, von denen man nie wußte, ob sie nicht desertierten. Darum mußte er sich auch jetzt noch geradezu zwingen, der veränderten Lage Rechnung zu tragen.

»Wenn Sie mir sagen könnten, wann Sie beabsichtigen, in See zu gehen, Sir – Verzeihung, Mylord . . .«, sagte Harcourt.

»Bis zum Hellwerden morgen früh bleiben wir auf jeden Fall hier liegen«, sagte Hornblower kurz entschlossen. Bis dahin war für ihn jede Stunde besetzt.

»Aye, aye, Mylord.«

Ob sich die Hafenkneipen von New Orleans von den Hafenkneipen in Kingston oder in Port of Spain unterschieden?

»Könnte ich jetzt mein Frühstück bekommen, Mr. Gerard«, sagte Hornblower, »oder haben Sie etwas dagegen einzuwenden?«

»Sofort, Mylord«, sagte Gerard und überhörte geflissentlich den sarkastischen Ton der gestellten Frage, wußte er doch längst, daß sein Admiral nichts in der Welt weniger leiden konnte als Dienstgeschäfte auf nüchternen Magen.

Später, als Hornblower eben fertig gefrühstückt hatte, kam ein barfüßiger Neger die Pier entlang, der einen Korb mit herrlichen Früchten auf dem Kopf trug. Im Augenblick, da der Admiral die Runde seiner offiziellen Besuche beginnen wollte, machte er an der Stelling halt, um seine Bürde abzuliefern.

»Es ist ein Brief dabei, Mylord«, sagte Gerard, »darf ich ihn öffnen?«

»Ja.«

»Von Mr. Sharpe«, meldete Gerard, als er das Siegel erbrochen hatte, und dann einige Sekunden später: »Es ist wohl besser, Mylord lesen das Schreiben selbst.«

Hornblower griff voll Ungeduld nach dem Brief.

Mylord, (stand da zu lesen)

Ich mache mir ein besonderes Vergnügen daraus, Eurer Lordschaft einen Korb mit frischen Früchten zu übersenden. Pflicht-

gemäß möchte ich Eure Lordschaft ferner davon in Kenntnis setzen, daß die Ladung, die der Graf Cambronne aus Frankreich mit hierher brachte und die zur Zeit noch beim Zoll der Vereinigten Staaten unter Verschluß liegt, nach den letzten mir zugegangenen Meldungen schon in nächster Zeit durch einen vereidigten Spediteur mit einem Leichter an Bord der DARING *gebracht werden soll. Das kann wohl auch in den Augen Eurer Lordschaft nur bedeuten, daß die* DARING *bald in See gehen wird. Nach dem, was mir berichtet wurde, soll es sich bei der vom Zoll unter Verschluß gehaltenen Ladung um ganz erhebliche Mengen von Gütern handeln. Ich bin natürlich bemüht, herauszufinden, woraus diese Ladung besteht. Vielleicht könnten Eure Lordschaft von dero günstigem Beobachtungsposten aus selbst Gelegenheit nehmen, sich von der Zusammensetzung der Ladung zu überzeugen.*
In aufrichtiger Verehrung zeichne ich als Eurer Lordschaft untertänigster und gehorsamster Diener

Cloudesley Sharpe
Seiner Britischen Majestät Generalkonsul
zu New Orleans

Was konnte Cambronne in so großen Mengen aus Frankreich mitgebracht haben, weil er es offenbar brauchte – für die gleiche Aufgabe brauchte, zu der er die DARING gechartert hatte? Gewiß kein persönliches Eigentum. Auch Nahrungsmittel und Getränke konnten es nicht sein – die waren doch in New Orleans für billiges Geld zu haben. Was war es also? Warme Kleidung vielleicht? Das wäre plausibel gewesen. Die Gardisten konnten sie gewiß gut brauchen, wenn sie vom Golf von Mexiko nach Frankreich zurückkehrten. Diese Möglichkeit war also immerhin gegeben.
Ein französischer General mit fünfhundert Mann der Kaiserlichen Garde mußte auf alle Fälle schärfstens überwacht werden, wenn er sich zwischen all den Unruheherden hier im Karibischen Meer herumtrieb. Dazu wäre es natürlich recht wertvoll gewesen, zu wissen, welche Ladung der Mann an Bord nahm.
»Mr. Harcourt!«
»Sir – Mylord?«
»Ich möchte Sie auf einen Augenblick zu mir in die Kajüte bitten.«
Der junge Leutnant stand in dem kleinen Gelaß in militärischer

Haltung vor seinem Admiral und wartete etwas ängstlich, was er ihm eröffnen wollte.
»Ich habe nichts an Ihnen auszusetzen, Mr. Harcourt«, sagte Hornblower kurz angebunden, »nicht einmal belehren will ich Sie.«
»Gehorsamsten Dank, Mylord«, sagte Harcourt und atmete sichtlich auf.
Hornblower zog ihn ans Kajütenfenster und wies ebenso nach draußen, wie es Mr. Sharpe heute morgen getan hatte.
»Das Schiff dort ist die DARING«, sagte er, »früher war sie ein Kaperschiff, jetzt fährt sie unter Charter eines französischen Generals.«
Harcourts Miene verriet sein ungläubiges Staunen.
»Ja, so ist das«, fuhr Hornblower fort, »und heute abend soll sie irgendwelche Ladung nehmen, die aus dem Zollverschluß kommt. Die Ladung wird mit einem Leichter vom Zollager längsseit gebracht.«
»Jawohl, Mylord.«
»Ich interessiere mich für diese Ladung und möchte so viel wie möglich darüber wissen.«
»Jawohl, Mylord.«
»Natürlich soll nicht alle Welt wissen, daß mich das Zeug interessiert. Niemand, verstehen Sie, niemand soll unnötigerweise davon erfahren.«
»Jawohl, Mylord. Ich könnte einen Kieker nehmen und von hier aus beobachten. Wenn ich etwas Glück habe, kann ich dabei eine ganze Menge sehen.«
»Richtig. Sie würden sehen, ob die Ladung aus Ballen, Kisten oder Säcken besteht, Sie würden zählen, wieviel von jeder Sorte an Bord kommt, das angewandte Ladegeschirr würde Ihnen einen Rückschluß auf das Gewicht der einzelnen Stücke erlauben. Das alles können Sie tun.«
»Aye, aye, Mylord.«
»Schreiben Sie alles, was Sie sehen, sorgfältig auf.«
»Aye, aye, Mylord.«
Hornblower blickte seinem jugendlichen Flaggkapitän eine ganze Weile prüfend in die Augen und fragte sich, ob er auf seine Verschwiegenheit bauen konnte. Er erinnerte sich nur zu genau, mit welchem Nachdruck der Erste Seelord immer wieder betont hatte, daß angesichts der nationalen Empfindlichkeit der Amerikaner größter Takt und äußerste Zurückhaltung geboten

seien. Am Ende kam er zu dem Ergebnis, daß er dem jungen Mann sein volles Vertrauen schenken durfte.

»Hören Sie genau zu, Mr. Harcourt«, sagte er, »was ich Ihnen jetzt noch zu sagen habe. Je mehr ich über diese Ladung erfahre, desto besser ist es. Aber gehen Sie mir ja nicht drauflos wie der Stier auf ein rotes Tuch. Sollte sich eine Gelegenheit bieten, herauszufinden, woraus die Ladung besteht, so packen Sie sie beim Schopf. Ich kann mir nicht vorstellen, wie eine solche Gelegenheit aussehen könnte, aber die Zufälle kommen immer zu dem, der auf sie wartet.«

Wie lange war es schon her, daß Barbara zu ihm gesagt hatte, das Glück falle immer dem zu, der es verdiene.

»Ich bin im Bilde, Mylord.«

»Wehe Ihnen, wenn die Geschichte herauskommt. Wenn die Amerikaner oder die Franzosen Wind davon bekommen, was Sie hier treiben – dann werden Sie Ihr Leben lang bereuen, daß Sie geboren sind.«

»Jawohl, Mylord.«

»Einen jungen Draufgänger kann ich bei dieser Sache nicht brauchen. Hier hilft nur ein findiger, gerissener Kopf. Haben Sie jetzt wirklich begriffen, was ich meine, Mr. Harcourt?«

»Jawohl, Mylord.«

Endlich ließ Hornblowers durchdringender Blick den armen Harcourt los. War er nicht selbst einmal so ein junger Draufgänger gewesen? Heute hatte er mehr Verständnis als je zuvor für jene Männer in vorgerückten Jahren, die ihn damals mit irgendwelchen Unternehmungen betraut hatten. Der Vorgesetzte war einfach darauf angewiesen, seinen jungen Untergebenen volles Vertrauen zu schenken, und trug dabei doch selbst die letzte Verantwortung. Wenn Harcourt Unfug machte, wenn ihm ein unvorsichtiges Wort entschlüpfte, das einen diplomatischen Protest zur Folge hatte – gewiß, dann sollte er es bereuen, daß er geboren war, dafür wollte er, Hornblower, schon sorgen. Aber ihm selbst drohte in einem solchen Falle bestimmt das gleiche Los, auch ihm würde es leid tun, daß er geboren war. Hatte es Sinn, dem anderen, dem Jüngeren, das klarzumachen? Nein.

»Mehr ist dazu nicht zu sagen, ich danke Ihnen, Mr. Harcourt.«

»Aye, aye, Sir.«

»Kommen Sie, Mr. Gerard, es ist schon reichlich spät.«

Mr. Sharpes Wagen war mit grünem Atlas gepolstert und so wunderbar gefedert, daß er zwar schwankend und taumelnd, aber ohne zu stoßen oder zu springen, über die arg löcherigen Straßen rollte. Dennoch war es Hornblower nach fünf Minuten des Taumelns und Schwankens zumute, als wäre er selbst so grün wie die Wagenpolster, wozu allerdings zu bemerken wäre, daß der Wagen eine ganze Weile in der glühend heißen Maisonne gestanden hatte. Der Rue Royale, dem Place d'Armes, der Kathedrale gönnte Hornblower kaum einen Blick. Sooft der Wagen hielt, atmete er auf, obwohl jeder solcher Aufenthalt ein steifes Gespräch mit wildfremden Menschen bezweckte, jene Art von Geselligkeit, die ihm ein wahrer Greuel war. In den kurzen köstlichen Augenblicken zwischen dem Verlassen des Wagens und dem Durchschreiten der zu seinem Willkomm errichteten Ehrenpforten schnappte er in der feuchten Hitze gierig nach Luft. Noch nie zuvor war ihm der Gedanke gekommen, daß man eine Admiralsuniform vorteilhafterweise auch aus dünnerem Stoff als dem schweren, doppeltbreiten Uniformtuch machen könnte. Das breite rote Ordensband und den glitzernden Stern dazu hatte er auch schon viel zu oft getragen, als daß es ihm noch das Geringste abgegeben hätte, sie zur Schau zu stellen.
Im Stationskommando der Marine bekam er einen ausgezeichneten Madeira, der General bewirtete ihn mit einem schweren Marsala, und in der Villa des Gouverneurs wurde ihm ein Drink serviert, der so erstaunlich tiefgekühlt war, daß sich auf dem hohen Glas eine richtige Frostschicht gebildet hatte. (Das Eis dazu kam wahrscheinlich im Winter von Neu-England und wurde in Eiskellern aufbewahrt, bis es um die Mittsommerzeit mit Gold aufgewogen wurde.) Der wunderbar kalte Inhalt des Glases rann ihm allzu rasch durch die Kehle und wurde ebenso rasch wieder nachgefüllt. Plötzlich riß er sich zusammen, weil er merkte, daß er in irgendeiner belanglosen Frage seinen Standpunkt etwas zu laut und dogmatisch vertrat. Er war froh, daß er Gerards Blick erhaschte und zusammen mit ihm einen leidlich würdevollen Rückzug zuwege brachte. Er war auch froh, daß Gerard seinen kühlen Kopf bewahrt zu haben schien und einen völlig nüchternen Eindruck machte. Gerard hatte die Tasche mit den Visitenkarten in seiner Obhut und legte jeweils die erforderliche Anzahl Karten auf die silbernen Tabletts, die ihm die dunkelhäutigen Haushofmeister entgegenhielten. Als sie endlich vor Sharpes Haus anlangten, war Hornblower ehr-

lich froh, wieder ein bekanntes Gesicht zu sehen – bekannt, obwohl ihm auch dieses Gesicht am Morgen des heutigen Tages zum erstenmal begegnet war.
»Die Gäste werden erst in einer Stunde erwartet, Mylord«, sagte Sharpe. »Haben Eure Lordschaft das Bedürfnis, sich noch ein wenig auszuruhen?«
»Ja, das wäre mir sehr willkommen.«
In Mr. Sharpes Haus gab es eine vielbewunderte Einrichtung, ein sogenanntes »Douchebad«. – Hornblower kannte nur die französische Bezeichnung dafür. Der Apparat befand sich in einer Ecke des Badezimmers, deren Decke und Boden aus besonders ausgesuchtem Teakholz bestand. Von der Decke herab hing eine unten geschlossene und mit Löchern durchsiebte Glocke aus Zinn mit einer langen Messingkette. Als Hornblower unter diesem Apparat stand und an der Kette zog, stürzte eine Sintflut köstlich kühlen Wassers aus irgendeinem unsichtbaren darübergelegenen Behälter auf ihn herab. Das war ebenso schön und erfrischend wie draußen auf See seine geliebte und gewohnte Deckwaschpumpe, nur daß man hier überdies Frischwasser zur Verfügung hatte. Bei Hornblowers augenblicklichem Zustand und nach den Erlebnissen dieses langen Tages empfand er das Bad als eine doppelte Wohltat. Er stand lange Zeit unter dem strömenden Regen und wurde von Sekunde zu Sekunde munterer. Wenn er eines Tages wieder zu Hause in Smallbridge war, wollte er dort bestimmt die gleiche Einrichtung einbauen lassen.
Ein farbiger Diener in Livrée stand mit Handtüchern bereit, damit er sich durch das Abtrocknen nicht neuerlich zu erhitzen brauchte. Während ihn der Neger noch abtupfte, kündete ihm ein Klopfen an der Tür Gerards Kommen.
»Ich habe ein frisches Hemd für Sie von Bord holen lassen, Sir.«
Dieser Gerard dachte wirklich an alles. Hornblower fuhr dankbar in das reine Hemd, dann legte er mit Widerwillen die enge Halsbinde an und schlüpfte wieder in den schweren Uniformrock. Zuletzt hängte er sich noch das rote Ordensband um, nestelte den Stern zurecht und war nun wieder für alle kommenden Ereignisse gerüstet. Schon dämmerte der Abend, aber die Dunkelheit brachte keine Erlösung von der Hitze des Tages. Der Salon im Hause Mr. Sharpes war jetzt vielmehr hell mit Wachskerzen erleüchtet, die eine solche Hitze ausstrahlten, daß

man sich in der Tat im Inneren eines Ofens wähnen konnte. Sharpe erwartete ihn, er trug jetzt einen schwarzen Rock mit einem weißen gefälteten Hemd und sah darin noch dicker und massiger aus, als er ohnedies war. Mrs. Sharpe rauschte ganz in Türkisblau herein und hatte fast den gleichen Leibesumfang wie ihr Mann. Als ihr dieser Hornblower vorstellte, antwortete sie auf seine Verbeugung mit einem tiefen Knicks und hieß ihn dann in einem Französisch bei sich willkommen, dessen weicher Klang seinem Ohr wohltat.

»Eine kleine Erfrischung, Mylord?« erkundigte sich Sharpe.

»Danke, Sir, jetzt nicht«, wehrte Hornblower hastig ab.

»Wir erwarten achtundzwanzig Gäste, Eure Lordschaft und Mr. Gerard nicht mitgerechnet. Einige von ihnen haben Eure Lordschaft bei Ihren offiziellen Besuchen bereits kennengelernt. Außer diesen erscheinen noch ...«

Hornblower gab sich Mühe, die Namen, jeden mit dem dazugehörigen Etikett versehen, im Kopf zu behalten. Gerard kam herein, setzte sich etwas abseits und hörte ebenfalls eifrig zu.

»Natürlich kommt auch Cambronne«, sagte Sharpe.

»Was Sie nicht sagen!«

»Ja, ich könnte kaum eine so große Gesellschaft geben, ohne den nach Eurer Lordschaft gewiß vornehmsten Gast unserer Stadt dazu einzuladen.«

»Da haben Sie allerdings recht«, gab Hornblower zu.

Sechs Jahre Frieden hatten es noch kaum vermocht, mit den Vorurteilen aufzuräumen, die sich während der zwanzig Kriegsjahre in die Gemüter eingefressen hatten. Eine freundschaftliche Begegnung mit einem französischen General war für einen Engländer immer noch eine ausgefallene Vorstellung, insbesondere, wenn dieser General der Befehlshaber der Kaiserlichen Garde gewesen war. Man konnte sich schon im voraus denken, wie steif da die Unterhaltung verlaufen mußte, sintemalen Bonaparte in St. Helena hinter Schloß und Riegel saß und darüber bittere Klagen führte.

»Der französische Generalkonsul wird ihn begleiten«, sagte Sharpe.

»Es erscheinen ferner: Der holländische Generalkonsul, der schwedische ...«

Die Liste wollte kein Ende nehmen. Sie waren eben erst damit fertig geworden, als auch schon die ersten Gäste angekündigt wurden: Gewichtige Bürger mit ihren gewichtigen Frauen, die

See- und Armeeoffiziere, die sie schon kennengelernt hatten, mit ihren Damen, die Herren der Diplomatie. Bald wimmelte es in dem riesigen Salon von Menschen; wohin man blickte, verbeugten sich die Herren, knicksten die Damen. Hornblower richtete sich eben von einer Verbeugung auf, als Sharpe wieder neben ihn trat.

»Ich habe die Ehre, zwei berühmte Soldaten miteinander bekannt zu machen«, sagte er auf französisch.

»Son Excellence Contre-Admiral Lord Hornblower, Chevalier de l'Ordre militaire du Bain – Son Excellence le Lieutenant-Général Comte de Cambronne, Grand Cordon de la Légion d'Honneur.«

Hornblower war selbst in diesem aufregenden Moment von der gewandten Art beeindruckt, in der Sharpe dem dornigen Problem aus dem Wege ging, wer von den beiden dem anderen zuerst vorzustellen war, der französische General und Graf oder der englische Admiral und Peer.

Cambronne war lang wie eine Bohnenstange, über seine Raubvogelnase und die eine seiner hageren Wangen lief eine purpurrote Narbe – vielleicht die Wunde, die er bei Waterloo empfangen hatte, vielleicht eine Erinnerung an Austerlitz oder Jena oder eine andere von den vielen Schlachten, durch die das französische Heer ganze Nationen zu Boden geschlagen hatte. Er trug eine blaue, reich mit Gold bestickte Uniform mit dem roten Moiréband der Ehrenlegion und einem riesigen Ordensstern auf der linken Brust.

»Ich bin hocherfreut, Ihre Bekanntschaft zu machen, Sir«, sagte Hornblower in seinem besten Französisch.

»Ihre Freude über unsere Begegnung kann nicht größer sein als die meine, Mylord«, antwortete ihm Cambronne. Er hatte kalte, graugrüne, unablässig zwinkernde Augen, seine Oberlippe zierte ein grauer Katerschnurrbart.

»Madame la Baronne de Vautour«, stellte Sharpe vor, »Monsieur le Baron de Vautour, Generalkonsul Seiner Allerchristlichsten Majestät.«

Hornblower verbeugte sich und versicherte wieder, daß er hocherfreut sei. Seine Allerchristlichste Majestät war Ludwig XVIII. von Frankreich. Er hatte sich kurzerhand einen päpstlichen Titel zugelegt, der seinem Haus Jahrhunderte zuvor verliehen worden war.

»Der Graf liebt boshafte Scherze«, bemerkte Vautour und

zeigte dabei auf Cambronnes Ordensstern, »er trägt den Großen Adler, der ihm unter der letzten Regierung verliehen wurde, obwohl der ›Grand Cordon‹ als Ersatz dafür eingeführt wurde, was unser Gastgeber sehr richtig zum Ausdruck brachte.«
Vautour wies dabei auf seinen eigenen, wesentlich bescheideneren Stern. Der Orden Cambronnes zeigte einen gewaltigen goldenen Adler, das Wappentier des gestürzten französischen Kaisertums.
»Ich habe mir diesen Adler auf dem Feld der Ehre verdient«, sagte Cambronne bissig.
»Don Alphonso de Versage«, sagte Sharpe, »Generalkonsul Seiner Allerkatholischsten Majestät.«
Das war also der Vertreter Spaniens. Es wäre vielleicht von Nutzen gewesen, ein paar Worte über die bevorstehende Abtretung Floridas mit ihm zu wechseln, aber Hornblower hatte noch kaum Zeit gefunden, die von der Etikette vorgeschriebenen Höflichkeitsfloskeln mit ihm auszutauschen, als ihm schon die nächsten Gäste vorgestellt wurden. So verging eine ganze Weile, bis Hornblower endlich eine Atempause fand und einen Blick auf die prächtige Szene werfen konnte, die sich um ihn her im warmen Licht der vielen Kerzen entrollte. Überall sah man bunte Uniformen und Röcke aus feinstem Tuch, und dazu die nackten Arme und Schultern juwelengeschmückter Damen in ihren kostbaren bunten Abendkleidern. Mitten durch dieses Gedränge bewegten sich gewandt und unauffällig die beiden Sharpes, um die Gäste nach Rang und Würden zu ordnen. Nach der Ankunft des Gouverneurs und seiner Gattin wurde feierlich verkündet, daß das Dinner serviert sei.
Der Speisesaal war mindestens ebenso groß wie der Salon, die Tafel mit ihren zweiunddreißig Gedecken fand bequem darin Platz und ließ ringsum noch so viel Raum, daß sich die zahlreiche Dienerschaft frei bewegen konnte. Die Beleuchtung war hier etwas gedämpfter als im Salon, aber das flackernde Licht der Kerzen spiegelte sich eindrucksvoll in dem schweren Silber, das in Mengen die lange Tafel schmückte. Hornblower saß zwischen der Gattin des Gouverneurs und Mrs. Sharpe und ermahnte sich, ja gut bei der Sache zu sein und vor allem auf seine Tischsitten zu achten. Daß er seine Gedanken beisammenhielt, war schon deshalb so wichtig, weil er nach der einen Seite auf französisch, nach der anderen auf englisch zu konversieren

hatte. Angesichts dieser Anforderungen an seinen klaren Kopf warf er einen etwas unsicheren Blick auf die sechs verschiedenen Weingläser, die vor jedem Gedeck aufgebaut waren und deren erstes soeben mit Sherry gefüllt wurde. Drüben saß Cambronne zwischen zwei hübschen Mädchen und machte offenbar beiden mächtig den Hof. Es sah nicht so aus, als ob ihn irgendeine Sorge bedrückte, und wenn er sich wirklich mit dem Gedanken trug, einen Freibeuterzug zu unternehmen, dann lag ihm sein Plan gewiß nicht schwer auf der Seele.

Ein dampfender Teller dicker Schildkrötensuppe mit grünlichen Fettstückchen darin eröffnete die Speisenfolge. Das Dinner wurde nach europäischer Festlandsmanier serviert, die seit Waterloo auch in England immer mehr Anhänger fand. Da gab es kein Durcheinander von Schüsseln und Platten, die einfach auf den Tisch gesetzt wurden, damit sich die Gäste selbst daraus bedienten. Er löffelte vorsichtig seine heiße Suppe und bemühte sich zugleich um ein leichtes, unverbindliches Geplauder mit seinen beiden Damen. Gang folgte auf Gang, und er sah sich in dem heißen Raum nur zu bald vor die knifflige Frage gestellt, welche von zwei verschiedenen Verhaltensweisen weniger unfein war: Den Schweiß mit dem Taschentuch abzutrocknen oder ihn unangefochten und für alle sichtbar über Stirn und Wangen herunterperlen zu lassen. Da ihm das letztere bald zu lästig wurde, entschied er sich am Ende doch für den verstohlenen Gebrauch seines Taschentuchs. Jetzt blickte Sharpe unmerklich nickend zu ihm herüber. Das hieß, daß er sich erheben und seine wirren Gedanken ordnen mußte, während der Lärm der Unterhaltung langsam verebbte. Er hob sein Glas.

»Ich gedenke des Präsidenten der Vereinigten Staaten«, begann er und wäre um ein Haar gedankenlos fortgefahren: Möge er lange und segensreich regieren, aber er fing sich im letzten Augenblick mit einem sichtbaren Ruck und sagte statt dessen: »Möge sich die große Nation, deren Präsident er ist, einer langen ungetrübten Blüte erfreuen und immerdar jene Freundschaft aller anderen Nationen genießen, die in unserer heutigen Zusammenkunft ihren Ausdruck findet.«

Der Trinkspruch fand allgemeinen Beifall, niemand verlor ein Wort darüber, daß auf dem halben Kontinent Spanier und Hispano-Amerikaner einander haßerfüllt nach dem Leben trachteten. Hornblower setzte sich und trocknete abermals den Schweiß von der Stirn. Jetzt erhob sich Cambronne:

»Es lebe Seine Britische Majestät Georg IV., König von Großbritannien und Irland!«
Alles nippte an den Gläsern, und dann war Hornblower erneut an der Reihe, wie ihm Sharpes Blick eindeutig verriet. Er erhob sich mit dem Glas in der Hand und begann eine lange Litanei herunterzubeten:
»Es lebe Seine Allerchristlichste Majestät, Seine Allerkatholischste Majestät und Seine Allergläubigste Majestät!« Das betraf die Könige von Frankreich, Spanien und Portugal. »Es lebe Seine Majestät der König der Niederlande . . .«
Er hätte sich ums Sterben nicht daran erinnern können, wer als Nächster an der Reihe war, aber Gerard erhaschte seinen verzweifelten Blick und stieß unmißverständlich mit dem Daumen nach oben.
». . . Seine Majestät der König von Schweden« – Hornblower mußte schlucken – »und Seine Majestät der König von Preußen.«
Gerards befriedigtes Nicken sagte ihm, daß er nun alle vertretenen Nationen erwähnt hatte, also brauchte er seinem konfusen Kopf nur noch einen passenden Schlußsatz abzuringen:
»Möge Ihren Majestäten eine lange ruhm- und ehrenvolle Regierung beschieden sein!«
Gott sei Dank, das war überstanden, er durfte sich wieder setzen. Aber schon war der Gouverneur als Nächster auf den Beinen und begann in wohlgesetzten rhetorischen Wendungen zu sprechen. Hornblower war in seinem benebelten Zustand eben noch in der Lage, zu erfassen, daß jetzt auf sein eigenes Wohl getrunken wurde. Er spürte, wie ihn von allen Seiten gespannte Blicke trafen, als der Gouverneur auf die Verteidigung der Stadt New Orleans gegen jene »irregeleiteten Horden« anspielte, die vergeblich versucht hätten, sich ihrer zu bemächtigen. Möglich, daß sich diese Anspielung nicht vermeiden ließ, obwohl seit jener Schlacht schon über sechs Jahre ins Land gegangen waren. Hornblower nahm jedenfalls die bösen Worte gelassen hin und zwang sich sogar zu einem dünnen Lächeln. Endlich kam der Gouverneur zum Schluß seiner Rede.
»Ich trinke auf Seine Lordschaft Admiral Hornblower und mit ihm auf die ganze Britische Marine.«
Als das Beifallsgemurmel der Tafelrunde langsam erstarb, stemmte sich Hornblower abermals hoch.
»Ich danke Ihnen für diese unerwartete Ehrung«, begann er

und suchte verlegen schluckend nach einer passenden Fortsetzung. »Daß Sie meinen Namen in Verbindung mit dem jener ruhmreichen Marine nannten, in deren Dienst zu stehen ich so lange Jahre die Ehre habe, verpflichtet mich zu ganz besonderem Dank.«
Als er sich wieder gesetzt hatte, erhoben sich sämtliche Damen, und er mußte von neuem stehen, bis sie sich zurückgezogen hatten. Die ausgezeichnet geschulten Diener hatten die Tafel im Nu abgeräumt, die Herren rückten an einem Ende des Tisches zusammen und reichten die Kristallkaraffe von Hand zu Hand. Als die Gläser gefüllt waren, zog Sharpe einen der anwesenden Kaufleute mit einer Frage über die Baumwollernte ins Gespräch. Das war ein unverfängliches Thema, von dem man überdies leicht auf das weit gefährlichere Gebiet der internationalen Lage abschweifen konnte. Kaum waren sie jedoch fünf Minuten im Zuge, als ein Butler herbeigeeilt kam und Sharpe etwas ins Ohr flüsterte, worauf dieser die eben gehörte Neuigkeit sofort an den französischen Generalkonsul weitergab. Vautour erhob sich sogleich mit besorgter Miene von seinem Platz.
»Entschuldigen Sie mich bitte, meine Herren«, sagte er. »Ich bedaure unendlich, daß ich Sie so plötzlich verlassen muß.«
»Wir bedauern gewiß noch mehr, daß wir Ihre Gesellschaft missen müssen, Baron«, sagte Sharpe. »Hoffentlich handelt es sich um nichts Ernstes.«
»Das nehme ich auf keinen Fall an«, sagte Vautour.
»Die Baronin ist etwas indisponiert«, erklärte Sharpe den Anwesenden. »Sicherlich hegen Sie alle gleich mir die Hoffnung, daß es sich um eine harmlose Sache handelt, und sicherlich bedauern Sie ebenso wie ich, daß uns dieses Mißgeschick der bezaubernden Gesellschaft des Barons beraubt.«
Alle drückten murmelnd ihr Mitgefühl aus, und Vautour wandte sich an Cambronne:
»Soll ich Ihnen den Wagen zurückschicken, Monsieur le Comte?« fragte er.
Cambronne zupfte an seinem Katerschnurrbart.
»Vielleicht ist es besser, ich schließe mich Ihnen gleich an«, meinte er, »so schwer es mir fällt, diese angenehme Gesellschaft zu verlassen.«
Die beiden Franzosen rüsteten sich unter vielen höflichen Abschiedsworten zum Aufbruch.
»Es war mir eine besondere Freude, Ihre Bekanntschaft gemacht

zu haben«, sagte Cambronne zu Hornblower mit einer Verbeugung, die durch seinen zwinkernden Blick etwas von ihrer steifen Förmlichkeit verlor.
»Die persönliche Begegnung mit einem der größten Soldaten des ehemaligen Kaiserreichs ist für mich ein unvergeßliches Erlebnis«, versicherte ihm Hornblower.
Sharpe geleitete die beiden aus dem Saal und drückte ihnen dabei nochmals in überschwenglichen Worten sein Bedauern aus. Als er wiederkam, forderte er die Zurückgebliebenen auf: »Bitte schenken Sie sich doch ein, meine Herren!«
Hornblower schätzte nichts weniger, als in einem überhitzten, von Feuchtigkeit geschwängerten Raum große Gläser Portwein trinken zu müssen. Obwohl er jetzt endlich Gelegenheit fand, mit dem spanischen Generalkonsul über die Floridafrage zu sprechen, war er darum herzlich froh, als Sharpe den Anwesenden vorschlug, sich wieder zu den Damen zu begeben. In einem Nebenraum, aber so, daß es im Salon noch zu hören war, spielte ein Streichorchester. Glücklicherweise klang das Spiel so gedämpft herüber, daß es Hornblower nicht so auf die Nerven ging, wie das im allgemeinen der Fall war, wenn er mit seinen tontauben Ohren Musik anhören mußte. Er fand neben einer der beiden hübschen jungen Damen Platz, die bei Tisch zu beiden Seiten Cambronnes gesessen hatten. Auf ihre Fragen mußte er gestehen, daß er an diesem ersten Tag seines Aufenthalts in New Orleans noch so gut wie nichts von der Stadt gesehen hatte. Sein Eingeständnis führte zu einem zwanglosen Gespräch über diesen und jenen Ort, den er kannte. Zwei Tassen Kaffee, serviert von einem Diener, der im Salon die Runde machte, verschafften ihm wieder einen klaren Kopf, die junge Dame war sichtlich interessiert, sie verstand sich gut aufs Zuhören und nickte voll ehrlicher Anteilnahme, als sie im Lauf der Unterhaltung erfuhr, daß Hornblower seine Frau und seinen zehnjährigen Sohn in England zurückgelassen hatte, um dem Ruf der Pflicht zu folgen.
Die Stunden vergingen, das Fest nahm seinen weiteren Verlauf. Endlich erhoben sich der Gouverneur und seine Gattin und gaben damit das Zeichen zum Aufbruch. Die letzten Minuten, während die Kutschen, eine nach der anderen, gemeldet wurden, schleppte sich die Unterhaltung müde dahin, aber endlich hatte Sharpe auch die letzten Gäste zum Tor geleitet und kehrte nun in den Salon zurück.

»Ein gelungener Abend«, sagte er. »Eure Lordschaft haben gewiß den gleichen Eindruck gewonnen.« Dann fuhr er, zu seiner Frau gewandt, fort: »Bitte, vergiß doch nicht, Grover wegen der Omelette soufflée unser Mißfallen auszusprechen.«
Mrs. Sharpe fand keine Zeit zu einer Antwort, weil der Butler hereingeeilt kam und seinem Herrn abermals eine Nachricht zuflüsterte.
»Ich bitte Eure Lordschaft, mich einen Augenblick zu entschuldigen«, sagte Sharpe. Er machte einen bestürzten Eindruck, hastete in größter Eile davon und überließ es Hornblower und Gerard, der Hausfrau in wohlgesetzten Worten für den schönen Abend zu danken.
»Cambronne ist uns durch die Lappen gegangen!« rief Sharpe, als er mit raschen watschelnden Schritten wieder zurückkam. »Die DARING hat vor drei Stunden von ihrer Mooring losgeworfen! Cambronne muß von hier aus unmittelbar an Bord gegangen sein.«
Zu seiner Frau gewandt, fragte er: »War denn die Baronin wirklich krank?«
»Sie schien sich jedenfalls nicht wohl zu fühlen«, gab Mrs. Sharpe zur Antwort.
»Das ganze war nur Theater«, sagte Sharpe, »sie spielte dir etwas vor. Cambronne hatte die Vautours nur dazu angestiftet, um sich einen unauffälligen Abgang zu verschaffen.«
»Und was wird er Ihrer Meinung nach unternehmen?« fragte Hornblower.
»Weiß der Himmel. Ich nehme an, daß ihn die unerwartete Ankunft eines englischen Kriegsschiffs aus der Fassung brachte. Wenn er sich daraufhin heimlich davonmachte, so heißt das doch, daß er nichts Gutes im Sinn hat. Wo wird er seine Kaiserliche Garde an Bord nehmen? In San Domingo? – In Cartagena?«
»Ich will auf jeden Fall hinter ihm her«, sagte Hornblower und stand im nächsten Augenblick auf den Beinen.
»Sie werden ihn nicht so leicht einholen«, meinte Sharpe. Seine Erregung verriet sich darin, daß er statt des förmlichen »Eure Lordschaft« schlicht und einfach »Sie« sagte. »Er hat zwei Schlepper genommen, die LIGHTNING und die STAR, und bei der guten Befeuerung des Stroms mit den neuen Leuchttürmen könnte ihn nicht einmal ein galoppierendes Pferd einholen, ehe er die Mündung erreicht. Bei Tagesanbruch ist er

schon ein ganzes Stück draußen in See. Ich weiß ja nicht einmal, ob ich heute nacht noch einen Schlepper für Sie auftreibe, Mylord.«

»Ich will dennoch sofort die Verfolgung aufnehmen«, sagte Hornblower.

»Ich habe den Wagen vorfahren lassen, Mylord«, sagte Sharpe. »Verzeih uns, meine Liebe, daß wir dich so formlos verlassen.«

Die drei Männer verneigten sich in aller Eile vor Mrs. Sharpe, der Butler hielt schon ihre Hüte bereit, der Wagen stand vor der Tür, und sie nahmen unverzüglich darin Platz.

»Cambronnes vom Zoll verwahrte Ladung kam bei Dunkelwerden an Bord«, sagte Sharpe. »Mein Mann erwartet mich auf Ihrem Schiff mit seinem Bericht.«

»Das dürfte uns helfen, die richtige Entscheidung zu treffen«, bemerkte Hornblower.

Der Wagen schwankte gefährlich durch die stockdunklen Straßen.

»Darf ich mir einen Hinweis erlauben, Mylord?« fragte Gerard.

»Ja, und der wäre?«

»Was Cambronne auch im Schilde führt, Mylord, Vautour wirkt dabei mit. Und Vautour steht im Dienst der französischen Regierung.«

»Sie haben recht«, stimmte ihm Sharpe nachdenklich bei, »die Bourbonen möchten überall die Hand im Spiele haben und benutzen jede Gelegenheit, sich in Szene zu setzen. Man möchte fast meinen, wir hätten nicht Boney, sondern sie bei Waterloo geschlagen.«

Das Hufgeklapper hörte sich plötzlich anders an, als der Wagen die Pier erreichte. Sie hielten. Sharpe hatte den Schlag aufgerissen, ehe der Diener vom Bock springen konnte, aber bis die drei Männer herausgeklettert waren, stand er mit dem Hut in der Hand an der Klinke, der Schein der Kutschlaternen fiel auf sein dunkles Negergesicht.

»Warten!« befahl ihm Sharpe in barschem Ton.

Sie rannten fast im Laufschritt die Pier entlang, dorthin, wo ihnen der Schimmer einer Lampe die Stelling der CRAB verriet. Die zwei Mann der Ankerwache erwiesen ihnen im Dunkel ihre Ehrenbezeugung, als sie eiligen Schrittes an Bord anlangten.

»Mr. Harcourt«, rief Hornblower, kaum daß sein Fuß das Deck betreten hatte – für Zeremoniell war jetzt keine Zeit. Auf dem Achterdeck brannte Licht, und Harcourt hielt sich dort auf.

»Hier, Mylord!«

Hornblower eilte geradewegs in die Kajüte. Am Decksbalken hing dort eine brennende Laterne, und Gerard brachte gleich darauf eine zweite herein.

»Was haben Sie mir zu melden, Mr. Harcourt?«

»Die DARING ging um fünf Glasen auf der Abendwache in See, Mylord«, sagte Harcourt. »Sie war im Tau von zwei Schleppern.«

»Weiß ich. Was gab es sonst?«

»Der Leichter mit der Ladung kam während der Wache von sechs bis acht Uhr längsseits, kurz nach Dunkelwerden, Mylord.« Während er sprach, hatte ein kleiner dunkelhäutiger Mann die Kajüte betreten und hielt sich bescheiden im Hintergrund.

»Und?«

»Dieser Herr, Mylord, den Mr. Sharpe gesandt hatte, achtete mit mir darauf, was alles an Bord kam.«

»Was war es denn?«

»Ich zählte die Hieven, die sie übernahmen, Mylord. Sie hatten Lampen am Kreuzstag aufgehängt, so daß man alles sehen konnte.«

»Schön, weiter!«

Harcourt hatte einen Zettel in der Hand und machte sich daran, abzulesen: »Da waren zunächst fünfundzwanzig Holzkisten, Mylord«, fuhr Harcourt fort und kam damit gerade noch einem ungeduldigen Zwischenruf Hornblowers zuvor. »Ich erkannte diese Kisten sofort wieder, es waren jene, die gewöhnlich zur Verschickung von Musketen benutzt werden. Jede Kiste faßt vierundzwanzig Stell Handwaffen.«

»Macht zusammen sechshundert Musketen und Bajonette«, warf Gerard, der Schnellrechner, ein.

»Ganz wie ich erwartet hatte«, bemerkte Sharpe.

»Weiter, was war sonst noch dabei?« fragte Hornblower.

»Dann kamen zwölf große Ballen, Mylord. Sie waren von ovaler Form. Ihnen folgten zwanzig weitere Ballen, die länger und dünner waren.«

»Konnten Sie nicht feststellen . . .?«

»Wollen Mylord die Meldung des Mannes hören, den ich dazu losgeschickt hatte?«
»Schön, lassen Sie ihn kommen.«
»Kommen Sie, Jones!« rief Harcourt den Niedergang hinauf und wandte sich dann wieder an Hornblower: »Jones ist ein guter Schwimmer, Mylord. Ich habe ihn und einen zweiten Mann mit dem Dingi weggeschickt, und Jones schwamm dann zum Leichter. So, Jones, nun erzählen Sie Seiner Lordschaft, was Sie herausgefunden haben.«
Jones war ein hagerer, alles andere als kräftiger junger Mann, er blinzelte geblendet ins Licht, als er hereinkam, und fühlte sich unter all den vornehmen Herren offenbar recht unbehaglich. Sobald er den Mund auftat, verriet sein Dialekt, daß er aus dem Londoner Stadtviertel Seven Dials stammte.
»Das in den großen Ballen waren alles Uniformen, Sir.«
»Woher wissen Sie das?«
»Ich bin an den Leichter herangeschwommen, Sir, und habe über die Seite gelangt. Da habe ich gefühlt, was drin war.«
»Hat Sie jemand gesehen?« Die Frage kam von Sharpe.
»Nein, Sir, kein Mensch hat mich gesehen. Sie waren alle dabei und hievten die Kisten über. Das in den Ballen waren, wie gesagt, Uniformen. Die Knöpfe waren durch den Rupfen gut zu fühlen. Keine flachen Knöpfe, Sir, so wie die Ihren, Sir. Sie waren kugelrund, Sir, ganze Reihen davon auf jedem Rock. Mir war, als ob ich auch Stickereien fühlen könnte, kann sein, daß es goldene Litzen waren, Sir. Das waren ganz bestimmt Uniformen, Sir, da gibt es für mich keinen Zweifel.«
In diesem Augenblick kam der Dunkelhäutige ein paar Schritte näher. Er trug ein aufgeweichtes schwarzes Etwas in der Hand, das man auf den ersten Blick für eine ertrunkene Katze halten konnte. Jones deutete auf dieses Ding und fuhr dann fort:
»Ich konnte um die Welt nicht herauskriegen, was in den anderen Ballen war, ich meine in den langen, Sir. Da holte ich mein Messer heraus . . .«
»Und dabei hat Sie bestimmt niemand gesehen?«
»Nein, mich hat bestimmt keiner gesehen, Sir. Ich hole, wie gesagt, mein Messer heraus und trenne an einem Ende die Naht auf. Wenn sie das sehen, Sir, dann denken sie bestimmt, daß es auf dem Transport passiert sein muß. Ich lange mir das oberste Stück aus dem Sack heraus und schwimme damit wieder zu unserem Dingi zurück. Hier ist das Ding, Sir.«

Der Dunkelhäutige hielt es so, daß es alle sehen konnten, aber Hornblower nahm ihm das vollgesogene, schwarze, haarige Etwas sogleich wißbegierig aus der Hand. Als er es in den Fingern drehte, fühlte er unter den Haaren Metall.
»Ein Adler, Sir«, bemerkte Jones.
Richtig, da war eine Messingkette und darüber ein großes Abzeichen, ebenfalls aus Messing, das gleiche, wie es am Abend Cambronne an der Brust trug. Was er hier in der Hand hielt, war eine richtige Bärenmütze der Kaiserlichen Garde, durchnäßt zwar von dem eben überstandenen Bad, aber in der vollen Pracht ihrer messingenen Zierrate.
»Solche Mützen trug doch die französische Garde, nicht wahr, Mylord«, fragte Gerard.
»Ja«, sagte Hornblower.
Er hatte oft genug Drucke gesehen, die den letzten Widerstand der Garde bei Waterloo darstellten. Außerdem sah man in letzter Zeit auch bei der britischen Garde Bärenmützen, die dieser, die er in den Händen hielt, ganz ähnlich sahen. Sie waren ihr dafür verliehen worden, daß sie auf dem Höhepunkt der Schlacht die Kaiserliche Garde in die Flucht geschlagen hatte.
»Damit hätten wir eigentlich alles erfahren, was wir wissen müssen«, sagte Sharpe.
»Ich muß ihm unbedingt nach«, stieß Hornblower hervor. »Mr. Harcourt! Alle Mann auf, klar zum Manöver!«
»Aye, aye, Mylord.« Nach dieser automatischen Antwort auf Hornblowers Befehl tat Harcourt noch einmal den Mund auf, um etwas zu sagen, brachte aber keinen Laut hervor.
»Ach, richtig«, erinnerte sich Hornblower und fühlte zugleich, wie sich der bittere Kelch seines Elends bis zum Rande füllte, »ich habe Ihnen ja gesagt, ich brauchte die Besatzung nicht vor dem Morgen.«
»Jawohl, Mylord. Aber die Leute werden nicht weit sein. Ich schicke die Wache am Hafen entlang und lasse sie suchen. In einer Stunde habe ich sie alle an Bord.«
»Danke, Mr. Harcourt, tun Sie, was Sie können. Mr. Sharpe, wir müssen uns bis zum Paß schleppen lassen. Wollen Sie bitte veranlassen, daß wir so bald wie möglich einen Schlepper bekommen.«
Sharpe warf einen fragenden Blick auf den dunkelhäutigen Mann, der die Bärenmütze gebracht hatte.
»Ich bezweifle sehr, ob vor der Mittagszeit einer aufzutreiben

ist«, meinte der Dunkelhäutige. »Die DARING nahm gleich zwei – und ich weiß jetzt auch, warum. Die PRÄSIDENT MADISON liegt in der Werft. Die TOUEUR ist mit Binnenschiffen stromauf nach Baton Rouge unterwegs. Die ECREVISSE, die dieses Schiff heraufgebracht hat, ist am Nachmittag wieder stromab gefahren. Wenn ich mich nicht irre, ist die TEMERAIRE von der Mündung hierher unterwegs. Vielleicht bringen wir sie dazu, daß sie gleich nach ihrer Ankunft wieder kehrtmacht. Andere als diese Schlepper gibt es nicht.«

»Erst um die Mittagszeit«, sagte Hornblower, »das bedeutet dreizehn Stunden Vorsprung. Die DARING ist schon in See, wenn wir hier endlich loswerfen können.«

»Dabei ist sie auch noch eines der schnellsten Schiffe, die je gebaut wurden«, sagte Sharpe. »Als sie während des Krieges von der TENEDOS gejagt wurde, lief sie nach dem Log fünfzehn Meilen.«

»Wie heißt der mexikanische Hafen, wo sie die Soldaten an Bord nehmen soll?«

»Corpus Christi, ein kleines Nest an einer Lagune, Mylord. Fünfhundert Meilen und raumer Wind.«

Hornblower malte sich aus, wie die DARING mit ihren herrlichen Linien und ihrer gewaltigen Segelfläche vor dem Nordostpassat nur so dahinflog. Die kleine CRAB, in deren Kajüte er stand, war nicht für schnelle Überseereisen bestimmt. Sie war klein und handig gebaut und getakelt, um bei ihren polizeilichen Aufgaben im Westindischen Archipel jeden unbekannten Schlupfwinkel sicher befahren zu können. Auf der raumen Strecke nach Corpus Christi gewann also die DARING bestimmt noch mehrere Stunden, vielleicht sogar einen Tag und mehr, zusätzlich zu den zwölf Stunden Vorsprung, deren sie sich ohnehin schon erfreute. Wie lange konnte es schon dauern, fünfhundert disziplinierte Soldaten, sei es an der Pier, sei es mit Leichtern, an Bord zu nehmen? Und dann ging sie natürlich gleich wieder in See. Aber wohin? Hornblower schwirrte der Kopf, wenn er sich die unvorstellbar verworrene politische Lage in all den Ländern vor Augen führte, die von Corpus Christi aus leicht zu erreichen waren. Erriet er, was Cambronne im Schilde führte, dann bestand immerhin die Möglichkeit, die DARING vor ihrer Ankunft am eigentlichen Gefahrenpunkt abzufangen, begnügte er sich dagegen damit, sie nach Corpus Christi zu verfolgen, dann langte er mit aller Bestimmtheit erst

dort an, wenn sie samt ihren Soldaten längst wieder ausgelaufen und in der weglosen Weite der See verschwunden war, um wer weiß wo wieder aufzutauchen und Unheil anzuzetteln.
»Die DARING ist ein amerikanisches Schiff, Mylord«, sagte Sharpe und machte Hornblower damit das Herz noch schwerer, als es ohnedies schon war.
Das war nämlich ein wichtiger, ein sehr wichtiger Umstand. Die DARING segelte dem Augenschein nach in durchaus rechtmäßigem Auftrag und führte das Sternenbanner als Flagge. Hornblower konnte sich keinen Grund oder Vorwand denken, der ihn berechtigt hätte, sie zur Untersuchung in einen Hafen zu beordern. Abgesehen davon hatte man ihn in England mit besonderem Nachdruck darüber belehrt, wie die amerikanische Flagge zu behandeln sei. Erst neun Jahre zuvor hatte Amerika wegen des Verhaltens der Royal Navy gegen amerikanische Kauffahrer der größten Seemacht der Welt tollkühn den Krieg erklärt.
»Die DARING ist schwer bewaffnet und hat eine Unzahl Menschen an Bord, Mylord«, sagte Gerard.
Das war ein zweiter sehr wichtiger Umstand, und noch dazu einer, an dem nichts zu deuteln war. Mit ihren Zwölfpfündern und ihren fünfhundert ausgebildeten Soldaten, ganz abgesehen von der starken amerikanischen Besatzung, konnte sie sich über jede Drohung der CRAB mit ihren paar Sechspfündern und ihren ganzen sechzehn Mann lachend hinwegsetzen. Die DARING war durchaus im Recht, wenn sie Signalen der CRAB den Gehorsam verweigerte, und die CRAB besaß keine Möglichkeit, sich Achtung zu verschaffen. Sollte sie dem anderen Schiff etwa eine Spiere wegschießen? Das war mit einem Sechspfünder alles andere als einfach, und selbst wenn dabei niemand zu Schaden kam, gab es sofort einen schrecklichen diplomatischen Wirbel, weil er auf das geheiligte Sternenbanner geschossen hatte. Konnte er sie etwa so beschatten, daß er wenigstens zur Hand war, wenn ihre wahre Absicht ans Licht kam? Ausgeschlossen! Draußen auf See, wo immer es war, brauchte die DARING nur ihre weißen Schwingen zu breiten und mit raumem Wind abzulaufen, dann war sie für die arme CRAB in ein paar kurzen Nachmittagsstunden hinter dem Horizont aus Sicht und konnte fortan wieder unbeobachtet und unverfolgt den Kurs steuern, der sie ihrem wirklichen Ziel näher brachte. Hornblower schwitzte in der erstickenden Hitze dieser Nacht

am ganzen Körper, er fühlte sich wie ein von einem Lasso gefangenes Tier der Wildnis. Jeden Augenblick legte sich eine neue Schlinge um ihn und verschlimmerte seine ohnedies hilflose Lage. Wie ein Tier der Wildnis war er schon drauf und dran, alle Selbstbeherrschung zu verlieren, in sinnlose Raserei zu verfallen und seine besten Kräfte in einem wilden Wutausbruch zu vergeuden. Während seiner langen Dienstzeit hatte er bei älteren Stabsoffizieren nicht selten solche Ausbrüche erlebt. Aber dieses törichte Getue hatte natürlich nicht den geringsten Wert. Er sah sich der Reihe nach die Gesichter an, auf die das Licht der beiden Deckenlampen fiel. Alle diese Gesichter zeigten den nüchternen, unbeteiligten Ausdruck von Männern, die unfreiwillig Zeugen eines Fehlschlags geworden sind, von Männern, die sehr genau wußten, daß sie hier einem Admiral gegenüberstanden, der seine erste wichtige Aufgabe gründlich verhauen hatte. Dieser Gedanke allein war geeignet, ihn vor Wut vollends wahnsinnig zu machen.

Aber sein Stolz kam ihm zu Hilfe, er durfte diesen Leuten beileibe kein Schauspiel menschlicher Schwäche bieten.

»Ich gehe auf jeden Fall in See«, sagte er kalt, »sobald die Besatzung an Bord ist und ein Schlepper zur Verfügung steht.«

»Darf ich fragen, was Eure Lordschaft zu unternehmen gedenken?« fragte Sharpe.

Hornblower mußte rasch überlegen, um eine vernünftige Antwort auf diese Frage zu finden – er hatte ja noch keine Ahnung, was nun werden sollte. Einstweilen wußte er nur, daß er seine Sache nicht ohne Kampf verlorengab. Hatte Zuwarten je dazu geholfen, eine Krise zu überwinden?

»Ich werde die Zeit, die mir hier noch geblieben ist, zur Ausgabe von Befehlen an meinen Verband benutzen. Mein Flaggleutnant wird diese Befehle nach meinem Diktat niederschreiben, und Sie, Mr. Sharpe, möchte ich bitten, mit allen geeigneten Mitteln für ihre Verteilung an die Empfänger zu sorgen.«

»Zu Diensten, Mylord.«

Hornblower entsann sich in diesem Augenblick einer Aufgabe, die er längst hätte erledigen müssen. Aber noch war es dazu nicht zu spät, also galt es, das Versäumte schleunigst nachzuholen. Jedenfalls half ihm diese lebhafte Tätigkeit, seine Seelenqualen vor den anderen zu verheimlichen.

»Mr. Harcourt«, sagte er, »Sie haben meinen Befehl in ausgezeichneter Weise ausgeführt, ich spreche Ihnen für diese Leistung meine volle Anerkennung aus. Die Aufgabe, die Daring zu beobachten, wurde von Ihnen in beispielhafter Art gelöst, verlassen Sie sich darauf, daß ich Ihr vorbildliches Verhalten den Herrn Lords der Admiralität gegenüber gebührend hervorheben werde.«

»Besten Dank, Mylord.«

»Und was den Matrosen Jones betrifft«, fuhr Hornblower fort, »so kann man wohl sagen, daß er ausnehmend klug gehandelt hat. Sie, Mr. Harcourt, haben den richtigen Mann an den richtigen Platz gestellt, und Jones hat Ihr Vertrauen vollauf gerechtfertigt. Ich beabsichtige, den Mann für seine Leistung würdig zu belohnen. Das kann dadurch geschehen, daß ich ihm sofort einen Interimsdienstgrad verleihe und die Beförderung so bald wie möglich bestätige.«

»Besten Dank, Mylord. Darf ich dazu melden, daß der Mann schon befördert war und wieder degradiert wurde.«

»Trunkenheit außer Dienst? Hatten Sie ihm darum den Urlaub gestrichen?«

»Leider war ich dazu gezwungen, Mylord.«

»Was schlagen Sie mir also vor?«

Harcourt war um eine passende Antwort verlegen.

»Sie könnten ihm selbst sagen, Mylord, was Sie mir eben gesagt haben – und Sie könnten ihn dabei mit einem Händedruck belohnen.«

Hornblower lachte.

»Daß es in der ganzen Navy heißt, ich sei der filzigste Admiral, der je auf einem Schiff seine Flagge setzte? Nein, so geht das nicht. Eine goldene Guinee ist das mindeste, was der Mann haben muß – besser gleich zwei. Die drücke ich ihm persönlich in die Hand, und Sie geben ihm drei Tage Urlaub, sobald wir wieder in Kingston sind. Soll er sich einmal richtig austoben, das ist für einen Burschen wie ihn die einzig wahre Belohnung. Mir geht es bei solchen Dingen immer um die Stimmung im ganzen Geschwader.«

»Aye, aye, Mylord.«

»Mr. Gerard, ich möchte jetzt meinen Befehl aufsetzen.«

Es wurde wirklich Mittag, bis die Crab loswarf und von der Temeraire in Schlepp genommen wurde. Daß dieser ruhmvolle Name Hornblower heute trotz aller damit verbundenen Erinnerungen so gar nichts sagen wollte, war bezeichnend für die Gemütsverfassung, in der er sich befand. Die Zeit bis zum Auslaufen, dieser ganze, lange, erstickend heiße Vormittag war durch das Diktieren des Befehls ausgefüllt, der an alle Schiffe seines Geschwaders gelangen sollte. Dazu war eine unendliche Anzahl von Abschriften erforderlich. Sharpe sollte nämlich jedem britischen Schiff, das von New Orleans nach Westindien auslief, eine solche Kopie versiegelt mitgeben, weil man hoffen durfte, daß auf diese Art die eine oder andere Ausfertigung unmittelbar und ohne den langen, amtlichen Umweg über Kingston ans Ziel gelangte, wenn eines dieser Schiffe zufällig einem englischen Kriegsschiff begegnete. Alle Schiffe des Westindien-Geschwaders erhielten durch diesen Befehl den Auftrag, scharfen Ausguck nach dem amerikanischen Schiff Daring zu halten. Jedes Schiff sollte die Daring nach ihrem Woher und Wohin fragen und womöglich zu ermitteln suchen, ob sie Truppen an Bord hatte. Zugleich – Hornblower fühlte, wie ihm der Schweiß beim Diktieren dieses Satzes doppelt heftig aus den Poren brach – wurden die Kommandanten Seiner Majestät Schiffe jedoch mit allem Nachdruck auf den Absatz der allgemeinen Dienstanweisung des unterzeichneten Oberbefehlshabers hingewiesen, der das Verhalten gegen Schiffe unter amerikanischer Flagge betraf. Wenn keine Truppen an Bord waren, dann sollte der Versuch unternommen werden, festzustellen, wo sie an Land gesetzt worden waren, befanden sich Truppen an Bord, dann galt es, die Daring in Sicht zu halten, bis sie gelandet wurden. Zum Schluß wurde den Kommandanten nochmals nahegelegt, mit größter Umsicht und Besonnenheit zu handeln und insbesondere alle Maßnahmen zu vermeiden, die als unberechtigte Einmischung in die Operationen der Daring gedeutet werden konnten.

Angesichts der Tatsache, daß dieser Befehl New Orleans nicht vor dem folgenden Morgen verlassen konnte und auch dann nur mit langsamen Kauffahrern reiste, durfte man kaum annehmen, daß er ein Schiff des Westindien-Geschwaders erreichte, ehe die Daring ihre Absichten, welche immer es waren, ausführen konnte. Und doch war es nötig, allen nur denkbaren Möglichkeiten Rechnung zu tragen. Mit schweißnasser Hand unterzeichnete Hornblower zwanzig Abschriften seines Befehls, überzeugte sich, daß sie richtig versiegelt wurden, und übergab sie Sharpe. An der Stelling schüttelten sie einander zum Abschied noch einmal die Hände.

»Ich meine, Mylord«, sagte Sharpe, »Cambronne wird Port au Prince oder Havanna anlaufen.«
Diese beiden Häfen waren rund tausend Meilen voneinander entfernt.
»Könnte er nicht ebensogut Cartagena oder La Guayra ansteuern?« fragte Hornblower ironisch. Diese Plätze lagen ebenfalls tausend Meilen auseinander und mehr als tausend Meilen von Havanna.
»Das könnte ebenfalls möglich sein«, sagte Sharpe. Hornblowers Ironie hatte augenscheinlich ihre Wirkung ganz verfehlt. Dennoch konnte man nicht sagen, daß Sharpe kein Gefühl für Hornblowers schwierige Lage hatte, denn er fuhr alsbald fort: »Wie es auch kommen mag, meine besten Wünsche begleiten Sie, Mylord. Ich bin überzeugt, daß der Erfolg Eurer Lordschaft auch diesmal treu bleiben wird.«
Die Crab warf die Leinen los, die Temeraire hatte sie im Schlepp und spuckte aus ihrem Schornstein so viel Rauch und Funken, daß Harcourt entsetzt die Hände rang. Er fürchtete nicht nur die Feuersgefahr, sondern auch die unvermeidlichen Rußflecken auf seinem makellosen Deck. Darum ließ er alle Mann Wasser von außenbords überpumpen und ohne Unterlaß Deck und Takelage benetzen.
»Frühstück, Mylord?« fragte Gerard, der neben Hornblower stand.
Frühstück? Es war jetzt ein Uhr nachmittags, er war seit gestern nicht in der Koje gewesen, er hatte gestern abend viel zuviel getrunken, er hatte einen arbeitsreichen, einen aufregenden Vormittag hinter sich und war auch in diesem Augenblick noch voll nervöser Ungeduld. Für den Bruchteil einer Sekunde lag ihm ein barsches »Nein« auf der Zunge, aber dann fiel ihm ein, wie er sich gestern (erst gestern? War es nicht mindestens eine Woche her?) über die kurze Verspätung des Frühstücks beklagt hatte. Nein, er wollte sich seine Erregung nicht zu deutlich anmerken lassen.
»Selbstverständlich. Es hätte längst serviert werden können, Mr. Gerard«, sagte er und hoffte, daß es ihm einigermaßen gelang, den immer noch nüchternen und darob gereizten Mann zu spielen.
»Aye, aye, Mylord«, sagte Gerard. Er war nun schon seit mehreren Monaten Hornblowers Flaggleutnant und kannte sich fast so gut mit seinen Launen und Stimmungen aus, wie eine

gute Ehefrau. Vor allem wußte er um die unter einer rauhen Schale verborgene Herzensgüte dieses Mannes. Er selbst war der Sohn eines alten Freundes und hatte diesen Posten erhalten, obwohl sich die Söhne von Admirälen und Herzögen darum gerissen hätten, als Flaggleutnant unter dem sagenhaften Hornblower zu dienen.

Hornblower zwang sich mit Gewalt, seine Früchte und seine weichen Eier aufzuessen und trotz der Hitze seinen Kaffee zu trinken. Es dauerte eine ganze Weile, ehe er wieder an Deck kam, und während dieser Zeit war es ihm weiß Gott gelungen, sein Problem ganz — oder sagen wir lieber fast ganz — zu vergessen. Kaum stand er aber wieder an Deck, da stürzte auch dieses Problem mit aller Wucht von neuem über ihn herein. Es quälte und beunruhigte ihn so, daß er weder der ungewöhnlichen neuen Art der Flußschiffahrt Interesse abgewann noch einen Blick für die flachen Ufer übrig hatte, die so ungewöhnlich rasch vorüberglitten. War dieser überstürzte Aufbruch von New Orleans nicht nur ein Ausdruck seiner ohnmächtigen Wut? Er konnte ja nicht hoffen, die DARING jemals einzuholen. Was immer sie im Sinn hatte, sie landete ihren Streich sozusagen vor seiner Nase und machte ihn damit zum Gespött der Welt — zum mindesten *seiner* Welt. Dann war dies sein letztes Kommando, dann war für ihn Schluß für immer. Hornblower dachte an die Jahre seit Waterloo, die Jahre auf Halbsold. Man mochte meinen, sie seien für ihn glücklich und lebenswert gewesen: ein Sitz im Oberhaus, eine einflußreiche Rolle in der Grafschaft, eine liebende Frau, ein heranwachsender Sohn — war das etwa nicht genug des Guten? Und doch war es für ihn eben nicht das richtige Dasein. Die fünf Jahre seit Waterloo, bis nach dem natürlichen Verlauf der Dinge endlich die Beförderung zum Flaggoffizier kam, waren ihm in ihrer friedlichen Ruhe gründlich auf die Nerven gegangen. Eigentlich hatte ihm dies erst die überschwengliche Freude verraten, die ihn überfiel, als er von seiner Kommandierung nach Westindien erfuhr.

Was konnte er von den Jahren, die ihm noch bevorstanden, bis er ins Grab sank, denn anderes erwarten, als die gleiche traurige Öde, die er schon in den verflossenen fünf Jahren so gründlich ausgekostet hatte? Nein, dieser Stumpfsinn, diese Langeweile mußten noch schlimmer werden, weil er nun alle Hoffnung auf eine neue Verwendung zur See zu begraben hatte.

Er schalt sich bitter, als er sich bei diesen Gedankengängen er-

tappte. Hier stand er nun und schwelgte in Mitleid mit sich selbst, statt sich in die Aufgabe hineinzuknien, die ihm nun einmal vom Schicksal gestellt war.
Was hatte Cambronne im Sinn? Gelang es ihm, jenem Mann zuvorzukommen, schon dort zu sein, wo der andere zuschlagen wollte, dann war sein guter Name gerettet. Hatte er so viel Glück, dann mochte es ihm sogar gelingen, entscheidend in die Ereignisse einzugreifen. Aber in Spanisch-Amerika ging es eben zur Zeit *überall* drunter und drüber, und in Westindien mit Ausnahme der britischen Kolonien nicht minder. Ein Ort kam da als Ziel der DARING ebenso in Frage wie der andere, und überdies war es höchst zweifelhaft, ob er, wo auch immer, einen Vorwand zum Eingreifen fand. Cambronne hatte höchstwahrscheinlich eine ordnungsmäßige Bestallung von Bolivar oder irgendeinem anderen Volkstribunen in der Hand – andererseits verriet allerdings seine Heimlichtuerei, daß es ihm das liebste war, wenn die Royal Navy keine Gelegenheit bekam, rechtzeitig einzugreifen. Einzugreifen? Mit sechzehn Mann Besatzung (ohne die überplanmäßigen Leute) und mit einem einzigen Sechspfünder als Bewaffnung? Lächerlicher Unfug! War er nicht doch ein Narr? Aber jetzt gab es für ihn nichts anderes als denken, denken, denken.
»Die Sonne geht unter, ehe wir St. Philip in Sicht bekommen, Mylord«, meldete Harcourt, die Hand zum Gruß erhoben.
»Danke, Mr. Harcourt.«
Also wurde kein Salut geschossen, er machte sich sozusagen mit eingezogenem Schwanz aus den Vereinigten Staaten davon. Es konnte nicht ausbleiben, daß man über die Kürze seines Aufenthalts allerlei dummes Zeug redete und schrieb. Sharpe mochte sich alle Mühe geben, zu erklären, warum er so eilig wieder ausgelaufen war, aber es gab wohl kaum jemand, der sich mit solchen Erklärungen abfand. Kurzum, dieses Kommando, das er sich so brennend ersehnt hatte, erwies sich nachgerade als hohnvolles Fiasko.
Selbst dieser Besuch hier, dem er so gespannt entgegensah, hatte mit einer Enttäuschung geendet. Nicht nur, daß er von New Orleans, von Amerika und den Amerikanern so gut wie nichts gesehen hatte, er fand nicht einmal Zeit, sich mit dem gewaltigen Mississippi zu befassen. Sein Problem nahm ihm jedes Interesse an seiner Umgebung, und die Umgebung hielt ihn ihrerseits davon ab, sich mit gehöriger Sammlung dem allesbeherr-

schenden Problem zu widmen. Das galt zum Beispiel von dieser märchenhaften Art, sich fortzubewegen. Die CRAB lief gute fünf Knoten Fahrt durchs Wasser, und dazu kam dann noch der Strom. Davon kam es, daß ihm jetzt eine ganz nette Brise um die Ohren wehte. Es war gelinde gesagt ungewöhnlich, bei Wind recht von vorn ohne Überliegen und ohne Stampfen eine Menge Fahrt über Grund zu machen und dabei nur ein leises Summen in den Wanten und Stagen zu hören, während das laufende Gut überhaupt keinen Laut von sich gab.

»Ihr Dinner ist angerichtet, Mylord«, meldete Gerard, als er wieder an Deck erschien.

Die Nacht senkte sich über die CRAB, als Hornblower unter Deck ging. Unten in der Kajüte war es unerträglich schwül.

»Schottische Suppe, Mylord«, meldete Giles und setzte den dampfenden Teller vor ihm auf den Tisch. Hornblower tauchte teilnahmslos den Löffel ein und führte ihn nur ein paarmal zum Mund, dann legte er ihn wieder weg. Giles schenkte ihm Wein ins Glas, aber er wollte jetzt weder Wein noch Suppe. Dennoch war es falsch, daß er seine Schwäche so offen zeigte. Darum zwang er sich, noch etwas von der Suppe zu sich zu nehmen, wenigstens so viel, daß der Schein gewahrt blieb.

»Huhn à la Marengo, Mylord«, meldete Giles und setzte ihm den zweiten Gang vor.

Bei Huhn ließ sich der Schein leichter wahren. Hornblower schnippelte die Gelenke auseinander, aß ein paar Bissen und legte Messer und Gabel wieder weg. Konnte nicht doch einmal ein Wunder geschehen? Wie, wenn man ihm von Deck herunter meldete, die Maschinen der beiden Schlepper der DARING seien zusammengebrochen, oder die DARING selbst sei auf Grund gelaufen, so daß sie triumphierend vorüberrauschen konnten? Dumme Hirngespinste! Weiß Gott, er war wirklich ein Narr.

Giles räumte den Tisch ab und brachte die Käseplatte und den Käseteller herein. Dazu füllte er ein Glas mit Portwein. Noch ein Scheibchen Käse und ein Schlückchen Wein, und das Dinner konnte als beendet gelten. Giles brachte die silberne Spirituslampe, die silberne Kaffeekanne und die Tasse aus Porzellan – Barbaras Abschiedsgeschenke. Selbst in seinem grenzenlosen Elend bot ihm der Kaffee etwas Trost, den einzigen in einer von undurchdringlichem Dunkel verhangenen Welt.

Als er wieder an Deck erschien, herrschte rabenschwarze Nacht.

An Steuerbord voraus schimmerte ein Licht, das stetig weiter querab wanderte; das war gewiß einer der berühmten Leuchttürme, die die Amerikaner aufgestellt hatten, damit der Mississippi bei Nacht ebenso leicht zu befahren war wie bei Tage, ebenso ein Beweis für die Bedeutung des aufstrebenden Handelsverkehrs auf diesem Strom wie die Tatsache, daß nicht weniger als sechs Dampfschlepper ohne Unterbrechung in Betrieb waren.

»Mylord«, kam die Stimme Harcourts aus dem Dunkel neben ihm, »wir haben gleich den Paß erreicht. Ich bitte um weitere Befehle, Mylord.«

Was konnte er tun? Das verlorene Spiel bis zum bitteren Ende weiterspielen. Das war das einzige, was ihm blieb. Weit, weit hinter der Daring hersegeln, in der Hoffnung, daß vielleicht doch noch ein Wunder geschah, ein Glücksfall eintrat. Die Aussichten standen hundert zu eins, daß der Vogel ausgeflogen, auf Nimmerwiedersehen verschwunden war, wenn er Corpus Christi erreichte. Und doch konnten ihm vielleicht die mexikanischen Behörden, sofern es dort welche gab, oder der Klatsch und Tratsch der Einwohner, sofern er etwas davon aufschnappte, irgendwelche Anhaltspunkte geben, aus denen sich das nächste Ziel der Kaiserlichen Garde erraten ließ.

»Sobald wir in See sind, nehmen Sie bitte Kurs auf Corpus Christi.«

»Aye, aye, Mylord, Corpus Christi.«

»Studieren Sie das Segelhandbuch für den Golf von Mexiko wegen der Einfahrt in die dortige Lagune.«

»Aye, aye, Mylord.«

So, das war geschehen, die Entscheidung war gefallen. Dennoch blieb er noch an Deck und rang weiter mit dem Problem, das ihm mit seinen vielen Unbekannten und seiner aufreibenden Vielschichtigkeit immer neue Rätsel aufgab.

Er fühlte Regentropfen im Gesicht, und bald stürzte ein Wolkenbruch vom Himmel, daß die Decksplanken dröhnten und Hornblowers beste Uniform im Nu durchnäßt war. Sein Zweispitz wog auf dem Kopf wie Blei, weil in der aufgebogenen Krempe das Wasser stand. Als er gerade im Begriff war, unter Deck Schutz zu suchen, begannen seine Gedanken wieder um das alte Problem zu kreisen, so daß er seine Absicht ganz vergaß und blieb. Gerard tauchte mit seinem Ölzeug samt Südwester aus dem Dunkel auf, aber er achtete nicht auf ihn.

Sollte alles falscher Alarm gewesen sein? Hatte Cambronne etwa doch nur den Wunsch, die Garde nach Frankreich zurückzubringen? Nein und noch einmal nein! Wenn er das wollte, wozu holte er dann sechshundert Musketen und ganze Ballen mit Uniformen an Bord? Vor allem aber hätte er es in diesem Fall niemals nötig gehabt, sich so übereilt und heimlich davonzustehlen.

»Bitte, Mylord«, sagte Gerard, der noch immer geduldig mit seinem Ölzeug bereitstand.

Hornblower mußte daran denken, wie Barbara vor seinem Abschied von England Gerard beiseite genommen und lange mit ernster Miene auf ihn eingeredet hatte. Zweifellos hatte sie ihm damals eingeschärft, auf alle Fälle dafür zu sorgen, daß er nicht naß wurde, und daß er pünktlich seine Mahlzeiten bekam.

»Sie kommen etwas zu spät, Mr. Gerard«, meinte er lachend. »Ich bin schon naß bis auf die Haut.«

»Dann, Mylord, möchte ich Ihnen dringend nahelegen, sich unter Deck zu begeben und trockene Sachen anzuziehen.«

Aus Gerards Worten sprach ehrliche Besorgnis um die Gesundheit seines Admirals. Das Prasseln des Regens auf Gerards Ölzeug hörte sich an wie ein Salpeter-Quetschwerk in einer Pulvermühle.

»Also schön, wenn Sie meinen«, sagte Hornblower.

Er kletterte den engen Niedergang hinunter, Gerard folgte ihm auf dem Fuß und rief sofort mit lauter Stimme: »Giles!«

Hornblowers Bursche war im Augenblick zur Stelle.

»Legen Sie trockene Sachen für Seine Lordschaft bereit.«

Giles begann in der kleinen Kajüte herumzuhantieren und kniete zuletzt an Deck, um ein frisches Hemd aus der Seekiste zu fischen. Als Hornblower seinen Hut abnahm, klatschten ein paar Liter Wasser neben ihn an Deck.

»Kümmern Sie sich darum, daß die Sachen Seiner Lordschaft sachgemäß getrocknet werden«, befahl Gerard.

»Aye, aye, Sir«, sagte Giles mit so viel gespielter Geduld, daß Gerard auf jeden Fall merken mußte, wie überflüssig er diesen Befehl fand. Hornblower wußte, daß ihm diese beiden Männer ehrlich ergeben waren. Bis jetzt hatten ihre Gefühle für ihn sogar seinen offenkundigen Mißerfolg überdauert – wie lange blieb es noch dabei?

»Es ist gut«, sagte er, weil ihm die beiden plötzlich auf die Nerven gingen, »ich werde jetzt schon allein fertig.«

Vornübergebeugt, daß er mit dem Kopf nicht an die Decksbalken stieß, stand er in seiner Kajüte und ging daran, den durchweichten Uniformrock aufzuknöpfen. Dabei merkte er, daß er immer noch das Ordensband und den Stern trug. Er zog das Band über den Kopf, es triefte wie alles andere vor Nässe. Ihm schien, als höhnten ihn Band und Stern grade zur rechten Zeit ob seines dummen Versagens, denn just im gleichen Augenblick war er ohnedies voll Zorn über sich selbst, weil er wieder einmal mit dem Gedanken spielte, die DARING könnte auf ihrer Schleppfahrt zur Mündung vielleicht doch noch irgendwo auf Grund geraten sein.

Es klopfte an der Tür, und Gerard trat wieder ein.

»Ich habe doch gesagt, daß ich mich allein umziehen kann«, fuhr ihn Hornblower an.

»Meldung von Mr. Harcourt, Mylord«, sagte Gerard mit unbeirrbarer Ruhe: »Der Schlepper wird bald loswerfen, der Wind ist günstig, es weht ziemlich kräftig aus Ost zu Nord.«

»Danke.«

Die kräftige Brise, die günstige Windrichtung, das alles kam der DARING zugute. Bei widrigen, unbeständigen Winden hätte die CRAB vielleicht Aussicht gehabt, sie einzuholen. Das Schicksal spielte ihm diesmal wirklich jeden erdenklichen Streich.

Giles hatte die Gelegenheit benutzt, um wieder in die Kajüte zu schlüpfen. Eben nahm er Hornblower den nassen Rock aus der Hand.

»Habe ich dich nicht hinausgeschickt? Scher dich zum Teufel!« brüllte Hornblower erbarmungslos.

»Aye, aye, Mylord«, antwortete Giles mit unerschütterlichem Gleichmut. »Da ist noch dieses Ding hier – diese Mütze. Was soll ich damit anfangen?«

Er hatte die Bärenmütze der Kaiserlichen Garde in der Hand, die unten im Schrank gelegen hatte.

»Weg damit!« schrie ihn Hornblower an.

Er hatte grade die Schuhe ausgezogen und schälte sich eben mühsam die nassen Socken von den Füßen, als ihm blitzartig die Erleuchtung kam. Ohne sich erst aufzurichten, dachte er fieberhaft nach.

Eine Bärenmütze – Ballen über Ballen, alle vollgepackt mit Bärenmützen. Wozu sollten die gut sein? Musketen, Bajonette, ja, welcher vernünftige Mensch rüstete ein Regiment Soldaten

für den Dienst im tropischen Amerika ausgerechnet mit Bärenmützen aus?
Jetzt kam er langsam aus seiner gebückten Stellung hoch, rührte sich aber, immer noch tief in Gedanken, nicht von der Stelle, wo er stand. Schon die Uniformen mit ihren Messingknöpfen und ihrer Goldstickerei waren unter den zerlumpten Horden Bolivars fehl am Platze, die Bärenmützen waren in solcher Umgebung schlechterdings eine Narrheit.
»Giles!« schrie er, und als Giles die Nase durch die Tür hereinsteckte: »Sofort die Mütze her!«
Er drehte sie um und um und fühlte dabei immer deutlicher, daß er den Schlüssel zu Cambronnes Geheimnis in Händen hielt. Da war die schwere Kette aus poliertem Messing, da der bronzene Kaiserliche Adler. Cambronne war doch ein alter Feldsoldat mit zwanzig Jahren Kriegserfahrung. Undenkbar, daß er seinen Leuten zumuten würde, in dieser Aufmachung in den verseuchten Sümpfen Mittelamerikas oder in dem hitzeflimmernden Röhricht Westindiens Krieg zu führen. Wo lag also des Rätsels Lösung?
Die Kaiserliche Garde in ihrer nun schon in die Geschichte eingegangenen Uniform mit der hohen Bärenmütze war in der Vorstellung aller Welt aufs engste mit der bonapartischen Tradition verbunden, die noch bis zur Stunde als politische Kraft weiterwirkte. Drohte also irgendwo eine bonapartistische Bewegung? Etwa in Mexiko? Ausgeschlossen! Oder gar in Frankreich?
Hornblower fühlte, wie ihm unter seinen nassen Sachen plötzlich warm wurde, weil ihm aus Freude über die gefundene Lösung das Blut heiß durch die Adern schoß. St. Helena! Dort war Bonaparte, ein Gefangener, ein Verbannter auf einer der einsamsten Inseln der Welt. Eine fünfhundert Mann starke ausgebildete Truppe, die überraschend von einem Schiff unter amerikanischer Flagge an Land geworfen wurde, konnte ihn leicht befreien. Und was weiter? Es gab in der ganzen Welt nur wenige Schiffe, die schneller waren als die Daring. Segelte sie ohne Verzug nach Frankreich, dann langte sie dort an, ehe irgendeine Warnung die zivilisierte Welt erreichen konnte. Bonaparte konnte also mit seiner Garde unangefochten landen — darum die Bärenmützen, darum die Uniformen! Jeder, der sie sah, dachte voll Wehmut an den Ruhm und die Größe des Kaiserreichs zurück, und schon eilte die Armee wieder zu ihren

alten Fahnen, wie sie es bei seiner Rückkehr von Elba schon einmal getan hatte. Die Bourbonen hatten sich die freundliche Gesinnung des Volks schon wieder verscherzt – Sharpe hatte ihm erzählt, daß sie sich jetzt überall als internationale Drahtzieher betätigten, weil sie hofften, ihr Volk durch eine erfolgreiche Außenpolitik zu blenden. Bei der augenblicklich herrschenden Stimmung konnte Bonaparte zum zweitenmal auf Paris marschieren, ohne Widerstand zu finden. Und Europa geriet von neuem in den blutigen Teufelskreis von Sieg und Niederlage.

Nach Elba mußte ein Feldzug von hundert Tagen geführt werden, bis sich das Schicksal Bonapartes bei Waterloo erfüllte. Aber diese kurzen hundert Tage kosteten hunderttausend Männern das Leben und verschlangen Millionen und aber Millionen an Geld. Diesmal war es vielleicht noch nicht einmal mit solchem Aufwand getan. Allzuleicht nur konnte es geschehen, daß Bonaparte in dem zerrissenen, von Leidenschaften aufgewühlten Europa sogar Bundesgenossen fand, und daß dann ein Krieg von nochmals zwanzig Jahren Dauer drohte, der dem armen alten Kontinent wohl den Rest gegeben hätte. Hornblower hatte schon zwanzig Jahre Kampf hinter sich, der bloße Gedanke, daß sich dieses Unglück für die Welt wiederholen könnte, machte ihn körperlich krank. Die Vorstellung war so ungeheuerlich, daß er seine Schlußfolgerungen noch einmal kritisch überprüfte, aber es war nicht daran zu rütteln, das Ergebnis blieb unweigerlich das gleiche.

Cambronne war Bonapartist, wer einmal Oberbefehlshaber der Kaiserlichen Garde gewesen war, konnte nichts anderes sein. Hatte er seine Gesinnung nicht sogar selbst verraten, indem er Bonapartes Großen Adler der Ehrenlegion trug, statt den Grand Cordon der Bourbonen anzulegen, der an die Stelle des früheren Ordens getreten war? Er hatte das mit Vautours Wissen und Einverständnis getan. Vautour war wohl bourbonischer Beamter, aber er sann allen Anzeichen nach auf Verrat. Die Charterung der DARING, die Übernahme jener verhängnisvollen Ladung, all das konnte nur im Einverständnis und unter Mitwirkung der französischen Vertretung ins Werk gesetzt werden. Wahrscheinlich schwelte unter den Franzosen wieder eine neue bonapartistische Verschwörung. War das Verhalten der Baronin nicht der beste Beweis, daß es so etwas gab?

Mittelamerika und Westindien waren in Aufruhr, gewiß, aber

es gab hier nirgendwo einen strategischen Punkt, der einem Angriff der Kaiserlichen Garde in voller Uniform und Bärenmütze ein lohnendes Ziel geboten hätte. (Hornblower hatte über dieses Problem lange genug nachgegrübelt, um zu wissen, daß es so war.) Nein, das Ziel hieß St. Helena und dann Frankreich. Davon war er jetzt felsenfest überzeugt. Das Leben von Millionen, der Friede der ganzen Welt hingen von dem Entschluß ab, den er in diesem Augenblick zu fassen hatte.
An Deck, grade über seinem Kopf, hörte er jetzt das Getrappel eiliger Füße, Tauwerk klatschte auf die Planken, Befehle wurden gegeben, die CRAB knackte laut in ihren Verbänden. Die Kajüte neigte sich beim Segelsetzen unversehens tief nach der Seite. Da er nicht darauf gefaßt war, taumelte er nach Lee und ließ dabei die Bärenmütze fallen. Sie hatte ihre Schuldigkeit getan und blieb unbeachtet zu seinen Füßen liegen.
Mit dem Wind von achtern kam der Schoner alsbald wieder auf ebenen Kiel. Aber das Deck unter Hornblowers Füßen schien jetzt zu atmen, als wäre es plötzlich zu richtigem Leben erwacht. Sie waren in See, sie hatten bereits Kurs auf Corpus Christi. Bei Wind aus Ost zu Nord konnte die CRAB auf diesem Kurs vielleicht sogar Schmetterling fahren. Jetzt mußte er rasch überlegen, jetzt war jede Sekunde kostbar. Er konnte es sich nicht leisten, weiter mit solcher Fahrt nach Lee abzulaufen, wenn er seinen Plan umstoßen wollte.
Und er war sich darüber klar, daß eben dies unmittelbar bevorstand. Bis zur Stunde hatte er verzweifelt nach einem Anhaltspunkt gesucht, der ihm zu erraten erlaubte, wohin sich die DARING nach dem Anlaufen von Corpus Christi wenden würde. Jetzt endlich konnte er ihr den Weg verlegen. Jetzt hatte er es in der Hand, der Welt den Frieden zu bewahren. Den Blick in unendliche Fernen gerichtet, ohne zu sehen, was ihn umgab, stand er in der schwankenden Kajüte und breitete im Geist die Karten des Golfs von Mexiko und der Karibischen See vor sich aus. Der Nordostpassat wehte quer darüber hin, er war um diese Jahreszeit nicht ganz so zuverlässig wie im Winter, aber doch so stetig, daß man ihn getrost in Rechnung stellen konnte. Ein Schiff, das von Corpus Christi in den Südatlantik – nach St. Helena – segeln wollte, mußte zwangsläufig den Kanal von Yucatan als Durchfahrt benutzen. Von dort aus nahm es höchstwahrscheinlich gleich Kurs auf die vorspringende Schulter von Südamerika – besonders, wenn ihm daran

lag, nicht aufzufallen – denn dieser Kurs führte es mitten durch die Karibische See, wo es an Steuerbord und Backbord Dutzende von Meilen freien Wassers fand. Zuletzt aber mußte es noch irgendwo die Kette der Antillen passieren, ehe es den offenen Atlantik erreichte.

Es gab wohl an die hundert Durchfahrten zwischen den verschiedenen Inseln, aber doch nur eine, deren Benutzung sich eigentlich von selbst verstand, nur eine, die ein nach St. Helena bestimmter Kapitän wählen mußte, weil er mit dem Passat zu rechnen hatte. Er rundete Galera Point, den nördlichsten Ausläufer der Insel Trinidad, und blieb dabei natürlich möglichst weit von Land ab. Aber er konnte den Abstand doch nicht allzugroß wählen, weil nördlich von Galera Point die Insel Tobago lag und der Tobago-Kanal zwischen den beiden Inseln nicht mehr als – Hornblower wußte es nicht genau zu sagen, aber sicherlich nicht mehr als fünfzig Meilen breit war. Unter günstigen Wetterverhältnissen konnte auch ein einzelnes Schiff diesen Kanal überwachen und sicherstellen, daß ihn niemand ungesehen passierte. Das Ganze war ein Schulbeispiel für Seestrategie im kleinsten Maßstab. Seemacht übte zwar überall in der Weite der Weltmeere ihren Einfluß aus, aber die eigentlichen Entscheidungen zur See fielen doch stets in der Enge küstennaher Gewässer und an Brennpunkten wie diesem. Der Kanal von Yucatan eignete sich längst nicht so gut zur Überwachung, weil er mehr als hundert Meilen breit war. Die Crab konnte den Tobago-Kanal als erste erreichen, dessen durfte er sicher sein, denn die Daring hatte ja zwei Seiten eines Dreiecks abzusegeln, wenn sie zuerst Corpus Christi anlief, und mußte überdies von jenem weit in Lee gelegenen Hafen aus eine lange Strecke gegenan kreuzen. Es war sicher das Beste, wenn er sich diesen Vorteil zunutze machte und ohne Verzug nach dem Tobago-Kanal eilte. Er konnte dort grade zur rechten Zeit eintreffen, um die Daring abzufangen – ja, grade noch zur rechten Zeit, und hatte überdies die begründete Aussicht, unterwegs eines der Schiffe seines Geschwaders zu treffen, das er zu seinem Ziel mitnehmen konnte. Jetzt eine Fregatte! Dann besaß er die Kampfkraft, die er brauchte. In diesem Augenblick faßte er seinen Entschluß und fühlte, wie ihm das Herz dabei rascher schlug.

»Giles!« rief er.

Giles trat wieder in Erscheinung und gab beim Anblick Hornblowers, der immer noch klatschnaß in Hemd und Hose dastand, seine entsetzte Mißbilligung so deutlich kund, wie das einem verwöhnten Diener erlaubt ist.

»Meine Empfehlung an Mr. Harcourt, und ich wäre ihm verbunden, wenn er sich so schnell wie möglich bei mir einfinden möchte.«

Wenn ein Admiral einen Leutnant zu sprechen wünscht, bedeutet das natürlich höchste Eile.

»Mr. Harcourt, ich habe mich zu einer Änderung meines ursprünglichen Planes entschlossen. Es gilt jetzt vor allem, keine Zeit zu verlieren. Bitte, setzen Sie sofort Kurs auf Cap San Antonio ab.«

»Cap San Antonio, aye, aye, Sir.«

Harcourt war ein guter Offizier, seine Stimme verriet weder Überraschung noch Zweifel, als er den unerwarteten Befehl entgegennahm.

»Sobald wir auf dem neuen Kurs sind, werde ich Ihnen meine Absichten erklären, wenn Sie die Güte haben wollen, sich mit den Karten wieder bei mir zu melden. Bringen Sie bitte auch Mr. Gerard mit.«

»Aye, aye, Sir.«

Jetzt konnte er endlich sein nasses Zeug ausziehen und sich mit einem Handtuch trockenreiben. Aus irgendeinem Grunde erschien ihm die Hitze in seiner kleinen Kajüte nicht mehr so drückend, vielleicht, weil sie jetzt draußen auf See waren, vielleicht auch, weil er endlich zu einem handfesten Entschluß gekommen war. Er fuhr eben in seine trockene Hose, als Harcourt das Ruder in Lee legen ließ. Die Crab drehte auf wie ein Kreisel, kräftige Arme holten dabei die Schoten ein. Auf dem neuen Kurs legte sie sich mit halbem Wind weit nach Steuerbord über. Hornblower, der grade ein Bein in der Hose hatte, suchte mit einem krampfhaften Satz das Gleichgewicht zu halten, fiel aber doch quer über seine Koje auf die Nase und zappelte mit den Beinen in der Luft. Mühsam rappelte er sich wieder hoch, die Crab holte immer noch nach Steuerbord über, bald weiter, bald weniger weit, so, wie die quereinkommenden Seen unter ihr hinwegrollten. Hornblower wurde durch dieses Überholen jedesmal überrascht, wenn er grade mit dem anderen Bein in die Hose fahren wollte, so daß er sich noch zweimal unfreiwillig auf seine Koje setzte, ehe er damit zu Rande kam. Es war gut, daß Harcourt und Gerard erst erschienen, als das schwierige Werk gelungen war. Die beiden hörten Hornblower aufmerksam zu, als er ihnen auseinandersetzte, welche Absichten die DARING nach seinen zwingenden Schlußfolgerungen verfolgte, und ihnen dann erklärte, daß er sie im Tobago-Kanal abfangen wollte. Harcourt nahm seinen Zirkel zur Hand, griff die Entfernungen ab und nickte, als er damit zu Ende war.

»Bis San Antonio können wir vier Tage Vorsprung gewinnen. Den augenblicklichen Vorsprung der DARING abgerechnet, heißt das, daß wir drei Tage vor ihr dort sind.«

Diese drei Tage Vorsprung mochten der CRAB für die lange, lange Wettfahrt über die ganze Breite der Karibischen See gerade eben genügen.

»Könnten wir nicht unterwegs Kingston anlaufen,. Mylord?« fragte Gerard.

Das war ein verlockender Vorschlag, aber Hornblower schüttelte energisch den Kopf. Es hatte keinen Sinn, noch den Stützpunkt anzulaufen, um die Nachricht bekanntzugeben und vielleicht Verstärkung mitzunehmen, wenn ihnen die DARING unterdessen unbehindert entschlüpfte.

»Das Einlaufen würde viel zuviel Zeit kosten«, sagte er, »auch wenn wir die Seebrise ausnützen könnten. Und im Hafen gibt es ebenfalls wieder unerwünschten Aufenthalt. Ich meine, so wie die Dinge liegen, haben wir keinen Augenblick zu verlieren.«

»Das läßt sich allerdings nicht in Abrede stellen, Mylord«, mußte ihm Gerard zugeben. Er spielte die Rolle des Admiralstabsoffizier, dessen Pflicht es ist, jeden Plan seines Admirals kritisch unter die Lupe zu nehmen. »Wie verhalten wir uns, wenn wir mit der DARING zusammentreffen?«

Hornblower blickte Gerard eine Weile unverwandt in die Augen. Sein Flaggleutnant hatte die Frage gestellt, die er sich ebenfalls vorgelegt hatte und auf die er noch keine Antwort wußte.

»Ich bin noch damit beschäftigt, wirksame Maßnahmen für dieses Zusammentreffen zu planen«, sagte Hornblower. Das klang so abweisend, daß es Gerard wohlweislich vermied, noch ein Wort über dieses Thema zu verlieren.

»Die schiffbare Rinne im Tobago-Kanal ist nur zwanzig Meilen breit«, sagte Harcourt, der immer noch eifrig mit dem Zirkel hantierte.

»Dann kann uns die DARING auch bei Nacht kaum unbemerkt entkommen«, sagte Hornblower. »Ich bin jedenfalls überzeugt, meine Herren, daß unser Plan der denkbar beste ist. Vielleicht ist es überhaupt der einzige, der in diesem Falle in Frage kommt.«

»Jawohl, Mylord«, sagte Harcourt und malte sich schon aus, was alles geschehen konnte. »Wenn uns die DARING wieder entkäme . . .«

Er stockte. Die bloße Vorstellung raubte ihm vor Entsetzen die Sprache.

»Wir, meine Herren, haben dafür zu sorgen, daß dieses Unglück nicht eintritt. Und da wir jetzt das Menschenmögliche getan haben, scheint es mir am Platze, daß wir uns zur Ruhe begeben. Wir haben alle zusammen in letzter Zeit nicht allzuviel Schlaf bekommen.«

Das war zweifellos richtig. Jetzt, da sich Hornblower für einen klar umrissenen Plan entschieden hatte und entschlossen war, auf Gedeih und Verderb daran festzuhalten, merkte er, wie ihm die Lider schwer wurden und wie ihn der Schlaf übermannen wollte. Als ihn seine Offiziere verlassen hatten, sank er todmüde in seine Koje. Da der Wind von Backbord querein kam und die Koje am Steuerbord-Schott lag, konnte er seine Glieder richtig entspannen und brauchte nicht zu fürchten, daß er womöglich herausfiel.

Er schloß die Augen, und schon kreisten seine Gedanken um die Antwort auf jene Frage, die ihm Gerard gestellt hatte. Diese Antwort war scheußlich, es war eine entsetzliche Aufgabe, sich mit ihr auseinanderzusetzen. Aber sie schien sich nicht vermeiden zu lassen. Er hatte seine Pflicht zu tun und war jetzt überzeugt, daß er sie wirklich nach bestem Vermögen tat. Er hatte ein reines Gewissen, er hatte das beruhigende Bewußtsein, alles bis ins einzelne sorgfältig durchdacht zu haben; eben darum aber wußte er auch um das unvermeidliche Schicksal, das ihm aus seiner Pflichterfüllung erwachsen mußte. Vor diesem schauerlichen Wissen gab es einstweilen nur eine Rettung, die Flucht in den Schlaf. So schlief er denn, bis der Morgen dämmerte, ja, er blieb noch darüber hinaus eine Weile im Halbschlummer liegen, bis er bei zunehmendem Tageslicht so klar zu denken begann, daß ihm seine grausame Idee wieder zum Bewußtsein kam.

So nahm die historische Wettfahrt der CRAB nach dem Tobago-Kanal ihren Anfang. Sie führte über eine Strecke, die fast der Breite des Atlantik entsprach. Der unermüdliche Passat drückte das kleine Schiff bis zur Reling weg, während es sich krachend und stampfend den Weg durch die rollenden Brecher bahnte. Da auf einem so kleinen Fahrzeug nichts geheim bleiben konnte, wußte bald jeder Mann an Bord, daß ein Rennen im Gange war, und jeder legte sich denn auch mit solcher Begeisterung ins Zeug, daß es eine helle Freude war. Die ergebenen Blicke der Männer richteten sich immer wieder auf die einsame Gestalt ihres Admirals, der breitbeinig auf dem winzigen Achterdeck stand, wo ihm der Passat sausend um die Ohren wehte. Jeder wußte um das Wagnis, das er eingegangen war, jeder wünschte ihm, daß er gewann, aber niemand ahnte etwas von dem, was ihn in Wahrheit zur Verzweiflung trieb, von jener bereits zur Gewißheit gewordenen Erkenntnis, daß seine Laufbahn mit dieser Fahrt ihr Ende fand, gleichgültig, ob er das Rennen gewann oder ob er es verlor.

Die Crab sollte alles hergeben, was an Fahrt in ihr steckte, und das bedeutete natürlich eine unausgesetzte Inanspruchnahme ihrer Besatzung. Dennoch wäre es niemand eingefallen, sich darüber zu beklagen. Die Männer holten und fierten willig die Schoten, wenn die Segelstellung auch den kleinsten Änderungen in der Windrichtung angepaßt werden mußte, sie waren jedesmal blitzschnell bei der Hand, wenn die Segel erst im allerletzten Augenblick vor dem Einfallen einer Bö gekürzt wurden, und waren ebenso rasch dabei, sie wieder zu setzen, wenn das Unwetter abgezogen war. Alle Mann taten freiwillig Ausguckdienst, und der Admiral hätte es wirklich nicht nötig gehabt, dem, der die Daring als erster sah, eine goldene Guinee zu versprechen – die Möglichkeit, ihr zu begegnen, war ja schon jetzt, längst vor Erreichen des Tobago-Kanals, nicht ganz von der Hand zu weisen. Wen scherte es schon, daß die Hemden und Kojen naß wurden, wenn der Gischt wie ein funkelnder Regenbogen über das Vorschiff fegte und seinen Weg unter Deck fand, wer fragte danach, daß der hartgepreßte Schoner in der schweren Dünung so heftig zu Kehr ging, daß er durch die klaffenden Nähte Wasser machte? Der allstündliche Logwurf, die tägliche Errechnung des zurückgelegten Etmals wurden selbst von jenen mit Spannung erwartet, die diesen nautischen Künsten sonst mit der fatalistischen Gleichgültigkeit des Mannes vor dem Mast zu begegnen pflegten.

»Ich muß die Wasserrationen kürzen, Mylord«, sagte Harcourt zu Hornblower gleich am ersten Tag.
»Wieviel können Sie ausgeben?« fragte Hornblower und versuchte, sich den Anschein zu geben, als ob er die Antwort mit Spannung erwartete, damit man ihm seine Verzweiflung über die andere Sache auf keinen Fall anmerkte.
»Zwei Liter pro Tag, Mylord.«
Zwei Liter pro Tag und Mann – das war für schwerarbeitende Männer hier in den Tropen bitter wenig.
»Ihre Maßnahme ist durchaus richtig, Mr. Harcourt«, sagte Hornblower. Es war in der Tat unerläßlich, jede Möglichkeit in Rechnung zu stellen. Niemand konnte wissen, wie lange diese Reise dauerte, wie lange sie im Tobago-Kanal patrouillieren mußten, ohne ihre Wasserfässer auffüllen zu können. Es wäre der Gipfel der Torheit gewesen, wenn sie wegen sinnloser Verschwendung in die Zwangslage gekommen wären, vorzeitig einen Hafen anlaufen zu müssen.
»Ich werde Giles anweisen«, fuhr Hornblower fort, »für mich das gleiche Quantum zu empfangen.«
Harcourt war darüber etwas erstaunt. Er hatte bisher wenig mit Admiralen zu tun gehabt und bildete sich darum ein, daß sich diese hohen Herren stets jeden Luxus erlauben konnten. Er hatte außerdem nicht bedacht, daß alle Freunde von Giles ebenfalls so viel Frischwasser bekamen, wie sie wollten, wenn dieser für seinen Admiral nach Belieben empfangen durfte. Hornblower hatte auch kein Lächeln für ihn gehabt, als er seine Absicht kundgab, er tat es mit dem gleichen verschlossenen und unnahbaren Ausdruck, den er gegen jedermann zur Schau trug, seit er nach dem Inseegehen seine neue Entscheidung getroffen hatte.
Eines Nachmittags sichteten sie Cap San Antonio und konnten daraus entnehmen, daß sie den Yucatan-Kanal hinter sich hatten. Die Landmarke gab ihnen einen neuen Abgangspunkt für den zweiten Teil ihrer Fahrt, außerdem war es von diesem Punkt an nicht mehr gar so unwahrscheinlich, daß sie die Daring überraschend in Sicht bekamen, da beide Schiffe jetzt etwa den gleichen Kurs steuern mußten. In der übernächsten Nacht passierten sie Grand Cayman; zwar bekamen sie es nicht in Sicht, wohl aber hörten sie das Donnern der Brandung auf einem der vorgelagerten Riffe. Man konnte daraus entnehmen, wie scharf Harcourt die Ecken schrammte. Hornblower fand

das falsch, er wäre unter allen Umständen weiter von Grand Cayman abgeblieben, und es fiel ihm in diesem Augenblick noch schwerer als sonst, sich an das ungeschriebene Gesetz zu halten, wonach sich ein Admiral nicht in die Schiffsführung seines Flaggschiffs einmischen durfte. In der folgenden Nacht gelang es ihnen, die Pedro-Bank anzuloten, woraus sich ergab, daß Jamaica und Kingston kaum hundert Meilen zu luward lagen. Von diesem neuen Abgangspunkt aus konnte Harcourt den Kurs nach dem Tobago-Kanal absetzen, aber er war nicht imstande, ihn zu halten. Dem Passat fiel es nämlich ein, bis südlich von Ost auszuschießen, was jetzt, zu Beginn des Hochsommers, nicht einmal so verwunderlich war, aber er kam damit für die CRAB so ziemlich recht von vorn. Harcourt ging sofort auf Backbord-Bug – kein Kapitän, der einen Schuß Pulver wert war, hätte in der Karibischen See auch nur einen Meter Nordbreite verschenkt – und legte sein Schiff mit dicht geholten Schoten so hoch wie möglich an den Wind.

»Wie ich sehe, haben Sie die Marssegel weggenommen, Mr. Harcourt«, bemerkte Hornblower und rührte damit an die empfindliche Stelle eines jeden Kommandanten.

»Jawohl, Mylord«, gab Harcourt zur Antwort und ließ sich erst zu weiteren Erklärungen herbei, als er den Blick seines Admirals immer noch fragend auf sich gerichtet sah. »Ein breitgebauter Schoner wie dieser hat schlechte Segeleigenschaften, wenn er zu weit überliegt, Mylord. Wir machen mit verkleinerter Segelfläche weniger Leeweg, Mylord, wenn wir bei so kräftiger Brise am Wind segeln.«

»Hm, natürlich, Sie kennen Ihr eigenes Schiff ja wohl am besten, Mr. Harcourt«, gab ihm Hornblower widerwillig zu.

Es war auch wirklich schwer einzusehen, daß die CRAB mit kahlen Rahen, ohne ihre stolzen Marssegel, bei dieser Brise besser vorankam. Gewiß hatte die DARING jetzt jeden Quadratmeter Segel stehen, über den sie verfügte – wenn es hoch kam, fuhr sie vielleicht ein Reff. Die CRAB stampfte unterdessen tapfer gegenan, ab und zu nur kam über den Steuerbordbug grünes Wasser an Deck, dann galt es für jedermann irgendwo Halt zu suchen und auf keinen Fall loszulassen. Als der nächste Morgen dämmerte, lag rechts voraus in zarten blauen Umrissen Land – die Berge der Insel Haiti. Harcourt hielt noch bis zum Mittag durch, so daß sie beim Näherkommen immer höher über die Kimm emporwuchsen, dann erst

ging er über Stag. Hornblower war diesmal mit Harcourt durchaus einverstanden, in einer oder zwei Stunden mochte ihnen die Landbrise zugutekommen, und sie brauchten auf alle Fälle genügend Luv, um von Beata-Point freizukommen. Die Vorstellung, daß sie auf diesem Kreuzschlag etwas von ihrem Vorsprung einbüßten, konnte in der Tat verbittern. War es nicht durchaus möglich, daß die Daring, wo immer sie sich aufhielt, den Wind um einen oder zwei Strich raumer fand und daher ihren Kurs weiter anliegen konnte? Es war erstaunlich zu beobachten, wie sogar die Männer vor dem Mast mit genetztem Finger die Windrichtung prüften, den Luvhorizont absuchten und den Rudergänger mit ihren kritischen Bemerkungen bedachten, der nach bestem Können jeden Meter Luv zu ertrotzen suchte.
Eineinhalb Tag lang wehte der Wind von vorn; mitten in der zweiten Nacht wurde Hornblower, der schlaflos in seiner Koje lag, plötzlich durch den Alle-Mann-Ruf aufgeschreckt. Im Nu war er hoch und langte nach seinem Schlafrock, während von Deck bereits lautes Fußgetrappel zu ihm herabdrang. Die Crab tanzte auf einmal wie wild in der See.
»Alle Mann auf, klar zum Reffen!«
»Drei Reff ins Großsegel!!« tönte Harcourts helle Stimme aus dem Dunkel, als Hornblower eben das Deck betrat. Der Wind riß ihm den Schlafrock und das Nachthemd hoch, als er abseits vom allgemeinen Getriebe an der Reling stand und in die brüllende Finsternis starrte. Mitten in der Nacht hatte sie eine jener wilden Mittsommerböen überfallen, aber irgendwer hatte offenbar die Augen gut offengehalten und ihr Kommen rechtzeitig bemerkt. Die Bö war von Süden heraufgezogen.
»Abfallen!« schrie Harcourt, »Schotten klar zum Fieren!«
Die Crab kam in einem wahren Hexenkessel wild durcheinanderlaufender Seen stampfend und rollend herum, dann wurden ihre Bewegungen ruhiger, und schon im nächsten Augenblick flog sie durch die brausende Finsternis, als ob sie ihren häßlichen Namen Lügen strafen wollte. So gewann sie kostbaren Seeraum nach Norden. Diese Bö war in der Tat ein unbezahlbares Glück, solange sie ihnen erlaubte, den nördlichen Kurs zu halten. Die Zeit verging, der nächtliche Sturm brauste mit unverminderter Gewalt und schlug Hornblower den Schlafrock immer wieder klatschend um die Beine. Er stand immer noch an seinem Platz an der Reling und fühlte, wie ihm

das Herz vor Freude unwillkürlich höher schlug. Wie konnte es auch anders sein, wenn man die Elemente in seinen Dienst zwang, wenn man dem Wind ein Schnippchen schlug und seiner hinterlistigen Überraschung zuvorkam?

»Ausgezeichnet, Mr. Harcourt!« schrie Hornblower gegen den Wind, als Harcourt herbeikam und im Dunkeln neben ihm stehenblieb.

»Danke, Sir – Mylord. Zwei Stunden diesen Wind, und wir haben es geschafft.«

Das Schicksal gewährte ihnen wenigstens deren eineinhalb, dann flaute die Bö ab, und der Passat setzte starrköpfig aus seiner alten Richtung Ost zu Süd wieder ein. Aber am Morgen brachte Giles beim Frühstück gute Kunde: »Der Wind krimpt nach Norden«, meldete er. Giles verfolgte den Verlauf des Unternehmens ebenso eifrig wie alle anderen.

»Ausgezeichnet«, sagte Hornblower, aber schon Sekunden später packte ihn wieder jene dumpfe Qual, die ihn nur noch so selten verließ. Dieser Wind trug ihn nur um so rascher seinem Verhängnis entgegen.

Im Lauf des Tages gab ihnen der Passat seine sommerliche Launenhaftigkeit gründlich zu kosten. Er wurde flauer und immer flauer, bis er zuletzt nur noch in kaum fühlbaren Puffs in die Segel fiel, so daß die Crab zeitweise ganz ohne Fahrt in der glasigen, blauen Dünung trieb. Steuerlos drehte sie ihren Bug reihum in alle Richtungen der Kompaßrose, während die Sonne senkrecht auf ihr Deck herniederbrannte, so daß das Pech in den Nähten schmolz. Fliegende Fische hinterließen dunkle Spuren auf der emailleblanken Oberfläche der See. Niemand nahm davon Notiz, aller Augen spähten nach der Kimm, um die nächste Katzenpfote zu entdecken, die ihnen langsam, langsam näher kam. Vielleicht steuerte die Daring nicht einmal allzuweit entfernt unter dem Druck aller Segel mit rauschender Fahrt ihren Kurs durch dieses launische Karibenmeer. Der Tag ging zu Ende, die Nacht verstrich, aber der Passat wollte immer noch nicht wieder einsetzen, nur dann und wann bewirkte ein vorübergehender Hauch, daß die Crab lautlos wie ein Geisterschiff durchs Wasser glitt und dem Tobago-Kanal wieder ein kleines Stück näher kam. Die Sonne brannte vom wolkenlosen Himmel, die Männer dürsteten bei ihren kümmerlichen Wasserrationen von zwei Litern am Tag, sie dürsteten alle die Tage und Nächte hindurch.

Nur wenige Schiffe kamen während dieser Zeit in Sicht, und die paar, denen sie begegneten, waren nicht geeignet, Hornblower in seinen Plänen zu unterstützen — ein Inselschoner unterwegs nach Belize, ein Holländer auf der Heimreise von Curaçao, kein Kapitän, dem Hornblower einen Brief anvertrauen konnte, kein Schiff seines eigenen Geschwaders —, aber das lag ohnedies kaum im Bereich der Möglichkeit. Hornblower blieb nichts anderes übrig, als zu warten, mit verbissener Geduld zu warten, während ein Tag um den anderen, eine Nacht um die andere dahinging. Endlich begann der launenhafte Passatwind wieder zu wehen, diesmal glücklicherweise aus Ost zu Nord, so daß sie wieder imstande waren, Kurs zu halten. Die Marssegel wurden gesetzt, damit liefen sie Stunde um Stunde ihre sechs Meilen Fahrt und hielten die Antillen ständig rechts voraus. Je näher sie den Inseln kamen, desto mehr Segel kamen in Sicht, aber das waren alles nur Inselsloops, die zwischen den »Inseln unter dem Wind« und Trinidad Schiffahrt trieben. Einmal löste ein Rahschiff an der Kimm allgemeine Aufregung aus, aber es war nicht die Daring. Es führte die rot-goldene Flagge Spaniens — eine spanische Fregatte, unterwegs nach der Küste Venezuelas, wahrscheinlich zu einem Schlag gegen die dortigen Insurgenten. Das Ziel war nun fast erreicht. Hornblower hörte, wie der Ausguck im Vortopp »Land in Sicht« aussang, und dann vergingen nur noch Sekunden, bis Gerard die Kajüte betrat:

»Grenada ist in Sicht, Mylord.«

»Danke.«

Jetzt hatten sie also die Gewässer erreicht, in denen sie die Daring aller Voraussicht nach treffen mußten. Für das Gelingen des Plans spielte fortan die Windrichtung eine größere Rolle als je zuvor. Zur Zeit wehte es aus Nordost, was Hornblower insofern sehr zustatten kam, als es die an sich schon kaum bestehende Möglichkeit vollends ausschloß, daß die Daring nicht den Tobago-Kanal, sondern die Durchfahrt nördlich der Insel Tobago benutzte.

»Die Daring muß an der gleichen Stelle Land machen wie wir, Mylord«, sagte Gerard, »und das, wenn möglich, bei Tage.«

»Das dürfen wir zum mindesten hoffen«, sagte Hornblower. Wenn die Daring bei den unstetigen Winden und unberechenbaren Stromverhältnissen des Karibischen Meeres ebensolange außer Sicht von Land gewesen war wie die CRAB, dann konnte man damit rechnen, daß ihr Kapitän bei der Ansteuerung von Land die größte Vorsicht walten ließ.

»Mr. Harcourt«, wandte sich Hornblower an den Kommandanten, »ich meine, wir können jetzt ohne Bedenken Point Galera ansteuern.«

»Aye, aye, Mylord.«

Nun kam die schlimmste Zeit des Wartens, der immer wiederholten Frage, ob sich dieses ganze Unternehmen nicht am Ende doch als blamable Irrfahrt erwies. Dabei galt es erst noch zu patrouillieren, am Wind bis in Sicht von Trinidad durchzuliegen, dann über Stag zu gehen und mit raumem Wind an Tobago vorbei wieder bis Grenada zurückzulaufen. Dieses Warten war schon schlimm genug, und wenn sich die Reise nicht als törichte Fehlrechnung erwies, dann zeitigte sie gar noch eine Katastrophe, die Hornblower allzu deutlich vor Augen stand. Gerard kam wieder auf seine Frage zurück:

»Wie wollen Sie den Mann zur Aufgabe seines Vorhabens zwingen, Mylord?«

»Es gibt Mittel und Wege«, antwortete Hornblower dunkel und versuchte dabei jede Schroffheit im Ton zu vermeiden, die seine Angst vor dem Unabwendbaren verraten hätte.

An einem jener strahlenden, ganz in Blau und Gold getauchten Sommertage glitt die CRAB vor einem kaum fühlbaren Lufthauch lautlos über die glatte See, als der Ausguckposten vom Topp aus das Deck anrief, weil er etwas zu melden hatte:

»Segel in Sicht! Genau zu luward, Sir!«

»Ein Segel« konnte natürlich alles mögliche bedeuten, als aber die CRAB allmählich näher kam, ergab sich aus den weiteren Meldungen doch bald die Vermutung, daß dieses fremde Segel wirklich die DARING war. Drei Masten – schon diese erste ergänzende Beobachtung ließ mit ziemlicher Sicherheit darauf schließen, da es nicht oft vorkam, daß ein großes Schiff aus der Karibischen See in den südlichen Atlantik segelte. Daß das Schiff alle Segel, sogar Skysegel und Leesegel an den Royals führte, hatte dagegen nicht soviel zu bedeuten.

»Das Schiff scheint ein Amerikaner zu sein, Sir!«

Darüber bestand schon deshalb kaum noch ein Zweifel, weil es die typischen Skysegel führte. Jetzt enterte Harcourt, mit seinem Glas bewaffnet, in den Großtopp. Als er wieder nach unten kam, glänzten seine Augen vor Erregung.

»Es ist die Daring, Mylord. Ich bin meiner Sache sicher.«
Durch zehn Seemeilen Wasser voneinander getrennt lagen die beiden Schiffe in der blitzblauen tropischen See, über ihnen wölbte sich in strahlendem Blau der südliche Himmel, nur ein dunklerer Streifen an der fernen Kimm verriet, daß dort Land war. Die Crab hatte das Rennen mit vierundzwanzig Stunden Vorsprung gewonnen. Die Daring drehte sich unter ihren gewaltigen Segelpyramiden steuerlos im Kreis herum, dort wehte offenbar kein Lüftchen mehr, das ihr weiterhalf. Die Crab zog noch eine Weile langsam und immer langsamer ihre Bahn, dann lag auch sie bewegungslos in der brennenden Sonne. Aller Augen richteten sich auf den Admiral, der stumm und steif, die Hände hinter dem Rücken verschränkt, auf dem Achterdeck stand und starren Blicks nach den weißen Rechtecken Ausschau hielt, die ihm den Ort wiesen, wo sich sein Schicksal erfüllen sollte. Das mächtige Großsegel des Schoners flappte träge, flappte ein zweites Mal, und dann begann der Großbaum langsam herumzuschwingen.
»An die Schoten!« rief Harcourt über das Deck.
Das Lüftchen war so schwach, daß sie es nicht einmal auf ihrer schweißtriefenden Gesichtshaut fühlten, aber es genügte doch, die Bäume hinauszudrücken, und gleich darauf fühlte auch der Rudergänger etwas Druck auf dem Ruderblatt, so daß sich das Schiff wieder steuern ließ. Das Bugspriet der Crab zeigte genau auf die Daring, und der Wind kam dabei von Steuerbord achtern, man konnte sagen, fast platt von achtern. Das hieß, daß ihn die Daring nahezu von vorn bekommen mußte, wenn er überhaupt bis zu ihr hingelangte, denn vorläufig lag sie noch in einer Totenflaute. Der leise Hauch verstärkte sich, bis er im Gesicht zu fühlen war und weiter, bis man vom Bug her sogar das muntere Geplätscher vernahm, das von der Fahrt des Schoners Kunde gab. Dann war mit einem Male wieder alles vorbei, so daß die Crab träge rollend in der Dünung liegenblieb. Wieder meldete sich ein leichter Zug, er kam zunächst von Backbord achtern ein und raumte dann noch so weit auf, daß die Marssegel vierkant gebraßt und der Schonerbaum nach Backbord übergenommen werden konnte. Zehn unbezahlbare Minuten lief die Crab mit »Schmetterling« vor dem Wind auf ihr Ziel los, dann verflüchtigte sich auch diese Brise, und es trat von neuem leblose, hitzeflimmernde Stille ein. Jetzt konnte man beobachten, daß auch die Daring

einen Hauch Wind bekam. Sie braßte sofort ihre Rahen, aber das Glück dauerte nur einen Augenblick, eben lange genug, um ihre Absicht zu verraten, dann lag sie wieder steuerlos in der Flaute. Trotz ihrer riesigen Segelfläche sprach sie auf diese kaum fühlbaren Lüftchen ihrer größeren Masse wegen nicht so gut an wie die CRAB.

»Gott sei Dank!« sagte Gerard mit dem Glas am Auge, als er sie wieder steuerlos herumschwojen sah. »Sie scheint uns außer Kanonenschußweite passieren zu wollen, Mylord.«

»Das würde mich nicht überraschen«, stimmte Hornblower bei. Wieder setzte ein Luftzug ein, wieder verringerte sich der Abstand, wieder wurde es totenstill.

»Mr. Harcourt, vielleicht ist es das beste, wenn Sie jetzt Essen ausgeben lassen.«

»Aye, aye, Mylord.«

Salzfleisch und Erbsenbrei in der tropischen Mittagssonne — wen hätte wohl danach gelüstet, zumal jedermann voller Spannung nach Wind Ausschau hielt? Als die Leute erst halb gegessen hatten, wurden sie ohnedies wieder einmal an die Schoten und Brassen geholt, weil es einen neuen Windhauch zu nutzen galt.

»Wann soll ich Ihr Dinner servieren, Mylord?« fragte Giles.

»Jetzt nicht«, gab Hornblower kurz und bündig zur Antwort, ohne erst das Glas vom Auge zu nehmen.

»Er hat seine Flagge gesetzt, Mylord«, bedeutete ihm Gerard, »es ist die amerikanische.«

Das Sternenbanner, dem er seinen Befehlen entsprechend mit aller erdenklichen Rücksicht zu begegnen hatte! Für ihn verbot sich jedes andere Verhalten ohnedies von selbst, wenn er sich vor Augen hielt, daß die DARING Zwölfpfünder führte und voll Bewaffneter stak.

Jetzt hatten beide Fahrzeuge wieder etwas Wind. Die CRAB lief dabei tapfer ihre zwei Knoten, während die DARING kaum von der Stelle kam, als sie versuchte, hart am Wind einen südlichen Kurs zu steuern. Bald darauf lag sie wieder vollkommen still und drehte sich ziellos in einer Brise, die zu schwach war, um ihr den zum Steuern nötigen Ruderdruck zu geben.

»Ich kann nur ganz wenige Leute an Deck ausmachen, Mylord«, sagte Harcourt.

Er hatte mit dem rechten Auge so lange durch sein Glas hinüber-

gestarrt, daß es jetzt, vom Sonnenglast auf dem Wasser geblendet, heftig tränte.
»Sie werden ihre Leute unter Deck und außer Sicht halten«, meinte Gerard.
Das war so gut wie sicher. Was immer die DARING und Cambronne von der CRAB und ihren Absichten halten mochten, sie mußten auf jeden Fall ängstlich bedacht sein, nicht zu verraten, daß sie mit fünfhundert Mann an Bord in den südlichen Atlantik segeln wollten. Zwischen der DARING und jenem Südatlantik lag jetzt die CRAB als einziges und letztes Hindernis – ein Hindernis, das, sollte man meinen, kaum eines war. Hatte die DARING einmal den Kanal durchsegelt und die offene See gewonnen, dann gab es kein Mittel mehr, sie aufzuhalten. Kein Schiff durfte hoffen, sie zu überholen. Sie erreichte unangefochten St. Helena und versetzte Cambronne in die Lage, den geplanten Handstreich auszuführen, da jede Warnung davor zu spät kommen mußte. Es hieß also: Jetzt oder nie, wenn das Schlimmste doch noch verhütet werden sollte, und es war Hornblowers Schuld, daß es so weit gekommen war. Er hatte sich in New Orleans gründlich nasführen lassen, er hatte Cambronne durch seine Unachtsamkeit einen unbezahlbaren Vorsprung in die Hand gespielt. Darum war es ihm jetzt auferlegt, jedes Opfer zu bringen, das die Umstände von ihm verlangten, jedes noch so schwere Opfer, um der Welt den Frieden zu erhalten. Die kleine CRAB war natürlich nicht imstande, die schwerbewaffnete DARING aufzuhalten und zur Aufgabe ihres Unternehmens zu zwingen. Das ließ sich nur dadurch erreichen, daß er persönlich seinen ganzen Einfluß in die Waagschale warf.
»Mr. Harcourt«, sagte Hornblower in seiner schroffen, unpersönlichen Art, »bitte lassen Sie mir das Heckboot klar zum Fieren machen. Teilen Sie dazu eine so starke Bootsbesatzung ab, daß jeder Riemen doppelt besetzt ist.«
»Aye, aye, Mylord.«
»Wer soll mit dem Boot hinüber, Mylord?« fragte Gerard.
»Ich fahre selbst«, war Hornblowers kurze Antwort.
Das Großsegel schlug, der Großbaum schwang ächzend binnenbords, schwang wieder aus, schwang wieder ein. Die Brise schlief wieder einmal ein, die CRAB hielt noch einige Minuten Kurs, dann begann ihr Bugspriet langsam von der DARING abzudrehen.

»Ich kann nicht mehr Kurs halten, Sir«, meldete der Rudergänger.
Die Nachmittagssonne brannte heiß vom Himmel, Hornblower ließ den Blick in die Runde wandern, nirgends waren Anzeichen einer neuen Brise zu entdecken. Der Augenblick der Entscheidung war gekommen, er schob seinen Kieker mit einem Klick zusammen.
»Ich möchte jetzt das Boot, Mr. Harcourt«, sagte er.
»Lassen Sie mich mitkommen, Mylord«, bat Gerard in schüchtern aufbegehrendem Ton.
»Nein«, war Hornblowers kurze Antwort.
Für den Fall, daß während der nächsten halben Stunde doch wieder Brise aufkommen sollte, wollte er das Boot für die immerhin zwei Meilen weite Strecke vom einen Schiff zum anderen nicht unnötig belasten.
»Legt euch kräftig in die Riemen«, sagte er zur Bootsbesatzung, als sie ablegten. Die Blätter der Riemen tauchten in das durchsichtige Blau und schimmerten darin, als wären sie aus Gold. Von besorgten Blicken verfolgt, rundete das Boot das Heck der Crab, Hornblower legte die Pinne und hielt geradewegs auf die Daring zu. Auf und ab, auf und ab schwebten sie über die spiegelglatten Rücken der Dünung, und sooft sie einen Kamm erreichten, erschien die Crab wieder ein bißchen kleiner und die Daring wieder ein bißchen größer als zuvor. Die Daring bot im Licht dieses sonnigen Nachmittags einen berückend schönen Anblick, und Hornblower gab sich dabei unwillkürlich Rechenschaft, daß dies wohl die letzten Stunden seiner Seemannslaufbahn waren. So kamen sie der Daring immer näher, bis endlich der erwartete Anruf, von der heißen Luft getragen, zu ihnen herüberdrang.
»Boot ahoi!«
»Ich komme längsseits!« rief Hornblower zurück. Zugleich erhob er sich in der Achterplicht des Bootes von seinem Platz, so daß seine goldbestickte Admiralsuniform deutlich zu sehen war.
»Wegbleiben!« antwortete die Stimme, aber Hornblower hielt unbeirrbar seinen Kurs.
Wenn eine unbewaffnete Bootsbesatzung einen Admiral ohne Begleitung auf ein in Flaute liegendes Schiff übersetzte, so war das gewiß kein genügender Anlaß für einen internationalen Zwischenfall. Er hielt jetzt auf die Kreuzrüsten zu.

»Wegbleiben!« ertönte es nochmals in unverkennbar amerikanischem Tonfall.

Hornblower drehte auf. »Riemen ein!« befahl er.

Mit der restlichen Fahrt schor das Boot auf- und niedertanzend längsseits. Hornblower berechnete vorsichtig jede seiner Bewegungen, weil er seine Schwerfälligkeit nur zu gut kannte. Genau im richtigen Augenblick sprang er nach den Rüsten, einer seiner Schuhe füllte sich mit Wasser, aber er hielt eisern fest und zog sich an der Bordwand hoch.

»Legen Sie ab und warten Sie auf mich«, befahl er der Bootsbesatzung und schwang sich ohne Zögern über die Reling an Deck.

Der große, hagere Mann mit der Zigarre im Mund war sicher der amerikanische Kapitän und der stämmige Bursche neben ihm einer seiner Steuerleute. Die Geschütze waren zwar nicht ausgerannt, aber schußklar, und die amerikanischen Matrosen standen klar zum Feuern neben ihnen.

»Haben Sie nicht gehört, Mister, daß ich Sie aufforderte wegzubleiben?« fragte der amerikanische Kapitän.

»Ich bitte Sie, meine Aufdringlichkeit zu entschuldigen, Sir«, sagte Hornblower. »Ich bin Konteradmiral Lord Hornblower im Dienste Seiner Britannischen Majestät und habe mit dem Grafen Cambronne eine äußerst dringende Angelegenheit zu besprechen.«

Eine Sekunde lang standen sich die beiden auf dem sonnigen Deck gegenüber und maßen einander mit den Blicken, dann entdeckte Hornblower Cambronne, der offenbar im Begriff war, herbeizukommen.

»Ah, Monsieur le Comte!« rief er ihm entgegen und zwang sich, sein bestes Französisch zu sprechen. »Es ist mir ein besonderes Vergnügen, Sie wiederzusehen.«

Zugleich nahm er seinen Zweispitz ab, hielt ihn vor die Brust und knickte zu einer Verbeugung zusammen, die nach seinem eigenen Empfinden recht ungeschickt ausfiel.

»Welchem Umstand verdanke ich dieses unerwartete Vergnügen, Mylord?« fragte Cambronne. Er stand stocksteif und aufrecht vor seinem Besucher, sein Katerschnurrbart starrte nach beiden Seiten, als ob er sich sträubte.

»Leider führt mich ein trauriger Anlaß zu Ihnen«, sagte Hornblower. »Ich habe eine schlechte Nachricht zu überbringen.«

Er hatte sich diese Sätze in vielen schlaflosen Nächten immer wieder eingeprägt, jetzt gab er sich alle erdenkliche Mühe, sie in möglichst ungezwungenem Tone zu sprechen. »Mein Kommen hat aber auch den Zweck, Ihnen, Herr Graf, einen Dienst zu erweisen.«

»Was haben Sie mir mitzuteilen, Mylord?«

»Wie ich schon sagte, ist es eine schlechte Nachricht.«

»Und die wäre?«

»Ich bedaure zutiefst, Herr Graf, Sie von dem Tode Ihres Kaisers in Kenntnis setzen zu müssen.«

»Das kann nicht sein, das ...«

»Kaiser Napoleon ist im vergangenen Monat auf St. Helena gestorben. Darf ich Ihnen, Herr Graf, mein aufrichtiges Mitgefühl zum Ausdruck bringen.«

Hornblower gab sich die größte Mühe, diese Lüge so überzeugend vorzubringen, als ob er die reine Wahrheit sagte.

»Das kann nicht wahr sein!«

»Herr Graf, ich versichere Ihnen: Es ist wahr.«

Unter der Wange des Grafen, neben der purpurroten Narbe, zuckte unablässig ein Muskel. Seine harten, etwas vorstehenden Augen bohrten sich wie spitze Dolche in Hornblowers Blick.

»Ich erhielt die Nachricht erst vor zwei Tagen in Port of Spain«, log Hornblower weiter. »Daraufhin hob ich sofort alle Maßnahmen auf, die ich bereits angeordnet hatte, um dieses Schiff aufzuhalten.« Cambronne konnte nicht wissen, daß die CRAB nicht so schnell gewesen war, wie man nach Hornblowers Worten annehmen mußte. Aber Cambronne ließ sich nicht so leicht überzeugen.

»Ich glaube Ihnen nicht«, erwiderte er. Lag es nicht allzu nahe, ihm dieses Märchen aufzutischen, wenn man ihn und die DARING von ihrem Vorhaben abbringen wollte?

»Sir!« parierte Hornblower sehr von oben herab, und seine Haltung wurde womöglich noch steifer und förmlicher. Er spielte jetzt nach bestem Können die Rolle eines Ehrenmannes, dessen Wort in Zweifel gezogen wird – und hätte damit fast Erfolg gehabt.

»Bitte versuchen Sie doch zu verstehen, Mylord, was Ihre Nachricht für mich bedeutet«, sagte Cambronne so, daß es fast wie eine Entschuldigung klang. Aber dann ließ er sofort jene entsetzliche, schicksalsträchtige Frage folgen, die Hornblower von Anfang an kommen sah:

»Mylord, geben Sie mir Ihr Ehrenwort als Gentleman, daß das, was Sie mir sagten, die reine Wahrheit ist?«

»Sie haben hiermit mein Ehrenwort als Gentleman«, sagte Hornblower. Tag um Tag hatte er sich diesen qualvollen Vorgang in allen Einzelheiten ausgemalt, also war er gründlich darauf vorbereitet. Er zwang sich, seine Antwort so zu geben, wie es einem Ehrenmann anstand, so unbewegt, so aufrichtig, daß niemand etwas von seiner Verzweiflung ahnen konnte. Hatte er doch von Anfang an gewußt, daß ihm Cambronne sein Ehrenwort abverlangen würde.

Dies war das letzte, das größte Opfer, das er bringen konnte. In zwanzig Jahren Kriegsdienst hatte er für England freudig sein Leben eingesetzt, Gefahren, Nöte, Hunger auf sich genommen – aber seine Ehre zu opfern, das hätte wohl niemand von ihm verlangt. Heute war es soweit, es war der höchste Preis, den er zu entrichten hatte. Durch seine Schuld war der Weltfriede in Gefahr gekommen. Was wog die Ehre eines einzelnen Mannes am Ende gegen den Frieden der ganzen Welt, gegen die Rettung Englands vor der Wiederkehr jener tödlichen Bedrohung, der es nach zwanzigjährigem Ringen mit knapper Not entgangen war? In diesen letzten glücklichen Jahren, als er nach langem, hartem Kampf heimgekehrt war, hatte er sich im Lande umgesehen, hatte er englische Luft geatmet und dabei immer wieder begeistert empfunden, daß für sein geliebtes England wahrlich kein Opfer zu groß war. Also war dieses England wohl auch die Ehre eines Mannes wert. Gewiß, daran gab es keinen Zweifel. Aber es war eben doch herzzerreißend, es war viel, viel schlimmer als das Sterben, daß es gerade *seine* Ehre war, deren Opferung das Schicksal von ihm verlangte.

Inzwischen hatte sich eine Anzahl Offiziere an Deck eingefunden, sie scharten sich um Cambronne und lauschten gespannt auf jedes seiner Worte. Auch der amerikanische Kapitän und sein Steuermann waren herzugetreten. Ihnen allen stand Hornblower ganz allein gegenüber und wartete, seine reichbestickte Admiralsuniform glitzerte in der Sonne. Der Offizier zu Cambronnes Rechten nahm als nächster das Wort. Er war eine Art Adjutant oder Generalstabsoffizier, einer von jener Menschensorte, die Hornblower am wenigsten ausstehen konnte. Natürlich, wie konnte es auch anders sein? Der mußte die Frage wiederholen, der mußte das Eisen noch in der Wunde herumdrehen.

»Ihr Ehrenwort, Mylord?«

»Mein Ehrenwort«, wiederholte Hornblower, immer noch voll Gleichmut, immer noch wie ein Mann von Ehre.
Wer hätte es sich einfallen lassen, an dem Ehrenwort eines englischen Admirals zu zweifeln, an dem Ehrenwort eines Mannes, der seit mehr als zwanzig Jahren ein Offizierspatent Seiner Britischen Majestät besaß? Er brachte jetzt alle anderen Argumente vor, die er sich noch zurechtgelegt hatte.
»Ihre Unternehmung, Herr Graf, kann jetzt der Vergessenheit anheimfallen. Mit dem Tode des Kaisers hat ja wohl alle Hoffnung, das Reich wieder aufzurichten, ein Ende. Kein Mensch braucht zu wissen, welche Absichten Sie verfolgten. Sie selbst, diese Herren hier und die Kaiserliche Garde können unbelastet unter dem Regime verbleiben, das zur Zeit Herr über Frankreich ist. Sie können alle diese Männer nach Hause bringen und damit die von Ihnen ursprünglich bekundete Absicht verwirklichen. Es steht Ihnen frei, Ihre militärische Ausrüstung unterwegs in aller Stille über Bord zu werfen. Aus diesem Grunde habe ich Sie allein, ohne jeden Zeugen dieser Unterredung, aufgesucht. Unsere beiden Länder wünschen, jeden Zwischenfall zu vermeiden, der die Freundschaft unter den Völkern der Welt aufs neue gefährden könnte. Niemand braucht zu erfahren, was hier vorging, dieses Treffen mag für immer unser Geheimnis bleiben.«
Cambronne hörte, was Hornblower sagte, und nahm es wohl auch auf, aber die erste Nachricht war für ihn ein solcher Schlag gewesen, daß er für andere Dinge noch keine Worte fand.
»Der Kaiser ist tot!« sagte er.
»Ich habe Sie, Herr Graf, bereits meiner Teilnahme versichert«, sagte Hornblower, »und möchte dies auch Ihren Herren gegenüber tun. Mein wärmstes, aufrichtigstes Beileid, meine Herren.«
Der amerikanische Kapitän unterbrach das halblaute Gemurmel der Offiziere.
»Sehen Sie die Katzenpfoten dort? Sie kommen auf uns zu. Das gibt etwas Wind. In fünf Minuten machen wir wieder Fahrt. Kommen Sie mit uns, Mister, oder wollen Sie noch von Bord?«
»Warten Sie noch«, sagte Cambronne, der offenbar etwas Englisch verstand. Dann wandte er sich wieder zu seinen Offizieren und begann lebhaft mit ihnen zu debattieren. Wenn sie alle zu-

gleich sprachen, reichte Hornblowers Französisch nicht aus, um ihren Reden in allen Einzelheiten zu folgen. Aber er konnte aus den aufgeschnappten Gesprächsfetzen doch entnehmen, daß sie alle von der Wahrheit seiner Nachricht überzeugt waren. Darüber hätte er sich freuen können, wäre es für ihn nicht mit aller Freude endgültig aus gewesen. Einer der Offiziere trennte sich von der Gruppe und rief etwas den Niedergang hinunter. Im nächsten Augenblick erschien die Kaiserliche Garde, Mann für Mann, an Oberdeck. Die alte Garde, Bonapartes alte Garde, alle in voller Uniform. Sie waren offenbar gefechtsbereit, für den Fall, daß die CRAB so töricht gewesen wäre, den Kampf zu wagen. Es waren ihrer fünfhundert, alle in Uniform, auf dem Kopf die Bärenmütze, in der Hand die Muskete. Auf einen lauten Befehl hin traten sie an Deck in tadelloser Ordnung an, Glied hinter Glied, alles stämmige bärtige Männer, die schon in jede Hauptstadt Europas, London allein ausgenommen, als Sieger einmarschiert waren. Sie hielten ihre Gewehre bei Fuß und standen in militärischer Haltung still, nur wenige blickten nicht starr geradeaus, sondern schielten neugierig nach dem britischen Admiral. Die Tränen rannen Cambronne über die gefurchten Wangen, als er vor sie hintrat, um zu ihnen zu sprechen. Er konnte ihnen die traurige Nachricht nur in kurzen, abgerissenen Sätzen übermitteln, da er in seinem Schmerz kaum Worte fand. Sie knurrten wie wilde Tiere, als sie begriffen, was er ihnen sagte. Ihre Gedanken waren bei ihrem Kaiser, der in seinem einsamen Inselgefängnis unter den Händen seiner herzlosen englischen Büttel leiden und nun gar sterben mußte. Die Blicke, die sich auf Hornblower richteten, verrieten jetzt nicht mehr Neugier, sondern blanken Haß. Aber Cambronne hatte ihre Aufmerksamkeit gleich wieder gewonnen, als er jetzt auf die Zukunft zu sprechen kam. Er sprach von Frankreich und vom Frieden. »Der Kaiser ist tot!« sagte er abermals, als ob er damit zum Ausdruck bringen wollte, daß nun das Ende dieser Welt gekommen sei. Die Glieder lösten sich auf, die aufwühlende Nachricht hatte sogar die eiserne Disziplin der alten Garde gebrochen. Cambronne zog seinen Degen und hob den Griff mit prachtvollem Schwung wie zum Salut an die Lippen, daß die stählerne Klinge im Licht der sinkenden Sonne blitzte.
»Ich führte diese Waffe für den Kaiser«, sagte Cambronne, »ich werde sie nie mehr für einen anderen ziehen.«
Er nahm die Klinge unter dem Griff in beide Hände, legte sie

quer über das gehobene Knie und brach sie mit einem einzigen Ruck seines schlanken, kräftigen Körpers mittendurch. Dann wandte er sich um und schleuderte die beiden Stücke über Bord. Die Laute, mit denen die Garde diese Szene begleitete, hörten sich an wie ein langgezogenes Stöhnen. Einer der Männer nahm seine Muskete bei der Mündung, schwang sie über seinen Kopf und hieb sie krachend an Deck, so daß sie am Ansatz des Kolbens entzweibrach. Andere folgten alsbald seinem Beispiel, Hunderte von Musketen flogen über die Reling und versanken in der Tiefe.

Der amerikanische Kapitän wohnte dem ganzen Geschehen so gleichmütig bei, als ob ihn nichts mehr erschüttern könnte, nur die kalte Zigarre in seinem Mund wurde im Verlauf des Vorgangs ein ganzes Stück kürzer, weil er ihr Ende zwischen den Zähnen zerkaute. Jetzt suchte er Hornblowers Nähe, offenbar um zu erfahren, was das Ganze zu bedeuten habe, aber der französische Adjutant trat dazwischen. »Nach Frankreich«, sagte er zu ihm, »wir fahren nach Frankreich.«

»Nach Frankreich?« wiederholte der Kapitän überrascht. »Also nicht . . .?«

Er sprach den Namen St. Helena gar nicht aus, aber sein Ausdruck verriet, daß er ihm auf der Zunge lag.

»Ja, nach Frankreich«, wiederholte der Adjutant mit Nachdruck.

Jetzt kam auch Cambronne herbei, er hielt sich steifer und aufrechter denn je, um sich seine Verzweiflung nicht anmerken zu lassen. »Ich möchte Sie in dieser schmerzlichen Stunde nicht weiter belästigen, Herr Graf«, sagte Hornblower. »Nur eins noch, denken Sie immer daran, daß es einen Engländer gibt, der aufrichtig mit Ihnen fühlt.«

Wenn Cambronne erst herausfand, daß ihn dieser ehrlose Engländer schnöde hinters Licht geführt hatte, dann dachte er bestimmt an seine Worte. Dennoch mußten sie in diesem Augenblick gesprochen werden.

»Ich werde daran denken«, sagte Cambronne. Er zwang sich sichtlich dazu, die gebotene Form zu wahren. »Ich habe Ihnen für Ihren Takt und Ihr Verständnis zu danken, Mylord.«

»Und ich habe nur meine Pflicht gegenüber der Welt erfüllt«, sagte Hornblower.

Er wollte Cambronne lieber nicht die Hand hinreichen. Der

würde sich später beschmutzt fühlen, wenn er ihn jetzt berührte.
»Leben Sie wohl, Herr Graf«, sagte er. »Ich hoffe, wir sehen uns unter glücklicheren Umständen wieder.«
»Leben Sie wohl, Mylord«, erwiderte Cambronne ernst und gemessen. Hornblower stieg in die Kreuzrüsten, das Boot pullte zu ihm heran, und man konnte eher sagen, daß er sich in die Achterplicht fallen ließ, als daß er hineingeklettert wäre.
»Ruder an!« befahl er. Niemand konnte sich so sterbensmüde, niemand so todunglücklich fühlen wie er.
An Bord der Crab wurde er von Harcourt, Gerard und der übrigen Besatzung mit Spannung erwartet. Er hatte eisern seine Haltung zu wahren, als er an Bord ging, denn noch gab es für ihn Pflichten zu erfüllen.
»Sie können die Daring passieren lassen, Mr. Harcourt«, sagte er. »Es ist alles geregelt.«
»Geregelt, Mylord?« fragte Gerard aufgeregt.
»Ja, Cambronne hat sein Unternehmen aufgegeben. Jetzt segeln sie friedlich nach Frankreich.«
»Wohin? Nach Frankreich? Mylord ...«
»Haben Sie nicht gehört, was ich sagte?«
Ihre Blicke wanderten über die See, die in der sinkenden Sonne purpurn schimmerte, zur Daring hinüber. Dort braßte man eben die Rahen rund, um die leichte Brise auszunutzen, die soeben aufgekommen war.
»Passieren lassen! Bleibt es wirklich bei diesem Befehl, Mylord?«
»Ja, in drei Teufels Namen!« fuhr ihn Hornblower an. Im gleichen Augenblick tat es ihm schon wieder leid, daß er in einem Anfall plötzlicher Wut so losgepoltert hatte. Er wandte sich rasch an den Kommandanten:
»Mr. Harcourt, wir können jetzt nach Port of Spain einlaufen. Ich nehme an, daß Sie auch bei günstigem Wind nicht gern nachts durch den Dragon's Mouth segeln. Es sei Ihnen also anheimgestellt, damit bis zum Hellwerden zu warten.«
»Aye, aye, Mylord.«
Er wandte sich zum Niedergang, um unter Deck zu gehen, aber man ließ ihn immer noch nicht in Ruhe.
»Dinner, Mylord?« fragte Gerard. »Ich werde sofort veranlassen, daß es Ihnen serviert wird.«

Sollte er schroff ablehnen, sagen, er wolle kein Dinner? Nein. Das Hin- und Hergerede, das er dann kommen sah, wäre noch schlimmer gewesen, als dieses Dinner auf sich zu nehmen und der Form halber über sich ergehen zu lassen. Allerdings war auch das schon schlimm genug. Es hieß, daß er sich wieder nicht gehenlassen durfte, daß es ihm verwehrt war, beim Betreten der Kajüte gleich auf seine Koje zu sinken, das Gesicht in die Hände zu vergraben und sich ganz seiner Verzweiflung hinzugeben. Nein, er hatte wieder steif und förmlich auf seinem Stuhl zu sitzen, während Giles deckte und servierte und wieder abtrug, während der tropische Sonnenuntergang den Himmel in Flammen setzte und schwarze Nacht auf das kleine Schiff in der purpurnen See herabsank. Erst als Giles endlich sein letztes »Gute Nacht, Mylord« gesprochen hatte, durfte er wieder denken, durfte er das namenlose Grauen vor sich ausbreiten, das ihm bevorstand.

Er war kein Gentleman mehr, er war entehrt. Damit hatte alles, was bisher gewesen war, ein Ende – er mußte von seinem Kommando zurücktreten, sein Offizierspatent zur Verfügung stellen. Und Barbara? Wie sollte er ihr je wieder unter die Augen treten? Wie stand er vor seinem Richard da, wenn der Junge einmal größer war und begriff, was sein Vater getan hatte? Barbaras adelige Verwandte tauschten gewiß ein vielsagendes Grinsen aus, wenn in ihrer Gegenwart einmal sein Name fiel. Nie mehr durfte er auf einem Achterdeck auf und ab gehen, nie mehr mit der Hand am Hut, begleitet vom zwitschernden Salut der Bootsmannsmaatenpfeifen, ein Schiffsdeck betreten. Nie mehr! Sein Beruf war ausgelöscht – für ihn war alles zu Ende. Er hatte dieses Opfer bewußt und kalten Blutes auf sich genommen, aber das nahm ihm nichts von seiner furchtbaren Härte.

Seine Gedanken schlugen einen Bogen in die Vergangenheit. Hätte er anders handeln können? Wäre er von seinem Kurs abgewichen, um nach Kingston oder Port of Spain einzulaufen, so wäre ihm die DARING entwischt, das ergab sich aus dem Zeitpunkt ihres Eintreffens vor Tobago. Alle Verstärkung, die er sich auf diese Art noch verschaffen konnte – sofern ihm das überhaupt gelungen wäre –, hätte sich dann als nutzlos erwiesen. Oder wäre es vielleicht besser gewesen, in Kingston zu bleiben und eine Depesche nach London zu senden? Gewiß, damit hätte er sich persönlich den Seelords und der Regierung

gegenüber gedeckt. Aber was wäre am Ende dabei herausgekommen? Welche Frist wäre den Herren in London nach dem Eintreffen der Depesche bestenfalls geblieben, bis die Daring Frankreich erreichte? Höchstens vierzehn Tage, wahrscheinlich sogar noch weniger. Und die Beamten in der Admiralität hätten in seinem Schriftstück bestimmt zunächst nichts anderes erblickt als die Ausgeburt eines kranken Gehirns. Wie lange hätte es gedauert, bis der Brief wirklich den Ersten Lord erreichte, wie lange noch, bis er im Kabinett zur Vorlage kam? Dann kostete es wieder Zeit, die nötigen Maßnahmen zu beraten, Zeit, den französischen Botschafter zu unterrichten, und abermals kostbare Zeit, zur Einigung über ein gemeinsames englisch-französisches Vorgehen zu gelangen.
Wie aber sah dieses gemeinsame Vorgehen bestenfalls aus – wenn es nicht überhaupt unterblieb, weil das Kabinett seine Warnung als überspannte Scharfmacherei auffaßte und in den Wind schlug? Die Friedensmarine Englands konnte auf keinen Fall rechtzeitig und in genügender Stärke seeklar sein, um alle Küsten Frankreichs so wirkungsvoll zu überwachen, daß es der Daring nicht gelang, ihre tödliche Fracht zu landen. Und Frankreich? Dort genügte schon das unvermeidliche Einsickern des Gerüchts, daß Bonaparte in See sei und demnächst landen werde, um das Land in eine neue Revolution zu stürzen. Darüber gab es keinen Zweifel, und in Italien gärte es ebenfalls. Durch einen Bericht nach London hätte er sich also, wie er schon festgestellt hatte, allenfalls persönlich gegen spätere Vorwürfe von seiten der Regierung gesichert. Durfte er sich damit zufriedengeben? Nein, niemals! Wahres Pflichtbewußtsein darf sich nicht darin erschöpfen, dem Tadel und der Kritik der dazu Berufenen ängstlich aus dem Wege zu gehen. Er hatte hier eine klar umrissene Pflicht zu erfüllen und hatte sie auf die einzig denkbare Art erfüllt. Cambronne war nur auf diese Art von seinem Vorhaben abzubringen. Es gab kein anderes Mittel, das zu erreichen. Er hatte seine Pflicht erkannt, dieses Mittel anzuwenden, obwohl er wußte, welcher Preis darauf stand. Jetzt mußte er diesen Preis zahlen. Der Weltfrieden war erkauft – er kostete ihn seine Ehre. Er hatte aufgehört, ein Gentleman zu sein ... damit schloß sich der Kreis, er stand wieder am Beginn seiner qualvollen Grübelei.
Aber die Hölle ließ ihn nicht los. Er rang weiter mit dem Grauen wie ein Mann, der in finsterer Nacht bis an die Hüften

im Sumpf steckt. Wie lange noch, dann wußte alle Welt, daß er ein ehrloser Wicht war. Cambronne sorgte schon dafür, daß es bekannt wurde, und die anderen Franzosen nicht minder. Dann erzählte man sich in aller Welt von einem britischen Admiral, der sein feierliches Ehrenwort gab, obwohl er wußte, daß jedes seiner Worte gelogen war. Aber ehe es soweit kam, war er längst aus dem Dienst ausgeschieden, hatte er längst sein Kommando und sein Offizierspatent zur Verfügung gestellt. Das mußte unverzüglich geschehen, seine beschmutzte Flagge durfte nicht länger wehen, er hatte nicht mehr das Recht, Männern von Ehre Befehle zu geben. Port of Spain war Sitz des Gouverneurs von Trinidad. Diesem wollte er morgen eröffnen, daß das Westindiengeschwader ohne Geschwaderchef war. Der Gouverneur konnte dann alle dienstlichen Schritte unternehmen, die nötig waren: Das Geschwader durch ein Rundschreiben unterrichten, vor allem aber die Regierung von dem Ausfall in Kenntnis setzen – nicht anders, als ob ihn das Gelbe Fieber oder ein Herzschlag dahingerafft hätte. Auf diese Art konnte am leichtesten ein Kommandowechsel bewerkstelligt und der führerlose Zustand in seinem Befehlsbereich tunlichst abgekürzt werden. Das war der letzte, der allerletzte Dienst, den er England noch zu bieten hatte. Der Gouverneur hielt ihn bestimmt für verrückt – vielleicht stak er morgen schon in einer Zwangsjacke, wenn er sich nicht entschloß, seine Schande offen zu bekennen. Tat er das aber, beichtete er dem Gouverneur, dann wurde sogleich dessen Mitleid rege, das erste von all dem Mitleid, aber auch der Anfang all der heimlichen Verachtung, die er nun bis an das Ende seiner Tage hinnehmen mußte. Barbara – Richard – seine verlorene Seele fand keinen Ausweg aus dem stinkenden Sumpf des Grauens und der finsteren Nacht der Verzweiflung.

Am Ende dieser dunklen Schreckensnacht klopfte es an der Tür, und Gerard betrat die Kajüte. Die Meldung, die er überbringen wollte, erstarb ihm auf den Lippen, als er Hornblower hohläugig und trotz aller Sonnenbräune totenblaß in seiner Koje liegen sah.

»Sind Sie krank, Mylord?« fragte er erschrocken.

»Nein, mir fehlt nichts. Was ist los?«

»Mr. Harcourt läßt Ihnen melden, Mylord, wir stünden vor dem Dragon's Mouth. Der Wind sei günstig aus Nordnordost, und wir könnten bei Hellwerden einlaufen. Das wäre in einer halben Stunde, Mylord. Um zwei Glasen auf der Vormittagswache würden wir vor Port of Spain ankern.«

»Danke, Mr. Gerard.« Er sprach langsam und mechanisch, weil er sich jedes Wort abzwingen mußte. »Meine Empfehlung an Mr. Harcourt, ich sei mit seinen Dispositionen einverstanden.«

»Aye, aye, Mylord. Da Sie Ihre Flagge in Port of Spain zum ersten Male zeigen, wird Salut geschossen werden.«

»Schön.«

»Der Gouverneur genießt seiner Dienststellung zufolge den Vorrang vor Eurer Lordschaft. Daraus ergibt sich für Eure Lordschaft die Verpflichtung, ihm als erster Ihren offiziellen Besuch abzustatten. Darf ich das diesbezügliche Flaggensignal setzen lassen?«

»Danke, Mr. Gerard. Ich wäre Ihnen dafür besonders verbunden.«

Es blieb ihm nichts erspart, das Grauen mußte weiter ertragen werden. Er mußte mit aller Sorgfalt Toilette machen, es ging nicht an, daß er unrasiert, schmutzig und ungepflegt an Deck erschien. Und beim Rasieren galt es obendrein, Giles' unermüdliches Geschwätz anzuhören.

»Frischwasser, Mylord«, sagte Giles, als er mit der dampfenden Kanne hereinkam, »der Kommandant hat es erlaubt, weil wir heute noch Wasser übernehmen.«

Rasieren mit Frischwasser! Sonst hätte ihm das einen köstlichen Genuß bedeutet, heute spürte er nichts davon. Wie schön könnte es sein, an Deck zu stehen und zu beobachten, wie die Crab durch den Dragon's Mouth einsegelte, die unbekannte Landschaft ringsum zu betrachten, in einen neuen Hafen einzulaufen – heute ließ ihn das alles kalt. Früher freute er sich wohl über frische Wäsche, eine neue gestärkte Halsbinde, ja sogar über das Ordensband, den Stern und den Säbel mit dem vergoldeten Griff. Ja, er hätte sich sogar bestimmt gefreut, zu hören, wie die dreizehn Schuß Salut für ihn gefeuert und beantwortet wurden. Heute war von Freude keine Spur – nur Schmerz und Bitterkeit, nur das bedrückende Bewußtsein, daß es für ihn in Zukunft keinen Salut mehr gab, daß ihn nie mehr eine ganze Schiffsbesatzung militärisch grüßte, wenn er von Bord ging. Er mußte sich mit Gewalt zu einer steifen, aufrechten Haltung zwingen, damit er nicht wie ein Schwächling zusammensank. Ja, er mußte sogar krampfhaft mit den Augen zwinkern, damit ihm die Tränen nicht hemmungslos über die Wangen liefen wie einem sentimentalen Franzosen. Wäre der strahlend blaue Himmel schwarz gewesen, er hätte kaum davon Notiz genommen.

Der Gouverneur war ein gewichtiger Generalmajor, der wie er das rote Band mit dem Stern trug. Er blieb steif und förmlich, bis der offizielle Empfang vorüber war; erst als sie allein und ungestört waren, taute er auf.

»Ich freue mich aufrichtig über Ihren Besuch, Mylord«, sagte er. »Bitte, nehmen Sie doch Platz. Hoffentlich finden Sie den Stuhl auch bequem. Ich habe einen Sherry, den Sie vielleicht nicht ganz von der Hand weisen werden.«

Er machte sich sogleich mit der Karaffe und den Gläsern zu schaffen, ohne erst eine Antwort abzuwarten.

»Daß ich nicht vergesse, Mylord, haben Sie das Allerneueste schon gehört? Boney ist tot.«

Hornblower hatte sich noch nicht gesetzt. Er hatte den Sherry zurückweisen wollen. Der Gouverneur legte bestimmt keinen Wert darauf, mit einem Mann ohne Ehre anzustoßen. Jetzt ließ er sich in den Sessel fallen und griff automatisch nach dem gebotenen Glas. Seine Antwort auf die Mitteilung des Gouverneurs bestand nur aus einem unartikulierten Gekrächze.

»Ja«, fuhr der Gouverneur fort, »er starb vor drei Wochen auf St. Helena. Dort hat man ihn auch begraben, und so ist denn nun endgültig Schluß mit ihm. Was ist denn? Fehlt Ihnen etwas, Mylord?«

»Oh, nein, danke, mir geht es ausgezeichnet«, erwiderte Hornblower. Das kühle, dämmrige Zimmer schien sich um ihn zu drehen. Als er sich wieder etwas gefaßt hatte, kam ihm die heilige Elisabeth von Ungarn in den Sinn.

Eines Tages brachte diese, dem ausdrücklichen Befehl ihres Gemahls zuwider, den Armen zu essen – eine ganze Schürze voll Brot – und wurde dabei von ihm überrascht.

»Was hast du in deiner Schürze?« fragte er sie.

»Rosen«, log die heilige Elisabeth.

»Zeige sie mir«, verlangte ihr Gemahl.

Die Heilige öffnete ihre Schürze – sie war bis zum Rand voller Rosen.

Das Leben kann also wieder beginnen, sagte sich Hornblower.

Der Stern des Südens

Wo in aller Welt konnte es schöner sein, mit einer Jacht zur See zu fahren, als hier in der freien Weite des Atlantiks, am Rande der Tropen, wo der Passat am frischesten wehte? So mußte sich Hornblower unwillkürlich fragen, denn das, was sie hier trieben, war ja wirklich nicht mehr als eine Lustfahrt mit einer Jacht. Vor kurzem erst hatte er eine harte seelische Prüfung durchgestanden, in deren Verlauf der Friede der ganzen Welt von seinen Entschlüssen abhing. Gemessen an jenen schweren Tagen dünkten ihm die Alltagspflichten eines Oberbefehlshabers der Westindischen Station so leicht wie ein fröhliches Spiel. Jetzt stand er auf dem Achterdeck Sr. Britannischen Majestät Fregatte CLORINDA und hielt sich dort federnd im Gleichgewicht, während das Schiff mit gekürzten Segeln luvwärts strebte. Der Passatwind sauste ihm um die Ohren, und die Morgensonne durchströmte ihn mit ihrer köstlichen Wärme. Sooft sich die CLORINDA stampfend und rollend über eine See hinweghob, wanderten die Schatten der Luvriggen hin und zurück über das Deck; rollte sie nach Luv auf die tiefstehende Morgensonne zu, dann huschten die Schattenstriche der Webeleinen der Kreuzwanten jedesmal in rascher Folge über seine Augen, was sein Wohlbefinden durch eine Art hypnotischer Wirkung noch erhöhte. Ein Oberbefehlshaber zu sein, der sich um nichts zu kümmern brauchte als um die Unterdrückung des Sklavenhandels, die Bekämpfung der Seeräuberei und die Ausübung der Polizeigewalt im Karibischen Meer, das war schöner als alle Herrlichkeit eines Kaisers, schöner selbst als die kühnsten Träume eines Poeten.

Die barfüßigen Matrosen spülten unter Lachen und Scherzen die Decks, die Morgensonne zauberte funkelnde Regenbogen in den Gischt, der am Bug zu luward immer wieder hoch aufspritzte, und – was das allerschönste war – er konnte sein Frühstück haben, wann immer es ihm gefiel. Aber einstweilen blieb er noch auf dem Achterdeck und ließ sich mit dem Frühstück noch etwas Zeit, um die Vorfreude richtig auszukosten.

Seine gute Stimmung erhielt einen kleinen Stoß, als der Kommandant, Kapitän Sir Thomas Fell, auf dem Achterdeck erschien. Sir Thomas, ein hohlwangiger, verdrossen dreinschauender Mensch, fühlte sich natürlich verpflichtet, sofort herbeizueilen, um seinem Admiral Gesellschaft zu leisten, weil er wegen seines Mangels an Feingefühl völlig außerstande war, zu bemerken, daß er im Augenblick unerwünscht war.

»Guten Morgen, Mylord«, sagte er und hob dabei grüßend die Hand an den Hut.

»Guten Morgen, Sir Thomas«, gab Hornblower zur Antwort und erwiderte den Gruß.

»Ein schöner frischer Morgen heute, Mylord.«

»Ja, wunderbar.«

Sir Thomas musterte sein Schiff mit dem kritischen Blick des Kommandanten. Seine Augen wanderten das Deck entlang, dann in die Takelage und zuletzt achteraus, wo sich die Berge von Puerto Rico als dunkle Schatten über die Kimm erhoben. Hornblower hatte plötzlich das Gefühl, daß ihm sein Frühstück wichtiger war als irgend etwas anderes auf der Welt, zugleich aber gab er sich darüber Rechenschaft, daß er diesem Verlangen nicht so unverzüglich nachgeben konnte, wie es einem Oberbefehlshaber eigentlich zugestanden hätte. Die Regeln des guten Benehmens legten eben selbst einem Kommandierenden Admiral ihre Fesseln an — er zum mindesten fühlte sich dadurch gebunden. Er brachte es einfach nicht fertig, sich abzuwenden und unter Deck zu gehen, ohne noch ein paar Worte mit Fell zu sprechen.

»Vielleicht machen wir heute noch einen Fang, Mylord«, meinte Fell. Dabei wanderten die Blicke beider Männer unwillkürlich nach oben, wo in schwindelnder Höhe ein Ausguckposten in der Großbramsaling hockte.

»Wir wollen's hoffen.« Er hatte für Fell beim besten Willen noch nie Sympathie aufbringen können, und überdies waren ihm dienstliche Gespräche auf nüchternen Magen gründlich zuwider. Um sich von all dem nichts anmerken zu lassen, fügte er leichtsinnigerweise hinzu: »Man kann fast sagen, wir können damit rechnen.«

»Die Spanier«, fiel Fell sofort ein, »werden bestrebt sein, vor der Unterzeichnung des Abkommens noch so viele Ladungen herüberzubringen, wie sie irgend können.«

»Darüber waren wir uns schon einig geworden«, stimmte ihm Hornblower bei. Vor dem Frühstück verstaubte Gedankengänge wiederzukäuen, war ganz und gar nicht nach seinem Geschmack. Aber es sah Fell ähnlich, daß er dieses längst erledigte Thema wieder aufgriff.

»Und hier werden sie auf jeden Fall Land ansteuern«, fuhr Fell erbarmungslos fort und warf dabei abermals einen Blick achteraus, wo Puerto Rico eben noch über der Kimm lag.
»Ja«, sagte Hornblower. Noch ein paar Minuten dieser sinnlosen Unterhaltung, dann konnte er sich mit Anstand unter Deck zurückziehen.
Fell griff zum Megaphon und richtete den Trichter nach oben.
»Topp, paß mir ja gut auf, sonst kannst du was erleben!«
»Aye, aye, Sir«, kam die Antwort von oben.
»Es geht immerhin um das Kopfgeld, Mylord«, meinte Fell, als ob er sich wegen seiner Drohung entschuldigen wollte.
»Ja, ja, das käme uns allen gelegen«, gab Hornblower höflich zur Antwort.
Kopfgeld wurde von der britischen Regierung für Sklaven gezahlt, die auf hoher See befreit wurden. Es stand den Schiffen der Royal Navy zu, die an der Aufbringung von Sklavenhändlern beteiligt waren, und wurde genau wie andere Prisengelder unter der Besatzung des Schiffes verteilt. Im Vergleich zu den gewaltigen Summen, die während der großen Kriege auf diese Art erworben werden konnten, handelte es sich hierbei um recht bescheidene Beträge, aber fünf Pfund pro Kopf brachten bei einem größeren Fang dem betreffenden Schiff doch schon eine ganz beachtenswerte Summe Geldes ein. Der Kommandant erhielt ein Viertel dieser Summe, der Admiral, ganz gleich, ob er an Bord war oder nicht, ein Achtel. Es war ein Verteilungsschlüssel, der es begreiflich macht, warum Admirale, die während der großen Kriege die Kanalflotte oder die Streitkräfte im Mittelmeer führten, Millionäre werden konnten, wofür Lord Keith als Beispiel gelten mag.
»Niemand käme es gelegener als mir, Mylord«, sagte Fell.
»Das mag sein«, meinte Hornblower.
Hornblower glaubte zu wissen, daß Fell ständig in Geldschwierigkeiten war. Er war seit Waterloo, also schon recht lange Zeit, auf Halbsold gewesen und bezog jetzt als Kommandant eines fünftrangigen Schiffes weniger als zwanzig Pfund im Monat an Gehalt und Zulagen. Dabei war es noch ein Glück für ihn, daß er in Friedenszeiten überhaupt das Kommando über ein Schiff erhielt, und wenn es auch nur ein fünftrangiges war. Hornblower wußte aus eigener Erfahrung, was es hieß, ein armer Kommandant zu sein, baumwollene statt seidener Strümpfe zu tragen und Achselstücke aus Messing statt aus Gold auf die

Schultern heften zu müssen. Aber er hatte nicht die geringste Lust, vor dem Frühstück die Gehaltstabellen durchzuackern.
»Lady Fell, Mylord«, fuhr Fell unerbittlich fort, »hat immerhin eine Position in der großen Welt zu wahren.«
Hornblower hatte schon gehört, daß sie das Geld zum Fenster hinauswarf.
»Hoffen wir also, daß uns heute das Glück hold ist«, sagte Hornblower und dachte dabei immer noch lebhaft an sein Frühstück. Es wirkte geradezu melodramatisch, daß ausgerechnet in diesem Augenblick aus dem Topp der Ruf erscholl: »Segel in Sicht! Segel recht zu luward!«
»Vielleicht ist es das ersehnte, Sir Thomas«, bemerkte Hornblower.
»Vielleicht, vielleicht auch nicht, Mylord. Ausguck, welchen Kurs steuert das Schiff? Mister Sefton, gehen Sie hart an den Wind!«
Hornblower zog sich an die Luvreling zurück. Es fiel ihm immer wieder schwer, sich in die Stellung eines Admirals an Bord zu finden, der sich mit der Rolle eines interessierten Zuschauers zu begnügen hatte, wenn die Schiffsführung im entscheidenden Augenblick ihre Anordnungen traf. Untätig zuschauen zu müssen war ihm schon peinlich genug, und doch war es ihm immer noch lieber, als einfach unter Deck zu gehen und nichts von dem zu sehen, was sich begab. So zog er es denn vor, sein Frühstück noch eine Weile warten zu lassen.
»An Deck! Das Schiff ist ein Zweimaster, hält recht auf uns zu. Führt alle Segel bis zu den Royals. Ein Schoner, Sir! Ein großer Schoner! Hält immer noch auf uns zu!«
Der junge Gerard, Hornblowers Flaggleutnant, war auf den ersten Ruf des Ausgucks hin an Deck gestürzt und pflichtbewußt zu seinem Admiral geeilt.
»Ein Marssegelschoner«, sagte er, »ein großer noch dazu. Das könnte einer von denen sein, auf die wir warten, Mylord.«
»Hm, er könnte auch alles mögliche andere sein«, sagte Hornblower, ängstlich darauf bedacht, seine alberne Aufregung zu verbergen. Gerard hob den Kieker und suchte die Luvkimm ab.
»Da ist er! Ja, er hält auf uns zu! Der Fall der Masten! Der Schnitt der Marssegel! Nein, Mylord, das ist kein Inselschoner.«

Wenn sie wirklich einen Sklavenhändler vor sich hatten, so war das nicht einmal zu verwundern. Hornblower hatte ja die CLORINDA hier in Luv von San Juan kreuzen lassen, weil er nicht daran zweifelte, daß die Sklavenschiffe mit ihren Ladungen eiligst diesem Hafen zustrebten. Spanien stand vor dem Entschluß, sich an der Unterdrückung des Sklavenhandels zu beteiligen, das war für alle Sklavenhändler das Signal, ihre Ladungen möglichst rasch ans Ziel zu bringen und die erhöhten Preise für ihre Ware einzuheimsen, ehe das Verbot in Kraft trat. Der Hauptsklavenmarkt für die spanischen Kolonien war Havanna, tausend Meilen weiter in Lee, aber man konnte dennoch damit rechnen, daß spanische Sklavenschiffe, von der Sklavenküste kommend, zuerst Puerto Rico anliefen, um ihren Wasservorrat aufzufüllen und vielleicht sogar einen Teil ihrer Ladung loszuschlagen. Es war also nur das Ergebnis nüchterner Überlegung, wenn er die CLORINDA hier kreuzen ließ, um ihnen den Weg zu verlegen. Hornblower nahm nun selbst den Kieker zur Hand und richtete ihn auf den rasch näherkommenden Schoner. Er fand bestätigt, was Gerard eben gesagt hatte. Der Rumpf war nun schon über der Kimm, man sah, daß dieses Schiff ganz auf Schnelligkeit gebaut war und daß es ungewöhnlich schwere Spieren besaß. Ein Fahrzeug mit so scharfen Linien machte sich nur bezahlt, wenn es hochverderbliche Ladungen – Menschenfracht – transportierte. Während er noch beobachtete, sah er, wie die weißen Rechtecke der Rahsegel plötzlich schmäler wurden und wie sich zugleich der Abstand zwischen den Masten erweiterte. Man drehte also ab, um der wartenden CLORINDA auszuweichen – ein weiterer, endgültiger Beweis, wenn es noch eines solchen bedurft hätte, daß der erste Eindruck richtig gewesen war. Der Schoner ging mit Steuerbordhalsen an den Wind, um in sicherer Entfernung zu bleiben und den Abstand so rasch wie möglich noch zu vergrößern.

»Mister Sefton«, schrie Fell, »voll und bei! Mit Steuerbordhalsen hinter ihm her! Setzen Sie die Royals!«

Rasch und doch in Ordnung und Disziplin eilte eine Anzahl Männer an die Brassen, während andere in die Toppen enterten, um mehr Segel zu setzen. Es dauerte nur wenige Augenblicke, bis die CLORINDA die Verfolgung aufgenommen hatte und hart am Wind liegend gegenan stampfte. Die Rahen waren scharf angebraßt, jeder Quadratmeter Segel, den der frische

Passat zu setzen erlaubte, stand, so wühlte sie sich hart überliegend durch die Seen. Eine Woge um die andere brach sich an ihrem Vorsteven, so daß der Gischt in ganzen Wolken achteraus flog. In den brechend steifen Luvwanten heulte der Wind. Mit der friedlichen Ruhe, die eben noch geherrscht hatte, war es mit einem Schlage vorbei.

»Die Flagge setzen«, befahl Fell. »Jetzt werden wir wohl gleich sehen, wen wir da vor uns haben.«

Hornblower beobachtete durch sein Glas, wie nun auch der Schoner seine Flagge setzte – es war das Rot und Gelb Spaniens.

»Haben Sie gesehen, Mylord?« fragte Fell.

»Verzeihung, Sir«, unterbrach ihn Sefton, der wachhabende Offizier, »ich kenne dieses Schiff. Während meines letzten Kommandos habe ich es zweimal gesehen. Es ist die Estrella.«

»Die Australia?« rief Fell überrascht, weil er Seftons spanische Aussprache nicht richtig verstanden hatte.

»Die Estrella, Sir. Die Estrella del Sur – der Stern des Südens, Sir.«

»Über die Estrella weiß ich Bescheid«, warf Hornblower ein. »Ihr Kapitän heißt Gomez – er bringt von jeder Reise vierhundert Sklaven mit, vorausgesetzt, daß er nicht zu viele Verluste hat.«

»Vierhundert ...«, wiederholte Fell.

Hornblower sah ihm an, wie er kurz überschlug. Fünf Pfund pro Kopf, das machte zweitausend Pfund, ein Viertel davon waren fünfhundert Pfund – das Gehalt von zwei Jahren mit einem einzigen Schlag. Fell schoß rasche Blicke nach oben und nach der Estrella.

»Luv halten!« schrie er den Rudergänger an. »Mister Sefton, lassen Sie die Fock-Buliens nachsetzen!«

»Sie liegt höher als wir«, sagte Gerard mit dem Glas am Auge. Das war nicht anders zu erwarten. Ein gut gebauter Schoner kreuzte immer besser als eine noch so hoch am Wind liegende rahgetakelte Fregatte.

»Sie läuft uns außerdem weg«, sagte Hornblower, der laufend den Seitenwinkel und die Entfernung schätzte. Die Estrella lag also nicht nur höher am Wind, sie lief außerdem auch noch mehr Fahrt durchs Wasser. Nur um ein weniges mehr, soviel stand fest, eine Meile, höchstens zwei, aber eben doch genug, um sie vor der Clorinda in Sicherheit zu bringen.

»Und ich kriege sie doch!« rief Fell. »Mister Sefton! Alle Mann auf! Lassen Sie die Luvgeschütze ausrennen! Mister James! Holen Sie Mister Noakes! Sagen Sie ihm, er soll das Frischwasser ablassen. Besetzen Sie die Pumpen, Mister Sefton! Lassen Sie das Schiff lenz pumpen.«
Die Besatzung quoll aus den Niedergängen an Deck. Die Geschützpforten wurden geöffnet, die Bedienungen warfen sich mit aller Kraft in die Geschütztakel und holten die schweren Kanonen der Luvseite Zoll für Zoll den steilen Hang des geneigten Decks hinauf. Die hölzernen Lafettenräder rumpelten dröhnend über die Plankennähte und verursachten wieder einmal jenes erregende Geräusch, das in früheren Jahren so mancher verzweifelten Schlacht vorangegangen war. Heute wurden die Geschütze nur ausgerannt, um das Schiff durch die Verlagerung ihres Gewichts etwas aufzurichten, damit sich der seitliche Widerstand des Rumpfs im Wasser erhöhte und die Abdrift entsprechend geringer wurde. Hornblower sah sich an, wie die Pumpen bemannt wurden. Die Leute warfen sich mit ihrem ganzen Gewicht auf die Griffe, und das rasche Klick-Klack der Pumpen verriet, mit welchem Eifer sie am Werk waren. Sie pumpten die zwanzig Tonnen Trinkwasser über Bord, die sonst so eifersüchtig gehütet wurden, weil sie das Lebensblut eines kreuzenden Schiffes auf See bedeuteten. Aber die kleine Verringerung des Tiefgangs, die sich durch ihre Opferung erzielen ließ, mochte zusammen mit dem Ausrennen der Luvgeschütze doch vielleicht ein paar Meter mehr Fahrt einbringen.
Der Allemannpfiff hatte auch Mister Erasmus Spendlove, Hornblowers Sekretär, an Deck gelockt. Er betrachtete das wohlgeordnete Getümmel mit jener olympischen Überlegenheit, die Hornblower immer wieder entzückte. Spendlove gefiel sich in der Rolle eines Mannes, den nichts aus der Fassung brachte, womit er gewisse Leute zur Raserei bringen konnte, während andere ihren Spaß daran fanden. Dabei war er ein besonders tüchtiger Sekretär, und Hornblower hatte noch keinen Augenblick bereut, daß er der Empfehlung von Lord Exmouth gefolgt war und ihm den Posten gegeben hatte.
»Sie sehen die Misera plebs hart an der Arbeit, Mister Spendlove«, sagte Hornblower.
»Gewiß, man müht sich offenbar gewaltig, Mylord.« Er warf einen Blick nach Luv auf die Estrella. »Ich hoffe, die Arbeit wird ihre Früchte tragen.«

Fell kam mit hastigen Schritten vorüber, seine Blicke wanderten immer noch zwischen den eigenen Toppen und der ESTRELLA hin und her.

»Mister Sefton, rufen Sie den Zimmermann. Ich möchte die Keile am Großmast gelockert haben. Wenn der Mast mehr Spiel hat, laufen wir vielleicht etwas besser.«

Hornblower merkte, wie Spendlove plötzlich einen veränderten Ausdruck zeigte. Ihre Blicke begegneten sich. Spendlove war tief in die Theorie der Schiffskonstruktion eingedrungen, und Hornblower besaß eine lebenslange Erfahrung. Der Blick, den sie miteinander tauschten, so kurz wie er war, genügte, um ihnen zu verraten, daß sie sich in ihrem Urteil über diese bedenkliche Maßnahme einig waren. Hornblower beobachtete aufmerksam die Luvwanten, die jetzt um so mehr Zug auszuhalten hatten. Es war nur gut, daß die CLORINDA eben erst mit neuem stehenden Gut ausgerüstet worden war.

»Man kann nicht behaupten, daß wir schneller geworden sind, Mylord«, sagte Gerard, ohne den Kieker abzusetzen.

Die ESTRELLA war merklich davongelaufen und stand jetzt obendrein weiter in Luv. Wenn sie wollte, konnte sie bis Mittag aus Sicht sein. Jetzt sah Hornblower, daß Spendlove plötzlich seltsame Grimassen schnitt. Er hatte die Nase in die Luft gesteckt und sog schnuppernd den vorüberstreichenden Wind ein. Da entsann er sich, daß auch ihm schon ein paarmal so gewesen war, als ob der saubere Passat plötzlich eine Wolke von unglaublichem Gestank herangetragen hätte, ohne daß es ihm eingefallen wäre, sich über diese seltsame Wahrnehmung Rechenschaft zu geben. Jetzt folgte er Spendloves Beispiel und bekam abermals diesen Gestank in die Nase. Zugleich war ihm wieder gegenwärtig, was das war. Hatte er nicht vor zwanzig Jahren den gleichen Gestank gerochen, als eine mit Sklaven vollgepackte spanische Galeere in Luv passierte? Der Passat, der von der ESTRELLA genau in Richtung der CLORINDA wehte, trug den üblen Geruch der Menschenfracht zu ihnen herüber und verpestete die Luft bis weit nach Lee über die makellos blaue See hinweg.

»Jetzt wissen wir wenigstens, daß sie eine volle Ladung an Bord hat«, sagte er.

Fell war noch immer mit verbissenem Eifer bemüht, die Segeleigenschaften der CLORINDA zu verbessern.

»Mister Sefton, lassen Sie alle Geschosse nach Luv schaffen.«

»Die Estrella ändert Kurs!« Ein halbes Dutzend Stimmen sang diese Nachricht gleichzeitig aus.

»Belege den Befehl, Mister Sefton!«

Fells Kieker richtete sich wie alle anderen auf die Estrella. Die hatte ihr Ruder ein wenig aufgelegt und fiel mit frecher Stirn ab, um der Clorinda vor dem Bug vorüber zu laufen.

»Dieser unverschämte Hund!« schrie Fell.

Jedermann verfolgte gespannt, wie die beiden Schiffe auf konvergierenden Kursen dahinjagten.

»Sie schert uns noch außer Schußweite vor dem Bug vorbei«, prophezeite Gerard. Mit jeder Sekunde des Zögerns konnte man deutlicher sehen, daß es so kommen mußte.

»An die Brassen!!« brüllte Fell. »Rudergänger! Backbordruder! Komm auf! Komm auf! Recht so, wie's jetzt geht!«

»Wir sind zwei Strich abgefallen«, sagte Hornblower. »Damit haben sich unsere Aussichten gebessert.«

Der Bug der Clorinda wies jetzt auf einen mehrere Meilen vorausliegenden Schnittpunkt mit dem Kurs der Estrella. Da jetzt beide Schiffe mit raumerem Kurs liefen, konnte man überdies annehmen, daß die Estrella aus ihren Schratsegeln und ihren scharfen Linien nicht mehr so viel Vorteil zog.

»Nehmen Sie eine Peilung, Gerard«, befahl Hornblower.

Gerard trat an den Kompaß und las die Peilung sorgfältig ab.

Spendlove ließ seinen Blick über das blitzblaue Wasser wandern und meinte: »Ich weiß nicht, aber mir scheint, sie läuft uns immer noch weg.«

»Wenn das stimmt«, sagte Hornblower, »dann können wir nur noch hoffen, daß ihr etwas von oben kommt.«

»Gewiß, Mylord, diese Hoffnung bleibt uns noch«, sagte Spendlove. Der Blick, den er dabei nach oben sandte, verriet seine Angst, daß die Takelage der Clorinda noch vor der des Sklavenschiffs zu Bruch gehen könnte. Die Clorinda hatte jetzt Wind und See nahezu querein. Sie führte jeden Fetzen Leinwand, den sie tragen konnte, und lag unter dem gewaltigen Druck ihrer Segel so weit auf der Seite, daß sie sich nur mit Widerstreben über die anrollenden Seen hinwegzuwälzen schien, die gurgelnd durch ihre offenen Geschützpforten rauschten. Hornblower merkte, daß er keinen trockenen Faden mehr am Leib hatte, aber unter diesen Umständen war wohl niemand an Bord besser daran.

»Mylord haben immer noch nicht gefrühstückt«, sagte Gerard.
Hornblower suchte zu verbergen, daß ihn diese Erinnerung irgendwie irritierte. Er hatte das Frühstück ganz vergessen, obwohl er sich noch vor kurzem so lebhaft darauf gefreut hatte.
»Ganz recht, Mr. Gerard«, sagte er scherzend, aber nicht eben geistreich, weil ihm die Frage zu überraschend gekommen war. »Und was, meinen Sie, soll nun werden?«
»Ich fühle mich verpflichtet, Sie daran zu erinnern, Mylord«, sagte Gerard, »Ihre Ladyschaft ...«
»Ihre Ladyschaft hat Ihnen ans Herz gelegt, mich zu geregelten Tischzeiten anzuhalten«, entgegnete Hornblower. »Das weiß ich wohl. Aber ihre Ladyschaft konnte auf Grund mangelnder Erfahrung natürlich nicht wissen, daß einem ausgerechnet zur Tischzeit ein schnellsegelnder Sklavenhändler in die Quere kommen kann.«
»Darf ich Ihnen dennoch nahelegen, jetzt etwas zu sich zu nehmen, Mylord?«
Da er nun wieder an das Frühstück erinnert worden war, lockte es ihn mehr als je zuvor, aber es fiel ihm doch allzu schwer, ausgerechnet während dieser spannenden Verfolgungsjagd unter Deck zu gehen.
»Nehmen Sie noch eine Peilung, ehe ich mich entscheide«, sagte er, um noch etwas Aufschub zu gewinnen. Gerard trat wieder an den Kompaß.
»Die Peilung wird stetig spitzer, Mylord«, meldete er. »Wir werden sie bald recht voraus haben.«
»Das stimmt«, sagte Spendlove, der seinen Kieker dauernd auf die ESTRELLA gerichtet hielt.
»Es scheint — ja wirklich, es sieht so aus, als holten sie an ihren Schoten. Vielleicht ...«
Hornblower riß sofort sein Glas ans Auge.
»Sie halst!« rief er. »Weiß Gott, sehen Sie nur, wie sie herumkommt!«
Die ESTRELLA hatte offenbar einen schneidigen Kapitän und eine gut ausgebildete Mannschaft. Sie hatte ihre Schoten dichtgeholt, und die Besatzung stand klar an den Marsbrassen. Das Ruder wurde hart aufgelegt, so daß sie in rascher Drehung herumkam. Jetzt zeigte sie sich vor Hornblowers bewaffnetem Auge in ihrer ganzen Schönheit von der Seite. Ihr neuer Kurs führte von Steuerbord nach Backbord quer vor dem Bug der

Clorinda vorbei, und das nicht einmal in allzugroßer Entfernung.
»Ein unverfrorener Bursche!« rief Hornblower, aber er konnte doch nicht umhin, den Wagemut und die hervorragende Seemannschaft des Kapitäns da drüben zu bewundern.
Fell stand dicht neben ihm und starrte nach dem unverschämten Schoner hinüber. Er war wie erstarrt, nur seine Rockschöße schlugen ihm im Wind um die Beine. Sekundenlang hatte es den Anschein, als ob die beiden Fahrzeuge einem Punkt zustrebten, an dem sie sich treffen mußten, aber dieser Eindruck hielt nicht lange vor. Auch ohne Kompaßpeilungen zeigte es sich nur allzubald, daß die Estrella mit Leichtigkeit vor der Fregatte vorbeikam.
»Geschütze einrennen!« schrie Fell. »Klar zum Halsen! Die Buggeschütze klar!«
Es konnte sein, daß der Schoner eben noch in den Schußbereich der Buggeschütze kam, aber es war doch ein höchst unsicheres Unterfangen, bei diesem schweren Seegang auf große Entfernung zu schießen. Erzielte man dabei überhaupt einen Treffer, so schlug die Kugel womöglich nicht in die Takelage, sondern in den Rumpf und richtete unter den armen Sklaven ein Blutbad an. Hornblower wollte sich darum auf jeden Fall ins Mittel legen, wenn Fell mit dem Feuern Ernst machte.
Die Geschütze waren eingerannt, Fell sah sich die Entwicklung der Dinge noch eine Minute lang an, dann ließ er Backbord Ruder legen und brachte das Schiff platt vor den Wind. Hornblower beobachtete durch sein Glas, daß der Schoner jetzt mit halbem Winde segelte und dabei hart überlag, so hart, daß sich beim Überholen sogar sein gekupferter Boden wie ein rötlicher Strich aus der blauen See hob. Es lag jetzt auf der Hand, daß er weit vor dem Bug der Fregatte vorüberzog. Auch Fell hatte es offenbar stillschweigend eingesehen, da er den Kurs um weitere zwei Strich nach Backbord ändern ließ. Die Estrella hatte es ihren zwei Meilen Fahrtüberschuß, ihrer größeren Beweglichkeit und ihren besseren Am-Wind-Eigenschaften zu danken, daß sie buchstäblich in einem Halbkreis um die Clorinda herumsegeln konnte.
»Sie ist eben ein ausgesprochener Schnellsegler – ganz auf Geschwindigkeit gebaut, Mylord«, bemerkte Spendlove hinter seinem Kieker hervor.
Das war die Clorinda auch, nur mit dem Unterschied, daß

sie eben ein Kriegsschiff war, das siebzig Tonnen Artillerie und vierzig Tonnen Pulver und Geschosse mit sich schleppen mußte. Darum war es auch keine Schande, wenn sie von einem Fahrzeug wie der ESTRELLA ausgesegelt und ausmanövriert wurde.

»Ich nehme an, Sir Thomas, daß sie in San Juan einlaufen wird«, sagte Hornblower.

Als sich Fell seinem Admiral zuwandte, stand ihm seine ohnmächtige Wut deutlich genug im Gesicht geschrieben. Er zügelte mit sichtlicher Mühe den Drang, seinen Gefühlen hemmungslos und vor allem in wüsten Schimpfreden Luft zu machen.

»Das ist . . . das ist . . .«, stammelte er.

»Ja, das könnte sogar einen Heiligen zur Raserei bringen.«

Die CLORINDA hatte zwanzig Meilen zu luward von San Juan in einer geradezu idealen Position gelegen, und die ESTRELLA war ihr sozusagen in die Arme gelaufen. Und doch hatte sie es am Ende fertiggebracht, ihrem Verfolger elegant auszuweichen und sich auf diese Art freie Bahn zu ihrem Hafen zu verschaffen.

»Ich kriege den Kerl noch, Mylord!« knirschte Fell. »Rudergänger!« Jetzt kam noch die lange Raumstrecke nach San Juan mit dem Wind einen Strich achterlicher als querein. Das gab sozusagen eine Wettfahrt mit fliegendem Start. Fell setzte den Kurs nach San Juan ab, man sah auf den ersten Blick, daß die ESTRELLA, die Steuerbord querab gut außer Schußweite lag, dem gleichen Ziel zustrebte. Beide Schiffe hatten den Wind ungefähr von der Seite, die lange Strecke, die vor ihnen lag, mußte endgültig zeigen, welches das schnellere war. Im Augenblick liefen sie nebeneinander her wie zwei Jachten, die bei einer Wettfahrt auf dem Solent ihre Dreiecksbahn absegelten. Hornblower dachte wieder daran, daß er diese Reise der CLORINDA noch vor wenigen Stunden mit einer Jachtfahrt verglichen hatte. Sein Flaggkapitän sah die Dinge allerdings mit anderen Augen an, das verriet sein verbissener Ausdruck. Fell trug einen grimmigen Ernst zur Schau, aber nicht etwa, weil er sich als Menschenfreund über das traurige Los der Sklaven empörte — o nein, ihm ging es um das heißbegehrte Kopfgeld.

»Ihr Frühstück, Mylord?« erkundigte sich Gerard.

Ein Offizier trat grüßend zu Fell und meldete, es sei Zeit für acht Glasen — Mittag.

»Gut, lassen Sie pfeifen«, sagte Fell. Gleich darauf erklang im

ganzen Schiff der willkommene Ruf: »Antreten zum Schnapsempfang!«
»Frühstück, Mylord?« fragte Gerard abermals.
»Wir wollen noch ein bißchen warten«, sagte Hornblower. »Ich möchte gern wissen, wie sich die CLORINDA auf diesem Kurs benimmt.« Er sah Gerards enttäuschte Miene und lachte: »Mir scheint, Ihnen geht es in erster Linie um Ihr eigenes Frühstück, wie? Haben Sie auch noch nichts im Magen?«
»Nein, Mylord.«
»Ich lasse meine jungen Leute grausam verhungern«, sagte Hornblower und ließ seinen Blick von Gerard zu Spendlove wandern, aber dieser tat merkwürdigerweise ganz unbeteiligt. Da wußte Hornblower gleich Bescheid: »Ich wette eine Guinee«, sagte er, »daß Spendlove nicht den ganzen Vormittag gefastet hat.«
Sein Angebot fand nur ein breites Grinsen als Antwort.
»Ich bin zwar kein Seemann, Mylord«, sagte Spendlove schließlich, »aber eines habe ich bei meinen Seefahrten doch gelernt: Sobald eine Mahlzeit in Erscheinung tritt, gilt es zuzugreifen. Die Gelegenheit zum Essen schwindet an Bord so rasch und unwiederbringlich dahin wie ein goldenes Traumschloß.«
»Sie sind also mit vollem Bauch an Deck spazierengegangen, während Ihr Admiral Hunger litt? Pfui, schämen Sie sich!«
»Ich schäme mich so gründlich, wie es im vorliegenden Falle geboten scheint, Mylord.«
Offenbar war Spendlove so taktvoll und wortgewandt, wie es sich für den Sekretär eines Admirals gehörte.
»An die Großbrassen!« brüllte Fell.
Die CLORINDA rauschte mit halbem Wind durch die blaue See, sie lief bei dieser Windrichtung am besten, und Fell tat überdies sein möglichstes, um auch das letzte an Fahrt aus ihr herauszuholen. Hornblower warf einen Blick nach der ESTRELLA.
»Ich fürchte, wir fallen zurück«, sagte er.
»Mir scheint es auch so, Mylord«, sagte Gerard nach kurzer Beobachtung und ging wieder zum Kompaß, um eine Peilung zu nehmen. Fell verfolgte sein Tun mit gereizter Miene und wandte sich dann an Hornblower.
»Ich hoffe«, sagte er, »Sie werden zugeben, Mylord, daß die CLORINDA alles geleistet hat, was man von einem Schiff billigerweise verlangen kann.«

»Gewiß, Sir Thomas«, sagte Hornblower. Im Grunde wollte Fell damit zum Ausdruck bringen, daß ihn und seine Schiffsführung kein Vorwurf treffen könne. Hornblower glaubte zwar zu wissen, daß ihm manches besser gelungen wäre, dennoch konnte er nicht daran zweifeln, daß die ESTRELLA so oder so entwischt wäre.

»Dieser Schoner läuft wie behext«, sagte Fell. »Sehen Sie nur hin, Mylord!«

Die wundervollen Linien und der meisterhafte Segelriß der ESTRELLA bestachen sogar auf diese Entfernung.

»Es ist ein wunderbares Schiff«, bestätigte Hornblower.

»Sie läuft uns weg, soviel steht fest«, verkündete Gerard vom Kompaß her. »Und mir scheint, sie luvt uns dabei noch aus.«

»Damit sind meine fünfhundert Pfund beim Teufel«, sagte Fell verbittert. Er hätte das Geld doch so dringend gebraucht.

»Rudergänger! Einen Strich luven. An die Brassen!«

Er brachte die CLORINDA etwas höher an den Wind und beobachtete eine Weile, wie sie sich dabei verhielt. Dann wandte er sich wieder an Hornblower:

»Ich werde die Jagd erst aufgeben, wenn es nicht mehr anders geht.«

»Da haben Sie vollkommen recht«, stimmte ihm Hornblower zu.

In Fells Miene mischten sich Resignation und Verzweiflung. Hornblower war sich darüber klar, daß ihn außer dem Verlust des Geldes auch noch eine ganz andere Sorge bedrückte. Die Lords der Admiralität erfuhren natürlich aus dem einzureichenden Bericht von Fells Versuch, die ESTRELLA zu kapern, und von dem beinahe lächerlichen Fehlschlag, den er dabei erlitten hatte. Selbst wenn Hornblowers eigener Bericht diesen Mißerfolg in möglichst mildem Licht erscheinen ließ, der Mißerfolg als solcher blieb. Das bedeutete, daß Fell nach Ablauf seines zweijährigen Kommandos nie mehr Verwendung fand, da ja auf jeden Kapitän im aktiven Dienst der Royal Navy mindestens zwanzig andere kamen, die nach einem Kommando lechzten. Unter diesen Umständen wurde schon das kleinste Versagen eines Mannes zum Anlaß genommen, seiner Laufbahn ein Ende zu setzen, es konnte ja gar nicht anders sein. Fell sah also schon mit banger Sorge dem Los entgegen, den Rest seiner Tage auf Halbsold verbringen zu müssen. Und Lady Fell war eine teure und ehrgeizige Frau. Kein Wunder, daß die gewohnten roten Wangen Fells plötzlich grau und eingefallen wirkten.

Die kleine Kursänderung, die Fell befohlen hatte, bedeutete nicht mehr und nicht weniger als das endgültige Eingeständnis seiner Niederlage. Die CLORINDA hielt jetzt zwar ihre Luvposition, mußte aber zusehen, wie die ESTRELLA nur um so schneller davonzog. »Ich fürchte, daß sie uns bis San Juan leicht schlagen wird, Mylord«, nahm Fell den Faden wieder auf. Sein Stoizismus war in der Tat bewundernswert.

Der purpurne Dunst, der rechts voraus die Berge von Puerto Rico verriet, erhob sich immer höher und nahm immer festere Umrisse an.

»Was befehlen Sie für diesen Fall, Mylord?«

»Wieviel Wasser haben Sie noch an Bord?« fragte Hornblower seinerseits.

»Fünf Tonnen, Mylord, für sechs Tage bei kleinen Rationen.«

»Sechs Tage«, wiederholte Hornblower mehr zu sich selbst. Das war unangenehm. Die nächste britische Besitzung lag hundert Meilen zu luward.

»Ich mußte versuchen, das Schiff zu entlasten, Mylord«, sagte Fell, als ob er sich gegen einen Vorwurf rechtfertigen müßte.

»Ich weiß, ich weiß!« Hornblower war immer gereizt, wenn ihm jemand mit Entschuldigungen kam. »Wenn wir die ESTRELLA nicht mehr fangen, laufen wir nach ihr in den Hafen ein.«

»Zu einem offiziellen Besuch, Mylord?« fragte Gerard sofort.

»Mit meiner Flagge im Topp geht es nicht gut anders«, sagte Hornblower. Offizielle Besuche waren nicht nach seinem Geschmack. »Aber wir schlagen hier gleich zwei Fliegen mit einer Klappe. Es ist ohnedies an der Zeit, daß ich den Spaniern mein Kompliment mache, und wir können dabei gleich unseren Wasservorrat ergänzen.«

»Aye, aye, Mylord.«

Ein repräsentativer Besuch in einem ausländischen Hafen brachte seinem Stab natürlich eine Menge Arbeit – aber der Hauptleidtragende, so sagte er sich ärgerlich, war doch auf jeden Fall er selbst.

»Ich möchte jetzt mein Frühstück haben, ehe wieder etwas dazwischenkommt«, sagte er. Die glänzende Stimmung von heute morgen war ihm gründlich vergangen. Hätte er sich jemals erlaubt, seinen menschlichen Schwächen nachzugeben, so wäre seine Laune jetzt auf dem Nullpunkt gewesen.

Als er wieder an Deck kam, zeigte es sich nur zu deutlich, daß ihnen die Estrella endgültig entkommen war. Der Schoner lag jetzt volle drei Meilen voraus und hatte dabei überdies so viel Luv gewonnen, daß die Clorinda schon fast in ihrem Kielwasser segelte. Die Küste von Puerto Rico war bereits deutlich auszumachen, die Estrella lief soeben in die Hoheitsgewässer ein und war damit gegen jeden Angriff gesichert. Im ganzen Schiff waren alle Mann eifrig an der Arbeit, um überall jenen Zustand höchster Vollkommenheit hervorzuzaubern, der an Bord eigentlich schon zum Alltag gehörte, aber auf jedem britischen Schiff besonders eindringlich zur Schau gestellt werden mußte, wenn es in einen fremden Hafen einlief und die kritischen Blicke der Ausländer auf sich gerichtet sah. Das Deck war so weiß, daß es in der Tropensonne blendete, das Messingwerk blitzte, daß dem Betrachter die Augen schmerzten. Blanke Entermesser und Piken wurden in zierlichen Mustern am achteren Querschott aufgereiht, überall wurden weiße Baumwolleinen geschoren, die in kunstvollen Türkenbunden endeten.

»Ausgezeichnet, Sir Thomas«, sagte Hornblower anerkennend.

»Die spanische Regierung ist in San Juan durch einen Generalkapitän vertreten, Mylord«, meldete Spendlove.

»Der hat den Vorrang. Ich werde ihm also meinen Besuch abstatten müssen«, sagte Hornblower.

»Sir Thomas, ich wäre Ihnen verbunden, wenn Sie mich begleiten wollten.«

»Aye, aye, Mylord.«

»In großer Uniform – mit Ordensband und Stern. Es ist leider nicht zu vermeiden.«

»Aye, aye, Mylord.«

Fell war im Jahre 1813 nach einem mörderischen Gefecht mit einer Fregatte zum Ritter des Bath-Ordens ernannt worden. Die Anerkennung galt damals sowohl seinem Mut wie seinem seemännischen Können.

»Der Schoner nimmt einen Lotsen an Bord!« meldete der Ausguck aus dem Topp.

»Verstanden!«

»Bald ist die Reihe an uns«, sagte Hornblower. »Höchste

Zeit, daß wir uns für unsere Gastgeber zurechtmachen. Hoffentlich wissen sie es zu würdigen, daß wir nach ihrer Siesta einlaufen.«
Das war auch die Stunde, in der die Seebrise einsetzte. Der Lotse, den sie an Bord nahmen, ein großer hübscher Quadrone, brachte das Schiff ohne die geringste Schwierigkeit in den Hafen. Dennoch stand Fell, der ihm natürlich nicht von der Seite wich, während des ganzen Manövers Todesängste aus. Hornblower, der dabei nichts zu verantworten hatte, begab sich unterdessen auf die Back, um ein möglichst genaues Bild der Hafeneinfahrt zu gewinnen. Im Augenblick herrschte zwar Frieden, aber Spanien war zuvor ein Gegner Englands gewesen und mochte vielleicht schon bald wieder einer sein. Da konnte es zum mindesten nichts schaden, wenn er die Verteidigungsanlagen so genau wie möglich in Augenschein nahm. Er hatte denn auch bald begriffen, warum San Juan in der langen Zeit seines Bestehens von den vielen Feinden Spaniens noch nie angegriffen, geschweige denn erobert worden war. Die Stadt selbst war von einer hohen, stark gebauten Mauer mit Gräben, Bastionen und Zugbrücken umgeben; auf einer die Einfahrt beherrschenden Höhe lag das Kastell Morro, dessen Geschütze das Fahrwasser bestreichen konnten. Außerdem gab es noch ein zweites Fort – es mußte San Cristobal sein –, und unten am Strand reihte sich eine Batterie an die andere, alle mit schweren Geschützen bestückt, die drohend aus ihren Bettungen ragten. Nur eine starke, mit schwerer Artillerie ausgerüstete Belagerungsarmee hätte San Juan etwas anhaben können, solange es durch eine angemessene Besatzungstruppe verteidigt wurde.
Die Seebrise brachte sie glatt durch die Einfahrt, es entstand die übliche nervöse Unsicherheit, ob sich die Spanier wohl bereitfinden würden, die Flagge zu salutieren; aber diese Sorge schwand alsbald, als die Geschütze auf dem Morro ihre donnernde Antwort gaben. Hornblower stand steif grüßend auf dem Achterdeck, während das Schiff in den Hafen glitt und das Salutgeschütz auf der Back in wunderbarem Gleichtakt seine Schüsse feuerte. Die Besatzung nahm mit einer Fixigkeit die Segel weg, die alle Anerkennung verdiente. Hornblower schoß unter seinem Zweispitz einen heimlichen Blick nach oben, um sich davon zu überzeugen. Dann drehte die CLORINDA auf, und ihre Ankertrosse rauschte donnernd aus der Klüse. Ein von der Sonne tiefbraun gebrannter Offizier schwang sich über die

Reling und stellte sich in leidlichem Englisch als Hafenarzt vor. Fell übergab ihm eine schriftliche Erklärung, daß an Bord der CLORINDA während der letzten einundzwanzig Tage kein Fall einer ansteckenden Krankheit vorgekommen sei.

Erst hier im Hafen, wo sich die Seebrise nicht recht durchsetzen konnte und wo das Schiff still lag, wurden sie inne, wie infernalisch heiß die Sonne vom Himmel brannte. Hornblower spürte sofort, wie ihm unter dem Hemd und dem schweren Uniformrock der Schweiß aus allen Poren brach, und drehte den Kopf benommen nach rechts und links, weil ihm die gestärkte Halsbinde den Atem nahm. Gerard wies ihm mit einer kurzen Handbewegung, was er selbst bereits entdeckt hatte: Die ESTRELLA DEL SUR lag schneeweiß und makellos in ihrer nächsten Nähe an der Pier. Es schien ihm, als hätte er schon wieder den Gestank in der Nase, der aus ihren offenen Luken drang. Auf der Pier war eine Abteilung Soldaten in blauen Waffenröcken mit weißen Bandelieren aufgezogen. Sie standen in recht lässiger Haltung in einem Glied und waren von einem Unteroffizier geführt. Aus dem Raum des Schoners drangen herzzerreißende Laute herüber, sie hörten sich an wie ein langgezogenes, klagendes Gewimmer. Nach einer Weile konnten sie sehen, wie eine lange Reihe nackter Neger mühsam den Niedergang heraufgeklettert kam. Die armen Menschen konnten kaum gehen, einige waren überhaupt nicht dazu imstande, sie fielen sogleich auf Hände und Knie und krochen so über Deck und auf die Pier.

»Sie bringen ihre Ladung an Land«, sagte Gerard.

»Ja, wenigstens einen Teil davon«, gab ihm Hornblower zur Antwort. Er war nun beinahe ein Jahr hier und hatte in dieser Zeit durch aufmerksame Beobachtung vieles über den Sklavenhandel erfahren. Gegenüber der Nachfrage, die in Havanna herrschte, war der Bedarf an Sklaven hier in Puerto Rico nur gering. Auf See waren die Sklaven, die sie hier sahen, in den Sklavendecks eingesperrt. Dort lagen sie eng aneinandergepackt »wie die Löffel in der Schatulle«, das heißt, auf der Seite mit angezogenen Knien, so daß die Knie eines jeden in die Kniekehlen seines Vordermanns paßten. Es war kein Wunder, daß der Kapitän der ESTRELLA die Gelegenheit benutzte, seine leicht verderbliche Ladung gründlich auszulüften.

Ein Anruf von außenbords lenkte sie ab. Ein Boot mit der spanischen Flagge im Bug kam herangepullt; achtern saß ein Offi-

zier in prächtiger Uniform, deren reiche Goldstickerei im Schein der untergehenden Sonne blitzte und funkelte.
»Aha, die hohe Behörde«, sagte Hornblower.
Das Fallreep wurde gebührend besetzt, der Offizier kam unter dem Getriller der Bootsmannsmaatenpfeifen an Bord und hob die Hand zu einem sehr korrekten Gruß. Hornblower kam herzu, um ihn gemeinsam mit Fell zu begrüßen. Der Mann sprach Spanisch, und Hornblower merkte sogleich, daß Fell kein Wort davon verstand.
»Major Mendez-Castillo«, stellte sich der Offizier vor, »Erster und persönlicher Adjutant Seiner Exzellenz des Generalkapitäns von Puerto Rico.«
Er war groß und schlank und trug ein winziges Bärtchen, das wie aufgeschminkt wirkte. Voller Vorsicht und Zurückhaltung faßte er die beiden Offiziere mit ihren roten Ordensbändern, Sternen und glitzernden Epauletten ins Auge, die zu seinem Empfang bereitstanden.
»Willkommen, Herr Major«, sagte Hornblower. »Ich bin Konteradmiral Lord Hornblower, Oberbefehlshaber Seiner Britannischen Majestät Schiffe und Fahrzeuge in den Westindischen Gewässern. Darf ich mir erlauben, Ihnen Kapitän Sir Thomas Fell vorzustellen. Er ist Kommandant Seiner Britannischen Majestät Fregatte CLORINDA.«
Mendez-Castillo verbeugte sich vor jedem der beiden Offiziere in formvollendeter Weise. Man merkte ihm ein wenig an, daß er froh war, jetzt zu wissen, wer von den beiden den höheren Rang einnahm.
»Willkommen in Puerto Rico, Eure Exzellenz«, sagte er. »Wir wissen natürlich bereits, daß der berühmte Lord Hornblower jetzt den Oberbefehl innehat, und hofften schon lange, daß er uns mit seinem Besuch beehren würde.«
»Meinen besten Dank für Ihre freundlichen Worte«, sagte Hornblower.
»Auch Ihnen und Ihrem Schiff, Herr Kapitän, entbiete ich unseren Willkommensgruß«, fügte Mendez-Castillo eiligst hinzu, damit ja nicht der Eindruck entstand, er hätte einem gewöhnlichen Kommandanten nicht genügend Aufmerksamkeit geschenkt, weil ihn die Begegnung mit dem sagenhaften Hornblower alles andere vergessen ließ. Fell beantwortete den Gruß mit einer ungelenken Verbeugung – es war nicht nötig, ihm die Worte des Spaniers zu übersetzen.

»Seine Exzellenz hat mich beauftragt«, fuhr Mendez-Castillo fort, »an Eure Exzellenz die Frage zu richten, ob sich Seiner Exzellenz anläßlich dieses denkwürdigen Besuches die Möglichkeit bietet, Eurer Exzellenz in irgendeiner Form behilflich zu sein.«
Auf spanisch ließ sich dieser prunkvolle Satz sogar noch kunstvoller und komplizierter drechseln als in englischer Sprache. Während Mendez-Castillo sprach, huschte sein Blick für den Bruchteil einer Sekunde zur ESTRELLA hinüber. Offenbar war der Versuch der CLORINDA, den Sklavenhändler abzufangen, schon in allen seinen Einzelheiten bekanntgeworden. Ein erhebliches Stück der vergeblichen Jagd hatte man sicherlich auch vom Morro aus genau verfolgt. Irgendwie konnte man aus dem Gebaren des Majors den Eindruck gewinnen, daß eine Erörterung des Falles ESTRELLA überhaupt nicht in Frage kam.
»Unser Aufenthalt wird nur kurz bemessen sein«, sagte Hornblower. »Kapitän Fell muß dringend seinen Wasservorrat ergänzen.«
Als Mendez-Castillo das hörte, wurde er sofort zugänglicher. »Wir stehen ihm selbstverständlich zu Diensten«, sagte er hastig. »Nichts könnte einfacher sein. Ich werde den Hafenkapitän anweisen, Kapitän Fell jede erdenkliche Unterstützung zu gewähren.«
»Sie sind zu gütig, Herr Major«, sagte Hornblower. Wieder wurden Verbeugungen ausgetauscht, an denen sich auch Fell lebhaft beteiligte, obwohl er kein Wort verstanden hatte.
»Seine Exzellenz wies mich ferner an«, sagte Mendez-Castillo, »seiner Hoffnung Ausdruck zu geben, daß ihn Eure Exzellenz mit dero Besuch beehren möchten.«
»Ich hatte ebenso lebhaft gehofft, daß Seine Exzellenz die große Güte haben werde, mich dazu anzufordern.«
»Seine Exzellenz wird entzückt sein, das zu hören. Würden Eure Exzellenz die große Güte haben, Seine Exzellenz heute abend aufzusuchen? Seine Exzellenz wäre hocherfreut, Eure Exzellenz mit einigen Herren Ihres Stabes um acht Uhr in La Fortalesa, dem Palast von Santa Catalina, empfangen zu dürfen.«
»Seine Exzellenz ist zu gütig. Wir sind von seiner Einladung aufrichtig begeistert.«
»Ich werde Seiner Exzellenz von der Aufnahme seiner Einladung berichten. Vielleicht ist es Eurer Exzellenz angenehm,

wenn ich rechtzeitig an Bord komme, um Eurer Exzellenz und dero Begleitung den Weg zu zeigen.«

»Dafür wären wir Ihnen ganz besonders verbunden, Herr Major.«

Der Major verabschiedete sich, nachdem er nochmals versichert hatte, er werde wegen der Wasserübernahme des Schiffes sofort mit dem Hafenkapitän in Verbindung treten. Hornblower erklärte Fell in Kürze, was Mendez-Castillo gesagt hatte.

»Aye, aye, Mylord.«

Schon erschien der nächste Besucher, diesmal über das Backbordfallreep. Es war ein vierschrötiger, schwerer Mann in blendendweißem Leinenanzug und mit einem breitrandigen Hut auf dem Kopf, den er mit beflissener Höflichkeit abnahm, als er auf dem Achterdeck erschien. Hornblower beobachtete ihn, wie er sich an den Fähnrich der Wache wandte, und sah auch, wie sich dieser zögernd und unsicher umsah, weil er nicht wußte, ob er dem Mann willfahren durfte oder nicht.

»Schon gut, Fähnrich«, sagte Hornblower. »Was will der Herr denn?« Es war nicht schwer zu erraten, was der Herr wollte. Sein Besuch bot vielleicht eine gute Gelegenheit, anders als auf dem Weg über die Behörden in Kontakt mit der Bevölkerung zu kommen. So etwas war immer willkommen, besonders aber im gegenwärtigen Augenblick.

Der Besucher trat näher und musterte Hornblower mit einem scharfen Blick aus lustigen hellblauen Augen.

»Mylord?« sagte er. Offenbar gab ihm die Admiralsuniform wenigstens kein solches Rätsel auf wie den Spaniern.

»Ja, ich bin Admiral Lord Hornblower.«

»Hoffentlich falle ich Ihnen mit meinem Anliegen nicht zur Last, Mylord.« Er sprach Englisch wie ein Engländer, etwa wie einer, der am Tyne zu Hause war, aber man hörte sofort, daß er seine Muttersprache seit Jahren nicht mehr gesprochen hatte.

»Was haben Sie denn auf dem Herzen?«

»Eigentlich wollte ich nur zu Ihrem Steward, Mylord, und zum Vorstand der Offiziersmesse, ja, und dann noch zum Zahlmeister. Ich bin der erste Schiffshändler am Platze, Mylord, liefere Ochsenfleisch, Hühner, Eier, frisches Brot, Obst, Gemüse.«

»Und wie heißen Sie?«

»Eduardo Stuart – Edward Stuart, Mylord. Zweiter Steuermann der Brigg COLUMBINE von London. Wir wurden 1806 aufgebracht und kamen hier als Gefangene an Land. Ich wurde mit einigen Leuten gut Freund, Mylord, und als sich die Dons im Jahr 1808 auf unsere Seite schlugen, ließ ich mich hier als Schiffshändler nieder. Nun, und seitdem bin ich eben hier.«

Hornblower musterte den Mann genauso gründlich wie dieser ihn. Er konnte vieles erraten, was bei dem kurzen Bericht ungesagt geblieben war – eine glückliche Heirat, vielleicht sogar einen Wechsel des Bekenntnisses, es sei denn, daß Stuart schon von Geburt an katholisch gewesen war, was durchaus im Bereich der Möglichkeit lag.

»Ich stehe Ihnen mit besonderem Vergnügen zu Diensten, Mylord«, fuhr Stuart fort und hielt Hornblowers Blick ohne Verlegenheit stand.

»Sie können gleich mit dem Zahlmeister sprechen«, sagte Hornblower, »aber sagen Sie mir zuerst, welchen Eindruck unser Einlaufen hier gemacht hat.«

Stuart verzog sein Gesicht zu einem belustigten Grinsen.

»Die ganze Stadt verfolgte Ihre Jagd auf die ESTRELLA DEL SUR, Mylord.«

»Das dachte ich mir.«

»Die Leute freuten sich diebisch, als sie sahen, daß sie Ihnen entwischte. Und als man gewahr wurde, daß Sie einlaufen wollten, wurden sogar die Batterien besetzt.«

»Was Sie nicht sagen!«

Die Erinnerung an die raschen und kühnen Gewaltstreiche der Royal Navy mußte hier sehr lebendig sein, wenn man auch nur einen Augenblick befürchten konnte, daß eine einzelne Fregatte den Versuch machen könnte, eine Prise aus einem Hafen zu entführen, der so gut verteidigt war wie San Juan.

»Innerhalb von zehn Minuten hörte man Ihren Namen an allen Straßenecken.«

Hornblower versicherte sich durch einen forschenden Blick, daß dies kein leeres Kompliment war.

»Und was hat die ESTRELLA weiter vor?«

»Sie ist nur eingelaufen, um ein paar kranke Sklaven an Land zu setzen und ihren Wasservorrat zu ergänzen, Mylord. Hier ist die Nachfrage nach Sklaven viel zu gering, darum geht sie nach Havanna in See, sobald über Ihre Absichten, Mylord, Klarheit besteht.«

»Sie will sofort wieder auslaufen?«

»Ja, mit der Landbrise morgen früh, wenn Sie dann nicht schon draußen liegen sollten.«
»Ich glaube nicht, daß das möglich sein wird«, sagte Hornblower.
»Dann läuft sie ganz bestimmt aus. Die Ladung soll in Havanna an Land gebracht und verkauft werden, ehe das Abkommen unterzeichnet wird.«
»Das ist leicht begreiflich«, sagte Hornblower.
Was war das? Die alten Anzeichen meldeten sich wieder, so deutlich fühlbar wie eh und je. Der raschere Puls, das warme Gefühl unter der Haut, die allgemeine Unrast. Unter der Schwelle seines Bewußtseins schien sich etwas zu regen – eine Idee wollte ans Licht. Und in der nächsten Sekunde war es soweit, die Idee war geboren. Noch war sie unklar und verschwommen wie eine Landmarke im Dunst der Ferne, aber doch so bestätigend und beruhigend, wie es eine Landmarke immer ist. Überdies lauerten, noch im Schatten des Unterbewußtseins, weitere Ideen, die er einstweilen nur erraten konnte. Unwillkürlich ließ er den Blick zur ESTRELLA hinüberwandern, um die Lage richtig einzuschätzen, neue Einsichten zu gewinnen und ernstlich zu prüfen, was ihm vor Augen stand.
Um seine Erregung nicht zu verraten und das Gespräch nicht in verdächtiger Hast zu beenden, mußte er Stuart noch mit ein paar höflichen Worten für seine Auskünfte danken. Durch eine kurze Anweisung an Fell stellte er sicher, daß Stuart die Belieferung der CLORINDA übertragen bekam. Als sich dieser mit überschwenglichen Worten bei ihm bedanken wollte, schnitt er ihm mit einer Handbewegung die Rede ab und verabschiedete sich dann mit aller gespielten Gleichgültigkeit, deren er fähig war.
Längsseit der ESTRELLA herrschte das gleiche geschäftige Treiben wie rings um die CLORINDA, da auf beiden Schiffen die Vorbereitungen zur Wasserübernahme getroffen wurden. Die Hitze und der Lärm erschwerten das Denken, der Wirrwarr an Deck war kaum zu ertragen. Und obendrein rückte der Abend immer näher, bald schlug die Uhr acht, die Stunde des Empfangs beim Generalkapitän. Es verstand sich von selbst, daß bis dahin alles überlegt und geklärt sein mußte. Dabei wurde die Sache selbst immer verwickelter. Chinesischen Schachteln gleich gebar sich eine Idee aus der anderen, und jede bedurfte gründ-

licher Überprüfung auf etwaige Fehler. Die Sonne war eben hinter den Höhen verschwunden, und der Himmel glühte in flammendem Rot, als sein Entschluß endgültig feststand.
»Spendlove!« rief er mit einer Schärfe im Ton, die seiner Erregung zuzuschreiben war. »Kommen Sie mit mir unter Deck.«
Unten in der großen Achterkajüte war es drückend heiß. Der flammende Himmel spiegelte sich im Wasser, und der Widerschein seiner Glut fiel durch die Heckfenster in den Raum. Erst das Anzünden der Lampe machte diesem großartigen Farbenspiel ein Ende. Hornblower warf sich in seinen Sessel und konnte nicht übersehen, mit welcher Spannung Spendlove erwartete, was er ihm sagen wollte. Spendlove konnte nicht im Zweifel sein, daß sein draufgängerischer Admiral wieder einmal allerlei im Schilde führte. Und doch war selbst er von dem Plan überrascht, der ihm jetzt dargelegt wurde, und konnte sich nicht genug über die Befehle wundern, die er im Zusammenhang damit erhielt. Er verstieg sich sogar dazu, einen Widerspruch zu wagen.
»Aber Mylord ...« stammelte er.
»Kein Wort weiter, Spendlove, führen Sie meine Befehle aus.«
»Aye, aye, Mylord.«
Spendlove verließ die Kajüte, Hornblower blieb allein zurück und wartete. Die Minuten verrannen – kostbare Minuten, die unwiderruflich dahin waren. Endlich klopfte es, wie längst erwartet, und Fell kam mit allen Zeichen höchster Erregung herein.
»Mylord, haben Sie ein paar Minuten Zeit für mich?«
»Es ist mir immer ein Vergnügen, Sie zu empfangen, Sir Thomas.«
»Ich weiß nicht, ob ich Ihnen mit dieser Sache kommen darf, Mylord – ich hätte einen Vorschlag zu machen, der Ihnen recht seltsam erscheinen dürfte.«
»Auch Vorschläge sind mir immer willkommen, Sir Thomas. Bitte nehmen Sie Platz und sprechen Sie. Wir haben noch eine Stunde Zeit, bis wir an Land fahren müssen. Ich bin sehr gespannt, was Sie mir zu sagen haben.«
Fell saß bolzengerade auf seinem Stuhl und krampfte seine Finger um die Armlehnen. Er mußte ein paarmal schlucken, ehe er ein Wort über die Lippen brachte. Für Hornblower war es alles andere als angenehm, diesen Mann, der dem Tod wer weiß wie oft tapfer ins Auge gesehen hatte, so schüchtern und

ängstlich vor sich sitzen zu sehen. Das Schauspiel, das er ihm bot, berührte ihn geradezu peinlich.

»Mylord ...«, begann Fell endlich und mußte abermals schlucken.

»Ich bin ganz Ohr, Sir Thomas«, sagte Hornblower freundlich.

»Es will mir scheinen, Mylord«, setzte Fell abermals an und wurde nun mit jedem Wort sicherer, bis ihm die Rede förmlich von den Lippen sprudelte. »Es will mir scheinen, als ob doch noch eine Aussicht für uns bestände, die ESTRELLA zu kapern.«

»Was Sie nicht sagen, Sir Thomas! Ich wäre glücklich, wenn das gelänge. Lassen Sie mich bitte hören, wie Sie sich die Sache denken.«

»Die ESTRELLA geht morgen in See, Mylord, wahrscheinlich schon in der Dämmerung mit der Landbrise. Wir könnten nun heute abend noch eine – eine Art Schleppsack unter Wasser an ihr festmachen, am besten vielleicht hinten am Ruder. Sie läuft ja ohnedies höchstens eine oder zwei Meilen mehr als wir. Wenn wir dann gleich nach ihr auslaufen, können wir sie draußen auf See vielleicht einholen ...«

»Großartig, Sir Thomas! Das ist eine glänzende Idee, die – lassen Sie mich das ausdrücklich betonen – Ihrem Ruf als Seemann alle Ehre macht.«

»Sie sind zu gütig, Mylord.« Man merkte Fell nur zu deutlich an, wie er innerlich mit sich rang. Er zögerte eine Weile, ehe er fortfuhr: »... Um es offen zu sagen, Mylord: Der Gedanke stammt von Ihrem Sekretär Spendlove.«

»Was, von Spendlove? Das ist ja kaum zu glauben.«

»Doch er getraute sich nicht, Ihnen den Vorschlag selbst zu unterbreiten, Mylord, darum kam er damit zu mir.«

»Aber sicherlich hat er nur den ersten Anstoß gegeben, der dann das Räderwerk Ihrer eigenen Gedanken in Bewegung setzte. Jedenfalls tragen Sie die Verantwortung für das Unternehmen, darum gebührt Ihnen auch das Verdienst, wenn es zum Erfolg führt. Hoffen wir, daß Ihnen dieses Verdienst in reichem Maße zuteil wird.«

»Gehorsamsten Dank, Mylord.«

»Und nun zu dem Schleppsack. Wie stellen Sie sich dieses Ding vor, Sir Thomas?«

»Ich denke an einen größeren Treibanker, Mylord, eine Rolle

Segeltuch Stärke Null zu einer Röhre genäht, deren vordere Öffnung weiter ist als die hintere.«
»Meinen Sie nicht, daß wir das Ganze doch noch verstärken müssen? Auch Null-Segeltuch hält nicht stand, wenn die ESTRELLA mit zwölf Meilen losgeht.«
»Jawohl, Mylord, darüber bin ich mir klar. Darum sollen in kleinen Abständen Liektaue eingenäht werden, was ja ganz einfach zu machen ist. Außerdem haben wir eine Wasserstagkette in Reserve an Bord. Die könnte man rings um die vordere Öffnung des Schleppsacks nähen ...«
»... und so an der ESTRELLA befestigen, daß sie den Hauptzug aufnimmt.«
»Gewiß, Mylord, so ungefähr hatte ich es mir gedacht.«
»Die Kette würde zugleich dazu dienen, den Schleppsack unter Wasser und aus Sicht zu halten.«
»Jawohl, Mylord.«
Als Fell gewahr wurde, wie rasch Hornblower alle diese technischen Einzelheiten begriff, faßte er immer mehr Mut. Seine anfängliche Nervosität verwandelte sich allmählich in helle Begeisterung.
»Ich dachte – Spendlove regte das an, Mylord –, wir können die unteren Fingerlinge des Ruders dazu benutzen.«
»Dann wird das Ruder wahrscheinlich glatt herausgerissen, wenn richtig Kraft auf den Schleppsack kommt.«
»Das könnte uns doch nur recht sein, Mylord.«
»Natürlich, das ist klar.«
Fell ging durch die Kajüte und trat an das offene Heckfenster.
»So, wie wir im Augenblick liegen, können Sie die ESTRELLA von hier aus nicht sehen, Mylord«, sagte er, »aber Sie können sie hören.«
»Und riechen auch«, sagte Hornblower, der neben ihn getreten war.
»Jawohl, Mylord. Sie waschen gerade den Raum aus. Aber wie gesagt, man kann sie auch hören.«
Zusammen mit den Wolken von Gestank drang ganz deutlich das ununterbrochene Gewimmer der armen Sklaven herüber, ja, Hornblower glaubte sogar, das Klirren der Fußfesseln zu hören.
»Sir Thomas«, sagte Hornblower, »ich halte es für angebracht, daß Sie ein Boot aussetzen und von heute abend an Wache ums Schiff rudern lassen.«

»Ein Wachboot, Mylord?« Fell war nicht eben schnell von Begriff, und in Friedenszeiten waren diese scharfen Maßnahmen zum Abfangen von Deserteuren ja auch unnötig.
»Aber natürlich! Sonst springt Ihnen gleich nach Dunkelwerden die halbe Besatzung über Bord und schwimmt an Land. Das ist Ihnen doch hoffentlich klar, Sir Thomas. Sie wissen ja, die Leute haben den unwiderstehlichen Drang, dem brutalen Borddienst den Rücken zu kehren. Dem müssen wir einen Riegel vorschieben. Zum mindesten wird das Wachboot den Verkauf von Schnaps durch die Geschützpforten unterbinden.«
»Hm – gewiß, Mylord, das wird es wohl.« Fell hatte offenbar immer noch nicht begriffen, was Hornblower mit seinem Wunsch bezweckte, darum mußte er noch deutlicher werden.
»Setzen wir jetzt, bei Tageslicht, ein Wachboot aus, so ist es für mich eine Kleinigkeit, den Behörden die Gründe dafür klarzumachen. Und wenn es dann Zeit wird . . .«
». . . dann haben wir schon ein Boot im Wasser!« Endlich war Fell ein Licht aufgegangen.
». . . das keine Aufmerksamkeit erregt«, ergänzte Hornblower.
»Gewiß, natürlich!«
Im Schein des Abendrots schien Fell vor freudiger Erregung förmlich aufzuleuchten.
»Es wäre gut, wenn Sie die nötigen Befehle möglichst bald erteilen würden, Sir Thomas. Vorläufig haben wir noch etwas Zeit, aber der Schleppsack muß auf alle Fälle in Arbeit sein, wenn wir uns an Land begeben.«
»Soll ich gleich den Befehl dazu geben, Mylord?«
»Spendlove hat sicher die nötigen Zahlen im Kopf, er kann uns die Maße angeben. Wollen Sie die Güte haben, nach ihm zu schicken, Sir Thomas.«
Da es nun mit der Arbeit ernst wurde, füllte sich die Kajüte bald mit Menschen. Als erster erschien Spendlove, dann wurde Gerard und nach ihm Sefton, der Erste Offizier, geholt. Als nächste kamen: der Segelmacher, der Schmied, der Zimmermann und der Bootsmann. Der Segelmacher war ein Schwede älteren Jahrgangs, den ein gewissenloser Preßgang vor zwanzig Jahren zwangsweise für die Navy ausgehoben hatte, und der seitdem ununterbrochen in ihrem Dienst stand. Sein faltiges Gesicht verzog sich zu einem Grinsen, daß es einer eingeworfenen Festerscheibe glich, als ihm im Lauf der abgegebenen Erklärungen der ganze Reiz des gerissenen Anschlags aufging. Nur

die erhabene Gegenwart seines Admirals und seines Kommandanten hinderte ihn daran, sich in heller Begeisterung über das Gehörte kräftig auf die Schenkel zu schlagen. Spendlove war eifrig dabei, eine Bleistiftskizze des geplanten Schleppsacks zu entwerfen, und Gerard blickte ihm gespannt über die Schulter.

»Vielleicht kann auch ich noch einen kleinen Beitrag zu diesem Vorhaben leisten«, sagte Hornblower und sah sogleich die Blicke aller Anwesenden auf sich gerichtet. Er selbst maß den verdutzten Spendlove mit einem Blick, der ihm von selbst verbot, ein Wort darüber verlauten zu lassen, von wem der Plan eigentlich stammte.

»Und der wäre, Mylord?« fragte Fell.

»Ein Schiemannsgarn, am Schwanz des Schleppsackes festgemacht, steif nach vorn durchgeholt und mit dem anderen Tamp an der Haltekette befestigt. Ein einzelnes Garn genügt, das Schwanzende nach vorn zu halten, während die Estrella ausläuft. Erst wenn sie draußen Segel setzt, kommt Kraft auf unsere Vorrichtung . . .«

». . . und das Garn bricht!« fiel ihm Spendlove ins Wort. »Dann faßt der Schleppsack erst Wasser . . .«

». . . und die Estrella gehört – hoffentlich – uns«, schloß Hornblower.

»Ausgezeichnet, Mylord!« rief Fell.

Klang das nicht etwas von oben herab, fast wie eine gönnerhafte Anerkennung? Jedenfalls schien es Hornblower so, und darum wurmte es ihn zunächst ein bißchen. Dieser Fell war offenbar schon fest davon überzeugt, daß der ganze Plan seinem eigenen Kopf entsprungen war, wenn er auch anfangs anständigerweise zugegeben hatte, daß Spendlove einen Beitrag dazu lieferte. Jedenfalls sah es jetzt so aus, als ob er Hornblower nur noch gnädig erlaubte, seinen Plan durch eine kleine, unwichtige Einzelheit zu ergänzen. Aber Hornblower wurde seiner Gereiztheit sehr schnell Herr, indem er sie mit zynischem Vergnügen dem leidigen Kapitel menschlicher Unzulänglichkeit zuschrieb.

»Ja«, meinte er bescheiden, »in einer Gesellschaft, die so reich an Einfällen ist, wird man eben unwillkürlich angesteckt.«

»Das – das finde ich auch, Mylord«, sagte Gerard mit einem neugierigen Blick auf seinen Admiral. Er war viel zu gewitzt und kannte ihn zu genau, um sich täuschen zu lassen. Darum hatte er auch die gespielte Bescheidenheit in Hornblowers

Äußerung wohl bemerkt und war jetzt drauf und dran, den wahren Sachverhalt zu erraten.
»Kümmern Sie sich nicht um Dinge, die Sie nichts angehen«, fuhr ihn Hornblower an. »Denken Sie lieber an Ihren Dienst! Wo bleibt mein Dinner, Mr. Gerard? Soll ich unter Ihrer Obhut immerzu Hunger leiden? Was wird Lady Barbara sagen, wenn sie hört, daß Sie mich einfach hungern lassen?«
»Verzeihen Sie, Mylord«, stammelte Gerard völlig fassungslos, »ich hatte ganz vergessen – Mylord waren so beschäftigt . . .«
Gerard war über diese Zurechtweisung ganz außer sich. Er sah sich in der von Menschen überfüllten Kajüte nach allen Seiten um, als hielte er nach dem vermißten Dinner Ausschau.
»Nein, jetzt ist dazu keine Zeit, Mr. Gerard«, sagte Hornblower.
Das Essen war ihm selbst erst eingefallen, als es darum ging, Gerard abzulenken. »Wir wollen hoffen, daß uns Seine Exzellenz eine kleine Stärkung anbieten wird.«
»Ich muß Sie ebenfalls sehr um Entschuldigung bitten, Mylord«, sagte Fell, nicht minder verlegen als der Flaggleutnant.
Hornblower winkte nur ungeduldig ab: »Ach lassen Sie, Sir Thomas«, sagte er, »Sie sind ja in der gleichen Lage wie ich. Mr. Spendlove, bitte zeigen Sie mir einmal, was Sie gezeichnet haben.«
Daß man ihn immer wieder zwang, die Rolle eines gereizten alten Herrn zu spielen, die doch seinem wahren Wesen so gründlich zuwiderlief! Er durfte sich erst wieder umgänglicher zeigen, als sie nochmals alle Einzelheiten des Schleppsacks durchsprachen, bis dann der Entwurf seine endgültige Billigung fand.
»Ich nehme an, Sir Thomas«, sagte er, »daß Sie die Leitung der Arbeit Mr. Sefton übertragen wollen, während wir an Land sind.«
Fell bestätigte dies durch eine stumme Verbeugung.
»Mr. Spendlove steht Ihnen dazu zur Verfügung, Mr. Sefton. Mr. Gerard wird Sir Thomas und mich begleiten. Ich weiß nicht, wie Sie disponiert haben, Sir Thomas, aber ich möchte vorschlagen, daß Sie zum Empfang bei Seiner Exzellenz einen Leutnant und einen Fähnrich mitnehmen.«
»Aye, aye, Mylord.«
»Mr. Sefton, ich kann mich doch darauf verlassen, daß die Ar-

beit bis zu unserer Rückkehr von Land – wahrscheinlich zu Beginn der Mittelwache – fertig ist?«

»Jawohl, Mylord.«

Damit war, abgesehen von der noch bevorstehenden leidigen Wartezeit, alles bestens erledigt. Es war wieder genau wie früher im Kriege: Man hielt sich klar und harrte einer demnächst fälligen Entscheidung.

»Wünschen Sie jetzt Ihr Dinner, Mylord?« fragte Gerard voll Eifer. Ach nein, er wollte kein Dinner. Jetzt, da alles erledigt war und die Spannung nachließ, fühlte er sich plötzlich müde und abgespannt. »Ich rufe Giles, wenn ich noch etwas essen möchte«, sagte er mit einem Blick auf all die Menschen in der Kajüte. Er wollte sie jetzt entlassen und suchte nach einem passenden, möglichst verbindlichen Schlußwort.

»Ich darf mich wohl zurückziehen, Mylord, da ich noch einige Dienstgeschäfte zu erledigen habe«, sagte Fell ganz unvermittelt und mit überraschendem Takt.

»Dem steht nichts mehr im Wege, Sir Thomas, ich danke Ihnen.«

Die Kajüte leerte sich schnell. Ein Blick Hornblowers genügte, um auch Gerard zu vertreiben, der offenbar gern noch geblieben wäre. Endlich konnte er sich in seinen Sessel sinken lassen, um ein wenig auszuruhen. Er nahm nicht einmal Notiz von Giles, der eine zweite brennende Lampe in die dämmerige Kajüte brachte. Die Wasserübernahme erfüllte das Schiff mit ihrem Lärm, Scheiben quietschten in den Blöcken, Pumpen klapperten, rauhe Kehlen schrien heisere Befehle. Alle diese Geräusche zusammen lenkten so sehr ab, daß es ihm nicht gelang, seine Gedanken zusammenzuhalten. Er wollte gerade einnicken, als es klopfte und ein Fähnrich in der Tür erschien.

»Der Kommandant läßt melden, Mylord, das Boot von Land sei in Sicht.«

»Meine Empfehlung an den Kommandanten, ich käme sofort an Deck.«

Das von Land kommende Boot fuhr in der Achterplicht eine Laterne, die hell aus dem Dunkel des Hafens herüberschien und vor allem Mendez-Castillos schimmernde Uniform beleuchtete. In umgekehrter Rangordnung, wie es die Bordsitte vorschrieb, stiegen sie über das Fallreep ins Boot, zuerst der Fähnrich, dann die Leutnants, der Kommandant und zuletzt der Admiral. Kräftige Riemenschläge brachten sie über das schwarze Wasser des Hafens zur Stadt, die sich nur durch einige wenige Lichter verriet. Dabei kamen sie dicht an der Estrella vorbei, die eine hellbrennende Staglaterne führte. Aber die Wasserübernahme war wohl beendet, da allem Anschein nach nicht mehr gearbeitet wurde.

Dennoch hörte man aus den offenen Luken ein ununterbrochenes leises Gewimmer. Vielleicht jammerten die Sklaven dort unten über die Trennung von ihren Leidensgenossen, die hier an Land geschafft worden waren. Oder stöhnten sie etwa aus Angst vor ihrem dunklen künftigen Schicksal? Ihr armen Teufel, dachte Hornblower, man hat euch roh aus euren Hütten gerissen und wie Sardinen auf dieses Schiff gepackt, das euch wie ein Meeresungeheuer erscheinen muß, weil ihr seinesgleichen nie gesehen habt. Ihr werdet von Weißen bewacht, deren ungewohnter Anblick euch ebenso erschrecken muß wie etwa uns eine Begegnung mit Menschen, die grasgrüne Gesichter haben. Wie könnt ihr da auch nur ahnen, was euch die Zukunft bringen wird? Ihr werdet ebenso rat- und hilflos sein, wie ich es wäre, wenn man mich plötzlich auf einen anderen Stern versetzte.

»Seine Exzellenz«, sagte Mendez-Castillo neben ihm, »läßt es sich zur besonderen Ehre gereichen, Eure Exzellenz mit großem Zeremoniell zu empfangen.«

»Seine Exzellenz ist außerordentlich gütig«, erwiderte Hornblower. Es kostete ihn Mühe, sich wieder auf die Pflichten zu besinnen, die ihm der Augenblick auferlegte, und er mußte sich richtig zusammenreißen, um auf spanisch die passenden Worte zu finden. Jetzt wurde die Pinne hart übergelegt, das Boot glitt scharf um eine Ecke, hinter der eine hellerleuchtete Brücke in Sicht kam. Von der Brücke führte ein kurzes Stück Wegs zu einem massiven steinernen Torweg. Das Boot ging an der Brücke längsseits, ein halbes Dutzend Uniformierter nahm militärische Haltung an, während die kleine Gesellschaft an Land ging.

»Dorthin, Eure Exzellenz«, murmelte Mendez-Castillo.

Durch den Torweg gelangten sie in einen Hof, in dem Dutzende von Laternen brannten. In ihrem Schein standen zwei Abteilungen Soldaten, die in drei Gliedern angetreten waren. Als Hornblower im Hof erschien, präsentierten sie auf ein lautes Kommando hin die Gewehre, im gleichen Augenblick setzte eine Kapelle mit klingender Marschmusik ein. Sobald das taktfeste

Geschmetter der Trompeten an Hornblowers tontaube Ohren drang, machte er Halt und stand, die Rechte grüßend am Zweispitz, in militärischer Haltung still. Seine Offiziere folgten rechts und links von ihm seinem Beispiel. Sie rührten kein Glied, bis der ohrenbetäubende Lärm, der von den umliegenden Mauern zurückgeworfen und vervielfacht wurde, sein Ende fand.

»Ihre Truppe macht einen ausgezeichneten Eindruck«, sagte Hornblower zu Mendez-Castillo, während er die tadellos ausgerichteten Glieder der Soldaten musterte, die schneeweiße gekreuzte Schulterriemen und Koppel trugen.

»Eure Exzellenz sind die Güte selbst. Darf ich Eure Exzellenz bitten, durch das Eingangstor geradeaus weiterzugehen?«

Über eine mächtige Freitreppe, die zu beiden Seiten von Männern in Uniform gesäumt war, gelangten sie in einen riesigen Saal. Hier gab es zunächst eine längere geflüsterte Unterredung zwischen Mendez-Castillo und einem Bediensteten an der Tür, dann hörten sie, wie ihre Namen in klingendem Spanisch verkündet wurden — Hornblower hatte längst die Hoffnung aufgegeben, seinen Namen in einer fremden Zunge so ausgesprochen zu hören, daß man ihn wirklich verstand.

Jetzt erhob sich die Hauptperson im Saal von ihrem Sitz, der fast einem Thron glich, um den britischen Oberbefehlshaber stehend zu empfangen. Der Mann war viel jünger, als Hornblower erwartet hatte, er mochte noch in den dreißiger Jahren stehen, hatte einen dunklen Teint und ein schmales, auffallend bewegliches Gesicht, dessen humorvoller Ausdruck zu der hochfahrend gebogenen Nase in seltsamem Gegensatz stand. Seine Uniform blitzte nur so von Goldstickerei, auf der Brust trug er den Orden vom Goldenen Vlies.

Mendez-Castillo stellte die Gäste vor. Die Engländer verbeugten sich tief vor dem Vertreter Seiner Allerkatholischsten Majestät, und dieser dankte jedem von ihnen mit einer höflichen Verneigung.

Mendez-Castillo verstieg sich bei der Vorstellung dazu, Hornblower die Titel des Gastgebers zuzuwispern, was nach dessen Ansicht bestimmt ein Verstoß gegen die Etikette war, da man doch wohl annehmen durfte, daß ein Gast wußte, von wem er empfangen wurde.

»Seine Exzellenz, der Marquis de Ayora, Generalkapitän Seiner Allerkatholischsten Majestät Domäne Puerto Rico.«

Ayora hieß ihn lächelnd willkommen.
»Ich weiß, daß Sie Spanisch sprechen, Exzellenz«, sagte er, »ich hatte schon einmal das Vergnügen, Sie sprechen zu hören.«
»Exzellenz überraschen mich ...«
»Ja, zur Zeit des Angriffs auf Rosas war ich Major bei den Miqueletes unter Claros und hatte damals die Ehre, an der Seite Eurer Exzellenz zu dienen. Ich erinnere mich noch sehr genau, aber Eure Exzellenz werden sich meiner wohl nicht mehr entsinnen.«
Da es allzu unglaubhaft gewesen wäre, das Gegenteil zu behaupten, suchte Hornblower vergebens nach einer passenden Antwort und half sich mit einer neuen stummen Verbeugung aus der Verlegenheit.
»Darf ich mir die Bemerkung erlauben«, fuhr Ayora fort, »daß sich Eure Exzellenz seit jenen Tagen sehr wenig verändert haben. Seither sind immerhin schon elf Jahre vergangen.«
»Eure Exzellenz sind zu gütig.« Wenn es um den Austausch von Höflichkeiten ging, war das eine der nützlichsten Wendungen.
Ayora richtete noch ein freundliches Wort an Fell – er lobte das Aussehen seines Schiffes – und bedachte die jüngeren Offiziere mit einem liebenswürdigen Lächeln. Dann nahm sich sogleich Mendez-Castillo ihrer an, als ob er längst auf diesen Augenblick gewartet hätte.
»Die Herren legen gewiß Wert darauf, den Damen der Gesellschaft vorgestellt zu werden«, sagte er. Dabei sah er über Hornblower und Fell hinweg und faßte nur die Leutnants und den Fähnrich ins Auge. Hornblower übersetzte ihnen, was er gesagt hatte, und sah, wie sie sich unter Mendez-Castillos Geleit etwas scheu und nervös im Gedränge verloren.
Ungeachtet aller Etikette und seiner spanischen Erziehung kam Ayora ohne Umschweife zur Sache, als er sich mit Hornblower und Fell allein sah.
»Ich habe heute Ihre Jagd auf die ESTRELLA DEL SUR durch mein Fernrohr beobachtet«, sagte er, und Hornblower wußte darauf wieder einmal keine passende Antwort. Eine lächelnde Verbeugung war bei diesem Thema auch nicht angebracht, darum blieb ihm nichts anderes übrig, als nichtssagend dreinzuschauen.
»Wir befinden uns in einer ungewöhnlichen Lage«, sagte

Ayora. »Nach dem vorläufigen Abkommen zwischen unseren Regierungen hat die britische Marine das Recht, mit Sklaven beladene spanische Schiffe auf hoher See aufzubringen. Aber diese Schiffe sind in Sicherheit, sobald sie in spanische Hoheitsgewässer gelangen. Ist das neue Abkommen über die Bekämpfung des Sklavenhandels unterzeichnet, dann fallen solche Schiffe der Beschlagnahme durch die Regierung Seiner Allerkatholischsten Majestät anheim. Bis dahin aber ist es meine Pflicht, sie mit allen mir zur Verfügung stehenden Machtmitteln zu schützen.«

»Eure Exzellenz sind damit selbstverständlich durchaus im Recht«, sagte Hornblower. Fell sah mit leerem Blick von einem zum anderen, er verstand kein Wort von dem, was sie sprachen, aber Hornblower fühlte, daß es über seine Kraft gegangen wäre, ihm das Gespräch zu übersetzen.

»Ich bin jedenfalls fest entschlossen, diese meine Pflicht zu erfüllen«, sagte Ayora mit Nachdruck.

»Das habe ich nicht anders erwartet«, gab Hornblower zur Antwort.

»Darum dürfte es das beste sein, wenn wir uns schon jetzt über die künftigen Maßnahmen verständigen.«

»Nichts wäre mir lieber, Exzellenz.«

»Ich bitte Sie, nochmals zur Kenntnis zu nehmen, daß ich keinen irgendwie gearteten Angriff auf die Estrella del Sur dulden werde, solange sie sich in Gewässern befindet, die meiner Gebietshoheit unterstehen.«

»Darüber bin ich mir völlig im klaren, Exzellenz«, sagte Hornblower.

»Die Estrella wünscht morgen bei Tagesgrauen in See zu gehen.«

»Ich hatte es nicht anders erwartet, Exzellenz.«

»Um jede Trübung der zwischen unseren Regierungen bestehenden Freundschaft auszuschließen, wäre es das beste, wenn Ihr Schiff so lange im Hafen bliebe, bis sie ausgelaufen ist.«

Ayora blickte Hornblower unverwandt in die Augen. Seine Miene war völlig ausdruckslos, sein Blick verriet nicht die leiseste Drohung. Dennoch stand diese Drohung unausgesprochen im Raum; Ayora pochte wortlos und doch unüberhörbar auf seine Übermacht. Auf seinen Befehl peitschten hundert Zweiunddreißigpfünder das Wasser des Hafens zu Schaum. Hornblower dachte unwillkürlich an jenen Römer, der sich seinem

Kaiser fügte, weil es sich mit dem Herrn über dreißig Legionen nicht gut streiten ließ. So gut es seine Schauspielkunst erlaubte, nahm er die gleiche Haltung ein und bemühte sich vor allem um das Lächeln des guten Verlierers.

»Wir hätten gewinnen können und haben verspielt«, sagte er. »Warum sollten wir uns also beklagen?«

Wenn Ayora angesichts dieser Nachgiebigkeit erleichtert aufatmete, so gab er dieses Gefühl nicht deutlicher kund als vorhin das Bewußtsein seiner Macht.

»Eure Exzellenz sind sehr einsichtig«, sagte er.

»Wir hätten allerdings einen Wunsch«, sagte Hornblower in unterwürfigem Ton. »Es geht uns darum, den Landwind morgen früh zum Auslaufen zu nutzen. Da wir unseren Wasservorrat ergänzt haben – wofür ich Eurer Exzellenz zu besonderem Dank verpflichtet bin –, schiene es uns ungehörig, die Gastfreundschaft Eurer Exzellenz noch länger zu mißbrauchen.«

Unter den forschenden Blicken Ayoras gab sich Hornblower alle Mühe, einen möglichst harmlosen Eindruck zu machen.

»Vielleicht hören wir uns an, was Kapitän Gomez dazu zu sagen hat«, meinte Ayora und winkte einen Mann herbei, der sich offenbar ganz in der Nähe bereitgehalten hatte. Dieser Mann war noch jung und auffallend hübsch, er trug einen schlichten, aber eleganten blauen Anzug und einen Säbel in silberner Scheide.

»Darf ich vorstellen?« sagte Ayora. »Don Miguel Gomez y Gonzalez, Kapitän der ESTRELLA DEL SUR.«

Man tauschte Verbeugungen aus.

»Ich beglückwünsche Sie zu den Segeleigenschaften Ihres Schiffes, Herr Kapitän«, sagte Hornblower.

»Besten Dank, Señor.«

»Die CLORINDA ist eine schnelle Fregatte, aber Ihr Schiff ist ihr in jeder Lage zum Wind überlegen.«

Hornblower war sich nicht ganz im klaren, wie das auf spanisch ausgedrückt werden mußte, aber anscheinend war es ihm doch gelungen, sich verständlich zu machen.

»Nochmals aufrichtigen Dank, Señor.«

»Vielleicht darf ich es wagen« – Hornblower breitete wie abbittend die Hände –, »dem Kapitän dieses schönen Schiffes zu versichern, daß ich seine hohe Seemannskunst aufrichtig bewundert habe.«

Kapitän Gomez verbeugte sich, im gleichen Moment gebot sich

Hornblower erschrocken Einhalt. Diese hochtrabenden spanischen Komplimente waren ja gut und schön, aber man konnte sie allzu leicht übertreiben. Es durfte auf keinen Fall so aussehen, als ob ihm die Gunst seiner Gegenspieler besonders am Herzen läge. Ein Blick auf Gomez verriet ihm jedoch alsbald, daß diese Sorge überflüssig war. Der Mann strahlte über das ganze Gesicht. Dieser junge Mensch konnte zweifellos viel, aber er bildete sich auch mehr als genug darauf ein. Da würde ein zusätzliches Kompliment gewiß nichts schaden.

»Ich werde meiner Regierung vorschlagen«, fuhr er fort, »sie möge sich die Erlaubnis verschaffen, die Bauzeichnungen der Estrella del Sur zu kopieren und ihren Segelriß abzunehmen, damit das Schiff nachgebaut werden kann. Ein Fahrzeug wie dieses wäre für den Dienst in den hiesigen Gewässern geradezu ideal. Allerdings dürfte es schwer sein, einen Kapitän zu finden, der seine Vorzüge auch wirklich zu nutzen versteht.«

Gomez verbeugte sich von neuem. Es war schwer, sich aller Selbstgefälligkeit zu enthalten, wenn man von einem Seemann mit dem sagenhaften Ruf eines Hornblower solche Schmeicheleien zu hören bekam.

»Seine Exzellenz«, bemerkte Ayora, »wünscht morgen früh auszulaufen.«

»Das haben wir gehört«, sagte Gomez.

Selbst Ayora sah etwas betroffen drein, als er das hörte. Hornblower merkte es ihm deutlich an. Stuart, der sich mit seinen Auskünften so nützlich machte, hatte natürlich keine Bedenken gehabt, auch der Gegenseite zu helfen. Es war genauso gekommen, wie Hornblower vorausgesehen hatte. Der Mann war mit all dem, was ihm Hornblower anvertraut hatte, schnurstracks zu den Spaniern gelaufen. Aber Hornblower wollte durchaus vermeiden, daß jetzt ein Mißton in die Unterhaltung kam.

»Sie werden gewiß verstehen, Herr Kapitän«, sagte er, »daß ich gern mit der gleichen Tide und der gleichen Landbrise auslaufen möchte, die Sie vor mir aus dem Hafen bringen. Nach unseren heutigen Erfahrungen muß ich leider annehmen, daß Sie sich darum keine Sorgen zu machen brauchen.«

»Das liegt mir auch durchaus fern«, sagte Gomez mit einem Lächeln, das fast herablassend wirkte. Mehr als dieses Einverständnis mit seinen Absichten hatte sich Hornblower nicht gewünscht. Er mußte sich alle Mühe geben, sein inneres Aufatmen zu verbergen.

»Ich habe natürlich die Pflicht, Sie zu verfolgen, wenn Sie nach meinem Auslaufen noch in Sicht sein sollten«, sagte er wie zur Entschuldigung und bedeutete dabei durch seine Blicke, daß diese Bemerkung nicht nur an Gomez, sondern auch an den Generalkapitän gerichtet war. Gomez hatte gleich seine Antwort bereit:

»Davor habe ich keine Angst«, sagte er.

»Sie haben gehört, Exzellenz«, sagte Hornblower und fuhr, um beide festzulegen, fort: »Ich darf Eure Exzellenz also dienstlich davon in Kenntnis setzen, daß das Schiff Seiner Britischen Majestät, das meine Flagge führt, den Hafen morgen früh so zeitig verlassen wird, wie es Herrn Kapitän Gomez genehm ist.«

»Ich erkläre mich damit einverstanden«, entschied Ayora, »dennoch muß ich aufs tiefste bedauern, daß der Besuch Eurer Exzellenz von so kurzer Dauer ist.«

»Im Leben des Seemanns«, sagte Hornblower, »scheinen Pflicht und Neigung einander ständig zu widerstreiten. Aber dieser kurze Besuch verschaffte mir wenigstens die Ehre und das Vergnügen, Eure Exzellenz und Kapitän Gomez kennenzulernen.«

»Es sind noch viele andere Herren anwesend, die darauf brennen, Eurer Exzellenz Bekanntschaft zu machen«, sagte Ayora. »Darf ich mir jetzt erlauben, sie Eurer Exzellenz vorzustellen?«

Der eigentliche Zweck des Abends war erfüllt, nun galt es nur noch, alle übrigen Formalitäten über sich ergehen zu lassen. Dieser zweite Teil des Empfangs verlief genauso öde und langweilig, wie Hornblower erwartet und gefürchtet hatte. Die Magnaten von Puerto Rico, die ihm der Reihe nach zugeführt wurden, um seine Bekanntschaft zu machen, waren ebenso fade wie töricht. Um Mitternacht suchte Hornblower Gerards Blick, um seine Schäflein zu sammeln. Ayora merkte seine Absicht und gab in höflichen Worten seinerseits das Zeichen zum Aufbruch, wie es ihm als Vertreter Seiner Katholischen Majestät oblag, wenn er seine Gäste vor einem Verstoß gegen die Etikette bewahren wollte. »Eure Exzellenz bedürfen sicher dringend der Ruhe«, sagte er, »da Ihnen morgen ein früher Aufbruch bevorsteht. Deshalb nehme ich davon Abstand, Eure Exzellenz um längeres Verweilen zu bitten, so hoch wir auch Ihre Gegenwart in unserem Kreise zu schätzen wußten.«

Es folgte allgemeines Abschiednehmen, Mendez-Castillo übernahm das Amt, die Gesellschaft zur CLORINDA zurückzugeleiten. Hornblower war ganz bestürzt, als er feststellen mußte, daß die Musik und die Ehrenwache immer noch im Hof standen, um ihm zum Abschied ihre Ehrenbezeigung zu erweisen. Er stand wieder salutierend still, während die Kapelle schmetternd ein Stück abspielte, dann machten sie sich auf den Weg zum wartenden Boot.

Im Hafen herrschte pechschwarze Finsternis, als das Boot losruderte. Die wenigen Lichter, die man sah, konnten das Dunkel nicht erhellen. Als sie die Ecke gerundet hatten, kamen sie wieder am Heck der ESTRELLA vorbei. An ihrem Großstag hing noch eine einzelne Laterne, und an Deck war jetzt alles ruhig – nein, in der Stille der Nacht hörte Hornblower eine Sekunde lang das leise Gerassel von Fußfesseln, als ob einer der Sklaven im Raum ein Zeichen gäbe, daß er noch wach war und keine Ruhe fand. Als sie eine Strecke weitergerudert waren, hörten sie einen schwachen Anruf, der über das tintenschwarze Wasser zu ihnen drang. Er kam aus einem Kern von Finsternis, der noch dunkler war als die Schwärze, die ihn umgab.

»Flagge!« antwortete der Fähnrich. »CLORINDA!«

Es bedurfte nur dieser zwei kurzen Worte, um das Wachboot davon zu unterrichten, daß der Admiral und der Kommandant an Bord kommen wollten.

»Wie Sie sehen«, sagte Hornblower zu Mendez-Castillo, »hat es Kapitän Fell für nötig gehalten, während der Nacht ein Wachboot um das Schiff rudern zu lassen.«

»Das ist mir nicht entgangen, Eure Exzellenz«, gab Mendez-Castillo zur Antwort.

»Unsere Seeleute hecken die unwahrscheinlichsten Pläne aus, um die Freuden des Landlebens genießen zu können.«

»Das ist wohl verständlich, Eure Exzellenz«, sagte Mendez-Castillo. Das Boot glitt längsseits der CLORINDA, Hornblower stand etwas unsicher in der Achterplicht, sagte sein letztes Lebewohl und drückte dem Vertreter seines Gastgebers noch einmal seinen Dank aus, ehe er über das Fallreep an Bord stieg. Von der Relingspforte aus verfolgte er dann, wie das Boot wieder absetzte und in der Dunkelheit verschwand.

»Jetzt«, sagte er, »können wir unsere Zeit endlich besser nutzen.« Auf dem Großdeck, im Licht der Staglaterne eben erkennbar, lag ein *Ding* – wie sollte man es sonst bezeichnen?

Ein Machwerk aus Segeltuch und Tauwerk mit einem Stück Kette daran. Sefton stand daneben.

»Wie ich sehe, ist schon alles fertig, Mr. Sefton.«

»Jawohl, Mylord, schon seit einer Stunde. Der Segelmacher und seine Maate haben vorbildliche Arbeit geleistet.«

Hornblower wandte sich an Fell:

»Ich nehme an, Sir Thomas«, sagte er, »daß Sie jetzt die nötigen Anordnungen treffen wollen. Vielleicht haben Sie die Güte, mich von Ihren Absichten zu unterrichten, ehe Sie Ihre Befehle erteilen.«

»Aye, aye, Mylord.«

Das war die stereotype Antwort in der Navy, die einzige, die Fell unter den obwaltenden Umständen geben konnte, obwohl er die nächsten Aufgaben noch keineswegs gründlich durchdacht hatte. Unten in der Kajüte, allein mit seinem Admiral, konnte er seinen Mangel an Vorbedacht nicht ganz vertuschen.

»Ich nehme an«, half ihm Hornblower nach, »daß Sie jetzt das nötige Personal für das Unternehmen abteilen wollen. Sie brauchen vor allem einen Offizier, auf dessen Umsicht voller Verlaß ist. Wer kommt also dafür in Frage?«

Allmählich wurden so alle Einzelheiten festgelegt. Man brauchte tüchtige Schwimmer, die unter Wasser arbeiten konnten, und einen Meistersmaat, der im Dunklen zuverlässig den letzten Schäkel auf die Kette setzte. Die Bootsgasten wurden sorgfältig ausgewählt, herbeigeholt und über den Plan in allen Einzelheiten unterrichtet. Als das Wachboot zur Ablösung seiner Besatzung längsseits kam, stand schon eine andere Besatzung bereit, die rasch und leise ins Boot ging, obwohl sie mit dem *Ding* und dem dazugehörigen Geschirr belastet war.

Das Boot setzte sogleich wieder ab und strebte in die Finsternis hinaus, Hornblower stand auf dem Achterdeck und blickte ihm nach. Wie leicht konnte es geschehen, daß aus diesem Streich ein internationaler Zwischenfall entstand oder – was ebenso schlimm gewesen wäre – daß man ihn vor aller Welt zum Narren stempelte. Er lauschte angestrengt nach irgendeinem Geräusch aus der Dunkelheit, das ihm verraten hätte, wie die Arbeit voranging – aber man hörte nichts. Die Landbrise hatte eben eingesetzt. Noch wehte sie schwach, aber ihre Kraft genügte doch, die CLORINDA in die Windrichtung schwojen zu lassen. Diese Brise trug natürlich alle Geräusche von ihm weg, aber sie war zugleich insofern nützlich, als sie jeden verdächtigen Laut verwehte, der sonst vielleicht irgendeinem schlaflosen Mann an Bord der Estrella aufgefallen wäre. Wie nicht anders zu erwarten, hatte die Estrella ein volles Heck mit starkem Überhang. Ein Schwimmer, der dieses Heck ungesehen erreichte, konnte sich leicht unbeobachtet an ihrem Ruder zu schaffen machen.

»Mylord«, hörte er Gerard leise sagen, »wäre es jetzt nicht an der Zeit, ein wenig zu ruhen?«

»Sie haben vollkommen recht, Mr. Gerard«, gab Hornblower zur Antwort, blieb aber weiter lauschend über die Reling gelehnt. »Möchten Mylord also nicht . . .?«

»Ich habe Ihnen recht gegeben, Mr. Gerard, genügt das nicht?«

Aber Gerard war nicht so leicht einzuschüchtern. Unbarmherzig wie die Stimme des Gewissens ließ er sich weiter vernehmen:

»Ich habe in der Kajüte kalten Braten servieren lassen, Mylord. Dazu frisches Brot und eine Flasche Bordeaux.«

Das war etwas anderes! Hornblower wurde plötzlich gewahr, daß er einen Wolfshunger hatte. Eine dürftige Mahlzeit war in den letzten dreißig Stunden seine ganze Nahrung gewesen, die kalte Stärkung, die er sich auf dem Empfang erwartet hatte, war ja leider nicht in Erscheinung getreten. Aber er wollte wenigstens so tun, als ob er über leibliche Genüsse erhaben wäre.

»Sie hätten eine vorzügliche Amme abgegeben, Mr. Gerard«, sagte er, »wenn Sie von der Natur etwas üppiger bedacht worden wären. Es scheint mir wirklich nichts anderes übrigzubleiben, als mich Ihrer bohrenden Hartnäckigkeit zu fügen, weil Sie mir sonst das Leben vollends zur Qual machen würden.«

Auf dem Weg zum Niedergang begegneten sie Fell, der ruhelos auf dem Achterdeck auf und ab schritt, und hörten seine erregten Atemzüge. Hornblower freute sich im stillen über die Entdeckung, daß auch diese muskelstarken Helden nicht ganz von der Angst verschont blieben. Vielleicht wäre es höflich oder liebenswürdig von ihm gewesen, Fell zu diesem verspäteten kalten Abendbrot einzuladen, aber er ließ den Gedanken gleich wieder fallen. Er hatte Fells Gesellschaft heute schon so ausgiebig genossen, daß sein Bedarf reichlich gedeckt war.

Unter Deck erwartete sie Spendlove in der erleuchteten Kajüte.

»Die Geier haben sich versammelt«, sagte Hornblower. Es amüsierte ihn, zu sehen, daß auch Spendlove einen blassen und nervösen Eindruck machte. »Ich hoffe, die Herren werden mir Gesellschaft leisten.«

Die jungen Männer aßen schweigend. Hornblower hob sein Glas an die Nase und nahm bedächtig den ersten Schluck.
»Sechs Monate in den Tropen sind diesem Bordeaux nicht gut bekommen«, bemerkte er. Da er der Gastgeber, der Admiral und der Älteste war, blieb den Gästen nichts anderes übrig, als seiner Meinung beizupflichten. Spendlove brach als erster das neuerliche Schweigen:
»Das Schiemannsgarn, Mylord«, sagte er. »Der Zug, den es aushält ...«
»Mr. Spendlove«, sagte Hornblower, »wenn wir noch so viel darüber reden, wir können nichts mehr daran ändern. Es dauert ohnedies nicht mehr lange, dann wissen wir Bescheid. Darum wollen wir uns jetzt nicht mit technischen Erörterungen den Appetit verderben.«
»Ich bitte um Verzeihung, Mylord«, sagte Spendlove mit verlegener Miene. War es Zufall oder Gedankenübertragung, daß auch Hornblower just im gleichen Augenblick an die Zugfestigkeit des Schiemannsgarns an dem Schleppsack gedacht hatte? Aber er hätte nicht im Traum zugegeben, daß auch ihm dieses Problem Kopfschmerzen machte. Das Dinner nahm seinen Fortgang.
»Meine Herren«, sagte Hornblower, »lassen wir für einen Augenblick unsere Ideale beiseite und gedenken wir der materiellen Güter. Ich trinke auf unser Kopfgeld!«
Während sie tranken, hörten sie von Deck und von außenbords unverkennbare Geräusche. Das Wachboot war von seinem Unternehmen zurückgekehrt. Spendlove und Gerard tauschten Blicke und hielten sich bereit, von ihren Stühlen aufzuspringen, aber Hornblower zwang sich dazu, sich in Ruhe zurückzulehnen. Er hielt das Glas noch in der Hand und schüttelte bedauernd den Kopf:
»Wie schade um den schönen Bordeaux, meine Herren«, sagte er.
Dann klopfte es an der Tür. Es war die erwartete Meldung:
»Der Kommandant läßt melden, das Boot sei zurück, Mylord.«
»Meine Empfehlung an den Kommandanten, ich würde mich freuen, ihn und den Leutnant so bald wie möglich bei mir zu sehen.«
Als Fell die Kajüte betrat, sah man ihm auf den ersten Blick an, daß die Unternehmung – wenigstens bis jetzt – geglückt war.

»Alles in Ordnung, Mylord«, sagte er. Er hatte vor Erregung einen roten Kopf.

»Ausgezeichnet.« Der Leutnant war ein grauköpfiger Veteran, an Jahren älter als Hornblower, und dieser sagte sich unwillkürlich, daß er jetzt wohl auch noch Leutnant wäre, wenn ihm das Glück nicht wiederholt zu Hilfe gekommen wäre.

»Nehmen Sie doch Platz, meine Herren. Ein Glas Wein? Mr. Gerard, lassen Sie bitte noch zwei Gläser bringen. Macht es Ihnen etwas aus, Sir Thomas, wenn ich mir von Mr. Field selbst berichten lasse?«

Field war nicht fähig, einen zusammenhängenden Bericht zu geben, man mußte ihm durch ständiges Fragen entlocken, was es zu sagen gab. Jedenfalls war alles gut gegangen. Zwei kräftige Schwimmer mit geschwärzten Gesichtern waren vom Wachboot aus leise ins Wasser geglitten und hatten die Estrella ungesehen erreicht. Es war ihnen gelungen, vom zweiten Beschlagband des Ruders mit ihren Messern ein Stück Kupferbeschlag zu lösen. Dann hatten sie mit Hilfe eines Bohrers unter dem Band hindurch eine Öffnung geschaffen, die groß genug war, um eine Leine hindurchzuscheeren. Nun erst begann der gefährlichste Teil des ganzen Unternehmens. Das Boot mußte in nächste Nähe der Estrella kommen, damit der Schleppsack zu Wasser gebracht werden konnte, nachdem er an der Leine festgemacht war. Field konnte dazu melden, daß von der Estrella kein Anruf gekommen sei. Der Leine war die Kette gefolgt, die zu guter Letzt sicher festgeschäkelt wurde. Nun hing der Schleppsack unter dem Heck der Estrella tief unter Wasser und gut außer Sicht, bereit, sich mit seiner vollen Bremskraft an ihr Ruder zu hängen, sobald – und wenn – das Schiemannsgarn brach, das den Schleppsack vorläufig noch in umgekehrter Lage hielt.

»Ausgezeichnet«, sagte Hornblower abermals, als Field seinen letzten Satz zu Ende gestammelt hatte.

»Sie haben sehr gute Arbeit geleistet, ich spreche Ihnen meinen Dank und meine Anerkennung aus.«

»Gehorsamsten Dank, Mylord.«

Als Field gegangen war, wandte sich Hornblower an Fell.

»Ihr Plan hat sich bis jetzt glänzend bewährt, Sir Thomas. Nun bleibt uns nur noch die Aufgabe, die Estrella zu fangen. Ich möchte Ihnen darum dringend empfehlen, alle Vorbereitungen zu treffen, daß wir mit Hellwerden Anker auf gehen können. Je rascher wir folgen, wenn die ESTRELLA ausgelaufen ist, desto besser, meinen Sie nicht auch?«

»Aye, aye, Mylord.«

Die Schiffsglocke überhob Hornblower der nächsten Frage, die er stellen wollte.

»Noch drei Stunden bis Tagesanbruch«, sagte er. »Meine Herren, ich wünsche Ihnen jetzt eine gute Nacht.«

Damit war ein schwerer Tag zu Ende. Seit der Morgen graute, war er zwar nicht körperlich, aber doch geistig unaufhörlich angespannt tätig gewesen. Nach dem langen, heißen Abend war ihm, als ob seine Füße auf das Doppelte ihres normalen Umfangs geschwollen wären, jedenfalls boten ihnen die feinen Schuhe mit den goldenen Schnallen nicht mehr genügend Raum — er konnte sie kaum noch herunterzerren. Während er Band und Stern ablegte und aufatmend aus dem schweren, goldbestickten Galarock fuhr, fiel ihm zu seinem Leidwesen ein, daß er beides schon in drei Stunden zum feierlichen Auslaufzeremoniell wieder anlegen mußte. Er griff zum Schwamm und wusch sich vom Kopf bis zu den Füßen mit Wasser aus seinem Waschbecken, dann ließ er sich in der Schlafkammer mit einem wohligen Seufzer in seine Koje sinken.

Beim Wachwechsel wurde er von selbst wieder munter. In der Kajüte war es noch stockfinster, und er hätte in den ersten wachen Sekunden nicht sagen können, woher seine innere Unruhe kam. Dann fiel ihm aber alles wieder ein, und er war mit einem Schlage wieder ganz klar. Er rief nach dem Posten Kajüte und befahl ihm, Giles herbeizuholen. Darauf rasierte er sich in aller Hast beim schlechten Licht einer Lampe, fuhr wieder einmal in die verhaßte Galauniform und eilte die Treppe zum Achterdeck hinauf. Noch war es stockfinster — nein, schon meldete sich der erste leise Schimmer des neuen Tages. Vielleicht war der Himmel über dem Morro um ein winziges bißchen heller — vielleicht. Auf dem Achterdeck wimmelte es von Schattengestalten, es waren ihrer sogar mehr, als man für gewöhnlich hier fand, wenn die ganze Besatzung zum Inseegehen auf Manöverstationen war. Beim Anblick all der Menschen war Hornblower schon drauf und dran, sich wieder zurückzuziehen, weil er nicht verraten wollte, daß er ihre menschliche Schwäche teilte. Aber es war zu spät — Fell hatte ihn schon entdeckt.

»Guten Morgen, Mylord.«

»Morgen, Sir Thomas.«

»Die Landbrise weht schon ganz schön, Mylord.«
Das stimmte. Hornblower fühlte selbst, wie sie ihn herrlich kühl umfächelte, ein wahres Labsal nach dem Aufenthalt in der stickigen Kajüte. Aber jetzt im tropischen Hochsommer hatte sie bestimmt keinen langen Bestand; sobald sich die Sonne über den Horizont erhob und wieder auf die Erde herniederbrannte, war es mit ihrer kurzen Herrlichkeit zu Ende.
»Die ESTRELLA macht seeklar, Mylord.«
Das stimmte ohne Zweifel ebenfalls. Die Laute, die davon Kunde gaben, drangen im Dämmer des Morgens deutlich herüber.
»Ich brauche Sie wohl nicht zu fragen, ob Sie ebenfalls klar sind, Sir Thomas.«
»Alles klar, Mylord, das Ankerspill ist besetzt.«
»Gut.«
Inzwischen war es unverkennbar heller geworden. Die Leute auf dem Achterdeck – jetzt schon viel leichter zu unterscheiden – drängten sich alle an der Steuerbordreling. Ein halbes Dutzend Kieker richtete sich, zu voller Länge ausgezogen, auf die ESTRELLA.
»Sir Thomas, bitte stellen Sie diesen Unfug ab. Schicken Sie jeden unter Deck, der hier nichts verloren hat.«
»Die Leute möchten gern beobachten ...«
»Ich weiß genau, was sie sehen wollen. Schicken Sie sie sofort unter Deck!«
»Aye, aye, Mylord.«
Natürlich brannten sie alle darauf, zu sehen, ob achtern in der Wasserlinie der ESTRELLA etwas Ungewöhnliches zu erkennen war, was das nächtliche Wirken der eigenen Leute verraten hätte. Aber nichts hätte den Kapitän der ESTRELLA leichter auf die Vermutung gebracht, daß unter seinem Heck etwas nicht in Ordnung war, als alle die Gläser, die sich auf diese Stelle richteten.
»Wachhabender Offizier!«
»Mylord?«
»Sorgen Sie dafür, daß kein einziges Glas auf die ESTRELLA gerichtet wird.«
»Aye, aye, Mylord.«
»Wenn es so hell ist, daß man deutlich sehen kann, dann nehmen Sie einen Rundblick, wie es sich für den Wachhabenden Offizier gehört. Dabei richten Sie Ihr Glas keinesfalls länger als

fünf Sekunden auf die ESTRELLA – aber sorgen Sie mir dafür, daß Sie dennoch alles sehen, was es dort zu sehen gibt.«
»Aye, aye, Mylord.«
Der östliche Himmel nahm eine gelbe und blaßgrüne Tönung an, gegen die sich der Morro wie ein mächtiges, dunkles Gespensterschloß abhob. Im Schatten der Burg herrschte noch Dunkelheit. Dieser romantische Anblick verfehlte auch dann seine Wirkung nicht, wenn man noch keinen Bissen gefrühstückt hatte. Hornblower gab sich darüber Rechenschaft, daß er selbst wahrscheinlich am meisten Verdacht erregte, wenn er sich um diese frühe Morgenstunde in voller Gala hier auf dem Achterdeck zeigte.
»Ich gehe unter Deck, Sir Thomas, bitte, halten Sie mich auf dem laufenden.«
»Aye, aye, Mylord.«
Als er seinen Tagesraum betrat, sprangen Gerard und Spendlove von ihren Stühlen auf. Wahrscheinlich hatten auch sie zu den Neugierigen gehört, die Fell unter Deck jagen mußte.
»Mr. Spendlove, Ihr gutes Beispiel von gestern war mir eine Lehre. Ich werde mir mein Frühstück zu Gemüte führen, solange das in Ruhe möglich ist. Mr. Gerard, bitte, haben Sie die Güte, auftragen zu lassen. Ich darf wohl annehmen, daß mir die Herren Gesellschaft leisten.«
Er warf sich lässig auf einen Stuhl und verfolgte das Zurichten der Mahlzeit. Als man damit zur Hälfte gediehen war, klopfte es an der Tür und Fell erschien in eigener Person.
»Die ESTRELLA ist jetzt schon deutlich zu sehen, Mylord. Unter ihrem Heck ist nichts Auffälliges zu erkennen.«
»Danke, Sir Thomas.«
Eine Tasse Kaffee um diese frühe Stunde tat wohl, Hornblower brauchte sich nicht einmal so zu stellen, als ob sie ihm schmeckte. Langsam kroch die Helle des Tages auch in die Kajüte und machte das Lampenlicht überflüssig. Nach neuerlichem Klopfen trat ein Fähnrich in Erscheinung.
»Der Kommandant läßt melden, die ESTRELLA würfe los.«
»Schön.« Nun war sie bald unterwegs, dann sollte sich erweisen, was die Bremsvorrichtung wert war. Hornblower zwang sich, noch einen Bissen Toast zu nehmen und gründlich zu kauen.
»Könnt ihr jungen Leute denn nicht einen Augenblick ruhig sitzen bleiben?« schalt er. »Gießen Sie mir lieber noch eine Tasse Kaffee ein, Gerard.«

»Die Estrella warpt in die Einfahrt«, meldete der Fähnrich wieder.
»Danke«, sagte Hornblower und schlürfte genießerisch seinen Kaffee. Er hoffte, daß ihm niemand sein plötzliches Herzklopfen ansah. Die Minuten dehnten sich endlos.
»Die Estrella macht klar zum Segelsetzen, Mylord.«
»Schön.« Hornblower stellte bedächtig seine Tasse auf den Tisch und erhob sich so langsam und gelassen von seinem Platz, wie es ihm gelingen wollte. Die beiden jungen Männer behielten ihn unverwandt im Auge.
»Ich meine«, sagte er mit gespielter Gleichgültigkeit, »wir könnten uns jetzt ebenfalls an Deck begeben.«
So langsamen Schritts, wie seinerzeit bei Nelsons Leichenbegängnis, ging er an dem Posten Kajüte vorbei und die steile Treppe hinauf. Die jungen Männer hinter ihm hatten alle Mühe, ihre Ungeduld zu zügeln. An Deck herrschte blendende Helle, die Sonne war eben hinter dem Morro hervorgekommen. In der Mitte des Fahrwassers, weniger als eine Kabellänge entfernt, lag strahlend in ihrem weißen Anstrich die Estrella. Während Hornblower sie musterte, entfaltete sich ihr Klüver, faßte sogleich Wind und begann den Bug herumzudrücken. Im nächsten Augenblick füllte sich auch ihr Großsegel; jetzt fiel sie nicht mehr weiter ab und nahm alsbald Fahrt auf. Sekunden später glitt sie lautlos an der Clorinda vorüber. Ein entscheidender Augenblick! Fell stand und starrte und murmelte Unverständliches vor sich hin, seine Aufregung machte sich in leisen Flüchen Luft. Die Estrella dippte die Flagge, Hornblower erkannte Gomez, der an Deck stand und die Manöver des Schoners leitete. Gomez sah ihn im gleichen Augenblick und verbeugte sich höflich, er hielt dabei den Hut vor die Brust, wie es die Sitte verlangte, und Hornblower erwiderte seinen Gruß auf dieselbe Weise.
»Sie macht keine zwei Meilen durchs Wasser«, sagte Hornblower.
»Dafür sei Gott gedankt«, sagte Fell.
Die Estrella glitt langsam auf die Hafeneinfahrt zu und bereitete sich schon vor, den Haken zu schlagen, den das Fahrwasser nach See zu beschrieb. Gomez manövrierte sie meisterhaft unter den kleinen Segeln.
»Soll ich jetzt hinterher, Mylord?«
»Ich denke, es ist an der Zeit, Sir Thomas.«

»Mann Spill! An die Vorsegelschoten, Mr. Field!«
Selbst bei nur zwei Knoten Fahrt kam schon ein erheblicher Zug auf jenes Stück Schiemannsgarn. Es durfte nicht brechen – beileibe nicht –, ehe die Estrella ein gutes Stück von der Küste entfernt war. Starke Arme und kräftige Rücken hievten die Ankertrosse der Clorinda kurzstag.
»Salutgeschütz klar!«
Die Estrella hatte Kurs geändert, soeben verschwand die letzte Ecke ihres Großsegels hinter der Huk. Fell gab trotz seiner Erregung ruhige und klare Befehle, um die Clorinda in Fahrt zu setzen. Hornblower beobachtete ihn genau, da man aus seinem Verhalten bei dieser Gelegenheit immerhin darauf schließen konnte, wie er sich im Ernstfall benahm, wenn es galt, sein Schiff mitten in den Qualm und das Getöse einer Schlacht hineinzuführen.
»Großmarsbrassen!«
Fell brachte seine mächtige Fregatte ebenso elegant auf Auslaufkurs wie Gomez kurz zuvor die Estrella. Als die Clorinda richtig anlag, nahm sie allmählich Fahrt auf und glitt durch die Fahrrinne nach See hinaus.
»Antreten zum Paradieren!«
Was immer hinter der Biegung geschah, was auch der aus Sicht gelaufenen Estrella widerfahren mochte, die Vorschriften der Etikette mußten eingehalten werden. Neun Zehntel der Decksbesatzung der Clorinda konnten an der Ehrenbezeigung teilnehmen; solange das Schiff vor der leichten Landbrise langsam dahinkroch, genügte das restliche Zehntel der Mannschaft vollauf zu seiner Bedienung. Hornblower nahm militärische Haltung an und grüßte die spanische Flagge über dem Castell Morro mit an den Hut erhobener Hand. Fell neben ihm und die übrigen Offiziere, in Reih und Glied dahinter, folgten seinem Beispiel, während beide Seiten respektvoll die Flagge dippten und der Salut von hüben und drüben donnernd über den Hafen dröhnte.
»Wegtreten!«
Jetzt näherten sie sich der Biegung, hinter der die Estrella verschwunden war. Es lag durchaus im Bereich der Möglichkeit, daß plötzlich eines der grinsenden Kanonenmäuler dort oben einen Warnungsschuß nach ihnen spie – einen Schuß, der sie daran erinnern sollte, daß hundert andere Geschütze bereitstanden, sie zum Wrack zusammenzuschießen. Darauf mußten

sie gefaßt sein, wenn der Schleppsack der ESTRELLA jetzt schon – früher als beabsichtigt – allzu fühlbar zu schaffen machte.
»Großmarsbrassen!« kommandierte Fell wiederum.
Jetzt machte sich schon der ewige Atem des Atlantiks bemerkbar; Hornblower fühlte, wie sich der Bug der CLORINDA schwerelos über die anrollende Dünung hob.
»Hart Backbord!« Die CLORINDA nahm gehorsam den Dreh auf. »Stütz – recht so!«
Der neue Kurs lag kaum an, als die ESTRELLA wieder in Sicht kam. Sie hatte jetzt etwa eine Meile Vorsprung. Zur Zeit lag sie fast auf entgegengesetztem Kurs und führte glücklicherweise immer noch sehr kleine Segel, während sie stetig dem Punkt zusteuerte, wo sie mit einer letzten Wendung aus dem Fahrwasser in die offene See gelangte. Das Großmarssegel der CLORINDA killte für eine kurze Weile, als die Höhe des Morro die Landbrise abhielt, aber es stand gleich darauf wieder voll wie zuvor. Nun drehte die ESTRELLA von neuem, sie war kaum noch in Reichweite der Geschütze auf dem Morro.
»Steuerbord!« befahl Fell und gleich darauf: »Recht so!«
Die Landbrise kam jetzt recht von achtern, aber sie flaute mehr und mehr ab, was teils der zunehmenden Entfernung von Land, teils der steigenden Sonnenglut zuzuschreiben war.
»Großsegel klar zum Setzen!«
Fell tat damit genau das Richtige, jetzt galt es in der Tat zu eilen, damit das Schiff nicht in dem Flautengürtel zwischen der Landbrise und dem Passat hängenblieb. Die riesige Fläche des Großsegels schob die CLORINDA denn auch so kräftig voran, daß sich sogar das Plätschern der Bugwelle wieder vernehmen ließ. Die ESTRELLA hatte das Fahrwasser schon hinter sich, Hornblower verfolgte mit atemloser Spannung, wie sie jetzt ihr Schonersegel und dazu alle Stagsegel und Klüver setzte, so daß zuletzt sämtliche Schratsegel standen. Sie steuerte mit hart angeholten Schoten einen nördlichen Kurs, der rechtwinklig von der Küste wegführte. Offenbar hatte sie bereits den Passat erreicht und war nun klugerweise darauf bedacht, sogleich Nord zu gewinnen, da sie noch vor dem nächsten Morgen Haiti in Luv passieren mußte, um durch den alten Bahamakanal nach Havanna zu gelangen. Sie waren jetzt so weit vom Morro und der ESTRELLA entfernt, daß es niemand mehr auffallen konnte, wenn sie das Sklavenschiff unausgesetzt durch ihre Glä-

ser musterten. Auch Hornblower blickte lange und aufmerksam hinüber. Er konnte beim besten Willen nichts Ungewöhnliches entdecken. Ob Gomez etwa bemerkt hatte, daß unter seinem Heck ein Schleppsack hing, und ihn in aller Stille beseitigen ließ? Vielleicht brach er gerade jetzt im Kreis seiner Offiziere in schallendes Gelächter aus, wenn sein Blick achteraus auf die britische Fregatte fiel, die so hoffnungsvoll hinter ihm hergesegelt kam.

»Steuerbord!« kommandierte Fell, und die CLORINDA nahm die letzte Biegung des Fahrwassers.

»Leitmarken sind in Linie, Sir«, meldete der Steuermann, der sein Glas unverwandt nach der Küste gerichtet hielt.

»Danke. Recht so, wie's jetzt geht.«

Nun kamen ihnen schon die richtigen Roller aus dem Atlantik entgegen, sie hoben den Bug der CLORINDA von Steuerbord her an und glitten unter ihr hindurch, so daß sie mit dem Bug alsbald wieder zu Tal sank und dafür das Backbord-Achterschiff hob. Die ESTRELLA lag recht voraus, noch immer mit dichten Schoten am Wind, und steuerte unter ihren Schratsegeln nach wie vor nördlichen Kurs.

»Sie läuft gut ihre sechs Meilen«, schätzte Gerard, der mit Spendlove dicht neben Hornblower stand.

»Das Schiemannsgarn könnte bei sechs Meilen Fahrt eben noch halten«, meinte Spendlove nachdenklich.

»Keinen Grund!« sang der Lotgast in den Rüsten aus.

»Alle Mann auf, klar zum Segelsetzen!«

Der Befehl wurde durch alle Decks gepfiffen, und gleich darauf breiteten sich die Bramsegel und die Royals unter ihren Rahen. Ehe noch viele Minuten vergangen waren, stand auf der CLORINDA alles, was sie an Segeln führen konnte.

Aber die Landbrise lag schon in den letzten Zügen, und die Fregatte hatte kaum noch Steuer im Schiff. Ein paarmal schlugen die Segel mit lautem Donnern back, aber noch gelang es, Kurs zu halten. Immer langsamer kroch die CLORINDA über die blauweiße See unter einem wolkenlos blauen Himmel, von dem die Sonne erbarmungslos niederbrannte.

»Das Schiff läßt sich nicht mehr auf Kurs halten, Sir«, meldete der Rudergänger. Unter dem Druck der anrollenden Dünung gierte die CLORINDA träge hin und her. Die ESTRELLA lag so weit voraus, daß ihr Rumpf schon fast unter der Kimm war.

Plötzlich war da eine andere Luft, nur ein leiser, leiser Hauch; Hornblower fühlte ihn noch kaum auf seinem schweißnassen Gesicht, und die CLORINDA sprach natürlich noch längst nicht darauf an. Diese Luft war wirklich etwas ganz anderes, nicht mehr der heiße Atem der Landbrise, sondern der frische Strom des Passats, der makellos rein über dreitausend Meilen freien Ozean einherwehte. Die Segel schlugen und killten, aber die Bewegungen der CLORINDA wirkten nicht mehr so unbestimmt und ziellos.

»Jetzt kommt er durch«, rief Fell. »Voll und bei!«

Ein stärkerer Puff gab so viel Fahrt, daß das Ruder wirkte. Stille – wieder ein Puff – wieder Stille – und abermals ein Puff. Jeder dieser leichten Windstöße war um ein weniges stärker als sein Vorgänger. Der nächste endlich hörte nicht wieder auf, er hielt durch, er neigte die CLORINDA sogar nach Lee. Eine See brach sich am Steuerbordbug und zerstob als flimmernder Regenbogen. Jetzt hatten sie den Passat gefaßt, jetzt konnten sie endlich hart am Wind mit Nordkurs hinter der ESTRELLA hersegeln. Der reine, frische Wind versetzte das ganze Schiff in gehobene Stimmung, weil er allen das Gefühl gab, daß damit wieder die Zeit des Handelns gekommen sei. Endlich sah man wieder frohe Gesichter.

»Die ESTRELLA hat noch immer keine Marssegel gesetzt, Mylord«, sagte Gerard, der seinen Kieker anscheinend überhaupt nicht mehr vom Auge nahm.

»Ich glaube nicht, daß sie das tun wird, solange sie Nord macht«, erwiderte Hornblower.

»Am Wind gewinnt sie uns Höhe ab und läuft uns obendrein davon«, sagte Spendlove. »Das hat sie uns gestern zur Genüge bewiesen.«

Gestern? War das erst gestern gewesen? Man konnte meinen, es wäre seitdem schon ein Monat verstrichen, soviel hatte sich seit jener Verfolgungsjagd schon ereignet.

»Meinen Sie nicht, daß sich der Schleppsack irgendwie bemerkbar machen müßte?« fragte Fell, der eben nähergetreten war.

»Nein, Sir«, sagte Spendlove, »jedenfalls nicht so, daß es uns auffiele. Solange ihn das Schiemannsgarn mit dem Hinterende nach vorn hält, kann er nicht wirken.«

Fell bohrte seine gewaltige Rechte fest in die ebenso riesige Linke und rieb mit den Fingerknöcheln in der Handfläche.

»Was mich betrifft«, sagte Hornblower und zog damit so-

gleich aller Blicke auf sich, »so werde ich mich jetzt endlich von all der Goldstickerei befreien. Ein leichterer Rock und ein lokkeres Halstuch werden mir wohltun.«
Sollte Fell seiner Unruhe und Aufregung weiter Luft machen — er ging unter Deck, als ob ihn der Ausgang dieses Unternehmens überhaupt nichts anginge. Es war geradezu eine Erlösung, als er unten in der heißen Kajüte die schwere Gala — zehn Pfund Uniformtuch und Gold — ablegen konnte und sich von Giles ein frisches Hemd und eine leichte weiße Hose zurechtlegen ließ.
»Ich will doch mein Bad nehmen«, sagte er wie zu sich selbst. Er wußte genau, daß es in Fells Augen würdelos und disziplingefährdend war, wenn ein Admiral sein Vergnügen darin fand, sich unter der Deckwaschpumpe von grinsenden Matrosen abspritzen zu lassen. Er konnte diese Ansicht nicht teilen, im übrigen ließ sie ihn völlig kalt. Was war eine Waschung mit dem Schwamm gegen so ein köstliches Bad? Die Seeleute pumpten mit aller Kraft, und Hornblower hüpfte wie ein übermütiger Junge unter dem peitschenden Wasserstrahl umher. Hinterher war es ein doppelter Genuß, in das frische Hemd und die weiße Hose zu schlüpfen, er fühlte sie wie neugeboren, als er wieder an Deck kam, und seine Gleichgültigkeit war nicht einmal gespielt, als Fell sogleich aufgeregt auf ihn zugestürzt kam.
»Sie läuft uns wieder glatt auf und davon, Mylord«, sagte er.
»Wir wissen nachgerade, daß sie dazu in der Lage ist, Sir Thomas. Also können wir nur warten, bis sie abfällt und ihre Marssegel setzt.«
»Vorausgesetzt, daß wir sie überhaupt in Sicht behalten . . .«, sagte Fell.
Die Clorinda lag hart über und bahnte sich stampfend ihren Weg nach Norden.
»Wir tun doch offensichtlich alles, was in unserer Macht steht, Sir Thomas«, sagte Hornblower in beschwichtigendem Ton.
Die Vormittagsstunden vergingen, der Wachhabende Offizier ließ »Antreten zum Schnapsempfang« pfeifen, Fell kam mit dem Navigationsoffizier überein, daß es Mittag war, und die Besatzung erhielt ihr Essen. Die Estrella war schon so weit weggelaufen, daß man nur durch ein nach Steuerbord vorn gerichtetes Glas noch einen Schimmer von ihren Segeln erhaschen konnte, wenn sich die Clorinda über eine See hinweghob. Immer noch führte sie keine Marssegel. Gomez wußte eben,

daß sein Schoner ohne Marssegel höher am Wind lag, und richtete daher seine Segelführung entsprechend ein – oder aber, er spielte mit seinen Verfolgern Katz und Maus. Die Berge von Puerto Rico waren weit, weit achteraus unter den Horizont getaucht. Und das Roastbeef beim Mittagessen – frisches, geröstetes Ochsenfleisch – hatte alle bitter enttäuscht, weil es zäh und sehnig und ganz ohne Geschmack gewesen war.

»Dieser Stuart versprach mir, das beste Lendenstück an Bord zu schicken, das auf der ganzen Insel aufzutreiben ist, Mylord«, sagte Gerard auf Hornblowers ungehaltene Bemerkung hin.

»Ich wollte, ich hätte den Kerl hier«, sagte Hornblower. »Der sollte mir das ganze Zeug aufessen, bis zum letzten Bissen – und ohne Salz. Sir Thomas, ich möchte Sie herzlich bitten, mir diese Panne zu verzeihen.«

»Äh – gewiß – selbstverständlich, Mylord«, sagte Fell, der heute Gast seines Admirals war. Hornblowers Anrede hatte seine eigenen Gedankengänge jäh unterbrochen. »Dieser Schleppsack . . .«

Als diese Worte – nein, eigentlich nur dieses eine besondere Wort heraus war, wußte er nicht weiter. Er richtete einen hilflosen Blick auf Hornblower, der ihm gegenübersaß. In seinem hohlwangigen Gesicht – zu dem seine frische rote Hautfarbe so gar nicht passen wollte – stand Angst und Unruhe geschrieben, und der Ausdruck seiner Augen machte seine Gemütsverfassung vollends deutlich.

»Wenn wir heute nicht erfahren, wie sich das Ding benahm«, sagte Hornblower, »eines Tages hören wir sicher gründlich davon.«

Das war zweifellos richtig, wenn auch alles andere als erfreulich.

»Man wird sich in ganz Westindien über uns lustig machen«, sagte Fell.

Er machte einen völlig verstörten Eindruck. Hornblower neigte selbst dazu, die Hoffnung aufzugeben, aber das Schauspiel solcher Verzweiflung weckte seinen immer sprungbereiten Widerspruchsgeist, und er sagte:

»Es ist ein himmelweiter Unterschied zwischen den sechs Meilen, die die ESTRELLA jetzt hart am Winde macht, und den zwölfen, die sie laufen kann, wenn sie das Ruder auflegt und abfällt. Mr. Spendlove hier wird Ihnen verraten, daß der Wasserwiderstand mit dem Quadrat der Geschwindigkeit zunimmt. Ist es nicht so, Mr. Spendlove?«

»Vielleicht sogar mit dem Kubus oder einer noch höheren Potenz, Mylord.«

»Wir dürfen also immer noch hoffen, Sir Thomas. Wenn die ESTRELLA Kurs ändert, kommt der achtfache Zug auf das Schiemannsgarn.«

»Es wird schon jetzt durchscheuern und an Festigkeit verlieren«, fügte Spendlove hinzu.

»Vorausgesetzt, daß sie das Ding nicht gestern nacht gesehen und einfach beseitigt haben ...«

Als sie wieder an Deck kamen, neigte sich die Sonne schon gegen Westen.

»Topp!« rief Fell. »Ist die ESTRELLA noch in Sicht?«

»Jawohl, Sir. Rumpf unter der Kimm, aber klar in Sicht. Etwa zwei Strich in Luv.«

»Sie hat jetzt so viel Nordbreite, wie sie braucht«, knurrte Fell. »Warum ändert sie nicht endlich Kurs?«

Jetzt gab es nur eins: Geduldig zu warten und sich inzwischen an dem reinen Passat und der Weite der blauweißen See zu ergötzen. Aber das Ergötzen wollte sich nicht recht einstellen und die See nicht so strahlend blau leuchten wie sonst. Blieb also nur das Warten. Die Minuten dehnten sich zu Stunden – endlich war es soweit.

»An Deck! Die ESTRELLA ändert Kurs – dreht nach Backbord – dreht platt vor den Wind!«

»Verstanden!«

Fell ließ den Blick über die Menschenschar auf dem Achterdeck schweifen. Er sah genauso gespannt drein wie alle anderen.

»Mr. Sefton, drehen Sie vier Strich nach Backbord.«

Er wollte das böse Spiel bis zum bitteren Ende durchhalten, obwohl die Erfahrung von gestern unter nahezu den gleichen Bedingungen erwiesen hatte, daß die CLORINDA normalerweise nicht imstande war, den Schoner einzuholen.

»An Deck! Die ESTRELLA setzt Marssegel ... Jetzt auch die Bramsegel, Sir!«

»Verstanden!«

»Jetzt muß es sich bald zeigen«, sagte Spendlove. »Wenn der Schleppsack wirkt, *muß* sie Fahrt verlieren, es kann gar nicht anders sein.«

»An Deck! Herr Kapitän! Sir!« Der Ausguckposten kreischte

vor Aufregung. »Sie hat wieder in den Wind gedreht! Alles steht back! Fockstenge ist gebrochen, Sir!«
»Ihre Ruderfingerlinge auch«, stieß Hornblower durch die Zähne hervor.
Fell sprang überglücklich an Deck umher, er tanzte förmlich vor Freude, fand aber alsbald seine Selbstbeherrschung wieder.
»Zwei Strich Steuerbord!« befahl er. »Mr. James, los, entern Sie in den Topp und melden Sie mir, wie sie peilt.«
»Sie nimmt das Großsegel weg«, rief der Ausguck.
»Aha, sie möchte wieder vor den Wind«, bemerkte Gerard dazu.
»An Kommandant!« Das war die Stimme James' aus dem Topp. »Sie halten jetzt einen Strich zu Luv der ESTRELLA, Sir.«
»Verstanden!«
»Sie dreht vor den Wind – nein, steht wieder alles back, Sir!«
Das *Ding* hielt sie unerbittlich achtern fest, mochte sie sich noch so sehr bemühen, sie konnte sich ebensowenig davon befreien wie eine Antilope aus den Klauen eines Löwen.
»Willst du wohl genau steuern, du . . .!« schrie Fell und bedachte den Rudergänger mit einem schauerlichen Schimpfwort. Jedermann war aufgeregt, jedermann schien von der Angst besessen, daß die ESTRELLA ihre Havarie klarieren und doch noch entkommen könnte.
»Ohne Ruder kann sie niemals Kurs halten«, sagte Hornblower, »außerdem hat sie ja ihre Fockstenge eingebüßt.«
Wieder hieß es warten, aber diesmal war die Stimmung ganz anders. Die CLORINDA jagte dahin, als ob auch sie von der allgemeinen Aufregung gepackt worden wäre. Sie spurtete wie ein Renner, um sich auf ihre Beute zu stürzen und den so lange vorenthaltenen Triumph zu genießen.
»Da ist sie!« sagte Gerard, der mit seinem Glas nach vorn zu Ausschau hielt. »Ihre Segel stehen noch immer back.«
Als die CLORINDA auf den Kamm der nächsten See gelangte, war das Sklavenschiff schon für alle sichtbar, so rasch kamen sie ihm jetzt näher. Der herrliche Schoner bot ihnen einen jammervollen Anblick. Seine Fockstenge war am Eselshaupt glatt weggebrochen, seine Segel killten im Wind.
»Buggeschütz klar!« befahl Fell. »Einen Schuß vor den Bug!«
Der Schuß fiel. An der Piek der Großgaffel stieg ein dunkles

Bündel empor und entfaltete sich zu der rotgelben spanischen Flagge. Sie wehte dort einen Augenblick und senkte sich dann langsam wieder nieder.

»Meinen Glückwunsch zu dem großartigen Erfolg Ihres Plans, Sir Thomas«, sagte Hornblower.

»Besten Dank, Mylord«, gab Fell zur Antwort und strahlte dabei über das ganze Gesicht. »Ohne Eurer Lordschaft Zustimmung zu meinen Vorschlägen hätte ich nichts ausrichten können.«

»Es ist sehr liebenswürdig von Ihnen, dies hervorzuheben, Sir Thomas«, sagte Hornblower und wandte sich wieder der Prise zu.

Die Estrella bot einen bemitleidenswerten Anblick. Dieser Eindruck wurde um so stärker, je näher sie kamen, je deutlicher vorn das wirre Durcheinander der baumelnden Spieren und Enden und achtern das losgerissene Ruder sichtbar wurden. Als der Schleppsack in Funktion trat, hatte es plötzlich einen Ruck gegeben, der durch seine gewaltige Kraft und Hebelwirkung die starken bronzenen Fingerlinge des Ruders einfach abbrach oder glatt herausriß. Der Schleppsack selbst hing, von der daran befestigten schweren Kette nach unten gezogen, immer noch unsichtbar unter dem lose baumelnden Ruder.

Gomez wurde im Triumph an Bord der Clorinda gebracht. Er hatte noch immer keine Erklärung für die plötzliche Katastrophe und ahnte vor allem nicht, warum er sein Ruder verloren hatte. Jung und hübsch wie immer, betrat er das Deck der Fregatte und trug sein unverdientes Mißgeschick mit bemerkenswerter Würde und Fassung. Eben darum war es sehr wenig erfreulich, die Verwandlung zu beobachten, die mit ihm vorging, als er die Wahrheit erfuhr. Es war wirklich alles andere als schön, es war überaus peinlich, mitansehen zu müssen, wie dieser tüchtige junge Mann vor den Augen der Sieger förmlich in sich zusammensank, so peinlich, daß diesen darüber sogar die Freude an ihrem geglückten Seemannsstreich verging. Immerhin, dreihundert Sklaven hatten durch diese List ihre Freiheit gewonnen.

Hornblower diktierte seine Depesche an Ihre Lordschaften, und Spendlove, der neben einer erstaunlichen Vielzahl anderer Dinge auch die neumodische Kurzschrift beherrschte, schrieb den Brief mit einer Gewandtheit nieder, die auch Hornblowers stok-

kender Sprache spielend gewachsen war – Hornblower hatte in der Kunst des Diktierens noch recht wenig Übung. »Zum Abschluß«, sagte Hornblower an, »gereicht es mir zur besonderen Freude, Eure Lordschaften auf die Verdienste des Kommandanten, Kapitän Sir Thomas Fell, hinweisen zu können, dessen Diensteifer und Ideenreichtum diesen beispiellosen Erfolg überhaupt erst ermöglicht hat.«
Spendlove blickte von seinem Stenogramm auf und starrte ihn an. Der Sekretär wußte, wie es wirklich gewesen war, aber der durchdringende, stumme Blick seines Admirals schnitt ihm das Wort im Munde ab.
»Schreiben Sie dazu den üblichen Schluß«, sagte Hornblower. Er brauchte seinem Sekretär nicht zu erklären, warum er sich so verhielt. Selbst wenn er es versucht hätte, wäre es ihm wahrscheinlich nicht gelungen. Fell war ihm deshalb um kein Haar sympathischer als früher.
»Jetzt einen Brief an meinen Agenten«, sagte Hornblower.
»Aye, aye, Mylord«, sagte Spendlove und begann eine neue Seite.
Hornblower legte sich zurecht, was in diesem Brief stehen sollte. Er wollte zum Ausdruck bringen, daß er auf seinen Anteil an dem Prisengeld verzichtete, weil die Wegnahme der Prise auf die Vorschläge Sir Thomas' zurückzuführen sei. Er wünschte, daß der Anteil der Flagge ebenfalls Sir Thomas zugute kommen sollte.
»Nein«, sagte Hornblower schließlich, »belege den Brief. Ich werde dem Mann nicht schreiben.«
»Aye, aye, Mylord«, sagte Spendlove.
Man konnte einem anderen Mann Auszeichnungen und Ehren zuschieben, aber Geld? Nein, das ging beim besten Willen nicht. Das war zu auffällig, es konnte den Empfänger allzu leicht argwöhnisch machen. Gesetzt, Sir Thomas erriet den Zusammenhang und fühlte sich verletzt? Was dann? Nein, dieser Gefahr wollte er sich nicht aussetzen. Nichtsdestoweniger wünschte er sich, daß ihm Sir Thomas ein bißchen sympathischer gewesen wäre.

Die kopflosen Piraten

»Franzosenmädels sind lieb und fein
Und flämische Lippen so heiß . . .«

Das war der junge Spendlove, der im Admiralitätsgebäude, nur zwei Zimmer von Hornblower entfernt, ein lustiges Lied sang. Er hätte ebensogut im gleichen Raum singen können, da alle Fenster weit offenstanden, um die kühle Seebrise von Jamaika hereinzulassen.

»In Italien schmecken die Küsse wie Wein . . .«

Das war Gerard, der in ebenso fröhlicher Laune einfiel.
»Meine Empfehlung an Mr. Gerard und Mr. Spendlove«, sagte Hornblower brummig zu Giles, der ihm beim Anziehen half, »sie möchten sofort mit ihrer Katzenmusik Schluß machen. Wiederholen Sie, was ich gesagt habe, damit ich weiß, daß Sie richtig verstanden haben.«
»Seine Lordschaft läßt sich den Herren empfehlen, und sie möchten sofort mit ihrer Katzenmusik Schluß machen«, wiederholte Giles pflichtgetreu.
»Los, richten Sie ihnen das schleunigst aus.«
Giles verschwand, und Hornblower hörte mit Genugtuung, daß der Gesang plötzlich verstummte. Offenbar waren die beiden jungen Männer in sehr gehobener Stimmung, sonst hätten sie nicht gesungen, sonst hätten sie vor allem nicht vergessen, daß er, ihr Chef, in Hörweite war. Da sie sich eben für einen Ball zurechtmachten, war ihre laute Fröhlichkeit wohl zu erklären. Dennoch hatten sie keine Entschuldigung für ihr Verhalten, wußten sie doch nur zu genau, daß alles, was Musik hieß, ihrem tontauben Oberbefehlshaber von Grund auf zuwider war. Sie hätten außerdem wissen müssen, daß er eben wegen dieses bevorstehenden Balles ohnedies in gereizter Stimmung war, weil er sich gezwungen sah, einen ganzen langen Abend hindurch diese langweiligen Geräusche anzuhören, die ihn anwiderten und zugleich an seinen Nerven zerrten. Zwar durfte er erwarten, daß an einigen Tischen Whist gespielt wurde, weil Mr. Hough bestimmt schon wußte, womit er seinem Ehrengast eine Freude machen konnte, aber daß man im Spielzimmer die Musik nicht hörte, war wohl mehr, als man sich erhoffen durfte.

Die Aussicht auf einen Ball stimmte also Hornblower keineswegs so froh und glücklich wie seinen Flaggleutnant und seinen Sekretär.

Hornblower knüpfte die weiße Halsbinde und zog sie mit peinlicher Sorgfalt zurecht, bis sie genau symmetrisch saß, dann half ihm Giles in seinen schwarzen Frack. Als er fertig war, musterte er sich im Licht der rund um den Rahmen des Spiegels brennenden Kerzen. Nicht übel, sagte er zu sich selbst. Jetzt im Frieden setzte sich bei Armee- und Marineoffizieren immer mehr der Brauch durch, bei gesellschaftlichen Anlässen in Zivil zu erscheinen, was ebensoviel für sich hatte wie die wachsende Vorliebe der Herrenwelt für den neumodischen schwarzen Frack. Barbara hatte diesen hier für ihn ausgesucht und dem Schneider bei den Anproben auf die Finger gesehen. Hornblower drehte sich vor dem Spiegel und fand, daß er tadellos saß und daß ihm dieses Schwarz und Weiß überhaupt gut zu Gesicht stand. »Nur ein Gentleman kann Schwarz und Weiß tragen«, hatte Barbara gesagt, und das tat ihm in der Seele wohl.

Giles reichte ihm den Zylinder, er setzte ihn auf und prüfte, wie er sich damit ausnahm. Dann griff er nach den weißen Handschuhen, dachte eben noch rechtzeitig daran, den hohen Hut wieder abzunehmen, und trat endlich auf den Gang hinaus, wo ihn Gerard und Spendlove in ihren besten Uniformen bereits erwarteten.

»Ich möchte in meinem und Spendloves Namen wegen unseres Gesangs vorhin um Entschuldigung bitten, Mylord«, sagte Gerard.

Der schwarze Abendanzug wirkte offenbar besänftigend auf das Gemüt, denn Hornblower verzichtete auf jedes harte Wort.

»Was würde Miß Lucy von Ihnen halten, Spendlove«, fragte er, »wenn sie das Lied von den französischen Mädels aus Ihrem Munde hörte?«

Spendlove antwortete mit einem entwaffnenden Lächeln:

»Darf ich Eurer Lordschaft Nachsicht abermals in Anspruch nehmen – und bitten, ihr nichts davon zu erzählen?«

»Das hängt ganz von Ihrem künftigen Benehmen ab.«

Der offene Wagen wartete vor dem Haupteingang des Admiralitätsgebäudes, vier Matrosen standen mit Laternen bereit, die zusammen mit den Lampen in der Vorhalle den Weg erhellten. Hornblower kletterte in die Kutsche und nahm Platz. Hier an Land waren die Vorschriften der Etikette ganz anders als an Bord: Er vermißte die schrillen Töne der Pfeifen, die für sein Empfinden dieses Zeremoniell begleiten sollten, so wie es der Fall war, wenn er ein Boot bestieg. Außerdem bestieg der älteste Offizier einen Wagen zuerst und nicht zuletzt, darum mußten Spendlove und Gerard auf die andere Seite rennen und schleunigst von drüben einsteigen, als er seinen Platz eingenommen hatte. Gerard saß links neben ihm und Spendlove gegenüber mit dem Rücken zu den Pferden. Der Schlag klappte zu, die Gäule zogen an und trabten zwischen den Laternen der Einfahrt hindurch hinaus in die pechrabenschwarze Nacht Jamaikas. Hornblower füllte seine Lungen mit der warmen tropischen Nachtluft und gestand sich widerstrebend ein, daß ein Ball am Ende doch keine so lästige Sache war.

»Sie möchten wohl eine gute Partie machen, Spendlove?« fragte er. »Soviel ich weiß, ist Miß Lucy Alleinerbin. Aber an Ihrer Stelle würde ich mich doch noch genau erkundigen, ob es nicht irgendwelche Neffen von Vaters Seite gibt.«

»Eine gute Partie wäre gewiß zu wünschen, Mylord«, ertönte Spendloves Stimme aus dem Dunkel, »aber ich muß Ihnen leider sagen, daß ich in Herzensangelegenheiten von Geburt an – oder genauer gesagt, seit meiner Taufe – arg benachteiligt bin.«

»Seit Ihrer Taufe? Was wollen Sie damit sagen?«

»Jawohl, Mylord. Sie erinnern sich vielleicht meines Vornamens.«

»Erasmus, nicht wahr?« sagte Hornblower.

»Gewiß, Mylord, das ist es eben. Mein Name ist beim Austausch von Zärtlichkeiten einfach nicht am Platz. Können Sie sich vorstellen, daß sich eine Frau in einen Mann verliebt, der Erasmus heißt? Daß sich eine Frau dazu herbeiließe, ›Razzy-Liebling‹ zu hauchen?«

»Ich könnte mir das durchaus denken«, sagte Hornblower.

»Wie schön, wenn ich es eines Tages noch erlebte«, seufzte Spendlove.

Es war bei Gott nicht übel, hinter zwei guten Pferden und in Gesellschaft zweier netter junger Männer durch das nächtliche Jamaika zu rollen, zumal wenn man sich sagen konnte, daß man die kleine Erholung durch gute Arbeit redlich verdient hatte. Der Befehlsbereich war in bester Ordnung, die Seepolizei im Karibischen Meer wirkte sich segensreich aus, Schmuggel und Piraterie waren im wesentlichen unterbunden. Heute abend war er einmal frei von jeder Verantwortung, es gab weit und breit keine Gefahr. Alles Bedrohliche lag irgendwo in der Ferne, weit hinter den Horizonten von Raum und Zeit. Er durfte sich ruhig und entspannt in die weichen Lederpolster des Wagens lehnen und brauchte nur ein bißchen achtzugeben, daß er den schwarzen Frack nicht beschmutzte und die sorgfältig gefältelte Hemdbrust nicht zerknitterte.

Der Empfang bei Hough war dann natürlich wieder recht turbulent, und es schwirrte nur so von »Mylord« und »Eure Lordschaft«. Hough war ein großer, schwerreicher Pflanzer, der den englischen Winter so wenig schätzte, daß er nicht wie seine Kollegen den größeren Teil des Jahres durch Abwesenheit glänzte. Trotz seines Reichtums war er sehr stolz darauf, daß er heute einen Peer, einen Admiral und einen Oberbefehlshaber in einer Person zu Gast bei sich sah — wobei ihm der Gedanke nicht ganz fern lag, daß ihm dieser Mann durch seinen Einfluß irgendwann einmal nützen konnte. Er und Mrs. Hough begrüßten Hornblower mit einer Wärme, die auch auf Gerard und Spendlove ausstrahlte. Vielleicht dachte Hough insgeheim, daß er sein gutes Einvernehmen mit dem Oberbefehlshaber am wirksamsten festigen konnte, indem er auch mit dem Flaggleutnant und dem Sekretär angenehme Beziehungen pflegte.

Lucy Hough war ein hübsches siebzehn- oder achtzehnjähriges Mädchen, aber sie war schließlich noch ein Kind, das gerade erst der Schule, um nicht zu sagen der Kinderstube, entwachsen war, darum hatte er sich trotz ihrer netten Erscheinung nie so recht für sie interessiert. Als er sie jetzt mit einem Lächeln begrüßte, schlug sie schüchtern die Augen nieder, sah ihn wieder kurz an und wandte den Blick abermals zur Seite. Viel weniger schüchtern gab sie sich, als sie sich gleich darauf zu den jungen Männern wandte und ihre Verbeugungen entgegennahm. Die beiden schienen sie vom ersten Augenblick an lebhaft zu interessieren.

»Wie ich höre, tanzen Eure Lordschaft nicht?« sagte Hough.

»Beim Anblick von so viel Schönheit empfinde ich es schmerzhaft, an meine Mängel erinnert zu werden«, entgegnete Hornblower und warf abermals einen lächelnden Blick auf Mrs. Hough und Lucy.

»Würden Sie an einem Rubber Whist Gefallen finden?«
»Gut, kehren wir der Muse der Musik bedauernd den Rükken« – Hornblower versuchte immer so zu tun, als ob ihm Musik etwas bedeutete – »und verehren wir statt ihrer die Göttin des Glücks.«
»Nach dem, was ich über die Spielstärke Eurer Lordschaft gehört habe«, meinte Hough, »haben Eure Lordschaft von den Launen der Glücksgöttin wenig zu fürchten.«
Der Ball hatte offenbar schon einige Zeit vor Hornblowers Eintreffen begonnen. Ein paar Dutzend junger Leute bevölkerten den großen Saal, an den Wänden entlang saßen die Ballmütter, und in der Ecke spielte ein Orchester. Hough führte seinen Gast in ein anderes Zimmer, Hornblower entließ seine beiden jungen Leute mit einem Nicken und setzte sich dann mit Hough und zwei stattlichen alten Damen zum Whist. Als sich die schwere Tür geschlossen hatte, hörte man glücklicherweise fast nichts mehr von dem scheußlichen Lärm der Musik; außerdem stellte sich heraus, daß die beiden alten Damen sehr gut spielten, so daß die nächste Stunde in angenehmster Weise verging. Dann machte Mrs. Hough dem Fluß des Spiels ein Ende.
»Es ist Zeit zur Polonäse«, verkündete sie, »damit wir nachher zum Souper gehen können. Ich möchte Ihnen nahelegen, das Spiel zu unterbrechen und dem Tanz beizuwohnen.«
»Ich stelle Eurer Lordschaft anheim ...«, sagte Hough verbindlich.
»Der Wunsch Mrs. Houghs ist mir Befehl.«
Im Ballsaal herrschte natürlich eine erstickende Hitze. Die jungen Leute hatten rote, schweißglänzende Gesichter, aber man merkte ihnen nichts von Müdigkeit an, als sie, aufgepeitscht von dem geheimnisvollen Lärm der Musik, in Doppelreihe zur Polonäse antraten. Spendlove führte Lucy an der Hand und tauschte verliebte Blicke mit ihr. Hornblower konnte von der olympischen Höhe seiner sechsundvierzig Jahre gelassen auf diese unreife Jugend herabblicken, die die Zwanzig noch nicht erreicht oder kaum erst hinter sich hatte, und nahm mit nachsichtiger Überlegenheit von dem Überschwang der Gefühle Notiz, der sich in ihrem Gehaben offenbarte. Der Lärm des Orchesters wurde immer lauter und verwirrender, aber das Jungvolk fand anscheinend doch irgendeinen Sinn in dem Getöse. Mit schwenkenden Locken und fliegenden Frackschößen

hopsten sie im Saal umher, überall sah man lachende, fröhliche Gesichter. Aus der Doppelreihe bildeten sich Kreise, die alsbald wieder zu Reihen verschmolzen, man wandte sich und wechselte die Richtung, man trennte sich und fand sich wieder, bis bei einem abschließenden Höllenkrach der Musik die Damen knicksend niedersanken und die Herren in tiefer Verbeugung vor ihnen verharrten. Nachdem die Lärmmacher endlich schwiegen, war das sogar ein ausgesprochen hübscher Anblick. Unter Beifall und Gelächter lösten sich jetzt die Reihen. Die Damen suchten einander mit verstohlenen Blicken und verschwanden zu zweien und dreien unauffällig aus dem Saal. Sie zogen sich zurück, um die Schäden auszubessern, die in der Hitze des Tanzes an ihren Toiletten entstanden waren.

Hornblower begegnete wieder Lucys Blick, und wieder sah sie rasch weg und dann nach ihm zurück. War sie nur schüchtern? Oder wollte sie etwas von ihm? Bei diesen halben Kindern war das nicht so leicht zu sagen. Jedenfalls hatte sie Spendlove mit ganz anderen Blicken bedacht.

»In etwa zehn Minuten begeben wir uns zum Souper, Mylord«, sagte Hough. »Würden Eure Lordschaft die Güte haben, Mrs. Hough zu Tisch zu führen?«

»Es ist mir eine Freude und eine Ehre«, antwortete Hornblower. Jetzt kam Spendlove herbei. Er trocknete sich mit seinem Taschentuch das erhitzte Gesicht.

»Ich hätte gern noch ein wenig frische Luft geschnappt, Mylord«, sagte er. »Darf ich mir die Frage erlauben . . .«

»Sehr schön, ich komme mit«, fiel ihm Hornblower ins Wort. Es paßte ihm, die zähflüssige Unterhaltung mit Mr. Hough auf diese Art kurz unterbrechen zu können.

Sie traten in den stockfinstern Garten hinaus. Das Kerzenlicht im Ballsaal war so hell gewesen, daß sie anfangs jeden Schritt vorsichtig ertasten mußten.

»Der Abend macht Ihnen Spaß, nicht wahr?« sagte Hornblower.

»O ja, Mylord, danke der Nachfrage.«

»Und die Werbung um Ihre Herzdame? Sind Sie damit vorangekommen?«

»Das kann ich nicht mit Sicherheit behaupten, Mylord.«

»Meiner besten Wünsche können Sie auf jeden Fall versichert sein.«

»Gehorsamsten Dank, Mylord.«

Hornblower hatte sich inzwischen schon etwas an die Dunkelheit gewöhnt, so weit, daß er bereits die Sterne am Himmel unterschied, wenn er den Blick hob. Am schönsten war der helle Sirius, der wie seit Urzeiten hinter dem Orion her vom Aufgang zum Untergang jagte. Die Seebrise war schlafen gegangen, die Luft war warm und still. In diesem Augenblick geschah es. Hornblower hörte ein leises Geräusch, ein Rascheln im Laub hinter seinem Rücken, aber ehe er sich noch darüber Rechenschaft gab, fühlte er sich bei den Armen gepackt. Eine Hand legte sich schwer auf seinen Mund. Als er sich zur Wehr setzen wollte, fühlte er einen scharfen, brennenden Stich unter dem rechten Schulterblatt, so daß er vor Schmerz zusammenzuckte.
»Maul halten«, sagte eine Stimme, eine grobe, ungeschlachte Stimme, »Maul halten oder dies.«
Da war wieder der Schmerz, es mußte eine Messerspitze sein, die man ihm auf den Rücken setzte, darum hielt er still. Die unsichtbaren Hände zerrten ihn hastig fort, es mußten mindestens drei Mann sein, die sich mit ihm befaßten. Seine Nase verriet ihm, daß sie schwitzten – wahrscheinlich war ihre Aufregung schuld daran.
»Spendlove?« sagte er.
»Willst du ruhig sein!« meldete sich die Stimme wieder.
Er wurde in größter Hast durch den langgedehnten Garten gezerrt. Ein schriller Schrei, der aber sofort erstickt wurde, kam allem Anschein nach von Spendlove, der dicht hinter ihm war. Hornblower hatte es nicht leicht, sich bei dem eiligen Lauf auf den Beinen zu halten, aber die Arme, die ihn hielten, stützten ihn zugleich, und wenn er stolperte, fühlte er sofort, wie ihm die Messerspitze in seinem Rücken durch den Stoff in die Haut drang. Am Ende des übergroßen Gartens stießen sie auf einen engen Pfad, auf dem man nicht die Hand vor Augen sah. Hier rannte Hornblower ganz unversehens gegen ein Lebewesen, das schnaubte und sich bewegte – es schien ihm ein Maultier zu sein.
»Aufsitzen!« sagte die Stimme neben ihm.
Als Hornblower zögerte, fühlte er sofort wieder die Messerspitze an seinen Rippen.
»Los, aufsitzen!« befahl die Stimme, irgendwer drehte das Tier herum, daß es richtig stand.
Es gab weder Sattel noch Steigbügel. Hornblower griff mit

beiden Händen nach dem Rist des Tieres und zog sich mühsam in den Reitsitz. Obwohl er das Geklirr einer Trense hörte, suchte er vergeblich nach einem Zügel und vergrub daher seine Finger in der dürftigen Mähne. Rundum hörte er, daß auch die Kerle, die ihn gefangen hatten, ihre Mulas bestiegen. Jetzt setzte sich sein eigenes Tier mit einem so heftigen Ruck in Bewegung, daß er sich verzweifelt an der Mähne festklammern mußte, um nicht herabzufallen. Einer der Kerle hatte die Mula vor ihm bestiegen und zerrte beim Anreiten Hornblowers Tier an einem Leitzügel hinter sich her. Die ganze Bande war etwa acht Köpfe stark und schien vier Maultiere bei sich zu haben. Die Mulas fielen in Trab, Hornblower wurde heftig umhergestoßen und kam auf dem glatten Rücken des Tieres gefährlich ins Rutschen, aber rechts und links neben ihm liefen zwei Burschen, die ihn immer wieder in den Sitz zurückschoben, wenn er abgleiten wollte. Nach einer kurzen Weile wurde die Gangart wieder mäßiger, weil das Leittier eine schwierige Wegstelle zu überwinden hatte.
»Wer seid ihr?« fragte Hornblower, sobald er nach dem wüsten Gehopse wieder etwas zu Atem kam. Der Mann an seinem rechten Knie fuchtelte sofort mit einem Ding herum, das im Licht der Sternennacht blitzte – es war eine Art Entermesser, die westindische Machete.
»Halt's Maul«, zischte er, »oder ich säble dir ein Bein ab.«
Im nächsten Augenblick fiel das Maultier wieder in Trab, so daß Hornblower ohnedies nicht mehr reden konnte, auch wenn es ihn gedrängt hätte, noch etwas zu sagen. Die Mulas und die Männer hasteten einen Pfad entlang, der rechts und links von hohem Zuckerrohr gesäumt war, und Hornblower flog auf dem Rücken seines Tieres erbarmungslos auf und nieder. Er versuchte sich durch einen Blick nach den Sternen über die Richtung klarzuwerden, in der sie sich bewegten, aber das erwies sich als recht schwierig, weil sich der Pfad in vielen Windungen durch das Land zog, so daß ihr Kurs in jedem Augenblick ein anderer war. Sie ließen das Zuckerrohrland hinter sich und schienen die offene Savanne erreicht zu haben. Nun führte der Weg unter Bäumen entlang, das Tempo ließ eine Weile nach, da es steil bergan ging, und beschleunigte sich unverzüglich wieder, als auf der anderen Seite der Abstieg begann. Die unberittenen Burschen rannten unermüdlich neben den Mulas her. Schon ging es von neuem einen so steilen Hang hinauf, daß die

Maultiere richtig klettern mußten. Dabei bot das Gelände ihren Hufen anscheinend schlechten Halt, da sie des öfteren rutschten und stolperten. Zweimal wäre Hornblower um ein Haar von seinem Tier gestürzt, aber der Mann an seiner Seite sprang ihm jedesmal rechtzeitig bei. Natürlich litt er bald an heftigen Sattelschmerzen – wenn man sich bei einem ungesattelten Tier so ausdrücken darf –, und das scharfe Rückgrat der Mula schnitt ihm fürchterlich ins Gesäß. Er war in Schweiß gebadet, die Zunge klebte ihm am Gaumen, und zu alldem fielen ihm vor Müdigkeit immer wieder die Augen zu. Trotz seiner Schmerzen geriet er allmählich in einen Zustand dumpfer Gefühllosigkeit. Mehr als einmal ritten sie patschend und spritzend durch kleine Bäche, die von den Bergen herabrauschten, dann führte der Weg wieder einmal durch eine baumbestandene Zone, und bisweilen hatte es wohl auch den Anschein, als zwängte er sich durch einen Engpaß, der ihm kaum Raum genug bot.

Hornblower hatte längst keine Ahnung mehr, wie lange sie schon unterwegs waren, als sie an ein Gewässer gelangten, das offenbar keine starke Strömung hatte, weil sich die Sterne in seinem glatten Wasser spiegelten. Jenseits unterschied man im Dunkel die Umrisse einer hohen Felskuppe. Hier machte die Bande halt, und der eine von Hornblowers Trabanten zupfte ihn an der Hose, was offenbar hieß, daß er absteigen sollte. Hornblower rutschte denn auch gehorsam von seinem Maultier herunter – er mußte sich im ersten Augenblick gegen das Tier lehnen, um nicht zu fallen, da ihm die Beine den Dienst versagten. Als er sich so weit erholt hatte, daß er wieder stehen und einen Blick auf seine Umgebung werfen konnte, entdeckte er zwischen all den dunklen Gesichtern, die ihn umgaben, ein einziges helles. Das war Spendlove, der mit wankenden Knien und hängendem Kopf zwischen zwei Kerlen stand, die ihn mühsam aufrecht hielten.

»Spendlove! Sind Sie verwundet?«

»Es ist – nichts – Mylord.«

Hornblower bekam einen heftigen Stoß in den Rücken.

»Los, schwimm!« sagte eine Stimme.

»Spendlove!«

Hornblower wurde mit Gewalt herumgedreht und taumelte unter ständigem Stoßen und Drängen an den Rand des Wassers hinunter. Es hätte keinen Sinn gehabt, sich zu widersetzen.

Einstweilen konnte er nur vermuten, daß man Spendlove bewußtlos geschlagen hatte und daß er eben erst wieder zu sich gekommen war. Wahrscheinlich hatte man ihn ohnmächtig auf ein Maultier gepackt und hierher geschafft.
»Schwimm!« wiederholte die Stimme, und zugleich schob ihn eine kräftige Hand immer näher zum Wasser.
»Nein!« stieß Hornblower krächzend hervor.
Das Gewässer kam ihm unermeßlich breit vor und war schwarz wie Tinte. Er stemmte sich mit aller Kraft gegen die Kerle, die ihn da hineintreiben wollten, und empfand es zugleich als eine unerträgliche Schmach, daß er, der britische Admiral, sich in seiner Rolle als Gefangener nicht viel anders benahm als ein widerspenstiges Kind. Jetzt führte einer der Leute neben ihm ein Maultier langsam ins Wasser.
»Häng dich an den Schwanz!« sagte die Stimme, und schon fühlte er wieder die Messerspitze in seinem Rücken.
Er griff also nach dem Schweif des Tiers und ließ sich verzweifelt vornüber ins Wasser fallen. Die Mula zappelte ein wenig, schwamm dann aber gleich zielbewußt los. Das Wasser war nur um weniges kühler als die warme Luft. Noch schienen kaum ein paar Sekunden vergangen, da patschte das Tier bereits den gegenüberliegenden Uferhang hinauf. Auch Hornblower faßte Grund und watete hinter ihm drein, seine durchnäßten Sachen trieften von Wasser. Der Rest der Bande kam mit den übrigen Tieren spritzend und schnaubend hinter ihm drein. Wieder legte sich eine Hand auf seine Schulter, drehte ihn zur Seite und zwang ihn weiterzugehen. Vor sich hörte er ein seltsames Knarren und Knirschen, dann schlug ihm ein pendelndes Etwas gegen die Brust. Er griff danach und hatte eine glatte Bambussprosse in der Hand, die an den Ranken eines lianenartigen Schlinggewächses hing – das Ganze war eine primitive Art Jakobsleiter, die da von oben herabhing.
»Hinauf!« sagte die Stimme. »Los!«
Er konnte nicht, er wollte nicht – aber schon fühlte er wieder die Messerspitze im Rücken, also reckte er gehorsam die Arme, um eine Sprosse zu packen, und angelte mit den Beinen verzweifelt nach einer zweiten.
»Hinauf!«
Er begann zu klettern, die Leiter drehte sich unter seinen Füßen auf jene hinterlistige Art, die Jakobsleitern stets an sich haben. In der Finsternis war das eine widerwärtige Aufgabe,

man mußte mit den Füßen die Sprossen ertasten, die einem immer wieder entschlüpfen wollten, und derweile mit den Händen krampfhaft festhalten, daß man nicht rutschte. Seine durchnäßten Schuhe drohten auf dem glatten Bambus abzugleiten, und die Hände fanden an den Schlinggewächsen keinen sicheren Griff. Jemand anderer kam hinter ihm hergeklettert, und die Leiter führte unter seinem Gewicht die unwahrscheinlichsten Tänze auf, so daß er wie ein Pendel in der Finsternis hin- und herschwebte. Verbissen strebte er von Sprosse zu Sprosse nach oben, seine Hände griffen so krampfhaft zu, daß es ihn jedesmal einen Entschluß kostete, sie abwechselnd loszulassen und neuen Halt zu suchen. Endlich ließ das Kreisen und Schwingen nach, und als er wiederum nach oben langte, faßte seine Hand keine neue Sprosse mehr, sondern festen felsigen Boden. Der nächste Augenblick war kritisch, er hatte keinen sicheren Griff mehr und hielt darum im Klettern inne, da er sich immerhin schon in erheblicher Höhe befand. Der Kerl unter ihm gab einen scharfen Befehl, darauf packte ihn eine Hand von oben beim Handgelenk und zerrte ihn mit aller Kraft weiter hinauf. Seine Füße bekamen die nächste Sprosse zu fassen, und gleich darauf lag er keuchend bäuchlings auf hartem Grund. Aber die Hand zerrte sofort weiter, und er kroch auf allen vieren vorwärts, um dem Mann, der ihm folgte, Platz zu machen. In seinem Elend hätte er am liebsten laut geschluchzt: er, der stolze, selbstbewußte Mann, der sich noch vor wenigen Stunden im Spiegel bewundert hatte, war nur noch ein Schatten seiner selbst.
Er hörte die Schritte der anderen dicht neben sich.
»Mylord, Mylord!«
Das war Spendlove, der sich um ihn sorgte.
»Spendlove!« antwortete er und setzte sich auf.
Spendlove beugte sich zu ihm herab und fragte:
»Wie geht es Ihnen, Mylord?«
War es seinem Humor und der augenfälligen Lächerlichkeit ihrer Lage zuzuschreiben, verdankte er es seinem angeborenen Stolz oder nur der Macht der Gewohnheit, daß er sich alsbald wieder in die Gewalt bekam?
»Danke«, sagte er, »mir geht es so gut, wie man es nach diesen gewiß ungewöhnlichen Erlebnissen erwarten darf. Aber was ist denn mit Ihnen – wie ist es Ihnen ergangen?«
»Ich habe einen Hieb auf den Kopf bekommen«, gab Spendlove schlicht zur Antwort.

»Sie sollen nicht stehen, setzen Sie sich doch«, sagte Hornblower, worauf Spendlove neben ihm zusammensackte.

»Haben Sie eine Ahnung, wo wir sind, Mylord?« fragte er.

»Vermutlich irgendwo auf einem Felskamm«, sagte Hornblower.

»Aber wo, Mylord?«

»Irgendwo auf Seiner Majestät treuergebener Insel Jamaika. Mehr kann ich beim besten Willen nicht sagen.«

»Ich nehme an, daß es bald dämmern wird«, sagte Spendlove mit matter Stimme.

»Ja, es kann nicht mehr lange dauern.«

Niemand schenkte ihnen auch nur die geringste Beachtung. Im Gegensatz zu dem wortlosen, von scharfer Manneszucht zeugendem Schweigen, das während ihres Anmarsches geherrscht hatte, war jetzt überall ein lebhafter Meinungsaustausch im Gang. Das Stimmengewirr vermischte sich mit dem Rauschen eines kleinen Wasserfalls, das Hornblower schon vernommen zu haben glaubte, ehe die gefährliche Klettertour begonnen hatte. Die Gespräche wurden in einem so undeutlichen englischen Dialekt geführt, daß Hornblower kaum ein Wort davon verstand. Dennoch konnte er nicht daran zweifeln, daß bei seinen Häschern helle Begeisterung herrschte. Er hörte Frauenstimmen, Schattengestalten gingen umher, Leute, die trotz der Anstrengung dieser Nacht offenbar viel zu aufgeregt waren, um ruhig sitzenzubleiben.

»Ich bitte Eure Lordschaft um Vergebung«, sagte Spendlove, »aber ich kann nicht glauben, daß wir uns wirklich oben auf einem Felskamm befinden.«

Er deutete nach oben. Der Himmel war schon heller, die Sterne verblaßten, senkrecht über sich sahen sie die Kante einer überhängenden Felswand. Hornblower entdeckte, daß sich dort oben das Laubwerk von Bäumen gegen den Himmel abhob.

»Seltsam«, meinte er, »wir befinden uns offenbar auf einem Felsband.« Zu seiner Rechten zeigte sich am Himmel eine erste blasse Spur von Morgenrot, links herrschte noch Dunkelheit.

»... das nach Nordnordwest zu abstürzt«, ergänzte Spendlove.

Bald schon wurde es merklich heller; als Hornblower den Blick wieder nach Osten wandte, hatte sich das Rot in Orange verwandelt, unter dem sich ein grünlicher Streifen zeigte. Es schien, als befänden sie sich in unermeßlicher Höhe; fast zu ihren Füßen – so sah es für die Sitzenden aus – war der feste Boden zu Ende, und tief unten lag in leichtem Dunst eine schattenhafte Welt, die allmählich immer deutlicher Gestalt gewann. Hornblower wurde plötzlich gewahr, daß er durch und durch naß war, und schauderte fröstelnd zusammen.

»Dies dort dürfte die See sein«, sagte Spendlove, in die Ferne deutend. Ja, das war die See. Blau und verlockend dehnte sie sich weit draußen vor ihrem Blick, aber zwischen ihrem Felshang und der Küste erstreckte sich ein mehrere Meilen breiter Streifen Land, der sich immer noch unter dem grauen Dunst der Morgenfrühe verbarg. Hornblower erhob sich, trat einen Schritt vor und beugte sich über eine niedrige, aus losen Felsbrocken bestehende Brustwehr. Unwillkürlich fuhr er im ersten Augenblick zurück und mußte sich richtig zusammennehmen, ehe er einen zweiten Blick über den Rand warf. Unter ihm gähnte das Nichts, sie saßen in der Tat auf einem schmalen Absatz in der Steilwand des Kliffs, etwa in Höhe der Großmarsrah einer Fregatte, also einige zwanzig Meter über dem Boden. Senkrecht unter sich erkannte er den kleinen Fluß, den er am Schweif des Maultiers schwimmend überquert hatte, die Strickleiter hing gleich neben ihm vom Rand des Felsens zum Ufer hinunter. Als er sich mit aller Willenskraft noch weiter vorbeugte, entdeckte er unter sich die Maultiere, die mit müde hängenden Köpfen auf dem schmalen Landstreifen zwischen Bach und Fels zusammenstanden. Demnach mußte der Überhang dieser Wand ganz beträchtlich sein, und sie befanden sich auf einem Band, das die Wand durchzog, die im Lauf der Äonen vom Hochwasser des Flüßchens unterspült worden war. Hier, wo sie sich befanden, waren sie von oben aus und, wenn die Leiter aufgezogen war, auch von unten her unerreichbar. Das Felsband war an seiner breitesten Stelle etwa acht Meter breit und schätzungsweise neunzig Meter lang. An einem Ende stürzte der Wasserfall, den er schon in der Nacht gehört hatte, über die Felswand herab. Er hatte sich einen tiefen Einschnitt aus dem Gestein gefressen, schlug hier oben auf einen in triefender Nässe schimmernden Felsblock und sprang von da im Bogen weiter in die Tiefe. Bei seinem Anblick wurde sich Hornblower erst bewußt, daß ihm die Kehle vor Durst ganz ausgetrocknet war; darum zog es ihn gleich zu dem verlockenden Wasser hin. Das war ein schwindelerregendes Unternehmen.

Rechts streifte er mit der Schulter an die Felswand, zur Linken gähnte der Abgrund, und um ihn her sprühte die Gischt des Falls. Er aber füllte unbeirrt die hohlen Hände und trank und trank, und als er sich sattgetrunken hatte, netzte er noch Gesicht und Hände mit dem köstlich erfrischenden Naß. Spendlove wartete schon hinter ihm, um ihn abzulösen, sobald er fertig war. In seiner üppigen Haartolle klebte ein Klumpen geronnenen Bluts, dessen Spur sich hinter dem linken Ohr und am Hals entlang herabzog. Spendlove kniete nieder, um ebenfalls zu trinken und sich zu waschen. Als er fertig war, erhob er sich und tastete vorsichtig seinen Kopf und seine Glieder ab.

»Die Burschen haben mir nichts erspart«, sagte er.

Auch seine Uniform war über und über mit Blut besudelt, und an der Hüfte baumelte die leere Säbelscheide. Der Säbel selbst war weg. Als sie dem Wasserfall den Rücken kehrten, entdeckten sie ihn – einer der Kerle, die sie gefangengenommen hatten, hielt ihn in der Hand. Er schien sie schon voll Ungeduld zu erwarten. Es war ein kleiner, aber breit und stämmig gebauter Bursche, kein Vollblutneger, vielleicht zur Hälfte von weißer Herkunft. Er trug ein schmutziges weißes Hemd, eine schlotternde, zerfetzte blaue Hose und an den seltsam auswärts gedrehten Füßen ein Paar aus den Nähten geplatzte Schnallenschuhe.

»Na, Lord«, sagte er.

Er sprach den Dialekt der Insel mit seinen unklaren Vokalen und schleifenden Konsonanten.

»Was willst du eigentlich von mir«, fragte Hornblower mit aller Schärfe, über die er gebot.

»Du uns Brief schreiben«, sagte der Mann mit dem Säbel.

»So? Einen Brief? Und an wen?«

»An den Gouverneur.«

»Soll ich ihn vielleicht auffordern, euch zu hängen?« fragte Hornblower.

Der Mann schüttelte seinen großen Kopf.

»Nein, ich will ein Papier, ein Papier mit Siegel. Einen Pardon, verstehst du? Für uns alle. Aber mit Siegel drauf.«

»Wer bist du eigentlich?«

»Ich heiße Ned Johnson.« Der Name sagte Hornblower gar nichts, und ein Blick verriet ihm, daß ihn auch der allwissende Spendlove zum erstenmal hörte.

»Ich war bei Harkness an Bord«, sagte Johnson.
»Aha!«
Jetzt wußten die beiden britischen Offiziere Bescheid. Harkness war einer der letzten kleinen Piraten gewesen. Erst vor einer Woche hatte die CLORINDA seiner Sloop BLOSSOM vor Savanna la Mar den Weg verlegt und ihr Entkommen nach Lee vereitelt. Unter dem Geschoßhagel der auf weite Entfernung feuernden Fregatte hatte Harkness in letzter Not sein Schiff an der Mündung des Sweet River auf Grund gesetzt. Die Besatzung hatte sich in die Marschen und Mangrovensümpfe des dortigen Küstenstrichs geflüchtet und war auf diese Art entkommen – vollzählig bis auf den Kapitän, den man tot an Deck seines Schiffes fand. Eine Kugel der CLORINDA hatte den Mann buchstäblich in Stücke gerissen. Nun waren diese Leute also hier, führerlos jetzt – wenn man Johnson nicht als ihren Führer gelten ließ. Der Gouverneur hatte zwei Bataillone mobil gemacht, um sie zu fangen, sobald die CLORINDA in Kingston gemeldet hatte, was geschehen war. Um eine Flucht der Piraten über See unmöglich zu machen, hatte der Gouverneur auf Hornblowers Ansuchen außerdem in jedes Fischernest der ganzen riesigen Insel Wachen verlegt. Galt es doch, unter allen Umständen zu vermeiden, daß sie ihr altes Spiel von neuem begannen, das mit dem Diebstahl eines Fischerbootes seinen Anfang nahm und mit der Kaperung eines größeren Fahrzeugs fortgesetzt wurde, bis sich das Treiben der Kerle wieder zu einer richtigen Plage für alle Seefahrer auswuchs.
»Für Seeräuber gibt es keinen Pardon«, sagte Hornblower.
»Schon gut«, sagte Johnson, »schreib du nur den Brief, dann wird uns der Gouverneur laufenlassen.«
Er wandte sich zur Seite und hob etwas auf, das am Fuß der aufstrebenden Felswand am Boden lag. Es war ein in Leder gebundenes Buch, der zweite Band von Waverley, wie Hornblower feststellte, als er es in der Hand hielt. Jetzt brachte Johnson auch noch einen Stumpen Blei zum Vorschein und drückte ihn Hornblower in die Hand.
»Da, schreib an den Gouverneur«, sagte er, schlug den Deckel des Buches zurück und wies auf das unbedruckte Vorsatzblatt.
»Was meinst du denn, daß ich schreiben soll?« fragte Hornblower.
»Bitt ihn um einen Pardon für uns – mit seinem Siegel drauf.«
Offenbar hatte Johnson im Gespräch mit anderen Piraten etwas

von einem »Pardon unter Brief und Siegel« gehört und eine vage Vorstellung davon zurückbehalten.

»Der Gouverneur wird sich nie auf ein solches Ansinnen einlassen.«

»Dann schicke ich ihm deine Ohren. Wenn er noch nicht will, schicke ich ihm deine Nase.«

Das war eine schauderhafte Aussicht. Hornblower warf einen kurzen Blick auf Spendlove – der war im Gesicht plötzlich so weiß wie ein Leintuch.

»Du der Admiral«, beharrte Johnson, »du der Lord, der Gouverneur wird es tun.«

»Das möchte ich bezweifeln«, sagte Hornblower.

Er versuchte, sich den alten Polterer in Kingston, General Sir Augustus Hooper, vorzustellen und aus dem Bild dieses Mannes den Schluß zu ziehen, wie er reagierte, wenn man ihm mit Johnsons Ansinnen kam. Womöglich platzte ihm ein Blutgefäß, wenn man ihm ernstlich zumutete, zwei Dutzend richtigen Piraten das verwirkte Leben zu schenken. Wenn die Regierung zu Hause von der Geschichte erfuhr, waren ihre maßgebenden Männer gewiß höchst peinlich berührt. Der Ärger, der daraus entstand, richtete sich dann natürlich ganz von selbst gegen den Mann, der so dumm und naiv gewesen war, sich einfach entführen zu lassen und dadurch alle Beteiligten in eine lästige Zwangslage zu bringen. Dieser Gedankengang brachte ihn auf eine Frage: »Was hattet ihr überhaupt in dem Garten zu suchen?«

»Wir haben gewartet, bis du heimgehst, aber du bist schon vorher gekommen.«

Also ein vorbereiteter Anschlag ...

»Zurück!« schrie Johnson.

Mit einer Fixigkeit, die bei seinem massigen Körper überraschte, tat er einen kurzen Satz nach hinten und stand, in den Knien federnd, mit erhobenem Säbel bereit, einen plötzlichen Angriff zu parieren. Hornblower warf einen überraschten Blick über die Schulter und sah gerade noch, wie Spendlove von seinem Vorhaben abließ. Er hatte schon jeden Muskel gespannt, um Johnson mit einem mächtigen Satz anzuspringen. Wäre es ihm gelungen, seinen Säbel an sich zu reißen und mit der Spitze auf Johnsons Kehle zu richten, so hätte sich ihre Lage mit einem Schlag von Grund auf geändert. Auf den Schrei kamen sofort ein paar von den Kerlen herbeigestürzt, einer von ihnen schwang eine Stange – anscheinend den Schaft einer ihrer Spitze beraubten Pike – und stieß sie Spendlove grausam mitten ins Gesicht. Spendlove taumelte zurück, der Angreifer holte schon mit seiner Stange aus, um ihn niederzuschlagen, da sprang Hornblower mit einem Satz dazwischen.

»Halt!« donnerte er, dann maßen sie einander alle stumm mit den Blicken, und die Hochspannung ließ wieder etwas nach. Einer der Burschen näherte sich Hornblower von der Seite her, er trug ein blankes Entermesser in der Hand.

»Ohr abschneiden?« fragte er Johnson über die Schulter hinweg.

»Nein, noch nicht. Setzt euch, ihr beiden!« Als sie nicht gleich gehorchten, brüllte er zornig los: »Setzen, sage ich!«

Das gezückte Entermesser ließ ihnen keine Wahl, sie kauerten sich gehorsam nieder und waren jetzt natürlich vollkommen wehrlos.

»Willst du schreiben?« fragte Johnson.

»Wart noch ein bißchen«, sagte Hornblower müde. In der augenblicklichen Lage fiel ihm beim besten Willen nichts Gescheiteres ein. Er suchte jetzt nur noch Zeit zu gewinnen und glich darin fast einem verzweifelten Kind, das sich zur Schlafenszeit dem eisernen Willen der Eltern gegenübersieht.

»Gebt uns erst was zu essen«, sagte Spendlove.

Am anderen Ende des Bandes brannte ein kleines Feuer, dessen Rauch sich wie ein dünner bläulicher Faden an der überhängenden Wand emporzog. Unter einem Dreifuß hing an eiserner Kette ein Topf über der Glut, daneben kauerten zwei Weiber, die sich um seinen Inhalt zu schaffen machten. An der Rückwand des Felsbandes waren Kisten, Krüge und Fässer gestapelt, in einem Gestell stand eine Reihe Musketen. Hornblower sah sich in eine Lage versetzt, wie sie in spannenden Unterhaltungsromanen mit Vorliebe geschildert wird: Er befand sich im Raubnest der Piraten. Was mochten diese Kisten enthalten? Vielleicht ungeahnte Schätze an Perlen und Gold. Wie alle anderen Seefahrer brauchten auch Piraten einen Stützpunkt an Land, und diese hatten ihn hier weit binnenlands eingerichtet, statt etwa eine kleine unbewohnte Insel dafür zu wählen. Erst vor Jahresfrist hatte seine Brigg CLEMENT ein solches Inselnest ausgehoben.

»Du schreibst den Brief, Lord«, sagte Johnson. Dabei setzte er den Säbel auf Hornblowers Brust, seine Spitze drang durch

das dünne weiße Hemd und stach ihn über dem Brustbein in die Haut.
»Was erwartet ihr euch davon?« fragte Hornblower.
»Einen Pardon. Mit einem Siegel.«
Hornblower studierte die dunkelhäutigen Gestalten, die ihn umringten. Für die Piraten im Karibischen Meer hatte bald das letzte Stündlein geschlagen, darüber gab es keinen Zweifel mehr. Die Amerikaner gingen im Norden gegen sie vor, französische Kriegsschiffe operierten von den Kleinen Antillen aus, und sein eigener unermüdlich tätiger Verband saß ihnen hier um Jamaika im Nacken. Kurzum, das Geschäft lohnte nicht mehr, es war zu gefährlich geworden. Und dieser kleine Klüngel hier, der Überrest der Harknessbande, war sogar noch übler dran als alle anderen. Sie hatten erstens ihr Schiff verloren, und zweitens hatte er, Hornblower, ihnen durch seine Maßnahmen ein Entkommen nach See und in die Freiheit unmöglich gemacht. Es war eine kühne Idee dieser Burschen, sich durch seine Entführung vor dem Strick des Henkers retten zu wollen, und man mußte zugeben, daß sie ihre Aktion glänzend geplant und durchgeführt hatten. Wahrscheinlich waren Plan und Ausführung dem Gehirn dieses kleinen Halbnegers entsprungen, der alles andere als intelligent aussah und jetzt, wie er so vor ihm stand, einen verwirrten, fast kopflosen Eindruck machte. Vielleicht trog der äußere Eindruck, vielleicht auch hatte die nackte Verzweiflung bewirkt, daß sich diesem stumpfen Geist so erstaunliche Pläne entrangen.
»Hast du gehört?« fragte Johnson und riß Hornblower durch einen neuen Stich mit der Säbelspitze aus seinen Gedanken.
»Sagen Sie ja, Mylord«, sagte ihm Spendlove leise ins Ohr. »Wir müssen Zeit gewinnen.«
Johnson wandte sich gegen den Sekretär und fuchtelte ihm mit dem Säbel vor dem Gesicht herum.
»Maul halten!« schrie er ihn an. Dann kam ihm plötzlich eine Idee, er sagte zu Hornblower: »Los, schreiben! Oder ich steche ihm ein Auge aus.«
»Gut, ich werde schreiben«, sagte Hornblower.
Im nächsten Augenblick hatte er den Band Waverley mit aufgeschlagenem Deckel auf den Knien und das kurze Stück Bleistift in der Hand. Johnson zog sich ein paar Schritte von ihm zurück, als wäre er darauf bedacht, seinen Gedankenflug nicht zu stören. Mein Gott, was sollte er nur schreiben? Lieber Sir

Augustus? Nein, besser war: »Eure Exzellenz!« Dann weiter: »Ich werde hier mit Spendlove von Überlebenden der Harknessbande als Geisel festgehalten. Der Überbringer dieses wird Ihnen die Zusammenhänge im einzelnen erklären. Man verlangt einen Generalpardon als Gegenleistung für ...« Hornblower hielt im Schreiben inne und überlegte die nächsten Worte: Unser Leben? Nein, dachte er kopfschüttelnd, nur kein Pathos und schrieb dann »unsere Freiheit. Ich bitte Eure Exzellenz auf Grund Ihrer überlegenen Beurteilung der Lage zu entscheiden. Ihr ergebener Diener ...« Hornblower zögerte abermals und setzte dann mit fliegender Hand seinen Namen darunter.

»Fertig«, sagte er und reichte Johnson das aufgeschlagene Buch. Der nahm es, betrachtete neugierig die Schrift und wandte sich dann zu dem Häuflein seiner Gefolgsleute, die schweigend hinter ihm hockten und dem ganzen Vorgang mit Spannung gefolgt waren.

Jetzt sprangen sie auf und blickten ihm neugierig über die Schulter, um die Schrift zu sehen. Andere kamen herbei und folgten ihrem Beispiel, und schließlich begannen sie alle durcheinanderzureden.

»Keiner von der Gesellschaft kann lesen, Mylord«, meinte Spendlove.

»Es scheint so.«

Die Blicke der Piraten wanderten zwischen dem kurzen Schriftstück und ihren Gefangenen hin und her, zugleich redeten sie immer hitziger aufeinander ein.

»Es geht darum, wer das Schreiben nach Kingston bringen soll«, sagte Hornblower. »Offenbar wagt sich niemand in die Höhle des Löwen.«

»Der Kerl hat seine Leute nicht in der Hand«, bemerkte Spendlove. »Harkness hätte schon längst ein paar von ihnen abgeknallt.«

Jetzt trat Johnson wieder herzu und wies mit seinem dicken schwarzen Finger auf die Schrift.

»Was hast Du da geschrieben?« fragte er.

Hornblower las seine kurze Mitteilung laut vor. Da die Kerle kein Wort lesen konnten, wäre es ihm ein leichtes gewesen, sie zu beschwindeln. Johnson starrte ihn ununterbrochen an und suchte in seiner Miene zu lesen; dabei verriet er selbst immer deutlicher, daß er völlig kopflos und durchgedreht war. Hornblower hatte ihm das schon eine ganze Weile angesehen. Der

Pirat sah sich offenbar in einer Lage, der er von vornherein nicht gewachsen war, er hatte sich auf einen Plan eingelassen, den er noch keineswegs in allen Einzelheiten durchüberlegt hatte. Keiner der Piraten war bereit, sich als Überbringer einer Nachricht unbekannten Inhalts auf gut Glück den Behörden in die Hand zu liefern. Ganz abgesehen davon traute jeder der Kerle dem anderen zu, daß er die gemeinsame Sache im Stich ließ, das mühsam erlangte kostbare Schriftstück einfach fortwarf, um sich als Deserteur auf eigene Faust durchzuschlagen. Weiß Gott, sie waren in einer jammervollen Lage, diese armen, zerlumpten Kerle samt ihrem schlampigen weiblichen Anhang. Keiner von ihnen hatte das Zeug zum Führer, der ihnen einen Ausweg aus ihrer Not hätte zeigen können. Hornblower fand ihre Hilflosigkeit im ersten Augenblick geradezu komisch, aber es wurde ihm sehr rasch anders zumute, als er daran dachte, was sie als Gefangene dieses unberechenbaren Haufens zu erwarten hatten, wenn die Kerle aus irgendeinem Grund rabiat wurden. Die Debatte wurde immer hitziger, aber einer Lösung kam man dabei offenbar nicht näher.

»Ob es uns gelingen könnte, die Leiter zu erreichen, Mylord?« fragte Spendlove und fügte alsbald selbst die Antwort hinzu: »Nein, sie hätten uns, ehe wir wegkommen könnten ... es ist zum Verzweifeln.«

»Es steht uns aber frei, die Möglichkeit im Auge zu behalten.«

Eine der Frauen, die etwas abseits über dem Feuer kochten, fiel in eben diesem Augenblick den Debattierenden mit heiserem Geschrei ins Wort. Das Essen war fertig und wurde in hölzernen Schalen ausgeteilt. Eine junge Mulattin – fast noch ein Kind – in Fetzen gehüllt, die einst sicherlich gut und teuer gewesen waren, brachte auch den Gefangenen zusammen eine solche Schale, aber keinen Löffel und keine Gabel dazu. Unwillkürlich spielte ein Lächeln um die Lippen der beiden Männer, als sich ihre Blicke begegneten. Spendlove brachte ein Taschenmesser zum Vorschein, klappte es auf und reichte es seinem Vorgesetzten.

»Vielleicht ist Ihnen damit gedient, Mylord«, sagte er hilfsbereit und fügte nach einem Blick auf den Inhalt der Schüssel hinzu: »Das Souper bei den Houghs wäre besser gewesen, Mylord. Leider haben wir es verpaßt.«

Die Mahlzeit bestand aus gekochtem Yams und ein paar Stückchen Salzfleisch. Erstere waren wohl Diebesbeute aus dem Beet

irgendeines Sklaven, letztere stammten aus einem der Fässer, die an der Felswand gestapelt waren. Das Essen fiel ihnen alles andere als leicht. Hornblower bestand darauf, daß sie das Taschenmesser abwechselnd benutzten, um die heißen Bissen zum Mund zu balancieren, aber das tat dem Heißhunger keinen Eintrag, der ihnen erst während des Essens so recht zum Bewußtsein kam. Die Piraten und ihr Weibervolk hatten sich zum Essen meist auf die Hacken niedergekauert. Kaum hatten sie sich die ersten Bissen einverleibt, fingen sie von neuem an zu streiten, wie mit den Gefangenen weiter zu verfahren sei. Hornblower warf wieder einmal einen Blick über das Land, das sich zu ihren Füßen dehnte.
»Es muß die Cockpit-Gegend sein«, sagte er.
»Jawohl, Mylord, ganz bestimmt.«
Das Cockpit-Gebiet war eine unabhängige Republik im Nordwesten Jamaikas, die noch keines Weißen Fuß betreten hatte. Als die Engländer eineinhalb Jahrhunderte zuvor die Insel den Spaniern entrissen hatten, stellten sie fest, daß sich in diesem Landstrich entsprungene Sklaven und Überreste der indianischen Urbevölkerung niedergelassen hatten. Verschiedene Versuche, das Gebiet zu unterwerfen, waren kläglich fehlgeschlagen, weil das Gelbe Fieber und die unglaubliche Schwierigkeit des Geländes dem verzweifelten Mut der Verteidiger zu Hilfe kamen. So kam es am Ende zu einem Friedensvertrag, der dem Cockpit die Unabhängigkeit brachte. Als einzige Bedingung wurde darin der Bevölkerung für die Zukunft verboten, entsprungene Sklaven bei sich aufzunehmen. Dieser Vertrag war nun schon seit fünfzig Jahren in Kraft, und es sah ganz so aus, als läge das Ende dieses Zustandes noch in weiter Ferne. Das Versteck der Piraten lag dicht an der Grenze dieses selbständigen Ländchens und kehrte den Bergen den Rücken zu.
»Dort liegt die Montego-Bucht, Mylord«, sagte Spendlove mit ausgestrecktem Arm.
Dort war Hornblower im vergangenen Jahr mit der CLORINDA eingelaufen, die verlassene Reede bot guten Ankergrund und ausreichend Landschutz für eine Handvoll Fischerboote. Hornblower starrte voller Sehnsucht in das unermeßliche Blau des Ozeans hinaus. Er versuchte, sich einen Fluchtweg auszudenken, dann wieder überlegte er, wie man etwa mit diesen Piraten reden müsse, um auf eine annehmbare Art mit ihnen ins reine zu kommen, aber die schlaflose Nacht machte

seine Gedanken träge, und nun, da er gegessen hatte, wollten sie erst recht nicht munter werden. Er ertappte sich dabei, daß ihm der Kopf müde auf die Brust sank und riß sich mit einem Ruck zusammen. Jetzt, da er Mitte Vierzig war, zeigte eine schlaflose Nacht eben doch schon ernstere Nachwirkungen, noch dazu, wenn sie unter solchen Aufregungen und körperlichen Strapazen verlaufen war.

Spendlove war seine Schläfrigkeit nicht entgangen.

»Ich meine, Sie sollten ein wenig ruhen, Mylord«, sagte er leise.

»Ja, vielleicht könnte ich sogar schlafen.«

Er streckte sich auf dem harten Boden aus. Es gab kein Kissen für den Kopf, seine Lage war alles andere als bequem.

Da fühlte er, wie ihn zwei Hände an den Schultern faßten und sachte herumschoben, bis sein Kopf auf Spendloves Schenkel ruhte. Einen Augenblick schien sich alles um ihn zu drehen, die Brise flüsterte ihm ins Ohr, das Stimmengewirr der streitenden Piraten und ihrer Weiber verschwamm zu einem eintönigen Geräusch, der Wasserfall gurgelte und rauschte – dann war er eingeschlafen.

Erst als Spendlove nach geraumer Zeit seine Schultern berührte, wurde er wieder wach.

»Mylord, Mylord.«

Als er die Augen aufschlug, fand er sich im ersten Augenblick überhaupt nicht zurecht. Es dauerte Sekunden, bis ihm wieder einfiel, wo er sich befand und wie er hierhergekommen war. Vor ihm stand Johnson mit einigen seiner Spießgesellen, eine der Frauen hielt sich mit neugierigen Augen etwas im Hintergrund, ihr Gehabe verriet, daß sie eifrig geholfen hatte, den Beschluß herbeizuführen, der anscheinend mittlerweile zustande gekommen war.

»Wir schicken dich zum Gouverneur, Lord«, sagte er.

Hornblower blickte mit zusammengekniffenen Augen zu ihm auf. Obwohl die Sonne schon hinter der Felswand verschwunden war, konnte er gegen den blendend hellen Himmel kaum etwas unterscheiden.

»*Du*«, sagte Johnson, »*du* gehst. *Er* bleibt.«

Dabei wies er auf Spendlove.

»Was soll das heißen?« fragte Hornblower.

»Du gehst zum Gouverneur und bringst uns den Pardon«, sagte Johnson. »Wenn du bittest, wird er tun, was du sagst. Er bleibt hier. Wir können ihm die Nase abschneiden, die Augen ausstechen . . .«

»Großer Gott im Himmel!« stieß Hornblower hervor.

Johnson oder seine Ratgeber – vielleicht die Frau dort im Hintergrund – waren offenbar doch gerissener, als es anfänglich schien. Jedenfalls hatten sie gewisse Vorstellungen von Ehre und von der Verpflichtung, die die Kameradschaft dem Gentleman auferlegte. Irgendeine Ahnung verriet ihnen wohl, daß dieses Band der Kameradschaft auch zwischen Hornblower und Spendlove bestand, vielleicht waren sie erst drauf gekommen, als sie sahen, wie Hornblower schlafend mit dem Kopf auf Spendloves Schenkel ruhte. Jedenfalls waren sie fest davon überzeugt, daß es Hornblower niemals über sich bringen würde, Spendlove kaltblütig ihrer Willkür zu überlassen. Sie wußten vielmehr genau, daß er alles Menschenmögliche unternehmen werde, um auch ihm die Freiheit zu verschaffen.

Gewiß, schlimmstenfalls – Hornblowers Phantasie schäumte wie eine Woge über den Wall seiner Schlaftrunkenheit –, wenn es ihm nämlich nicht gelang, den gewünschten Pardon zu erwirken, käme er sogar freiwillig hierher zurück, um die Gefangenschaft und alles, was dann noch kam, mit Spendlove zu teilen.

»Wir schicken dich, Lord«, sagte Johnson.

Das Weib im Hintergrund schrie mit lauter, keifender Stimme dazwischen.

»Du gehst jetzt – gleich«, sagte Johnson. »Steh auf!«

Hornblower erhob sich langsam vom Boden, er hätte sich auf alle Fälle Zeit dazu genommen, um mühsam noch einen letzten Rest von Würde zu wahren, aber auch wenn es ihm darum zu tun gewesen wäre, rascher aufzuspringen, er hätte es nicht gekonnt. Seine Gelenke waren steif, er konnte sie fast krachen hören, als er sich bewegte. Alle Glieder taten ihm scheußlich weh.

»Diese zwei Männer begleiten dich«, sagte Johnson.

Spendlove stand auch schon auf den Beinen. »Wie fühlen Sie sich, Mylord?« fragte er besorgt.

»Steif und rheumatisch«, gab ihm Hornblower zur Antwort. »Und Sie? Was ist mit Ihnen?«

»Ich kann nicht klagen, Mylord. Bitte, machen Sie sich um mich keine Gedanken, Mylord.«

Spendlove sah ihn dabei so durchdringend an, als ob er ihm seine Worte fest auf die Seele binden wollte.

»Kümmern Sie sich nicht um mich, Mylord«, wiederholte Spendlove. Er wollte seinem Admiral damit sagen, daß man ihn ruhig opfern möge, daß nichts geschehen solle, um ihn auszulösen, daß er bereit sei, alle Martern zu erleiden, die ihn erwarten mochten, wenn nur sein verehrter Chef heil davonkam.

»Tag und Nacht werde ich an Sie denken«, sagte Hornblower und erwiderte Spendloves Blick mit gleicher Festigkeit.

»Mach zu!« sagte Johnson.

Am Rande des Felsbandes hing noch die Strickleiter. Es war für Hornblower mit seinen steifen Gelenken alles andere als einfach, sich mit den Beinen voran über den Absatz hinauszuschieben und auf den schlüpfrigen Bambussprossen Fuß zu fassen. Kaum war ihm das gelungen, schwang die Leiter auch schon unter ihm weg, als wäre sie ein Lebewesen, das darauf erpicht war, ihn abzuwerfen. Einen Augenblick klammerte er sich, mit dem Rücken nach unten hängend, verzweifelt fest, dann riß er alle Kraft zusammen und streckte sich gerade, damit die Leiter wieder zurückschwingen konnte. Bedächtig tastete er nach der nächsten Sprosse und setzte so den Abstieg fort. Als er sich eben an die Bewegung der Leiter gewöhnt hatte, wurde der Rhythmus ihrer Schwingungen empfindlich gestört, weil sich über ihm der erste seiner beiden Begleiter herabließ. Er mußte sich festhalten und eine Weile warten, ehe er den Weg nach unten wieder aufnehmen konnte. Eben hatte er aufatmend auf festem Grund Fuß gefaßt, als erst der eine, dann der andere seiner beiden Wächter neben ihm niedersprang.

»Leben Sie wohl, Mylord, und alles Gute!«

Das war Spendlove, der ihm von oben her seinen Abschiedsgruß nachrief. Hornblower stand der Felswand zugewandt unmittelbar am Bachrand und mußte sich weit zurückbeugen, bis er zwanzig Meter über sich den Kopf und die Arme Spendloves sah, der sich winkend über die Brustwehr beugte. Er winkte eifrig zurück, während seine Wächter die Maultiere ans Ufer brachten.

Zum zweiten Mal galt es nun, das Flüßchen zu durchschwimmen. Es waren ganze fünfzehn Meter, er hätte diese Strecke in der vergangenen Nacht leicht ohne Hilfe zurücklegen können, wenn er geahnt hätte, wie kurz sie war. Jetzt hatte er keine Hemmung mehr; angezogen wie er war — schade um den schönen schwarzen Frack –, warf er sich, plautz, flach ins Wasser, drehte sich auf den Rücken und stieß sich mit den Beinen vorwärts. Sein Zeug, das vorher schon naß gewesen war, hing ihm wie Blei am Körper, so daß er schon zweifeln wollte, ob er es noch schaffte, als seine müden Beine wieder Grund fühlten. Mühsam kroch er auf allen vieren das steinige Ufer hinauf, das Wasser troff aus seinen Kleidern, er stand nicht auf, er rührte sich noch nicht einmal von der Stelle, als schon die Maultiere patschend neben ihm aus dem Wasser stiegen.

Jetzt stand ihm die nächste Prüfung bevor: Er mußte eines dieser Tiere besteigen. Seine nassen Sachen hingen ihm immer noch zentnerschwer am Leib. Mühsam quälte er sich hinauf – die nasse Haut des Tiers war so glatt –, und als er endlich rittlings zu sitzen kam, befielen ihn sogleich wieder gräßliche Reitschmerzen, weil sein Gesäß von dem Ritt in der vergangenen Nacht noch ganz wund war. Er mußte die Zähne zusammenbeißen, um diese Qual auszuhalten, die sich ins Unerträgliche steigerte, wenn sein Reittier ab und zu Sprünge machte, um irgendwelche Unebenheiten zu überwinden. Sie folgten jetzt in umgekehrter Richtung dem Pfad, auf dem sie in der Nacht zuvor gekommen waren, soweit man hier überhaupt von einem Pfad reden konnte, denn eigentlich war das kaum eine Spur. Der Weg zog sich ein steiles Bachbett hinan, dann ging es auf der anderen Seite bergab und alsbald wieder bergauf. Sie patschten spritzend durch rauschende Bäche und wanden sich im Zickzack durch wucherndes Unterholz. Hornblower war körperlich und geistig stumpf und müde, auch sein Tier war schon am Ende seiner Kraft und keineswegs so sicher auf den Beinen, wie man es von einem Maultier erwartet. Mehr als einmal kam es ins Stolpern, so daß sich sein Reiter nur mit größter Anstrengung oben hielt. Die Sonne senkte sich schon gegen Westen, der schmerzhafte Zuckeltrab wollte kein Ende nehmen. Jetzt ging es endlich bergab, der letzte Waldgürtel wurde durchquert, dann tat sich, flimmernd unter den Strahlen der tropischen Sonne, eine weite Ebene vor ihnen auf. Sie waren in der Savanne. Hier gab es kaum noch Felsen, da und dort weideten Rinder, und weiterhin schweifte der Blick über ein weites grünes Meer – die riesigen Zuckerrohrfelder Jamaikas, die sich vor ihnen dehnten, soweit das Auge nur reichte. Nach weiteren tausend Metern erreichten sie einen deutlich erkennbaren Pfad. Hier zügelten seine beiden Begleiter ihre Tiere.

»Jetzt findest du allein weiter«, sagte der eine von ihnen und deutete auf den Pfad, der in vielen Windungen nach den Zukkerrohrfeldern führte.
Es dauerte ein paar Sekunden, bis Hornblower in seinem benommenen Zustand begriffen hatte, daß sie ihn freilassen wollten.
»Soll ich dorthin?« fragte er ganz überflüssigerweise.
»Ja«, sagten seine Begleiter.
Die beiden Kerle drehten ihre Maultiere herum, Hornblower mußte das seine, dem die Trennung offenbar nicht gefiel, mit Gewalt daran hindern, ihrem Beispiel zu folgen. Erst als ihm einer der Begleiter einen kräftigen Hieb auf sein Hinterteil versetzte, fühlte es sich bemüßigt, den Pfad einzuschlagen. Dabei fiel es in einen so harten, stoßenden Trab, daß sich Hornblower nur unter heftigsten Schmerzen mühsam in seinem Sitz hielt. Aber damit war es bald vorbei, denn das Maultier zog es vor, wieder in einen müden, langsamen Schritt zu fallen. Hornblower war zufrieden, endlich ruhig sitzen zu können, während das Tier Schritt für Schritt den Pfad entlangschlich. Die Sonne versteckte sich hinter Wolken, ein frischer Windstoß kündete das kommende Gewitter an, und gleich darauf rauschte ein so starker Wolkenbruch nieder, daß man kaum noch die Hand vor Augen sah. Die Landschaft war plötzlich wie ausgelöscht, das Maultier bewegte sich auf dem schlüpfrigen Boden noch langsamer fort als zuvor. Hornblower saß ganz erschöpft auf dem steinharten Rückgrat des Tiers, der Regen schlug ihm mit solcher Gewalt ins Gesicht, daß es ihm fast den Atem nahm.
Allmählich ließen die rauschenden Fluten nach, über ihm war der Himmel noch bedeckt, aber im Westen wurde es hell, und schließlich brach sogar die sinkende Sonne durch. Sie zauberte einen prachtvollen Regenbogen an den Himmel, der sich zur Linken Hornblowers über der Ebene wölbte, aber er nahm kaum von diesem Schauspiel Notiz. Jetzt war das erste Zuckerrohrfeld erreicht. Der Pfad, dem er folgte, verwandelte sich in einen schmalen, holprigen Fahrweg, in den die Räder tiefe Gleise gegraben hatten. Das Maultier schien eine Ewigkeit zwischen den Wänden aus Zuckerrohr weiterzuwandern. Endlich kreuzte sich der Weg mit einem anderen, und hier, mitten auf der Kreuzung, machte das Tier plötzlich halt. Noch ehe sich Hornblower ganz aus seinem Dämmerzustand herausgerissen hatte, um es wieder in Gang zu bringen, hörte er von rechts

her einen Zuruf. Als er sich umsah, entdeckte er in einiger Entfernung auf dem Querweg eine Gruppe von Reitern, die sich im Licht der Abendsonne deutlich abzeichneten. Unter eiligem Hufgetrappel kamen sie auf ihn zugaloppiert und rissen ihre Gäule neben ihm zusammen. Der erste der Gruppe war ein Weißer, zwei Farbige ritten dicht hinter ihm.
»Lord Hornblower, nicht wahr?« fragte der Weiße, der offenbar noch recht jung an Jahren war. Trotz aller Benommenheit entging es Hornblower nicht, daß er in festlicher Abendkleidung zu Pferde saß. Seine Halsbinde war ganz zerzaust und beschmutzt.
»Ja, der bin ich«, sagte Hornblower.
»Gott sei Dank, daß Sie in Sicherheit sind«, sagte der junge Mann. »Fehlt Ihnen etwas? Sind Sie verletzt, Mylord?«
»Nein«, sagte Hornblower, der sich vor Erschöpfung kaum noch auf seinem Reittier halten konnte.
Der junge Mann wandte sich an einen seiner farbigen Begleiter und erteilte ihm in fliegender Hast einen Auftrag. Der Farbige warf sofort seinen Gaul herum und jagte den Weg zurück, den die drei gekommen waren.
»Die ganze Insel wurde mobil gemacht, um Sie zu suchen, Mylord«, sagte der junge Mann. »Was ist Ihnen zugestoßen? Wir haben schon den ganzen Tag nach Ihnen gesucht.«
Ein Admiral, ein Oberbefehlshaber durfte sich unter keinen Umständen schwach und unmännlich zeigen. Hornblower steifte unter Aufwand aller Willenskraft sein Rückgrat.
»Ich wurde von Piraten entführt«, sagte er. Dabei versuchte er, so sachlich und distanziert zu sprechen, als ob das ein Ereignis wäre, das jedermann täglich zustoßen konnte. Aber diese Haltung erwies sich doch als recht schwierig. Seine Stimme klang wie ein heiseres Krächzen. »Ich muß unverzüglich zum Gouverneur. Wo finde ich Seine Exzellenz?«
»Er dürfte in seinem Amtsgebäude sein«, sagte der junge Mann. »Dorthin haben Sie es nicht weit, nur dreißig Meilen.«
Dreißig Meilen! Dabei wären ihm jetzt dreißig Meter schon zuviel gewesen, so elend wie er sich fühlte.
»Schön«, sagte er steif, »ich muß auf alle Fälle dorthin.«
»Mr. Houghs Haus liegt ganz in der Nähe, nur zwei Meilen von hier an dieser Straße, Mylord«, sagte der junge Mann. »Soviel ich weiß, ist Ihr Wagen noch dort. Ich habe schon Nachricht hingeschickt.«

»Gut, dann reiten wir zuerst dorthin«, sagte Hornblower mit aller Sachlichkeit, die er aufbringen konnte.

Ein Befehl des weißen Mannes veranlaßte den zweiten Farbigen abzusteigen, und zugleich ließ sich auch Hornblower schwerfällig von seinem Maultier gleiten. Es kostete ihn alle Kraft, seinen Fuß in den Steigbügel zu heben, und der Farbige mußte ihn hochstemmen, daß er das rechte Bein überschlagen konnte. Er hatte kaum nach den Zügeln gegriffen – jedenfalls lagen sie ihm noch nicht richtig in der Hand –, als der weiße Mann sein Pferd in Trab setzte. Hornblowers Gaul bedurfte keiner Aufforderung, dem anderen zu folgen und warf dabei seinen Reiter erbarmungslos im Sattel umher.

Der andere verlangsamte seine Gangart, so daß Hornblower neben ihn aufrücken konnte, und sagte: »Mein Name ist Colston. Ich hatte gestern abend beim Ball die Ehre, Eurer Lordschaft vorgestellt zu werden.«

»Gewiß, ich entsinne mich«, sagte Hornblower. »Erzählen Sie mir doch, was sich dort weiter abspielte.«

»Wir warteten eine ganze Weile mit dem Souper, Mylord, da Sie Mrs. Hough an der Spitze des Zuges zu Tisch führen sollten. Aber Sie blieben verschwunden, Sie und Ihr Sekretär, Mr. . . . Mr. . . .«

»Spendlove«, ergänzte ihn Hornblower.

»Ganz recht, Mylord. Zunächst dachten wir an eine dringende dienstliche Angelegenheit, die Sie unversehens aus unserer Mitte entführt haben mochte, erst als ein, zwei Stunden vergangen waren, kamen Ihr Flaggleutnant und Mr. Hough überein, daß man Sie mit Gewalt fortgeschafft haben mußte. Wir waren darüber alle wie vor den Kopf geschlagen, Mylord.«

»Hm, und was geschah weiter?«

»Es wurde Alarm geschlagen. Alle anwesenden Herren ritten unverzüglich los, um nach Ihnen zu suchen. Beim Morgengrauen wurde die Miliz aufgerufen. Auf der ganzen Insel sind bewaffnete Streifen eingesetzt, und zur Stunde ist das Hochländer-Regiment wahrscheinlich schon im Eilmarsch hierher unterwegs.«

Hornblower nickte nur stumm mit dem Kopf. Tausend Infanteristen legten also seinetwegen dreißig Meilen im Gewaltmarsch zurück, tausend Reiter durchkämmten die ganze Insel.

Jetzt hörte man von vorne Hufgeklapper, dann tauchten aus der Dämmerung des Abends zwei Reiter auf. Hornblower

konnte im Halbdunkel eben noch erkennen, daß es Hough mit dem Boten war.
»Gott sei Dank, Mylord«, sagte Hough. »Was ist denn geschehen?«
Hornblower war schon versucht zu sagen: Mr. Colston wird Ihnen darüber Auskunft geben, aber er zwang sich im letzten Augenblick doch zu einer passenderen Antwort. Hough drückte ihm darauf mit den erwarteten nichtssagenden Worten sein Bedauern aus.
»Ich muß unverzüglich weiter zum Gouverneur«, sagte Hornblower. »Es geht mir jetzt vor allem anderen um Spendlove.«
»Spendlove, Mylord? Ach richtig, das ist ja Ihr Sekretär.«
»Ja, er ist noch in den Händen der Piraten«, sagte Hornblower.
»So?« war alles was Hough zu antworten wußte.
Der arme Spendlove! Kein Mensch schien sich hier um ihn Gedanken zu machen – höchstens vielleicht die kleine Lucy Hough.
Hier war auch schon das Haus und der geräumige Vorhof, aus allen Fenstern schimmerte Licht.
»Bitte, treten Sie ein, Mylord«, sagte Hough. »Eure Lordschaft bedürfen gewiß dringend einer Erfrischung.«
Hornblower hatte vor geraumer Zeit Yams und Salzfleisch gegessen, aber er verspürte jetzt nicht den geringsten Hunger.
»Ich muß sofort weiter zum Gouverneur«, sagte er. »Jede Minute ist kostbar.«
»Wenn Eure Lordschaft darauf bestehen . . .«
»Ja«, sagte Hornblower, »es muß sein.«
». . . dann werde ich sofort anspannen lassen, Mylord«, sagte Hough und ging hinaus, um den Befehl dazu zu geben.
Hornblower betrat indessen das hellerleuchtete Wohnzimmer. Wenn er sich jetzt in einen dieser riesigen Polstersessel warf, dann kam er bestimmt nie wieder auf die Beine.
»Mylord! Mylord!«
Lucy Hough kam hereingestürmt, daß ihre Röcke flogen. Er sollte ihr gewiß über Spendlove berichten.
»Gottlob, Sie sind gerettet! Sie sind gerettet!«
Was sollte das heißen? Das Mädchen warf sich vor ihm auf die Knie, sie griff mit beiden Händen nach seiner Rechten und bedeckte sie mit leidenschaftlichen Küssen. Er trat zurück, er suchte seine Hand zu befreien, aber sie klammerte sich daran fest, sie

rutschte ihm auf den Knien nach und ihre Küsse nahmen kein Ende.
»Aber, Miß Lucy!«
»Wenn ich Sie nur in Sicherheit weiß«, stieß sie hervor, »alles andere geht mich nichts an!« Dabei sah sie ganz verzückt zu ihm auf. Sie ließ seine Hand noch immer nicht los, über ihre Wangen strömten die Tränen. »Eine Höllenqual habe ich durchgemacht! Sie sind doch nicht verletzt? Sagen Sie mir alles! Bitte, bitte, reden Sie doch mit mir!«
Es war entsetzlich. Wieder drückte sie ihre Lippen, ihre Wange auf seine Hand.
»Miß Lucy! Bitte, fassen Sie sich doch!«
Wie kam ein siebzehnjähriges Mädchen zu dieser Leidenschaft für ihn, den fünfundvierzigjährigen Mann? Galt denn ihre Liebe nicht Spendlove? Konnte es nicht sein, daß sie auch jetzt mit ihren Gedanken bei ihm war.
»Ich werde mein möglichstes tun, daß auch Mr. Spendlove bald befreit wird.«
»Mr. Spendlove? O ja, ich wünsche ihm das Allerbeste. Aber für mich gibt es nur einen Menschen auf der Welt, und das sind Sie – Sie – Sie!«
»Aber Miß Lucy! Das dürfen Sie doch nicht sagen! Und jetzt stehen Sie bitte auf. Ich bitte Sie darum!«
Irgendwie brachte er sie endlich wieder auf die Beine.
»Oh, es war furchtbar – nicht zu ertragen!« sagte sie. »Ich – ich liebte Sie ja vom ersten Augenblick an.«
»Aber Kind!« sagte Hornblower mit aller väterlichen Güte, deren er mächtig war.
»Der Wagen steht in zwei Minuten bereit«, ließ sich Hough von der Tür her vernehmen. »Darf ich Ihnen vor der Abfahrt wenigstens noch ein Glas Wein und einen kleinen Imbiß anbieten?«
»Sehr freundlich, Sir, besten Dank«, sagte Hornblower und suchte zugleich nach Kräften, seiner Verlegenheit Herr zu werden.
»Meine Kleine war seit heute morgen ganz außer Fassung«, sagte Hough mit verständnisvoller Miene. »Ja – diese jungen Leute ... sie war wohl der einzige Mensch auf der ganzen Insel, der nicht nur an den Admiral, sondern auch an seinen Sekretär dachte.«
»Hm, ja, sie ist eben jung ...«, sagte Hornblower.

In diesem Augenblick erschien der Butler mit einem Tablett.
»Ach, Lucy, schenk doch bitte Seiner Lordschaft ein Glas Wein ein«, sagte Hough und wandte sich dann an Hornblower.
»Mrs. Hough war krank vor Aufregung, aber sie wird jetzt jeden Augenblick erscheinen.«
»Doch nicht meinetwegen«, sagte Hornblower. »Lassen Sie sie ungestört, ich bitte Sie darum.«
Seine Hand zitterte, als er das Glas nahm. Hough griff nach Messer und Gabel und machte sich daran, das kalte Huhn zu tranchieren.
»Entschuldigen Sie mich bitte«, stieß Lucy plötzlich hervor und rannte fassungslos schluchzend davon, so schnell, wie sie zuvor hereingestürzt war.
»Ich hatte keine Ahnung, daß sie so an ihm hängt«, meinte Hough.
»Ich auch nicht«, sagte Hornblower. In seiner Aufregung hatte er das Glas in einem Zug geleert und begann nun, so bedächtig von dem Huhn zu essen, wie es ihm unter den gegebenen Umständen gelingen wollte.
»Der Wagen ist vorgefahren«, meldete der Butler.
Hornblower griff mit der einen Hand nach einem Hühnerbein, mit der anderen nach einer Scheibe Brot.
»Das nehme ich mit«, sagte er. »Ist es unbescheiden, wenn ich Sie bitte, einen Eilboten vorauszuschicken, der Seiner Exzellenz meine bevorstehende Ankunft meldet?«
»Das ist bereits geschehen, Mylord«, gab Hough zur Antwort.
»Ich habe außerdem Boten zu allen Streifen geschickt, um sie zu benachrichtigen, daß Sie in Sicherheit sind.«
Hornblower sank aufatmend in die weichen Kissen des Wagens. Der Zwischenfall mit Lucy hatte zum mindesten bewirkt, daß er fürs erste keine Müdigkeit mehr verspürte. Jetzt durfte er sich endlich zurücklehnen und ausruhen. Erst nach fünf Minuten fiel ihm das Huhn und das Brot ein, die er immer noch in den Händen hielt, und er machte sich ohne rechte Lust daran, beides zu verzehren. Während der langen Fahrt gab es dann ständig Unterbrechungen, so daß er nie richtig zum Schlafen kam. Die Streifen, die noch nicht wußten, daß er wieder erschienen war, hielten den Wagen an. Als sie etwa fünfzehn Kilometer zurückgelegt hatten, trafen sie auf das Hochländer-Bataillon, das am Wegrand Biwak bezogen hatte. Sein Oberst ließ es sich nicht nehmen, herbeizueilen, um sich beim Marinebe-

fehlshaber zu melden und ihm seinen Glückwunsch auszusprechen. Eine Strecke weiter kam ihnen im gestreckten Galopp ein Reiter entgegen und riß neben dem Wagen sein Pferd zusammen. Das war Gerard. Im Licht der Wagenlaternen sah man, daß sein Gaul über und über mit Schaum bedeckt war.

»Gott sei Dank, Mylord, Sie sind in Sicherheit«, war das erste, was er aus seinem Munde zu hören bekam – alle hatten sie wörtlich das gleiche gesagt. Dann war die Reihe an ihm, zu berichten, was ihnen zugestoßen war. Gerard gab sein Pferd ab, sobald sich Gelegenheit dazu bot, und setzte sich zu Hornblower in den Wagen. Er machte sich bittere Vorwürfe, daß er nicht genügend aufgepaßt hatte, um die Entführung seines Chefs zu verhindern, und daß es ihm nicht wenigstens hinterher gelungen wäre, ihn wieder herauszuhauen. Als ob ich nicht Manns genug wäre, selbst auf mich aufzupassen, dachte Hornblower fast beleidigt, obwohl der Vorfall selbst eben dies zu beweisen schien.

»Wir versuchten es mit Bluthunden, die man zum Aufspüren entlaufener Sklaven zu verwenden pflegt, aber leider hatten wir keinen Erfolg.«

»Das ist leicht erklärlich«, sagte Hornblower. »Ich saß ja auf einem Maultier. Und außerdem war die Witterung nach ein paar Stunden nicht mehr frisch genug. Aber lassen wir jetzt das Gewesene, denken wir lieber an die Zukunft.«

»Ehe noch zwei Tage um sind, hängt das ganze Lumpenpack am Galgen, Mylord.«

»So? Und Spendlove? Was, denken Sie, wird dann aus ihm?«

»Hm – ja, gewiß, ich hatte ganz vergessen, Mylord . . .«

Kein Mensch, nicht einmal sein Freund Gerard, schien sich groß um Spendlove zu kümmern. Aber Gerard mußte man wenigstens zugutehalten, daß er Hornblower voll und ganz begriff, als dieser dargelegt hatte, worum es ging.

»Wir müssen unter allen Umständen verhindern, daß ihm etwas zustößt, Mylord.«

»Wie sollen wir das anstellen? Geben wir den Burschen ihren Pardon? – Werden wir Seine Exzellenz dazu bewegen, es zu tun?«

»Ich weiß es nicht, Mylord . . .«

»Um Spendlove herauszuholen, bin ich zu allem imstande«, sagte Hornblower. »Verstehen Sie mich recht, ich schrecke vor nichts zurück.« Er ertappte sich dabei, daß er in seiner eisernen

Entschlossenheit mit den Zähnen knirschte. Sein unausrottbarer Hang zur Selbstanalyse ließ ihn blitzartig erkennen, was in ihm vorging, und er stellte mit zynischer Überraschung fest, welche Wandlungen sich in seinem erregten Gemüt vollzogen. Wilde Wut und ängstliche Sorge lösten einander ab. Wenn es die Kerle wagten, Spendlove ein Haar zu krümmen, dann . . ., aber wie sollte er das verhindern? Wie sollte es gelingen, Spendlove aus den Händen dieser Menschen zu befreien, die wußten, daß ihr Kopf – ihr Leben und nicht etwa nur ihr Besitz – verwirkt war, wenn sie ihn entkommen ließen? Sein Gewissen ließe ihm zeitlebens keine Ruhe mehr, wenn Spendlove etwas zustoßen sollte. Kam es zum Schlimmsten, dann blieb ihm kein anderer Ausweg, als zu den Piraten zurückzukehren und sich auf Gnade und Ungnade in ihre Hände zu geben. Dann mußte er handeln wie Regulus, jener alte Römer, der freiwillig zu den Karthagern zurückkehrte, obwohl er wußte, daß er damit in den sicheren Tod ging. Einstweilen sah es ganz so aus, als ob es wirklich zum Schlimmsten kommen sollte.

»Wir sind am Ziel, Mylord.« Die Meldung Gerards befreite ihn von dem Albdruck seiner schwarzen Gedanken.

Schildwachen an der Einfahrt, Schildwachen am Tor. Eine hellerleuchtete Halle, Adjutanten, die ihn mit neugierigen Blicken musterten. Der Teufel soll sie holen, dachte er, und Gerard war ganz seiner Meinung. Er wurde in ein Empfangszimmer geführt, und durch eine zweite Tür erschien gleich darauf Seine Exzellenz. Der begleitende Adjutant zog sich diskret zurück. Seine Exzellenz war ungnädig, so ungnädig, wie ein Mann nur sein kann, wenn man ihm einen bösen Schrecken eingejagt hat.

»Was sind denn das alles für Sachen, Mylord?«

Hier merkte man nichts von der Ehrerbietung, die alle Welt sonst dem Mann zu zollen pflegte, der als Seeoffizier einen fast legendären Ruf genoß und zum Lohn für seine ruhmvollen Taten zum Peer von England erhoben worden war. Hooper war kommandierender General, er stand unendlich viel höher im Rang als ein gewöhnlicher Konteradmiral. Außerdem war er der Gouverneur und als solcher absoluter Herrscher auf der ganzen Insel. Sein rotes Gesicht und seine hervorquellenden Augen – von seinen raschen Zornausbrüchen ganz zu schweigen – schienen das Gerücht zu bestätigen, daß er ein Enkel aus königlichem Geblüt war. Hornblower erklärte ihm kurz und in aller Ruhe, was sich ereignet hatte. Seine Müdigkeit – oder war es sein gesunder Verstand? – bewahrte ihn vor einer gereizten Antwort.

»Wissen Sie denn, was das alles kostet, Mylord?« brüllte Hooper los. »Jeder Weiße, der ein Pferd reiten kann, ist unterwegs. Meine letzten Reserven – die Hochländer – liegen am Straßenrand im Biwak. Ich wage nicht, daran zu denken, was uns dadurch an Malaria und Gelbem Fieber beschert wird. Außerdem ist ohnedies die ganze Garnison auf Ihr Verlangen hin unterwegs, um alle Fischerfahrzeuge und Landeplätze zu überwachen. Die Krankenlisten wachsen ins Ungemessene. Und nun zu allem Überfluß noch dies!«

»Meine Dienstanweisung fordert mit allem Nachdruck die energische Bekämpfung der Seeräuberei. Ich kann nicht annehmen, daß der Auftrag an Eure Exzellenz anders lautet.«

Jetzt brauste Hooper erst recht auf: »Ich habe es nicht nötig«, schrie er, »mir meine Dienstanweisung von einem jungen Naseweis auslegen zu lassen, der es im Handumdrehen zum Konteradmiral brachte. Was haben Sie denn mit Ihren lieben Piraten ausgehandelt?«

Das war der springende Punkt. Es war alles andere als einfach, dem wütenden Mann auseinanderzusetzen, worum es ging.

»Ich habe mich zu nichts verpflichtet, Exzellenz.«

»Soviel Verstand hätte ich Ihnen kaum zugetraut.«

»Aber ich habe meine Ehre verpfändet.«

»Ihre Ehre verpfändet? Wem denn? Etwa den Piraten?«

»Nein, Eure Exzellenz, meinem Sekretär Spendlove.«

»Wieso das?«

»Man hielt ihn als Geisel zurück, als ich freigelassen wurde.«

»Was haben Sie ihm denn versprochen?«

Ja, was denn? Er hatte gesagt, daß er ihn nicht vergessen werde.

»Ich gab ihm zwar kein ausdrückliches Versprechen, Exzellenz, aber meine Verpflichtung ihm gegenüber ist darum gewiß nicht minder zwingend.«

»Welche Verpflichtung?«

»Ihm zur Freiheit zu verhelfen.«

»So? Und wie glauben Sie das erreichen zu können?«

Jetzt gab es nur eins: Er mußte den Stier bei den Hörnern fassen. »Ich wurde entlassen, um von Eurer Exzellenz für die Piraten einen unter Brief und Siegel erlassenen Pardon zu erwirken.«

»Einen Pardon! Einen Par . . .!«

Hooper brachte das Wort kein zweites Mal über die Lippen. Er kollerte sekundenlang wie ein Truthahn und mußte ein paarmal heftig würgen, ehe er die Sprache wiederfand.

»Sind Sie wahnsinnig, Mylord?«

»Dazu wurde ich freigelassen. Und darum wird Spendlove noch festgehalten.«

»Da muß dieser Spendlove eben sehen, wie er sich aus der Affäre zieht.«

»Exzellenz!«

»Glauben Sie im Ernst, ich könnte einer Piratenbande so mir nichts, dir nichts Pardon geben? Wie stellen Sie sich das vor? Daß die Burschen herrlich und in Freuden ihre Beute verzehren und in feinen Kutschen rund um die Insel fahren können? Das wäre mir eine schöne Art und Weise, die Seeräuberei zu unterdrücken! Oder wollen Sie etwa, daß diese Pest in ganz Westindien wieder aufflackern soll? Nein, Sie sind wirklich nicht ganz bei Trost.«

Hornblower hatte nichts anderes erwartet, er kannte alle die Einwände, die Hooper gegen sein Ansinnen vorzubringen hatte, aber darum trafen sie ihn jetzt nicht minder hart.

»Ich bin mir über die Schwierigkeit der entstandenen Lage durchaus im klaren, Exzellenz.«

»Das läßt sich hören. Kennen Sie den Ort, wo sich die Piraten verborgen halten?«

»Jawohl, Eure Exzellenz. Es ist ein sehr sicheres Versteck.«

»Das spielt keine Rolle, jedes Nest läßt sich ausheben. Wenn erst ein paar gehenkt sind, herrscht wieder Ruhe auf der Insel.«

Was ließ sich da noch tun oder sagen? Die Worte, die er sich zurechtlegte, kamen ihm selbst überspannt vor, ehe er sie noch ausgesprochen hatte.

»Ich werde zu den Piraten zurück müssen, ehe sie Spendlove etwas antun, Exzellenz.«

»Was soll das heißen? Zurück?« Die Augen quollen Hooper förmlich aus den Höhlen, als ihm das eben Gehörte in seiner ganzen Tragweite klarwurde. »Wollen Sie uns einen neuen Narrenstreich liefern?«

»Wenn sich Eure Exzellenz nicht in der Lage sehen, den Pardon zu geben, dann muß ich unbedingt zu Spendlove zurück.«

»Ach was, Unsinn! Ich kann Seeräubern keinen Pardon geben. Ich kann es nicht, und ich will es nicht.«

»Dann bleibt mir kein anderer Ausweg, Exzellenz.«

»Unsinn, sagte ich, Unsinn! Sie haben kein Versprechen gegeben! Sagten Sie nicht selbst, daß Sie sich zu nichts verpflichtet hatten?«

»Das zu beurteilen steht allein bei mir, Exzellenz.«

»In Ihrer augenblicklichen Verfassung sind Sie überhaupt nicht in der Lage, etwas zu beurteilen – wenn Sie es je gewesen sind. Wie können Sie sich auch nur eine Sekunde lang einbilden, ich ließe mir von Ihnen durch solche Mätzchen die Hände binden?«

»Niemand bedauert diese Zwangslage mehr als ich, Exzellenz.«

»Was heißt hier Zwangslage? Wollen Sie mir Vorschriften machen? Nehmen Sie endlich zur Kenntnis, daß ich sowohl auf Grund meines Ranges wie auch als Gouverneur dieser Insel Ihr Vorgesetzter bin. Noch ein Wort, und ich nehme Sie fest, Mylord. Ich will von diesem Unfug ein für allemal nichts mehr hören.«

»Euer Exzellenz ...«

»Kein Wort weiter, sagte ich. Dieser Spendlove steht in Diensten des Königs, er muß die Gefahren auf sich nehmen, die seine Stellung mit sich bringt, auch wenn er nur Sekretär ist.«

»Aber ...«

»Schweigen Sie, Mylord! Ich warne Sie zum letztenmal. Morgen, wenn Sie ausgeruht sind, wollen wir darangehen, dieses Wespennest auszuräuchern.«

Hornblower enthielt sich aller weiteren Einwände, die sich ihm immer noch über die Lippen drängen wollten. Hooper hatte es zweifellos ernst gemeint, als er ihm mit Festnahme drohte. Die straffe Disziplin der bewaffneten Macht der Britischen Krone hielt einen Hornblower ebenso eisern in ihrem Griff wie den letzten Matrosen. Einem Befehl nicht zu gehorchen war von Anfang an ein hoffnungsloses Beginnen. Die Stimme des Gewissens trieb ihn mit unwiderstehlicher Kraft voran, aber die starre Mauer der Disziplin gebot seinem Drängen Einhalt. Morgen? Morgen war wieder ein Tag.

»Wie Eure Exzellenz befehlen.«

»Eine geruhsame Nacht wird Ihnen guttun, Mylord. Es wird das beste sein, wenn Sie gleich hier im Hause übernachten, ich werde sofort die nötigen Anordnungen treffen. Wenn Sie Ihren Flaggleutnant veranlassen wollen, für frische Wäsche und Kleidung zu sorgen, dann werde ich die Sachen vom Admiralitätsgebäude holen lassen, so daß sie morgen früh für Sie bereit sind.«

Kleidung? Hornblower blickte an sich hinunter. Er hatte ganz vergessen, daß er immer noch seinen schwarzen Frack trug. Ein Blick genügte, um ihm zu verraten, daß dieser Anzug für immer ausgedient hatte. Danach war es nicht schwer zu erraten, welchen Anblick er bot. Er wußte, daß auf seinen eingefallenen Wangen die Bartstoppeln sprossen und daß seine Halsbinde nur noch ein schmutziger Fetzen war. Kein Wunder, daß ihn die Leute im Vorzimmer neugierig angestarrt hatten.

»Eure Exzellenz sind zu gütig.«

Was verschlug es, wenn man angesichts des Unvermeidlichen, das man wenigstens zeitweise auf sich zu nehmen hatte, den Formen der Höflichkeit Genüge tat? Hoopers Ausdrucksweise verriet, daß seine Einladung nicht viel anderes war als ein Befehl. Im Endeffekt saß also Hornblower hier im Regierungsgebäude genauso gefangen, als ob Hooper seine Drohung wahrgemacht und ihn richtiggehend festgenommen hätte. Da man sich nun einmal — wenigstens für den Augenblick — zu fügen hatte, war es immer noch das beste, man tat es mit Grazie. Morgen war schließlich wieder ein Tag.

»Gestatten Sie mir, daß ich Sie auf Ihr Zimmer führe, Mylord?« sagte Hooper.

Als er einen Blick in den Schlafzimmerspiegel warf, fand er seine schlimmsten Befürchtungen bestätigt. Er sah in der Tat fürchterlich aus. Das Bett mit seinem riesigen Moskitonetz war breit und einladend. Seine schmerzenden Glieder wollten ihn verleiten, sich quer darüber hinzuwerfen und ihnen endlich Rast zu gewähren. Sein müdes Gehirn legte ihm nahe, sich im Dunkel des Nichts versinken zu lassen, um seinen Kummer im Schlaf zu vergessen, so wie ein Trinker im Schnapsrausch über sein Elend hinwegzukommen sucht. Es tat ihm wohl, sich im lauen Badewasser abseifen zu können, obgleich ihm dabei die wundgerittenen Stellen seines Körpers höllisch brannten. Das Bad hatte seine Spannung gelockert, das weite Nachthemd aus dem Besitz Seiner Exzellenz flatterte ihm lose um die mageren Glieder, aber er brachte es auch jetzt noch nicht über sich, dem müden Körper sein Recht zu geben. Sein innerstes Wesen lehnte sich gegen solche Nachgiebigkeit auf, so begann er denn rastlos auf bloßen Füßen im Zimmer umherzuwandern, weil es ja hier

kein Achterdeck gab, das er seiner Gewohnheit gemäß hätte abschreiten können. In der tropischen Hitze des Zimmers, die durch die Wärme der brennenden Kerzen noch gesteigert wurde, strömten die Gedanken und Einfälle nicht so leicht wie in der frischen, belebenden Seeluft. Moskitos tanzten singend um ihn herum, sie stachen ihn in den Hals und in die bloßen Füße und rissen ihn dadurch immer wieder aus seinen Überlegungen. Die entsetzliche Nacht wollte kein Ende nehmen, mitunter ließ seine innere Spannung so weit nach, daß er sich auf einen Stuhl niederließ, aber Sekunden später riß ihn ein neuer Gedanke wieder hoch und zwang ihn, rastlos weiter umherzuhumpeln.
Es machte ihn rasend, daß es ihm nicht gelingen wollte, sich ganz auf Spendloves Lage und alles, was damit zusammenhing, zu konzentrieren. Sooft er sich bei diesem offenkundigen Mangel ertappte, kam er sich verächtlich vor, weil er das Gefühl hatte, daß er seinen Sekretär durch solches Abschweifen geistig im Stich ließ. Es gab da nämlich noch einen anderen Gedankenzug, der den ersten oft genug verdrängte und sogar mehr zu fesseln vermochte als jener. Ehe die Nacht um war, hatte er sich zurechtgelegt, wie er das Piratennest ausheben wollte, wenn er nur erst die Hände freigehabt hätte. Er empfand ein grimmiges Behagen, wenn er seinen Plan in der Vorstellung immer und immer wieder abrollen ließ, aber dieses Behagen schlug in würgendes Elend um, wenn ihm dann wieder einfiel, daß sich ein Spendlove in der Gewalt dieser Burschen befand. Manchmal drehte es ihm buchstäblich den Magen herum, wenn er an Johnsons Drohung dachte, ihm die Augen auszustechen.
Am Ende übermannte ihn trotz allem unversehens der Schlaf. Er hatte sich wieder einmal gesetzt und stützte den müden Kopf auf die Hand. Dabei mußte er eingenickt sein, denn plötzlich fuhr er erschrocken hoch, weil er im Sessel vornüber gekippt war. Aber er war dabei doch nicht ganz wachgeworden. Ohne zu wissen, was er tat, lehnte er sich in seinem Sessel zurück und war in dieser Stellung sofort wieder eingeschlafen. Das riesige bequeme Bett blieb unbenutzt, bis ihn ein Klopfen weckte. Er sah sich blinzelnd um und mußt sich erst besinnen, wo er sich befand. Dann riß er sich vollends aus dem Schlaf und tat, als ob es die natürlichste Sache von der Welt wäre, auf einem Sessel zu schlafen, obwohl ein Bett in nächster Nähe bereitstand.
Inzwischen war Giles ins Zimmer getreten; er brachte reine Un-

terwäsche, eine Uniform und das Rasierzeug. Das Rasieren und die hundert kleinen Handgriffe, die die Sorgfalt beim Anziehen verlangte, lenkten ihn ab und bewirkten sogar, daß er das Problem, das es in wenigen Minuten zu lösen galt, etwas ruhigeren Sinnes erwog.

»Seine Exzellenz würden sich freuen, wenn ihm Eure Lordschaft beim Frühstück Gesellschaft leisten wollten.«

Giles hatte von Hooper durch dessen Tür den Auftrag bekommen, dies seinem Herrn zu bestellen. Die Einladung mußte natürlich angenommen werden, da sie einem königlichen Befehl gleichkam. Hooper aß zum Frühstück offenbar gern ein Beefsteak, denn Hornblower hatte ihm kaum in aller Form guten Morgen gewünscht, als dieses Gericht auf silberner Platte, mit Zwiebeln garniert, aufgetragen wurde. Hooper streifte Hornblower mit einem abschätzigen Blick, als sich dieser auf die Frage des Butlers Papaja und ein gekochtes Ei erbat. Denn das war kein guter Anfang. Daß Hornblower diese ausländischen, aus Frankreich importierten Eßgewohnheiten angenommen hatte, statt dem handfesten englischen Frühstück treu zu bleiben, bestärkte ihn in seiner Überzeugung, daß bei ihm eine Schraube los war. Aber Hornblower hatte eben frische Eier in der Schale in Jahrzehnten auf See besonders schätzengelernt und war dieser Vorliebe auch während eines jahrelangen Landlebens treu geblieben. Hooper tupfte Senf auf sein Steak und machte sich mit herzhaftem Appetit ans Essen.

»Haben Sie gut geschlafen?«

»Danke, ganz gut, Exzellenz.«

Hoopers Verzicht auf die förmliche Anrede Mylord hatte die unmißverständliche Bedeutung, daß er die Auseinandersetzung von Abend zuvor vergessen wollte und großzügig bereit war, so zu tun, als wäre Hornblower ein völlig normaler Mensch, der nur gelegentlich einmal aus der Rolle fiel.

»Wir wollen den Dienst beiseite lassen, bis wir gegessen haben.«

»Wie Eure Exzellenz wünschen.«

Aber selbst ein Gouverneur weiß nicht, was die nächste Sekunde bringt. Draußen vor der Tür hörte man plötzlich lebhaftes Hin und Her, dann kam eine ganze Anzahl Menschen auf einmal hereingestürmt — außer dem Butler noch zwei Adjutanten, dann Gerard und — und — wer war denn das? Bleich, abgerissen und müde, kaum noch imstande, sich auf den zitternden Beinen zu halten?

»Spendlove!« stieß Hornblower hervor. Sein Löffel fiel klirrend zu Boden, als er aufsprang und ihm entgegeneilte.
Er strahlte über das ganze Gesicht, als er dem jungen Mann die Hände drückte, nie in seinem Leben war ihm so froh ums Herz gewesen.
»Spendlove!«
Fürs erste vermochte er nur immer wieder den Namen auszusprechen.
»Wir erleben hier wohl die Rückkehr des verlorenen Sohnes«, ließ sich Hooper vom Tisch her vernehmen.
Nun erst fiel Hornblower wieder ein, was sich geziemte.
»Eure Exzellenz«, sagte er, »darf ich mir erlauben, Ihnen meinen Sekretär Mr. Erasmus Spendlove vorzustellen?«
»Freut mich, Sie kennenzulernen, junger Mann. Bitte nehmen Sie Platz. Man bringe Mr. Spendlove etwas zu essen. Er sieht mir ganz so aus, als ob ihm ein Glas Wein nicht unwillkommen wäre. Bitte die Karaffe und ein Glas dazu.«
»Sind Sie verwundet?« fragte Hornblower. »Fehlt Ihnen sonst etwas?«
»Nein, Mylord«, sagte Spendlove und streckte unter dem Tisch bedächtig die Beine aus. »Ich bin nur von dem siebzig Meilen langen Ritt noch etwas steif. Leider sind eben meine Glieder nicht an derartiges gewöhnt.«
»Siebzig Meilen?« fragte Hooper. »Woher kommen Sie denn?«
»Von der Montego-Bucht, Exzellenz.«
»Dann müssen Sie schon in der Nacht geflohen sein.«
»Kurz nach Dunkelwerden, Exzellenz.«
»Wie brachten Sie das fertig, Mann?« fragte Hornblower. »Wie sind Sie denn weggekommen?«
»Ich sprang ins Wasser, Mylord.«
»Ins Wasser?«
»Jawohl, Mylord. Das Flüßchen am Fuße der Felswand war anderthalb Meter tief. Das reichte aus, um einen Sturz aus jeder beliebigen Höhe abzufangen.«
»Ja, so tief war es dort. Aber – aber im Dunkeln?«
»Das war nicht schwer, Mylord. Bei Tage warf ich einen Blick über die Brustwehr, Mylord. Das war, als ich Eurer Lordschaft noch zum Abschied nachwinkte. Dabei merkte ich mir genau die richtige Stelle und schätzte die Entfernung nach Augenmaß.«
»Und dann?«

»Dann sprang ich, als es ganz dunkel geworden war und grade ein schwerer Regenguß niederging.«

»Und wie verhielten sich die Piraten?« fragte Hooper.

»Sie hatten vor dem Regen Schutz gesucht, Exzellenz. Auf mich gaben sie nicht weiter acht. Sie hatten ja die Leiter aufgezogen und rechneten nicht damit, daß ich ihnen entkommen könnte.«

»Und Sie?«

»Ich nahm einen Anlauf, Exzellenz, und sprang, wie gesagt, über die Brustwehr. Unten schlug ich mit den Füßen voran ins Wasser.«

»Unverletzt?«

»Unverletzt, Exzellenz.«

Hornblower war dank seiner lebhaften Einbildungskraft in der Lage, sich den Vorgang in allen Einzelheiten auszumalen, die fünf bis sechs Schritte Anlauf durch Dunkelheit und strömenden Regen, den Absprung, den endlosen Fall. Er fühlte, wie sich in seinem Nacken die Haare sträubten.

»Ihre Handlungsweise verdient höchstes Lob«, bemerkte Hooper.

»In meiner verzweifelten Lage fiel mir der Entschluß nicht schwer, Exzellenz.«

»Das mag sein. Und wie ging es weiter, als Sie im Wasser angelangt waren? Wurden Sie verfolgt?«

»Soweit ich feststellen konnte, nein, Exzellenz. Vielleicht dauerte es eine Weile, bis sie mein Verschwinden bemerkten, und dann mußten sie erst die Leiter hinunterlassen und hinunterklettern. Ich hörte nichts dergleichen, als ich mich davonmachte.«

»Welchen Weg schlugen Sie ein?« fragte Hornblower.

»Ich hielt mich an den Bach, Mylord, und folgte ihm flußabwärts. Er mündete in die Montego-Bucht, Sie werden sich vielleicht erinnern, daß wir das vermuteten, als wir unsere ersten Beobachtungen anstellten.«

»Kamen Sie denn leicht voran?« fragte Hornblower. Trotz aller stürmischen Gefühle war ihm plötzlich ein Gedanke gekommen, der ihn nicht mehr losließ.

»In der Dunkelheit war es nicht ganz einfach, Mylord. Stellenweise gab es Stromschnellen, und die großen Kiesel auf dem Grund waren glatt und schlüpfrig. Ich hatte den Eindruck, als ob ich durch eine enge Schlucht gekommen wäre, obwohl ich nichts davon sehen konnte.«

»Und wie war es in der Montego-Bucht?« fragte Hooper.
»Dort traf ich ein Wachkommando bei den Fischerbooten, eine halbe Kompanie des Westindischen Regiments, Exzellenz. Ich ließ den Offizier wecken, der sie führte, er verschaffte mir ein Pferd, dann ritt ich auf der Straße über Cambridge und Ipswich hierher.«
»Konnten Sie sich unterwegs frische Pferde verschaffen?«
»Jawohl, Exzellenz. Ich sagte, ich sei in einer Angelegenheit von größter Tragweite unterwegs.«
»Sie sind auch so noch bemerkenswert rasch vorangekommen.«
»Die Streife in Mandeville meldete mir, Seine Lordschaft seien unterwegs zu Eurer Exzellenz, darum ritt ich gleich durch bis hierher.«
»Das war sehr vernünftig von Ihnen.«
Spendloves schauerlicher Sprung ins Dunkle war jetzt nicht mehr das einzige Bild, das Hornblower lebendig vor Augen stand, er malte sich unwillkürlich die ganze gespenstige Wanderung des jungen Mannes aus, wie er über die glitschigen Steine stolperte, unversehens in Wasserlöcher fiel, blindlings am Fluß entlangeilte, und wie er zuletzt das Pferd bestieg, um den endlosen, anstrengenden Ritt zu beginnen.
»Ich werde den bevollmächtigten Lords der Admiralität über Ihr vorbildliches Verhalten berichten«, sagte er in dienstlichem Ton.
»Darf ich Eurer Lordschaft meinen gehorsamsten Dank aussprechen.«
»Und ich werde dem Staatssekretär im gleichen Sinne berichten«, fügte Hooper hinzu.
»Eure Exzellenz sind zu gütig.«
In Hornblowers Augen hatte sich Spendlove (wie ihm ein Blick auf seinen Teller verriet) neben allen anderen Heldentaten nicht zuletzt dadurch ausgezeichnet, daß es ihm irgendwie gelungen war, während seines Berichts ein respektables Steak mit Zwiebeln bis zum letzten Bissen zu vertilgen. Offenbar verstand sich der junge Mann darauf, zu essen, ohne dabei zu kauen.
»Genug der anerkennenden Worte«, meinte Hooper und tunkte mit einem Stück Brot genüßlich den Saft seines Beefsteaks auf. »Jetzt gilt es, diese Piratenbande zu vernichten. Was halten Sie von ihrem Lager? Wäre es zu nehmen?«
Hornblower überließ Spendlove die Antwort auf diese Frage.

»Im direkten Angriff auf keinen Fall, Exzellenz.«
»Hm – glauben Sie, daß sie dort standhalten?«
Hornblower hatte sich während der letzten Minuten schon mit dieser Frage beschäftigt. Was konnte man jetzt von diesen führerlosen Kerlen erwarten, nachdem ihr Plan so kläglich gescheitert war – was mochten sie tun?
»Es wäre immerhin denkbar, daß sie sich über das Land zerstreuen, Exzellenz«, sagte Spendlove.
»Nicht ausgeschlossen. Dann müßte ich sie einzeln zur Strecke bringen. Das bedeutet Streifen auf allen Straßen, bewegliche Abteilungen in den Bergen. Dabei ist unser Krankenstand ohnedies schon kaum noch tragbar.«
In Westindien starben die Soldaten wie die Fliegen, wenn sie längere Zeit der Nachtluft und den Unbilden des Wetters ausgesetzt waren. Und eine solche Jagd auf die einzelnen Verbrecher mochte wochenlang dauern.
»Es kann sein, daß sie auseinanderlaufen«, meinte Hornblower, bekannte sich jedoch sogleich zu einer anderen Ansicht. »Ich meine allerdings, daß sie es nicht tun werden, Exzellenz.«
Hooper warf ihm einen scharfen Blick zu.
»Sie meinen nicht?«
»Nein, Exzellenz.«
Die Burschen waren verzweifelt, aber auch zum Letzten entschlossen, soviel war ihm klargeworden, während er sich bei ihnen befand. Führerlos, wie sie waren, benahmen sie sich fast wie große Kinder. Auf ihrem Felsband fanden sie Schutz und Nahrung – sie hatten dort eine Art Heim, wenn man diesen Unterschlupf so nennen durfte. Freiwillig gingen sie von dort bestimmt nicht weg.
»Und Sie sagen, man könne den Platz nicht nehmen? Heißt das, daß mit einer langen Belagerung zu rechnen wäre?«
»Mit Kampfmitteln der Marine könnte ich die Bande vermutlich rasch zur Strecke bringen, Exzellenz. Wenn mir Eure Exzellenz die Erlaubnis geben, möchte ich es versuchen.«
»Jeder Versuch Eurer Lordschaft ist mir willkommen, wenn er mir hilft, Menschenleben zu schonen.«
Hooper blickte Hornblower neugierig an.
»Dann werde ich sofort meine Vorbereitungen treffen«, meinte dieser.
»Sie wollen von See her die Montego-Bucht anlaufen?«
»Jawohl, Eure Exzellenz.«

Hornblower hätte beinahe »selbstverständlich« gesagt. Diesen Landsoldaten fiel es immer wieder schwer, zu begreifen, wie gut sich der Seeweg für rasche und geheimzuhaltende Unternehmungen eignete.

»Ich werde meinen Streifendienst aufrechterhalten, für den Fall, daß sie ausrücken sollten, während Sie ihr Nest ausräuchern.«

»Eine sehr weise Maßnahme, um gegen alle unerwarteten Zufälle gewappnet zu sein, Exzellenz. Ich bin im übrigen überzeugt, daß die Durchführung meines Plans nur kurze Zeit in Anspruch nehmen wird. Wenn Eure Exzellenz jetzt gestatten ...«

Hornblower erhob sich von seinem Platz.

»Sie wollen schon gehen?«

»Jede Stunde ist kostbar, Exzellenz.«

Hoopers Blick verriet wachsende Neugier.

»Die Navy gibt wieder einmal ihre üblichen Rätsel auf«, sagte er. »Nun, wie Sie wollen. Bestellen Sie den Wagen Seiner Lordschaft, Butler. Sie haben meine Erlaubnis, Ihren Versuch durchzuführen. Melden Sie mir das Ergebnis durch Boten.«

Eine Minute später saßen alle drei, Hornblower, Spendlove und Gerard, zusammen im Wagen und genossen die Strahlen der warmen Morgensonne.

»Zur Werft«, befahl Hornblower kurz. Dann wandte er sich an Spendlove: »Von der Werft aus fahren Sie an Bord der CLORINDA und übermitteln Kapitän Fell meinen Befehl, sofort seeklar zu machen. In einer Stunde werde ich meine Flagge setzen. Und dann befehle ich Ihnen persönlich, sich sofort zur Ruhe zu begeben.«

»Aye, aye, Mylord.«

Der Oberwerftdirektor gab sich alle Mühe, seine Überraschung über den unangemeldeten Besuch seines Admirals zu verbergen, der doch den neuesten Meldungen nach entführt worden war.

Als er sein freudiges Staunen zum Ausdruck bringen wollte, schnitt ihm Hornblower kurz das Wort ab. »Ich brauche einen Bootsmörser, Holmes«, sagte er.

»Einen Bootsmörser, Mylord? – Ja – jawohl, Mylord. Wir haben einen auf Lager.«

»Er soll sofort an Bord der CLORINDA gebracht werden. Haben Sie auch Granaten dafür?«

»Gewiß, Mylord. Aber sie sind natürlich ungeladen.«

»Der Feuerwerker der CLORINDA kann sie laden, während wir unterwegs sind. Ich glaube, sie wiegen zwanzig Pfund das Stück. Schicken Sie zweihundert Stück – mit Zündern dazu.«

»Aye, aye, Mylord.«

»Außerdem brauche ich einen Prahm – nein, zwei Prähme. Ich habe die gesehen, die Ihre Leute zum Kalfatern benutzen. Sie sind wohl etwa sechs Meter lang, nicht wahr?«

»Sieben Meter, Mylord«, antwortete Holmes. Er war heilfroh, daß er diese Frage beantworten konnte und daß der Admiral vorhin nicht darauf bestanden hatte, über eine so dunkle Angelegenheit wie das Gewicht von Bootsmörsergranaten nähere Auskunft zu verlangen.

»Ich möchte, wie gesagt, zwei von diesen Prähmen. Schicken Sie sie gleich an Bord, sie sollen an Deck genommen werden.«

»Aye, aye, Mylord.«

Kapitän Sir Thomas Fell hatte sich in seine beste Uniform geworfen, um seinen Admiral zu begrüßen. »Ich habe Ihren Befehl empfangen, Mylord«, sagte er, als das Gezwitscher der Bootsmannsmaatenpfeifen in einem letzten Wimmern erstarb.

»Gut, Sir Thomas. Ich möchte sofort in See gehen, wenn die Sachen an Bord sind, die ich in der Werft bestellt habe. Sie können Ihr Schiff aus dem Hafen warpen. Wir segeln nach der Montego-Bucht, um gegen ein Seeräubernest vorzugehen.«

»Aye, aye, Mylord.«

Fell gab sich alle Mühe, sein Mißfallen über die beiden schmutzigen Prähme zu verbergen, die er auf sein makelloses Deck setzen sollte – es waren eigentlich nur schwimmende Plattformen, wie sie von der Werft für Außenbordsarbeiten benutzt wurden – und die zwei Tonnen schmieriger Mörsergranaten, für die er irgendwie Platz schaffen mußte, gefielen ihm um kein Haar besser. Er war auch nicht gerade erbaut, als ihm befohlen wurde, mehr als die Hälfte seiner Besatzung – im ganzen zweihundertvierzig Mann – und dazu die Seesoldatenabteilung als Landungskorps abzustellen. Die Männer selbst waren natürlich begeistert, daß einmal Abwechslung in ihr eintöniges Dasein kam und daß vielleicht sogar ein Gefecht in Aussicht stand. War es nicht schon aufregend genug, zu sehen, wie der Feuerwerker Pulver auswog und je zwei Pfund davon in die Granaten füllte? Und wie der Waffenmeister mit dem Admiral durchs Schiff ging, um die Enterpiken zu überprüfen – von dem Bootsmörser ganz zu schweigen, der an der

Achterkante der Back dick und unheimlich drohend in seiner Lafette hing? Ihre freudige Erwartung wuchs noch, als sie dann unter jedem Fetzen Leinwand nach Westen jagten, Portland-Point passierten und bei Sonnenuntergang Negril Point rundeten. Dort erlaubten ihnen ein paar günstige Puffs der Seebrise, dem Passat ein Schnippchen zu schlagen, so daß sie wie von Geisterhand getrieben durch die tropische Finsternis glitten, während die Lotgasten von den Rüsten her unermüdlich die Wassertiefen aussangen. Als dann der neue Morgen anbrach und die aufgehende Sonne die grünen Berge Jamaikas mit ihrer Glut übergoß, fiel zwischen den Untiefen der Montego-Bucht der Anker.

Hornblower war beim Ankern schon an Deck, er hatte seit Mitternacht wachgelegen, da er schon bei Dunkelwerden zur Ruhe gegangen war – die beiden fast schlaflosen Nächte hatten seine Lebensgewohnheiten völlig über den Haufen geworfen. Während die Landungsabteilung in heller Aufregung auf dem Mitteldeck antrat, schritt er auf dem Achterdeck auf und ab und überwachte mit scharfem Blick alle Vorbereitungen. Der Bootsmörser wog nicht mehr als vier Zentner, es war daher eine Kleinigkeit, ihn mit dem Rahtakel in den längsseits liegenden Prahm zu fieren. Die mit Musketen ausgerüsteten Leute wurden noch einmal mit aller Sorgfalt gemustert, damit ihnen nichts fehlte. Die Mannschaft konnte sich keinen Reim darauf machen, daß außer den Musketenträgern noch Männer mit Piken und Äxten, ja sogar Männer mit Holzschlegeln und mit Kuhfüßen abgeteilt wurden. Als die Sonne höher stieg und heißer vom Himmel brannte, kletterte die ganze Schar Mann für Mann in die Boote.

»Die Gig liegt längsseits, Mylord«, meldete Gerard.

»Danke.«

An Land erwiderte Hornblower den Gruß des erstaunten Leutnants, der mit einer Abteilung des Westindischen Regiments die Fischerboote überwachte – er hatte seine ganze Truppe alarmiert, weil ihm anscheinend das Schreckgespenst einer französischen Landung vor Augen stand –, und entließ ihn ohne weitere Befehle. Dann schritt er die Front der Seesoldaten ab, die in ihren scharlachroten Röcken und ihrem weißen Koppelzeug tadellos ausgerichtet vor ihm standen. Wenn dieser Tag um war, sahen sie bestimmt nicht mehr so blitzsauber und ordentlich aus.

»Sie können abrücken, Herr Hauptmann«, sagte er. »Mr. Spendlove, halten Sie mich bitte unterrichtet.«

»Aye, aye, Mylord.«

Mit Spendlove als Führer traten die Seesoldaten den Marsch an. Sie bildeten die Vorhut, die das Gros vor Überraschungen schützen sollte. Nun war es an der Zeit, dem Ersten Offizier der CLORINDA den Befehl zum Abmarsch zu geben.

»Mr. Sefton, wir können uns in Bewegung setzen.«

Vor dem Flüßchen lag eine kleine Barre, aber die beiden Prähme mit dem Mörser und der Munition konnten seitlich daran vorbeigelangen. Die erste Strecke lief sogar ein Pfad neben dem Wasser her, so daß sie die Prähme leicht flußaufwärts treideln konnten und eine Weile rasch vorankamen. Dabei rückten die grünen Mauern des Dschungels von beiden Seiten her immer näher zusammen. Anfangs genossen sie den Schatten, bald aber fanden sie die Luft dumpf, feucht und stikkig. Je weiter sie kamen, desto schlimmer wurde es damit. Die Moskitos fielen mit verbissener Wut über sie her, die Männer rutschten auf heimtückischen Schlammbänken unversehens aus und stürzten, daß der Schmutz weit umherspritzte. Dann gelangten sie an die ersten flachen Stellen, wo das Wasser im Dämmerlicht des dichten Laubdachs zwischen steilen Ufern gluckernd bergab eilte.

Zum mindesten hatten sie durch den Wassertransport bis hierher eine Meile, wenn nicht mehr gespart. Hornblower nahm die auf Grund geratenen Prähme, die Bodenbeschaffenheit und die Bäume genau in Augenschein. Er hatte sich schon überlegt, was sich da tun ließ, es lohnte sich auf jeden Fall, einen Versuch damit zu machen, ehe man den Männern zumutete, den Mörser mit Muskelkraft weiterzuschaffen.

»Wir wollen es hier mit einem Damm versuchen, Mr. Sefton.«

»Aye, aye, Mylord. Alle Leute mit Piken, Äxten und Schlegeln hierher!«

Die Männer waren immer noch so voll Tatendrang, daß die Unteroffiziere alle Mühe hatten, ihren Übermut zu zügeln. Eine Reihe Piken, die mit der Spitze voran in den Boden getrieben wurden, wo es dessen Beschaffenheit zuließ, bildete das erste Gerippe des Staudamms. Die Axtträger fällten mit kindlicher Zerstörungswut kleine Bäume, die Leute mit Kuhfüßen hebelten Steine und Baumstrünke los. Eine kleine Lawine prasselte den Hang herab ins Flußbett. Das Wasser strömte noch wirbelnd um das Hindernis, aber die bisher geleistete Arbeit reichte doch schon hin, es aufzustauen. Hornblower sah, wie der Wasserstand vor seinen Augen stieg.

»Mehr Steine hierher!« rief Sefton.

»Passen Sie auf die Prähme auf, Mr. Sefton«, sagte Hornblower.

Die schwerfälligen Fahrzeuge waren schon freigekommen.

Gefällte Stämme und Steingeröll verbreiterten, erhöhten und festigten den Damm immer mehr. Noch strömte Wasser durch seine Lücken, aber es war nicht so viel, wie er zurückhielt.

»Holt die Prähme weiter stromauf«, befahl Hornblower.

Vierhundert willige Hände hatten viel erreicht. Das Wasser war so hoch gestaut, daß die Prähme zwei Drittel der Untiefe schwimmend überwanden.

»Mr. Sefton, bitte bauen Sie hier einen zweiten Damm.«

Jetzt wußten sie schon ganz gut, wie man behelfsmäßig Dämme baute. Diesmal hatten sie noch kaum begonnen, da war das Flußbett auch schon verstopft, so daß sie die Prähme, knietief im Wasser watend, wieder ein Stück aufwärts schaffen konnten. Wohl kamen sie zuletzt noch einmal kurz auf Grund, aber ein Pull mit vereinten Kräften brachte sie über die letzte flache Stelle hinweg in tieferes Wasser, wo es wieder leicht und rasch voranging.

»Ausgezeichnet, Mr. Sefton.«

Bis zu der nächsten flachen Stelle waren damit glatt fünfhundert Meter gewonnen.

Als sie eben die Arbeit an einem weiteren Damm aufnehmen wollten, hörten sie von ferne den Knall einer Muskete, dessen Echo in der heißen Luft hallend fortklang, und dem gleich darauf noch ein Dutzend weitere folgten. Es dauerte noch eine Weile, bis sie von einem atemlosen Boten erfuhren, was sich ereignet hatte.

»Meldung von Hauptmann Seymour, Sir: Die Vorhut ist von oben her beschossen worden. Der Schütze saß auf einem Baum, Sir, er wurde gesehen, ist aber entkommen.«

»Danke.«

Die Piraten hatten also flußabwärts Späher ausgestellt. Sie mußten jetzt wissen, daß eine Truppe gegen sie im Anmarsch war. Nur die Zeit konnte lehren, was sie daraufhin unternahmen.

Inzwischen waren die Prähme wieder freigekommen, es war

also an der Zeit, weiter vorzudringen. Der Fluß wand sich hin und her, bespülte senkrecht abfallende Ufer und blieb erstaunlicherweise für einige Zeit so tief, daß die Prähme flott blieben und nur dann und wann über eine leichte Schnelle hinweggeholt werden mußten. Hornblower hatte allmählich das Gefühl, als ob er sich schon seit Tagen so vorangequält hätte, bald im blendenden Sonnenschein, bald im Schattendunkel der Bäume, immer bis an die Knie im wirbelnden Wasser, immer in Gefahr, auf den schlüpfrigen Felsen auszugleiten. Beim nächsten Damm gab er der Versuchung nach, sich ein wenig zu setzen und den Schweiß ungehemmt strömen zu lassen. Er hatte das noch kaum getan, als von der Vorhut wieder ein Melder eintraf.

»Meldung von Hauptmann Seymour, Sir: Er läßt melden, die Piraten hätten sich verschanzt. Sie befänden sich in einer Höhle hoch oben in einer Felswand.«

»Wie weit ist es noch bis dorthin?«

»Oh, nicht besonders weit, Sir.«

Hornblower mußte sich sagen, daß er von dem Mann kaum eine bessere Antwort erwarten durfte.

»Sie schossen auf uns, Sir«, fügte der Melder seinem Bericht hinzu. Daraus konnte man schon eher auf die Entfernung schließen, denn sie hatten schon seit langem keinen Schuß mehr gehört. Das hieß, daß das Piratennest noch weiter entfernt war, als der Schall trug.

»Schön, Mr. Sefton, machen Sie bitte weiter. Ich begebe mich jetzt nach vorn. Kommen Sie, Gerard.«

Bald kletternd, bald auf allen vieren kriechend strebte er weiter am Wasser entlang. Zu seiner Linken wurde das Ufer allmählich immer steiler und höher, und zuletzt war es eine richtige Felswand. Noch ein paar Schnellen, noch eine Biegung, dann bot sich dem Auge überraschend ein ganz neues Bild. Ja, hier war es gewesen! Er fand auf den ersten Blick alles wieder, wie er es im Gedächtnis hatte: Die hohe, überhängende Wand mit dem rauschenden Wasserfall, der sich hier unten in den Fluß ergoß, das lange waagerechte Band auf halber Höhe der Felswand, zur Rechten offenes Grasland mit einzelnen Bäumen, ja sogar die paar Maulesel auf dem schmalen Grasstreifen zwischen Felswand und Fluß. Rotberockte Seesoldaten waren über das Grasland ausgeschwärmt, sie bildeten einen weiten Halbkreis, dessen Mittelpunkt die Höhle war.

Hornblower dachte nicht mehr an Hitze und Müdigkeit. So rasch er konnte, eilte er der Stelle zu, wo Seymour unter seinen Männern stand und unverwandt nach der Felswand starrte. Spendlove stand neben ihm. Die beiden kamen ihm entgegen und begrüßten ihn.

»Dort oben sind sie, Mylord«, sagte Seymour. »Sie schossen ein paarmal auf uns, als wir eintrafen.«

»Danke, Herr Hauptmann. Na, Spendlove, wie gefällt es Ihnen hier unter den veränderten Umständen?«

»Nicht besser und nicht schlechter als zuvor, Mylord.«

»Spendloves-Sprung«, sagte Hornblower.

Er strebte am Ufer weiter nach vorn, um sich der Höhle so weit wie möglich zu nähern, und blickte gespannt nach oben.

»Vorsicht, Mylord!« sagte Spendlove beschwörend.

Die Warnung war noch nicht verklungen, als es dicht über Hornblowers Kopf hinwegpfiff. Vor der Brustwehr der Höhle wölkte sich Mündungsqualm, und gleich darauf hallte ein scharfer Knall von der Felswand wider. Dann tauchten hinter der Brustwehr Gestalten auf, die sich von weitem wie winzige Puppen ausnahmen. Sie schwangen drohend die Arme, und ihr haßerfülltes Geschrei drang schwach zu denen herab, für die es bestimmt war.

»Einer von den Burschen hat anscheinend ein gezogenes Gewehr«, sagte Seymour.

»Meinen Sie? Da machen wir am besten, daß wir außer Schußweite kommen, ehe er neu geladen hat.«

Bis zu diesem Augenblick hatte sich Hornblower nicht viel aus dem Vorfall gemacht. Jetzt aber fiel ihm plötzlich ein, daß dieser Schuß der sagenhaften Laufbahn des großen Lord Hornblower ums Haar ein höchst unrühmliches Ende bereitet hätte. Seinem künftigen Biographen wäre dann die Aufgabe zugefallen, die Ironie des Schicksals zu beklagen, das es zugelassen hatte, daß er, der Held so vieler Schlachten, in einem unbekannten Winkel Westindiens durch die Kugel eines namenlosen Verbrechers den Tod fand. Er machte kehrt und zog sich zurück, die anderen folgten seinem Beispiel. Dabei spürte er deutlich, wie er den Nacken steif und die Muskeln gespannt hielt – es war eben doch schon recht lange her, seit er zum letztenmal in Lebensgefahr gewesen war. Um so eifriger war er jetzt darum bemüht, sich möglichst gelöst und ungezwungen zu geben.

»Sefton wird mit dem Mörser nicht mehr lange auf sich warten lassen«, bemerkte er, um nur ja einen ruhigen, gleichmütigen Eindruck zu machen. Er hoffte nur, daß seine Worte auf die anderen nicht so gezwungen wirkten, wie er sie selbst empfand.

»Das ist zu hoffen, Mylord.«

»Wo wollen wir das Ding aufstellen?« Er drehte sich um sich selbst und schätzte die Entfernungen nach Augenmaß. »Wir tun auf alle Fälle gut daran, außer Schußweite dieses Gewehrs zu bleiben.«

Das Gebot des Augenblicks nahm ihn so in Anspruch, daß die Gefahr von vorhin alsbald völlig vergessen war. Wieder puffte von der Brustwehr herunter Mündungsqualm, wieder krachte ein Schuß.

»Hat einer der Herren die Kugel pfeifen hören? Nein? Dann dürfen wir annehmen, daß wir außer Schußweite sind.«

»Darf ich mir eine Frage erlauben, Mylord?« meldete sich Spendlove. »Wie weit kann man mit einem Bootsmörser schießen?«

»Muß der allwissende Spendlove doch einmal zugeben, daß es auch bei ihm Lücken gibt? Mit einem Pfund Pulver ist die Reichweite siebenhundert Meter bei einer Flugzeit von fünfzehn Sekunden. Aber in unserem Fall müssen wir die Granate zwanzig Meter über der Abschußstelle zur Detonation bringen. Eine nette ballistische Rechenaufgabe.«

Hornblower sagte das so beiläufig hin, als wäre es die selbstverständlichste Sache der Welt. Wie sollte auch jemand ahnen, daß er die Daten erst heute nacht um ein Uhr aus dem Handbuch entnommen hatte?

»Die Bäume dort werden uns gute Dienste tun, wenn wir den Mörser an Land holen. Sechs bis sieben Meter um sie herum ist noch dazu schöner ebener Boden. Es gibt keinen besseren Platz.«

»Dort kommen sie, Mylord.«

Die Spitze der Hauptmacht kam soeben um den Vorsprung der Felswand herum, die Männer eilten so rasch sie konnten am Ufer entlang. Als sie die Lage überblickten, brachen sie in lautes Gebrüll aus und sprangen oder krochen womöglich noch schneller über alle Hindernisse des Geländes. Hornblower dachte unwillkürlich an eine Meute, die bellend herbeigestürzt kommt, wenn sie ihre Beute gestellt sieht.

»Ruhe da!« schrie er. »Der Fähnrich dort! Können Sie Ihre Leute nicht im Zaum halten? Schreiben Sie ihre Namen auf

und melden Sie sie zur Bestrafung, ich selbst werde Mr. Sefton den Ihren nennen.«
Still und beschämt schlossen die Matrosen, so gut es ging, ihre Reihen. Jetzt erschienen auch die Prähme. Im Schlepp von Arbeitsgruppen, die am Ufer mühsam stromauf strebten, glitten sie wie das Schicksal selbst über das stille Wasser.
»Weitere Befehle, Mylord?« fragte Sefton.
Hornblower sah sich noch einmal im Gelände um, ehe er seine Entscheidung traf. Die Sonne hatte längst den Zenit überschritten, als eine Anzahl tatenlustiger Matrosen auf die Bäume kletterte, um dort Taljen anzuschlagen. Bald darauf hing der Mörser baumelnd an einem starken Ast, bis seine Bettung ebenfalls aus dem Prahm geheißt war und auf einem ebenen Fleckchen Platz gefunden hatte. Der Stückmeister ging sofort daran, mit Hilfe einer Alkoholwaage sicherzustellen, daß sie auch genau waagerecht stand. Dann wurde der Mörser selbst unter großem Kraftaufwand ans Ufer eingeschwungen und wieder auf seine Bettung gehoben. Als letztes trieb der Stückmeister die haltenden Splinte durch die Augbolzen der Überfälle.
»Soll ich das Feuer eröffnen, Mylord?«
Hornblower blickte nach dem fernen Felsband, das sich mitten durch die Wand zog. Er war überzeugt, daß die Piraten ihr Tun genau verfolgen. Ob sie wohl wußten, was dieses kurze dicke Etwas war, das so formlos und unscheinbar aussah und doch Tod und Verderben für sie bedeutete? Wahrscheinlich peilten jetzt alle gespannt über die Brustwehr, um herauszufinden, was die vielen Menschen da unten so eifrig trieben.
»Welche Erhöhung haben Sie gewählt, Stückmeister?
»Sechzig Grad, Sir – Mylord.«
»Versuchen Sie es einmal mit fünfzehn Sekunden Brenndauer.«
Der Stückmeister lud den Mörser mit aller Sorgfalt, er maß das Pulver ab und preßte es mit dem Ladepfropfen fest in die Kammer. Dann säuberte er das Zündloch mit dem Zünddraht und füllte es mit feinkörnigem Pulver aus seinem Horn. Als nächstes nahm er eine Vorstechahle zur Hand und bohrte sie vorsichtig an der richtigen Stelle durch das hölzerne Rohr des Zünders – es handelte sich nämlich um einen Zünder allerneuester Konstruktion, auf dem die gewünschten Brennzeiten im vorhinein mit Tuschestrichen bezeichnet waren. Jetzt schraubte er den fertigen Zünder in die Granate und setzte das Geschoß von der Mündung her auf den Pulverpfropfen.

»Die Luntenstöcke!« befahl er.
Ein anderer Mann hatte inzwischen eifrig mit Stahl- und Feuersteinen hantiert, bis es ihm gelungen war, einen Funken auf die langsam brennende Lunte zu übertragen. An ihr entzündete er jetzt zwei Luntenstöcke, von denen er einen dem Stückmeister reichte. Dieser beugte sich vor und prüfte noch einmal kurz die Seitenrichtung des Mörsers.
»Zünden!« kommandierte er dann. Sein Maat senkte den zweiten Luntenstock, und die Zünderlunte begann zu sprühen. Dann stieß der Stückmeister selbst seine glühende Lunte in das Zündloch. Der Mörser brüllte auf und stieß dicken Pulverqualm aus. Hornblower stand in einiger Entfernung hinter dem Mörser und blickte bereits in den Himmel, um die Granate auf ihrem Flug zu verfolgen. Gegen das helle Blau war aber nichts zu erkennen – doch, grade im Scheitelpunkt der Bahn ein kurzer dunkler Strich, der aber sofort wieder verschwunden war. Es hieß noch warten, unwillkürlich stellte sich die Befürchtung ein, der Zünder könnte versagt haben, dann aber krachte doch am Fuß der Klippe und etwas rechts von der Höhle die Detonation. Die Spannung der Seeleute löste sich in einem allgemeinen Stimmengewirr.
»Ruhe da!« brüllte Sefton dazwischen.
»Versuchen Sie es noch einmal, Stückmeister«, sagte Hornblower.
Der Mörser wurde auf seiner Bettung ein klein wenig gedreht, sein Lauf wurde ausgewaschen, und als dann die neue Ladung eingefüllt war, holte der Stückmeister ein kleines Quartmaß aus der Tasche und goß noch eine kleine Menge Pulver dazu. Wieder durchbohrte er den Zünder, setzte die Granate ein, gab die letzten Befehle und löste den Schuß. Wieder galt es zu warten, dann hing plötzlich ein Ballen Rauch in der Luft, allem Anschein nach genau vor dem Band, das den Felsen durchzog. Die armen Teufel dort oben mußten mit ansehen, wie ihnen das grausame Ende unerbittlich näherrückte.
»Die Brenndauer ist ein wenig zu kurz«, sagte Hornblower.
»Die Schußweite wahrscheinlich auch, Mylord«, sagte der Stückmeister.
Beim nächsten Schuß löste sich hoch über dem Band eine Staubwolke und eine kleine Steinlawine aus der Felswand, gleich darauf barst die Granate unten am diesseitigen Ufer des Flusses, wo sie aufgeschlagen war.

»Schon besser«, sagte Hornblower. Er hatte vor fast zwanzig Jahren bei der Belagerung von Riga die Kunst des Mörserschießens in ihren Grundzügen kennengelernt – damals hatten sie sich allerdings eines gewaltigen Dreizehnzöllers bedient.
Noch zwei weitere Schüsse, und beide umsonst. Das eine wie das andere Mal krepierte die Granate im Scheitelpunkt ihrer Flugbahn, hoch, hoch in der Luft. Offenbar waren diese neumodischen Zünder doch nicht ganz zuverlässig. Als die Sprengstücke in den Fluß herabfielen, spritzten überall kleine Fontänen auf. Die Piraten mußten sich jetzt nachgerade darüber klar sein, was der Mörser zu bedeuten hatte.
»Geben Sie mir einmal Ihren Kieker, Gerard.«
Er richtete das Glas auf das Band im Felsen. Jetzt unterschied er dort jede Einzelheit, die aus groben Steinen aufgeschichtete Brustwehr und am einen Ende den Wasserfall – aber kein Lebenszeichen von der Besatzung. Die Leute hielten sich im hintersten Winkel der Höhle verborgen, oder aber sie kauerten unsichtbar hinter der Brustwehr.
»Noch einen Schuß.«
Nach dem Knall vergingen wieder fünfzehn lange Sekunden, dann sah er unter dem Überhang Felsbrocken fliegen.
»Gut so!« rief er, immer noch das Glas am Auge. Die Granate hatte offenbar genau in die Höhle getroffen. Während er noch sprach, erschien eine dunkle Gestalt mit hochgeschwungenen Armen hinter der Brustwehr. Er sah, wie die Granate vor dem Hintergrund der Felswand als winzige schwarze Scheibe niederfiel und wie unten am Fuß der Wand im nächsten Augenblick ein Rauchpilz emporschoß. Einer der Kerle hatte die heiße Granate mit beiden Händen gepackt und im Bruchteil einer Sekunde über die Brustwehr geschleudert. Nur nackte Verzweiflung konnte einen Menschen dazu bringen, solches zu wagen.
»Noch einen Schuß an die gleiche Stelle und die Brenndauer eine Sekunde kürzer, dann ist alles vorbei«, sagte er und gleich darauf: »Nein, warten Sie noch.«
Die armen Kerle sollten sich doch endlich ergeben und nicht so lange warten, bis sie in Stücke gerissen wurden. Was war zu tun, um sie dazu zu bringen? Er wußte es ganz genau.
»Möchten Sie einen Unterhändler mit weißer Flagge vorschikken, Mylord?« sagte Spendlove und sprach damit aus, was Hornblower eben durch den Kopf ging.
»Ja, ich hatte es ins Auge gefaßt.«

Ein solcher Auftrag war bestimmt sehr gefährlich. Wenn die Piraten entschlossen waren, sich nicht zu ergeben, dann war ihnen auch eine Waffenstillstandsflagge gleichgültig, dann schossen sie natürlich sofort auf den, der sie trug. Es gab dort oben gewiß ein Dutzend Musketen und allermindestens ein gezogenes Gewehr. Hornblower konnte sich nicht dazu durchringen, einen Mann nach vorn zu schicken oder einen Freiwilligen dafür aufzurufen.

»Ich werde gehen«, sagte Spendlove. »Sie kennen mich.«

Das war der Preis, den er für seinen hohen Rang zu bezahlen hatte, ging es Hornblower durch den Kopf. Er durfte nicht davor zurückschrecken, seine Freunde in den Tod zu schicken. Und doch ...

»Einverstanden«, sagte Hornblower.

»Gib mir dein Hemd und deine Pike, mein Junge«, sagte Spendlove zu einem Matrosen. Das Hemd, mit den Ärmeln an den Schaft der Pike gebunden, gab eine brauchbare weiße Flagge. Als Spendlove damit durch die Kette der rotröckigen Seesoldaten nach vorn ging, fühlte sich Hornblower versucht, ihn zurückzurufen. Unter den gegebenen Umständen kam natürlich nur eine bedingungslose Übergabe in Frage. Er öffnete schon den Mund, aber die Worte, die er rufen wollte, kamen ihm nicht über die Lippen. Spendlove schritt unterdessen dem Flußufer zu, alle paar Sekunden machte er kurz halt und schwenkte seine Flagge. Hornblower konnte auch durch sein Glas oben in der Höhle nichts Auffälliges bemerken. Erst nach einer Weile blitzte es dort metallisch auf, und zugleich erschien am Rande der Brustwehr eine Reihe von Köpfen und Schultern. Ein Dutzend Musketen richteten sich auf Spendlove, aber dieser hatte sie ebenfalls gesehen, er blieb wieder stehen und schwenkte kräftig die Flagge. Die Spannung währte endlose Sekunden, endlich kehrte Spendlove den drohenden Musketen den Rücken und trat den Rückzug an. Kaum hatte er die ersten Schritte getan, da puffte Mündungsqualm von der Brustwehr herab: Der Gewehrschütze hatte geschossen, als er sah, daß keine Aussicht bestand, Spendlove bis in Reichweite der Musketen zu locken. Spendlove kam unverrichteter Dinge zurück, er zog die Pike mit dem Hemd hinter sich her.

»Er hat mich verfehlt, Mylord«, sagte er.

»Gott sei Dank«, sagte Hornblower. »Stückmeister, Feuer eröffnen.«

Vielleicht hatte der Wind ein wenig gedreht, vielleicht entwickelte das Pulver nicht genau die gleiche Kraft, jedenfalls krepierte die Granate diesmal unterhalb der Höhle in der Luft – der Zünder hatte also richtig funktioniert, aber ein beträchtliches Stück vor der Felswand.

»Noch ein Schuß«, sagte Hornblower.

Da war es geschehen: Ein Rauchpilz und eine Fontäne aufspritzender Trümmer mitten in der Höhle! Man konnte sich nur mit Schaudern vorstellen, was sich dort abspielen mochte.

»Der nächste Schuß!«

Wieder barst die Granate mitten in der Höhle.

»Noch ein Schuß – nein, warten Sie!«

Auf der Brustwehr zeigten sich einige Gestalten – es gab also trotz der beiden Treffer noch Überlebende. Zwei von ihnen – sie nahmen sich im Gesichtsfeld des Fernrohrs wie winzige Puppen aus – schienen plötzlich in der Luft zu hängen. Sie waren abgesprungen und sausten in die Tiefe. Das Glas folgte ihnen, bis sie unten waren. Der eine fiel ins Wasser, das bei seinem Aufschlag wie eine Fontäne in die Höhe spritzte. Der andere stürzte auf das felsige Ufer und blieb, schauerlich zugerichtet, regungslos liegen. Hornblower richtete das Glas wieder nach oben. Soeben wurde die Leiter über die Brustwehr herabgeworfen. Eine Gestalt – dann noch eine – kletterten langsam daran nieder. Hornblower schob den Kieker mit einem Ruck zusammen.

»Hauptmann Seymour, senden Sie eine Abteilung nach vorn, um die Leute gefangenzunehmen.«

Er selbst durfte sich den grauenhaften Anblick der getroffenen Höhle, der verstümmelten Toten und der schreienden Verletzten ersparen, es genügte, daß Seymour die Leiter hinaufstieg. Als er wiederkam, um zu melden, was er vorgefunden hatte, konnte sich Hornblower nur zu gut vorstellen, wie es dort oben aussah. Die Piraten waren vernichtet. Die Verwundeten wurden verbunden und auf Tragbahren zur Küste gebracht, wo sie der Tod von Henkershand erwartete. Die Unverletzten wurden mit gefesselten Händen neben ihnen hergetrieben. Der Gouverneur erhielt durch einen Kurier Kenntnis, daß die Seeräuberbande aufgerieben war, damit er die Streifen einziehen und die Miliz nach Hause schicken konnte. Glücklicherweise brauchte Hornblower sich nicht selbst mit den Jammergestalten zu befassen, die er so gründlich geschlagen hatte. Sein Jagdfieber war erloschen. Er hatte sich einfach eine Aufgabe gestellt — wie wenn er sich etwa vorgenommen hätte, aus Monddistanzen eine Länge zu errechnen — und hatte das selbstgestellte Problem erfolgreich gelöst. Aber das Ausmaß seines Erfolges drückte sich hier in der Zahl der Erhängten, der Toten und der Verwundeten aus, am sinnfälligsten in jenem zerschmetterten Menschenleib, der mit gebrochenem Rückgrat dort auf dem Felsen lag. Dabei hatte er sich, ehrlich gestanden, nur dazu gedrängt, weil es sein Stolz von ihm verlangte, weil er nach der unwürdigen Entführung seine Selbstachtung wiedergewinnen wollte. Was nutzte es, wenn er sich sagte, daß sonst nur andere angetreten wären, um den schrecklichen Auftrag an seiner Stelle auszuführen, und daß in einem solchen Fall erhebliche Verluste durch Krankheit und wesentlich höhere Kosten entstanden wären? Solche Überlegungen führten doch nur dazu, daß er sich wegen seiner Haarspalterei höhnische Selbstvorwürfe machte. Hornblower war es eben nur in den seltensten Fällen gegeben, so zu handeln, daß sein Tun vor Hornblowers eigenen Augen Gnade fand.

Dennoch verhalf ihm seine hohe Stellung wenigstens zu einem zynisch genossenen Vorteil: Er konnte das ganze Nachspiel nach ein paar kurzen Befehlen Sefton und Seymour überlassen und die Landungsabteilung ohne Verzug und ohne unnötige Gefährdung durch die Nachtluft wieder an die Küste bringen. Er durfte sich ohne Aufenthalt wieder an Bord begeben, um in aller Ruhe — wenn auch in Fells langweiliger Gesellschaft — sein Dinner zu verzehren und sich danach zu einem ausgiebigen Schlaf zurückzuziehen. Später, an Bord, war er noch besonders angenehm berührt, als er hörte, daß Fell schon gegessen hatte. So durfte er sich ganz nach seinem Wunsch nur mit dem Flaggleutnant und dem Sekretär zum Dinner setzen. Aber unter den Rosen, auf denen er gebettet lag, fand sich unerwarteterweise noch eine verdorrte Blüte. Er mußte sie ausgerechnet in dem Augenblick entdecken, da er besten Willens war, ein gutes Werk zu tun.

»Ich werde meinem Bericht an Ihre Lordschaften, was Ihr Verhalten betrifft, noch einiges hinzufügen müssen, Spendlove«, sagte er. »Sie haben Ihre Tapferkeit erneut unter Beweis gestellt, als Sie mit der Parlamentärflagge vorgingen.«

»Besten Dank, Mylord«, sagte Spendlove. Er blickte eine Weile vor sich hin und trommelte mit den Fingern auf den Tisch,

ehe er, immer noch gesenkten Blicks und seltsam aufgeregt, fortfuhr: »Darf ich hoffen, daß Eure Lordschaft auch an anderer Stelle ein Wort für mich einlegen würden?«
»Mit dem größten Vergnügen«, sagte Hornblower in aller Unschuld. »Und wo wäre das?«
»Danke, Mylord. Ich hatte diese meine Bitte im Auge, als ich das wenige tat, dessen Wert Eure Lordschaft so gütig zu würdigen geruhen. Ich wäre nun Eurer Lordschaft zutiefst verbunden, wenn Sie sich herbeilassen wollten, Miß Lucy einige wohlmeinende Worte über mich zu sagen.«
Lucy! Hornblower hatte überhaupt nicht mehr an das Mädchen gedacht und war darum außerstande, seine Bestürzung zu verbergen. Sie entging auch Spendlove nicht, als er endlich den Blick vom Tischtuch erhob.
»Sie sprachen mit mir in scherzenden Worten über eine reiche Heirat, Mylord«, sagte Spendlove und verriet durch die sorgfältige Wahl seiner Worte, daß er zuinnerst aufgewühlt war. »Darf ich Ihnen jetzt versichern, daß es mir nichts verschlüge, wenn Miss Lucy keinen roten Heller ihr eigen nennte. Meine Zuneigung, Mylord, ist tief und ohne Falsch.«
»Ja, sie ist auch wirklich ein reizendes junges Ding«, sagte Hornblower, weil ihm arg darum zu tun war, Zeit zu gewinnen.
»Mylord, ich liebe sie!« rief Spendlove, der plötzlich alle Hemmungen fallen ließ. »Meine Liebe kennt keine Grenzen. Beim Ball versuchte ich, ihr Interesse für mich zu wecken – leider hatte ich keinen Erfolg.«
»Das tut mir aufrichtig leid«, sagte Hornblower.
»Ich konnte aber nicht umhin zu bemerken, daß Ihnen, Mylord, ihre ganze Bewunderung galt. Jedenfalls sprach sie wiederholt von Ihnen. Schon damals kam ich zu der Überzeugung, daß ein Wort von Ihnen bei ihr mehr ins Gewicht fallen würde als eine lange Rede von mir. Wären Sie wohl bereit, dieses Wort zu sprechen, Mylord ...?«
»Es will mir scheinen, daß Sie meinen Einfluß überschätzen«, sagte Hornblower. Er wählte seine Worte mit der gleichen Sorgfalt wie eben Spendlove, hoffte jedoch, daß es nicht so auffiel. »Aber ich will natürlich für Sie tun, was in meinen Kräften steht.«
»Ich brauche Sie meiner aufrichtigen Dankbarkeit kein zweites Mal zu versichern, Mylord«, sagte Spendlove.

War dieser bescheidene Bittsteller, dieser arme liebeskranke Junge, wirklich der gleiche Spendlove, der mit eiskaltem Entschluß jenen nächtlichen Sprung in einen zwanzig Meter tiefen Abgrund gewagt hatte? Hornblower erinnerte sich an Lucys stürmische Handküsse und dachte wieder daran, wie sie ihm auf den Knien nachgerutscht war. Aber die Leidenschaft eines kaum der Schule entwachsenen Kindes für einen Mann in reifen Jahren war doch höchstwahrscheinlich nichts als ein Strohfeuer, das ebenso rasch erlosch, wie es aufgeflammt war. Wenn erst alles vorüber war, dann war ihr die Erinnerung an ihr unbeherrschtes Benehmen gewiß nicht minder peinlich wie ihm selbst. In dieser Lage mußte sie das Bedürfnis fühlen, in die Abwehr zu gehen und dem anderen klarzumachen, daß er für sie nicht der einzige Mann auf der Welt war. Wie aber hätte sie das besser erreichen können als dadurch, daß sie einen anderen nahm? Kurzum, es bestand durchaus die Möglichkeit, daß sie Spendlove, wenn auch sozusagen im »Rückprall«, doch noch für sich einfing.

»Wenn Ihnen gute Wünsche helfen können«, sagte er, »soll es an mir gewiß nicht fehlen.«

Auch ein Admiral sollte seine Worte stets sorgfältig wählen.

Zwei Tage später sprach er beim Gouverneur vor, um sich abzumelden.

»Ich gehe morgen früh mit meinem Geschwader in See, Exzellenz«, sagte er.

»Können Sie nicht wenigstens so lange warten, bis die Todesurteile vollstreckt sind?«

»Tut mir leid, Eure Exzellenz«, gab Hornblower zur Antwort und fügte höchst unnötigerweise hinzu: »Hängen ist nichts für mich.«

Diese erklärenden Worte waren nicht nur unnötig, sondern im höchsten Maße töricht, was ihm sofort klar wurde, als er Hoopers erstauntes Gesicht sah. Zu hören, daß Hängen nichts für Hornblower sei, brachte ihn kaum weniger aus der Fassung, als wenn er vernommen hätte, Hornblower sei nicht für Hängen – was im übrigen beinahe ebenso richtig gewesen wäre.

Die Brigg sah einem britischen Kriegsschiff zum Verwechseln ähnlich, und das war am Ende kein Wunder, weil sie die längste Zeit ihres Lebens – bis sie nämlich zum Verkauf kam – wirklich eines gewesen war. Auch als sie jetzt in den Hafen einlief, hätte sie jedermann für ein Kriegsschiff gehalten, wenn sie nicht an Stelle des Kommandowimpels den Stander des Königlichen Jachtgeschwaders im Topp geführt hätte. Hornblower setzte das Glas ab, mit dem er voll Neugier verfolgt hatte, wie dieser seltsame Vogel durch die Hafeneinfahrt von Kingston hereinglitt, und nahm noch einmal Barbaras zwei Monate alten Brief zur Hand, der vor nunmehr vierzehn Tagen hier angelangt war.

Mein allerliebster Mann, (schrieb Barbara. Sie mißbrauchte zuweilen ihre Superlative, denn streng genommen konnte die Anrede »allerliebster« nur besagen, daß sie mindestens drei Männer besaß, unter denen Hornblower allerdings die erste Stelle einnahm.)

Du wirst bald einen interessanten Besuch bekommen. Es handelt sich um einen Millionär namens Charles Ramsbottom, der sich ein ausgedientes Marinefahrzeug kaufte und es auf den Namen BRIDE OF ABYDOS *taufte. Er gedenkt das Schiff als Jacht zu benutzen und damit die Westindischen Inseln zu besuchen. In der hiesigen Gesellschaft trat er erst vor kurzer Zeit in Erscheinung, nachdem er seines Vaters Vermögen als Erbe übernommen hatte – Bradford Wolle, glaube ich, und langfristige Verträge auf Lieferung von Armeeuniformen! Erstaunlich, daß es ihm trotz seiner etwas zwielichtigen Herkunft so rasch gelang, in der Gesellschaft Fuß zu fassen! Aber es fiel eben doch so manches ins Gewicht. Er ist noch sehr jung, besonders charmant, ledig, etwas exzentrisch und, wie schon gesagt, ein Millionär. In letzter Zeit bin ich ihm in sehr guten Häusern häufig begegnet und möchte ihn Dir hiermit herzlich empfehlen. Vielleicht habe ich dafür keinen anderen Grund, als daß er mir mit seiner köstlichen Mischung von Ehrerbietung und Warmherzigkeit ein ganz klein wenig den Kopf verdreht hat. Wäre ich nicht mit dem unwiderstehlichsten Mann der Welt verheiratet, ich glaube, ich wäre seinem Gehaben hoffnungslos erlegen. Er hat denn auch überall den allerbesten Eindruck hinterlassen, sowohl in den Kreisen der Regierung wie bei der Opposition, und wenn er sich in irgendeiner Richtung engagieren wollte, dürfte er in der Politik bald eine wichtige Rolle spielen. Ich bin überzeugt, daß er Dir Empfehlungsschreiben von Persönlichkeiten vorlegen wird, die ungleich größeren Einfluß besitzen, als Deine Dich herzlich liebende Frau ...«*

Hornblower konnte nicht umhin, den Brief noch einmal bis zum Ende durchzulesen, obwohl von Mr. Charles Ramsbottom weiterhin nicht mehr die Rede war. Dann aber kehrte er wieder zum ersten Absatz zurück. Hier war ihm vor allem der Ausdruck »Millionär« aufgefallen, der gleich zweimal darin vorkam und den er bis dahin noch nie gehört oder gelesen hatte. Er mochte dieses Wort von Anfang an nicht leiden. Konnte man sich vorstellen, daß ein einziger Mensch eine Million Pfund sein eigen nannte, und das wahrscheinlich nicht in Ländereien, sondern in Fabriken, Aktien und Obligationen, zu denen dann womöglich noch ein dickes Paket Staatspapiere und ein gewaltiges Bankkonto zu rechnen waren? Daß es solche Burschen gab – ob sie nun zur Gesellschaft zählten oder nicht –, war ihm ebenso widerwärtig wie diese neumodische Bezeichnung, die man ihnen beigelegt hatte. Und dieser hier hatte seiner Barbara gegenüber den Kavalier gespielt – man konnte bezweifeln, ob das wirklich eine Empfehlung für ihn war. Er griff wieder nach dem Glas und verfolgte, wie die Brigg vor Anker ging. Die Schnelligkeit, mit der sie ihre Segel wegnahm, verriet, daß sie eine starke Besatzung fuhr. Hornblower wußte nur zu genau, was dieser Sport kostete, weil er ja selbst als Geschwaderchef den knausrigen Lords über jeden ausgegebenen Penny Rechenschaft zu geben hatte. Um das Geld, das dieser Mr. Ramsbottom für seine seemännische Spielerei zum Fenster hinauswarf, hätten sich an die tausend arme Familien an Brot, Bier und Schinken satt essen und satt trinken können.
Die Brigg drehte auf und zeigte ein Ankermanöver, an dem wirklich nichts auszusetzen war. Hornblower hätte nicht umhin gekonnt, anerkennend vor sich hin zu brummen, wenn es sich um ein Schiff seines eigenen Verbandes gehandelt hätte. Aber jetzt ließ er ein leises Knurren vernehmen, das aber nur einer aus Mißgunst und Hohn zusammengesetzten Regung Ausdruck gab. Dann wandte er sich ab, um in der Abgeschiedenheit des Admiralitätsgebäudes auf das Eintreffen des ungebetenen Gastes zu warten.

Als er ihm gemeldet wurde, griff er nach der Visitenkarte, auf der in schlichten Lettern »Mr. Charles Ramsbottom« stand, und stellte mit leiser Genugtuung fest, daß er endlich auf einen Namen gestoßen war, der noch weniger Klang und Wohllaut besaß als sein eigener. Aber der Träger dieses Namens machte dann gleich einen weit besseren Eindruck. Er stand noch im Anfang der Zwanziger, war klein und schlank von Gestalt und – um es ehrlich zu sagen – auffallend hübsch. Seine Augen waren so schwarz wie seine Haare, sein Gesicht, dessen Züge in ihrer Regelmäßigkeit wie gemeißelt wirkten, war von der wochenlangen Seefahrt tief gebräunt, kurzum, er sah keineswegs so aus, wie man sich einen Wollfabrikanten aus Bradford vorstellen mochte. Sein dunkelgrüner Rock und die der offiziellen Gelegenheit angemessene weiße Kniehose wirkten unaufdringlich und zeugten von bestem Geschmack.
»Meine Frau schrieb mir von Ihnen, Mr. Ramsbottom«, sagte Hornblower.
»Das war sehr liebenswürdig von Lady Hornblower, aber sie ist ja überhaupt die Güte selbst. Darf ich Ihnen meine Empfehlungsbriefe von Lord Liverpool und Bishop Wilberforce vorlegen, Mylord?«
Barbara hatte also mit ihrer Vorhersage recht behalten, daß sich Ramsbottom bei beiden politischen Parteien lieb Kind machen werde. Der eine Brief stammte vom Premierminister selbst, der andere von einem sehr prominenten Mitglied der Opposition. Hornblower las sie beide durch und konnte sich nicht verhehlen, daß sie trotz ihrer offiziellen Fassung auffallend warm und herzlich gehalten waren.
»Ausgezeichnet, Mr. Ramsbottom«, sagte Hornblower und bemühte sich, den Ton zu treffen, der ihm nach der Lektüre eines vom Premierminister eigenhändig gezeichneten Empfehlungsschreibens angemessen zu sein schien. »Kann ich Ihnen in irgendeiner Form behilflich sein?«
»Fürs erste wüßte ich nicht, worum ich Sie bitten sollte, Mylord. Ich muß natürlich Wasser und Proviant ergänzen, aber mein Zahlmeister ist ein tüchtiger Mann. Dann möchte ich meine Reise durch diese entzückende Inselwelt möglichst bald fortsetzen.«
»Natürlich«, sagte Hornblower verständnisinnig. In Wirklichkeit konnte er beim besten Willen nicht begreifen, wie ein Mensch dazu kam, sich aus freien Stücken in diesen Gewässern

herumzutreiben, wo es hier und dort immer noch Seeräuber gab, was der Mann ausgerechnet in diesen Ländern suchte, wo die Malaria und das Gelbe Fieber grassierten, wo Bürgerkriege, Revolutionen und Massaker oft sogar noch mehr Menschenleben forderten als diese Seuchen.

»Sind Sie mit der BRIDE OF ABYDOS zufrieden?« fragte Hornblower. Die Achtzehn-Kanonen-Briggs der Royal Navy genossen keinen guten Ruf, weil sie rank waren und der Besatzung nicht genug Lebensraum boten.

»Danke der Nachfrage, Mylord, ich kann mich nicht beklagen«, gab Ramsbottom zur Antwort. »Dadurch, daß ich ihr eine andere Bestückung gab, habe ich ihr Gewicht etwas verringert. Sie führt jetzt nur noch zwölf Geschütze statt achtzehn – zwei lange Sechspfünder und zehn Karronaden, aber Vierundzwanzigpfünder an Stelle der bisherigen Zweiunddreißigpfünder.«

»Sie könnten also immer noch mit einem Seeräuber fertig werden?«

»Ganz bestimmt, Mylord. Mit dieser Verminderung der Decksgewichte – sie macht volle zehn Tonnen aus – habe ich die BRIDE OF ABYDOS in ein wirklich seetüchtiges Fahrzeug verwandelt. Jedenfalls ist das meine feste Überzeugung.«

»Das ist auch ohne Zweifel der Fall«, sagte Hornblower. Wahrscheinlich hatte der Mann recht. Diese Kriegsbriggs waren natürlich bis an die Grenze ihrer Stabilität und so weit es der bescheidenste Raumbedarf der Besatzung irgend zuließ, mit Geschützen und Kriegsgerät aller Art vollgepackt. Eine maßvolle Verminderung dieser toten Gewichte konnte ein solches Schiff darum sehr wohl angenehmer und handiger machen.

»Eure Lordschaft würden mir die größte Freude bereiten«, fuhr Mr. Ramsbottom fort, »wenn Sie sich dazu herbeilassen wollten, mich an Bord zu besuchen. Für mich wäre das eine hohe Ehre, und meine Besatzung würde sich aufrichtig darüber freuen. Vielleicht kann ich Eure Lordschaft sogar dafür gewinnen, bei mir an Bord zu dinieren?«

»Zunächst möchte ich Sie meinerseits zum Dinner gebeten haben, dann können wir uns weiter darüber unterhalten«, sagte Hornblower. Er hatte sich gerade noch rechtzeitig daran erinnert, was sich geziemte. Wer so gewichtige Empfehlungsschreiben vorlegen konnte, mußte natürlich zum Dinner gebeten werden.

»Sie sind außerordentlich liebenswürdig, Mylord«, meinte Mr. Ramsbottom. »Aber mir scheint, ich sollte mich ohne Verzug zu Seiner Exzellenz begeben, um auch ihm meine Empfehlungsschreiben vorzulegen.«

Das sagte er mit höflichem und dabei ganz besonders gewinnendem Lächeln. Offenbar kannte er die Regeln der Etikette sehr genau und wußte sich darein zu fügen. Jeder Besucher Jamaikas war natürlich gehalten, dem Gouverneur als allerserstem seine Aufwartung zu machen. Aber Ramsbottom war eben kein gewöhnlicher Reisender. Da er Kapitän eines Schiffes war, hatte die Marine, das hieß also Hornblower, das erste Anrecht auf seinen Besuch. Eine Kleinigkeit, schien sein Lächeln zu sagen, aber Etikette bleibt Etikette, da sind auch Kleinigkeiten von Bedeutung und müssen entsprechend genau beachtet werden.

Als Ramsbottom sich verabschiedete, hatte Hornblower trotz allen Widerstrebens den besten Eindruck von ihm gewonnen. Er hatte wie ein vernünftiger Mensch von Schiffen und Seefahrt gesprochen, er gab sich ungezwungen und natürlich, ganz anders als jener Lord Byron, der wahrscheinlich mehr als jeder andere dazu beigetragen hatte, daß sich das Jachtsegeln bei reichen Leuten zunehmender Beliebtheit erfreute. Hornblower war sogar bereit, ihm nachzusehen, daß er Barbara »ein wenig den Kopf verdreht hatte«. Während der folgenden Tage, die der junge Mann noch in Jamaika verbrachte, wuchs er Hornblower sogar richtig ans Herz, besonders als er bei einer verbissenen Whistpartie zwei Pfund an ihn verloren hatte und beim nächsten Spiel, bei dem Ramsbottom zugegebenermaßen vom Pech verfolgt war, zehn Pfund von ihm zurückgewann. Die Gesellschaft von Jamaika nahm Ramsbottom mit herzlicher Wärme auf, selbst der gestrenge Gouverneur war mit ihm einverstanden, und seine Gattin, Lady Hooper, erging sich in lauten Lobsprüchen über seine Aufmerksamkeit und sein vollendetes Benehmen.

»Dem Sohn eines Bradforder Wollfabrikanten hätte ich so etwas weiß Gott nicht zugetraut«, mußte Hooper gegen seinen Willen gestehen.

»Dinieren Sie auch an Bord der BRIDE OF ABYDOS, Exzellenz?« fragte ihn Hornblower.

»Ja, ich gehe hin«, erwiderte ihm Hooper, der gern gut aß. »Aber das Schiffchen ist schließlich nur eine Jacht, darum erwarte ich mir nicht allzuviel von diesem Dinner.«

Auf Ramsbottoms Anregung hin kam Hornblower so zeitig an Bord, daß er noch Gelegenheit fand, das Schiff zu besichtigen. Als er das Deck betrat, wurde er ganz nach Marineart mit Fallreepsgasten und einem langgedehnten Triller der Bootsmannsmaatenpfeifen empfangen. Seine Blicke wanderten schon forschend über das Schiff, während er Ramsbottom noch zur Begrüßung die Hand schüttelte. Hier deutete wahrhaftig nichts darauf hin, daß dies kein Kriegsschiff Seiner Majestät des Königs war. Das Deck schimmerte in makellosem Weiß, das Tauwerk war in kunstvollen Figuren aufgeschossen, am Querschott standen sauber aufgereiht die blitzenden Piken und Entermesser, das Messing schimmerte blank in der Sonne, die angetretene Besatzung machte in ihren blauen Jumpern und weißen Hosen einen ordentlichen, wohldisziplinierten Eindruck.

»Darf ich Ihnen meine beiden Offiziere vorstellen, Mylord?« fragte Ramsbottom.

Sie waren beide Leutnants auf Halbsold, Männer, die das Schicksal hart angefaßt hatte. Hornblower schüttelte ihnen die Hand und sagte sich dabei unwillkürlich, daß ihn selbst wahrscheinlich nur ein halbes Dutzend Glücksfälle davor bewahrt hatten, immer noch als Leutnant dahinleben zu müssen. Dann führe er vielleicht wie diese beiden zur Aufrundung seines kümmerlichen Halbsolds auf der Jacht irgendeines reichen Mannes zur See. Als ihn Ramsbottom nach vorn führte, erkannte er einen der Männer, die an den Geschützen angetreten waren.

»Sie waren doch 1780 mit mir auf der Renown, auch in dieser Gegend, nicht wahr?« sagte er.

»Jawohl, Sir – Mylord, das stimmt, Sir«, gab der Mann zur Antwort und griff mit verlegenem Grinsen nach der Hand, die ihm Hornblower entgegenstreckte. »Und Charlie Kemp, Sir, Mylord, der da drüben, Sir, der war mit Ihnen in der Ostsee. Und Bill Cummings, dort auf der Back, der war Vortoppsgast auf der Lydia und fuhr mit Ihnen um Kap Hoorn.«

»Ich freue mich, euch alle wiederzusehen«, sagte Hornblower. So war es in der Tat, aber fast ebenso froh war er, daß es ihm erspart geblieben war, sich auf die Namen der Leute besinnen zu müssen. Langsam schritt er weiter.

»Sie haben ja eine richtige Marinebesatzung an Bord, Mr. Ramsbottom«, bemerkte er.

»Ja, Mylord, es sind fast alles Kriegsschiffsleute.«

In dieser Friedenszeit und bei der schlechten Wirtschaftslage, überlegte Hornblower, war es wohl ein leichtes, eine Schiffsbesatzung anzuheuern. Man konnte mit einigem Recht der Meinung sein, daß sich Ramsbottom ein öffentliches Verdienst erwarb, indem er diesen Männern, die sich wirklich um ihre Heimat verdient gemacht hatten, ein richtiges Brot verschaffte. Als er dann die scharfen Kommandos hörte, nach denen ihm die Mannschaft anschließend vorexerzieren mußte, konnte er sich doch eines Lächelns nicht erwehren. Ramsbottom hatte offenbar Spaß daran, sich als Kommandant eines Kriegsschiffes zu fühlen, und Hornblower sagte sich, daß er mit diesem Steckenpferd wirklich niemand wehtat.

»Sie haben ein besonders kampfkräftiges Schiff mit einer glänzend ausgebildeten Besatzung«, sagte Hornblower.

»Dies Urteil Eurer Lordschaft gereicht mir zur besonderen Freude.«

»Sie selbst haben wohl nicht gedient?«

»Nein, Mylord.«

Ältere Leute waren immer noch etwas erstaunt, daß es in diesem Jahre 1821 erwachsene Männer, ja sogar schon Familienväter gab, die dennoch zu jung gewesen waren, um an jenen Kriegen teilzunehmen, die ein ganzes Menschenalter lang die Welt verwüstet hatten. Hornblower kam sich in diesem Augenblick wie ein hundertjähriger Greis vor.

»Ach, da kommen noch Gäste, Mylord. Wollen Sie mich für eine Sekunde entschuldigen?«

Es waren zwei Pflanzer – Hough und Doggart, und dazu der Oberste Richter der Insel. Kam noch der Gouverneur dazu, dann zählte die Tischgesellschaft sechs Personen, drei Staatsdiener und drei Privatleute. Die Anwesenden versammelten sich unter dem Sonnensegel, das über den Großbaum hinweg ausgeholt war und dem Achterdeck Schatten bot. Von dort aus beobachteten sie den feierlichen Empfang Seiner Exzellenz.

»Glauben Sie, daß das Dinner diesem Zeremoniell die Waage halten wird?« fragte Doggart.

»Ramsbottoms Zahlmeister kaufte gestern zwei Tonnen Eis«, sagte Hough.

»Kostet mindestens Sixpence das Pfund«, meinte Doggart.

Jamaika war der Mittelpunkt eines kleinen Handelsverkehrs in Eis, das mit schnellen Schonern von Neuengland eingeführt wurde. Dort schnitt man es in Stücke und lagerte es während des Winters in tiefen Kellern ein, dann wurde es dick in isolierendes Sägemehl gepackt und auf dem schnellsten Weg ins Karibische Meer gebracht. Hier erzielte man im Hochsommer phantastische Preise dafür. Hornblower hörte der Schilderung dieser Vorgänge aufmerksam zu, noch aufmerksamer aber verfolgte er das Tun eines Matrosen, der auf dem Mitteldeck rastlos an einer Kurbel drehte. Die Arbeit war wohl nicht schwer, aber gewiß sterbenslangweilig. Er konnte sich beim besten Willen nicht vorstellen, welche Aufgabe diese Kurbel hier an Bord zu erfüllen hatte ... Die Gäste verbeugten sich vor Seiner Exzellenz und nahmen, seinem Beispiel folgend, auf den bequemen Stühlen Platz. Zugleich erschien ein Steward und reichte Sherry herum.

»Donnerwetter, das schmeckt!« rief der Gouverneur nach dem ersten vorsichtigen Probeschluck. »Das ist etwas anderes, als Euer Oloroso, Euer süßes, pappiges dunkles Zeug, das Ihr Sherry zu nennen wagt.«

Der Gouverneur durfte sich dank der königlichen Abstammung, die man ihm nachsagte, wie dank seiner hohen Stellung Bemerkungen erlauben, die man einem gewöhnlichen Sterblichen übelgenommen hätte. Aber der Sherry war in der Tat ein köstliches Getränk, er besaß eine erlesene Blume und genau die richtige Temperatur, kühl, aber nicht eiskalt. Plötzlich hörte Hornblower ein neues Geräusch, so daß er auf seinem Platz herumfuhr und nach vorn blickte. Am Fuß des Großmastes hatte soeben ein kleines Orchester zu spielen begonnen, die Musiker spielten verschiedene Saiteninstrumente, deren Namen ihm, abgesehen von der Geige, zeitlebens fremd geblieben waren, weil sie ihn nicht interessierten. Hätte ihn diese greuliche Musik nicht gestört, so wäre es wirklich ein reiner Genuß gewesen, unter dem Sonnensegel an Deck eines guten Schiffes zu sitzen, sich von der eben aufkommenden Seebrise umfächeln zu lassen und dazu diesen herrlichen Sherry zu trinken.

Der Gouverneur gab einen kleinen Wink, worauf ihm sofort ein zweites Glas serviert wurde.

»Sieh einer an!« sagte Hooper, »Sie haben ein recht gutes Orchester.« Man wußte allgemein, daß die Freude an der Musik ein Erbgut der königlichen Familie war.

»Ich darf Eurer Exzellenz für Ihre freundlichen Worte danken«, sagte Ramsbottom, und wieder wurden die Gläser herumgereicht. Danach neigte sich Ramsbottom zu einem Steward, der ihm etwas zuflüsterte:

»Eure Exzellenz, Mylord, meine Herren, das Dinner ist serviert.«

Einer nach dem anderen verschwanden sie durch den Niedergang unter Deck. Offenbar hatte man im achteren Teil des Schiffes alle Schottwände herausgerissen, um eine zwar niedrige, aber sehr geräumige Kajüte zu erzielen. Die Karronaden auf beiden Seiten verliehen der üppigen Szene eine kriegerische Note, die allerdings in dem Meer von Blumen kaum noch zu verspüren war. Der Eßtisch stand, von schimmerndem Leinen bedeckt, in der Mitte. Windfänger in den Bullaugen lenkten den Passat in die Kajüte herein, die im doppelten Schutz des Sonnensegels und des Decks angenehm kühl war. Außerdem entdeckte Hornblower gleich auf den ersten Blick zwei seltsame Vorrichtungen, eine Art kleiner Räder, die in zwei Bullaugen gesetzt waren und unaufhörlich herumwirbelten. Jetzt wußte er auch, wozu der Matrose an Oberdeck die Kurbel drehte. Er trieb damit diese beiden Räder an, die durch ihren genialen Mechanismus einen Luftstrom von außenbords in die Kajüte trieben. Die Dinger arbeiteten dabei genau wie die Flügel einer Windmühle, nur im umgekehrten Sinne.

Die Gäste nahmen in der Ordnung Platz, die ihnen der Gastgeber höflich nahelegte, und harrten nun gespannt der Dinge, die da kommen sollten. Der erste Gang wurde aufgetragen. Er bestand aus zwei großen Schüsseln, die von noch größeren, mit zerhacktem Eis gefüllten Schalen umschlossen waren. Die Schüsseln enthielten eine graue körnige Masse.

»Kaviar!« rief Seine Exzellenz und löffelte nach dem ersten überraschten Blick eine tüchtige Portion auf seinen Teller.

»Ich hoffe, er ist nach Ihrem Geschmack, Sir«, sagte Ramsbottom. »Und ich möchte Sie bitten, dazu diesen Wodka zu versuchen. Er ist der gleiche, wie er in Rußland an der kaiserlichen Tafel serviert wird.«

Während des ersten Ganges drehte sich das Gespräch der Tafelrunde nur um Kaviar und Wodka. Hornblower hatte diese Zusammenstellung das letztemal im Jahr 1812 während der Verteidigung von Riga zu kosten bekommen und konnte daher seinen Teil zu dieser Unterhaltung beitragen. Dann wurde der nächste Gang aufgetragen.

»Dieses Gericht dürfte den Herren nicht unbekannt sein«, erklärte Ramsbottom. »Aber ich brauche Sie darum kaum um

Nachsicht zu bitten, da es wohl mit das Köstlichste ist, was diese Insel zu bieten hat.«

Es waren Fliegende Fische.

»Bei dieser Zubereitung haben Sie es gewiß nicht nötig, sich zu entschuldigen«, bemerkte Seine Exzellenz. »Ihr Chef de cuisine ist ein wahres Genie.«

Die Sauce, die dazu auf den Tisch kam, hatte nur eine leise Spur von Senfgeschmack.

»Rheinwein oder Sekt?« murmelte eine Stimme in Hornblowers Ohr. Er hatte schon vorher gehört, wie der Gouverneur auf dieselbe Frage geäußert hatte: »Ich möchte zuerst den Rheinwein versuchen.« Der Sekt war trocken und von verführerischem Wohlgeschmack, eine vollendete Beigabe zu solch vortrefflicher Speise. Die großen Eßkünstler der Antike, ein Nero, ein Vitellius, ein Lucullus, wußten noch nichts von dem Genuß, den Fliegende Fische mit Sekt dem Feinschmecker bieten konnten.

»Sie werden bald andere Dinge zu essen bekommen, was, Hornblower?« sagte Seine Exzellenz.

»Ohne Zweifel, Sir.«

Ramsbottom warf ihm einen höflich fragenden Blick zu.

»Eure Lordschaft gehen in See?«

»Ja, nächste Woche«, gab ihm Hornblower zur Antwort. »Ich will noch einmal mit meinem Geschwader exerzieren, ehe die Hurrikan-Periode beginnt.«

»Sicherlich dient das zur Erhaltung der Schlagkraft Ihres Verbandes«, sagte Ramsbottom. »Werden diese Übungen von längerer Dauer sein?«

»Ein paar Wochen, vielleicht auch länger«, sagte Hornblower. »Ich muß dafür sorgen, daß meine Männer wieder einmal die einfache Seemannskost, Hartbrot, Salzfleisch und Wasser aus dem Faß, zu kosten bekommen, damit sie sich ihrer nicht ganz entwöhnen.«

»Und Sie selbst machen da wohl tüchtig mit«, meinte der Gouverneur lachend.

»Selbstverständlich«, bestätigte ihm Hornblower mit einer leisen Regung des Bedauerns.

»Holen Sie dazu Ihr ganzes Geschwader zusammen, Mylord?« fragte Ramsbottom.

»Alle Schiffe, die irgend verfügbar sind. Ausnahmen gibt es nur im äußersten Notfall.«

»Gewiß ein nützlicher Grundsatz«, bemerkte Ramsbottom.
Nach den Fliegenden Fischen folgte eine scharf mit Curry gewürzte Geflügelsuppe, die dem westindischen Gaumen so recht behagte.
»Gut!« ließ sich der Gouverneur kurz vernehmen, als er den ersten Löffel versucht hatte. Der Champagner machte erneut die Runde, und die Unterhaltung wurde immer lebhafter, zumal Ramsbottom geschickt dazu beitrug, die Gespräche in Gang zu halten.
»Haben Sie neue Nachrichten vom Festland, Sir?« fragte er den Gouverneur. »Was macht dieser Bursche, der Bolivar? Hatte er in letzter Zeit Erfolg?«
»Er kämpft weiter«, antwortete der Gouverneur, »aber Spanien schickt in aller Eile Verstärkungen heraus, soweit die Unruhe im eigenen Land das irgend zuläßt. Die Regierung in Caracas erwartet, soviel mir bekannt ist, zur Zeit wieder einen Transport. Dann könnte es immerhin sein, daß sie das flache Land zurückerobert und Bolivar wieder über die Grenze treibt. Sie wissen doch, daß er vor einigen Jahren als Flüchtling hier auf dieser Insel lebte?«
»Das ist mir neu, Sir.«
Die ganze Tischgesellschaft nahm lebhaften Anteil an dem blutigen Bürgerkrieg, der zur Zeit auf dem Festland Südamerikas tobte. Mord und Menschenschlächterei, großartiges Heldentum und unerhörter Opfermut, Treue gegen den König und unbändiger Freiheitsdrang, das alles erlebte man zur Zeit in Venezuela. Krieg und Pestilenz verwandelten die fruchtbaren Ebenen in eine Wüste, entvölkerten die menschenwimmelnden Städte.
»Welche Folgen wird es für die Spanier haben, daß jetzt in Maracaibo der Aufstand ausgebrochen ist?« wollte der Gouverneur von Hornblower wissen.
»Das ist wohl kein ernster Verlust, Sir. Solange sie La Guaira fest in Händen haben, sind auch ihre Seeverbindungen gesichert – die Straßen sind ja so schlecht, daß Caracas den ganzen Verkehr mit der Außenwelt von jeher über La Guaira leitete. La Guaira hat zwar nur eine offene Reede, aber diese bietet guten Ankergrund.«
»Hat sich denn Maracaibo gegen Spanien erhoben?« fragte Ramsbottom in beiläufigem Ton.
»Ja, die Nachricht kam heute morgen. Diese Feder kann sich

Bolivar nach seinen letzten Niederlagen an den Hut stecken. Seine Truppen waren wohl schon drauf und dran, den Mut zu verlieren.«

»›Seine Truppen‹, Sir?« meldete sich jetzt der Oberrichter zum Wort. »Die Hälfte seiner Leute sind britische Infanteristen.«

Das war auch Hornblower nicht unbekannt. Britische Veteranen bildeten das Rückgrat der Armee Bolivars. Die Llaneros – aus den Ebenen Venezuelas stammend – stellten wohl eine ausgezeichnete Kavallerie, waren jedoch zur dauernden Besetzung eroberter Gebiete nicht zu gebrauchen.

»Auch der britische Soldat kann in hoffnungsloser Lage den Mut verlieren«, sagte der Gouverneur. »Die Spanier beherrschen immerhin den größten Teil der Küste – fragen Sie nur den Admiral hier.«

»Das stimmt«, pflichtete ihm Hornblower bei, »sie machen Bolivars Kaperschiffen die Hölle heiß.«

»Hoffentlich kommen Sie nicht auf den Einfall, sich in diesen Hexenkessel hineinzuwagen, Mr. Ramsbottom«, warnte der Gouverneur.

»In einem solchen Fall würde man kurzen Prozeß mit Ihnen machen«, fügte der Oberrichter hinzu. »Die Dons dulden keine Einmischung. Man nähme Sie ohne Umstände fest, dann würden Sie vielleicht auf Jahre hinaus in einem spanischen Gefängnis schmachten, bis es gelänge, Sie den Klauen König Ferdinands zu entringen – wenn Sie nicht schon vorher dem Gefängnisfieber zum Opfer fielen oder als Pirat aufgeknüpft würden.«

»Ich habe gewiß nicht die Absicht, mich in die Nähe des Festlandes zu wagen«, meinte Ramsbottom, »zum mindesten nicht, solange dort Kriegszustand herrscht. Es fällt mir allerdings bitter schwer, ausgerechnet Venezuela meiden zu müssen, weil es die Heimat meiner Mutter ist. Ich hätte mich besonders gefreut, einmal dorthin zu kommen.«

»Wie sagten Sie? Ihre Mutter stammt aus Venezuela?« fragte der Gouverneur interessiert.

»Gewiß, Sir. Meine Mutter war eine vornehme Venezolanerin. Dort hieß ich Carlos Ramsbottom y Santona.«

»Ein interessanter Name«, bemerkte der Gouverneur.

Ja, er nahm sich sogar noch seltsamer aus als »Horatio Hornblower«. Es war immerhin bezeichnend für den weltweiten

Umfang britischer Handelsbeziehungen, daß ein Wollfabrikant aus Bradford eine Venezolanerin zur Mutter hatte. Jedenfalls erklärte sich damit Ramsbottoms südländisch dunkle männliche Schönheit.

»Ich kann ohne weiteres abwarten, bis der Krieg auf diese oder jene Art ein Ende nimmt«, sagte Ramsbottom mit wegwerfender Gebärde. »Bis dahin gibt es schließlich auch noch andere Reiseziele. Und nun, meine Herren, bitte ich Sie um Ihre Aufmerksamkeit für den nächsten Gang.«

»Zusammengekochtes?« fragte der Gouverneur skeptisch. Sein Ton ließ vermuten, daß ihm ein Braten lieber gewesen wäre.

»Bitte versuchen Sie es einmal«, redete ihm Ramsbottom zu.

Der Gouverneur bediente sich und koste mit sichtlicher Zurückhaltung.

»Hm, nicht übel«, meinte er nickend. »Aber nun sagen Sie mir doch, was es ist.«

»Ein Ragout von konserviertem Ochsenfleisch«, erklärte Ramsbottom. »Meine Herren? Mylord? Bitte, machen Sie einen Versuch.«

Das war einmal etwas ganz Neues; Hornblower hatte noch nie etwas auch nur entfernt Ähnliches gegessen – am wenigsten aber hatte dieses Gericht etwas mit dem in Salzlake konservierten Fleisch gemein, das Hornblower volle zwanzig Jahre seines Lebens vorgesetzt bekommen hatte.

»Es schmeckt wirklich ausgezeichnet«, sagte Hornblower. »Und wie wird es konserviert?«

Ramsbottom gab dem wartenden Steward einen Wink, worauf dieser eine viereckige, offenbar metallene Dose auf den Tisch setzte. Das Ding wog ziemlich schwer in Hornblowers Hand.

»Glas tut die gleichen Dienste«, erklärte Ramsbottom, »aber es ist an Bord nicht so praktisch.«

Der Steward bearbeitete jetzt die Dose mit einem kräftigen Messer. Er schnitt sie auf, bog den Deckel zurück und zeigte den Gästen den Inhalt.

»Diese Dose besteht aus verzinntem Blech«, fuhr Ramsbottom fort, »und wird bei hoher Temperatur luftdicht verschlossen. Ich wage zu behaupten, daß dieses neue Verfahren eine wesentliche Verbesserung der Bordverpflegung zur Folge haben wird. Das Fleisch kann kalt, so wie es aus der Dose kommt, gegessen werden, oder aber gehackt und zubereitet, wie es vor Ihnen auf dem Tisch steht.«

»Und das Spiegelei?« fragte der Gouverneur.
»Das allerdings verdanken wir einem guten Einfall meines Kochs.«
Die Unterhaltung drehte sich weiter um diese interessante Erfindung – und um den wunderbaren Burgunder, der zu diesem Gang gereicht wurde; die Unruhen in Venezuela, ja sogar Ramsbottoms exotische Mutter waren alsbald vergessen. Je reichlicher der Wein floß, desto wirrer und zusammenhangloser wurden die Gespräche. Hornblower hatte so viel getrunken, wie ihm schmeckte, und vermied es in seiner eingewurzelten Abneigung gegen jeden Exzeß auf listige Art, sich mehr als dieses maßvolle Quantum einverleiben zu müssen. Erstaunlicherweise blieb auch Ramsbottom völlig nüchtern, überlegt und leise, während die anderen immer rötere Gesichter bekamen und allmählich so laut wurden, daß die Kajüte von dem Gebrüll ihrer Trinksprüche und dem unzusammenhängenden Gegröle ihrer Lieder richtig dröhnte. Hornblower glaubte zu erraten, daß der Abend seinen Gastgeber ebenso zu langweilen begann wie ihn selber. Er war darum heilfroh, als sich Seine Exzellenz endlich, am Tisch Halt suchend, von seinem Platz erhob, um Abschied zu nehmen.
»Ihr Dinner war verdammt gut«, sagte er, »und Sie sind ein verdammt guter Gastgeber, Ramsbottom. Ich wollte, es gäbe mehr Ihres Schlages.«
Hornblower reichte Ramsbottom die Hand.
»Ich bin Ihnen besonders dankbar, daß Sie gekommen sind, Mylord«, sagte dieser. »Jedenfalls bedaure ich sehr, daß ich diese Gelegenheit benutzen muß, um mich von Eurer Lordschaft zu verabschieden.«
»Wollen Sie denn schon so bald in See gehen?«
»Voraussichtlich in einigen Tagen, Mylord. Ich hoffe und wünsche Ihnen, daß die Übungsreise Ihres Geschwaders zu Ihrer vollen Zufriedenheit ausfallen möge.«
»Besten Dank für Ihren liebenswürdigen Wunsch. Welches wird denn Ihr nächstes Ziel sein?«
»Ich werde durch den Windward-Kanal zurückkreuzen, Mylord. Vielleicht treibe ich mich eine Weile zwischen den Bahama-Inseln herum.«
»Nehmen Sie sich dort auf alle Fälle gut mit Ihrer Navigation in acht. Ich wünsche Ihnen jedenfalls alles Gute und eine glückliche Reise. Dieser Tage schreibe ich an meine Frau und berichte ihr natürlich auch über Ihren Besuch.«

»Darf ich Sie bitten, Lady Hornblower bei dieser Gelegenheit meine ergebensten Wünsche und Empfehlungen zu übermitteln, Mylord?«

Ramsbottoms gutes Benehmen bewährte sich bis zum letzten Augenblick. Er vergaß nicht einmal, seine Karten mit dem Vermerk: »Pour prendre congé« an alle Bekannten zu schicken, und manche Mutter einer unverheirateten Tochter bedauerte im stillen, ihn scheiden zu sehen. Hornblower sah noch, wie die BRIDE OF ABYDOS in der Dämmerung des Morgens mit halbem Wind nach Osten ablief, um Morant Point mit der Landbrise zu runden; dann hatte er sie im Eifer der Vorbereitungen für die Übungsfahrt seines Geschwaders bald vergessen.

Er konnte sich nie eines verkniffenen Lächelns erwehren, wenn er den Blick über »Seiner Majestät Schiffe und Fahrzeuge in Westindien« wandern ließ, die seinem Oberbefehl unterstanden. In Kriegszeiten hätte er hier eine mächtige Flotte unter sich gehabt, jetzt waren es nur drei kleine Fregatten, und dazu ein bunt zusammengewürfeltes Gemisch von Briggs und Schonern. Aber das konnte ihn in seinen Absichten nicht irremachen. Für die Dauer der Übung mußten die Fregatten die Rolle von Dreideckern spielen, aus den Briggs wurden Vierundsiebzig-Kanonen-Schiffe und aus den Schonern Fregatten, so daß er über einen Aufklärungsschirm, ein Gros und eine Nachhut verfügte. Mit diesem Verband kreuzte er in den verschiedensten Formationen, immer bereit, gegen einen imaginären Feind ins Gefecht zu gehen. Wenn ein Schiff nicht genau Position hielt, stiegen sofort Flaggen an seinen Signalleinen hoch, die einen scharfen Tadel bedeuteten. Er ließ den Verband Klarschiff anschlagen, er schwenkte divisionsweise zur Gefechtslinie ein, er wendete, um auf die angenommene Linie des Gegners zuzustoßen. In stockfinsterer Nacht brannte er Blaulichter ab, was »Feind in Sicht« bedeutete und die Wirkung hatte, daß ein Dutzend Kommandanten und an die tausend Matrosen Hals über Kopf aus ihren Kojen stürzten, um den nicht vorhandenen Gegner zu bekämpfen.

Durch ein überraschendes Flaggensignal befahl er den Kommandanten, das Kommando an ihre jüngsten Leutnants abzugeben, und begann dann sofort mit den kompliziertesten Manövern im Verbande, bei denen den wirklichen Kommandanten, die dem Wirbel tatenlos zusehen mußten, der Angstschweiß auf die Stirn trat – aber diese jungen Leutnants kamen vielleicht

eines Tages in die Lage, selbst ein Linienschiff in eine Schlacht zu führen, von deren Ausgang das Wohl und Wehe ganz Englands abhing. Darum galt es jetzt schon, ihre Nerven zu stählen und sie mit der Führung eines Schiffes in gefährlichen Lagen vertraut zu machen. Mitten beim Segelexerzieren konnte er signalisieren: »Flaggschiff brennt. Alle Boote zu Wasser!« Er ließ Landungsabteilungen ausschiffen, um nicht vorhandene Batterien auf irgendeinem harmlosen unbewohnten Inselchen zu stürmen, und musterte diese Landungstruppen, kaum daß sie das Ufer erreicht hatten, bis zum letzten Flintstein in der letzten Pistole. Entschuldigungen wies er so unerbittlich zurück, daß mancher Betroffene ingrimmig mit den Zähnen knirschte. Er befahl seinen Kommandanten, Überfälle zu planen und durchzuführen; hinterher zerpflückte er dann ihre Maßnahmen zur Abwehr wie auch ihre Angriffsmethoden mit bissigen Worten der Kritik. Er teilte seine Schiffe paarweise ab, um Einzelgefechte Schiff gegen Schiff zu üben, angefangen vom ersten Insichtkommen am Horizont über die möglichst geschickte Annäherung bis zu dem Augenblick, in dem die entscheidende erste Breitseite fallen konnte. Trat eine Flaute ein, so nutzte er sie aus, um die Schiffe mit Booten oder mit langen Riemen fortbewegen zu lassen, immer mit dem hartnäckig verfolgten Ziel, den Vordermann einzuholen. So arbeitete er seine Besatzungen durch, bis sie am Umfallen waren, und hatte dann gleich wieder neue Aufgaben bereit, damit sie beweisen konnten, daß sie immer noch etwas herzugeben hatten. Wahrscheinlich wurde »Old Horny« in diesen Tagen häufiger im stillen verflucht als anerkannt oder bewundert.
Das Geschwader war wieder in bester Form, als es Hornblower nach Kingston zurückführte. Die CLORINDA war eben noch beim Einlaufen, als ihr ein Boot von Land entgegengepullt kam. Es brachte einen Adjutanten des Gouverneurs, der Hornblower ein Schreiben übergab.
»Sir Thomas, möchten Sie die Güte haben, mein Chefboot klarmachen zu lassen?« sagte Hornblower.
Hier war offenbar Eile geboten, denn das Schreiben des Gouverneurs lautete kurz und bündig:

Mylord,
es scheint unbedingt erforderlich, daß Eure Lordschaft sobald wie irgend möglich hier erscheinen, um zur Lage in Venezuela

eine Erklärung abzugeben. Eure Lordschaft werden daher ersucht und angewiesen, sich umgehend bei mir zu melden.

August Hooper,
Gouverneur

Hornblower hatte natürlich keine Ahnung, was sich in den letzten drei Wochen in Venezuela zugetragen hatte. Er machte darum gar nicht erst den Versuch, zu erraten, worum es sich handeln mochte, während ihn der Wagen im schnellsten Trab zum Gouvernement brachte. Aber wenn er auch noch soviel herumgerätselt hätte, auf das, was er nun hörte, wäre er gewiß nicht gekommen.

»Was soll das alles heißen, Hornblower«, waren die ersten zornigen Worte des Gouverneurs. »Wer hat Ihnen Vollmacht gegeben, die venezolanische Küste zu blockieren? Warum wurde ich nicht von diesem Schritt unterrichtet?«

»Ich habe nichts dergleichen unternommen«, entgegnete Hornblower aufgebracht.

»Aber – zum Donnerwetter, Mann, hier sind doch die Beweise! Die Holländer, die Spanier und wer weiß welche Staaten sonst noch legen dagegen Protest ein.«

»Ich gebe Ihnen die Versicherung, Sir, daß ich an der venezolanischen Küste nichts unternommen habe. Ich war die ganze Zeit über fünfhundert Meilen davon entfernt.«

»Was bedeutet dann dies hier?« schrie der Gouverneur. »Schauen Sie sich das einmal an!«

Er hielt mit der Rechten einige Papiere in die Höhe und hieb mit der Linken wie wild darauf ein, so daß es Hornblower nicht ganz leichtfiel, sie ihm abzunehmen. Hornblower war über diese Szene an sich schon bestürzt, aber seine Bestürzung wuchs noch von Sekunde zu Sekunde, als er nun zu lesen begann. Eins der Papiere war eine in Französisch abgefaßte dienstliche Depesche des holländischen Gouverneurs von Curaçao, das andere war größer und deutlicher geschrieben, darum las er dieses zuerst. Ein großer Bogen Papier trug in schwungvoller Handschrift folgenden Text:

Sintemalen die mit der Verwaltung der Behörde des Lordgroßadmirals beauftragten Lordkommissare von dem hochehrenwerten Vicomte Castlereagh, einem der ersten Staatssekretäre Seiner Britischen Majestät, davon in Kenntnis gesetzt wurden, daß

es für erforderlich gehalten werde, über die Küste des Dominiums Venezuela Seiner Allerkatholischsten Majestät sowie über die zum Dominium Seiner Majestät des Königs der Niederlande gehörigen Inseln, Curaçao, Aruba und Bonaire mit Namen, die Blockade zu verhängen, gebe ich, Horatio Lord Hornblower, Ritter des Großkreuzes des allerhöchsten Bath-Ordens, Konteradmiral des Weißen Geschwaders und Oberbefehlshaber Seiner Britannischen Majestät Schiffe und Fahrzeuge in den Westindischen Gewässern, folgendes bekannt:
Die Küste des Festlandes von Südamerika, von Cartagena bis zum Dragons Mouth, sowie die vorgenannten niederländischen Inseln Curaçao, Aruba und Bonaire befinden sich vom heutigen Tage an im Zustand der Blockade.
Jedes Fahrzeug irgendwelcher Art und Größe, gleichgültig ob mit Kriegsmaterial beladen oder nicht, das irgendeinen Hafen oder eine Reede innerhalb des genannten Gebiets anzulaufen versucht oder in der Absicht, einen solchen Hafen oder eine solche Reede anzulaufen, vor den blockierten Küsten verweilt, wird geentert und zur Aburteilung durch Seiner Britannischen Majestät Oberstes Prisengericht eingebracht, wird in der Folge als gute Prise erklärt und ohne Entschädigung für die Eigentümer, die Eigentümer der Ladung, die Charterer, den Kapitän und die Besatzung beschlagnahmt.
Gegeben und mit eigener Hand unterzeichnet am ersten Tag des Junimonats 1821 *Hornblower,*
Konteradmiral

Als Hornblower das Dokument durchgelesen hatte, überflog er rasch das zweite Schriftstück. Es war ein geharnischtes Protestschreiben des holländischen Gouverneurs von Curaçao, in dem Erklärungen, Entschädigungen, die sofortige Aufhebung der Blockade und eine exemplarische Wiedergutmachung gefordert wurden. Hornblower starrte Hooper sprachlos vor Überraschung an.
»Dies hier«, sagte er endlich und wies mit dem Finger auf die Bekanntmachung, »ist durchaus richtig und in den gesetzlich vorgeschriebenen Wendungen abgefaßt, aber ich habe es nicht unterzeichnet. Das ist nicht meine Unterschrift.«
»Von wem rührt sie denn her?« polterte Hooper los. »Das ist ja ... und ich dachte, Sie hätten vielleicht Geheimbefehle aus London erhalten.«

»Davon ist keine Rede, Sir.« Hornblower starrte Hooper wieder sekundenlang schweigend an, dann kam ihm plötzlich die Erleuchtung: »Ramsbottom!«

»Was wollen Sie damit sagen?«

»Er hat sich für mich oder zum mindesten für einen meiner Offiziere ausgegeben. Ist der holländische Offizier, der dieses Schreiben überbrachte, erreichbar?«

»Ja, er wartet im Nebenzimmer. Außer ihm ist noch ein Spanier da, den uns Morillo mit einem Fischerboot von La Guaira herübersandte.«

»Könnten Sie sie vielleicht hereinbitten, Sir?«

Beide, der Holländer wie der Spanier, waren außer sich vor Entrüstung, mit der sie auch nicht hinter dem Berg hielten, als sie dem Admiral vorgestellt wurden, der nach ihrer festen Überzeugung für diese Störung ihres Seeverkehrs die Verantwortung trug. Der Holländer sprach fließend Englisch, darum richtete Hornblower das Wort zuerst an ihn.

»Wie wurde Ihnen diese Bekanntmachung zur Kenntnis gebracht?« fragte er.

»Durch eines Ihrer Schiffe, durch einen Ihrer Offiziere.«

»Was für ein Schiff war das?«

»Die Kriegsbrigg DESPERATE.«

»In meinem Verband gibt es kein Schiff dieses Namens und in der Schiffsliste der Navy ebensowenig. Von wem wurde Ihnen das Schreiben überbracht?«

»Vom Kommandanten persönlich.«

»Wer war das? Wie sah er aus?«

»Es war ein Seeoffizier, ein Commander mit Epauletten.«

»Er trug Uniform?«

»Ja, volle Uniform.«

»Jung? Alt?«

»Sehr jung.«

»Klein? Schlank? Gut aussehend?«

»Ja.«

Hornblower tauschte einen Blick mit Hooper.

»Und wie sah die Brigg, die DESPERATE, aus? Etwa 170 Tonnen groß, Bugspriet fast waagerecht, Großmast ziemlich weit achtern?«

»Das stimmt.«

»Damit ist der Fall geklärt, Sir«, sagte Hornblower zu Hooper und wandte sich dann wieder an den Holländer: »Es tut mir leid, Ihnen sagen zu müssen, daß Sie einer Täuschung zum Opfer gefallen sind. Jener Mann war ein Betrüger, die Bekanntmachung ist gefälscht.«

Der Holländer stampfte wütend mit dem Fuß. Er fand sekundenlang keine Worte, um sich auf englisch verständlich zu machen. Zuletzt tauchte in seinem Gestammel ein Name auf, den er so oft wiederholte, bis er zu verstehen war.

»Die HELMOND! Die HELMOND!«

»Was ist denn die HELMOND, Sir?« fragte Hornblower.

»Eines unserer Schiffe. Ihr Schiff – die DESPERATE – hat sie gekapert.«

»Ist sie denn ein besonders wertvolles Schiff?«

»Sie hatte Geschütze für die spanische Armee an Bord – zwei Batterien Feldartillerie, Geschütze, Protzen, Munition und alles was dazu gehört.«

»Das ist glatte Seeräuberei!« brach Hooper los.

»Ja, es nimmt sich ganz so aus«, sagte Hornblower.

Der spanische Offizier hatte ungeduldig zugehört, offenbar verstand er nur zur Hälfte, was auf englisch gesprochen wurde. Hornblower wandte sich jetzt zu ihm und raffte mühsam sein halbvergessenes Spanisch zusammen, um ihm einigermaßen deutlich zu machen, worum es ging. Der Spanier sprudelte ihm sogleich einen wahren Wortschwall entgegen, er sprach so rasch, daß ihn Hornblower wiederholt bitten mußte, doch etwas langsamer zu reden. Es stellte sich heraus, daß Ramsbottom samt seinem kostbaren Dokument in La Guaira eingelaufen war. Die bloße Nachricht, daß die britische Navy die Blockade verhängen wollte, hatte die erstaunliche Wirkung, daß sich vor der Küste Südamerikas kein Schiff mehr sehen ließ, ausgenommen allein die HELMOND, die schon mit solcher Ungeduld erwartet wurde. Bolivar marschierte gegen Caracas, die Schlacht, deren Ausgang für den Bestand der spanischen Herrschaft in ganz Venezuela entscheidend war, stand unmittelbar bevor. Morillo und die spanische Armee brauchten dringend Artillerie. Diese blieb ihr jetzt vorenthalten, aber damit nicht genug. Nach den vorliegenden Nachrichten konnte es als sicher gelten, daß die Geschütze, zwei volle Batterien Feldartillerie, Bolivar in die Hände gefallen waren. Der spanische Offizier rang in heller Verzweiflung die Hände.

Hornblower übersetzte das Gehörte kurz dem Gouverneur, und dieser wiegte dazu mitfühlend den Kopf.

»Bolivar hat die Geschütze. Darüber gibt es kaum einen Zweifel. Ich kann Ihnen nur versichern, meine Herren, daß ich Ihr Mißgeschick auf das lebhafteste bedaure. Zugleich aber muß ich mit allem Nachdruck feststellen, daß die Regierung Seiner Majestät für das Geschehene keine Verantwortung trifft. Da Ihre zuständigen Stellen nichts unternommen haben, um den Betrüger zu entlarven . . .«
Diese Worte hatten einen neuen Ausbruch zur Folge. Die britische Regierung solle doch dafür sorgen, daß sich solche Verbrecher nicht einfach der britischen Uniform bedienen und als britische Offiziere auftreten könnten. Hooper mußte seine ganze grobschlächtige Verhandlungskunst aufbieten, um die erhitzten Gemüter zu beruhigen.
»Wenn Sie mir jetzt gestatten wollten, mich mit dem Admiral zu besprechen, dann kommen wir vielleicht doch noch zu einer annehmbaren Lösung.«
Als Hornblower wieder allein mit dem Gouverneur war, mußte er mühsam das Lachen verbeißen. Er war sein Leben lang nicht davon losgekommen, daß ihn in kritischen Lagen irgend etwas zum Lachen reizte. Wie sollte man auch ernst bleiben, wenn man sich vor Augen hielt, daß ein Zweispitz und ein paar Epauletten vollauf genügten, einen umstürzenden Wandel im Verlauf eines Feldzugs herbeizuführen. War es nicht ein Beweis für die Macht der Navy, daß ein einzelnes winziges Schiffchen imstande war, einen so unwiderstehlichen Druck auszuüben?
»Dieser Ramsbottom und seine venezolanische Mutter!« ließ sich Hooper vernehmen. »Seine Handlungsweise ist nicht nur Seeräuberei, sondern glatter Hochverrat. Wir werden ihn hängen müssen.«
»Hm«, sagte Hornblower. »Wahrscheinlich hat ihm Bolivar einen Kaperbrief ausgestellt.«
»Hat er sich nicht als britischer Offizier ausgegeben? Hat er nicht offizielle Dokumente gefälscht?«
»Das war eine Kriegslist. Fast in der gleichen Weise täuschte ein amerikanischer Offizier 1812 die brasilianischen Behörden.«
»Und Sie selbst haben sich dem Vernehmen nach früher schon ähnliche Streiche geleistet, nicht wahr?« fügte Hooper lachend hinzu.
»Selbstverständlich, Sir, wer als Kriegführender unbesehen glaubt, was ihm gesagt wird, ist ein Dummkopf.«

»Aber wir führen doch keinen Krieg.«
»Nein, Sir. Uns ist ja auch weiter kein Schaden erwachsen. Die Holländer und die Spanier haben sich die Folgen ihrer Leichtgläubigkeit selbst zuzuschreiben.«
»Aber Ramsbottom ist immerhin Untertan Seiner Majestät.«
»Gewiß, Sir, dessenungeachtet kann er als Offizier der Revolutionsarmee handeln, wenn er ein Patent Bolivars besitzt. Als Privatmann könnte er das nicht.«
»Wollen Sie damit sagen, daß wir ihm erlauben sollen, seine Blockade fortzusetzen? Das geht doch nicht, Mann.«
»O nein, Sir. Ich werde ihn bei erster Gelegenheit festnehmen und sein Schiff einem Prisengericht überstellen. Aber zunächst geht es doch darum, daß eine befreundete Macht Ihnen, Sir, als dem Vertreter Seiner Britischen Majestät, die Frage vorgelegt hat, ob die Blockade von Ihnen verhängt wurde. Mir scheint, Sie müßten jetzt alles in Ihrer Macht Stehende tun, um in dieser Angelegenheit Klarheit zu schaffen.«
»Jetzt reden Sie endlich wie ein vernünftiger Mensch. Ja, wir müssen Caracas und Curaçao sofort entsprechend unterrichten. Das ist Ihre vordringlichste Aufgabe. Am besten übernehmen Sie ihre Durchführung in Person.«
»Jawohl, Sir. Ich gehe mit der Landbrise in See. Haben Sie sonst Befehle für mich, Sir?«
»Nicht daß ich wüßte. Was sich auf hoher See begibt, ist Ihre Sache, mich geht das nichts an. Sie sind über die Admiralität dem Kabinett Rechenschaft schuldig – ich beneide Sie nicht darum.«
»Den Kopf wird es schon nicht kosten, Sir. Ich selbst segle nach La Guaira, ein weiteres Schiff sende ich nach Curaçao. Vielleicht könnten Eure Exzellenz auf die an Sie gerichteten Anfragen noch dienstliche Antwortschreiben ausfertigen, so daß ich sie vor dem Auslaufen an Bord bekomme.«
»Ja, ich werde die Briefe gleich entwerfen.« Der Gouverneur mußte seinem Herzen noch einmal Luft machen: »Dieser Ramsbottom – mit seinem Corned beef und seinem verdammten Kaviar!«
»Er warf mit der Wurst nach der Speckseite, Exzellenz!« sagte Hornblower.
So kam es, daß sich die Besatzung der CLORINDA an diesem Abend nicht in den Vergnügungsstätten Kingstons austoben konnte, wie sie wohl gehofft hatte. Statt dessen schufteten die

Männer bis zum Morgengrauen, um Wasser und Proviant zu ergänzen, und das in einem Tempo, daß sie nicht einmal Zeit fanden, ihrem Admiral zu fluchen, der ihnen das antat. Beim ersten Morgenlicht warpten sie ihr Schiff, unterstützt von den schwachen Puffs der Landbrise, aus dem Hafen. Dann ging die CLORINDA, im Kreuztopp die Flagge ihres Admirals, hart am Wind mit südöstlichem Kurs auf die tausend Meilen weite Reise nach La Guaira. Sie hatte Morillos Abgesandten, den Brigadegeneral Con Manuel Ruiz, an Bord, der Hornblowers Einladung gefolgt war, sich für die Rückreise in sein Hauptquartier bei ihm einzuschiffen. Der Mann fieberte förmlich danach, zurückzukommen und Ramsbottoms Blockade ein Ende zu bereiten, zumal die königlichen Truppen in Venezuela offenbar in arger Bedrängnis waren. Er war während der ganzen Reise keines anderen Gedankens fähig. Die prachtvollen Sonnenuntergänge sagten ihm nur, daß wieder ein Tag um war, ohne ihn ans Ziel zu bringen. Das hinreißende Schauspiel, das die CLORINDA bot, als sie sich hart am Wind gischtübersprüht gegen die anrollenden Seen stemmte, vermochte ihn nicht zu fesseln, weil sie dabei weniger Fahrt lief, als wenn sie vor dem Wind dahingejagt wäre. Jeden Mittag, wenn der Schiffsort eingetragen wurde, stand er lange über die Karte gebeugt und schätzte brennend vor Ungeduld die Strecke ab, die noch zurückzulegen war. Aus Mangel an See-Erfahrung wußte er nichts von der alten Weisheit der Fahrensleute, daß alles Aufbegehren gegen die jeder Menschenmacht hohnsprechenden Naturgewalten sinnlos war. Als der Wind dann gar zwei Tage hintereinander südlicher einkam, so daß die CLORINDA nicht mehr anliegen konnte, war er drauf und dran, Hornblower zu beschuldigen, daß er mit seinen Gegnern im Bunde sei. Er gab sich gar nicht erst Mühe, den beruhigenden Worten Hornblowers zu folgen, der ihm erklärte, daß sie auf dem Backbordschlag, den sie notgedrungen einlegen mußen, wertvolle Ostlänge gewannen, die später vielleicht von unschätzbarem Nutzen sein konnte. Dann wieder nahm er Kapitän Fell die seemännische Vorsicht übel, die ihn veranlaßte, Segel zu kürzen, als sie sich den gefährlichen Untiefen von Grand Cayman näherten. Als der folgende Morgen anbrach, enterte er in die Fockwanten, so hoch er sich getraute, um nach den Bergen von Venezuela Ausschau zu halten — und erkannte schließlich den blauen Streifen in der Kimm doch nicht als das ersehnte Land.

Ehe noch der Anker gefallen war, erschien bereits von Land her ein Boot, dann gab es auf dem Achterdeck gleich einen hastigen Meinungsaustausch zwischen Ruiz und dem Offizier, der mit dem Boot an Bord gekommen war.

»Mein General ist in Carabobo«, sagte Ruiz zu Hornblower. »Dort wird es in Kürze zu einer Schlacht kommen. Bolivar rückt gegen Puerto Cabello vor, und mein General verlegt ihm mit seiner Armee den Weg.«

»Und wo ist Rambottom mit seinem Schiff?« Ruiz warf einen fragenden Blick nach dem Ankömmling.

»In der Nähe von Puerto Cabello.«

Dort durfte man ihn auch am ersten vermuten. Die Stelle lag nicht ganz hundert Meilen weiter westlich, es gab dort eine offene Reede, wo Nachschub an Land gebracht werden konnte. Überdies bot jenes Revier die beste Aussicht, jeden Verkehr zwischen Curaçao und La Guaira zu unterbinden.

»Gut, dann laufe ich sofort nach Puerto Cabello weiter«, sagte Hornblower. »Wenn Sie wünschen, Don Manuel, können Sie gern mitkommen. Der Wind ist günstig, ich bringe Sie auf jeden Fall schneller an Ihr Ziel als das schnellste Pferd.«

Ruiz zögerte einen Augenblick. Mit Pferden kannte er sich aus, gegen Schiffe hegte er Mißtrauen. Aber der Vorteil lag so klar auf der Hand, daß er das Angebot annahm.

»Also schön«, sagte Hornblower. »Sir Thomas, wollen Sie die Güte haben, den Anker wieder zu lichten. Bitte, setzen Sie Kurs auf Puerto Cabello ab.«

Jetzt hatte die Clorinda den frischen Passat aus der Richtung, die ihr am besten behagte, nämlich vier Strich von achtern. Sie hatte alsbald ihre Leesegel stehen und flog unter allem Zeug, das sie führen konnte, in jagender Eile dahin. Ein Pferd in voller Karriere wäre vielleicht etwas schneller gewesen, aber kein Gaul der Welt hätte ein solches Tempo Stunde um Stunde durchgehalten, wie es die Clorinda mühelos tat, kein Gaul der Welt hätte außerdem auf den Bergpfaden der See-Anden je seine größte Geschwindigkeit erreicht. Aber Ruiz ging es natürlich immer noch zu langsam. Er starrte so lange mit dem Glas nach der vorübergleitenden Küste, bis er vor Anstrengung fast blind war, und wanderte dann ruhelos auf dem Achterdeck umher. Die Schweißtropfen rieselten ihm über Stirn und Wangen, als die Sonne ihre Mittagshöhe erreichte und senkrecht auf ihn niederbrannte. Hornblower wurde von ihm mit einem arg-

wöhnischen Blick bedacht als die Mannschaft der CLORINDA in die Riggen enterte, um Segel zu kürzen.
»Wir gehen jetzt unter Land, Herr General«, erklärte Hornblower, um ihn zu beruhigen.
Die Lotgasten standen in den Rüsten, als die CLORINDA die Reede ansteuerte. Während sie mit ihrem Singsang die Wassertiefen meldeten, hob Ruiz plötzlich lauschend den Kopf, um andere, von weither kommende Laute zu vernehmen. Dann sagte er zu Hornblower: »Hören Sie? Artillerie!«
Hornblower horchte gespannt. Da, ein leises, kaum vernehmbares Wummern, dann war es wieder verstummt, es blieb nur das Rauschen des Kielwassers und das lärmende Treiben der Männer, die die Vorbereitungen zum Ankern trafen.
»Bitte, befehlen Sie für einen Augenblick ›Ruhe an Deck‹, Sir Thomas!«
Jetzt hörten die Lotgasten auf, die Tiefen auszusingen, die Arbeit stockte, und jedermann an Deck der CLORINDA blieb lautlos stehen, wo er gerade stand. Nur der Wind spielte noch in den Riggen, und die Seen klatschten nach wie vor geschwätzig gegen die Bordwand. Jetzt hörte man es wieder. Eine schwache, ganz ferne Detonation – noch eine – dann zwei.
»Danke, Sir Thomas, Sie können weitermachen.«
»Artillerie!« stellte Ruiz abermals fest. »Die Schlacht ist im Gange!«
Irgendwo in der Gegend von Puerto Cabello mußte es zwischen den Royalisten und den Republikanern zum Kampf gekommen sein. Und die Geschütze, die bis hierher zu hören waren? Ob es wohl jene waren, die die HELMOND herangeschafft hatte? Dann waren sie jetzt in den Händen der Aufständischen und spien Tod und Verderben gegen ihre rechtmäßigen Eigentümer. Der Einsatz von Artillerie deutete darauf hin, daß eine regelrechte Schlacht und nicht nur ein kleines Geplänkel im Gange war. Dort fielen also die Würfel über das künftige Schicksal Venezuelas. Ruiz hieb sich verzweifelt mit der Faust in die hohle Hand.
»Sir Thomas, lassen Sie bitte sofort ein Boot klarmachen, damit der General ohne Verzug an Land gebracht werden kann.«
Als die Gig abgesetzt hatte, blickte Hornblower kurz nach dem Sonnenstand, rief sich das Kartenbild der venezolanischen Küste ins Gedächtnis und faßte ohne Verzug seinen nächsten Entschluß. Die lange, ereignislose Zeit, die hinter ihm lag, war

vergessen. Wie seit je im Dienst der Navy, so war sie auch diesmal nur der Vorbote neuen spannenden Geschehens gewesen. Als die Gig in eiliger Fahrt zurückkam, hatte er seine Anordnung schon bereit.

»Haben Sie die Güte, wieder Segel zu setzen, Sir Thomas. Solange es Tag ist, können wir unsere Suche nach Ramsbottom in westlicher Richtung fortsetzen.«

Zwar wäre es wünschenswert gewesen, sobald wie irgend möglich Nachricht über den Ausgang der Schlacht zu erhalten, ebenso wichtig aber, wenn nicht noch wichtiger, war es, Ramsbottom ohne Verzug das Handwerk zu legen. Zwischen La Guaira und Puerto Cabello hatten sie ihn noch nicht gesichtet, viel weiter westlich konnte er jetzt nicht mehr sein. Die Sonne neigte sich zum Abend und blendete die Ausguckposten, denen sie in die Augen schien, während die CLORINDA an der Küste der Provinz Carabobo entlangsteuerte. Nicht allzuweit voraus bog das Festland unvermittelt in Richtung auf das Cap San Juan nach Norden zu aus und bildete hier eine ausgesprochene Legerwall. Seltsam, daß sich Ramsbottom so dicht an diese Leeküste herangewagt haben sollte! Vielleicht hatte er schon längst das Ruder herumgeworfen und das Weite gesucht, weil er sich denken konnte, daß seine Gnadenfrist abgelaufen war.

»An Deck!« rief der Ausguck von der Vorbramsaling herab, »Backbord voraus ist etwas in Sicht, grade gegen die Sonne! Es kann ein Schiff sein, Sir. Masten und Rahen, Sir, aber ohne Segel!«

Unvorstellbar, wenn Ramsbottom wirklich an dieser gefährlichen Leeküste geankert hätte! Aber im Krieg konnte man ja oft genug nicht umhin, Unvorstellbares dennoch zu wagen. Die CLORINDA hatte ihre Leesegel längst geborgen. Nach einem scharfen Kommando Fells und fünf Minuten angestrengter Arbeit der Besatzung glitt sie nur noch unter Marssegeln und Klüvern ihrem Ziel entgegen. Die Sonne verschwand hinter einer Wolkenbank und färbte sie mit brandroten Tinten.

»An Deck! Es sind zwei Schiffe, Sir, beide vor Anker, eins davon ist eine Brigg, Sir!«

Eine Brigg! Das konnte nur Ramsbottom sein. Jetzt, da sich die Sonne versteckt hatte, war es möglich, den Kieker auf die vom Ausguck bezeichnete Stelle zu richten. Da lagen sie beide, in der klaren Abendbeleuchtung hoben sie sich wie schwarze Silhouetten gegen die feuerrote Wolke ab. Man erkannte die Masten und Rahen eines Vollschiffs und einer Brigg, die beide vor Anker lagen. Sir Thomas sah Hornblower fragend an, um den nächsten Befehl entgegenzunehmen.

»Bitte, laufen Sie so nahe heran, wie es Ihnen geraten scheint, Sir Thomas, und teilen Sie ein Prisenkommando ab, das zur Wegnahme beider Schiffe ausreicht.«

»Soll das Enterkommando bewaffnet sein, Mylord?«

»Das stelle ich Ihnen anheim. Ich glaube allerdings nicht, daß er es wagen wird, uns mit Gewalt entgegenzutreten.«

Die Geschütze der Brigg waren nicht ausgerannt, sie hatte auch keine Enternetze ausgebracht. Das kleine Schiffchen hatte auf seinem ungeschützten Ankerplatz gegen eine Fregatte nichts zu bestellen.

»Wenn Mylord einverstanden sind, möchte ich jetzt ankern.«

»Bitte sehr.«

Jetzt gab es keinen Zweifel mehr, daß dies die Bride of Abydos war. Ihr Rumpf und ihre Riggen schlossen jede Verwechslung aus. Und das andere Schiff? Höchstwahrscheinlich war das die Helmond. Durch die Revolte von Maracaibo war dieser Küstenstrich den Aufständischen in die Hände gefallen. Die beiden Batterien Feldgeschütze, die der Holländer geladen hatte, konnten hier ungestört auf Flößen an Land geschafft werden – in einer kleinen Bucht gab es einen flachen Strand, der dies ermöglichte. Dann waren sie wahrscheinlich ohne Verzug der Armee der Aufständischen zugeführt worden, die sich zum Vormarsch auf Puerto Cabello sammelte. Ramsbottom hatte seine Aufgabe mit Glanz gelöst, jetzt ging es ihm wahrscheinlich darum, den Erfolg gehörig auszumünzen, indem er – wie Hornblower schon vermutet hatte – von Bolivar einen Kaperbrief erwirkte.

»Ich schließe mich dem Prisenkommando an, Sir Thomas.«

Fell quittierte mit einem verwunderten Blick. Ein Admiral gehörte nun einmal nicht in ein Boot, das den Auftrag hatte, ein fremdes Schiff zu entern. Auch wenn der Bootsbesatzung keine Kugeln entgegenpfiffen, war er dort fehl am Platz. Es genügte schon anzunehmen, daß einer jener ungezählten Zwischenfälle eintrat, denen kleine Boote nun einmal ausgesetzt waren. Wie leicht konnte es da geschehen, daß ein Stabsoffizier, der infolge seines Alters nicht mehr so flink und wendig war, über Bord fiel und nicht mehr zum Vorschein kam. Dann gab es hinterher endlose Scherereien für den betreffenden Kommandanten.

Hornblower erriet, was Fell dachte, aber es fiel ihm nicht ein, ruhig auf dem Achterdeck der CLORINDA zu warten, bis man ihm über die BRIDE OF ABYDOS Meldung machte – nicht, solange ein Wort von ihm genügte, ihm die Wahrheit um Minuten eher zu entschleiern.

»Ich hole rasch Ihren Säbel und Ihre Pistolen, Mylord«, sagte Gerard.

»Unsinn«, sagte Hornblower. »Schauen Sie doch hinüber.«

Er hatte die vor Anker liegenden Schiffe eifrig durch das Glas beobachtet und in ihrer Nähe eine auffallende Betriebsamkeit festgestellt. Mehrere Boote pullten in aller Hast von den Schiffen weg und strebten der Küste zu. Ramsbottom schien sich aus dem Staub zu machen.

»Los, kommen Sie mit!« sagte Hornblower.

Er eilte zur Reling, sprang nach einer Bootstalje und rutschte ungeschickt daran hinunter, wobei sich ein paar Fetzen Haut von seinen weichen Händen schälten.

»Absetzen! Ruder an!« befahl er, kaum daß Gerard auf allen vieren neben ihm gelandet war. Und dann ein zweites Mal: »Pull aus!« Das Boot schor von der Bordswand ab und taumelte wie trunken über den Kamm einer mächtigen Dünung und jenseits wieder zu Tal. Die Bootsgasten legten sich mit aller Kraft in die Riemen. Das Boot, das eben die BRIDE OF ABYDOS verließ, wurde gewiß nicht nach Kriegsschiffsart gehandhabt, wie man es von Ramsbottom eigentlich erwartet hätte. Seine Riemen fanden sich nicht zu einem gleichmäßigen Schlag zusammen, es wurde von der Dünung herumgeworfen und drehte wieder zurück, als einer der Männer »einen Krebs fing«. So gelangte Hornblower in kürzester Zeit längsseit des hilflosen Fahrzeugs. Die Männer an seinen Riemen waren keine sauberen Martosen, wie er sie an Bord der BRIDE OF ABYDOS gesehen hatte, sondern samt und sonders dunkelhäutige, in elende Lumpen gehüllte Kerle. Und in der Achterplicht saß nicht etwa Ramsbottom, sondern ein Unbekannter mit einem mächtigen schwarzen Schnurrbart, der eine völlig zerfetzte blausilberne Uniform trug. Die Abendröte übergoß ihn mit ihrem unheimlichen Glanz.

»Wer sind Sie?« fragte Hornblower auf Spanisch.

Das Boot hatte mit seinem Gezappel Schluß gemacht, es lag jetzt »auf Riemen« und schwang in der Dünung ohne Fahrt auf und nieder.

»Leutnant Perez, Erstes Infanterieregiment der Armee von Groß-Kolumbien.«
Groß-Kolumbien nannte Bolivar die Republik, die er durch seine Rebellion gegen Spanien ins Leben rufen wollte.
»Wo ist Mr. Ramsbottom?«
»Der Admiral ist schon seit einer Woche an Land.«
»Der Admiral?«
»Gewiß, Don Carlos Ramsbottom y Santona, Admiral der Marine von Groß-Kolumbien.«
Ein Admiral — alle Achtung.
»Und was hatten Sie selbst an Bord dieses Schiffes zu tun?«
»Ich hatte es in Obhut, bis Eure Exzellenz hier erschienen.«
»Jetzt ist also niemand mehr an Bord?«
»Nein, kein Mensch.«
Beide Boote wurden von einer mächtigen Dünung gehoben und schwebten auf ihrer Rückseite wieder zu Tal. Hornblower stand hier vor einer höchst unerfreulichen Aufgabe, bei der ihm die Logik keinen Schritt weiterhalf. Er war darauf vorbereitet gewesen, Ramsbottom festzunehmen, nun sah er sich diesem Infanterieleutnant gegenüber, der sich obendrein in den Hoheitsgewässern seines eigenen Landes befand. Konnte, durfte er diesen Mann seiner Freiheit berauben?
»Wo befindet sich die Besatzung des Schiffes?«
»Mit dem Admiral an Land. Bei der Armee.«
Zweifellos kämpften diese Männer für Bolivar und bedienten wohl jetzt als Artilleristen die geraubten Geschütze.
»Ich danke Ihnen, Sie sind frei.«
Es reichte hin, wenn er sich der Bride of Abydos versicherte, man durfte nicht von ihm erwarten, daß er Soldaten Bolivars in Gewahrsam nahm, die nur die Befehle ihrer Vorgesetzten ausgeführt hatten.
»Bringen Sie mich längsseits der Brigg«, befahl er dem Bootssteurer.
Soviel man in der Dämmerung ausmachen konnte, herrschte an Bord der Bride of Abydos keine nennenswerte Unordnung. Die Besatzung hatte offenbar alles aufs beste hinterlassen, und das Wachkommando der südamerikanischen Soldaten hatte an diesem Zustand wenig oder nichts geändert. Wie es unter Deck aussah, war natürlich eine andere Frage. Was sich allerdings abgespielt hätte, wenn ein richtiger Sturm über diese gefährliche Reede hingefegt wäre, daran wagte man nicht zu den-

ken. Wahrscheinlich hatte sich Ramsbottom nicht mehr darum gekümmert, was aus seinem kleinen Schiff wurde, als sein Coup erst richtig gelandet war.

»Ahoi! Ahoi!« rief es durch ein Megaphon vom anderen Schiff herüber. Hornblower nahm den Sprechtrichter aus seiner Halterung neben dem Ruder und rief zurück:

»Ich bin Admiral Lord Hornblower im Dienst Seiner Britannischen Majestät. Ich komme an Bord.«

Es war schon fast dunkel, als er das Deck der HELMOND betrat, wo ihm ein paar Laternen den Weg wiesen. Der Kapitän, der ihn begrüßte, war ein großer beleibter Mann, der ein ausgezeichnetes Englisch sprach, wenn man von einem auffallenden, wahrscheinlich holländischen Akzent absah.

»Sie kommen reichlich spät, Sir«, polterte er gleich los. Es gehörte sich wirklich nicht, einen Offizier der Royal Navy in dieser ungehobelten Art anzulassen, am wenigsten, wenn der Angeredete ein Admiral und Peer von England war.

Hornblower stieg denn auch gleich das Blut zu Kopf. »Ich bitte mir einen anständigen Ton aus«, herrschte er den Holländer an.

Die beiden maßen einander im Flackerlicht der Laternen mit zornigen Blicken. Schließlich kam der Kapitän doch zu der Einsicht, daß es für ihn besser war, seine Gereiztheit im Zaum zu halten, wenn er mit einem Mann verhandelte, der hier an dieser einsamen Küste immerhin die Macht besaß, seinen Willen durchzusetzen.

»Bitte, kommen Sie unter Deck, Sir«, sagte er einlenkend. »Darf ich Ihnen ein Gläschen Schnaps anbieten?«

Die Kajüte war ein behaglicher, mit guten Möbeln ausgestatteter Raum. Der Kapitän bot Hornblower einen Sessel an und setzte ihm ein Glas Genever vor.

»Ich war heilfroh, als ich Ihre Marssegel in Sicht bekam«, sagte er. »Sie ahnen nicht, was ich in den letzten zehn Tagen ausgestanden habe. Mein Schiff – meine Ladung – diese Küste ...«

Seine zusammenhanglosen Worte gaben einen Begriff von all den Schrecken, die er durchgemacht haben mußte, als er sich in den Händen der Aufständischen sah und gezwungen wurde, mit einer bewaffneten Wache an Bord vor dieser gefährlichen Leeküste zu ankern.

»Wie ist das denn gekommen?« fragte Hornblower.

»Diese verdammte kleine Brigg feuerte mir einen Schuß vor den Bug, ehe Bonaire noch aus Sicht gekommen war. Als ich daraufhin beidrehte, wurde ich von den Burschen geentert. Ich hielt die Brigg für ein Kriegsschiff – eins von den Ihren. Sie brachten mich hier zu Anker, dann kamen gleich die Soldaten zu uns herauf. Da merkte ich erst, daß diese Brigg überhaupt kein Kriegsschiff war, jedenfalls kein britisches.«
»Und dann holten die Kerle wohl Ihre Ladung weg?«
»Ja, zwölf Neunpfünder-Feldgeschütze samt Protzen und Munitionswagen, einen Reparaturwagen samt Werkzeug, zweitausend Schuß Munition, eine Tonne Pulver in Fässern, kurz, alles was da war.«
Der Holländer zitierte offenbar wörtlich aus seinem Konossement.
»Wie haben sie denn das alles an Land gebracht?«
»Auf Flößen. Diese Engländer gingen wie die Wilden ins Zeug. Es waren auch gute Seeleute darunter, das muß man den Brüdern lassen.«
So etwas hörte man trotz allem gern, zumal wenn es so freimütig eingestanden wurde. Wahrscheinlich hatten sie Faßpontons dazu benutzt, und Hornblower gab sich darüber Rechenschaft, daß er das Problem wahrscheinlich in ähnlicher Weise angepackt hätte. Sicherlich waren die Aufständischen an Land mit einer erklecklichen Zahl ungelernter Hilfskräfte beigesprungen, aber das konnte diesem seemännischen Meisterstück keinen Abbruch tun.
»Und dann sind die Leute alle mit den Geschützen abgezogen?« fragte Hornblower.
»Ja, alle bis auf den letzten Mann. Für zwölf Geschütze waren es nicht einmal allzu viele.«
Nein, zu viele waren es bestimmt nicht. Die BRIDE OF ABYDOS fuhr an die fünfundsiebzig Mann Besatzung, das reichte wirklich kaum aus, um zwei volle Batterien im Gefecht zu bedienen.
»Sie ließen Ihnen eine venezolanische Wachmannschaft an Bord zurück, nicht wahr?«
»Ja, Sie haben sie abfahren sehen, als Sie kamen. Die Kerle zwangen mich, hier auf Legerwall liegen zu bleiben.«
Das war natürlich geschehen, damit der Holländer die Kunde von dem an ihm verübten Betrug nicht so rasch verbreiten konnte.

»Diese – diese Räuberbande hat ja keine Ahnung von einem Schiff«, fuhr der Kapitän in seiner Leidensgeschichte fort. »Einmal geriet die DESPERATE ins Treiben, da mußte ich meine eigenen Leute hinüberschicken . . .«

»Sie können immerhin froh sein, daß man Ihnen Ihr Schiff nicht angezündet hat«, sagte Hornblower. »Oder stellen Sie sich vor, Sie wären bis aufs Hemd ausgeplündert worden und säßen womöglich an Land in irgendeinem Gefängnis.«

»Gewiß, das mag alles sein, und doch . . .«

»So wie die Dinge liegen, Sir«, sagte Hornblower und erhob sich dabei von seinem Stuhl, »sind Sie jetzt frei. Sie können die Landbrise ausnutzen, um Seeraum zu gewinnen. Und morgen abend können Sie schon in Willemstad ankern.«

»Aber meine Ladung, Sir? Man hat mich mit Gewalt festgehalten. Man hat mich in Gefahr gebracht. Man hat die Flagge meines Landes . . .«

»Ihre Reeder können alle Schritte unternehmen, die ihnen nützlich und richtig scheinen. Soviel ich weiß, ist Ramsbottom ein vermögender Mann. Es ist durchaus möglich, ihn für den Schaden haftbar zu machen.«

»Aber . . . aber . . .« Der Holländer fand keine angemessenen Worte, um seiner Entrüstung über die Behandlung, die ihm widerfahren war, und über Hornblowers Mangel an Verständnis gebührend Luft zu machen.

»Ihre Regierung kann natürlich Protest einlegen, sei es bei der Regierung von Groß-Kolumbien, sei es bei König Ferdinand.« Hornblower bemühte sich, möglichst ausdruckslos dreinzuschauen, als er diesen lächerlichen Vorschlag machte. »Jedenfalls möchte ich Sie beglückwünschen, Sir, daß Sie so ernsten Gefahren heil entronnen sind. Ich hoffe, daß nun Ihre Heimreise rasch und günstig vonstatten geht.«

Er hatte die HELMOND befreit und die BRIDE OF ABYDOS beschlagnahmt. Insoweit, überlegte Hornblower, als ihn das Boot zur CLORINDA zurückbrachte, war also sein Unternehmen von Erfolg gewesen. Nun konnten sich die Regierungen zu Hause über die Rechtslage unterhalten, wenn sie sich diese Last auftun wollten. Was das Kabinett und die Admiralität über sein Vorgehen dachte, ahnte er nicht. Er fühlte nur, daß ihn ein leichtes Frösteln überlief, wenn er in Gedanken länger bei diesem Aspekt des Falles verweilte. Aber als Admiral durfte er dieses Gefühl der Beklemmung beileibe niemand verraten, am wenigsten einem Kommandanten, der so beschränkt war wie Sir Thomas Fell.

»Ich wäre Ihnen verbunden, Sir Thomas«, sagte er, als er das Deck der CLORINDA betrat, »wenn Sie ohne Verzug ein Prisenkommando an Bord der Brigg schicken würden. Wollen Sie bitte ferner dem führenden Offizier die Anweisung geben, sich stets in unserer Nähe zu halten. Sobald es Ihnen dann gelegen ist, segeln wir nach Puerto Cabello zurück.«

Fell mochte ein beschränkter Mensch sein, aber er war gewiß ein ausgezeichneter Seemann.

Hornblower konnte ihm unbesorgt die kitzlige Aufgabe überlassen, das Schiff nachts an der Küste entlang zurückzuführen. Mochte die Landbrise auch launisch und unzuverlässig sein, so bot sie doch Gelegenheit, die leewärts vertanen kostbaren Meilen wiederzugewinnen, und diese Gelegenheit mußte man unbedingt nutzen. Hornblower konnte sich indessen getrost in seine erstickend heiße Kajüte begeben, um zu schlafen. Er war körperlich müde, denn der Tag war recht anstrengend für ihn gewesen. Nun lag er auf seiner Koje und spürte gereizt, wie ihm die Schweißtropfen über die Rippen rieselten. Es wollte ihm beim besten Willen nicht gelingen, sich die endlosen Erwägungen über die Lage aus dem Kopf zu schlagen, in die er förmlich verstrickt war. Das britische Volk zeigte viel Verständnis und Sympathie für den Drang nach Freiheit, der sich hier und dort in der Welt immer mächtiger regte. Britische Freiwillige wirkten dabei oft genug entscheidend mit: Richard Church leitete schon seit Jahren den Aufstand Griechenlands gegen die Türkei, Cochrane focht gegenwärtig drüben im Pazifik für die Unabhängigkeit Südamerikas, und in nächster Nähe, gleich drüben auf dem Festland, dienten Tausende britischer Soldaten in Bolivars Revolutionsarmee. So wie der junge Ramsbottom sein Hab und Gut eingesetzt hatte, war in England schon manches große Privatvermögen für die Sache der Freiheit hingegeben worden.

Dennoch durfte man sich nicht erlauben, aus all dem einen Schluß auf die Einstellung des Kabinetts zu ziehen, weil es durchaus im Bereich der Möglichkeit lag, daß sich die offizielle Politik nicht mit der öffentlichen Meinung des Landes deckte. Und die Lords der Admiralität? Die waren und blieben unberechenbar, soviel stand ein für alle Male fest. Ähnliches galt sogar von seiner Majestät König Georg IV. Hornblower hegte nämlich im stillen den Verdacht, daß der erste Gentleman Europas die libe-

ralen Ideen, die er ohnedies nur halben Herzens vertreten hatte, nicht mehr so recht schätzte. Es war also durchaus denkbar, daß die nahe Zukunft für Seiner Majestät Oberbefehlshaber in Westindien eine scharfe Zurechtweisung, wenn nicht gar eine desavouierende Abberufung in ihrem Schoß barg.
Diese Überlegungen hatten Hornblower wenigstens die Gewißheit verschafft, daß die Zukunft zwar dunkel und unsicher vor ihm lag, daß er aber in den nächsten Stunden doch nichts unternehmen konnte, um diesen Zustand zu ändern. Mit dieser Erkenntnis hätte er friedlich schlafen können und war auch wirklich schon im Begriff, zu entschlummern, als er auf den nackten Rippen ein Kitzeln fühlte. Er dachte, es sei ein Schweißtropfen und wollte ihn achtlos wegwischen. Aber er hatte sich geirrt. Seine Fingerspitzen verrieten ihm, daß er eine Kakerlake gegriffen hatte, die munter auf ihm herumgekrabbelt war. Angewidert sprang er aus der Koje. Das Karibische Meer war wegen seiner Kakerlaken berüchtigt, aber er hatte sich nie mit diesem ekelhaften Ungeziefer abfinden können. Im Dunkeln schritt er durch seinen Schlafraum und öffnete die Tür zur Achterkajüte, um das Licht der Lampe hereinzulassen, die dort am Decksbalken schwang. Da mußte er entdecken, daß ein gutes Dutzend dieser ekligen Käfer in seiner Schlafkammer umherrannte.
»Mylord?« Das war die Stimme des treuen Gerard, der ebenfalls sofort aus der Koje gesprungen war, als er seinen Admiral rumoren hörte.
»Gehen Sie ruhig wieder schlafen«, sagte Hornblower.
Er schlüpfte in das seidene Nachthemd mit dem gefältelten Einsatz, das für ihn bereitlag, und ging an Deck.
Der Mond war aufgegangen, die CLORINDA zog mit der Landbrise, die jetzt frisch von querein kam, stetig durchs Wasser. Die Kakerlaken hatten mit einem Schlag alle seine Sorgen verjagt, er konnte, über die Reling gelehnt, die Schönheit der Nacht mit vollen Zügen genießen. Als der Morgen dämmerte, wurde es flau, aber kaum eine halbe Stunde später setzte wieder eine günstige Brise ein, die es der CLORINDA und der in einer Meile Abstand folgenden BRIDE OF ABYDOS erlaubte, ihren Kurs nach Puerto Cabello weiter anzuliegen. Die Stadt auf ihrer Halbinsel war schon durch das Glas zu erkennen, und die CLORINDA kam ihr rasch näher. Viele Fischerboote strebten von der Stadt nach See zu, lauter kleine Fahrzeuge, die die

Riemen benutzten, um trotz des ungünstigen Windes von der Küste wegzukommen. Als die CLORINDA näher kam, stellte sich heraus, daß sie eine Menge Menschen an Bord hatten und geradezu lächerlich überladen waren. Dennoch holten ihre Besatzungen unentwegt an den Riemen und steuerten nach dem Runden der Halbinsel kühn in die offene See hinaus, um mit östlichem Kurs in Richtung auf La Guaira zu verschwinden.

»Es sieht mir ganz so aus, als ob General Morillo seine Schlacht verloren hätte«, sagte Hornblower.

»Gewiß, Mylord«, bestätigte Fell unterwürfig.

»In Puerto Cabello dürfte es eine Menge Leute geben, denen alles daran liegt, sich nicht erwischen zu lassen, wenn El Liberador einmarschiert«, bemerkte Hornblower ergänzend.

Er hatte gehört, daß dieser Unabhängigkeitskrieg mit echt spanischer Wildheit geführt wurde und daß Erschießungen und Metzeleien sogar Bolivars Ruf bedrohten. Hier war der Beweis, daß es sich wirklich so verhielt, vor allem aber deuteten diese überfüllten Boote darauf hin, daß die Einnahme Puerto Cabellos durch Bolivar unmittelbar bevorstand. Er hatte die Schlacht von Carabobo gewonnen, ein Sieg in offener Feldschlacht, so nahe der Hauptstadt Caracas, konnte nur den Zusammenbruch der Sache Spaniens bedeuten. Carabobo ging als das Yorktown des südamerikanischen Befreiungskrieges in die Geschichte ein, daran war nicht zu zweifeln. Gemessen an dem Erreichten – der Befreiung eines ganzen Kontinents – konnte der Verlust der BRIDE OF ABYDOS für Ramsbottom nur noch wenig bedeuten.

Für Hornblower war es erforderlich, daß er sich unverzüglich vergewisserte, ob seine Vermutungen zutrafen. Das Kabinett in London brannte darauf, über die Lage in Venezuela rasch und aus erster Hand unterrichtet zu werden.

»Sir Thomas«, sagte er darum, »ich gehe an Land.«

»Wollen Sie eine bewaffnete Eskorte, Mylord?«

»Wie Sie meinen.« Ein kümmerliches Dutzend mit Musketen ausgerüsteter Matrosen konnte ihm wenig helfen, wenn er unversehens einer siegestrunkenen Soldateska in die Hände fiel. Aber er stimmte dem Kommandanten doch lieber zu, weil ihm auf diese Art lange Erörterungen und vorwurfsvolle Blicke erspart blieben.

Als Hornblower im blendenden Licht der Mittagssonne den Fuß auf die Pier setzte, lag der kleine Hafen völlig verlassen da.

Kein Fischerboot war zurückgeblieben, der Kai und die anliegenden Straßen wirkten wie ausgestorben. Er drängte rasch voran, die Wache marschierte hinterher, und Gerard ging an seiner Seite. Die lange, gewundene Straße, der sie folgten, wirkte nicht mehr so tot, hier und dort spähten einzelne Frauen, alte Männer oder Kinder neugierig aus den Häusern. Er hörte zur Rechten Musketenfeuer, das nach kurzem Aufflakkern wieder erstarb, und dann kam ihnen eine ganze Marschkolonne des Elends entgegen, lauter Kranke und Verwundete, die sich halbnackt und stumpfen Sinnes dahinschleppten. Manche stürzten, um sich sogleich wieder aufzuraffen, andere aber brachen vor Hornblowers Augen kraftlos zusammen und kamen nicht wieder hoch. Von diesen hatten einige wenigstens noch so viel Besinnung, daß sie sich an den Straßenrand rollten, die übrigen blieben liegen, wo sie lagen, und alle, die folgten, stolperten gefühllos über sie hinweg. Verwundete, Halbnackte, Barfüßige, Leute in Fieberdelirien und solche, die sich in Krämpfen wanden, taumelten ihnen entgegen, während das Musketengeknatter im Rücken dieses Elendshaufens immer näher und bedrohlicher klang. Kaum war der letzte Verwundete vorbei, als auch schon die ersten Männer der Nachhut erschienen. Die Fetzen, die sie am Leibe trugen, hatten nur noch eine schwache Ähnlichkeit mit dem Blau-Weiß der Königlich Spanischen Armee. Immerhin konnte Hornblower feststellen, daß diese Armee trotz ihrer Niederlage noch über eine geordnete Nachhut verfügte, so daß man nicht gut von »voller Auflösung« reden konnte. Diese Nachhut war nur jämmerlich klein, kaum ein paar hundert Mann stark, und zehrte offensichtlich auch schon an den letzten Kraftreserven. Aber noch setzten sie ihren Widerstand unverdrossen fort.

Die Männer bissen ihre Patronen auf, rammten die Pulverladungen in die Läufe und setzten die Kugeln darauf, dann warteten sie allein oder zu zweit hinter irgendeiner Deckung, bis sie wieder einen Schuß auf ihre Verfolger anbringen konnten. Unter ihnen befand sich ein Dutzend Offiziere, deren blanke Säbel in der Sonne blitzten. Der berittene Kommandeur der Truppe entdeckte Hornblower mit seinen Leuten und riß überrascht seinen Gaul herum.

»Wer sind Sie?« rief er.

»Engländer«, antwortete Hornblower.

Ehe noch weitere Worte gewechselt werden konnten, lebte das

Feuer im Rücken der Nachhut wieder gewaltig auf. Aber es kam gleich noch schlimmer: Aus einer Seitengasse, schon in gleicher Höhe mit der weichenden Truppe, erschienen urplötzlich ein Dutzend Kavalleristen, deren Lanzenspitzen in der Sonne funkelten. Jetzt hörte auch bei der Nachhut der letzte Rest von Ordnung auf, die Männer rasten in wilder Flucht die Straße entlang, um nicht abgeschnitten zu werden. Hornblower sah, wie ein Reiter einem der Fliehenden seine Lanzenspitze zwischen die Schultern jagte, wie der Getroffene auf sein Gesicht fiel und einen Meter weit durch den Staub geschleift wurde, bis sich die Lanze endlich wieder aus der Wunde riß und er wie ein Tier mit gebrochenem Rückgrat, hilflos zappelnd, liegenblieb. Über ihn hinweg stürmten alsbald die Plänkler der Vorhut Bolivars, eine ausgeschwärmte Schar von Männern jeder erdenklichen Hautfarbe, die abwechselnd laufend, ladend und schießend vorrückten. Bald pfiffen die Kugeln von allen Seiten.

»Mylord . . .«, sagte Gerard besorgt.

»Ach, lassen Sie nur, der Spuk ist ja schon vorbei«, antwortete Hornblower.

Das Gefecht zog sich weiter die Straße entlang, die sie gekommen waren. Mit Ausnahme des berittenen spanischen Offiziers hatte niemand auf sie geachtet. Jetzt wurden sie aber von der kleinen Infanterieabteilung bemerkt, die in geschlossener Ordnung hinter den Plänklern hermarschierte. Das glänzende Gold, die Epauletten und die Zweispitze machten die Leute aufmerksam. Wieder riß ein berittener Offizier sein Pferd herum und stellte die gleiche Frage wie vorhin der Mann aus dem anderen Lager. Hornblower gab denn auch wieder die gleiche Antwort.

»Ingleses?« wiederholte der Offizier, »Engländer? Was – Sie sind ein britischer Admiral?«

»Ja, der Chef des britischen Geschwaders in Westindien«, sagte Hornblower.

»Ich freue mich, Ihre Bekanntschaft zu machen, Sir. William Jones ist mein Name, früher Hauptmann im Zweiunddreißigsten Infanterieregiment, jetzt Major und Bataillonskommandeur in der Armee von Groß-Kolumbien.«

»Es war mir ein besonderes Vergnügen, Sie kennenzulernen, Herr Major.«

»Leider muß ich um Entschuldigung bitten, aber die Pflicht ruft«, sagte Jones, legte die Schenkel an und trabte davon.

»Hurra für England!« rief einer der Männer aus der marschierenden Kolonne, und sein Ruf wurde sofort in einem dünn klingenden Chor wiederholt. Diese zerlumpten Vogelscheuchen waren wohl gut zur Hälfte britischer Herkunft und bildeten jetzt im Verein mit Negern und Südamerikanern eine Gemeinschaft, in der es keine Stammesunterschiede gab. Der Infanterie folgte Kavallerie, Regiment um Regiment, eine wahre Flut von Menschen und Pferden, die die Straße füllte, als wäre sie ein Flußbett bei Hochwasser. Da gab es Lanzenreiter und leichte Reiterei, wundgerittene Pferde und lahmende Pferde, die meisten Männer hatten eine aufgeschossene Leine am Sattelknopf hängen, alle waren sie zerlumpt, alle hingen sie todmüde auf ihren Gäulen, man merkte es Menschen und Tieren an, daß sie weite Märsche und harte Kämpfe hinter sich hatten und jetzt noch ihre letzten Kräfte zusammenrissen, um dem geschlagenen Feind auf den Fersen zu bleiben.

Gut tausend Mann waren nach Hornblowers Schätzung bis jetzt vorübergekommen, und er war noch immer eifrig dabei, sich ein ungefähres Bild von der Stärke der anrückenden Kolonnen zu machen, als sich neue Laute in das eintönige Hufgeklapper der Pferde mischten. Man hörte ein unregelmäßiges Rumpeln und Klirren, das allmählich näherkam. Da rollten sie an, die Geschütze. Sie wurden von müden Gäulen gezogen, und neben den Köpfen der Gäule marschierten zerlumpte bärtige Männer — was sie am Leibe hatten, waren einmal blaue Jumper und weiße Hosen gewesen. Es war die Besatzung der BRIDE OF ABYDOS. Einer von ihnen hob den müden Kopf und erkannte die Gruppe am Straßenrand.

»Hallo Horny, alter Junge!« rief er. Er hatte vor Erschöpfung eine ganz dünne Stimme, die einem alten Mann zu gehören schien.

In dem Offizier, der neben der Kolonne herritt, erkannte Hornblower einen von Ramsbottoms Leutnants. Er saß nach Seemannsart auf seinem abgerackerten Gaul und hob den Arm zu einem müden Gruß. Das erste Geschütz ratterte vorüber, ein zweites folgte ihm. Das waren also die Geschütze von Carabobo, die einem Erdteil die Freiheit errungen hatten.

Es fiel Hornblower auf, daß er Ramsbottom selbst noch nicht zu Gesicht bekommen hatte, obwohl man doch annehmen durfte, daß er an der Spitze der Artillerieabteilung reiten würde. Eben als er sich darüber Gedanken machte, entdeckte er neben dem zweiten Geschütz einen seltsamen Aufzug. Es handelte sich um eine aus zwei Stangen und Segeltuch zurechtgemachte Tragbahre, die so zwischen zwei Pferden aufgehängt war, daß das erste das vordere, das zweite das hintere Ende trug. Die Segeltuchmulde zwischen den beiden Stangen war von einem Sonnendach überschattet, darinnen aber lag ein Mensch, ein kleiner schwarzbärtiger Mann, dessen Kopf kraftlos auf den stützenden Kissen ruhte. Die beiden Pferde wurden von je einem Matrosen geführt, bei jedem ihrer schweren Schritte schlingerte die Bahre kräftig hin und her, und der Bärtige ließ dieses ständige Wiegen und Schwanken offenbar geduldig über sich ergehen. Jetzt wurde er auf die am Wegrand stehende Gruppe aufmerksam, er versuchte, sich aufzurichten und gab den Pferdeführern eine kurze Weisung, worauf diese ihre Tiere zur Seite führten und neben Hornblower haltmachten.

»Guten Tag, Mylord«, sagte er. Seine Stimme hatte jenen schrillen Klang, den man oft bei Hysterikern beobachten konnte.

Hornblower mußte den Mann genau und immer wieder ins Auge fassen, ehe er wußte, wen er vor sich hatte. Der schwarze Backenbart, die fiebrig glänzenden Augen, die erschreckende Blässe, die seine natürliche Bräune wie aufgeschminkt wirken ließ, das alles machte ihm das Erkennen unendlich schwer.

»Ramsbottom!« rief er endlich.

»Derselbe, nur ein wenig verändert«, sagte Ramsbottom und brach in ein seltsam schepperndes Gelächter aus.

»Sind Sie verwundet?« fragte Hornblower. Er hatte die Worte kaum ausgesprochen, als er sah, daß Ramsbottoms linker Arm dick mit Leinenfetzen umwickelt war – er hatte sich so in das Studium seiner Gesichtszüge vertieft, daß ihm dies bis jetzt ganz entgangen war.

»Ja, mein persönliches Opfer für die große Sache der Freiheit«, sagte Ramsbottom und stieß wieder das gleiche Gelächter aus – fast klang es wie Hohn, oder war es doch nur Hysterie?

»Was ist Ihnen denn zugestoßen?«

»Meine linke Hand liegt auf dem Schlachtfeld von Carabobo«, kicherte Ramsbottom, »ich fürchte, sie bekam nicht einmal ein christliches Begräbnis.«

»Großer Gott!«

»Sehen Sie dort meine Geschütze? Meine wunderbaren Geschütze! Bei Carabobo rissen sie die Dons in Stücke!«

»Aber Sie selbst – Ihre Verletzung – wer hat Sie denn behandelt?«
»Der Feldscher, wer sonst? Siedendes Pech für den Stumpf. Wissen Sie, wie das tut, Mylord?«
»Meine Fregatte liegt auf Reede vor Anker, der Schiffsarzt ist an Bord ...«
»Nein, das ist ausgeschlossen. Ich muß mit meinen Geschützen weiter, um El Liberador den Weg nach Caracas zu bahnen.«
Wieder dieses Gelächter. Nein, das war kein Hohn – viel eher das Gegenteil. Der Mann war am Rande des Deliriums und rang verzweifelt darum, seinen klaren Kopf zu behalten, damit er auf keinen Fall sein Ziel aus den Augen verlor. Man konnte auch nicht sagen, er hätte gelacht, um nicht weinen zu müssen. Auch das traf nicht zu. Er lachte, weil er nicht den Helden spielen wollte.
»Aber das geht doch nicht ...«
»Sir, Sir, Mylord!«
Hornblower wandte sich um. Da stand, die Hand grüßend am Hut, ein Fähnrich von der Fregatte, den die Dringlichkeit seiner Meldung sichtlich aufregte.
»Was ist denn los?«
»Meldung vom Kommandanten, Mylord: Zwei Kriegsschiffe an der Kimm in Sicht. Eine spanische und wahrscheinlich eine holländische Fregatte, Mylord. Beide halten auf uns zu.«
Weiß Gott, eine böse Kunde. Auf der CLORINDA mußte umgehend wieder seine Flagge wehen, damit er die fremden Schiffe in Empfang nehmen konnte. Das Ärgste an der ganzen Sache war für ihn, daß er ausgerechnet in diesem Augenblick davon erfuhr. Sein Blick wanderte zwischen Ramsbottom und dem Fähnrich hin und her, die blitzschnelle Art zu überlegen, die man bei ihm gewohnt war, schien ihn diesmal im Stich zu lassen.
»Gut«, stieß er mit rauher Stimme hervor, »melden Sie dem Kommandanten, ich käme sofort.«
»Aye, aye, Mylord.«
Nun wandte er sich wieder an Ramsbottom:
»Ich muß gehen, ich muß – leider.«
»Mylord«, sagte Ramsbottom. Die fiebernde Lebhaftigkeit von vorhin war von ihm gewichen. Er sank müde in seine Kissen zurück und mußte ein paar Sekunden Kraft schöpfen, ehe er wieder sprechen konnte. Und selbst dann kamen ihm die Worte

nur schleppend und zögernd über die Lippen. »Haben Sie die Bride gekapert, Mylord?«
»Ja«, sagte er. Aber nun Schluß, endlich Schluß. Er mußte sofort auf sein Schiff zurück.
»Meine schöne, meine liebe Bride. Hören Sie, Mylord, im achteren Stauraum liegt noch ein Fäßchen Kaviar. Lassen Sie sich den gut schmecken, Mylord.«
Wieder dieses scheppernde Gelächter. Ramsbottom lachte immer noch, als er wieder mit geschlossenen Augen auf seiner Bahre lag. Die flüchtigen Abschiedsworte Hornblowers schien er gar nicht zu hören, und diesem war, als ob ihn jenes unheimliche Lachen immer noch verfolgte, als er längst der Pier zueilte, wo sein Boot schon auf ihn wartete.
»Absetzen! So, und nun legt euch ordentlich ins Kreuz!«
Dort lag die Clorinda und ganz in ihrer Nähe die kleine Bride of Abydos. Und was man draußen an der Kimm sah, waren ohne Zweifel die Marssegel zweier Fregatten, die auf seine beiden Schiffe zuhielten. Er kletterte in höchster Eile das Fallreep hoch und hatte kaum einen Blick für die Ehrenbezeigungen, mit denen er empfangen wurde, weil die taktische Lage, der Verlauf der Küste, die augenblickliche Position der Bride of Abydos und die Annäherung der beiden fremden Schiffe seine Aufmerksamkeit voll in Anspruch nahmen.
»Setzen Sie meine Flagge«, befahl er barsch, dann bekam er sich sofort wieder in die Gewalt und fuhr mit der üblichen ausgesuchten Höflichkeit fort: »Sir Thomas, ich wäre Ihnen verbunden, wenn Sie von den Achterpforten aus Springs nach der Ankertroß ausbringen wollten.«
»Springs, Mylord? Aye, aye, Mylord.«
Diese Springs waren Trossen, die man durch die Achterpforten am Schiff entlang nach vorn nahm und dort auf die Ankertroß steckte. Wenn man die eine oder die andere mit dem Spill einholte, konnte man das Schiff vor Anker drehen und seine Geschütze in jeder beliebigen Richtung zum Tragen bringen. Es war dies nur eins jener vielen Manöver, die Hornblower bei seiner letzten Übungsfahrt mit den Besatzungen durchexerziert hatte. Es verlangte von der ganzen Mannschaft kräftiges Zupacken und beste Zusammenarbeit. Alsbald hallte das Schiff von lauten Befehlen wider, die Maate und Deckoffiziere eilten zu ihren Arbeitsgruppen, um die Trossen aus dem Raum und achteraus zu holen.

»Sir Thomas, bitte befehlen Sie der Brigg, sie solle weiter hereinwarpen. Ich möchte sie zwischen uns und dem Land liegen haben.«
»Aye, aye, Mylord.«
Jetzt stellte sich heraus, daß sie doch noch mehr Zeit hatten, als Hornblower zunächst einmal annahm. Die aufkommenden Fregatten, deren Rümpfe vom Achterdeck aus durch das Glas gesehen schon über die Kimm ragten, nahmen nämlich überraschend Segel weg. Während sie Hornblower weiter im Gesichtsfeld seines Kiekers hielt, konnte er erkennen, wie sich ihre Großmarssegel für den Blick des Beobachters plötzlich verbreiterten. Das bedeutete, daß die Großmarssegel soeben rund gebraßt wurden. Die Fregatten drehten also zunächst einmal bei, und einen Augenblick später konnte man sehen, wie das holländische Schiff ein Boot aussetzte, das zu dem Spanier hinüberpullte. Das bedeutete höchstwahrscheinlich, daß sich die beiden miteinander berieten. Wegen ihrer verschiedenen Sprachen konnten sie ja auch kaum darauf hoffen, ihre Maßnahmen durch Signale oder auch nur durch den Gebrauch von Megaphonen aufeinander abzustimmen.
»Der Spanier führt den Breitwimpel eines Kommodore, Sir Thomas. Halten Sie sich bitte klar zum Salutieren, sobald er meine Flagge salutiert.«
»Aye, aye, Mylord.«
Die Beratung dauerte einige Zeit, sie nahm die zweite Hälfte eines Stundenglases und den Beginn des nächsten in Anspruch. Ein gewaltiges Knarren und Knirschen unter Deck und das Klappern des Spills gaben Kunde, daß die Springs eben erprobt wurden. Die CLORINDA schor zuerst ein wenig nach Steuerbord und dann ein wenig nach Backbord aus dem Wind.
»Die Springs sind geprüft und klar, Mylord.«
»Danke, Sir Thomas. Möchten Sie jetzt die Güte haben, die Leute auf Gefechtsstationen zu schicken und Klarschiff anzuschlagen.«
»Klarschiff zum Gefecht? Aye, aye, Mylord.«
Daß man um diese Vorsichtsmaßregel nicht herumkam, war schlimm genug. Es bedeutete für Hornblower, daß sein Kojenzeug, seine Bücher und seine ganze persönliche Ausrüstung in einem heillosen Durcheinander untertauchten und daß es hinterher womöglich Tage dauerte, bis wieder einige Ordnung in den entstandenen Wirrwarr kam. Gesetzt jedoch den Fall, jene Fre-

gatten waren entschlossen, den Kampf mit ihm aufzunehmen, so war es ein für alle Male um seinen Ruf geschehen, wenn er nicht darauf vorbereitet war, sie gebührend zu empfangen. Jeder Versuch, erst im feindlichen Feuer die Geschütze klarzumachen und die Munition an Deck zu mannen, hätte unweigerlich ein Chaos zur Folge gehabt, und das Gefecht – wenn es schon dazu kam – wäre verloren gewesen, ehe es noch begonnen hatte. Jetzt bewirkten diese ganzen Vorbereitungen um ihn her, das Trillern der Pfeifen, die heiseren Stimmen der Unteroffiziere, das sinnvolle Durcheinander der an die Geschütze eilenden Männer, der stampfende Gleichschritt der Seesoldaten auf dem Achterdeck und die scharfen Kommandos ihres Offiziers, daß ihn sogar wieder etwas von dem alten, halb vergessenen Kampffieber packte.

»Schiff ist klar zum Gefecht, Mylord.«

»Danke, Sir Thomas. Wollen Sie bitte veranlassen, daß sich die Leute auf ihren Stationen klarhalten.«

Auch wenn die fremden Schiffe unverzüglich herangekommen und ohne langes Palaver ins Gefecht gegangen wären, hätte die Zeit eben ausgereicht, einen heißen Empfang für sie vorzubereiten. Durch raschen Gebrauch der Springs war er imstande, gleich den ersten, der herankam, von vorn nach achtern zu bestreichen und derart zuzurichten, daß seinem Kommandanten sicherlich Hören und Sehen verging. Aber noch war es nicht so weit, noch galt es zu warten, und die Besatzung an ihren Geschützen wartete mit ihm. Die Lunten schwelten in ihren Baljen, die Löschmannschaften standen mit ihren Eimern klar, die Pulverjungen hatten bereits die Kartuschtragen in der Hand und warteten darauf, daß das Rennen vom Pulvermagazin zu den Geschützen und wieder zurück seinen Anfang nahm.

»Sie kommen, Mylord.«

Die Marssegel wurden wieder schmäler, die Masten kamen in Linie. Jetzt hielten die beiden Fregatten wieder recht auf die Clorinda zu. Hornblower hielt sie ununterbrochen im Sehfeld seines Kiekers. Wohl erkannte er, daß sie keine Geschütze ausgerannt hatten, aber wer hätte daraus mit Sicherheit folgern können, daß sie nicht doch klar zum Gefecht waren? Näher und näher kamen sie heran, nun waren sie schon fast in Reichweite eines mit großer Erhöhung auf gut Glück abgegebenen Schusses. In diesem Augenblick löste sich vom Steuerbordbug des Spaniers eine Wolke Mündungsqualm, und Hornblo-

wer konnte ums Sterben nicht vermeiden, daß ihm bei ihrem Anblick die Kehle plötzlich wie zugeschnürt war. Die Brise verwehte den Qualm, aber gleich darauf löste sich schon der nächste Puff, und zugleich drang die dumpfe Detonation des ersten Schusses an Hornblowers Ohr. Der hätte nicht übel Lust gehabt, gleich im Kopf aus der Schallgeschwindigkeit und dem Fünfsekundentakt der Salutschüsse den Abstand der beiden Schiffe zu errechnen, aber für solche Spielereien war jetzt wirklich keine Zeit. Es galt, ganz bei der Sache zu sein.
»Sie können den Breitwimpel salutieren, Sir Thomas.«
»Aye, aye, Mylord.«
Dreizehn Schuß für die Flagge eines Konteradmirals, elf für den Breitwimpel eines Kommodore, das machte zusammen vierundzwanzig Schuß, die in hundertzwanzig Sekunden oder zwei Minuten gefeuert waren. Da sich die Schiffe mit vier Meilen Fahrt näherten, hatte sich ihr Abstand bis zum Ende des Saluts um eine Kabellänge verringert, das hieß, daß sie sich dann bereits in Reichweite einer auf größere Entfernung feuernden Batterie befanden.
»Sir Thomas, ich wäre Ihnen besonders verbunden, wenn Sie die Steuerbord-Spring ein paar Törns einhieven wollten.«
»Aye, aye, Mylord.«
Man hörte wieder das gleiche Knarren und Knirschen wie vorhin, langsam drehte sich die CLORINDA zur Seite und zeigte den Ankömmlingen ihre drohende Breitseite. Es konnte auf keinen Fall schaden, wenn sie von vornherein wußten, was ihnen blühte, falls sie unfreundliche Absichten hegen sollten. Diese brutale Offenheit mochte ihm später allerlei Schwierigkeiten ersparen.
»Sie nehmen Segel weg, Mylord.«
Das hatte Hornblower auch schon gesehen, aber es war wirklich nichts gewonnen, wenn man sich darüber ausließ. Beide Schiffe hatten augenscheinlich sehr starke Besatzungen an Bord, das konnte man schon aus dem Tempo schließen, in dem die Segel von den Rahen verschwanden. Jetzt drehten sie gleichzeitig in den Wind. Hornblower glaubte den donnernden Lärm ihrer Ankertrossen zu hören, als sie ihre Anker fallen ließen. Für sein Empfinden war dieser Augenblick irgendwie entscheidend, und er wollte das gerade noch unterstreichen, indem er seinen Kieker mit dem üblichen »Klick« zusammenschob, als er sah, daß der Spanier ein Boot zu Wasser brachte.

»Ich wette, wir bekommen bald Besuch«, sagte er.
Das Boot schien über das flimmernde Wasser nur so hinzufliegen, die Bootsgasten rissen offenbar wie die Wilden an ihren Riemen – wahrscheinlich herrschte bei ihnen der gleiche Ehrgeiz wie in allen Marinen der Welt, der fremden Marine zu zeigen, was man konnte.
»Boot ahoi!« rief der Wachhabende Offizier.
Der spanische Offizier in der Achterplicht, erkennbar an seinen Epauletten, rief irgend etwas zurück. Hornblower hatte nicht genau gehört, was es war, aber der Brief, den er zugleich in der Luft schwenkte, sagte schon alles.
»Wollen Sie ihn bitte empfangen, Sir Thomas.«
Der spanische Leutnant sah sich gleich mit forschenden Blicken um, als er das Deck betrat. Es schadete nichts, wenn er gewahr wurde, daß sich die Männer auf ihren Gefechtsstationen befanden und daß das Schiff gefechtsbereit war. Er hatte auch Hornblower auf den ersten Blick entdeckt und reichte ihm den Brief mit einem militärischen Gruß und einer höflichen Verbeugung.
Su Excelencia el Almirante Sir Hornblower, lautete die Adresse. Hornblower erbrach das Siegel; es fiel ihm nicht schwer, die spanischen Sätze zu verstehen.

Der Brigadier Don Luiz Argote würde sich hochgeehrt fühlen, wenn ihm Seine Exzellenz Sir Hornblower Gelegenheit zu einer Rücksprache bieten würde. Der Brigadier würde sich ein besonderes Vergnügen daraus machen, Seine Exzellenz auf dero Schiff zu besuchen, er wäre aber nicht minder erfreut, wenn Seine Exzellenz es vorzögen, das Schiff Seiner Allerkatholischsten Majestät mit seinem Besuch zu beehren.

Hornblower wußte, daß ein »Brigadier« in der spanischen Marine nichts anderes war als ein Kommodore.
»Ich werde gleich schriftlich darauf antworten«, sagte er. »Sir Thomas, bitte übernehmen Sie einstweilen die Pflichten des Gastgebers. Kommen Sie, Gerard.«
Unter Deck hatten sie auf dem gefechtsklaren Schiff zunächst einmal alle Mühe, Schreibpapier und Tinte aufzutreiben, noch lästiger aber war es, diesen Brief in spanischer Sprache abfassen zu müssen. Man mußte sich dabei mächtig in acht nehmen, weil falsche Orthographie und grammatikalische Schnitzer in einem Schriftstück viel mehr auffielen als beim mündlichen Verkehr.

Glücklicherweise gab der Brief des Brigadiers selbst die beste orthographische Stütze und half ihm sogar bei der richtigen Verwendung der kniffligen Konditionalform.

Konteradmiral Sir Horatio Hornblower würde sich besonders freuen, den Brigadier Don Luiz Argote auf seinem Flaggschiff zu empfangen, wann immer es ihm angenehm ist.

Jetzt galt es, Siegellack, Siegel und Kerze aufzustöbern. Es war gerade in diesem Augenblick völlig unmöglich, daß man sich in solchen Äußerlichkeiten eine Blöße gab.
Der erste Versuch ging daneben. Erst der zweite Abdruck bewog Hornblower zu einem zögernden: »Hm, das mag angehn.« Dann fiel ihm plötzlich etwas ein. »Lassen Sie sich ein Boot geben und sausen Sie wie der Blitz auf die Bride of Abydos hinüber. Dort schauen Sie nach, ob noch etwas von dem Sherry vorhanden ist, den uns Ramsbottom bei seinem Dinner anbot.«

Der Brigadier kam das Fallreep der Clorinda herauf und wurde mit dem ihm zustehenden Zeremoniell empfangen. Mit ihm erschien noch eine zweite Gestalt in Schiffhut und Epauletten. Hornblower verbeugte sich grüßend und stellte sich vor.
»Ich nahm mir die Freiheit, Kapitän van der Maesen von der Königlich Niederländischen Marine um seine Begleitung zu bitten«, sagte der Brigadier.
»Ich heiße auch Kapitän van der Maesen mit größtem Vergnügen willkommen«, sagte Hornblower. »Vielleicht kommen die Herren mit mir unter Deck. Ich bedauere aufrichtig, daß die Bequemlichkeit in meiner Kajüte etwas zu wünschen übrig läßt, aber wie Sie sehen, war ich eben im Begriff, meine Besatzung in ihren Dienstpflichten zu üben.«
Im ausgeräumten Achterschiff war in aller Eile eine Trennwand gezogen worden, dahinter hatte man den Kajütentisch und die Stühle wieder an ihren Platz gebracht. Der Brigadier nippte angenehm überrascht und mit sichtlichem Behagen an dem Glas, das ihm gereicht worden war. Wie immer in solchen Fällen, verstrichen die ersten Minuten in unverbindlicher Unterhaltung — sie wurde auf spanisch geführt, da dies die einzige Sprache war, in der sich alle drei miteinander verständigen konnten. Dann kam der Brigadier endlich auf das zu sprechen, was ihn hergeführt hatte.

»Sie haben ein wunderbares Schiff, Mylord«, sagte er. »Um so aufrichtiger ist mein Bedauern, Sie in Gesellschaft eines Piraten zu finden.«
»Sie meinen die BRIDE OF ABYDOS, Señor?«
»Gewiß, Mylord.«
Hornblower sah sofort die Falle, die sich da vor ihm auftat.
»Sie nennen die Brigg ein Piratenschiff, Señor?«
»Was ist sie denn in Ihren Augen, Mylord?«
»Ich bin gespannt zu hören, was Sie selbst davon halten, Señor.«
Ihm kam es jetzt vor allem darauf an, daß er sich in keiner Weise festlegte.
»Das Vorgehen der BRIDE OF ABYDOS bedarf dringend der Aufklärung. Sie hat ein holländisches Schiff aufgebracht und geplündert. Das wäre nach den geltenden Gesetzen ohne Zweifel als Seeräuberei zu betrachten. Man mag vielleicht dagegen einwenden, daß ihr Kapitän eine sogenannte Bestallung in Händen hatte, die von den Aufständischen aufgestellt war. Aber das fällt hier nicht ins Gewicht, denn im ersten Fall wird sie von Kapitän van der Maesen als Seeräuber beschlagnahmt, im zweiten Fall von mir selbst, weil sie sich feindseligen Verhaltens gegen mein Land schuldig machte.«
»Bis zur Stunde, Señor, hat noch kein Prisengericht im einen oder anderen Sinne ein Urteil gesprochen. Im übrigen möchte ich die Herren daran erinnern, daß sich das Schiff in meiner Gewalt befindet.«
Jetzt war es soweit, die Fehde war angesagt. Hornblower gab sich alle Mühe, den Blicken der beiden anderen mit möglichst undurchdringlicher Miene zu begegnen. Wie immer die Entscheidung über die BRIDE OF ABYDOS ausfallen mochte, eins wußte er gewiß: Weder die britische Regierung noch die öffentliche Meinung Englands würden es ihm jemals verzeihen, wenn er sich dieses Schiff kleinmütig entwinden ließ.
»Mylord, ich habe Kapitän van der Maesen meine Unterstützung bei allen Maßnahmen zugesagt, die er in der Folge für geboten hält, und von ihm die gleiche Zusicherung erhalten.«
Der holländische Kapitän bestätigte dies mit einem Nicken und ein paar halb verständlichen Worten. Damit standen zwei gegen einen, ein Kräfteverhältnis, bei dem die CLORINDA alle Hoffnung begraben konnte.
»Dann, meine Herren, möchte ich in aller Aufrichtigkeit der

Hoffnung Ausdruck geben, daß mein Verhalten Ihre Billigung findet.«
Damit brachte er auf die denkbar höflichste Art zum Ausdruck, daß er ihrer Drohung Trotz bot.
»Ich kann mich nur schwer damit abfinden, Mylord, daß Sie den Schutz der Marine Seiner Britischen Majestät Piraten- und Kaperschiffen angedeihen lassen, die an einem Kriege teilnehmen, in dem sich Seine Majestät, Ihr Herrscher, selbst neutral verhält.«
»Es wird Ihnen nicht entgangen sein, Señor, daß die BRIDE OF ABYDOS die Flagge Seiner Britischen Majestät führt. Sie werden Verständnis dafür haben, daß ich als Seeoffizier niemals zugeben kann, daß diese Flagge niedergeholt wird.«
Jetzt war es heraus. Der Gegner war in die Schranken gefordert. Noch zehn Minuten, dann sprachen vielleicht schon die Geschütze, dann lagen auf diesem Deck vielleicht schon überall Tote und Verwundete umher. Und einer der Toten war womöglich er selbst.
Der Spanier tauschte einen Blick mit dem Holländer und wandte sich dann wieder an Hornblower.
»Wir würden es wirklich zutiefst bedauern, Mylord, wenn wir unsere Zuflucht zur Gewalt nehmen müßten.«
»Es freut mich ungemein, das zu hören, Señor. Ich fühle mich dadurch in meiner Auffassung bestärkt. Wir können also in bestem Einvernehmen auseinandergehen.«
»Aber . . .«
Der Brigadier hatte nicht im entferntesten daran gedacht, daß man seine Worte als Nachgiebigkeit auslegen könnte. Er meinte ganz im Gegenteil seine Drohung damit unterstrichen zu haben. Jetzt raubte ihm Hornblowers Deutung sekundenlang die Sprache.
»Ich bin hocherfreut, meine Herren«, fuhr Hornblower fort, »daß damit das Einvernehmen zwischen uns wiederhergestellt ist. Nutzen wir den glücklichen Augenblick, Señor, um noch ein Glas dieses Weines auf das Wohl unserer Landesherren zu trinken, wobei ich nicht verfehlen möchte, zu betonen, daß Ihrem Land für dieses ausgezeichnete Gewächs der Dank der ganzen Welt gebührt.«
Er nahm ihre Kapitulation vorweg und versetzte sie dadurch in die Lage, sich elegant aus der Affäre zu ziehen. Ehe sie es noch recht gewahr wurden, war der bittere Augenblick gekommen

und gegangen, da sie sich eingestehen mußten, daß sie überspielt worden waren. Vergebens tauschten der Spanier und der Holländer wieder lange Blicke aus, während Hornblower schon eifrig dabei war, neuen Wein einzuschenken.

»Auf Seine Allerkatholischste Majestät, Señor. Auf Seine Majestät den König der Niederlande.«

Er hob dazu sein Glas mit einladender Geste. Die beiden anderen mußten ihm wohl oder übel Bescheid tun, obgleich der Mund des Brigadiers immer noch auf- und zuklappte, weil er seine Empörung vergeblich in Worte zu fassen suchte. Jetzt forderte obendrein der internationale Brauch, daß er den Toast zu Ende sprach, worauf Hornblower bereits mit erhobenem Glas wartete.

»Auf Seine Britannische Majestät.«

Sie tranken zum zweiten Mal miteinander.

»Ich danke Ihnen für Ihren anregenden Besuch, meine Herren«, sagte Hornblower. »Noch ein Glas? Nein? Sie wollen doch nicht schon gehen? Aber ich vergaß wohl, daß noch eine Fülle dienstlicher Verpflichtungen auf Sie wartet.«

Während die Fallreepsgasten weiß behandschuht zu beiden Seiten der Relingspforte aufzogen, während die Bootsmannsmaate mit ihren Pfeifen trillerten und die immer noch an den Geschützen angetretene Mannschaft stillstand, um den scheidenden Gästen ihre Ehrenbezeigung zu erweisen, fand Hornblower einen Augenblick Zeit, einen Blick in die Runde zu werfen. Diese Fallreepsgasten und Bootsmannsmaate, alle diese Geschützbedienungen hätten schon in dieser Sekunde den drohenden Tod vor Augen gehabt, wenn die soeben beendete Unterredung stürmischer verlaufen wäre. Er verdiente wohl ihre Dankbarkeit, aber dieser Dank wurde ihm natürlich niemals wirklich zuteil. Während er dem Brigadier zum Abschied die Hand schüttelte, sorgte er noch einmal für eine abschließende Klärung der Lage.

»Eine glückliche Reise, Señor. Ich hoffe, ich werde bald das Vergnügen haben, Sie wiederzusehen. Sowie die Landbrise einsetzt, gehe ich nach Kingston in See.«

Einer von Barbaras regelmäßigen Briefen, der Monate später eintraf, gab ihm endlich die Gewißheit, daß er den Fall Ramsbottom als erledigt betrachten durfte.

Mein allerliebster Mann, (schrieb Barbara wie immer, und Hornblower mußte wie immer lächeln, als er diese Worte las.

Der Brief füllte mehrere Bogen, auch der erste davon enthielt für Hornblower viel Interessantes, aber Barbara wandte sich erst auf dem zweiten den üblichen Klatschgeschichten zu, die in der Gesellschaft und in Kreisen der Marine kursierten.)

beim Dinner gestern abend war der Lordkanzler mein linker Tischnachbar. Er wußte mir viel über die Bride of Abydos *zu erzählen und zu meiner größten Freude mindestens ebensoviel über meinen lieben Mann. Die spanische und die holländische Regierung haben natürlich durch ihre diplomatischen Vertreter beim Staatssekretär des Äußeren Proteste eingelegt. Der mußte sich darauf beschränken, den Empfang zu bestätigen und den Herren zu versprechen, daß ihnen nach Klärung der Rechtslage eine weitere Stellungnahme zugehen werde. Dabei, meinte der Lordkanzler, sei in der ganzen Geschichte des Seerechts noch kein so verwickelter Fall vorgekommen wie dieser. Die Versicherer machen Fahrlässigkeit von seiten des Versicherten geltend (ich hoffe nur, Liebster, daß mir bei diesen Fachausdrücken kein Fehler unterläuft), weil der Kapitän der* Helmond *nichts unternahm, um sich von der Bona fides der* Bride of Abydos *zu überzeugen. Außerdem bezichtigen sie auch die holländische Regierung der Fahrlässigkeit, weil die Wegnahme des Schiffes vor Bonaire innerhalb der niederländischen Hoheitsgewässer erfolgt sei. Die Holländer weisen den Vorwurf der Fahrlässigkeit mit größtem Nachdruck zurück und machen dagegen geltend, daß die* Helmond *in Wirklichkeit außerhalb ihres Hoheitsgebietes gekapert worden sei. Dazu kommt, daß das Schiff erst in spanischen Hoheitsgewässern ausgeplündert und festgehalten wurde. Unvorstellbare weitere Verwicklungen ergeben sich aus der Tatsache, daß die* Bride of Abydos *von ihrer Mannschaft verlassen war, als Du sie fandest. Hast Du gewußt, Liebster, daß es für die Rechtslage von größter Bedeutung ist, ob ihr Anker in diesem Augenblick den Grund berührte oder nicht? Jedenfalls hat bis jetzt noch kein Gericht ein Verfahren eingeleitet, weil allem Anschein nach niemand entscheiden kann, welche Gerichtsbarkeit für den Fall zuständig ist. (Ich hoffe, Liebster, Du wirst es Deiner Frau hoch anrechnen, daß sie so gut aufpaßte und sich alle diese gräßlichen Fachausdrücke merkte.) Da jede zur Beweiserhebung angeordnete Reise nach Westindien mit der Rückreise vier Monate in Anspruch nehme, und da man überdies bestimmt mit Einsprüchen, Berufungen und Revisionen rechnen*

könne, meinte der Lordkanzler, würden siebenunddreißig Jahre ins Land gegangen sein, ehe der Fall im Haus der Lords zur Vorlage käme. Bis dahin, fuhr er zwischen zwei Löffeln Suppe kichernd fort, sei aber wohl unser Interesse an dieser Angelegenheit schon erheblich geschrumpft.
Aber das ist noch längst nicht alles, Liebster, was ich Dir an Neuigkeiten zu berichten habe. Mir kam noch etwas ganz anderes zu Ohren, eine Nachricht, die mir größten Kummer bereiten würde, wenn ich nicht wüßte, daß sich mein Mann, der Admiral, bestimmt darüber freuen wird.
Als ich heute bei Lady Exmouth zum Tee war (ich sehe schon, wie sich Deine geliebten Augen vor Entsetzen darüber weiten, daß solche Geheimnisse vor Frauenohren nicht sicher sind), hörte ich, daß Dein Verhalten gegenüber den spanischen und holländischen Seeoffizieren bei ihren Lordschaften der Admiralität den denkbar besten Eindruck hinterließ. – O Liebster, ich bin ja so stolz und froh darüber, obwohl ich nie im geringsten daran zweifeln konnte. Es wurde daraufhin bereits beschlossen, Dein Kommando um ein weiteres Jahr zu verlängern. Mein Glück über die große Freude, die Dir diese Anerkennung bereiten wird, wiegt fast – nein, voll und ganz – das Leid auf, das mich beschleichen will, wenn ich daran denke, daß unsere Trennung immer noch kein Ende nimmt. Glaub mir, Liebster, es gibt keine Frau auf der ganzen Welt, die Dich – nein, die irgendeinen Mann so lieben könnte, wie ich Dich liebe, Dich, den treuesten, den tapfersten, den kühnsten, den fähigsten aller Männer. Aber nein, ich darf nicht in diesem Stile fortfahren, weil es ja noch mehr Neues zu erzählen gibt.
Unsere Regierung hat offenbar die Bestrebungen der spanischen Kolonien, ihre Unabhängigkeit zu gewinnen, von jeher mit Wohlwollen verfolgt. Dagegen nahm sie mit entschiedener Mißbilligung von dem Beschluß der spanischen Regierung Kenntnis, Streitkräfte aus Europa in jene Länder zu entsenden, um mit ihrer Hilfe deren Rückeroberung zu versuchen. Man sprach davon, daß die anderen Mächte, denen jene Freiheitsbewegung irgendwie unheimlich ist, mit dem Gedanken umgehen, Spanien in Spanisch-Amerika militärisch zu unterstützen. Der Sieg bei Carabobo, zu dessen Erringung der arme Mr. Ramsbottom und seine Geschütze so entscheidend beitrugen, hat diesen Interventionsplänen allerdings einen Stoß versetzt. Es ist ein großes Staatsgeheimnis – so geheim, daß man über

den Teetassen nur im Flüsterton davon spricht —, daß die britische Regierung eine Erklärung vorbereitet, in der sie zum Ausdruck bringen will, daß sie keinerlei militärische Einmischung der Mächte in Spanisch-Amerika dulden werde. Vieles deutet darauf hin, daß unsere Regierung dabei in voller Übereinstimmung mit den Amerikanern vorgeht, jedenfalls heißt es allgemein, Präsident Monroe plane seinerseits, mit einer Doktrin gleichen Inhalts vor die Öffentlichkeit zu treten. Wo man hinkommt, wird von diesen amerikanischen Absichten gesprochen, und die Meinungen platzen oft hart aufeinander. Wie Du siehst, mein Teuerster, bist Du wieder einmal genau im Zentrum des Weltgeschehens, so wie Du seit je in jenem Zentrum weilst, um das die Gedanken und Gefühle Deiner treuen Gefährtin kreisen.

Der Hurrikan

Genau um halb sechs Uhr morgens betrat Hornblower sein Amtszimmer im Admiralitätsgebäude. Jetzt, zu Beginn des Sommers, war es um diese Stunde gerade schon hell genug, um die Dienstgeschäfte zu erledigen, vor allem aber war es noch einigermaßen kühl. Gerard und Spendlove, der Flaggleutnant und der Sekretär, erwarteten ihn bereits — es wäre ihnen schlecht bekommen, wenn sie nicht dagewesen wären. Sie rissen sich beide zusammen, ohne mit den Hacken zu klappen, weil sie im Lauf ihrer dreijährigen Dienstleistung herausgefunden hatten, daß der Chef diese Mode nicht leiden konnte. Dann schossen sie ihm wie die beiden Läufe einer Doppelflinte ihr »Guten Morgen, Mylord, guten Morgen, Mylord«, entgegen.

»Morgen«, erwiderte Hornblower kurz angebunden. Er hatte seinen Frühstückskaffee noch nicht getrunken, sonst hätte er den beiden bestimmt auch seinerseits einen »guten« Morgen gewünscht.

Er setzte sich ohne Verzug an seinen Schreibtisch, Spendlove trat hinzu und beugte sich mit einem Bündel von Eingängen über seine Schulter, während Gerard seine Morgenmeldung erstattete.

»Witterungsverhältnisse normal, Mylord, Hochwasser um elf Uhr dreißig. Während der Nacht ist kein Schiff eingelaufen, laut Meldung der Signalstation ist zur Zeit auch keines in Sicht.

Vom Postschiff liegt keine Nachricht vor, Mylord, ebensowenig von der TRITON.«

»Sie bringen mir heute nichts als Fehlanzeigen«, sagte Hornblower. Die beiden letzten wogen einander auf: H. M. S. TRITON hatte den Nachfolger an Bord, der ihn nach dem dritten Jahr seines Kommandos ablösen sollte, und Hornblower war alles andere als glücklich, daß es mit der Herrlichkeit eines Oberbefehlshabers in Westindien schon so bald ein Ende haben sollte. Aber das Postschiff brachte ihm seine Frau, die er während dieser ganzen Zeit nicht gesehen hatte und deren Ankunft er voll ungeduldiger Sehnsucht erwartete. Sie kam heraus, um gemeinsam mit ihm nach England zurückzufahren.

»Das Postschiff ist jeden Tag zu erwarten«, bemerkte Gerard, um ihm etwas Tröstliches zu sagen.

»Das ist mir nicht unbekannt, Mr. Gerard, sagen Sie mir lieber Dinge, die ich *nicht* weiß«, fuhr ihn Hornblower an.

Er fand es unausstehlich, daß man ihm gut zuredete wie einem Kind, und es ärgerte ihn noch mehr, daß ihn sein persönlicher Stab anscheinend für einen schwachen, unbeherrschten Menschen hielt, der sich vor Ungeduld verzehrte, weil seine Frau noch nicht eingetroffen war. Er blickte kurz über die Schulter nach seinem Sekretär: »Na, und was haben Sie, Mr. Spendlove?«

Spendlove änderte rasch die Reihenfolge der Eingänge. Hornblowers Morgenkaffee mußte jeden Augenblick erscheinen. Spendlove aber hielt ein Schriftstück in der Hand, das er ihm nicht vorlegen wollte, ehe der Kaffee serviert und mindestens halb ausgetrunken war. »Hier ist die Abrechnung der Werft per ultimo des vorigen Monats.«

»Mein Gott, können Sie wirklich nicht sagen: für den vergangenen Monat?« bemerkte Hornblower bissig, während er ihm das Papier aus der Hand nahm.

»Aye, aye, Mylord«, sagte Spendlove ergeben und hoffte brennend, daß der Kaffee endlich in Erscheinung träte.

»Ist da irgend etwas Besonderes?« fragte Hornblower, während er die Zahlenreihen überflog.

»Nichts, was Sie interessieren könnte, Mylord.«

»Warum belästigen Sie mich dann damit? Das nächste!«

»Die Bestallungen für den neuen Stückmeister der CLORINDA und für den Böttchermeister der Werft, Mylord.«

»Ihr Kaffee, Mylord«, unterbrach Gerard. Man merkte es seiner Stimme deutlich an, daß ihm jetzt leichter ums Herz war.
»Besser spät als überhaupt nicht«, knurrte Hornblower. »So, jetzt hören Sie gefälligst mit dem Herumgeistern auf, ich wünsche beim Kaffeetrinken in Ruhe gelassen zu werden.«
Spendlove und Gerard machten auf dem Schreibtisch in aller Eile Platz für das Tablett, Spendlove faßte nach dem Griff der Kaffeekanne, ließ ihn aber bemerkenswert schnell wieder los.
»Viel zu heiß«, sagte Hornblower beim ersten vorsichtigen Schluck. »Es ist jeden Tag dasselbe. Das Zeug ist immer kochend heiß.«
Dabei hatte er erst in der Woche zuvor diese Neuerung angeordnet, daß ihm der Kaffee erst nach seinem Eintreffen zum Dienst serviert werden sollte, statt ihn dort bereits zu erwarten, weil er sich tagtäglich bitter beklagt hatte, daß er zu kalt sei. Aber weder Spendlove noch Gerard brachten den Mut auf, ihn daran zu erinnern.
»Ich werde diese Bestallungen unterschreiben«, sagte Hornblower, »obwohl ich mir darüber klar bin, daß der Böttcher keinen Schuß Pulver wert ist. Seine Fässer klaffen auseinander wie Vogelkäfige.«
Spendlove streute Sand aus der Büchse über Hornblowers nasse Namenszüge und legte die Bestallungen beiseite. Hornblower nahm wieder einen Schluck Kaffee.
»Hier ist Ihre Absage auf die Einladung der Crichtons, Mylord, sie ist in der dritten Person gehalten, darum erübrigt sich Ihre Unterschrift.«
Wäre ihm dies ein paar Minuten eher gesagt worden, so hätte er bestimmt unwillig gefragt, warum man ihn dann damit belästige und dabei überhaupt nicht an seinen eigenen ständigen Befehl gedacht, der ausdrücklich untersagte, daß auch nur eine Zeile in seinem Namen hinausging, ohne daß er sie gelesen hatte. Zwei kleine Schlucke Kaffee hatten dieses Wunder vollbracht: die Welt sah wieder anders aus.
»Gut«, sagte er, nachdem er das Billett überflogen hatte, und griff wieder zur Tasse. Spendlove verfolgte genau, wie der Pegelstand in der Tasse allmählich sank, bis ihm der passende Augenblick gekommen schien. Dann legte er Hornblower ein umfangreiches Schreiben vor.
»Von Sir Thomas, Mylord.«
Hornblower stieß einen leisen Seufzer aus, als er das Papier

zur Hand nahm. Kapitän Sir Thomas Fell, Kommandant H. M. S. CLORINDA, war ein entsetzlich kleinlicher und umständlicher Mensch. Ein Schriftstück aus seiner Feder bedeutete daher für gewöhnlich nichts als eine höchst überflüssige und darum erst recht verdrießliche Belästigung. In diesem Fall verhielt es sich allerdings anders. Hornblower las das dienstliche Schreiben von Anfang bis Ende und wandte sich dann über die Schulter an Spendlove.

»Was soll das alles bedeuten?« fragte er.

»Es heißt, der Fall sei recht ungewöhnlich, Mylord«, gab Spendlove zur Antwort. Das Schriftstück war hochdienstlichen Charakters, es enthielt einen Antrag des Kapitäns Fell auf Einleitung eines kriegsgerichtlichen Verfahrens gegen den Spielmann Hudnutt von den Royal Marines »wegen vorsätzlichen und fortgesetzten Ungehorsams gegen einen dienstlichen Befehl«. Wurde eine solche Anschuldigung durch Beweis erhärtet, so hatte sie unweigerlich ein Todesurteil oder eine so unbarmherzige Auspeitschung zur Folge, daß der Tod dagegen gnädig gewesen wäre. Spendlove wußte nur zu genau, daß Henken und Auspeitschen seinem Admiral in der Seele zuwider waren.

»Die Beschuldigung stammt wahrscheinlich vom Tambourmajor«, sagte sich Hornblower.

Er kannte den Tambourmajor Cobb recht gut, zum mindesten so genau, wie es die gegebenen Umstände mit sich brachten. Als Admiral und Oberbefehlshaber hatte Hornblower seine eigene Musikkapelle, und diese war Cobb unterstellt, der den Rang eines Deckoffiziers besaß. Vor allen dienstlichen Veranstaltungen, die eine Mitwirkung der Musik erforderten, meldete sich Cobb bei Hornblower, um Befehle und Anweisungen entgegenzunehmen. Dieser tat dann immer recht sachverständig und nahm die Vorschläge des Tambourmajors bedächtig nickend an. Er hätte nie öffentlich zugegeben, daß er keine Note von der anderen unterscheiden konnte und Melodien nur nach ihrem verschiedenen Tempo – oder auch nach ihrem Takt – auseinanderhielt. Dabei fragte er sich immer wieder mit leisem Unbehagen, ob die Leute nicht doch schon genauer über seinen musikalischen Defekt Bescheid wußten, als er ahnte.

»Sie sagten, der Fall sei ungewöhnlich, Spendlove. Wie ist das zu verstehen?«

»Ich glaube, es geht da irgendwie um das künstlerische Gewissen, Mylord«, gab Spendlove vorsichtig zur Antwort. Hornblower schenkte sich die zweite Tasse ein und probierte sie umständlich. Soll man aus seiner Miene schließen, dachte Spendlove, daß es dem armen Hudnutt an den Kragen geht? Aber Hornblower war im Augenblick nur ein wenig gereizt, wie immer, wenn er sich irgendwelches Geschwätz der Leute anhören mußte. Ein Admiral erfuhr eben in seiner erhabenen Abgeschlossenheit nie – oder doch höchst selten – soviel von dem, was sich innerhalb seiner Sphäre begab, wie sein allerjüngster Untergebener.

»Um das künstlerische Gewissen?« wiederholte er. »Ich möchte den Tambourmajor noch heute vormittag sprechen. Lassen Sie ihn sofort holen.«

»Aye, aye, Mylord.«

Jetzt hatte er wenigstens einen Anhaltspunkt und brauchte darum der Sache vorläufig nicht nachzugehen, es sei denn, daß die Unterredung mit Cobb nicht zu dem gewünschten Ergebnis führte.

»Bis er kommt, lassen Sie mich noch einmal die Wasserstandsmeldung sehen.«

Tambourmajor Cobb ließ noch eine ganze Weile auf sich warten. Als er endlich erschien, legte seine glanzvolle Uniform die Vermutung nahe, daß er sich mit größter Sorgfalt herausstaffiert hatte. Uniformrock und Hose waren frisch gebügelt, die Knöpfe blitzten, die Schärpe saß peinlich genau, der Säbelgriff funkelte wie Silber. Cobb war ein gewaltiger Mann mit ebenso gewaltigem Schnurrbart und gestaltete sein Erscheinen zu einem gewaltigen Auftritt. Der Fußboden dröhnte unter seinen Schritten, als wöge er das Doppelte seines wirklichen Gewichts. Vor dem Schreibtisch machte er mit klappenden Hacken halt und führte die Rechte zu jenem schwungvollen Gruß an die Mütze, der unter den Seesoldaten gerade als besonders schick galt.

»Guten Morgen, Mr. Cobb«, sagte Hornblower freundlich. Die Anrede Mister hatte gleich dem Offizierssäbel die Bedeutung, daß Cobb kraft seiner Bestallung ein Gentleman war, obwohl er sich aus dem Mannschaftsstande emporgedient hatte.

»Guten Morgen, Mylord.« Seine Anrede war mindestens ebenso schwungvoll wie sein militärischer Gruß.

»Ich hätte gern von Ihnen gehört, was Sie gegen diesen Spielmann Hudnutt vorzubringen haben.«

»Nun, Mylord . . .« Ein Seitenblick Cobbs wurde von Hornblower sofort verstanden.
»Gehen Sie solange hinaus«, sagte er seinen beiden jungen Leuten, »und lassen Sie mich mit Mr. Cobb allein.«
Als sich die Tür hinter ihnen geschlossen hatte, wandte sich Hornblower in höflichster Form an seinen Besucher.
»Bitte nehmen Sie Platz, Mr. Cobb. Und nun erzählen Sie mir ganz zwanglos, was wirklich vorgefallen ist.«
»Danke, Mylord.«
»Nun, schießen Sie los.«
»Der junge Hudnutt ist glatt verrückt geworden, Mylord. Mir tut es selbst leid, daß es so gekommen ist, Mylord, aber er hat reichlich verdient, was ihm jetzt bevorsteht.«
»Meinen Sie? Sie sagen, er sei verrückt geworden, wie meinen Sie das?«
»Ja, er ist wirklich verrückt, ein ausgewachsener Narr ist er, Mylord. Nicht daß er ein schlechter Musiker wäre, nein, er versteht seine Sache ganz ausgezeichnet. Niemand bläst so gut Piston wie er, soviel steht fest, Mylord. Man muß staunen, wo der Junge das her hat. Das Piston ist ein ganz neumodisches Instrument, Mylord, wir haben es noch kein Jahr in unseren Kapellen. Man bläst es wie eine gewöhnliche Trompete, gewiß, Mylord, aber es gehört eben doch ein besonderes Gefühl in den Lippen dazu, obwohl das Ding auch Klappen hat. Ja, Hudnutt ist wirklich ein Meister auf dem Piston, Mylord – oder richtiger gesagt, er war ein Meister.«
Der Wechsel in die Vergangenheitsform verriet Cobbs feste Überzeugung, daß Hudnutt nie mehr Piston spielen werde, weil ihm der Tod oder ein Dasein als kranker Krüppel bevorstand.
»Er ist noch jung?«
»Neunzehn, Mylord.«
»Was werfen Sie dem Burschen nun genaugenommen vor?«
»Meuterei, Mylord, richtige Meuterei. Obwohl ich ihn nur wegen Ungehorsams gegen einen dienstlichen Befehl gemeldet habe.«
Meuterei zog nach den Kriegsartikeln die Todesstrafe nach sich, auf Ungehorsam gegen einen dienstlichen Befehl stand »Tod oder eine geringere Strafe solcher Art . . .«
»Wie ist es dazu gekommen?«
»Das spielte sich folgendermaßen ab, Mylord. Wir probten gerade den neuen Marsch, der mit dem letzten Postschiff heraus-

gekommen war. Dondello heißt er, Mylord. Nur für Piston und Trommeln. Er klang mir merkwürdig anders als sonst, darum befahl ich Hudnutt, das Stück zu wiederholen. Jetzt hörte ich, was er machte, Mylord. In dem Marsch kommen eine Menge B-Vorsatzzeichen vor, und die ließ er einfach außer acht. Ich fragte ihn, was das heißen sollte, da sagte er, es klänge ihm zu süß. Das waren genau seine Worte, Mylord. Dabei steht doch auf den Noten geschrieben: dolce, und dolce bedeutet süß, Mylord.«

»Ich weiß«, log Hornblower.

»Ich sage also: ›Spiel das noch einmal, aber diesmal in Moll.‹ Da sagt er: ›Das kann ich nicht.‹ Darauf sage ich: ›Das soll wohl heißen, du willst nicht? Hör zu‹, sage ich ihm, ›ich will es noch ein letztes Mal mit dir versuchen‹ – von Rechts wegen hätte ich das gar nicht tun dürfen, Mylord –, und füge noch eigens hinzu: ›Das ist ein dienstlicher Befehl, also überleg dir genau, was du tust.‹ Nun, ich klopfe ab, sie spielen los, und schon bläst er wieder h statt b. Da sage ich zu ihm: ›Du hast doch meinen Befehl gehört‹, da sagt er ganz einfach: Jawohl‹. Was sollte ich nun tun, Mylord? Ich rufe also die Wache und lasse ihn abführen. Und dann blieb mir nichts anderes übrig, als meine Meldung zu machen, Mylord.«

»War bei dem Vorfall das ganze Musikkorps zugegen?«

»Jawohl, Mylord, das ganze Korps, sechzehn Mann stark.«

Das war vorsätzlicher Ungehorsam gegen einen Befehl vor sechzehn Zeugen. Es spielte kaum eine Rolle, ob es sechs oder sechzehn waren, wesentlich war nur, daß bis zur Stunde bestimmt schon jedermann in Hornblowers Befehlsbereich von diesem schweren Vorstoß gegen die Disziplin erfahren hatte. Das hieß, daß der Schuldige sterben oder zum Krüppel gepeitscht werden mußte, da sein böses Beispiel sonst sofort Schule machte. Hornblower wußte zwar, daß er seine Leute gut in der Hand hatte, aber er konnte sich nicht verhehlen, daß unter der Oberfläche immer eine gewisse Unruhe schwelte. Darum ließ sich hartes Durchgreifen beim besten Willen nicht vermeiden, und darum hätte auch Hornblower diesem Fall trotz seinem Widerwillen gegen jede körperliche Grausamkeit nicht so viel kritische Beachtung geschenkt – wenn sich die Gehorsamsverweigerung sozusagen gegen einen »normalen« Befehl gerichtet hätte. Ja, wäre es etwa einem Mann eingefallen, das Auslegen auf einer Rah zu verweigern, so hätte es für ihn überhaupt kein Bedenken gegeben, auch wenn die Tat in gefährlichster Lage begangen worden wäre. Solche Befehle mußten unbedingt und unter allen Umständen ausgeführt werden. Aber diese seltsame Geschichte hier? »Künstlerisches Gewissen« hatte Spendlove gesagt. Hornblower hatte keinen Schimmer, wieso zwischen h und b ein Unterschied bestehen sollte, er begann nur allmählich zu ahnen, daß diese Dinge für gewisse Leute unerhört wichtig waren. Ein solcher Mensch mochte wohl einmal in die Versuchung kommen, sich einem Befehl zu widersetzen, der seinem künstlerischen Empfinden zuwiderlief.

»War der Mann eigentlich nüchtern?« fragte er unvermittelt.

»So nüchtern wie wir hier sitzen, Mylord.«

Hornblower schoß ein neuer Gedanke durch den Kopf.

»Wäre es nicht möglich, daß die Noten verdruckt sind? Kommt so etwas vor?« fragte er. Es war alles andere als einfach, sich mit Dingen herumzuschlagen, von denen man nichts verstand.

»So etwas kommt natürlich einmal vor, Mylord. Aber es ist und bleibt meine Sache, anzusagen, daß sich an einer Stelle ein Druckfehler eingeschlichen hat. Noten kann Hudnutt wohl lesen, aber ich weiß nicht, ob er Schrift lesen kann, Mylord. Und wenn er es kann, dann kann ich darum noch nicht annehmen, daß er Italienisch versteht. Auf den dienstlichen Noten heißt es aber klar und deutlich ›dolce‹, Mylord.«

In Cobbs Augen erschwerte dies Hudnutts Verschulden, wenn so etwas überhaupt noch möglich war. Der junge Mann hatte ihm nicht nur den Gehorsam verweigert, sondern sogar die schriftlichen Anweisungen irgendeiner unbekannten Stelle in London in den Wind geschlagen, die für den Nachschub von Noten für die Musikkorps der Seesoldatenabteilung verantwortlich war. Cobb war eben in erster Linie Seesoldat und in zweiter Musiker, während Hudnutt höchstwahrscheinlich in erster Linie Musiker und erst in zweiter Seesoldat war. Wenn es sich so verhielt, dann – Hornblower gab sich einen kräftigen Ruck – war seine Aburteilung erst recht nicht zu vermeiden. Ein Seesoldat mußte allezeit und in erster Linie Seesoldat sein. Fiel es den Burschen erst ein, ihren soldatischen Gehorsam rasch einmal an den Nagel zu hängen, wenn ihnen etwas anderes wichtiger war, dann hatte das Royal Regiment bald aufgehört, ein militärischer Verband zu sein. Hornblowers Pflicht aber war es, einen solchen Verfall unter allen Umständen zu verhindern.

Hornblower forschte gespannt in Cobbs Miene. Der Mann

sprach bestimmt die Wahrheit, wenigstens soweit, wie er sie selbst zu erkennen vermochte. Er hatte die Tatsachen auch gewiß nicht entstellt, weil er etwa ein Vorurteil gegen den Mann hegte oder eine alte Rechnung mit ihm zu begleichen hatte. Wenn bei seinem Verhalten gegen Hudnutt und bei seiner Meldung über das Geschehene wirklich Eifersucht oder angeborene Grausamkeit im Spiel gewesen waren, so war ihm das auf keinen Fall bewußt. Jedes Kriegsgericht mußte von diesem Zeugen den Eindruck unbedingter Zuverlässigkeit empfangen. Auch Hornblowers langer, prüfender Blick vermochte ihn nicht aus der Fassung zu bringen.

»Ich danke Ihnen, Mr. Cobb«, sagte Hornblower endlich. »Ihre klare Darstellung des Tatbestandes war für mich sehr wertvoll. Für den Augenblick habe ich nichts mehr für Sie.«

»Danke, Mylord«, antwortete Cobb und schnellte seinen schweren Körper mit einer erstaunlichen Mischung aus Beweglichkeit und militärischer Zucht aus dem Sessel hoch. Die Hacken klappten, die Hand fuhr schwungvoll salutierend in die Höhe, er machte eine Kehrtwendung wie auf dem Exerzierplatz und marschierte dann dröhnend hinaus, als ob er das Tempo seiner Schritte mit seinem Metronom gemessen hätte.

Als Gerard und Spendlove wieder hereinkamen, starrte Hornblower tief in Gedanken ins Leere. Aber es gelang ihm noch im gleichen Augenblick, sich wieder in die Gewalt zu bekommen. Seine Untergebenen durften auf keinen Fall merken, daß ihn eine reine Disziplinarangelegenheit menschlich so in Mitleidenschaft ziehen konnte.

»Mr. Spendlove, setzen Sie bitte eine Antwort an Sir Thomas auf und legen Sie sie mir zur Unterschrift vor. Es genügt, daß Sie den Empfang des Tatberichts bestätigen, aber fügen Sie noch hinzu, daß ich das Verfahren leider nicht sofort eröffnen kann, weil so viele Schiffe detachiert sind, daß zur Zeit die nötige Anzahl von Kapitänen nicht zur Verfügung steht.«

Abgesehen von dringenden Ausnahmefällen konnte ein Kriegsgericht, das auf die Todesstrafe erkennen durfte, nicht einberufen werden, wenn nicht sieben Kapitäne oder Commander als Richter verfügbar waren. Das gab ihm Zeit, zu überlegen, wie er in diesem Fall vorgehen wollte.

»Ich nehme an, der Mann sitzt im Werftgefängnis«, fuhr er fort. »Wenn ich heute durch die Werft komme, möchte ich einen Blick zu ihm hineinwerfen, erinnern Sie mich bitte daran.«

»Aye, aye, Mylord«, sagte Gerard und mußte sich Mühe geben, seine Verwunderung darüber bei sich zu behalten, daß sich ein Admiral herabließ, einen meuterischen Seesoldaten zu besuchen.
Dabei bedeutete dies für Hornblower nicht einmal einen nennenswerten Umweg. Als es an der Zeit war, spazierte er durch den schönen Garten des Admiralitätsgebäudes, und Evans, der invalide Matrose, der die Stelle eines Obergärtners innehatte, kam sogleich diensteifrig herbeigehumpelt, um das Pförtchen in der fünf Meter hohen Palisadenwand zu öffnen, die das Werftgebiet vor Dieben sichern sollte und auf dieser Strecke den Admiralitätsgarten von der Werft trennte. Evans riß den Hut vom Kopf und erging sich neben der Pforte in so eifrigen Bücklingen, daß das Zöpfchen in seinem Nacken richtig auf und nieder hüpfte. Gleichzeitig verzog sich sein sonnengebräuntes Gesicht zu einem strahlenden Grinsen.
»Besten Dank, Evans«, sagte Hornblower, während er die Pforte durchschritt.
Das Gefängnis stand etwas abseits am Rande des Werftgeländes, es war ein kleines, würfelförmiges Gebäude aus Mahagonibalken, die merkwürdigerweise schräg von unten nach oben liefen. Vielleicht, nein, bestimmt bestanden die Wände aus mehreren dieser Balkenlagen. Das Haus war mit einem übermeterdicken Dach aus Palmblättern gedeckt, so daß es drinnen auch bei brennender Sonnenhitze wenigstens einigermaßen kühl blieb. Gerard war von der Pforte aus vorausgeeilt – Hornblower dachte schadenfroh an den Schweiß, den ihn diese heilsame Anstrengung kosten würde –, um den Offizier vom Dienst zu suchen und sich den Schlüssel zum Gefängnis geben zu lassen. Hornblower trat beiseite, bis das Vorhängeschloß aufgesperrt war und die geöffnete Tür einen Blick in das dunkle Innere erlaubte. Hudnutt hatte sich sofort erhoben, als er das Geräusch des Schlüssels hörte, und als er jetzt nach vorn und ins Licht trat, zeigte es sich, daß er noch bestürzend jung war. Sein vierundzwanzig Stunden alter Bart hatte auf seinen Wangen noch kaum eine Spur hinterlassen. Er war bis auf ein Lendentuch splitternackt, und der Offizier vom Dienst schnalzte ärgerlich mit der Zunge, als er ihn so vor sich sah.
»Zieh dich erst einmal anständig an«, knurrte er, aber Hornblower fiel ihm ins Wort.
»Das macht nichts. Ich habe nur sehr wenig Zeit. Der Mann

soll mir lediglich sagen, warum er unter Anklage steht. Alle andern halten sich solange außer Hörweite.«

Hudnutt war angesichts dieses unerwarteten Besuchs ganz aus der Fassung geraten, aber er neigte augenscheinlich schon von Natur aus dazu, den Kopf zu verlieren. Er blinzelte mit seinen großen blauen Augen im blendenden Sonnenlicht und schlenkerte vor Verlegenheit unausgesetzt mit den hageren Gliedern.

»Was hast du verbrochen? Erzähl mir«, sagte Hornblower.

»Nun, Sir . . .«

Hornblower mußte ihm die Geschichte förmlich aus der Nase ziehen, und doch bestätigte der Junge dabei der Reihe nach alles, was Cobb gegen ihn vorgebracht hatte.

»Ich hätte dies Stück nicht spielen können, Sir, nicht um die Welt.«

Die blauen Augen blickten über Hornblower hinweg ins Unendliche, vielleicht nahmen sie in diesem Augenblick eine Vision in sich auf, von der die übrige Welt nichts ahnte.

»Es war sehr töricht von dir, den Gehorsam zu verweigern.«

»Jawohl, Sir, das gebe ich zu.«

Es war seltsam, in dieser tropischen Umgebung Hudnutts breites Yorkshire-Englisch zu hören.

»Warum gingst du eigentlich zum Militär?«

»Der Musik wegen, Sir.«

Es bedurfte noch mancher Fragen, um ihm seine Geschichte zu entlocken. Da war zuerst ein kleiner Junge in einem Yorkshire-Dorf, der nicht selten richtigen Hunger litt. In einem der letzten Kriegsjahre erschien eines Tages ein Reiterregiment in seinem Dorf und bezog dort Quartier. Die Musik seines Trompeterkorps wirkte auf den kleinen Jungen, der in den zehn kurzen Jahren seines Lebens höchstens einmal einen wandernden Pfeifer gehört hatte, wie ein hinreißendes, unbegreifliches Wunder, das ihn nicht mehr loslassen wollte. Diese Leidenschaft war wohl schon immer dagewesen, jetzt aber kam sie ihm erst richtig zum Bewußtsein. Die Dorfkinder pflegten wohl alle um die Musik herumzulungern (Hudnutt lächelte entwaffnend, als er das sagte), aber keiner trieb das mit solcher Ausdauer wie er. Die Trompeter wurden denn auch bald auf den kleinen Kerl aufmerksam und hörten sich lachend die kindlichen Weisheiten an, die er über seine geliebte Musik von sich zu geben pflegte. Mit der Zeit lachten sie nicht mehr so überlegen, sondern immer kollegialer, sie ließen ihn ihre Instrumente probieren, sie

zeigten ihm, wie man die Lippen netzen mußte und fanden das Ergebnis staunenswert. Nach Waterloo kehrte das Regiment zurück, und der Junge lernte unverdrossen noch zwei Jahre weiter, obwohl das jene Hungerzeit nach dem Friedensschluß war, in der es ihm besser angestanden hätte, vom Morgen bis zum Abend Vögel zu verscheuchen und Steine aus den Äckern zu klauben.
Schließlich wurde das Regiment verlegt, und die Hungerjahre gingen unverändert weiter. Der junge Hudnutt ging nun hinter dem Pflug und hegte immer noch seine hoffnungslose Sehnsucht nach der Musik – eine Trompete kostete ja mehr, als ein Mann in einem ganzen Jahr verdienen konnte. Es folgte ein Zwischenspiel voll Glück und Seligkeit – er zeigte wieder jenes entwaffnende Lächeln, während er davon erzählte –, als er sich einer wandernden Theatergruppe als »Junge für alles« und Musiker anschloß. Hier lernte er auch die Noten lesen, ehe er noch ein gedrucktes Wort zu entziffern verstand. Der Magen knurrte ihm oft nicht minder als zuvor, ein Stall galt ihm als fürstliches Quartier, tags fielen die Mücken über ihn her, nachts schmerzten ihn die wundgelaufenen Füße, und das Ende des Abenteuers war, daß er eines Tages krank zurückblieb. Dies widerfuhr ihm in Portsmouth, und so kam es denn, wie es kommen mußte: Krank und schwach, wie er war, wurde er von einem Aushebungssergeanten aufgegriffen, der mit einer Musikkapelle durch die Straßen marschierte. Seine Dienstverpflichtung fiel genau mit der Einführung des Cornets à Piston bei der Militärmusik zusammen. Eines Tages kam er ganz ohne sein Zutun mit einem Transport nach Westindien und diente nun hier unter Tambourmajor Cobb in der Musikkapelle des Oberbefehlshabers.
»Nun weiß ich Bescheid«, sagte Hornblower und griff damit nicht einmal weit daneben.
Daß sechs Monate Arbeit bei einem Wandertheater als Vorbereitung auf die Disziplin bei den Royal Marines nicht viel taugen konnten, lag auf der Hand. Alles übrige konnte er erraten, vor allem die unglaubliche Feinfühligkeit dieses jungen Menschen für alles, was Musik hieß, die als eigentliche Ursache alles Bösen gelten konnte, das ihm jetzt widerfuhr. Er faßte den Jungen noch einmal ins Auge und suchte vergeblich nach einem Einfall, der ihm geholfen hätte, ihm in seiner Not beizustehen.

»Mylord, Mylord!« Gerard kam gestreckten Laufs herbeigeeilt. »Das Postschiff ist in Sicht, Mylord. Vom Topp der Signalstation ist die Flagge schon zu erkennen.«

Das Postschiff! Es brachte ihm Barbara. Vor drei Jahren hatte er sie zum letztenmal gesehen, seit gut drei Wochen schon erwartete er sie gewissermaßen von einer Minute zur nächsten.

»Lassen Sie mein Boot klarmachen, ich komme«, sagte er.

Eine Woge der Erregung spülte alle Sorgen hinweg, die ihm der Fall Hudnutt immerhin schon bereitet hatte. Er war auf dem Sprung, hinter Gerard herzueilen, fand aber doch nicht den Entschluß dazu. Was sagte man in zwei Sekunden einem Mann, der einer Verhandlung auf Leben und Tod entgegenging? Was konnte er auch ausgerechnet in einem Zustand überschäumenden Glücks diesem armen Menschen gegenüber für Worte finden, der hier im Käfig saß wie ein Tier, das hilflos auf seinen Schlächter wartete?

»Leben Sie wohl, Hudnutt«, mehr brachte er am Ende nicht heraus. Der Junge blickte ihm mit offenem Munde nach, Hornblower hörte nur noch das Klappern der Schlüssel am Vorhängeschloß, während er schon in größter Eile hinter Gerard dreinhastete.

Acht Riemen peitschten die blaue See, aber keine Fahrt, die sie dem Admiralsboot gaben, hätte Hornblower heute genügt. Dort lag die Brigg, ihre Segel waren schon getrimmt, um die ersten zögernden Puffs der Seebrise einzufangen. An ihrer Reling sah man einen weißen Fleck, eine weiße Gestalt – Barbara, die ihm mit einem Taschentuch entgegenwinkte. Das Admiralsboot rauschte längsseits, Hornblower schwang sich in die Großrüsten und hielt Barbara in der nächsten Sekunde in seinen Armen. Ihre Lippen preßten sich auf die seinen, er blickte in ihre lächelnden grauen Augen und fühlte wieder den zarten Druck ihres Mundes, während die heiße Nachmittagssonne ihre Strahlen auf sie niedersandte. Dann, als sich der erste Sturm der Freude gelegt hatte, standen sie einander auf Armlänge gegenüber, und Barbara hob die Hände, um seine Halsbinde zurechtzuzupfen. Jetzt erst wußte er, daß sie wirklich wieder zusammen waren, denn Barbaras erste Handbewegung galt seit jeher dem Sitz seiner Halsbinde.

»Du siehst gut aus, Liebling«, sagte sie.

»Du aber auch.«

Ihre Wangen hatten während der vierwöchigen Seereise eine

warme goldene Bräune angenommen. Barbara hatte sich nie etwas aus der modischen Blässe gemacht, die die Dame der Gesellschaft von einer Stallmagd oder einem Gänseliesel unterscheiden sollte. Glückstrahlend lachten sie einander an, dann sanken sie sich zu einem neuen innigen Kuß in die Arme. Auch diese herzliche Begrüßung mußte ein Ende nehmen, sie besannen sich wieder auf ihre Umwelt und rissen sich voneinander los.

»Dies ist Kapitän Knyvett, Liebster. Er war während der ganzen Reise aufs freundlichste um mein Wohl bemüht.«

»Willkommen an Bord, Mylord.« Knyvett war ein kleiner, untersetzter Mann mit eisgrauem Haarschopf. »Ich kann mir denken, daß Sie mir heute nicht mehr lange das Vergnügen Ihrer Anwesenheit schenken.«

»Nein, dafür sind wir beide Ihre Passagiere, wenn Sie wieder in See gehen«, sagte Barbara.

»Vorausgesetzt, daß mein Nachfolger bis dahin in Erscheinung tritt«, sagte Hornblower und fügte, zu Barbara gewandt, erklärend hinzu: »Die TRITON ist nämlich noch nicht eingelaufen.«

»Es dauert bestimmt noch vierzehn Tage, ehe ich wieder auslaufen kann, Mylord«, sagte Knyvett. »Ich rechne also damit, Sie und Mylady für die Rückreise an Bord zu sehen.«

»Hoffen wir, daß es so kommt«, sagte Hornblower. »Fürs erste möchten wir uns jetzt von Ihnen verabschieden. Wenn es Ihre Zeit erlaubt, sind Sie stets zum Dinner in meinem Dienstgebäude willkommen. Erscheinen Sie also bitte, sobald Sie können. Kannst du ins Boot hinuntersteigen, Liebling?«

»Natürlich«, sagte Barbara.

»Gerard, Sie bleiben an Bord und kümmern sich um das Gepäck Ihrer Ladyschaft.«

»Wir hatten noch nicht einmal Zeit, ein paar Worte zu wechseln, Mr. Gerard«, sagte Barbara bedauernd, während sie Hornblower nach den Großrüsten führte.

Barbara hatte keine Reifen in ihren Röcken, sie kannte sich mit den tückischen Aufwinden an Bord eines Seglers so gut aus, daß sie darauf verzichten konnte. Hornblower schwang sich in die Achterplicht seines Bootes, auf einen knurrigen Befehl des Bootssteurers hin drehten die Bootsgasten ihre Köpfe nach See zu, so daß sie nicht sahen, was sie nicht sehen sollten, als Knyvett und Gerard Barbara ergriffen und in einer Wolke von

Unterröcken ins Boot hinabschweben ließen, wo sie in Hornblowers Armen landete.
»Ruder an!«
Das Admiralsboot flog über das blitzblaue Wasser auf die Pier des Admiralitätsgebäudes zu, Hornblower und Barbara saßen Hand in Hand in der Achterplicht.
»Wie schön das alles ist«, sagte Barbara, als sie an Land stiegen. »Ein Oberbefehlshaber hat doch ein recht angenehmes Leben.«
Hm, schon, dachte Hornblower bei sich, abgesehen vom Gelben Fieber, von den Piraten, von den ewigen internationalen Zwischenfällen und von gewissen törichten Seesoldaten, die sich aus purem Eigensinn straffällig machen. Abgesehen von all dem mochte sie recht haben. Aber jetzt war wohl nicht der richtige Augenblick, von den Schattenseiten seines Daseins zu sprechen. Evans humpelte ihnen mit seinem Holzbein auf der Pier entgegen, um sie zu begrüßen, und Hornblower merkte sofort, daß er Barbara vom Augenblick seiner Vorstellung an wie ein willenloser Sklave verfallen war.
»Sobald ich Zeit habe, müssen Sie mich durch den Park führen.«
»Gewiß, Eure Ladyschaft, mit Vergnügen, Eure Ladyschaft.«
Sie schlenderten langsam bis zum Haus. Hier erwartete ihn die etwas heikle Aufgabe, Barbara die Räume zu zeigen und ihr das Personal vorzustellen. Die Hausordnung des Admiralitätsgebäudes stammte nämlich aus der Admiralität in London. Hier ein Möbelstück zu verstellen oder unter den beschäftigten Marinedienstgraden auch nur die kleinste Veränderung vorzunehmen, hätte Barbaras Zuständigkeiten bei weitem überstiegen. Sie war hier nur ein geduldeter – ja, man konnte fast sagen, ein kaum geduldeter – Gast. Dabei wußte er jetzt schon, daß sie ihm in den Ohren liegen würde, dieses oder jenes Zimmer umzustellen und eine andere Diensteinteilung für das Hauspersonal einzuführen. Aber daran biß sie sich auf alle Fälle die Zähne aus.
»Vielleicht ist es am besten, Liebling«, meinte sie mit einem verschmitzten Zwinkern, »wenn mein Aufenthalt in diesem Haus möglichst kurz bemessen bleibt. Wann können wir ihn frühestens beenden?«
»Erst wenn Ransome mit der Triton eintrifft«, erwiderte ihr Hornblower. »Mich wundert eigentlich, daß du das nicht

weißt, Liebling. Wenn man an den Marineklatsch denkt, den dir Lady Exmouth und all die anderen verzapft haben ...«

»Ja, aber ich finde mich eben doch nicht damit zurecht. Wann endet eigentlich dein Kommando?«

»Von Rechts wegen war es gestern zu Ende. Aber ich habe so lange weiter Dienst zu tun, bis mich Ransome regelrecht ablöst. Die TRITON hat eine ungewöhnlich lange Reise.«

»Und wenn Ransome erst da ist?«

»Dann wird er sofort das Kommando von mir übernehmen und natürlich dieses Haus beziehen. Seine Exzellenz hat uns eingeladen, im Regierungsgebäude bei ihm zu Gast zu sein, bis unser Schiff nach England ausläuft.«

»Aha. Wenn aber Ransome so viel Verspätung hat, daß wir unser Postschiff verpassen?«

»Dann warten wir eben auf das nächste. Ich will nicht hoffen, daß es dazu kommt, es wäre alles andere als angenehm.«

»Wieso? Wohnt man denn im Regierungsgebäude so schlecht?«

»Das nicht, Liebling. Wir wären dort leidlich untergebracht. Aber ich dachte jetzt an Ransome. Kein neuer Oberbefehlshaber kann darüber beglückt sein, daß sein Vorgänger weiter an Ort und Stelle herumsitzt ...«

»... und alles, was er unternimmt, mit einer nicht gerade freundlichen Kritik bedenkt. Sag, bringst du so etwas fertig, Schatz?«

»Wäre ich ein Mensch, wenn ich mich anders verhielte?«

»Ach Liebling, ich weiß ja nur zu genau, daß du der menschlichste aller Menschen bist«, sagte Barbara und streckte ihm beide Hände entgegen. Sie waren jetzt in ihrem Schlafzimmer, sicher vor neugierigen Blicken von Bediensteten und Soldaten, und durften daher endlich für wenige kostbare Sekunden ganz Mensch sein – bis ein donnerndes Pochen an der Tür verkündete, daß Gerard mit dem Gepäck da war. Ihm auf dem Fuß folgte Spendlove mit einem Billett für Barbara.

»Ein Willkommensgruß von Seiner Exzellenz, Liebling«, erklärte Barbara, als sie die Nachricht gelesen hatte. »Wir sind zum Dinner en famille befohlen.«

»Genau das hatte ich erwartet«, sagte Hornblower. Dann sah er sich um, ob Spendlove noch in Hörweite war, und fügte hinzu: »... oder besser gesagt: befürchtet.«

Barbara blickte ihm mit einem richtigen Verschwörerlächeln in die Augen und meinte nur: »Der Tag ist nicht mehr fern, Liebling ...« Es gab so viel zu erzählen, so viele Neuigkeiten auszutauschen. Die langen, langen Briefe, die während ihres dreijährigen Getrenntseins hin und her gereist waren, bedurften der Erläuterung oder der Ergänzung, und zu allem war Barbara fünf Wochen ohne Nachricht auf See gewesen. Als sie am Abend des zweiten Tages allein miteinander dinierten, kam die Rede fast unversehens auf Hudnutt. Hornblower schilderte den Fall mit kurzen Worten.

»Und du willst ihn vor ein Kriegsgericht stellen?« fragte Barbara.

»Selbstverständlich. Sobald ich ein Gericht einberufen kann.«

»Welches Urteil ist da zu erwarten?«

»Ein Schuldspruch natürlich. Darüber gibt es gar keinen Zweifel.«

»Ich meine jetzt nicht das Urteil, sondern das Strafmaß. Was bekommt der Mann?« Barbara hatte gewiß ein Recht, solche Fragen zu stellen und sogar ihre eigene Meinung zu seiner dienstlichen Einstellung zu bekunden, nachdem er ihr einmal von dem Fall erzählt hatte.

Hornblower zitierte aus den Kriegsartikeln, die ihm fast dreißig Jahre lang Richtschnur für sein Soldatenleben gewesen waren. »Jeder Mann, der eine solche Tat begeht und ihrer durch den Spruch des Kriegsgerichts für schuldig befunden wird, soll mit dem Tode bestraft werden oder eine andere, geringere Strafe erleiden, die dem Gericht nach Art und Umfang der Verfehlung als angemessen erscheint.«

»Ist das dein Ernst, Liebling?« Barbara riß ihre grauen Augen auf und starrte ihren Mann über den kleinen Tisch hinweg fassungslos an. »Dafür den Tod? Aber du sprachst doch auch von einer ›geringeren Strafe‹. Was könnte das sein?«

»Auspeitschung rund um die Flotte. Fünfhundert Hiebe ...«

»Fünfhundert Hiebe! Dafür, daß der Mann h statt b spielte? Das ist doch ...«

Natürlich, so, nur so konnte eine Frau den Fall sehen.

»Aber Liebling, er ist ja nicht angeklagt, weil er eine falsche Note gespielt hat, sondern wegen vorsätzlichen Ungehorsams gegen einen dienstlichen Befehl.«

»Aber es ging dabei doch nur um eine lächerliche Kleinigkeit.«

»Nein, Liebling, Ungehorsam gegen einen Befehl kann nie eine Kleinigkeit sein.«

»Hältst du es wirklich für recht und billig, einen Mann zu

Tode zu peitschen, weil er kein b spielen will? Welche blutrünstige Art, diese Rechnung zu begleichen!«

»Es geht hier nicht um das Begleichen einer Rechnung, Liebling. Die Strafe wird verhängt, um andere vom Ungehorsam abzuschrecken. Der Gedanke an Vergeltung ist dabei überhaupt nicht im Spiel.«

Nach echter Frauenart hielt Barbara hartnäckig ihre Stellung, obwohl ihre Flanke durch Hornblowers kalte Logik bereits hoffnungslos aufgerollt war.

»Wenn ihr ihn nun hängt oder auspeitscht, wird er doch bestimmt nie mehr b spielen, wie ihr es von ihm wollt. Was habt ihr also damit gewonnen?«

»Die Mannszucht verlangt es nun einmal, Liebling . . .«

Hornblower wußte nur zu genau, daß seine Auffassung nicht so recht zu vertreten war, aber Barbaras ungestümes Drängen veranlaßte ihn, sich als Verteidiger seiner geliebten Mannszucht richtig in Hitze zu reden.

»Dieser Fall wird zu Haus in England ganz nette Wellen schlagen«, sagte Barbara. Darüber kam ihr plötzlich ein neuer Gedanke: »Er kann doch Berufung einlegen, nicht wahr?«

»In heimischen Gewässern wäre das möglich. Aber ich bin Oberbefehlshaber auf einer Marinestation im Ausland, gegen meine Entscheidungen gibt es keine Berufung.«

Dieses Gespräch wirkte gründlich ernüchternd. Barbara starrte quer über den Tisch auf den Mann, der sich in Sekundenschnelle aus ihrem zärtlich liebenden, höchst empfindsamen Gatten in einen unheimlichen Machthaber verwandelt hatte, dem Leben und Tod seiner Untergebenen in die Hand gegeben waren. Dabei wußte sie, daß sie ihre gehobene Stellung als Frau dieses Mannes nicht ausnützen konnte, ja, daß sie nicht einmal den Versuch machen durfte, seine Entscheidung zu beeinflussen – nicht etwa um des Dienstes oder der Mannszucht willen, sondern weil jedes solche Unterfangen ihr eheliches Glück gefährdete.

»Soll die Verhandlung schon bald stattfinden?« fragte sie. Ihr Ton verriet deutlich genug, daß ihre Gedanken eine neue Richtung eingeschlagen hatten.

»Ja, sowie ich die nötige Anzahl Richter einberufen kann. Wenn es um die Disziplin geht, stiftet jeder Verzug mehr Schaden, als eine gerechte Strafe nützen kann. Ein Mann, der, sagen wir, am Montag meutert, sollte am Dienstag verurteilt werden und schon am Mittwoch an der Rah hängen. Aber ich habe im

Augenblick nicht genug Kapitäne zur Verfügung. Wenn Ransome eintrifft, würde der Kommandant der TRITON die Zahl vollmachen, aber dann werde ich abgelöst und bin damit für den Fall nicht mehr zuständig. Wenn allerdings die FLORA noch vor der TRITON eintrifft – ich hatte sie zur Goldküste detachiert –, so muß die Sache noch von mir erledigt werden.«
»Jetzt weiß ich Bescheid, mein Lieber«, sagte Barbara, ohne den Blick von seinen Zügen zu wenden. Noch ehe er weitersprach, wußte sie, daß er nach der unmenschlichen Härte des bisher Gesagten etwas mildere Töne anschlagen wollte.
»Natürlich ist mein Entschluß noch nicht endgültig, Liebling«, sagte er. »Es gibt immerhin eine Möglichkeit, die noch ins Auge gefaßt werden könnte.«
»Ach?« Es kostete sie Mühe, die winzige Silbe zu hauchen.
»Ja. Die Bestätigung des Urteils und der Strafe wäre meine letzte Diensthandlung als Oberbefehlshaber. Damit wäre ein geeigneter Anlaß – oder, wenn man so will, ein Vorwand – geboten, Milde walten zu lassen und die Strafe mit Rücksicht auf das einwandfreie Verhalten des Verbandes unter meiner Führung wesentlich herabzusetzen.«
»Das habe ich verstanden, Liebling. Wie aber, wenn Ransome vor der FLORA eintrifft?«
»Dann kann ich wohl nichts mehr machen – es sei denn ...«
»Es sei denn?«
»... es gelänge mir, Ransome nahezulegen, daß er seinen Dienst als Oberbefehlshaber mit einem Gnadenakt beginnen könnte.«
»Glaubst du, daß er sich darauf einläßt?«
»Ich kenne Ransome so gut wie überhaupt nicht. Darum weiß ich auf deine Frage schlechterdings keine Antwort.«
Barbara öffnete schon den Mund, um zu sprechen. Ob er wohl auch ein h für wichtiger hielt als ein Menschenleben? hatte sie sagen wollen, aber dann besann sie sich auf etwas ganz anderes, das ihr schon sehr viel länger auf der Zunge lag.
»Ich liebe dich, weißt du das auch, mein Schatz?«
Wieder begegneten sich ihre Blicke quer über den Tisch hinweg, und Hornblower fühlte, wie sich seine eigene Leidenschaft an der ihren entzündete, bis ihre Gefühle der Vereinigung rauschender Flüsse glichen, zu einem einzigen Strom verschmolzen. Er wußte ganz genau, daß er Barbara mit allen seinen überlegenen Worten über Disziplin und schlechtes Beispiel keinen Eindruck gemacht hatte. Eine Frau gegen ihren Willen überzeugen

zu wollen, war und blieb eben ein hoffnungsloses Beginnen. Sie dachte nicht daran, ihre Ansicht aufzugeben. Barbara hatte das nicht etwa ausgesprochen, sie hatte etwas ganz anderes gesagt, Worte, die sich, wie immer bei ihr, viel besser in die Gegebenheiten des Augenblicks fügten. Sie hatte ihn mit keinem Wimperzucken, keiner noch so leisen Änderung ihres Tonfalls merken lassen, daß sie in dem vorliegenden Fall seine Tontaubheit immerhin für erwähnenswert gehalten hätte. Eine Frau geringeren Formats als Barbara hätte gerade dieses Argument nach Kräften ausgeschlachtet, obwohl ihm in Wirklichkeit überhaupt keine Bedeutung zukam. Sie wußte um seine Tontaubheit, er wußte, daß sie darum wußte, das wiederum war ihr nicht unbekannt und so weiter ad infinitum. Und doch hatte weder er über seinen Defekt noch sie über ihr Wissen darum je ein Wort zu verlieren brauchen, und daraus schöpfte seine Liebe immer neue Nahrung.

Am folgenden Morgen mußte er sich darauf besinnen, daß ein Oberbefehlshaber in Westindien immer noch allerlei Aufgaben zu erledigen hatte, wenn auch seine Ablösung unmittelbar bevorstand, wenn auch seine geliebte Frau eben erst zu ihm geeilt war. Aber es war dann doch eine Freude, als ihm Barbara durch den Garten des Admiralitätsgebäudes bis zur Pforte im hohen Werftzaun das Geleit gab. Es traf sich, daß Hudnutt gerade auf seinem Spaziergang auf der anderen Seite des Zauns vorüberkam, als Evans das Gatter aufriß. Er marschierte gleich hinter dem Zaun auf und ab und wurde dabei von einer Gruppe Seesoldaten eskortiert, die ein Unteroffizier führte. Die Wache trug Paradeuniform und hatte die Bajonette aufgepflanzt, Hudnutt war ohne Kopfbedeckung, wie es für einen Angeklagten Vorschrift war.

»Gefangener und Wachkommando – Halt!« brüllte der Unteroffizier, als er des Admirals ansichtig wurde.

»Wache, präsentiert das – Gewehr!«

Hornblower beantwortete den Gruß in aller Form und wandte sich erst dann zu seiner Frau, um sich von ihr zu verabschieden.

»Wache, das Gewehr – über!« schrie der Korporal nach Seesoldatenart, als ob seine kleine Einheit am anderen Ende der Werft und nicht nur zwei Meter vor ihm stünde.

»Ist dies der Spielmann Hudnutt, Liebling?« fragte Barbara.

»Ja«, sagte Hornblower.

»Gefangener und Wachkommando – rechts schwenkt – im

Gleichschritt — marsch!« brüllte der Korporal, und die kleine Gruppe marschierte davon. Barbara folgte ihr mit dem Blick — jetzt, da ihr Hudnutt den Rücken zukehrte und nichts davon merkte, konnte sie ihn ohne Scheu ins Auge fassen. Eben noch hatte sie sich geflissentlich jedes neugierigen Blicks auf den Jungen enthalten, dem in den nächsten Tagen ein Gerichtsverfahren auf Leben und Tod bevorstand. Jetzt sah sie seine schlaksigen, unfertigen Bewegungen, die auch die knappe Seesoldatenuniform nicht verbergen konnte, und seinen blonden Haarschopf, der hell in der Sonne leuchtete.

»Mein Gott, er ist ja noch ein halbes Kind!« meinte Barbara.

Das war wieder so ein Argument, das überhaupt nicht ins Gewicht fiel, wenn sie mit ihrem Mann über die Grenzen seiner Pflicht rechten wollte. Ob siebzehn oder siebzig, ein Befehl mußte ausgeführt werden.

»Ja, es stimmt, Liebling, er ist noch sehr jung.«

Er küßte die Wange, die ihm Barbara darbot, und hatte dabei ernste Zweifel, ob sich das für einen Admiral in Gegenwart seines Stabes geziemte, aber Barbara trug offenbar nicht die geringsten Bedenken. Dann wandte er sich ab und ging davon, während sie noch mit Evans plaudernd an der Gartenpforte zurückblieb und den seltsamen Gegensatz zwischen dem herrlichen Garten diesseits und dem nüchternen Werftgelände jenseits des Zauns in sich aufnahm.

Die Gegenwart seiner Frau machte ihn glücklich, obwohl sie eine Menge zusätzlicher Verpflichtungen bedeutete. Die nächsten zwei bis drei Tage folgte eine Einladung der anderen, die Elite der Insel wollte die kurze Anwesenheit der Gattin eines Admirals so gründlich wie möglich auskosten, einer Frau, die überdies eine richtige Peeress von England war und in deren Adern das blaueste Blut des Vereinigten Königreichs rollte. Hornblower dachte voll Schwermut an das bevorstehende Ende seines schönen Kommandos, er fühlte sich fast ein wenig wie jene Aristokraten in der Französischen Revolution, die bei Tanz und Spiel den Ruf zur Guillotine erwarteten. Barbara dagegen genoß diese Tage in vollen Zügen, vielleicht empfand sie sie als Ausgleich für die fünf unerträglich langweiligen Wochen auf See und die fünf weiteren, die ihr noch bevorstanden.

»Du hast so eifrig mit dem jungen Bonner getanzt, Liebling«, bemerkte er, als sie nach der Gesellschaft beim Gouverneur wieder zu Hause waren.

»Ja, er ist auch ein besonders guter Tänzer«, sagte Barbara.
»Ich glaube, er hat allerlei auf dem Kerbholz«, hielt ihr Hornblower entgegen. »Nachweisen konnten wir ihm zwar bis jetzt noch nichts, aber es wird ihm so manches nachgesagt – Schmuggel, Sklavenhandel und was sonst noch so dazu gehört.«
»Und diesen Mann lädt der Gouverneur zu sich ins Haus?«
»Wie ich schon sagte, liegen keine Beweise gegen ihn vor, aber ich hatte mich dienstlich schon oft genug mit den geheimnisvollen Unternehmungen seiner Fischerboote zu befassen. Vielleicht kommst du schon in allernächster Zeit zu der Erkenntnis, daß du dir einen richtigen Galgenvogel als Tänzer ausgesucht hast.«
»Galgenvögel pflegen meist amüsanter zu sein als Adjutanten und Sekretäre eines Admirals«, meinte Barbara lächelnd.
Barbaras Unternehmungsgeist war ganz erstaunlich. Selbst nach einer durchtanzten Nacht ritt sie den ganzen folgenden Tag, und Hornblower hatte nichts dagegen einzuwenden, solange sich junge Männer fanden, die sich darum rissen, Lady Hornblower auf ihren Ausflügen das Geleit zu geben. Er selbst hatte ja noch eine Menge Arbeit zu erledigen, die keinen Aufschub duldete, und Pferde waren ihm ohnedies herzlich zuwider. Es machte ihm Spaß, zu beobachten, wie alles Barbara zu Füßen lag: Seine Exzellenz persönlich, die jungen Leute, die mit ihr ritten, der alte Gärtner Evans, kurz jedermann, der irgendwie mit ihr in Berührung kam.
Barbara war eines Morgens wieder zu Pferde unterwegs, ehe noch die Hitze des Tages eingesetzt hatte, als ein Läufer zu Hornblower ins Dienstzimmer geführt wurde.
»Meldung vom Kommandanten, Mylord: die TRITON ist signalisiert, sie steuert mit günstigem Wind die Einfahrt an.«
Hornblower starrte eine Sekunde lang stumm vor sich hin. Obwohl er schon seit Monatsfrist auf diese Nachricht gefaßt war, traf sie ihn jetzt mit unerwarteter Härte. »Schön«, sagte er endlich. »Meine Empfehlung an den Kommandanten, ich käme sofort.«
Das war also das Ende seines dreijährigen Kommandos als Chef der britischen Streitkräfte in Westindien. Nun war Ransome an der Reihe, womöglich übernahm er sein Kommando schon heute, spätestens aber morgen. Dann war er auf Halbsold und konnte sang- und klanglos nach Hause segeln. Während er sich zu Ransomes Begrüßung fertigmachte, ging ihm allerlei seltsames Zeug

durch den Kopf. Er überlegte, daß der junge Richard nun schon das Alter hatte, daß er in Eton eintreten konnte, er dachte mit gemischten Gefühlen an den eisigen Winter in Smallbridge, dann fiel ihm ein, daß er die Bücher der Intendantur noch zu überprüfen und abzuschließen hatte. Erst als er schon mit seinem Chefboot unterwegs war, besann er sich darauf, daß ihm nun die Entscheidung im Fall Hudnutt erspart blieb.
Die TRITON führte keine Admiralsflagge, denn Ransome trat sein Kommando erst mit dem Augenblick der Übernahme an. Der Salut, der jetzt geschossen wurde, galt nur dem Schiff, das neu zum westindischen Verband trat.
Ransome war ein beleibter Mann mit einem kräftigen Backenbart neuester Mode, dessen dunkle Farbe schon stark ins Graue hinüberspielte. Er trug den kleinen Stern des Bath-Ordens niedrigster Klasse, der sich, verglichen mit Hornblowers prunkvollem Großkreuz, recht bescheiden ausnahm. Wenn es ihm gelang, sein neues Kommando ohne erhebliche Pannen hinter sich zu bringen, dann durfte er wohl ebenfalls hoffen, in die Schar der adeligen Ritter dieses Ordens aufgenommen zu werden. Er stellte seinen Kommandanten, Kapitän Coleman, vor, dem Hornblower bis jetzt noch nie begegnet war, dann hörte er aufmerksam zu, als ihm dieser kurz erklärte, welche Maßnahmen er bereits angeordnet hatte und wie er sich den weiteren Gang der Dinge dachte.
»Ich werde das Kommando morgen übernehmen«, entschied Ransome, als Hornblower zu Ende war.
»Das ist mir sehr willkommen«, meinte Hornblower, »denn dann bleibt mir genügend Zeit, um alle nötigen Vorbereitungen zu treffen, so daß die Übergabe in feierlicher Form stattfinden kann. Legen Sie Wert darauf, die heutige Nacht im Gouvernementsgebäude zu verbringen? Man ist dort vorbereitet, Sie gastlich zu empfangen, falls Sie das wünschen.«
»Ach, warum soll ich zweimal umziehen«, entgegnete Ransome. »Ich übernachte hier an Bord.«
»Ab morgen steht Ihnen natürlich das Admiralitätsgebäude uneingeschränkt zur Verfügung. Wir würden uns geehrt fühlen, wenn Sie heute zum Dinner unser Gast sein wollten. Vielleicht kann ich Ihnen bei dieser Gelegenheit über die Lage hier einiges Nützliche sagen.«
Ransome maß Hornblower mit einem Blick, der deutlich genug einen gewissen Argwohn verriet. Er hatte durchaus keine Lust,

sich von seinem Vorgänger Vorschriften machen und ein Verhalten aufdrängen zu lassen, das dieser für richtig hielt. Dennoch sagte ihm sein gesunder Menschenverstand, daß eigentlich alles für Hornblowers Vorschlag sprach.

»Ich folge Ihrer Einladung mit dem größten Vergnügen und sage Ihnen meinen ergebensten Dank, Mylord.«

Hornblower suchte das Mißtrauen des anderen so taktvoll wie möglich zu zerstreuen.

»Das Postschiff, mit dem meine Frau und ich nach England segeln, macht schon seeklar, wir laufen also bereits in den nächsten Tagen aus.«

»Das fügt sich ja ausgezeichnet, Mylord«, sagte Ransome.

»Ich heiße Sie nochmals herzlich willkommen, Sir, und möchte Sie nun bitten, mich zu beurlauben. Dürfen wir Sie um vier Uhr erwarten? Oder wäre Ihnen eine andere Stunde angenehmer?«

»Nein, vier Uhr paßt mir ausgezeichnet«, sagte Ransome.

Der König ist tot, es lebe der König, dachte Hornblower auf dem Rückweg. Morgen schon wurde er durch einen anderen Mann ersetzt und war dann nur noch einer von den vielen, ein Offizier auf Halbsold. Glanz und Ehre des Oberbefehlshabers gingen auf Ransome über. Das verdarb ihm etwas die Laune, aber mehr noch ärgerte er sich darüber, daß er Ransome so übertrieben höflich, ja fast unterwürfig willkommen geheißen hatte. Der Mann hätte ihm das wirklich mit etwas mehr Lebensart entgelten können.

Er machte seinen Gefühlen freimütig Luft, als er Barbara über die Begegnung berichtete, und zügelte sein Temperament erst, als er ihr belustigtes Zwinkern und ihre hochgezogenen Brauen bemerkte.

»Du bist doch der süßeste Einfaltspinsel, den ich kenne, mein Herz«, sagte sie. »Kannst du dir wirklich nicht erklären, warum der Mann so ist?«

»Nein«, sagte Hornblower, »das ahne ich nicht.«

Barbara trat ganz dicht vor ihn hin und blickte ihm fest in die Augen. »Kein Wunder, daß ich dich so unsagbar liebe«, sagte sie. »Siehst du denn nicht ein, daß es für niemand ein Kinderspiel ist, einen Hornblower ersetzen zu müssen? Du hast dich auch bei diesem Kommando wieder über alle Erwartung bewährt und damit einen Maßstab geschaffen, an dem man Ransome unwillkürlich messen wird. Was glaubst du, wie schwer es ihm fallen wird, einen solchen Vergleich auszuhalten? Du magst ihn eifersüchtig oder neidisch nennen, jedenfalls konnte er seine Gefühle nicht ganz verleugnen.«

»Das geht mir wirklich beim besten Willen nicht ein«, sagte Hornblower.

»Gerade darum liebe ich dich ja so sehr«, sagte Barbara. »Ich könnte dir das hundertmal und immer wieder mit anderen Worten sagen, aber leider muß ich jetzt gehen und mein schönstes Kleid anziehen, um Ransomes hartes Herz zu erweichen.«

Ransome machte mit seiner massigen Gestalt, seinem Backenbart und der Art, wie er sich gab, zweifellos eine gute Figur, was Hornblower bei ihrer ersten Begegnung gar nicht so recht zum Bewußtsein gekommen war. In Barbaras Gesellschaft war er auch etwas zugänglicher, was vielleicht darauf zurückzuführen war, daß Barbara auch auf ihn ihre Wirkung nicht verfehlte. Wahrscheinlich aber zeigte er sich, wie Hornblower vermutete, nur darum von seiner besten Seite, weil er sehr wohl wußte, daß Lady Hornblower in den politischen Kreisen Londons erheblichen Einfluß besaß. Hornblower tat jedenfalls sein möglichstes, die Spur von menschlicher Wärme zu nutzen, die der Mann jetzt erkennen ließ. Er schenkte ihm Wein nach, er flocht so beiläufig wie möglich nützliche Bemerkungen über die westindischen Verhältnisse ins Gespräch – immer ganz am Rande, so daß Ransome niemals argwöhnen konnte, er wolle auf seine künftigen Entscheidungen irgendwelchen Einfluß nehmen. Und doch handelte es sich immer um wertvolle Informationen, die Ransome zur Kenntnis nehmen und mit einem Lächeln über Hornblowers Offenherzigkeit im Gedächtnis bewahren konnte. Trotz aller Bemühungen Hornblowers verlief jedoch das Dinner nicht gerade angeregt. Von Anfang bis Ende herrschte eine gespannte Stimmung, die sich nicht lösen wollte.

Als sich die Mahlzeit ihrem Ende näherte, fing Hornblower einen kurzen Blick Barbaras auf, einen einzigen, so flüchtigen Blick, daß ihn Ransome unmöglich bemerkt haben konnte. Aber Hornblower verstand sofort, was sie wollte. Sie rief ihm eine Angelegenheit ins Gedächtnis, die ihm besonders am Herzen lag. Er wartete nur noch, bis das Gespräch eine geeignete Wendung nahm, dann griff er das Thema auf.

»Ach richtig«, sagte er, »Sie werden ja bald ein Kriegsgericht einberufen müssen. Es handelt sich um einen Spielmann der Seesoldaten . . .«

Er erzählte Ransome den Fall in allen Einzelheiten und bemühte sich dabei, ihn möglichst harmlos darzustellen. Dabei entging ihm nicht, wie aufmerksam Barbara in Ransomes Miene forschte. Ransome selbst schien nichts davon zu bemerken.
»Wiederholter und vorsätzlicher Ungehorsam gegen einen dienstlichen Befehl«, sagte Ransome mit Hornblowers eigenen Worten und fügte dann hinzu: »Man könnte das Verhalten des Mannes sogar als Meuterei bezeichnen.«
»Ja«, sagte Hornblower, »aber der ganze Fall ist doch recht merkwürdig gelagert. Ich bin jedenfalls froh, daß Sie statt meiner darüber zu befinden haben.«
»Nun, wie mir scheint, liegt die Schuld des Angeklagten klar auf der Hand.«
»Ohne Zweifel.« Hornblower zwang sich ein Lächeln ab, wie durch Gedankenübertragung wußte er, mit welcher Spannung Barbara das Gespräch verfolgte. »Aber die Umstände sind immerhin ungewöhnlich.«
Ransomes unnahbarer Ausdruck wirkte entmutigend. Hornblower wußte nur zu genau, daß es ganz sinnlos war, weiter in den Mann zu dringen. Er hätte es auch aufgegeben, wenn Barbara nicht gewesen wäre. Nur ihr zuliebe setzte er seine fruchtlosen Bemühungen fort.
»Wäre das Gericht noch unter meinem Kommando zusammengetreten, so hätte ich sein Urteil in Anerkennung der guten Führung des Geschwaders wahrscheinlich gemildert – womit ich allerdings nicht sagen will, daß ich schon dazu entschlossen war.«
»So?« sagte Ransome. Nichts hätte seinen Mangel an Interesse deutlicher zum Ausdruck bringen können als diese einsilbige Antwort. Aber Hornblower bohrte unverdrossen weiter.
»Ich dachte mir, dieser Fall könnte Ihnen Gelegenheit geben, gleich zu Beginn Ihres Kommandos Ihre milde, menschenfreundliche Gesinnung zu bekunden.«
»Über eine solche Maßnahme hätte ich ganz allein zu entscheiden.«
»Aber selbstverständlich«, stimmte ihm Hornblower bei.
»Ich könnte mir auch kaum vorstellen, daß ich mich zu einem derartigen Schritt versteigen würde. Soll ich die Leute zu dem Glauben verleiten, daß ich in der Handhabung der Mannszucht lax sei? Damit würde ich mir meine Stellung hier von Anfang an untergraben.«

»Selbstverständlich«, sagte Hornblower von neuem. Da er sah, daß alles weitere Reden zwecklos war, schien es ihm das beste, sich mit Anstand aus der Affäre zu ziehen. »Sie können natürlich am besten entscheiden, was unter den gegebenen Umständen zu geschehen hat, und sind auch als einziger dazu befugt.«
»Ich lasse die Herren jetzt allein«, sagte Barbara ganz unvermittelt. Hornblower blickte grade noch rechtzeitig zu ihr auf, um zu sehen, wie sich ihr undurchdringlicher Ausdruck zu jenem Lächeln löste, das er so gut an ihr kannte.
»Ihnen, Herr Admiral, wünsche ich eine recht geruhsame Nacht. Soweit es die Vorschriften der Navy erlauben, werde ich mir alle Mühe geben, Ihnen dieses Haus, das Sie morgen übernehmen, im besten Zustand zu hinterlassen und hoffe, daß Sie sich in seinen Mauern recht wohlfühlen.«
»Danke, danke«, sagte Ransome. Die beiden Männer waren zum Abschied von ihren Stühlen aufgesprungen.
»Gute Nacht, mein Lieber«, sagte Barbara zu Hornblower. Ihr Lächeln machte ihm einen gezwungenen Eindruck, er merkte deutlich, daß sie furchtbar aufgeregt war. Sie verließ die beiden Männer, Hornblower reichte den Portwein, und dann begannen die beiden eine Unterhaltung, die sich bis spät in die Nacht hinein hinzog. Ransome hatte seinen Standpunkt unzweideutig klar gemacht und vor allem keinen Zweifel darüber gelassen, daß er für Vorschläge und Anregungen seines Vorgängers nicht zu haben war. Nachdem das einmal feststand, war er durchaus nicht abgeneigt, allen Informationen, die ihm gesprächsweise zuflossen, sein Ohr zu leihen. Auch dem Portwein sprach er eifrig zu und hatte nichts dagegen, daß eine zweite Flasche angebrochen wurde, als die erste zu Ende war.
Hornblower kam also sehr spät zu Bett, er verzichtete auf Licht, um Barbara nicht zu stören, und tappte so leise wie möglich im Zimmer umher. Zuweilen suchte sein Blick das zweite Bett an der Wand (in den Dienstgebäuden der Marine rechnete man nicht mit Ehefrauen, darum gab es hier keine Doppelbetten). Zum Glück schien sich dort unter dem Moskitonetz nichts zu regen, denn wenn Barbara wach geworden wäre, hätte er gewiß nicht umhin gekonnt, aufs neue den Fall Hudnutt zu erörtern.
Auch am folgenden Morgen gab es dazu keine Zeit. Hornblower wurde so spät geweckt, daß er sofort ins Ankleidezimmer eilen mußte, um sich in seine Gala mit Ordensband und Stern

zu werfen. Dann war es auch schon höchste Zeit, sich zum feierlichen Kommandowechsel zu begeben. Da er abgelöst wurde, fand er sich als erster auf dem Achterdeck der CLORINDA ein und nahm dort an Steuerbord Aufstellung; sein Stab formierte sich hinter ihm. Sir Thomas Fell hatte ihn am Fallreep empfangen und war jetzt vollauf damit beschäftigt, die anderen Kommandanten wahrzunehmen, so, wie sie der Reihe nach an Bord erschienen. Die Kapelle der Seesoldaten (ohne Hudnutt) spielte auf dem Achterdeck bunte Weisen, die Pfeifen der Bootsmannsmaate zwitscherten ohne Unterlaß, um den Strom der Ankömmlinge zu begrüßen, die Sonne brannte vom Himmel herab, als wäre dies ein Tag wie jeder andere. Plötzlich schwieg aller Lärm, die Stille war voll dramatischer Spannung. Dann schmetterte der Musikzug die ersten Takte eines Marsches, Trommeln rasselten, Hörner bliesen ein Signal, als Ransome, gefolgt von seinem Stab, das Fallreep heraufkam und an Backbord Aufstellung nahm.

Fell trat, die Hand grüßend am Hut, vor Hornblower hin:

»Besatzung angetreten, Mylord.«

»Danke, Sir Thomas.«

Spendlove drückte seinem Chef ein Blatt Papier in die Hand, dann trat Hornblower einen Schritt vor und las:

»Befehl der Herren Lordkommissare in Ausübung der Befugnisse des Lordgroßadmirals an mich, Horatio Lord Hornblower, Ritter des Großkreuzes des Allerhöchsten Bath-Ordens, Konteradmiral des Roten Geschwaders ...«

Es fiel ihm schwer, zu vermeiden, daß seine Stimme beim Lesen zitterte, darum zwang er sich zu einer möglichst schroffen, unbeteiligten Ausdrucksweise. Als er zu Ende war, faltete er das Papier zusammen und gab dann seinen letzten Befehl.

»Sir Thomas, wollen Sie die Güte haben, meine Flagge niederholen zu lassen.«

»Aye, aye, Mylord.«

Der erste von dreizehn Salutschüssen donnerte los, als die rote Flagge langsam von der Gaffelpiek niederschwebte. Es dauerte endlos, bis sie endlich unten war, sechzig Sekunden, die Zeit, die dreizehn Schüsse Salut in Anspruch nahmen. Als die Flagge an Deck anlangte, war Hornblower um neunundvierzig Pfund, drei Shilling und sieben Pence monatliches Kommandogeld ärmer.

Im nächsten Augenblick trat Ransome, ebenfalls mit einem

Blatt Papier in der Hand, vor, um den Befehl der Lordkommissare an ihn, Henry Ransome, Inhaber des Allerhöchsten Bath-Ordens und Konteradmiral des Blauen Geschwaders, zu verlesen.

»Heißen Sie meine Flagge, Sir Thomas.«

»Aye, aye, Sir.«

Jetzt stieg die blaue Admiralsflagge zur Gaffelpiek auf. Bis sie oben anlangte und ausgerissen wurde, herrschte lautlose Stille an Bord; erst als sie sich in der Brise entfaltete, donnerte der Salut, ertönte wieder ein schmetternder Marsch. Als der letzte Schuß gefallen war, hatte Ransome nach Recht und Gesetz die Stellung eines Oberbefehlshabers Seiner Majestät Schiffe und Fahrzeuge in den Westindischen Gewässern übernommen. Die Kapelle schmetterte immer noch ihre Weisen, als Hornblower vortrat und vor dem neuen Befehlshaber die Hand zum Gruß erhob.

»Bitte um die Erlaubnis, von Bord gehen zu dürfen, Sir.«

»Die Erlaubnis ist Ihnen hiermit erteilt.«

Die Trommeln rasselten, die Hörner schmetterten, und die Bootsmannsmaate trillerten auf ihren Pfeifen, als er langsam das Fallreep hinabstieg. Vielleicht hätte ihm jetzt die schmerzliche Rührung des Abschieds böse zugesetzt, aber es war schon dafür gesorgt, daß er sich seinen Gefühlen nicht überlassen konnte.

»Mylord«, sagte Spendlove, der neben ihm im Boot saß.

»Ja, was ist?«

»Der Arrestant – Hudnutt, der Spielmann der Seesoldaten ...«

»Was ist mit ihm?«

»Er ist weg, Mylord. Heute nacht ist er ausgebrochen.«

Jetzt war es um den Mann endgültig geschehen, es gab keine Rettung mehr für ihn. Er war schon so gut wie tot, wenn es ihm nicht bald sogar noch schlimmer erging. In Jamaika war noch jeder Deserteur, jeder Ausbrecher wieder ergriffen worden. Man war doch auf einer Insel, und diese Insel war nicht einmal besonders groß. Überdies gab es eine für ständig ausgeschriebene Belohnung von zehn Pfund für jede Nachricht, die zur Ergreifung eines Deserteurs führte. Und zehn Pfund, die waren in Jamaika – anders als in England – ein Vermögen. Ein Tagelöhner verdiente sie kaum in einem Jahr, ein Sklave konnte sein Leben lang schuften und sparte noch nicht so viel Geld. Kein Deserteur entging hier seinem Schicksal. Seine weiße Haut, von seiner Uniform ganz zu schweigen, erregte Aufsehen, wo immer er sich auf der Insel blicken ließ, und die ein für alle Mal feststehende Belohnung hatte mit tödlicher Sicherheit zur Folge, daß er über kurz oder lang verraten wurde. Hudnutt mußte also den Häschern in die Hand fallen. Und dann nahm das Unheil erst richtig seinen Lauf. Für das Kriegsgericht gab es jetzt eine ganze Reihe zusätzlicher Anklagepunkte. Ausbruch, Desertion, Beschädigung staatlichen Eigentums, Beschädigung der Uniform. Kurzum, es mußte ein Wunder geschehen, wenn er nicht gehenkt werden sollte. Nur eine zweite Möglichkeit gab es noch: daß er um die Flotte gepeitscht wurde, aber dann starb er mit aller Bestimmtheit unter den grausamen Hieben. Hudnutt war ein toter Mann – so weit hatte ihn sein musikalisches Talent am Ende gebracht.

Diese düsteren Erwägungen gingen Hornblower durch den Kopf, bis das Boot an der Pier anlangte; sie verschlugen ihm die Sprache, als er den Wagen des Gouverneurs bestieg, um zum Gouvernementsgebäude zu fahren – sein eigener Chefwagen stand ihm ja nicht mehr zur Verfügung. Auch während der Fahrt blieb er in Schweigen versunken.

Sie waren kaum eine Meile gefahren, als ihnen eine lustige Kavalkade mit klappernden Hufen entgegenkam. Hornblower entdeckte unter den Reitern und Reiterinnen sofort seine Barbara – er hätte sie in jeder Menschenmenge augenblicklich herausgefunden, auch wenn sie nicht so aufgefallen wäre wie hier auf ihrem leuchtenden Schimmel. Ihr zur Seite ritt hüben Seine Exzellenz, drüben Lady Hooper. Beide schienen sich lebhaft mit ihr zu unterhalten. Ihnen folgte eine gemischte Gesellschaft von Adjutanten und Zivilisten, den Schluß machte der Assistent des Provostmarschalls und zwei Mann seiner Wache.

»Ach, sieh da, Hornblower!« rief der Gouverneur und brachte seinen Gaul zum Stehen. »Ihre Feier war wohl eher zu Ende, als ich annahm.«

»Guten Mogen, Sir«, sagte Hornblower, »Ihr ergebenster Diener, gnädige Frau.«

Dann begrüßte er Barbara mit einem Lächeln – was ihn auch immer bedrücken mochte, sobald er sie erblickte, hatte er stets ein Lächeln bereit. Hinter ihrem Reitschleier sah man kaum, daß sie seinen Gruß auf die gleiche Art erwiderte.

»Wollen Sie sich nicht an unserer Jagd beteiligen?« meinte Hooper.
»Einer meiner Adjutanten tritt Ihnen sein Pferd ab.« Ein kurzer Blick in den Wagen belehrte ihn eines Besseren. »Nein, das geht nicht, in seidenen Strümpfen sitzt sich's schlecht zu Pferde. Es ist besser, Sie fahren einfach im Wagen mit – wie eine Dame in gewissen Umständen, ha-ha, wie die Königin von Frankreich! Drehen Sie um, Kutscher.«
»Auf was für ein Wild jagen Sie denn, Sir?« fragte Hornblower, der aus der Veranstaltung nicht recht klug wurde.
»Auf Ihren Deserteur. Ich hoffe, daß er uns die Sache nicht zu leicht macht.«
Einem Menschen galt also diese Jagd – und ausgerechnet Hudnutt, dieser verträumte, wirrköpfige Musikant, sollte das armselige Jagdwild sein. Zwei farbige Bediente ritten in der Gesellschaft mit, jeder von ihnen führte eine Koppel schwarzbrauner grauenerregender Bluthunde an der Leine. Nein und nochmals nein, er wollte mit dieser Jagd nichts, aber auch gar nichts, zu schaffen haben. Am liebsten wäre er mit dem Wagen umgekehrt. Das ganze Unternehmen kam ihm vor wie ein Alptraum, aus dem er sich nicht wachrütteln konnte. Und Barbara, seine Barbara nahm anscheinend unbeschwert daran teil! Das war das allerschlimmste. Am Werfttor, vor der hohen Palisade, machte die Kavalkade halt.
»Da drinnen liegt das Gefängnis« erklärte der Assistent des Provostmarschalls. »Sie können das Loch im Dach sehen, Sir.«
Ein Stück Dach war aufgerissen. Wahrscheinlich war dieses Arrestlokal alles andere als stabil gebaut. Kam einer schon da heraus, so galt es zunächst noch, die fünf Meter hohe Palisadenwand zu übersteigen. Zuletzt aber, wenn ein Gefangener wirklich über dieses Hindernis ins Freie kam, wurde er mit Sicherheit irgenwo auf der Insel doch wieder eingefangen.
»Kommt mit«, sagte der Provostmarschall, ritt mit seinen Polizisten und den Bluthundführern durch das Werfttor zum Gefängnis und ließ dort absitzen. Dann wurden die Bluthunde in das Gebäude hineingeführt, wo man sie offenbar die Schlafdecke des Gefangenen beschnuppern ließ. Bald erschienen sie wieder in der Tür und schnüffelten eine Weile unter dem Loch im Dach auf der Erde herum. Jetzt hatten sie die Witterung gefaßt und rissen gleich so heftig an ihren Leinen, daß ihre farbigen Führer kaum wieder aufsitzen konnten. Sie zerrten sie durch das Ge-

lände, warfen sich gegen die Palisadenwand und sprangen geifernd vor Aufregung daran hoch.
»Bringt sie doch durch das Tor heraus!« rief der Gouverneur und meinte dann, zu Hornblower gewandt: »Der Mann ist doch Seesoldat, nicht wahr? Mir scheint, es wäre sogar für einen Matrosen nicht ganz einfach, diese Wand zu überklettern.«
Hudnutt konnte das Kunststück nur in einer Art Ekstase gelungen sein, sagte sich Hornblower. Diese Träumer brachten ja die verrücktesten Dinge fertig.
Die Bluthunde waren durch das Tor wieder herausgebracht und an die Stelle geführt worden, die sie an der Innenseite so wütend angesprungen hatten. Wie der Blitz hatten sie die Witterung wieder aufgenommen, warfen sich mit aller Kraft in die Leinen und rannten gestreckten Laufs die Straße entlang.
»Los!« rief der Gouverneur, spornte sein Pferd und jagte hinter den Hunden her. Hudnutt hatte also wirklich die fünf Meter hohe Palisade überklettert – er konnte nicht bei Verstand gewesen sein. Die Kavalkade war jetzt dem Wagen weit voraus, der Kutscher trieb die Pferde so schnell hinterher, wie es ihr Phlegma und die Unebenheit der Straße zuließen. Das Gefährt schwankte und stieß, Hornblower wurde immer wieder gegen den neben ihm sitzenden Gerard geworfen und flog zuweilen sogar auf Spendloye, der den Platz gegenüber innehatte. Immer weiter ging die Fahrt ins Land hinaus, den blauen Bergen entgegen, die in der Ferne vor ihnen lagen. Schließlich fielen die Reiter in gemächlicheren Trab, und der Kutscher folgte ihrem Beispiel, so daß die Fahrt nicht mehr ganz so stürmisch dahinging.
»Die Witterung muß sehr kräftig sein, Mylord«, sagte Gerard. Er hatte nach den Bluthunden Ausschau gehalten, die nach wie vor kräftig an ihren Leinen zogen.
»Dabei hat hier seit Hudnutts Flucht die ganze Zeit lebhafter Verkehr geherrscht«, bemerkte Spendlove.
»Sieh da!« rief Gerard. »Sie biegen von der Straße ab.«
Als der Wagen die Stelle erreichte, sahen sie, daß die Reiter in einen breiten Landweg eingeschwenkt waren, der durch Zuckerrohrpflanzungen führte. Der Kutscher ließ sich dadurch nicht abschrecken und fuhr ohne Zögern hinter ihnen her. Zwei Meilen ging es noch in raschem Tempo weiter, dann zügelte er die Pferde und brachte sie neben den haltenden Reitern zum Stehen.

»Wir müssen erst sehen, wie es weitergeht, Hornblower«, sagte der Gouverneur. »Der Weg ist hier zu Ende, weiter ginge es durch eine Furt durch den Hopefluß.«
Die Reiterschar ließ die Pferde verschnaufen, Barbara winkte ihm mit der behandschuhten Rechten zu.
»Drüben ist keine Witterung mehr zu finden«, erklärte der Gouverneur, dann rief er den Hundeführern zu: »Sucht auch stromaufwärts und an beiden Ufern!«
Der Assistent der Provostmarschalls bestätigte den Befehl, indem er die Hand zum Gruß an den Hut hob.
»Ihr Mann hat offenbar genau gewußt, daß wir ihn mit Hunden hetzen würden«, sagte der Gouverneur, »darum watete er ein Stück im Wasser. Aber früher oder später mußte er schließlich wieder heraus, dann stoßen wir auch gleich wieder auf seine Witterung.«
Jetzt lenkte Barbara ihren Schimmel an den Wagenschlag und hob den Schleier, um mit Hornblower reden zu können.
»Guten Morgen, mein Lieber«, sagte sie.
»Guten Morgen«, erwiderte Hornblower ihren Gruß.
Viel mehr war auch kaum zu sagen, wenn man in Betracht zog, was in den letzten paar Stunden geschehen war und welche Folgerungen sich daraus ergaben. Barbaras Wangen waren trotz der Hitze und dem anstrengenden Ritt kaum ein bißchen gerötet, sie sah mitgenommen und müde aus, auch ihr Lächeln vermochte das nicht zu verbergen. Hornblower wurde sich darüber klar, daß ihr diese Jagd so wenig Freude machte wie ihm selbst. Außerdem vermutete er, daß sie sich heute morgen bei dem Umzug vom Admiralitätsgebäude zum Gouvernement zu viel zugemutet hatte. Die Frauen waren in solchen Dingen ja alle gleich. Wahrscheinlich hatte sie es nicht über sich gebracht, die Navy ohne ihre Aufsicht gewähren zu lassen, obwohl diese Navy, weiß Gott, tausendfache Erfahrung in solchen Dingen besaß. Nein, sie hatte natürlich jede Kleinigkeit selbst anordnen und regeln wollen, und davon war sie jetzt begreiflicherweise ganz erschöpft.
»Komm, setz dich zu mir in den Wagen, Liebling«, sagte er. »Gerard kann dein Pferd übernehmen.«
»Mr. Gerard hat auch seidene Strümpfe an, genau wie du«, antwortete Barbara mit einem müden Lächeln. »Außerdem möchte ich ihm keinesfalls zumuten, sich in Uniform auf einem Damensattel zu produzieren.«

»Mein Reitknecht kann Ihr Pferd nach Hause bringen, Lady Hornblower«, unterbrach der Gouverneur. »Es sieht ohnedies nicht so aus, als ob wir mit unserer Jagd Erfolg haben würden.« Hornblower kletterte aus der Kutsche, um Barbara aus dem Sattel und dann in den Wagen zu helfen. Gerard und Spendlove waren ihm gefolgt, sie warteten, bis die beiden Platz genommen hatten, und stiegen dann nach kurzem Zögern ebenfalls wieder ein. Sie saßen jetzt beide mit dem Rücken zu den Pferden.

»Allmählich sollten wir etwas von den Bluthunden gehört haben«, meinte der Gouverneur. Die vier Hunde hatten inzwischen an beiden Ufern eine gehörige Strecke flußauf- und flußabwärts abgesucht. »Vielleicht ist er gar auf einen Baum geklettert.«

Hornblower sagte sich, daß ein Mensch gewiß findiger sein konnte als jeder Fuchs. Aber solche Gerissenheit wollte ihm wieder einmal so gar nicht zu dem jungen Hudnutt passen.

Jetzt kam der Assistent des Provostmarschalls angetrabt. »Keine Spur einer Witterung, Exzellenz«, meldete er dem Gouverneur. »Weit und breit nichts mehr.«

»Zu dumm! Dann bleibt uns eben nichts anderes übrig als kehrtzumachen. Schade, ich hätte mir besseren Sport erwartet. Wenn Sie erlauben, Lady Hornblower, reiten wir Ihnen voraus.«

»Wir sehen uns später zu Hause wieder, meine liebe Lady Hornblower«, rief auch Lady Hooper.

Der Wagen drehte wieder um und folgte den Reitern.

»Ich fürchte, du hast dir heute vormittag eine Menge Arbeit gemacht«, sagte Hornblower. Da ihnen die Herren seines Stabes gegenübersaßen, konnte er nicht so ungezwungen reden, wie wenn sie allein gewesen wären.

»O nein, durchaus nicht«, sagte Barbara und wandte den Kopf, um seinem Blick zu begegnen. »Danke der Nachfrage, mein Lieber, der Vormittag verlief durchaus angenehm. Und wie ist es dir ergangen? Hoffentlich ging auch bei eurer Feierlichkeit alles nach Wunsch.«

»O ja, danke. Ransome –« Er hielt inne und sprach plötzlich von etwas ganz anderem. Was er Barbara unter vier Augen über diesen Ransome sagen wollte, brauchte sein Stab nicht zu hören. Der Wagen ratterte müde die Straße entlang, eine Unterhaltung wollte in der brütenden Hitze nicht in Gang kommen. Die Fahrt schien endlos, aber zuletzt bogen sie doch in die Einfahrt zum Gouvernementsgebäude, Hornblower grüßte den salutierenden Posten, und dann hielten sie vor dem Tor. Adjutanten, Butler und Zofen erwarteten sie, aber Barbara war mit dem Umzug schon fix und fertig und hatte ihre und ihres Mannes Sachen in dem riesigen, für die vornehmsten Gäste bestimmten Appartement aus Schlaf- und Ankleidezimmer längst säuberlich in die Schränke und Schubfächer geordnet.

»Endlich allein«, sagte sie lächelnd. »Jetzt geht es bald auf die Reise nach Smallbridge.« Ja, heute begann wieder einmal eine der Übergangszeiten, die Hornblower wie jedem Seemann so vertraut waren, jene seltsamen Tage und Wochen, da ein Lebensabschnitt zu Ende war und der nächste noch nicht begonnen hatte. Er war nicht mehr Oberbefehlshaber, nun galt es, das Dasein eines gewöhnlichen Sterblichen solange zu ertragen, bis er wenigstens wieder Herr im eigenen Hause war. Für den Augenblick aber war ihm nichts wichtiger als ein Bad, denn das Hemd klebte ihm unter dem schweren Uniformrock auf den Rippen. Ob es ihm wohl je wieder verstattet war, sich irgendwo auf See von einer Deckwaschpumpe abspritzen zu lassen, während ihm der Passat wohlig die nasse Haut kühlte? Ach, damit war es vielleicht für alle Zeiten vorbei. Andererseits wollte er – wenigstens hier in Jamaika – bestimmt keine Uniform mehr tragen.

Eine ganze Weile später kam Barbara mit einer ungewöhnlichen Bitte heraus: »Kannst du mir etwas Geld geben, Liebster?«

»Selbstverständlich«, sagte Hornblower.

Hornblower entwickelte in Geldfragen ein Zartgefühl, über das die meisten Männer gelacht hätten. Barbara hatte ein ansehnliches Vermögen in die Ehe mitgebracht, das jetzt natürlich ihm gehörte. Dennoch belastete ihn – eigentlich ganz ungereimterweise – immer wieder die Vorstellung, daß sie ihn bitten mußte, wenn sie Geld haben wollte. Dieses Schuldgefühl war natürlich ganz abwegig und geradezu lächerlich. Wenn man von den verhältnismäßig bescheidenen Summen für den Haushalt absah, hatte die Frau mit der Geldwirtschaft nichts zu schaffen. Sie konnte nicht einmal einen Scheck rechtsgültig unterschreiben, geschweige denn Geschäfte tätigen. Das war auch nur recht und billig, wenn man sich klarmachte, wie wenig die Frauen zu solchen Dingen taugten. Allerdings, Barbara machte da wohl eine Ausnahme. Darum war es aber nicht minder Auf-

gabe ihres Mannes, das Geldvermögen zu verwalten und nur soviel herauszugeben, wie gebraucht wurde.
»Wieviel willst du denn haben, Schatz?«
»Zweihundert Pfund«, sagte Barbara.
Zweihundert Pfund? Zweihundert Pfund! Das gab ihrem Verlangen ein ganz anderes Gesicht. Zweihundert Pfund waren ein Vermögen! Wozu in aller Welt brauchte Barbara hier in Jamaika so viel Geld? Auf der ganzen Insel gab es sicherlich kein Kleid, kein Paar Handschuhe, nichts, was sie verlocken konnte. Gut, vielleicht ein paar Andenken. Die wertvollste Schildpatt-Toilettengarnitur in ganz Jamaika kostete noch nicht einmal fünf Pfund. Zweihundert Pfund? Ein paar Dienstmädchen mußten beim Abschied Trinkgelder von ihr bekommen, gewiß, aber fünf, bestenfalls sechs Shilling für jede waren da mehr als genug.
»Zweihundert Pfund?« sagte er diesmal laut.
»Ja, Schatz, ich bitte dich darum.«
»Die Trinkgelder für den Butler und die Pferdeknechte zahle ich natürlich selbst«, sagte er, weil er immer noch herauszufinden suchte, wozu sie diese Riesensumme zu benötigen glaubte.
»Ich weiß, mein Schatz«, sagte Barbara geduldig. »Ich brauche das Geld für andere Zwecke.«
»Es ist aber sehr viel, bist du dir darüber klar?«
»Dennoch meine ich, daß wir uns den Betrag leisten können. Ich bitte dich darum, mein Schatz . . .«
»Gewiß, gewiß«, sagte Hornblower in aller Hast. Er konnte es nicht ertragen, daß ihn Barbara so flehentlich bat. Alles, was er besaß, gehörte ja ihr. Es hatte ihm immer die größte Freude gemacht, ihre Wünsche vorwegzunehmen, jeder Bitte zuvorzukommen, so daß sie sie nicht mehr auszusprechen brauchte. Jetzt schämte er sich, daß Barbara, seine herrliche Barbara, sich dazu hergeben mußte, ausgerechnet von ihm eine Gunst zu erbitten, von ihm, der ihrer doch so wenig wert war.
»Ich schreibe eine Anweisung an Summers«, sagte er, »er ist der Kingstoner Vertreter von Coutts.«
»Vielen Dank, Liebling.«
Als er ihr die Anweisung übergab, konnte er sich trotz allem einer ernsten Mahnung nicht enthalten.
»Nicht wahr, du paßt mir gut darauf auf, mein Schatz?« sagte er. »Zweihundert Pfund, ob in Noten oder in Gold . . .«
Weiter waren seine besorgten Worte nicht zu verstehen, seine

Rede endete in zusammenhanglosem Gemurmel. Er hatte nicht die Absicht, seine Nase in Barbaras Angelegenheiten zu stecken, und dachte erst recht nicht daran, die Autorität über sie auszuüben, die dem Ehemann seiner Frau gegenüber nach Recht und Sitte zustand. Jetzt endlich fiel ihm ein, wie sich Barbaras Verlangen vielleicht erklären ließ. Lady Hooper war eine leidenschaftliche und sehr gute Kartenspielerin, und es war durchaus denkbar, daß Barbara schwer an sie verloren hatte. Barbara spielte zwar auch recht gut, sie war vor allem kühl und überlegt und hatte damit ganz das Zeug, ihren Verlust wieder zurückzuholen. Vielleicht konnten sie auf der Heimreise ein paar Partien Pickett miteinander spielen. Wenn Barbara überhaupt einen Fehler an sich hatte, so war es der, daß sie ein wenig gedankenlos abwarf, wenn ihr Partner am Spiel war, aber da konnte er ihr meist unauffällig ein bißchen helfen. War es nicht im Grunde ein hübscher, liebenswürdiger Gedanke, daß seine Barbara ihm, dem notorischen Gewinner, ihren Spielverlust nicht eingestehen wollte? Die hohe Achtung, die er vor ihr empfand, ging bei ihm (wie der Duft eines Beefsteaks mit dem des Senfs) mit dem Wissen Hand in Hand, daß sie eben doch ein Mensch war. Hornblower wußte, daß es ohne Achtung keine Liebe gab – daß aber zur wahren Liebe ebensowohl ein lustiges Augenzwinkern gehörte.

»Du bist doch der liebste und beste Mann auf der ganzen Welt«, sagte Barbara, und er merkte jetzt erst, daß sie ihn schon sekundenlang prüfend angeschaut hatte.

»Wenn du das sagst, ist mein Glück vollkommen«, gab er ihr in einem Ton zur Antwort, dessen Aufrichtigkeit keinen Zweifel zuließ. Jetzt erst fiel ihnen ein, daß sie in diesem Haus nur Gäste waren und darum nicht nur ihren Gefühlen leben durften.

»Wir werden uns hier in Jamaika zu guter Letzt noch gründlich unbeliebt machen«, meinte Hornblower, »wenn wir Ihre Exzellenzen mit dem Dinner warten lassen.«

Sie waren jetzt nur noch Gäste, müßige Herumtreiber, nur geduldet unter all den Menschen, die noch in ihre dienstlichen Verpflichtungen eingespannt waren. Daran mußte Hornblower während des Dinners denken, als er den neuen Oberbefehlshaber auf dem Ehrenplatz sitzen sah. Er erinnerte sich an die Geschichte von jenem byzantinischen General, der in Ungnade gefallen und geblendet worden war und nun als Bettler auf dem Marktplatz hockte. Eine kleine Gabe für den armen Belisar, wäre es ihm beinahe entfahren, als ihn der Gouverneur endlich auch ins Gespräch zog.

»Ihr Seesoldat ist bis jetzt noch nicht gefaßt worden«, sagte Hooper.

»Er ist nicht mehr mein Seesoldat, Sir«, meinte Hornblower lachend. »Von jetzt ab gehört er Admiral Ransome.«

»Nach dem, was man mir berichtet hat, wird er jedenfalls gefaßt werden«, sagte Ransome.

»Seit ich hier Gouverneur bin, ist uns noch kein Deserteur entwischt«, sagte Hooper.

»Dann brauchen wir uns wohl auch diesmal keine Sorgen zu machen«, bemerkte Ransome.

Hornblower warf einen verstohlenen Blick auf Barbara, die auf der anderen Seite des Tisches saß. Sie genoß offenbar in aller Gemütsruhe ihr Dinner – und er hatte schon gefürchtet, daß sie die eben geäußerten Worte wieder mächtig aufregen würden, weil er wußte, wie sehr ihr Hudnutts Schicksal am Herzen lag. Eine Frau hielt eben Unvermeidliches allzuleicht für vermeidbar, wenn es ihren Herzensregungen zuwiderlief. Aber Barbara verstand es jedenfalls erstaunlich gut, solche Gefühle zu meistern – wieder eine Eigenschaft, die er an ihr bewundern durfte.

Lady Hooper wechselte das Thema, und bald entwickelte sich ein frohes, unbeschwertes Geplauder. Auch Hornblower begann jetzt den Abend zu genießen, er fühlte sich köstlich frei und leicht, da er alle Verantwortung los war und keine Sorgen mehr drückend auf seinen Schultern fühlte. Bald schon – sowie das Postschiff seeklar war – ging es nach England, dort saß er dann ruhig und friedlich in Smallbridge, während sich die Leute hier in der tropischen Hitze weiter mit ihren undankbaren Aufgaben herumschlagen mußten. Nichts von dem, was hier geschah, ging ihn noch etwas an. Wenn nur Barbara glücklich war, gab es für ihn weit und breit keine Sorge und kein Ungemach, und daß sie es – wenigstens für den Augenblick – war, das durfte er zum mindesten aus den heiteren Gesprächen schließen, die sie in ihrer lebhaften Art mit ihren Nachbarn zur Rechten und zur Linken führte.

Er empfand es auch als erfreulich, daß bei Tisch nicht allzuviel getrunken wurde. Nach dem Essen war nämlich noch ein Empfang zu Ehren des neuen Oberbefehlshabers vorgesehen, zu zu dem die ganze Gesellschaft der Insel geladen war, soweit sie für die Teilnahme am Dinner nicht in Frage kam. Kurzum, der Privatmann Hornblower begann, das Dasein mit neuen Augen zu betrachten und mußte sich gestehen, daß es gar nicht so übel war.

Als sich die Herren nach dem Dinner im Salon wieder mit den Damen trafen und die ersten neuen Gäste angekündigt wurden, hatte er Gelegenheit, ein paar Worte mit Barbara zu wechseln und sich zu überzeugen, daß sie mit sich und der Welt zufrieden und nicht einmal sehr müde war. Ihr strahlendes Lächeln und ihre blitzenden Augen waren dafür der beste Beweis. Allzubald mußte er ihr wieder den Rücken kehren, um Mr. Hough mit einem Händedruck zu begrüßen, der sich eben mit seiner Gattin eingefunden hatte. Immer mehr Gäste strömten herein, dann mischte sich plötzlich auch Blau, Gold und Weiß unter all das Zivil, ein Zeichen, daß Coleman, der Kommandant der TRITON, mit einigen seiner Leutnants eingetroffen war. Ransome selbst stellte Coleman Barbara vor, und Hornblower konnte nicht umhin, das Gespräch mit anzuhören, das sich nun dicht hinter ihm entspann.

»Oh, Kapitän Coleman ist ein alter Bekannter von mir«, sagte Barbara. »Sie waren damals ›Perfecto Coleman‹, nicht wahr?«

»Und Sie waren Lady Leighton, gnädige Frau«, sagte Coleman.

Das war gewiß eine harmlose Bemerkung, aber sie genügte, um Hornblowers ach so zerbrechliches Glück in Trümmer zu schlagen, den hell erleuchteten Saal zu verdunkeln, und zu bewirken, daß das Stimmengewirr der Unterhaltung in seinen Ohren dröhnte wie ein tosender Strom, den Barbaras Stimme hoch und schrill übertönte.

»Kapitän Coleman war der Flaggleutnant meines ersten Mannes«, erklärte Barbara. Natürlich. Sie hatte einen ersten Mann gehabt, sie war Lady Leighton gewesen. Hornblower brachte es fast immer fertig, diese Tatsache zu vergessen. Konteradmiral Sir Percy Leighton war für sein Vaterland gestorben, an Wunden, die er in der Schlacht in der Rosas-Bucht empfangen hatte. Das war nun schon volle dreizehn Jahre her. Aber Barbara war eben Leightons Frau, dann Leightons Witwe gewesen, ehe sie Hornblower angehörte. Dieser hatte kaum je ernstlich darüber nachgedacht, aber wenn er es je einmal tat, dann befiel ihn immer noch eine Eifersucht, die ihm selbst wie eitel Wahnwitz erschien. Sooft er daran erinnert wurde, regte sich aber nicht

nur aufs neue die Eifersucht, er entsann sich vielmehr mit schmerzlicher Deutlichkeit immer wieder der Verzweiflung, des Neides, der elenden Selbstverhöhnung, aller jener bösen Gedanken und Gefühle, die ihn damals zerfleischten. Damals war er ein todunglücklicher Mann gewesen, und die Erinnerung beschwor das ganze Elend jener Tage wieder herauf. Was blieb in diesem Augenblick von dem erfolgreichen Seehelden, von dem Mann, der soeben wieder eine glänzend gelöste Aufgabe in andere Hände legte? Er war wieder ganz der kleine, unglücklich liebende Mensch von damals, der nicht einmal vor seinem eigenen verächtlichen Ich mehr Gnade fand. Er durchlebte von neuem das ganze Leid grenzenloser und doch ungestillter Sehnsucht, die den Eifersüchtigen des Augenblicks ihren besonderen Stachel verlieh.
Hough hatte irgend etwas zu ihm gesagt und wartete auf eine Antwort, Hornblower riß sich zusammen und schüttelte rasch ein paar Floskeln aus dem Ärmel, er hatte keine Ahnung, ob sie auf Houghs Bemerkung paßten oder nicht. Dann verlor sich Hough im Gewühl, und Hornblower suchte eigentlich gegen seinen Willen Barbaras Blick zu erhaschen. Sie hatte wie immer ihr Lächeln für ihn bereit, und er mußte es erwidern, obwohl er von vornherein wußte, daß dabei nur ein schrecklich verzerrtes, unfrohes Grinsen herauskam, das sich wie die Fratze eines Totenkopfes ausnahm. Ihr besorgter Ausdruck verriet ihm, wie blitzschnell sie ihm jede Stimmung vom Gesicht abzulesen verstand, und das machte alles nur um so schlimmer. Wie herzlos von ihr, in seiner Gegenwart von ihrem ersten Mann zu sprechen! Allerdings ahnte sie nichts von seiner Eifersucht, weil ihr Regungen solcher Art überhaupt fremd waren. Er aber hatte das Gefühl, als sei er plötzlich vom festen Boden abgekommen und in einen Morast getreten, der ihn zu verschlingen drohte.
Inzwischen hatte Kapitän Knyvett den Saal betreten. Er war ein stämmiger Mann mit grauen Haaren, sein Jackett aus blauem Tuch war nur mit unscheinbaren Messingknöpfen besetzt. Als er auf Hornblower zutrat, besann sich dieser erst im letzten Augenblick darauf, daß er den Kapitän des Jamaika-Postschiffes vor sich hatte.
»Heute in einer Woche können wir auslaufen, Mylord«, sagte er. »Die Aufforderung zur Aufgabe der Post geht morgen hinaus.«

»Ausgezeichnet«, sagte Hornblower.
»Ich sehe schon«, fuhr Knyvett mit einer Geste fort, die sich auf Admiral Ransomes Anwesenheit bezog, »daß ich die Ehre haben werde, Eure Lordschaft und ihre Ladyschaft auf meinem Schiff als Passagiere begrüßen zu dürfen.«
»Ja, ja, gewiß«, sagte Hornblower.
»Sie sind meine einzigen Passagiere«, meinte Knyvett.
»Ausgezeichnet«, wiederholte Hornblower.
»Ich bin überzeugt, daß Eure Lordschaft mit der PRETTY JANE zufrieden sein werden. Sie ist ein gutes, sehr seetüchtiges Schiff.«
»Davon bin ich auch überzeugt«, sagte Hornblower.
»Ihre Ladyschaft kennt ja das Deckhaus schon, in dem Sie wohnen werden. Ich will sie fragen, ob sie mir vielleicht noch diesen oder jenen Vorschlag für seine Ausstattung machen will, der Ihrer Bequemlichkeit dienen könnte, Mylord.«
»Das ist sehr freundlich von Ihnen.«
Knyvett verschwand nach diesem kalten Empfang in der Menge. Erst als er gegangen war, machte sich Hornblower klar, daß er bei ihm den Eindruck eines hochnäsigen, eingebildeten Adeligen hinterlassen haben mußte, der für einen gewöhnlichen Handelsschiffskapitän nur gerade das Nötigste an guten Umgangsformen übrig hatte. Das tat ihm ehrlich leid, und darum machte er verzweifelte Anstrengungen, sich wieder in die Gewalt zu bekommen. Ein Blick auf Barbara verriet ihm, daß sie gerade angeregt mit dem jungen Bonner, jenem Fischerboots-Eigner und Handelsmann, plauderte, dessen Ruf durchaus nicht über jeden Zweifel erhaben war und vor dem er sie schon einmal gewarnt hatte. Diese Feststellung hätte ihn sicher noch unglücklicher gemacht, als er ohnedies war, wenn das überhaupt möglich gewesen wäre.
Wieder nahm er einen Anlauf, sich besser zu beherrschen. Er wußte nur zu genau, daß er eine eisige, ausdruckslose Miene zur Schau trug, und bemühte sich, etwas freundlicher dreinzuschauen, als er sich dazu zwang, durch die Menge der Gäste zu schlendern.
»Dürfen wir Sie in Versuchung führen, Lord Hornblower?« fragte ihn eine alte Dame, die in einem Alkoven an einem Kartentisch stand. Sie war Hornblower schon als besonders gute Whistspielerin bekannt.
Endlich eine Ablenkung! Während der ersten paar Spiele fiel es

ihm noch recht schwer, seine Gedanken beisammenzuhalten, zumal jetzt das Stimmengewirr der Gäste noch durch den Lärm eines geräuschvollen Orchesters unterstrichen und übertönt wurde. Aber die alte Gewohnheit setzte sich doch rasch wieder durch, als es zunächst einmal galt, zweiundfünfzig Karten im Kopf zu behalten. Mittels reiner Willenskraft brachte er es fertig, sich in eine gefühllose Denkmaschine zu verwandeln. Er spielte kalt und korrekt, aber erst als der Rubber schon verloren schien, ließ er sich ganz unwillkürlich von der Spielleidenschaft hinreißen. Gleich das nächste Spiel bot ihm eine schöne Gelegenheit, zu glänzen, jenen Einschuß von Erleuchtung in sein bis dahin rein mechanisches Spiel zu bringen, jene Wendigkeit und überraschende Klarsicht zu bewähren, die den ganzen Unterschied zwischen einem erstrangigen und einem zweitrangigen Spieler ausmacht. Als zum viertenmal gegeben wurde, stand sein Urteil über seine Mitspieler fest. Dann bekam er eine Karte in die Hand, die ihn unter Umständen in den Stand setzen mochte, reinen Tisch zu machen, alle Stiche und damit den Rubber zu gewinnen. Hielt er sich bei diesem Spiel allerdings an die Regeln, dann machte er höchstens zwölf Stiche, und der Rubber war immer noch in Gefahr. Es lohnte sich, den Versuch zu wagen, aber es hieß dabei: »Jetzt oder nie«. Ohne Zaudern spielte er die Herz-Dame aus, die seine Partnerin mit dem As stechen mußte. Der nächste Stich gehörte ihm, und damit war er Herr der Lage. Jetzt klärte er zunächst die Trümpfe, spielte dann seine sicheren Stiche aus und sah mit Genugtuung, wie seine Gegner erst den Herzbuben, dann den Herzkönig wegwerfen mußten. Am Ende legte er die Herz-Drei auf den Tisch und machte mit dieser Karte zum Entsetzen seiner Gegner den letzten Stich.
»Weiß der Himmel, Großschlemm!« sagte die alte Dame, die seine Partnerin war, voll Verwunderung. »Das begreife ich nicht – wie ging das nur zu? Jetzt haben wir gar noch den Rubber gewonnen.«
Das war wirklich ein hübsches Meisterstück gewesen, und er spürte richtig, wie es ihn im Bewußtsein seines Könnens wohlig durchrieselte. Dieses Spiel konnte er sich künftig Stich um Stich ins Gedächtnis rufen, wenn er im Bett lag und den Schlaf erwartete. Als das Spiel zu Ende war und die Gäste sich zu verabschieden begannen, konnte er Barbaras Blick schon wieder freier und unbefangener begegnen, und sie durfte mit einem

Seufzer der Erleichterung feststellen, daß ihr Mann seine unerklärliche Verstimmung überwunden hatte.
Das war insofern besonders zu begrüßen, als er während der nächsten paar Tage noch allerlei seelische Belastungen zu meistern hatte. Während die Pretty Jane seeklar machte, gab es für ihn praktisch fast nichts zu tun. Er mußte als hilfloser Zuschauer mitansehen, wie Ransome den Dienst übernahm, den er drei Jahre lang getan hatte. Die spanische Frage bot wahrscheinlich schon bald allerlei Schwierigkeiten, da Frankreich in Spanien eingefallen war, um Ferdinand VII. wieder auf den Thron zu erheben. In Verbindung damit gab es hier die mexikanische sowohl wie die venezolanische Frage, und er wurde die aufreibende Sorge nicht los, daß Ransome da in irgendeiner Weise falsch taktieren könnte. Einen schwachen Trost hatte er wenigstens: Hudnutt war es bis jetzt gelungen, sich den Häschern zu entziehen, hatte er doch gefürchtet daß er ergriffen und verurteilt werden könnte, während sie beide noch auf der Insel weilten, und daß sich Barbara in diesem Fall zu einem persönlichen Appell an Ransome oder gar an den Gouverneur versteigen könnte. Für den Augenblick schien Barbara den Fall überhaupt vergessen zu haben, was Hornblower von sich nicht behaupten konnte. Er war ganz im Gegenteil immer noch von seiner Tragik innerlich aufgewühlt und ärgerte sich fast krank darüber, daß er keinerlei Macht besaß, in dieser Angelegenheit irgend etwas zu unternehmen. Es fiel ihm schwer, diese seine Lage mit dem Gleichmut eines Philosophen hinzunehmen und sich einzugestehen, daß kein Mensch, nicht einmal ein Hornblower, die erbarmungslose Maschinerie anhalten konnte, die sich »Dienstreglement der Kriegsmarine Seiner Majestät des Königs« nannte. Und dieser Hudnutt hatte ganz offenbar Eigenschaften, von denen er sich nichts träumen ließ, sonst wäre er nicht eine volle Woche nach seiner Flucht noch in Freiheit gewesen – wenn er nicht irgendwie ums Leben gekommen war, was sicherlich ein Glück für ihn gewesen wäre.
Kapitän Knyvett brachte persönlich die Nachricht, daß die Pretty Jane in allernächster Zeit auslaufen könne.
»Der Rest der Ladung wird eben noch übernommen, Mylord«, sagte er. »Das Blauholz ist schon im Raum, der Kokosbast liegt auf dem Kai bereit. Wenn Eure Lordschaft und ihre Ladyschaft heute abend an Bord kommen wollten, könnten wir morgen früh bei Tagesanbruch mit der Landbrise auslaufen.«

»Besten Dank, Herr Kapitän, ich bin Ihnen sehr verbunden«, sagte Hornblower.

Es kam ihm besonders darauf an, ja nicht ungezogen gegen diesen Mann zu sein, weil er sein abweisendes Benehmen bei der Gesellschaft des Gouverneurs wiedergutmachen wollte.

Die PRETTY JANE war eine Glattdecker-Brigg, die nur auf dem Mittelschiff, als Unterkunft für die Passagiere, ein zwar kleines, aber kräftig gebautes Deckshaus trug. Dort hatte Barbara während der Ausreise fünf Wochen lang gewohnt. Jetzt bezogen sie es gemeinsam, während rings um sie her das geschäftige Treiben herrschte, das jedes Seeklarmachen mit sich bringt.

»Während meiner ganzen Reise schaute ich jeden Abend zu der zweiten Koje da hinüber, mein Schatz«, sagte Barbara zu Hornblower, als sie beide im Deckshaus standen, »und sagte mir dann immer, daß mein Mann bald darin schlafen würde. Es schien mir fast zu schön, als daß es sich verwirklichen könnte.«

Ein Lärmen vor der Tür zog ihre Aufmerksamkeit auf sich.

»Wo soll diese Kiste hin?« fragte der Bedienstete aus dem Gouverneursgebäude, der unter Gerards Aufsicht ihr Gepäck an Bord brachte.

»Die? Ach, ja, ihretwegen habe ich schon mit dem Kapitän gesprochen, sie kommt in den Stauraum achtern.«

»Jawohl, Madam.«

»Delikatessen in Blechdosen«, erklärte Barbara ihrem Mann. »Ich brachte sie von England mit, um dir auf der Heimreise etwas Besonderes zu bieten, mein Schatz.«

»Du bist viel zu gut zu mir«, sagte Hornblower.

Eine so schwere und sperrige Kiste wäre in dem engen Deckshaus recht lästig gewesen. Im Stauraum konnte man ebenso leicht an den Inhalt heran.

»Was ist eigentlich Kokosbast?« fragte Barbara, als eben einer der letzten Ballen vor ihren Augen im Laderaum verschwand.

»Das sind die behaarten Schalen der Kokosnüsse«, erklärte ihr Hornblower.

»Und wozu ist dieses Zeug nutze, daß man es nach England bringt?«

»Es gibt jetzt Maschinen, die es verweben. Seitdem stellt man in England meilenweise Kokosmatten her.«

»Und das Blauholz? Was wird aus dem?«
»Daraus gewinnt man ein Färbemittel, eine hellrote Farbe.«
»Du bist meine nie versagende Auskunftsquelle, Schatz«, sagte Barbara, »wie du denn überhaupt mein ein und alles bist.«
»Ihre Exzellenzen kommen an Bord«, verkündete Gerard von der Tür des Deckshauses her. Das bedeutete, daß es nun, im letzten Dämmer des Abends, ans Abschiednehmen ging. Es waren schmerzliche, von schwermütigen Gefühlen erfüllte Augenblicke. Man schüttelte einander die Hände, Lady Hooper küßte Barbara auf beide Wangen, ein um das andere Mal sagte man einander Lebewohl und war von der Endgültigkeit dieses Abschieds wahrhaft ergriffen. Ein Lebewohl allen Freunden und Bekannten, ein Lebewohl der Insel Jamaika und dem Oberbefehl. Ein Lebewohl dem durchlebten Leben, während das kommende noch im Dunkel der Zukunft lag. Ein Lebewohl dem letzten menschlichen Schatten, der in der Dunkelheit des Hafenkais untertauchte. Als sie wieder allein waren, wandte er sich wieder zu Barbara, dem einzigen ruhenden Pol in der Erscheinungen Flucht.
Es war Hornblower nicht zu verdenken, daß er beim ersten Morgengrauen an Deck erschien. Er kam sich dort recht merkwürdig vor, da er eigentlich überall im Wege stand und müßig zusehen mußte, wie Knyvett das Schiff von der Pier freiwarpte, um mit der ersten Landbrise aus dem Hafen zu gelangen. Zum Glück besaß Knyvett eine ruhige Natur und ließ sich nicht dadurch aus der Fassung bringen, daß ein Admiral sein Manöver beobachtete. Die Landbrise füllte die Segel, und die PRETTY JANE nahm allmählich Fahrt auf. Querab vom Fort Augusta wurde die Flagge gedippt, dann ging es mit Hartruder herum, daß Drunken Cay und South Cay an Backbord blieben, ehe der lange Schlag nach Osten beginnen konnte. Jetzt gab es nicht mehr viel zu sehen, Hornblower hatte also Muße, sich klarzumachen, daß er heute zum erstenmal gemeinsam mit Barbara an Bord eines Schiffes frühstücken sollte. Er war selbst überrascht, wie leicht er sich an das Leben als Passagier gewöhnte. Anfangs war er so ängstlich darauf bedacht, ja nichts zu tun, was man als Einmischung in die Schiffsführung auslegen konnte, daß er nicht einmal einen Blick auf den Kompaß zu werfen wagte, um sich über den anliegenden Kurs zu unterrichten. Er war es zufrieden, neben Barbara im Schatten des Deckshauses im Liegestuhl zu ruhen – ihre beiden Stühle

waren mit Stroppen festgemacht, damit sie nicht nach Lee rutschen konnten, wenn die PRETTY JANE überlag. Wenn er so dalag, dann schwiegen alle Gedanken, er achtete nur noch auf die Fliegenden Fische, die die Oberfläche des Wassers durchbrachen, auf die gelben Büschel Sargassokraut, die wie goldene Flecken im Blau der See vorübertrieben, er beobachtete dann und wann eine einsame Schildkröte, die so weit von Land tapfer ihres Wegs zog. Er sah zu, wie Kapitän Knyvett und sein Steuermann ihre Mittagsbreite nahmen, und gab sich darüber Rechenschaft, daß ihn ihr Zahlenkram überhaupt nicht interessierte – viel wichtiger war es, daß die Essenszeiten pünktlich eingehalten wurden. Er verstieg sich Barbara gegenüber zu dem faulen Scherz, die PRETTY JANE hätte diese Reise schon so oft gemacht, daß sie ihren Weg bestimmt auch ohne Führung fände, und war in seinem trägen Dahindämmern schon so anspruchslos geworden, daß er diese Bemerkung für witzig hielt.
Nach drei Jahren angestrengten Dienstes war dies nun sein erster Urlaub. Während seines ganzen Kommandos war er keinen Tag untätig gewesen, und überdies hatte es häufig genug Zeiten unerhörter Anspannung für Körper und Geist gegeben. Jetzt ergab er sich wohlig dem Nichtstun, einem Manne vergleichbar, der sich in ein warmes Bad sinken läßt, nur mit dem Unterschied, daß er keineswegs erwartet hatte, einfaches Nichtstun und (noch wichtiger vielleicht) der Wegfall der Verantwortung könnten ihm so viel Entspannung und echte Erholung schenken. Während dieser goldenen Sonnentage gab es nichts, was ihm irgendwie wichtig gewesen wäre. Während die PRETTY JANE am Wind stampfend nach Norden strebte, kümmerte ihn am wenigsten von allen Menschen an Bord die brennende Frage, ob der Passat seine Richtung wohl so stetig beibehalten werde, daß sie von Kap Maysi freikamen, ohne noch einmal wenden zu müssen. Es war ihm ganz gleichgültig, ob dieser Wunsch in Erfüllung ging oder nicht. Er nahm mit philosophischer Ruhe den langen Schlag nach Luv hin, der sie wieder auf Haiti zuführte, und lächelte überlegen über den Jubel an Bord, als sie mit dem nächsten Schlag Erfolg hatten und den Windward-Kanal passieren konnten, womit sie das Karibische Meer fast hinter sich hatten. Dann aber verbot ihnen wieder eine hartnäckige Abweichung des Passats nach Norden, die Caicos-Passage anzuliegen, so daß sie weiter östlich abhalten mußten, um die Silver-Bank-Passage zu benutzen. Caicos oder Silver Bank

– Turks Island oder Mouchoir in Lee – was verschlug es ihm? Ihm machte es keinen Unterschied, ob sie im August oder erst im September nach Hause kamen.

Trotz des ungewohnten Nichtstuns waren aber seine seemännischen Instinkte hellwach. Den Abend, an dem sie endlich den freien Atlantik erreicht hatten, fühlte er zum ersten Male seit dem Verlassen Jamaikas eine seltsame innere Unruhe. Die Luft war stickig und erschwerte das Atmen, auch die Dünung, die der PRETTY JANE schwer zu schaffen machte, schien ihm irgendwie verdächtig. Das bedeutete wohl Sturm, und zwar noch vor morgen früh, meinte er. Um diese Jahreszeit war das hier in der Gegend zwar etwas ungewöhnlich, aber darum bestand noch längst kein Grund, sich Sorgen zu machen. Er wollte Barbara mit seiner Prognose nicht die Ruhe rauben, aber in der Nacht wachte er dann mehrmals auf, weil ihm das Schiff unheimlich zu rollen schien. Als die neue Wache herausgeholt wurde, stellte er fest, daß alle Mann an Deck bleiben mußten, um Segel zu kürzen, und fühlte sich versucht, ebenfalls aufzustehen, um sich von der Lage zu überzeugen. Ein klapperndes Geräusch an der Außenwand des Deckshauses weckte Barbara.

»Was ist denn das?« fragte sie schlaftrunken.

»Nur die Blenden, Schatz«, gab er zur Antwort.

Irgendwer hatte die Blenden an die Bullaugen des Deckshauses geknallt und mit Vorreibern befestigt – Knyvett rechnete offenbar damit, daß sie bald schwere Seen übernahmen. Barbara war gleich wieder entschlummert, und Hornblower brachte es trotz allem fertig, ihrem Beispiel zu folgen. Aber schon eine halbe Stunde später war er wieder munter. Der Wind wehte immer noch gleich heftig, und das Schiff arbeitete so schwer in der Dünung, daß es in allen Verbänden stöhnte und krachte. Er lag im Finstern in seiner Koje und fühlte, wie die Brigg unter ihm rollte und überlag; er hörte nicht nur, wie das stehende Gut vom Winddruck vibrierte, sondern er fühlte dieses unablässige Zittern sogar im ganzen Körper, weil es sich über das Deck bis in seine Koje übertrug. Es drängte ihn immer mehr, hinaus an Deck zu gehen, um nach dem Wetter zu sehen, aber er wollte Barbara um keinen Preis stören.

»Bist du wach, Liebling?« hörte er eine dünne Stimme von der anderen Seite des Deckshauses fragen.

»Ja«, gab er zur Antwort.

»Es scheint, wir bekommen Sturm.«

»Ja, es weht ein bißchen«, sagte er. »Aber du brauchst dir darum keine Sorgen zu machen. Schlaf ruhig weiter, Liebling.«

Jetzt konnte er erst recht nicht hinaus, weil Barbara aufgewacht war und natürlich merkte, was er tat. Er zwang sich, regungslos stillzuliegen. Da die Blenden angesetzt waren, herrschte im Deckshaus rabenschwarze Finsternis. Außerdem war es trotz des Sturms erstickend heiß, weil wahrscheinlich auch der Ventilator dichtgesetzt worden war. Die Pretty Jane vollführte die unmöglichsten Bocksprünge und legte sich ab und zu so weit über, daß er ernstlich befürchtete, Barbara könnte aus ihrer Koje fallen. Dann merkte er, daß in den Bewegungen des Schiffs ein Wandel eintrat, auch das ohrenbetäubende Knacken und Krachen, das die Finsternis erfüllte, klang mit einem Male anders — Knyvett hatte die Pretty Jane beigedreht. Jetzt lag sie nicht mehr so weit über, aber sie stampfte dafür wie toll und verriet ihm dadurch, daß draußen gewaltiger Seegang herrschen mußte. Er wollte, er mußte endlich hinaus, um zu sehen, was dort los war. Nicht einmal die Uhrzeit wußte er, weil es viel zu dunkel war, um nach der Uhr zu sehen. Als ihn jetzt der Gedanke überkam, daß es vielleicht schon dämmern könnte, war es um seine Selbstbeherrschung geschehen.

»Bist du wach, mein Schatz?« fragte er.

»Ja«, sagte Barbara.

Sie fügte nicht etwa hinzu: Bei diesem Lärm kann doch kein Mensch schlafen, weil sie den Grundsatz vertrat, daß ein gebildeter Mensch nie über einen Zustand Klage führen sollte, an dem er doch nichts ändern konnte oder vielleicht nicht einmal wollte.

»Wenn es dir nichts ausmacht, daß ich dich eine Weile allein lasse, möchte ich gern einmal an Deck gehen, Schatz«, sagte er.

»Aber bitte, Liebling, laß dich nicht abhalten«, antwortete ihm Barbara. Sie verschwieg dabei, daß sie am liebsten mitgekommen wäre.

Hornblower angelte nach Hose und Schuhen und tastete sich vorsichtig zur Tür. Lange Erfahrung mahnte ihn, sich vorweg kräftig abzuspreizen, ehe er den Türknopf drehte, aber selbst er war über den rasenden Sturm überrascht, der ihn draußen empfing. Das Toben war schon hier an der Tür schlimm genug, obwohl die Pretty Jane beilag und das Deckshaus daher an seiner Achterkante ein fühlbares Lee bot. Er trat bedächtig über das Süll und brachte es irgendwie fertig, die Tür hinter sich zuzuschlagen. Es wehte unheimlich, aber noch überraschender als die Kraft des Windes war seine Wärme. Die Luft, die ihm um die Ohren pfiff, schien geradewegs aus einem Ziegelofen zu kommen. Mühsam hielt er sich in der heißen, lärmerfüllten Finsternis auf dem schwankenden Deck im Gleichgewicht und paßte einen ruhigeren Augenblick ab, um achteraus ans Ruder zu eilen. Wohl war er auf allerlei gefaßt, aber die Urgewalt des Sturms hätte ihn dennoch fast von den Beinen geweht, als er den Schutz des Deckshauses verließ. Die Luft war voll von fliehendem Gischt, der ihn im Augenblick durchnäßte, so daß es ihm plötzlich viel kühler zu sein schien als noch vor wenigen Sekunden. Alle diese Eindrücke nahm er auf dem kurzen Weg vom Deckshaus zum Ruder in sich auf. Dort unterschied er in der Finsternis ein paar schattenhafte Gestalten. Ein weißer Hemdsärmel winkte ihm zu, zum Zeichen, daß er bemerkt worden war – das mußte Knyvett sein. Hornblower warf einen Blick auf den Kompaß, es kostete ihn redliche Mühe, seine schlummernden Kenntnisse zu wecken, um die richtigen Schlüsse aus dem zu ziehen, was ihm die schwingende Rose verriet. Die Windrichtung war ein gutes Stück westlich von Nord. Als er den Blick dann nach oben richtete, konnte er in der Finsternis eben noch unterscheiden, daß die Brigg unter dem Großstengestagsegel beilag, von dem auch nur das Schothorn zu sehen war. Knyvett brüllte ihm ins Ohr:

»Hurrikan!«

»Wahrscheinlich«, schrie Hornblower zurück. »Es kommt noch schlimmer, ehe es wieder abflaut!«

Ein Hurrikan war um diese Jahreszeit, gut zwei Monate vor der eigentlichen Saison dieser Stürme, zum mindesten ungewöhnlich, aber die Vorzeichen von gestern abend, die augenblickliche Windrichtung, alles das schien zu bestätigen, daß sie es wirklich mit einem dieser Wirbelstürme zu tun hatten. Es blieb jetzt nur noch herauszufinden, ob sie sich mitten in seiner Bahn oder an deren Rand befanden. Die Pretty Jane zitterte in allen Verbänden und holte wie trunken über, als eine kompakte See über ihren Bug an Deck brach und weiß leuchtend, fast phosphoreszierend zu ihnen achteraus schoß. Hornblower klammerte sich verzweifelt fest, als ihn die Flut hüfthoch umspülte – ein böses Vorspiel für das, was noch kommen konnte. Sie waren jetzt schon in erheblicher Gefahr. Kein Mensch vermochte zu sagen, ob und wie lange die Pretty

Jane die wahnwitzige Beanspruchung aushielt, die ihr noch bevorstand. Außerdem trieb sie, beigedreht wie sie war, erheblich nach Lee, so daß sie womöglich irgendwo, auf Santo Domingo, auf Puerto Rico oder auch auf einem im Wege liegenden Cay, auf Grund geriet und völliger Zerstörung anheimfiel. Der Sturm heulte mit wachsender Gewalt um das Schiff. Als ein besonders starker Windstoß und eine besonders hohe See einmal unglücklich zusammentrafen, legte sich die Pretty Jane so weit auf die Seite, daß ihr Deck fast senkrecht hing. Hornblower klammerte sich mit aller Kraft fest, weil seine Füße auf den Planken keinen Halt mehr fanden. Die nächste See krachte gegen den aus dem Wasser ragenden Schiffsboden und schäumte in Sturzbächen über Deck und Menschen, dann erst richtete sich das Schiff langsam wieder auf. Kein noch so kräftig gebautes Fahrzeug hielt eine solche Beanspruchung lange aus. Ein dumpfer Knall in der Takelage, gefolgt von einer Reihe pistolenschußähnlicher Laute, veranlaßte Hornblower, einen raschen Blick nach dem Großstengestagsegel zu werfen. Er sah gerade noch, wie es aus seinen Lieks flog und zu schmalen Bändern zerriß, die wie Peitschen knallten, bis sie sich in nichts auflösten. Nur ein winziges Stück blieb erhalten und peitschte weiter am Stag, es war gerade groß genug, um den Steuerbordbug der Pretty Jane gegen die See zu halten.

Es wurde Tag. Unter der tiefhängenden Wolkendecke verbreitete sich eine fahlgelbe Helle um sie her. Als Hornblower den Blick wieder einmal nach oben richtete, sah er auf der Großrah eine Verdickung, dann eine Blase. Gleich darauf platzte die Blase in lauter Fetzen. Der Wind riß das festgemachte Segel aus seinen Zeisings. Das wiederholte sich die ganze Rah entlang. Mit stählernen Fingern faßte der Sturm in die feste Rolle des Segels, um es loszureißen, aufzuschlitzen, zu Bändern zu fetzen und diese Bänder nach Lee davonzuwirbeln. Es war kaum zu glauben, daß ein noch so starker Sturm solche Kräfte zu entwickeln vermochte.

Ebenso unglaublich war es, daß die See zu solcher Höhe auflaufen konnte. Ein Blick auf diese Wogenberge machte das jedes Maß übersteigende Arbeiten des Schiffes begreiflich. Auch für den erfahrenen Seemann war das Ausmaß dieser Seen beängstigend. Eine, die eben jetzt gegen den Steuerbordbug anrollte, war wohl nicht ganz so hoch wie ein Berg – Hornblower hatte den Ausdruck »bergehoch« zunächst selbst gebraucht, mußte sich aber bei dem Versuch, ihre wirkliche Höhe zu schätzen, eingestehen, daß das eine Übertreibung war – aber sie erreichte dennoch auf alle Fälle die Höhe eines nicht gerade niedrigen Kirchturms. Ein mächtiger Höhenzug aus Wasser bewegte sich auf sie zu, nicht ganz so schnell wie ein Rennpferd, aber doch im Tempo eines schnellen Läufers. Die PRETTY JANE hob ihren Bug, holte weit über und begann dann tapfer, den Wasserriesen zu erklettern. Immer höher, immer steiler ging es an seiner Vorderseite empor – hinauf – hinauf – hinauf. Sie schien fast senkrecht zu stehen, als sie endlich den Kamm erreichte. Und dort erwartete sie ein wahrer Weltuntergang. Der Wind, durch die anrollende See zeitweise abgedeckt, warf sich mit verdoppelter Kraft auf das arme Schiff. Die PRETTY JANE legte sich unter seinem Druck hart und immer härter auf die Seite, während ihr Heck zugleich in die Höhe schwang, als der Kamm der See unter ihr hindurchrollte. Hinab – hinab – hinab ging es nun, ihr Deck stand fast auf und nieder, ihr Bug wies in die Tiefe, und dazu lag sie überdies fast neunzig Grad auf der Seite. Am Rückhang des großen Rollers erwarteten sie beim Hinabgleiten kleinere Seen und brachen gischtend über ihr Deck. Hornblower wurde dann jedesmal bis zu den Hüften, ja bis zur Brust von rauschenden Wassermassen umspült, er fühlte, wie ihm die Beine unter dem Leib weggezogen wurden und mußte sich mit allerletzter Kraft festhalten, um nicht über Bord gespült zu werden.

Jetzt tauchte der Schiffszimmermann auf und versuchte, dem Kapitän etwas ins Ohr zu brüllen, aber es gelang ihm nicht, sich bei dem Sturm verständlich zu machen. Schließlich hielt er eine Hand mit gespreizten Fingern hoch. Fünf Fuß Wasser im Raum hieß das. Aber der Zimmermann wiederholte seine Geste – zweimal die fünf Finger, das waren zehn Fuß. Man mochte es kaum glauben, aber es mußte schon so sein. Auch die trägen Bewegungen der PRETTY JANE verrieten, daß sie leck geschlagen war. Hornblower dachte an die Ladung, die sie fuhr: Blauholz und Kokosbast. Das Blauholz war so schwer, daß es gerade eben noch schwamm, aber der Kokosbast war eine der schwimmfähigsten Ladungen, die es gab. Kokosnüsse, die in die See fielen (was oft geschah, da die Kokospalmen gern ganz dicht am Wasser wachsen), trieben oft Wochen und Monate in den Strömungen der Meere und sorgten so für die weite Verbreitung der Kokospalme. Dieser Kokosbast war es denn auch, der jetzt die PRETTY JANE über Wasser hielt, obwohl sie schon ziemlich vollgelaufen war. Er hielt sie gewiß noch lange über Wasser – so lange, daß er sie sogar überlebte. Die PRETTY JANE arbeitete sich eher in Stücke, als daß ihr der Kokosbast erlaubte unterzugehen.

Darum hatten sie vielleicht noch eine oder zwei Stunden zu leben. Vielleicht, aber die nächste See, die grün über die hochragende Luvreling der PRETTY JANE brach, gemahnte sie deutlich genug, daß die Katastrophe schlimmstenfalls nicht mehr so lange auf sich warten ließ. Während sich Hornblower mitten im Donnern und Brüllen der Wassermassen wieder einmal krampfhaft festhielt, vernahm er dennoch eine rasche Folge anderer, auffallend harter und scharfer Geräusche und spürte, wie das Deck unter seinen Füßen ächzte. Um Gottes willen, das Deckshaus! Die Gewalt des überkommenden Wassers lokkerte offenbar schon seine Verbolzung. Man konnte auch nicht erwarten, daß es diese krachenden Schläge auf die Dauer aushielt, sicher wurde es bald über Bord gespült. Und – Hornblowers Vorstellungskraft war fieberhaft am Werk – ehe es so weit kam, klafften bestimmt seine Nähte, und es füllte sich mit Wasser. Und Barbara, seine Barbara, mußte in dieser Falle ertrinken, ehe das Gewicht des Wassers drinnen das Deckshaus endgültig losriß und die Seen es samt Barbaras Leiche in seinem Inneren über Bord spülten. Am Kompaßhaus festgeklammert durchlebte Hornblower entsetzliche Sekunden, wohl die allerschlimmsten seines Lebens. Wie oft hatte er nicht schon dem eigenen Tod ins Auge geschaut, wie oft die Chancen erwogen, die ihm vielleicht noch blieben, doch davonzukommen. Aber heute war alles anders, was heute auf dem Spiel stand, war ja das Leben seiner geliebten Barbara.

Ließ er sie weiter im Deckshaus, so bedeutete das mit Bestimmtheit ihr baldiges Ende. Sonst gab es nur noch ein zweites: sie auf das ständig von Wassermassen überspülte Deck herauszuholen. Hier, an den Mast gebunden, mochte sie noch so lange leben, wie sie die Nässe und das unaufhörliche Herumgestoßenwerden aushielt, vielleicht so lange, bis die PRETTY JANE vollends in Stücke ging. Er für seine Person hatte ja ein verlorenes Spiel schon mehr als einmal bis zum bitteren Ende durchgespielt, jetzt mußte er sich stark machen, es auch für Barbara zu tun. In diesem Sinne traf er seine Entscheidung. Um Barbaras willen entschloß er sich, so lange mit den Elementen weiterzuringen, wie das überhaupt möglich war. Obwohl ihm der heulende Sturm fast die Besinnung raubte, zwang er sich dazu, logisch zu denken, und hatte nach kurzer Zeit seinen Plan fertig. Als das Toben der Elemente wieder einmal für einen Augenblick nachließ, machte er sich auf den kurzen und doch so gefährlichen Weg zum Fuß des Großmastes. Dort ging er mit wahnwitziger Hast ans Werk. Zwei ordentliche Stücke von den Großmarssegelschoten mußten her – es galt einen klaren Kopf zu behalten, damit sie sich nicht hoffnungslos vertörnten. Dann wieder zwei tollkühne Wege, zuerst ans Ruder, dann zum Deckshaus. Er riß die Tür auf und taumelte, die Leinen in der Hand, über das Süll hinein. Drinnen standen zwei Fuß Wasser, das bei jeder Bewegung des Schiffs von einer Seite zur anderen rauschte. Barbara war da, er unterschied sie in dem bißchen Licht, das durch die Tür hereinfiel. Sie hatte sich, so gut es ging, in ihrer Koje festgekeilt.

»Liebste«, sagte er. Hier im Deckshaus konnte man sich trotz des tollen Lärms von allen Seiten gerade zur Not verständigen.

»Ich bin hier, mein Schatz«, gab sie zur Antwort. In diesem Augenblick brach wieder eine gewaltige See über die PRETTY JANE herein. Das Wasser strömte durch die klaffenden Nähte des Deckshauses, und er fühlte deutlich, wie das ganze Ding an seinen gelockerten Befestigungsbolzen rüttelte. Eine Sekunde lang packte ihn wilde Verzweiflung, weil er das Gefühl hatte, daß er schon zu spät kam, daß das ganze Deckshaus mit ihnen beiden im nächsten Augenblick weggeschwemmt würde. Aber es hielt erstaunlicherweise noch einmal stand. Als sich die PRETTY JANE wieder auf die entgegengesetzte Seite legte, schwemmte ihn das zurückflutende Wasser gegen die andere Schottwand.

»Ich muß dich hier herausholen, Schatz«, sagte Hornblower und gab sich Mühe, daß seine Stimme möglichst gelassen klang. »Wenn ich dich an den Großmast binde, bist du bestimmt sicherer.«

»Tu, was du für richtig hältst, mein Schatz«, sagte Barbara vollkommen ruhig.

»Ich knote dir diese beiden Leinen um den Leib«, sagte Hornblower. Barbara hatte es fertiggebracht, sich schon vor seinem Kommen anzuziehen, jedenfalls hatte sie irgendwelche Kleider an. Hornblower legte ihr die Leinen um, während das Schiff unter ihren Füßen rollte und stampfte, sie hielt die Arme hoch, damit er besser zurechtkam. Er schlang die erste Leine um ihre Hüften und die zweite unter ihren Schultern hindurch.

»Nun hör mir gut zu«, sagte er und erklärte ihr dann, solange sie noch in der vergleichsweisen Ruhe des Deckshauses waren, was er von ihr wollte, wie sie eine Gelegenheit abpassen sollte, um vom Deckshaus ans Ruder, und die nächste, um von dort an den Großmast zu eilen.

»Ich habe dich verstanden, Schatz«, sagte Barbara, »und jetzt gib mir noch einen Kuß, mein Herzallerliebster.«

Er drückte ihr seine Lippen so flüchtig auf die nasse Wange, daß von einem Kuß eigentlich kaum die Rede war. Sein Unterbewußtsein sagte ihm nämlich, daß Barbara mit ihrem unzeitigen Verlangen ihrer beider Leben aufs Spiel setzte – zehntausend künftige Küsse galten ihr offenbar nichts gegen diesen einen just im gefährlichsten Augenblick. So war sie eben. Aber Hornblower fand an diesem Verhältnis von zehntausend zu eins nicht den geringsten Geschmack. Und Barbara zögerte noch immer ...

»Mein Schatz«, sagte sie, »ich habe dich immer geliebt.« Die Worte sprudelten ihr von den Lippen, dennoch dachte sie offenbar nicht daran, wie kostbar jede Sekunde war. »Mein Leben lang habe ich nur einen Menschen geliebt, und das bist du. Wohl hatte ich vor dir einen anderen Mann, ich konnte nur nicht mit dir darüber reden, weil ich dir damit wehgetan hätte. Aber jetzt sollst du es wissen – ich habe dennoch nie einen anderen Mann geliebt als dich – nie, mein Schatz, nie. Immer nur dich allein.«

»Ja, ja, mein Liebling«, sagte Hornblower. Er hatte ihre Worte wohl gehört, konnte ihnen aber in diesem Augenblick höchster Bedrängnis unmöglich Beachtung schenken.

»Stell dich hierher und halte dich hier fest – Achtung, halt fest!«

Es war keine von den ganz schweren Seen, die an ihnen vorüberrauschte.

»Wart auf mein Zeichen!« schrie Hornblower in Barbaras Ohr und stürzte zum Kompaß. Ein kleines Menschenknäuel hatte sich am Ruder festgebunden.

Jetzt – er blickte in äußerster Spannung um sich, dann winkte er Barbara zu, und sie querte das schwankende Deck, während er zugleich die Lose der Leine einholte. Es blieb ihm gerade noch Zeit, eine Bucht um sie zu werfen, sie dicht zu holen und selbst Halt zu suchen, als der nächste schäumende Wogenkamm über das Schiff hereinbrach. Tiefer und immer tiefer neigte sich die PRETTY JANE, erst nach endlosen Sekunden richtete sie sich träge wieder auf. Ihm war, als fehlte von dem Häuflein am Ruder mindestens ein Mann, aber jetzt war keine Zeit, sich darüber Gedanken zu machen, denn nun galt es, Barbara an den Großmast zu bringen.

Endlich war auch das geschafft. Wohl hatten dort schon vier Mann Zuflucht gesucht, aber er fand doch noch genügend Platz, um Barbara und dann sich selbst so sicher wie möglich festzulaschen. Die PRETTY JANE legte sich wieder und wieder platt auf die Seite, und dann, schon nach ganz kurzer Zeit, geschah es, daß ein wahres Ungetüm von See das Deckshaus samt der halben Reling über Bord riß. Hornblower sah die Trümmer in Lee verschwinden und nahm das Geschehene doch nur mit halbem Bewußtsein in sich auf. Jedenfalls hatte er recht gehabt. Barbara aus dieser Todesfalle herauszuholen.

Wahrscheinlich war der Verlust des Deckshauses an dem veränderten Benehmen der PRETTY JANE schuld, das Hornblower nachgerade nicht entgehen konnte. Sie lag jetzt quer zu den anrollenden Ungeheuern und ritt nicht mehr mit dem Bug voran darüber hinweg. Das Deckshaus, das ziemlich weit achtern lag, hatte dem Wind eine erhebliche Angriffsfläche geboten, ihr Wegfall erklärte die auffallende Änderung der Lage. Die Folge war, daß das Schiff wie wahnsinnig rollte und viel, viel mehr Wasser übernahm als zuvor. Weder die PRETTY JANE selbst, noch die armen Menschen auf ihrem Deck, unter ihnen Barbara und Hornblower, waren dem noch lange gewachsen. Die PRETTY JANE ging mit Sicherheit schon binnen kurzem aus den Fugen, wenn nichts geschah, um sie wieder mit dem Bug gegen die See zu legen. Unter einigermaßen normalen Umständen hätte ein winziges Segel auf dem Achterschiff vollauf genügt, um das zustande zu bringen, aber dieser Windstärke hielt ja kein Segel mehr stand, das hatte sich bereits eindrucksvoll genug erwiesen. So wie die Dinge lagen, wog der Winddruck auf den Fockmast und das Vorgeschirr mit ihrem stehenden Gut den auf den Großmast ungefähr auf, so daß das Schiff quer zu Wind und See liegenblieb. Wenn es schon nicht möglich war, achtern ein Segel zu setzen, dann mußte umgekehrt der Winddruck auf das Vorschiff verringert werden. Das hieß: der Fockmast mußte fallen. War dies geschehen, dann drehte der Druck auf den Großmast das Schiff wieder mit dem Bug gegen die See und verbesserte damit seine Aussicht, doch noch durchzukommen, wobei vielleicht noch ins Gewicht fiel, daß nach dem Wegfall des schweren Mastes auch die Rollbewegungen wenigstens etwas erträglicher wurden. Es gab keinen Zweifel, der Mast mußte weg, und zwar ohne Verzug.

Achtern stand Knyvett, festgelascht am Ruder, nur wenige Schritte von ihm entfernt. Er war der Kapitän, bei ihm lag die Entscheidung. Als das Deck der PRETTY JANE wieder einmal einen Augenblick horizontal lag und das Wasser nicht höher stand als bis zu den Knien, winkte ihm Hornblower zu und deutete dann auf die Luvwanten des Fockmastes. Er tat seine Meinung durch Gesten kund, er dachte, er hätte sie deutlich genug zum Ausdruck gebracht, aber Knyvett gab nicht zu erkennen, daß er verstanden hatte. Jedenfalls merkte man ihm keinerlei Reaktion auf Hornblowers Vorschlag an. Er starrte ihn nur wie vor den Kopf geschlagen an und blickte dann einfach weg. Hornblower war im ersten Augenblick wütend auf den Mann, als das Schiff aber gleich darauf wieder schwer rollte und schreckliche Mengen Wasser übernahm, war sein Entschluß auch schon gefaßt. Angesichts dieser Teilnahmslosigkeit und Unfähigkeit des berufenen Mannes durfte er die Borddisziplin getrost außer acht lassen.

Die anderen, die neben ihm am Großmast standen, waren ebenso teilnahmslos wie Knyvett. Er konnte sie nicht dazu bestimmen, ihm bei seinem Unternehmen zu helfen. Hier am Mast waren sie für den Augenblick sicher und wollten diesen Platz um keinen Preis der Welt verlassen – wahrscheinlich begriffen sie überhaupt nicht, was er von ihnen wollte. Der rasende Sturm, dem sie ausgesetzt waren, betäubte alle Sinne; die unablässig über Deck stürzenden Wasserfluten und der ständige Kampf um einen Halt für die Füße ließen ihnen keine Zeit, die Gedanken zu sammeln. Eine Axt wäre vielleicht am besten gewesen, um die Wanten zu kappen, aber woher sollte er sie nehmen? Der Mann neben ihm trug ein feststehendes Bordmesser an seinem Gürtel. Hornblower streckte die Hand danach aus und zwang sich wieder einmal, ruhig zu überlegen. Er prüfte die Schneide, fand, daß sie scharf war, und schnallte dann dem Mann kurzerhand den Leibriemen samt Messer ab und sich selbst um den Leib – der Mann wandte nichts dagegen ein, er verfolgte sein Beginnen nur mit einem dummen, teilnahmslosen

Blick. Wieder galt es jetzt, klar zu denken und richtig zu planen, ohne Rücksicht auf den heulenden Wind, den stechenden Gischt und die Wassermassen, die ihn fast erstickten. Er schnitt sich zwei ordentliche Tampen aus dem Wirrwarr von Tauwerk, das um ihn herumlag, und knotete sie sich beide so um die Brust, daß ein ausreichendes Ende freiblieb. Dann blickte er nach den Fockwanten und überlegte sich genau, was er zu tun hatte, weil ihm bestimmt keine Zeit zum Nachdenken blieb, wenn der Augenblick zum Handeln gekommen war. Ein Stück Reling bot dort vorn der Gewalt der Brecher immer noch Trotz – wahrscheinlich wirkten die Fockwanten wie eine Art Wellenbrecher. Er schätzte die Entfernung bis dorthin, dann löste er die Knoten, die ihn am Mast festhielten. Dabei fiel ihm seine Barbara ein, er schenkte ihr noch einen Blick und zwang sich sogar ein Lächeln ab. Sie stand in ihren Fesseln am Mast, der Hurrikan zerrte an ihrem langen Haar, so daß es, naß wie es war, waagerecht vom Kopf wegwehte. Er legte ihr noch eine weitere Leine um, damit sie besser gesichert war, mehr konnte er beim besten Willen nicht für sie tun. Was sich um sie herum begab, war ja eitel Wahnsinn, ein Narrenhaus, eine nasse, in allen Tonarten kreischende Hölle, aber eine Hölle, in der er, Hornblower, trotz allem einen klaren Kopf behalten mußte. Er wartete, bis der Augenblick zum Handeln gekommen war. Beim erstenmal hätte er ihn ums Haar verpaßt und mußte sich schleunigst zurückziehen. Bis die nächste See über ihn hereinbrach, schnürte ihm die Aufregung die Kehle zu. Als sich das Wasser dann verlief, achtete er wieder genau auf die Bewegungen der PRETTY JANE, dann biß er die Zähne zusammen, warf die letzte Leine ab, die ihn noch an den Mast gefesselt hielt, und eilte, so schnell ihn die Beine trugen, über das geneigte Deck nach vorn – die See und das Deck selbst boten ihm in diesem Augenblick ein Lee, das ihn davor bewahrte, über Bord geweht zu werden. Als er die Reling an den Fockwanten erreichte, hatte er gerade noch fünf Sekunden Zeit – ganze fünf Sekunden, um sich zu sichern, um sich an den Wanten festzuknoten. Dann brach auch schon der Kamm der nächsten See über ihn herein, eine wahre Sturzflut, die ihm zuerst die Beine unter dem Leib wegzog und fast im gleichen Augenblick auch die Hände loßriß, so daß er ein paar Sekunden lang nur an seinen Leinen hing, bis ihm ein Wasserwirbel erlaubte, wieder einen Halt zu gewinnen.

Die PRETTY JANE schüttelte die Wassermassen mühsam wieder ab. Es war keine leichte Aufgabe, das Messerbändsel um das rechte Handgelenk zu knoten, darüber gingen kostbare Sekunden verloren, aber er durfte auf diese Sicherung nicht verzichten, da es sonst allzu leicht geschehen konnte, daß sein ganzes, mühsames Beginnen mit einem lächerlichen Mißerfolg endete. Als er endlich fertig war, säbelte er verbissen auf das armdicke Want los, die nassen Hanffasern waren hart wie Eisen, es dauerte lange, aber allmählich bekam er sie doch durch, wenn auch immer nur ein paar Garne auf einmal. Ein Glück, daß er sich wenigstens vorher von der Schärfe des Messers überzeugt hatte. Er hatte das Want gerade halb durch, als die nächste Sturzsee über ihn hereinbrach. Kaum war er mit den Schultern wieder aus dem Wasser, säbelte er auch schon wieder weiter. Während des Schneidens fühlte er genau, wie der Zug des Wants beim Rollen bald etwas nachließ, bald wieder stärker wurde. Ob das Ende gefährlich durch die Luft sauste, wenn es brach? Er kam zu dem Schluß, daß es nicht allzu schlimm werden konnte, solange die anderen Wanten standhielten.

Es zeigte sich, daß er richtig vermutet hatte. Das Want verflüchtigte sich sozusagen unter dem Messer weg. Der Wind bemächtigte sich des zwanzig Meter langen schweren Endes, wirbelte es kurzerhand aus seinem näheren Umkreis und bewirkte, daß es wie ein fliegendes Band vom Topp nach Lee auswehte. Hornblower machte sich sofort an das zweite Want und schnitt drauflos, wenn er nicht gerade ganz unter den donnernden Brechern begraben war. Abwechselnd schnitt er und klammerte sich fest, in dem jagenden Gischt rang er mühsam nach Atem. die überkommenden grünen Seen drohten ihn immer wieder zu ersticken – dennoch fiel ein Want nach dem anderen seinem Messer zum Opfer. Das Messer büßte allmählich seine Schärfe ein, und außerdem stand er jetzt vor einem neuen Problem. Er hatte fast alle Wanten durch, die innerhalb seiner Reichweite waren, nämlich die achteren. Wenn er weitermachen, das heißt die vordersten Wanten erreichen wollte, mußte er seinen Standplatz ein Stück nach vorn verlegen. Aber dieses gefährliche Unterfangen blieb ihm schließlich doch erspart. Das Schiff holte wieder einmal über und bekam eine neue grüne See an Deck, er selbst war noch ganz vom Wasser begraben, da verspürte er eine Reihe heftiger Rucke, die durch den Schiffsrumpf hindurch bis in seine krampfhaft angeklammerten Hände zu fühlen waren – es waren vier leichtere und gleich darauf ein besonders heftiger. Erst als sich die Woge endlich verlief, konnte er mit seinen triefenden Augen undeutlich und verschwommen erkennen, was sich ereignet hatte. Die vier übrigen Wanten waren unter der Gewalt des Sturms von selbst gebrochen — eins, zwei, drei, vier hintereinander, dann war der Mast selbst weggeknickt. Als er über die Schulter nach mittschiffs sah, erblickte er nur noch den Stumpf, der etwa acht Fuß über das Deck ragte.

Der Wandel, den der Wegfall des Mastes hervorrief, war sofort zu verspüren. Die PRETTY JANE wollte zwar von neuem überholen, aber die schon begonnene Bewegung endete mit einem heftigen Stampfen, da der Druck des kreischenden, heulenden Sturms jetzt nur noch auf den Großmast wirken konnte, das Heck wegdrückte und damit den Bug gegen die See drehte. Außerdem bewirkte der Wegfall des Fockmastes mit seinem erheblichen Toppgewicht, daß der Rumpf beim Überholen nicht mehr so weit ausschwang. Die nächste See, die über Hornblowers Kopf brach, war sowohl der Wassermenge wie ihrer Gewalt nach ein Kinderspiel gegen alles Vorangegangene. Er konnte frei atmen, er konnte um sich blicken. Und dabei fiel ihm noch etwas auf. Der Fockmast, der immer noch mit den Leewanten am Schiff festhing, trieb jetzt, da die PRETTY JANE unter dem Druck des Windes Fahrt über den Achtersteven machte, vor ihrem Bug und wirkte auf diese Art als Treibanker, der ihre allzu heftigen Bewegungen dämpfte. Da er überdies am Backbordvorschiff festhing, bewirkte er ferner, daß das Schiff etwas aus dem Wind gedreht wurde und den Seen den Backbordbug zukehrte. Die PRETTY JANE lag also jetzt mit anderen Worten im günstigsten Winkel zu Wind und See, was sich in erheblich gemäßigtem Überholen und langen, schwingenden Stampfbewegungen auswirkte. Obwohl ihr Raum voll Wasser war, bestand nunmehr doch einige Aussicht, daß sie den Sturm überstand. Hornblower hatte auf seinem Platz an Steuerbord vorn verhältnismäßig gute Deckung und konnte sich mit einigem Stolz über seine Leistung Rechenschaft geben.

Er warf einen Blick auf die Jammergestalten, die sich um den Großmast, den Kompaß und das Ruder zusammendrängten. Barbara konnte er nicht sehen, weil sie von den Männern am Mast verdeckt war, und er sah darum plötzlich mit eisigem Erschrecken die Möglichkeit vor Augen, daß ihr ein neues Unglück zugestoßen war. Sofort begann er die haltenden Knoten zu lösen, um zu ihr zurückzukehren. Jetzt erst, in diesem Augen-

blick, als die Sorge um das Schiff nicht mehr alle seine Kräfte und alle seine Gedanken in Anspruch nahm, überfiel ihn die Erinnerung an kürzlich Erlebtes mit solcher Gewalt, daß er unwillkürlich mit dem Lösen der Knoten innehielt. Barbara hatte ihn im Schutz des verschwundenen Deckshauses geküßt. Und dann hatte sie ihm gesagt – oh, Hornblower wußte es noch Wort für Wort, sein Gedächtnis hatte es sorgsam so lange für ihn bewahrt, bis ihm die Zeit zu Gebote stand, sich damit zu befassen, weil ihn die Forderung des Augenblicks für eine Weile nicht in Anspruch nahm. Dort im Deckshaus hatte sie also nicht nur gesagt, daß sie ihn liebte, nein, sie hatte ihm darüber hinaus versichert, sie hätte nie einen anderen Mann geliebt. Was scherte es ihn jetzt noch, daß er mit Leinen festgezeist an Deck eines lecken Schiffes hing und daß ihm der Hurrikan wütend um die Ohren pfiff, denn nun war ja die alte Wunde geheilt, nun brauchte er, solange er lebte, nie mehr die Qual der Eifersucht auf Barbaras ersten Mann zu leiden.
Das war genug des Guten, um ihn gleich wieder ins Jetzt mit seinen Nöten und Aufgaben zurückzurufen. Wer konnte sagen, wie lange er noch zu leben hatte? Vielleicht war die Zeit, die ihm noch blieb, nach Stunden zu messen. Man durfte eher annehmen, daß er am Abend, spätestens aber morgen früh tot war, als daß ihm besseres widerfuhr. Und Barbara stand natürlich das gleiche bevor – genau das gleiche. Das winzige Glück, das eben in seinem Herzen aufgeblüht war, hatte damit sofort wieder ein Ende. An seine Stelle trat nachtschwarzes Leid und eine Verzweiflung, die ihn fast überwältigte. Er mußte alle Willenskraft aufbieten, um wieder Herr über seinen ermatteten Körper und seinen müden Geist zu werden, oblag es ihm doch, weiter zu handeln und weiter zu denken, als ob er nicht zu Tode erschöpft und in innerster Seele verzweifelt wäre. Die Feststellung, daß das Bordmesser immer noch an seinem Handgelenk baumelte, erweckte in ihm jenes Gefühl der Selbstverachtung, das ihn von jeher am wirksamsten anzuspornen pflegte. Er löste das Bändsel und schob das Messer wieder in die Scheide, dann verfolgte er genau, wie die PRETTY JANE arbeitete. Im geeigneten Augenblick warf er die haltende Leine los und eilte zum Großmast. Die ungeheure Kraft des Windes hätte ihn vielleicht glatt bis zum Heck und über Bord geblasen, wenn das aufwärtsstrebende Achterschiff sein Tempo nicht so weit abgebremst hätte, daß er sich in Lee der Menschengruppe am Groß-

mast flüchten und dort Halt an einer der Leinen finden konnte. Die Männer, die er vorfand, hingen alle apathisch in ihren Stroppen, sie hatten keinen Blick für ihn übrig und rührten kein Glied, um ihm zu helfen. Nur Barbara, deren nasses Haar wie eine Flagge seitwärts wehte, schenkte ihm ein Lächeln und reichte ihm ihre Hände. Er zwängte sich mit Gewalt zwischen die Männer neben ihr und knotete sich neben ihr fest. Dann nahm er ihre Hand wieder in die seine und fühlte tief beglückt, wie sie seinen Druck erwiderte. Außer am Leben zu bleiben, gab es nun fürs erste nichts mehr zu tun.

Am Leben bleiben, dazu gehörte, daß man beileibe nicht daran dachte, wie durstig man war und wie der Durst immer ärger wurde, während sich der Tag allmählich neigte und das gelbe Zwielicht in neue Finsternis überging. Es war schwer genug, diese Vorstellung von sich zu weisen, einmal schon hatte er festgestellt, wie durstig er war, und nun quälte ihn plötzlich der Gedanke, daß Barbara das gleiche auszustehen hatte. Und er konnte nichts, aber auch rein gar nichts tun, um ihr zu helfen, außer daß er festgebunden neben ihr stand und mit ihr weiterlitt. Mit Anbruch der Nacht verlor der Wind plötzlich seine Backofenhitze und wehte nun kühl, ja fast kalt, so daß es Hornblower zu frösteln begann. Er drehte sich in dem Stropp, der ihn am Mast hielt, legte seine Arme fest um Barbara und zog sie an sich, um sie warm zu halten. In der Nacht fiel ihm sein Nebenmann äußerst lästig, weil er sich hartnäckig und immer gewichtiger gegen ihn lehnte, so daß er Barbara wiederholt loslassen mußte, um den anderen, so gut es ging, von sich wegzuschieben. Beim dritten oder vierten Male fiel ihm auf, daß der Mann völlig kraftlos zur Seite fiel. Das konnte nur bedeuten, daß er tot war. Damit fand er nun am Mast etwas mehr Raum, er konnte Barbara mit dem Rücken dagegen lehnen, so daß sie einen Halt für ihre Schultern fand. Wenn er an seine eigenen Beinkrämpfe und an seine entsetzliche allgemeine Müdigkeit dachte, konnte er sich vorstellen, daß ihr diese neue Stellung einige Erleichterung bot. Erst leise, dann immer lauter meldete sich die Stimme des Versuchers: Gib es auf, laß dem Schicksal seinen Lauf, wirf dich an Deck und stirb wie der Mann da neben dir. Aber er wollte nicht nachgeben, um keinen Preis, nicht um sich selbst zu retten, sondern um der Frau willen, die er in den Armen hielt, nicht aus Stolz und Trotz, sondern aus Liebe.

Mit dem Sinken der Temperatur ließ auch die Heftigkeit des Sturmes merkbar nach. Hornblower begann während dieser dunklen Stunden leise zu hoffen; im weiteren Verlauf der Nacht wurde dann seine Hoffnung zur Gewißheit, denn nun ließ es sich nicht mehr leugnen, es flaute wirklich ab. Alles deutete darauf hin, daß der Hurrikan abzog. Um Mitternacht herrschte noch starker Sturm, ein paar Stunden später gab sich Hornblower darüber Rechenschaft, daß man nur noch von einer frischen Brise sprechen konnte, die höchstens noch ein Reff in den Bramsegeln verlangt hätte. Die Bewegungen der PRETTY JANE waren immer noch recht heftig, wie man das nicht anders erwarten durfte, weil ja die See immer länger brauchte, um sich zu beruhigen, als der Wind. Die Brigg stampfte noch wie verrückt, sie kletterte in den Seen steil bergan und raste dann wieder zu Tal, aber sie nahm doch längst nicht mehr so viel Wasser über, selbst wenn man in Betracht zog, daß sie sich mit dem Bug gegen die See ohnehin wesentlich besser benahm. Die rasenden Wirbel, die an ihnen vorüberschäumten, daß ihnen die Enden, mit denen sie festgeknotet waren, die Haut zerrissen, hatten ihre Gewalt verloren, das Wasser reichte ihnen nicht mehr bis an die Hüften, es wirbelte nur noch um ihre Knie. Und auch die Luft war nicht mehr von fliegendem Gischt erfüllt. Zugleich mit diesen Beobachtungen fiel Hornblower noch etwas anderes auf: Es regnete, es regnete in Strömen. Wenn er den Kopf in den Nacken warf, erhaschte er mit dem ausgetrockneten, offenen Mund ein paar köstliche Tropfen.
»Regen!« sagte er Barbara ins Ohr.
Er löste sich mit roher Hast aus ihren Armen, um auch nicht eine Sekunde dieses Wolkenbruchs zu versäumen, riß sich sein Hemd so gewaltsam vom Leib, daß es in Fetzen ging, als er es durch die Laschings zog, die ihn hielten, und spannte es ausgebreitet in den Regen, der in der Finsternis unsichtbar auf sie niederströmte. Er durfte um Gottes willen keine Zeit vergeuden. Das Hemd war noch von Seewasser durchnäßt, er wrang es in fiebernder Eile aus und bot es sofort wieder dem Regen dar. Dann nahm er einen Zipfel davon in den Mund, es schmeckte immer noch salzig, also setzte er seine Bemühungen fort. Nie hatte er sich etwas so sehnlich gewünscht, als daß der Regen in gleicher Dichte weiter vom Himmel stürzte und daß der salzige Gischt sie nicht zu ausgiebig netzte. Endlich konnte man das abermals ausgewrungene Wasser als frisch und trinkbar bezeich-

nen. Er tastete mit dem triefenden Stoff nach Barbaras Gesicht und drückte ihn an ihren Mund.
»Trink!« krächzte er ihr mit heiserer Stimme ins Ohr.
Als sie die Hände danach hob, schloß er aus ihren Bewegungen, daß sie ihn verstand, daß sie schon im Begriff war, das kostbare Naß aus dem Stoff zu saugen. Er wollte, daß sie sich beeilte, daß sie soviel trank wie sie irgend konnte, während der Regen weiterströmte. Seine Hände flogen förmlich vor Verlangen, den eigenen Durst zu lindern. Sie aber ahnte in der Dunkelheit nicht, daß er so ungeduldig wartete. Endlich ließ sie das Hemd wieder los, und er breitete es abermals in den Regen, fast außerstande, die neue Wartezeit zu ertragen. Dann endlich war es soweit, den Kopf im Nacken preßte er den Stoff gegen den Mund und schluckte und schlang das Naß in sich hinein, halb wahnsinnig vor unbändiger Lust. Der Wandel, den das bißchen in den Mund gedrückte Wasser in ihm hervorrief, ging über alle Begriffe.
Er fühlte deutlich, wie ihn neue Kraft und neue Hoffnung erfüllten — ja, die Kraft schien sich mit der erwachenden Hoffnung wie von selbst zu erneuern. Das Hemd hatte höchstens fünf bis sechs Weingläser voll Wasser gespendet, und doch hatte dieses bißchen genügt, einen so gewaltigen Wandel zu bewirken. Noch einmal hielt er sich das Hemd über den Kopf, damit es sich in dem wolkenbruchartigen Regen vollsog, und gab es abermals an Barbara weiter. Als er es von ihr in der Dunkelheit zurückerhielt, wiederholte er das Ganze für sich selbst. Er hatte den Stoff gerade wieder so weit ausgequetscht, daß er fast trocken war, da wurde er gewahr, daß der Regen aufgehört hatte. Im ersten Augenblick tat ihm das leid. Es wäre klüger gewesen, das nasse Hemd als Vorrat aufzuheben, aber es hatte schließlich keinen Zweck, sich deshalb Vorwürfe zu machen. Der größte Teil des Wassers, mit dem es getränkt war, wäre ohnedies weggelaufen, und der Rest wäre binnen weniger Minuten durch Gischtspritzer ungenießbar geworden, die sich immer noch ab und zu über sie ergossen.
Als ob es nichts Besseres zu sehen und zu bedenken gegeben hätte als dieses dumme Hemd! Was bedeutete allein die nüchterne Feststellung, daß der Wind jetzt rasch abflaute — die Regenbö hatte schon gezeigt, daß der Hurrikan im Abziehen war, da es fast als Regel gelten konnte, daß diese Stürme einen Schweif von wolkenbruchartigem Regen hinter sich herzogen.

Und dort, an Steuerbord vorn, zeigte sich jetzt wahrhaftig ein schwacher rosa Schimmer, nicht mehr das unheimliche Gelb des Hurrikans, sondern die Dämmerung eines freundlicher gesinnten Tages. Er tastete nach den Knoten, die ihn am Mast festhielten, und knüpfte sie ganz langsam, einen um den anderen, auf. Als die letzte Fessel gefallen war, riß ihn eine heftige Stampfbewegung nach rückwärts, so daß er das Gleichgewicht verlor und sich klatsch-bums auf das nasse Deck setzte. Es war herrlich, endlich wieder zu sitzen, wenn auch hüfttief im Wasser, das immer noch über das Deck schwappte, einfach zu sitzen, ganz langsam die Knie zu beugen und zu strecken und zu fühlen wie das Blut wieder langsam in die tauben Beine strömte. Er fühlte sich wie im Himmel, und es wäre gar der siebente Himmel gewesen, hätte er auch den Kopf niederlegen und sich dem Schlaf überlassen dürfen. Aber das durfte er beileibe nicht — trotz aller Müdigkeit nicht. Solange die geringste Aussicht blieb, daß sie diese Prüfung bestanden, galt es, Schlafbedürfnis und körperliche Müdigkeit mit stoischem Gleichmut zu ertragen, zumal jetzt ohnedies die Dämmerung des neuen Tages anbrach. Mühsam erhob er sich wieder und wankte auf seinen wackligen Beinen an den Mast zurück. Dort band er zunächst Barbara los, sie wenigstens konnte sitzen bleiben, gleichgültig ob das Deck überflutet war oder nicht. Er schob sie vorsichtig zurecht, bis sie mit dem Rücken am Mast lehnte, und legte ihr wieder eine Leine um den Leib. In dieser Stellung konnte sie sogar schlafen. Sie war schon so todmüde, daß sie nicht einmal den Leichnam bemerkte, der kaum einen Meter von ihr entfernt in grauenhafter Verkrümmung am Mastfuß lag — oder ließ sie sich etwa nur nicht anmerken, daß sie ihn gesehen hatte? Als nächstes schnitt er diesen Toten los und zerrte ihn unter Ausnutzung einer Schlingerbewegung des Schiffes beiseite, dann nahm er sich der drei anderen Männer an. Sie waren schon im Begriff, an den Knoten ihrer Laschings herumzuhantieren. Als Hornblower diese Leinen jetzt kurzerhand durchschnitt, krächzten sie ihm alle drei gleich entgegen:

»Wasser! Wasser!«

Sie waren so hilflos wie eben ausgeschlüpfte Vögel im Nest. Hornblower mußte erkennen, daß keiner von ihnen auf den Gedanken gekommen war, während der nächtlichen Regenbö sein Hemd mit Frischwasser durchnässen zu lassen. Man konnte wohl kaum annehmen, daß sie nicht einmal den Mund aufgesperrt haben sollten, aber damit hatten sie nicht mehr fangen können als ein paar kümmerliche Tropfen. Er suchte mit dem Blick die Kimm ab. In der Ferne waren wohl ein paar Regenböen zu erkennen, aber es ließ sich nicht voraussehen, ob sie die Pretty Jane auf ihrer Bahn überhaupt berührten und wann das gegebenenfalls geschehen konnte.

»Da werdet ihr euch leider gedulden müssen, bis es wieder regnet«, sagte er.

Jetzt begab er sich zu dem Häuflein, das sich um Ruder und Kompaß drängte. Auch hier hing ein Toter in seinen Laschings – es war Knyvett. Hornblower blickte nachdenklich auf den Leichnam und hielt ihm jetzt stillschweigend zugute, daß er angesichts des nahenden Todes nicht mehr den Entschluß gefunden hatte, den Fockmast zu kappen. Ein weiterer Leichnam lag an Deck, zwischen den Beinen der sechs Überlebenden, die hier noch standen. Von der sechzehn Mann starken Besatzung waren also neun Mann übriggeblieben, vier waren offenbar spurlos verschwunden, wahrscheinlich waren sie während dieser oder der vorigen Nacht über Bord gespült worden. Hornblower sah unter den Leuten hier achtern den Zweiten Steuermann und den Steward. Auch diese Männer, sogar mit Einschluß des Steuermanns, krächzten nach Wasser und erhielten von Hornblower die gleiche hartherzige Antwort wie jene drei am Großmast.

»Werft die Toten über Bord«, fügte er hinzu.

Es lag ihm vor allem daran, sich einen Überblick über die Lage zu verschaffen. Wenn er sich über die Reling beugte, sah er, daß die Pretty Jane noch etwa drei Fuß Freibord hatte, soweit sich das überhaupt schätzen ließ, da das Schiff in der immer noch mächtig aufgewühlten See unerhört stampfte und arbeitete. Während er ganz achtern umherging, verspürte er unter den Füßen dumpfe Stöße, die mit dem Rhythmus des Stampfens und Rollens zusammenfielen. Das sagte ihm, daß irgendwelche schwimmenden Gegenstände die Unterseite des Decks behämmerten, wenn sie durch das im Raum hin- und herflutende Wasser hochgeworfen wurden. Der Wind wehte stetig aus Nordost, also hatte sich der Passat nach dem Zwischenspiel des Orkans wieder durchgesetzt. Der Himmel war immer noch von düsterem Grau bedeckt, aber Hornblower hatte das untrügliche Gefühl, daß das Barometer rasch im Steigen war. Irgendwo in Lee, fünfzig, hundert, vielleicht zweihundert Meilen entfernt,

lag die Kette der Antillen – er ahnte nicht, wie weit oder in welcher Richtung die PRETTY JANE während des Sturms getrieben war. Noch gab es eine Aussicht auf Rettung, oder besser gesagt, es hätte sie gegeben, wäre er nur imstande gewesen, das Frischwasserproblem zu lösen.
Er richtete das Wort an die Besatzung: »Macht die Luken auf!« befahl er. »Von Ihnen, Steuermann, möchte ich wissen, wo die Wasserfässer verstaut sind.«
»Mittschiffs«, sagte der Steuermann und leckte bei dem bloßen Gedanken an Wasser die ausgedörrten Lippen mit der trockenen Zunge. »Achtern vom Großluk.«
»Wir wollen sie uns einmal anschauen«, sagte Hornblower.
Wasserfässer, dazu bestimmt, Frischwasser einzuschließen, mochten wohl auch die Eigenschaft haben, Seewasser auszuschließen. Aber kein Faß war wohl je ganz dicht, mehr oder weniger leckte ein jedes; wenn aber auch nur ein ganz klein wenig Seewasser eindrang, dann war der ganze Inhalt eines solchen Fasses untrinkbar. Dazu kam, daß die Fässer zwei Nächte und einen Tag lang durch das hin- und herflutende Seewasser im Raum herumgestoßen worden waren und daher wahrscheinlich samt und sonders eingedrückt waren.
»Ich habe keine große Hoffnung, daß wir noch gutes Wasser finden«, sagte Hornblower, damit die Enttäuschung der Männer nicht allzugroß wurde. Dann suchte er – zum wievielten Male? – die Kimm ab, ob sich nicht doch irgendwo eine Regenbö ihrer erbarmte.
Als sie den ersten Blick in die offene Luke warfen, wurden sie gleich gewahr, welche Schwierigkeiten sie dort erwarteten. Die Lukenöffnung selbst war durch ein paar Ballen Kokosbast verstopft. Wenn sie genau hinsahen, konnten sie beobachten, wie sich diese beim Arbeiten des Schiffs schwerfällig hin- und herbewegten. Das bedeutete, daß die Ladung auf dem eingedrungenen Wasser schwamm – die PRETTY JANE wurde also buchstäblich durch den Druck über Wasser gehalten, den die schwimmfähige Ladung von unter her auf das Deck ausübte. Es war ein wahres Wunder, daß sie sich dabei nicht das Rückgrat gebrochen hatte. Natürlich war es unter diesen Umständen ausgeschlossen, in den Raum hinunterzusteigen. Es hätte den sicheren Tod bedeutet, sich zwischen die schweren, im Raum umherwuchtenden Ballen zu wagen. Die Männer um die Luke stöhnten vor Enttäuschung, als sie ihr Unglück begriffen.

Aber Hornblower hatte schon wieder eine neue Möglichkeit im Kopf und wandte sich jetzt an den Steward.

»Da waren doch grüne Kokosnüsse für die Achtergasten an Bord«, sagte er. »Sind davon noch welche übrig?«

»Jawohl, Sir, vier oder fünf Dutzend.« Der Mann konnte vor Durst oder Schwäche oder Aufregung kaum noch sprechen.

»Wo sind sie? Im Proviantraum?«

»Jawohl, Sir.«

»In einem Sack?«

»Jawohl, Sir.«

»Komm mit«, sagte Hornblower.

Sie öffneten das Achterluk und blickten in das hin- und herwogende Wasser. Ladung war dort nicht, das Schott hatte dem Druck von vorne standgehalten. Die Entfernung vom Deck zum Wasserspiegel im Raum entsprach den drei Fuß Freibord, die der Pretty Jane verblieben waren. Jetzt kam im Luk doch verschiedenes zum Vorschein – plötzlich trieb zum Beispiel ein hölzerner Eimer in Sicht, die Oberfläche des Wassers war überhaupt mit allerlei schwimmendem Abfall bedeckt. Dann kam auf einmal etwas anderes geschwommen – es war richtig eine Kokosnuß. Sicher war der Sack, von dem der Steward gesprochen hatte, nicht zugeschnürt gewesen. Und Hornblower hatte so sehr gehofft, er könnte den ganzen Sack voller Nüsse auf einmal entdecken. Er lehnte sich weit über das Süll und fischte die Nuß heraus. Als er sich mit der Frucht in der Hand wieder aufrichtete, stieß die ganze Schar ein wortloses Krächzen aus, und ein Dutzend Hände streckten sich gierig nach der einen armseligen Nuß. Da wußte Hornblower, daß jetzt alles darauf ankam, Zucht und Ordnung zu halten.

»Zurück!« herrschte er die Leute an und zog das Bordmesser aus der Scheide, als sie ihm immer näher auf den Leib rückten. »Zurück! Wer mich anrührt, ist ein toter Mann!« wiederholte er. Dabei knurrte er wie ein wildes Tier und war sich bewußt, daß er mit wütend gefletschten Zähnen vor seinen Widersachern stand. Ebenso genau wußte er aber auch, daß er – einer gegen neun – keine Aussicht hatte, wenn es wirklich zum Handgemenge kam.

»Seid doch vernünftig, Jungs«, sagte er. »Wir müssen eine ganze Zeit damit auskommen. Darum wollen wir redlich teilen, jedem ein gleichgroßes Stück, keiner kommt zu kurz. Schaut doch inzwischen, ob ihr nicht noch mehr finden könnt.«

Die Kraft seiner Persönlichkeit setzte sich durch, und der Rest von Vernunft, der der Besatzung verblieben war, tat das seine dazu – die Männer gaben Raum. Bald knieten drei von ihnen um die offene Luke, die anderen beugten sich über sie und blickten ihnen gespannt über die Schultern.

»Da ist noch eine!« krächzte eine heisere Stimme.

Ein Arm langte hinunter und fischte die zweite Kokosnuß heraus.

»Hergeben!« befahl Hornblower und fand ohne Widerrede Gehorsam. Inzwischen war bereits die nächste Nuß aufgetaucht und nach ihr noch eine. Die Kokosnüsse häuften sich zu Hornblowers Füßen, jetzt waren es ein Dutzend, jetzt fünfzehn, dann zwanzig, dann dreiundzwanzig der kostbaren Früchte. Dann war es aus, mehr wollten sich nicht zeigen.

»Wenn wir Glück haben, kommen noch einige zum Vorschein«, sagte Hornblower. Sein Blick wanderte über die Leute hin und ruhte dann einen Augenblick auf Barbara, die wie ein Häufchen Elend am Fuß des Großmastes hockte.

»Wir sind unser elf, also trifft auf jeden von uns für heute eine halbe Nuß. Morgen gibt es die andere Hälfte. Ich selbst kann heute auf mein Teil verzichten.«

Niemand erhob gegen diese Entscheidung Einspruch – es kam wohl auch daher, daß sie viel zu begierig waren, ihre Lippen zu netzen, als daß sie noch lange Worte verloren hätten. Die erste Nuß wurde an ihrer Spitze aufgeschlagen, alles paßte ängstlich auf, daß ja kein Tropfen der kostbaren Milch verlorenging, und dann trank der erste, der an der Reihe war. Er hätte unmöglich mehr als seinen Anteil trinken können, denn die anderen drängten sich dicht um ihn, und der Mann, den die andere Hälfte traf, riß ihm die Nuß nach jedem Schluck vom Mund, um nachzusehen, wieviel von dem Inhalt schon verschwunden war. Wer noch warten mußte, war von einer wilden Gier besessen, dennoch mußten sich alle beherrschen, wenn es ihnen auch noch so schwerfiel. Allerdings konnte sich Hornblower nicht darauf verlassen, daß beim Teilen nicht sofort eine Schlägerei entstand und kostbares Naß vergeudet wurde, wenn er nicht bis zum letzten Augenblick selbst die Aufsicht führte. Erst als der letzte Mann seinen Anteil getrunken hatte, brachte er Barbara die übriggebliebene halbe Nuß.

Eine leise Berührung seiner Hand weckte sie aus einem bleiernen Halbschlaf.

»Trink das, mein Schatz«, sagte er, als sie blinzelnd die Augen auftat.
Sie trank voll Genuß, aber dann ließ sie die Nuß plötzlich von den Lippen sinken.
»Hast du denn auch gehabt, Liebling?« fragte sie.
»Ja, ich habe meinen Anteil schon getrunken«, sagte er in möglichst gleichmütigem Ton.
Als er zu den Männern zurückkam, waren sie gerade dabei, das dünne Fleisch der Nüsse aus den Schalen zu kratzen.
»Macht mir nur die Schalen nicht kaputt, Leute. Wir brauchen sie notwendig, wenn wir eine Regenbö bekommen. Und die übrigen Nüsse geben wir am besten Ihrer Ladyschaft in Verwahrung, auf sie können wir uns bestimmt verlassen.«
Sie gehorchten ihm auch diesmal ohne Widerrede.
»Während Sie weg waren, Sir, haben wir noch zwei heraufgeholt«, ließ sich einer der Leute vernehmen.
Hornblower warf wieder einen Blick in die Luke, wo allerlei Abfall auf dem Wasser umhertrieb. Dabei kam ihm plötzlich ein neuer Gedanke, und er wandte sich abermals an den Steward.
»Hör einmal«, sagte er, »Ihre Ladyschaft hat doch eine ganze Kiste mit Lebensmitteln an Bord geschickt, alle in Blechbüchsen eingemacht. Die Kiste wurde irgendwo hier achtern verstaut. Weißt du vielleicht, wo sie ist?«
»Ja, das weiß ich. Sie war ganz achtern, Sir — unter den Ruderreeps.«
»Mhm«, machte Hornblower.
Während er sich die Sache noch durch den Kopf gehen ließ, bewirkte eine plötzliche Bewegung des Schiffes, daß das Wasser wie ein Springbrunnen aus der Luke emporschoß. Ach was, es mußte trotz aller Schwierigkeiten möglich sein, an diese Kiste heranzukommen, sie aufzubrechen und ihren Inhalt heraufzuschaffen. Ein kräftiger Mann, der es lange unter Wasser aushielt, konnte das unbedingt schaffen, es durfte ihm nur nichts ausmachen, daß ihn das hin- und herschießende Wasser böse umherwarf.
»Wenn wir diese Dosen an Deck bekämen, hätten wir etwas Besseres zu essen als das Fleisch dieser Kokosnüsse«, bemerkte er.
»Ich probier's, Sir«, sagte ein junger Matrose, und Hornblower fühlte bei diesen Worten, wie ihm ein Stein vom Herzen fiel.

Er hatte nicht die geringste Lust, sich selbst da hinunter zu begeben.
»Du bist ein tüchtiger Junge«, sagte er. »Nimm dir jedenfalls eine Leine um, ehe du tauchst, damit wir dich notfalls heraufholen können.«
Als sie schon eifrig mit den Vorbereitungen zu diesem Unternehmen beschäftigt waren, gebot ihnen Hornblower plötzlich Einhalt.
»Wartet noch. Schaut einmal nach vorn«, rief er.
Dort, eine Meile voraus, ging eine Regenbö nieder. Sie sahen die riesige, deutlich abgegrenzte Wassersäule, die in Luv der PRETTY JANE vom Himmel herabstürzte. Die Wolke, aus der der Regen kam, hing niedriger als das übrige Grau des Himmels, und die Meeresoberfläche wirkte dort, wo der Regen fiel, erheblich heller als anderswo. Die Bö bewegte sich auf sie zu – nein, doch nicht ganz genau. Ihr Zentrum strebte nach einem Punkt, der eine Strecke querab lag, wovon sich nach kurzer Beobachtung jedermann überzeugen konnte. Die ganze Schar der Seeleute brach in ein Inferno wüstester Schimpfereien aus.
»Hol's der Teufel, einen Ausläufer kriegen wir doch noch zu fassen!« stieß der Steuermann hervor.
»Nutzt es nur ordentlich aus, wenn das Wasser kommt«, sagte Hornblower.
Noch drei lange, lange Minuten verfolgten sie gespannt, wie der Regen näherkam. Als er nur noch eine Kabellänge entfernt war, schien er zunächst einmal stillzustehen, obwohl man schon deutlich spürte, daß der Wind frischer und kühler wehte.
Hornblower war an Barbaras Seite geeilt.
»Es gibt Regen«, sagte er.
Barbara wandte das Gesicht zum Mast, beugte sich nieder und machte sich unter ihrem Kleid zu schaffen. Nach kurzem Zerren brachte sie einen Unterrock zum Vorschein, zog ihn von den Beinen und bemühte sich nach Kräften, das salzige Naß herauszuwringen, während sie auf den Beginn des Regens wartete. Es fielen zuerst ein paar Tropfen, und dann ging ein richtiger Wolkenbruch auf sie nieder. Köstlicher, unbezahlbarer Regen! Zehn Hemden und ein Unterrock breiteten sich ihm entgegen, wurden ausgewrungen, wieder ausgebreitet, wieder ausgewrungen, bis das ausgequetschte Wasser frisch und trinkbar war. Jetzt konnten sie sich endlich alle nach Herzenslust satt trinken,

während der Regen auf sie niederrauschte. Nach zwei Minuten rief ihnen Hornblower zu, sie sollten die Kokosnußschalen mit Wasser füllen, und ein paar Mann wenigstens brachten so viel Vernunft und Gemeinsinn auf, daß sie ihre Hemden einmal in diese Gefäße ausdrückten, ehe sie sich wieder ganz der unbändigen Lust hingaben, trinken und wieder trinken zu können — niemand wollte den kostbaren Regen auch nur eine Sekunde ungenützt lassen. Aber der Regen war so rasch vorüber, wie er gekommen war, und bald sahen sie, wie die Bö achteraus abzog, so unerreichbar jetzt, als ob sie in der Sahara niedergegangen wäre. Aber die jungen Leute der Besatzung konnten nun auf einmal wieder lachen und scherzen, ihre düsteren und teilnahmslosen Mienen waren plötzlich wie verwandelt. Außer Hornblower gab es wohl keinen Mann an Bord, der auch nur einen Gedanken daran verschwendet hätte, daß die PRETTY JANE vielleicht, ja wahrscheinlich die ganze nächste Woche nicht mehr in die Bahn einer Regenbö geriet. Darum galt es jetzt, unbedingt zu handeln, obwohl ihn jedes Gelenk, jeder Muskel des Körpers schmerzte, obwohl ihm entsetzliche Müdigkeit den Verstand lähmen wollte. Er zwang sich mit aller Gewalt, weiterzudenken und zu planen, er zwang sich dazu, alle seine Kräfte zusammenzureißen. Als erstes verbat er sich das dumme Gelächter und wandte sich dann an den Mann, der sich vorhin freiwillig dazu gemeldet hatte, in den Heckraum hinunterzutauchen.

»Nimm dir zwei Mann, die die Leine bedienen sollen«, sagte er. »Das beste ist, wenn sich der Steward daran beteiligt. Steuermann, kommen Sie mit mir nach vorn, wir wollen doch irgendwie Segel setzen, und zwar so schnell wie möglich.«

Damit begann eine Reise, über die nachträglich die unglaublichsten Geschichten kursierten, genau wie über den Hurrikan, der eben abgezogen war. Man nannte ihn allgemein Hornblowers Hurrikan, und er nahm einen besonderen Platz in der Erinnerung ein, nicht nur, weil Hornblower persönlich davon betroffen worden war, sondern auch, weil sein unerwarteter Ausbruch allerorts schwere Schäden verursacht hatte. Hornblower selbst dachte nie daran, daß diese Reise besonderer Erwähnung wert sein könnte, obwohl ihm nur noch ein vollgelaufenes Wrack zur Verfügung stand, das durch den Kokosbast der Ladung notdürftig über Wasser gehalten wurde. Im Augenblick kam es nur darauf an, den schwer in Mitleidenschaft gezogenen Rumpf vor den Wind zu bekommen. Ein Reserve-Klüverbaum, die einzige Reservespier, die den Sturm überstanden hatte, wurde an den Stumpf des Fockmastes gelascht und gab so einen Notmast; die Umhüllungen einiger Ballen Kokosbast mußten als Segel dienen. Sie wurden an dem Notfockmast gesetzt und ermöglichten es, die PRETTY JANE platt vor den Passat zu drehen und ihr wenigstens eine Meile Fahrt in der Stunde zu geben, während die Besatzung sofort an die Arbeit ging, um Achtersegel zu improvisieren, unter deren Wirkung sich später die Fahrt verdoppelte.

Es gab keinerlei nautische Instrumente mehr – selbst der Kompaß war während des Sturms aus seinen kardanischen Ringen geflogen – darum hatten sie während der ersten beiden Tage ihrer Fahrt auch keine Ahnung, wo sie sich befanden, sie wußten nur, daß irgendwo in Lee die Kette der Antillen lag. Der dritte Tag war dann besonders schön und klar, und der Morgen war noch kaum angebrochen, als ein Mann im Großtopp voraus einen hauchdünnen dunkleren Schleier am Horizont ausmachte. Das mochten die hohen Berge von Santo Domingo sein, das noch in weiter Ferne lag, oder aber, ein gutes Stück näher, die flachen Höhen Puerto Ricos. Im Augenblick war es unmöglich zu entscheiden, welche Insel sie da vor sich hatten. Sie wußten es auch noch nicht, als die Sonne wieder unterging – sie litten alle wieder unter verzehrendem Durst und hatten darum wenig Appetit auf das Corned Beef, das Hornblower aus dem geretteten Vorrat unter ihnen verteilte.

Trotz Hunger und Durst und Erschöpfung fanden sie in dieser Nacht Schlaf auf ihren Matratzen aus Kokosbast, obwohl das Deck, auf dem sie lagen, immer noch gelegentlich von einer See überspült wurde. Am nächsten Morgen war ihnen das Land noch wesentlich näher gerückt, man unterschied jetzt deutlich einen flachen Höhenzug, der die Vermutung nahelegte, daß es sich um Puerto Rico handelte. Am Nachmittag dieses Tages entdeckten sie dann in der Kimm ein Fischerboot. Es hielt auf sie zu, die Leute wurden offenbar aus dem seltsamen Fahrzeug nicht klug, das augenscheinlich Kurs auf sie genommen hatte. So dauerte es nicht lange, bis das Boot längsseits kam. Die Fischer waren Mulatten, sie starrten verwundert auf die seltsamen Gestalten, die ihnen von Bord aus zuwinkten, und Hornblower mußte alles mobil machen, was ihm vor Schlaflosigkeit, Müdigkeit und Hunger noch an Verstand und Gedächtnis geblieben war, um sich wenigstens auf die paar spanischen Worte zu besinnen, die er zu einem Anruf von Schiff zu Schiff brauchte. Die Fischer hatten ein Faß Wasser an Bord und außerdem kalte Garbanzos; um das Festmahl abzurunden, gab es dazu eine Dose Corned Beef. Obwohl Barbara kein Spanisch verstand, erhaschte sie doch zwei Worte, die in der aufgeregten Unterhaltung immer wiederkehrten.

»Puerto Rico?« fragte sie.

»Ja, mein Schatz«, sagte Hornblower. »Das ist keine große Überraschung für uns, und vor allem paßt es uns viel besser als Santo Domingo. Ich wollte, ich könnte mich an den Namen des Generalkapitäns dort erinnern. Ich hatte im Fall der ESTRELLA DEL SUR mit ihm zu tun. Er war ein Marquis, der Marquis von ... von ... aber Schatz, warum legst du dich denn nicht hin und machst deine Augen zu? Du bist ja ganz erschöpft.«

Ihre bleiche Gesichtsfarbe und ihr verstörter Ausdruck erschreckten ihn immer aufs neue.

»Danke, mein Lieber, ich fühle mich ganz wohl«, gab ihm Barbara zur Antwort, obwohl der müde Tonfall ihrer Stimme ihre Worte Lügen strafte. Ihre Antwort war ihm ein neuer Beweis für ihren unbändigen inneren Auftrieb und ihre Selbstbeherrschung.

Als sie miteinander besprachen, wie es nun weitergehen sollte, zeigte der Steuermann zum erstenmal, daß er doch auch etwas Mumm in den Knochen hatte. Sie konnten jetzt das lecke Wrack allzumal verlassen und mit dem Fischerboot nach Puerto Rico weitersegeln, er aber lehnte dies entschieden ab. Offenbar wußte er mit den gesetzlichen Bestimmungen Bescheid, die die Bergung eines Schiffes aus Seenot betrafen, und es war anzunehmen, daß das arme, zerschundene Wrack auch in seinem gegenwärtigen Zustand noch einigen Wert besaß. Sicherlich aber galt das von seiner Ladung. Er wollte die PRETTY JANE morgen selbst in den Hafen bringen und bestand darauf, mit seinen Leuten an Bord zu bleiben.

Hornblower stand jetzt vor einer Entscheidung, die er in seiner langen und gewiß nicht eintönigen Laufbahn noch nie zu treffen hatte. Jetzt von Bord zu gehen, das Schiff zu verlassen, roch verdammt nach feiger Fahnenflucht, aber er hatte schließlich auch an Barbara zu denken. Seine erste Regung, daß es ihm nicht im Traum einfallen könnte, seine Leute im Stich zu lassen, endete mit der Überlegung, daß diese Leute ja gar nicht die »seinen« waren.

»Sie sind nur Passagier, Mylord«, sagte der Steuermann – seltsam, wie ihm das »Mylord« jetzt, da sie wieder mit der Zivilisation in Berührung waren, auf einmal ganz natürlich über die Lippen kam.

»Das stimmt«, gab Hornblower zu. Er konnte Barbara ja auch unmöglich zumuten, noch eine Nacht an Deck dieses lecken Rumpfes zu verbringen. So liefen sie also mit einem Fischerboot nach San Juan de Puerto Rico ein, zwei Jahre nachdem Hornblower diesen Hafen unter ganz anderen Umständen besucht hatte. Wie zu erwarten war, brachte ihre Ankunft die ganze Stadt in Aufruhr. Boten eilten sofort zur Fortaleza, und schon nach wenigen Minuten tauchte eine lange, hagere Gestalt mit einem dünnen Bärtchen am Kai auf. Hornblower erkannte den Mann trotz seiner entzündeten Augen alsbald wieder.

»Mendez-Castillo«, stellte er sich vor und ersparte Hornblower damit die Mühe, sich seines Namens zu entsinnen. »Es ist mir besonders schmerzlich, Eure Exzellenz in einer so mißlichen Lage zu sehen. Andererseits bereitet es mir eine besondere Freude, Eure Exzellenz wieder auf Puerto Rico begrüßen zu dürfen.« Selbst unter den gegebenen Umständen durften die guten Formen nicht außer acht gelassen werden.

»Liebe Barbara, erlaube mir, daß ich dir Señor – Major – Mendez-Castillo vorstelle. Er ist Adjutant Seiner Exzellenz des Herrn Generalkapitäns.« Dann fuhr er auf spanisch fort: »Meine Frau, la Baronesa Hornblower.«

Mendez-Castillo bedankte sich mit einer tiefen Verbeugung, derweil seine Augen eifrig hin- und herwanderten, um den körperlichen Zustand der beiden Ankömmlinge abzuschätzen. Endlich gelangte er zu einer höchst wichtigen Entscheidung:

»Wenn es Euren Exzellenzen genehm ist, würde ich vorschlagen, daß die offizielle Begrüßung durch Seine Exzellenz aufgeschoben wird, bis Eure Exzellenzen besser für den Empfang gerüstet sind.«

»Ja, das ist uns genehm«, sagte Hornblower. In seiner Entrüstung war er eben im Begriff, heftige Worte zu gebrauchen, weil doch Barbara so offensichtlich der Ruhe und Pflege bedurfte. Aber jetzt, da die Frage der Etikette ihre Lösung gefunden hatte, war Mendez-Castillo plötzlich ganz Rücksicht und Aufmerksamkeit.

»Wenn sich Eure Exzellenzen in mein Boot bemühen wollten, so würde ich mir die Ehre geben, Sie zum inoffiziellen Eingang des Palais von Santa Catalina zu geleiten. Dort werden Sie Ihre Exzellenzen zwar empfangen, aber dabei bleibt die offizielle Etikette außer acht, und Eure Exzellenzen haben Gelegenheit, sich von den grauenhaften Erlebnissen zu erholen, die Euren Exzellenzen, wie ich fürchte, beschieden waren. Würden Eure Exzellenzen also die Güte haben, mir zu folgen?«

»Halt, auf ein Wort noch, Señor. Es ist mir um die Männer zu tun, die noch draußen an Bord des Schiffes sind. Sie brauchen Nahrung und Wasser, und vielleicht brauchen sie Hilfe.«

»Ich werde der Hafenbehörde Anweisung geben, alles Nötige hinauszuschaffen.«

»Besten Dank.«

Sie stiegen zu der kurzen Fahrt quer über den Hafen in das wartende Boot, und Hornblower stellte trotz seiner furchtbaren Müdigkeit fest, daß soeben jedes Fischerboot und jedes Küstenfahrzeug in größter Eile auslief. Diesen Burschen lag wahrscheinlich nur daran, festzustellen, was sich mit einer Bergung oder schlimmstenfalls einer Plünderung der PRETTY JANE verdienen ließ. Der Steuermann hatte durchaus recht gehabt, daß er sie nicht verlassen wollte. Aber das war nun alles nicht mehr seine Sache. Er legte den Arm um Barbara, als sie sich vor Mattigkeit an ihn lehnte. Vom Boot führte sie der Weg durch einen Nebeneingang des Palastes, wo sie schon von aufmerksamem Dienstpersonal erwartet wurden. Hier standen auch Seine Exzellenz und eine dunkle wunderschöne Frau, seine Gemahlin, die Barbara sofort unter ihre Fittiche nahm. Hier gab es kühle, dunkle Zimmer und wieder neue dienstbare Geister, die in Befolgung der Befehle Seiner Exzellenz eifrig ab und zu eilten. Es wimmelte von Lakaien, Zofen und Kammerdienern.

»Dies hier ist Manuel, mein erster Kammerdiener, Exzellenz. Er wird alle Befehle Eurer Exzellenz ausführen, als kämen sie von mir persönlich. Mein Leibarzt ist bereits benachrichtigt und dürfte jeden Augenblick hier eintreffen. Meine Frau und ich werden uns jetzt zurückziehen und Eure Exzellenzen ruhen lassen. Wir möchten Eure Exzellenzen ausdrücklich unserer aufrichtigen Hoffnung versichern, daß Sie sich beide recht rasch und gründlich erholen werden.«

Allmählich verflüchtigte sich die Menge der dienstbaren Geister. Aber Hornblower mußte sich dann noch einmal mit aller Gewalt seiner Müdigkeit entreißen, als der Arzt hereingeschossen kam, um ihnen die Pulse zu fühlen und einen Blick auf ihre Zungen zu werfen. Er brachte ein Etui mit Lanzetten zum Vorschein und traf alle Anstalten, um Barbara zur Ader zu lassen. Hornblower hatte die größte Mühe, ihn davon abzubringen, und brauchte dann noch einmal seine ganze Überredungskunst, um ihn daran zu hindern, daß er ihr als Ersatz dafür Blutegel ansetzte. Er ließ sich nun einmal nicht davon überzeugen, daß eine Blutentnahme die Heilung der Schrammen beschleunigen könnte, die Barbara davongetragen hatte. Zuletzt dankte er dem Arzt mit wohlgesetzten Worten und geleitete ihn mit einem Seufzer der Erleichterung aus dem Zimmer. Den Medikamenten, die der Doktor beim Abschied sofort zu schicken versprach, sah er allerdings mit einigem Vorbehalt entgegen. Die Zofen warteten schon darauf, Barbara von den wenigen Kleiderfetzen zu befreien, die sie am Leib trug.

»Glaubst du, daß du gut schlafen kannst, Liebling? Oder soll ich dir noch irgend etwas verschaffen?«

»Ich werde gewiß gut schlafen, Schatz.« Dann verwandelte sich ihr müdes Lächeln ganz unversehens in ein recht wenig damenhaftes, verschmitztes Grinsen. »Da hier außer uns beiden niemand Englisch versteht, kann ich dir ja offen sagen, daß ich dich liebe, mein Schatz. Ja, ich liebe dich, ich liebe dich mehr, als sich mit irgendwelchen Worten ausdrücken läßt.«

Ob nun Dienerschaft um sie her war oder nicht, er ließ sich nicht abhalten, sie noch einmal fest zu küssen, ehe er im nächsten Zimmer verschwand, wo ihn bereits die Kammerdiener erwarteten. Sein Körper trug allenthalben noch offene Hautabschürfungen, die er sich zugezogen hatte, als ihn während des Sturms die Gewalt des Wassers gegen die Laschings warf, die ihn am Mast festhielten. Sie schmerzten ihn schauderhaft, als er jetzt mit warmem Wasser abgewaschen wurde. Er wußte wohl, daß Barbaras süßer, zarter Körper in genau der gleichen Weise gezeichnet war. Aber Barbara war jetzt in Sicherheit, sie war gewiß bald wiederhergestellt, und vor allem anderen: Sie hatte ihm gesagt, daß sie ihn liebte – und –, und sie hatte noch viel mehr gesagt. Was sie ihm dort im überfluteten Deckshaus der PRETTY JANE gestanden hatte, das war heilender, lindernder Balsam für eine seelische Wunde gewesen, die viel tiefer und schmerzhafter war als die paar Schrammen, die er am Körper trug. Er schlüpfte noch in das seidene, mit einem kunstvollen

Wappen bestickte Nachthemd, das ihm die Diener bereitgelegt hatten, und sank dann, dankbar für sein neugefundenes reines Glück, in die weichen Kissen. Die ersten Stunden schlief er tief und ruhig, dann aber, ehe noch der Morgen graute, weckte ihn das Gewissen. Er trat in der ersten Helle des Tages auf den Balkon hinaus und erblickte sogleich die PRETTY JANE, wie sie, geleitet von einem Dutzend kleiner Fahrzeuge, langsam in den Hafen glitt. Im ersten Augenblick ärgerte er sich, daß er nicht mit an Bord war, aber dann fiel ihm wieder seine Barbara ein, die nach all den schweren Erlebnissen, die sie durchgemacht hatte, nebenan schlief.

Den beiden standen jetzt schöne, glückliche Stunden bevor. Ihr tiefer, schattiger Balkon blickte über Hafen und See hinaus. Dort saß er eine Stunde später Barbara gegenüber beim Frühstück. Er trug einen Morgenrock und wiegte sich lässig in einem Schaukelstuhl. Die beiden tranken süße Schokolade und aßen dazu frisches, köstliches Brot.

»Das Leben ist doch schön, nicht wahr«, sagte Hornblower – aber nicht nur so obenhin als bloße Redensart, sondern im Brustton echter Überzeugung.

»Ja«, sagte Barbara, »es ist schön, bei dir zu sein.«

»Die PRETTY JANE ist heute morgen glücklich in den Hafen gelangt«, sagte Hornblower.

»Ja, ich habe es von meinem Fenster aus gesehen«, erwiderte Barbara. Jetzt wurde ihnen Mendez-Castillo gemeldet, wahrscheinlich hatte er schon erfahren, daß die Gäste Seiner Exzellenz aufgestanden waren und ihr Frühstück einnahmen. Er erkundigte sich im Auftrag Seiner Exzellenz nach ihrem Befinden und erhielt die beruhigende Auskunft, daß die Erholung rasche Fortschritte mache. Zugleich teilte er mit, daß Nachricht über das Geschehene auf dem schnellsten Wege nach Jamaika abgehen werde.

»Seine Exzellenz sind zu gütig«, sagte Hornblower. »Aber eine andere Frage: Wie steht es um die Besatzung der PRETTY JANE? Nimmt man sich der Leute an?«

»Gewiß, Eure Exzellenz. Sie sind ins Militärlazarett aufgenommen worden. Das Hafenamt hat eine Wache an Bord des Schiffes abgestellt.«

»Eine ausgezeichnete Lösung«, sagte Hornblower. Er hatte jetzt die beruhigende Gewißheit, daß ihn keine Verantwortung mehr traf.

Der weitere Vormittag verging in süßem Nichtstun, unterbrochen nur durch den Besuch des Doktors, der erst ging, nachdem er nochmals die Pulse gefühlt und die Zungen besichtigt hatte, und der beim Abschied noch Worte des Dankes für die ungebrauchten Medizinen entgegennahm. Um zwei Uhr gab es das Dinner, eine gewaltige Mahlzeit, die höchst feierlich serviert wurde, aber bei näherem Zusehen nur aus einer Unzahl winziger Häppchen bestand. Daran schloß sich die übliche Siesta, dann ein Souper, das die beiden mit etwas mehr Appetit genossen, und zum Abschluß eine geruhsame Nacht.
Der nächste Tag wurde schon etwas lebhafter, denn nun galt es, die Bekleidungsfrage zu lösen. Ihre Exzellenz sandte Barbara eine Damenschneiderin, und Hornblower fand als Dolmetscher ausgiebig Gelegenheit, seinen Geist wieder etwas gelenkig zu machen, zumal es hier um Dinge ging, für die ihm der spanische Wortschatz fehlte. Seine Exzellenz sorgte für Hemdenmacher und Schneider. Der Schneider war etwas enttäuscht, als er hörte, daß Hornblower keine britische Konteradmiralsuniform mit Goldstickerei und allen sonstigen Zutaten von ihm haben wollte. Als Offizier auf Halbsold und ohne Kommando hatte Hornblower derartiges nicht mehr nötig.
Als der Schneider gegangen war, erschien eine Abordnung: der Steuermann und zwei Mann der Besatzung der PRETTY JANE.
»Wir sind gekommen, um uns nach dem Befinden Eurer Lordschaft und Ihrer Ladyschaft zu erkundigen«, sagte der Steuermann.
»Besten Dank für Ihre Freundlichkeit. Sie sehen ja selbst, daß sowohl Ihre Ladyschaft wie auch ich wieder ganz wohlauf sind«, sagte Hornblower. »Und Sie? Wie geht es Ihnen? Werden Sie gut versorgt?«
»Ja, danke, ausgezeichnet.«
»Sie sind ja jetzt Kapitän der PRETTY JANE«, bemerkte Hornblower.
»Jawohl, Mylord.«
Es mußte ein seltsames Gefühl sein, ausgerechnet auf einem Wrack den ersten Kapitänsposten zu erhalten.
»Was wollen Sie denn mit der PRETTY JANE anfangen?«
»Sie wird heute noch aufgeslipt, Mylord. Vielleicht läßt sie sich noch dichten. Aber leider sieht es so aus, als ob der ganze kupferne Bodenbelag abgerissen wäre.«
»Ja, damit muß man rechnen.«

»Aller Wahrscheinlichkeit nach muß ich das Schiff dann samt der Ladung so günstig wie möglich losschlagen«, sagte der Steuermann und konnte dabei eine gewisse Bitterkeit nicht verhehlen – kein Wunder, wenn man sein erstes Schiff bekam und damit rechnen mußte, daß es mit dieser Herrlichkeit sofort wieder zu Ende war.
»Ich hoffe, es kommt besser, als Sie vermuten.«
»Danke, Mylord.« Er zögerte einen Augenblick, ehe er fortfuhr: »Ich habe Eurer Lordschaft für alles zu danken, was Sie für uns getan haben.«
»Ach, um Gottes willen! Das Wenige, was ich tat, geschah doch in erster Linie für mich selbst und für Ihre Ladyschaft.«
Er konnte schon wieder lächeln, als er das sagte. In dieser friedlichen Umgebung verlor die Erinnerung an das Heulen des Hurrikans und das Krachen der Wogen, die über die PRETTY JANE hereinbrachen, rasch ihre Schrecken. Auch die beiden Seeleute grinsten ihn freundlich an. Hier, im vizeköniglichen Palast, war es in der Tat verdammt schwer, sich ins Gedächtnis zu rufen, wie er mit gefletschten Zähnen und gezücktem Messer vor ihnen gestanden hatte, als es um den Besitz einer einzigen grünen Kokosnuß ging. Hornblower freute sich aufrichtig, daß diese Unterhaltung unter Gelächter und im besten Einvernehmen zu Ende ging. Um so leichteren Herzens konnte er nun wieder das köstliche Nichtstun an Barbaras Seite genießen.
Näherinnen und Schneider mußten lange Stunden hindurch eifrig gearbeitet haben, da schon am folgenden Tag ein Teil ihrer Erzeugnisse zur Anprobe bereit war.
»Mein spanischer Grande!« sagte Barbara zu ihrem Mann, der in Rock und Kniehosen nach puertoricanischem Schnitt vor ihr stand.
»Meine liebenswerte Señora«, antwortete Hornblower mit einer Verbeugung. Barbara trug den spanischen Kamm im Haar und eine Mantilla um die Schultern.
»Ein Glück, daß die Señoras von Puerto Rico keine Korsetts zu tragen pflegen«, sagte Barbara. »Ich hielte ein solches Ding jetzt unmöglich aus.«
Das war eine der wenigen Anspielungen Barbaras auf all die Abschürfungen und Beulen, die sie am ganzen Körper davongetragen hatte. Sie war spartanisch erzogen und hatte eine strenge Schule durchgemacht, in der es als verächtlich galt, körperliches Ungemach einzugestehen. Selbst als sie ihm jetzt wäh-

rend ihrer Antwort einen echt spanischen Hofknicks vorspielte, war sie ängstlich darauf bedacht, nichts von den Schmerzen zu verraten, die ihr diese Bewegung kostete. Hornblower konnte kaum etwas davon erraten haben.

»Was kann ich heute Mendez-Castillo sagen, wenn er kommt, um sich nach unserem Befinden zu erkundigen?« fragte er.

»Ich meine«, sagte Barbara, »wir können den Empfang Seiner Exzellenz jetzt getrost auf uns nehmen.«

Auch in dem kleinen Puerto Rico war alle Pracht und alle Förmlichkeit des spanischen Zeremoniells zu finden. Der Generalkapitän war ja der Vertreter eines Königs, in dessen Adern das Blut der Bourbonen und der Habsburger, das Ferdinands und Isabellas rann, darum war auch seine Person von der gleichen Etikette und dem gleichen Ritual umgeben wie die des Herrschers selbst, damit dessen mystische Heiligkeit auf keinen Fall eine Profanierung erlitt. Selbst Hornblower merkte erst, als er die Vorbereitungen zu dem Empfang mit Mendez-Castillo besprach, welches Entgegenkommen, welche Belastung der strengen Etikette des Palastes es bedeutet hatte, daß Ihre Exzellenzen sich bereitfanden, die hart mitgenommenen Schiffbrüchigen, die ihre Gastfreundschaft in Anspruch nahmen, über die Hintertreppe zu besuchen. Jetzt, beim offiziellen Empfang, war das alles vergessen und ausgelöscht.

Belustigend wirkten dabei Mendez-Castillos wortreiche Entschuldigungen, daß Hornblower diesmal nicht die gleichen Zeremonien erwarten dürfe, mit denen er bei seinem letzten Besuch empfangen worden sei. Damals sei er noch Oberbefehlshaber gewesen, heute sei er nur noch ein Offizier auf Halbsold, zwar ein Gast von Rang (wie sich Mendez-Castillo hinzuzufügen beeilte), aber doch kein offizieller Besucher. Er hatte das Gefühl, daß Mendez-Castillo von ihm erwartete, er würde zornig aufbrausen, wenn er hörte, daß zu seinem Empfang nicht die ganze Kapelle spielen werde, sondern nur ein Trompeter Fanfaren blasen sollte, daß er auch nicht den Aufruf der ganzen Wache, sondern nur die Ehrenbezeigung der Posten erwarten dürfe. Es war ihm ein leichtes, den Takt, den man ihm nachsagte, aufs neue zu bewähren, indem er ganz der Wahrheit gemäß erklärte, daß ihm jeder wie immer geartete Empfang eine Ehre sei. Die Spanier sahen in dieser Offenheit nur eine diplomatische Verschleierung seiner wahren Gefühle.

Das Programm nahm seinen vorgesehenen Verlauf. Barbara und

Hornblower wurden unauffällig zur Hintertür des Palastes hinausgeschmuggelt und zu einem Boot geleitet, das sie zu dem mächtigen Tor an der Wasserfront brachte, dorthin, wo Hornblower schon einmal Einzug gehalten hatte. Langsamen, feierlichen Schrittes gingen sie durch das Tor, Barbara ganz der Vorschrift des Zeremoniells entsprechend an Hornblowers linkem Arm. Rechts und links von ihnen präsentierten die Posten ihre Gewehre, und Hornblower erwiderte ihren Gruß durch Abnehmen des Hutes. Im Innenhof wurden sie von den Fanfaren begrüßt, von denen Mendez-Castillo schon gesprochen hatte. Selbst der musiktaube Hornblower konnte sich nicht verhehlen, daß sich der Bläser wirklich alle Mühe gab. Der Mann spielte die Töne oft so lange aus, daß Hornblower über seine Atemkraft staunte, und die verschiedenen Übergänge vom weichen Piano zum schmetternden Forte verrieten auch ihm das geradezu virtuose Können dieses Trompeters. Zwei Schildwachen standen mit präsentiertem Gewehr am Fuß der Freitreppe, der Trompeter hatte seitlich vom Tor auf der obersten Stufe Aufstellung genommen. Er setzte eben sein Instrument wieder an die Lippen, um eine neue Fanfare zu beginnen, als Hornblower abermals grüßend den Hut zog und mit Barbara am Arm die Treppe hinaufzusteigen begann. Diese Fanfaren waren wirklich großartig, so eindrucksvoll, daß es sich Hornblower nicht versagen konnte, einen raschen Blick auf den Trompeter zu werfen, obwohl der unmittelbar bevorstehende feierliche Einzug schon seine ganze Aufmerksamkeit in Anspruch nahm. Der erste Blick nach dem Mann hatte sofort einen zweiten zur Folge. Was war es, das ihn an diesem bezopften, gepuderten und in einer schimmernden Uniform steckenden jungen Kerl so stutzig machte? Er fühlte, wie Barbara an seinem Arm plötzlich steif wurde und stolpernd die nächste Stufe verfehlte. Jetzt setzte der Trompeter sein Instrument ab. Das war ja – weiß Gott, es war Hudnutt! Hornblower hätte vor Überraschung fast seinen Hut fallen lassen.

Aber inzwischen waren sie schon an die Schwelle des großen Tors gelangt, und er mußte mit Barbara feierlich und gemessen weiterschreiten, wenn er nicht das ganze heilig gehaltene Zeremoniell über den Haufen werfen wollte. Eine Stimme rief ihre Namen aus. Vor ihnen, am Ende eines Spaliers von Hellbarcenträgern, standen zwei Thronsessel, um die sich im Halbkreis ein buntes Gefolge von Uniformen und höfischen Gewändern scharte. Dort saßen Ihre Exzellenzen und erwarteten sie. Bei Hornblowers letztem Besuch hatte sich der Generalkapitän erhoben und war ihm sieben Schritte entgegengegangen, aber damals war er Oberbefehlshaber gewesen, heute waren er und Barbara nur noch Privatpersonen, und darum blieben Ihre Exzellenzen sitzen, während er mit Barbara alle Gesten und Bewegungen zelebrierte, die sie schon vorher eingeübt hatten. Da er bereits vorgestellt war, hatte er sich nur vor Seiner Exzellenz zu verbeugen. Dann mußte er warten, bis Barbara vorgestellt war und ihre zwei Knickse hinter sich hatte, um sich aufs neue zu verbeugen, als er Ihrer Exzellenz vorgestellt wurde. Als dies vorüber war, traten sie ein wenig zur Seite, um die Begrüßungsworte Ihrer Exzellenzen zu erwarten.

»Es ist mir eine besondere Freude, Lord Hornblower aufs neue begrüßen zu können«, sagte Seine Exzellenz.

»Es ist mir ein ebensogroßes Vergnügen, Lady Hornblower kennenzulernen«, schloß sich Ihre Exzellenz ihrem Gatten an.

Jetzt mußte Hornblower pro forma mit Barbara beraten, wie er für sie beide antworten sollte.

»Meine Frau und ich sind uns der großen Ehre voll bewußt, die uns mit diesem Empfang zuteil wird«, sagte er dann.

»Sie sind uns als Gäste willkommen«, antwortete Seine Exzellenz und bedeutete ihnen durch die Betonung dieser Worte, daß er das Gespräch damit für beendet hielt. Hornblower verbeugte sich wiederum zweimal, und auch Barbara sank wieder zweimal zu einem Hofknicks zusammen, dann zogen sie sich in schräger Richtung zurück, so daß sie den Exzellenzen nicht den Rücken zeigten. Sogleich war nun Mendez-Castillo wieder zur Hand, um sie anderen Gästen vorzustellen, aber Hornblower mußte mit Barbara zunächst einmal das überraschende Erlebnis draußen auf der Treppe besprechen.

»Hast du den Trompeter gesehen, Schatz?«

»Ja«, gab Barbara mit seltsam tonloser Stimme zur Antwort, »das war Hudnutt.«

»Erstaunlich«, fuhr Hornblower fort, »ganz unglaublich. Ich hätte dem Burschen so etwas niemals zugetraut. Aus dem Gefängnis auszubrechen, über den hohen Zaun zu klettern und dann von Jamaika weg nach Puerto Rico zu flüchten – das ist wirklich allerhand.«

»Ja«, sagte Barbara.

Hornblower wandte sich wieder an Mendez-Castillo: »Ihr –

ihr Trompetero«, begann er, da er nicht wußte, wie Trompeter auf spanisch hieß, und setzte, um richtig verstanden zu werden, die Hand wie einen Trichter an den Mund.
»Er war gut, nicht wahr?« fragte Mendez-Castillo.
»Ganz ausgezeichnet«, sagte Hornblower. »Wer ist denn der junge Mann?«
»Der beste Musiker im Orchester Seiner Exzellenz«, gab ihm Mendez-Castillo zur Antwort.
Hornblower blickte ihn durchdringend an, aber Mendez-Castillo wahrte den gleichmütigen Ausdruck des vollendeten Diplomaten.
»Ist er ein Landsmann von Ihnen, Sir?« drang Hornblower weiter in ihn.
Aber Mendez-Castillo zog nur die Schultern hoch und breitete in ratloser Geste die Arme aus.
»Wie sollte ich das ahnen, Mylord«, fragte er seinerseits. »Es geht mich schließlich nichts an. Im übrigen sagt man ja wohl zu Recht, die Kunst kenne keine Grenzen.«
»Gewiß«, sagte Hornblower. »Wahrscheinlich ist das richtig. Heutzutage sind Grenzen überhaupt ein recht vager Begriff geworden. Ich kann mich zum Beispiel nicht einmal entsinnen, ob zwischen Ihrer Regierung und der meinen ein Abkommen über die Auslieferung von Deserteuren besteht.«
»Das trifft sich wirklich seltsam!« rief Mendez-Castillo aus. »Ich habe mich erst vor wenigen Tagen über diese Frage informiert – ganz ohne besonderen Anlaß, Mylord – und habe dabei festgestellt, daß es kein Abkommen dieser Art gibt. Wohl ist es nicht selten vorgekommen, daß Deserteure ausgeliefert wurden, aber das war dann immer ein Akt des Entgegenkommens. Zu meinem größten Bedauern muß ich Ihnen jedoch sagen, Mylord, daß Seine Exzellenz seinen Standpunkt in solchen Fällen grundlegend geändert hat, seit ein gewisses Schiff – die ESTRELLA DEL SUR, deren Name Ihnen vielleicht noch erinnerlich ist, Mylord, unmittelbar vor unserem Hafen als Sklavenhändler aufgebracht wurde, und zwar unter Begleitumständen, die Seine Exzellenz besonders aufreizend fand.«
Mendez-Castillo verriet nicht die leiseste Spur von Feindseligkeit oder Schadenfreude, als er das sagte. Er hätte im gleichen Ton über das Wetter reden können.
»Nach Ihren Worten weiß ich die gütige und hilfsbereite Gastlichkeit Seiner Exzellenz nur um so höher einzuschätzen«, sagte

Hornblower. Er wollte sich beileibe nicht anmerken lassen, daß er, bildlich gesprochen, soeben mit seiner eigenen Mine hochgegangen war.

»Ich werde mich beeilen, Seine Exzellenz über Ihre liebenswürdige Äußerung zu unterrichten«, sagte Mendez-Castillo. »Es scheint mir jetzt an der Zeit, daß wir uns den vielen Gästen widmen, die alle darauf brennen, mit Eurer Lordschaft und Ihrer Ladyschaft bekannt zu werden.«

Als der Empfangsabend weiter vorgeschritten war, erschien Mendez-Castillo wieder bei Hornblower, diesmal mit einer Botschaft Ihrer Exzellenz, sie habe volles Verständnis dafür, daß sich Barbara vielleicht müde fühle, da sie ja nach ihrem Sturmerlebnis noch immer nicht ganz erholt sei. Ihre Exzellenzen würden es daher durchaus begreiflich finden, wenn Ihre Ladyschaft und Seine Lordschaft den Wunsch hätten, sich ohne förmlichen Abschied zurückzuziehen. Mendez-Castillo geleitete sie daraufhin zum entgegengesetzten Ende des Empfangssaals und von dort durch eine verborgene Tür zu einer Hintertreppe, über die sie in ihre Appartements gelangten. Die Zofe, die Barbara zugeteilt war, stand schon bereit, sie zu bedienen.

»Bitte, schick das Mädchen weg«, sagte Barbara, »ich werde allein mit meiner Abendtoilette fertig.«

Ihre Stimme war immer noch leise und tonlos. Hornblower sah sie ängstlich an, er fürchtete im Ernst, die laute Gesellschaft könnte sie überanstrengt haben. Aber er kam ihrer Bitte ohne Widerspruch nach.

»Kann ich dir irgendwie behilflich sein, mein Schatz?« fragte er, als die Zofe gegangen war.

»Bleib doch noch ein wenig bei mir, ich möchte gern mit dir reden«, gab ihm Barbara zur Antwort.

»Natürlich, mit dem größten Vergnügen«, sagte Hornblower. Dennoch kam ihm dieses Tête à Tête seltsam und nicht ganz geheuer vor. Er suchte nach einem Gesprächsstoff, um die Spannung zu lösen, die ihm in der Luft zu liegen schien:

»Diese Geschichte mit Hudnutt ist mir immer noch ganz unfaßbar...«

»Und ich wollte gerade über Hudnutt mit dir sprechen«, sagte Barbara. Ihre Stimme klang jetzt plötzlich rauh und belegt, dazu war ihre Haltung noch aufrechter und steifer als gewöhnlich, kein Rückgrat konnte je gerader gestreckt sein. Sie begegnete

Hornblowers Blick mit einem starren Ausdruck, wie ein Soldat, der in militärischer Haltung sein Todesurteil erwartete.
»Was hast du denn um Gottes willen, Schatz?«
»Du wirst mich hassen«, sagte Barbara.
»Niemals!«
»Du weißt ja nicht, was ich dir sagen werde.«
»Es gibt nichts, was du mir nicht ...«
»Sag das nicht!« unterbrach sie ihn. »Warte doch, bis du es weißt. Ich habe Hudnutt befreit. Ich habe ihm zur Flucht verholfen.«
Ihre Worte trafen ihn wie ein Blitz aus heiterem Himmel. Es war, als ob in einer Totenflaute die Großmarsrah plötzlich und ohne Warnung aus ihren Hangern auf Deck gefallen wäre.
»Aber Schatz«, sagte er ungläubig, »du bist müde, warum willst du nicht ...«
»Du glaubst wohl, ich rede im Delirium?« fragte Barbara. Ihre Stimme klang ihm ebenso fremd wie das kurze bittere Lachen, mit dem sie ihre Worte begleitete. »Ach, ich könnte wirklich den Verstand verlieren. Jetzt ist es soweit, jetzt kann ich mein ganzes Glück begraben.«
»Aber Liebling ...« sagte Hornblower.
»Oh ...!« stöhnte Barbara auf. In diesem einen Laut lag alle Liebe und Zärtlichkeit beschlossen, deren sie fähig war, und für einen Augenblick fiel auch ihre starre Haltung von ihr ab. Aber gleich darauf riß sie sich wieder zusammen und zog die Hände zurück, die sie schon nach ihm ausgestreckt hatte.
»Bitte, hör mich doch an«, begann sie aufs neue. »Es ist in der Tat, wie ich dir sagte: Ich habe Hudnutt befreit – ja, ich habe ihn befreit.«
Es konnte keinen Zweifel mehr geben: Was sie sagte, war ihr voller Ernst, ob es nun die Wahrheit war oder nicht. Und Hornblower stand vor ihr, unfähig, sich zu bewegen, und starrte sie wortlos an. Ganz allmählich kam er zur Erkenntnis, daß sie wirklich die Wahrheit gesprochen hatte. Diese böse Erkenntnis fraß alle seine ungläubigen Zweifel auf, die er so gerne genährt hätte, und als er den Tatbestand Stück für Stück aneinanderreihte, da war ihm, als ob er bei steigender Springflut eine Hochwassermarke über die andere setzen müßte.
»Das Ganze spielte sich also in der letzten Nacht ab, die wir beide im Haus der Admiralität verbrachten?« fragte er.
»Ja.«

»Und da hast du ihn durch die Westpforte in den Garten gelassen?«
»Ja.«
»Dann hat dir Evans geholfen? Nur er hatte den Schlüssel.«
»Ja.«
»Und der Bursche, der Bonner, war natürlich auch mit im Spiel.«
»Ja, du hast ihn ja stets für einen Gauner gehalten, jedenfalls lockte ihn das Abenteuer.«
»Aber – woher kam denn die Witterung, der die Bluthunde folgten?«
»Wir banden Hudnutts Hemd an einen Strick, und einer zog es dann die Straße entlang.«
»Hm, so war das also.« Sie brauchte nicht selbst davon anzufangen – während er noch die letzten Worte sprach, dämmerte ihm bereits ein weiterer Zusammenhang. »Die zweihundert Pfund hatten wohl auch damit zu tun?«
»Du meinst das Geld, um das ich dich bat?« sagte Barbara. Sie wollte sich nichts ersparen, sie legte jetzt rücksichtslos ihre Karten auf den Tisch. »Mit zehn Pfund kommt man nicht weit, wenn man einen Gefangenen befreien will. Ich war ohnedies von vorneherein entschlossen, zweihundert Pfund daranzuwenden.«
Jetzt wußte Hornblower alles. Seine Frau hatte Recht und Gesetz für nichts geachtet, sie hatte der Befehlsgewalt Seiner Majestät Navy ein Schnippchen geschlagen – sie hatte ... Die Sturmflut stieg höher und immer höher.
»Weißt du, daß deine Handlungsweise ein Verbrechen ist?« sagte er. »Man könnte dich dafür auf Lebenszeit deportieren – nach der Botany Bay verschicken.«
»Was macht mir das aus?« rief Barbara. »Die Botany Bay kann mich jetzt nicht mehr schrecken, jetzt, da du alles weißt, da ich deine Liebe für immer verscherzt habe.«
»Aber Schatz!« Was sie da eben gesagt hatte, war so abwegig, so absurd, daß er keine andere Antwort darauf fand. Er dachte scharf nach, um zu ermessen, welche Folgen das Geschehene für Barbara nach sich ziehen konnte. »Dieser Kerl, der Bonner, könnte dich erpressen.«
»Seine Schuld ist genauso groß wie die meine«, sagte Barbara. Ihre Stimme klang dabei sogar noch rauher und brüchiger als

zuvor. Als sie dann aber weitersprach, waren ihre Worte plötzlich wieder sanft und voll überquellender Zärtlichkeit, deren sie sich nachgerade nicht mehr zu erwehren vermochte. Sie schenkte ihrem Mann wieder ihr altes schelmisches Lächeln. »Du denkst ja wieder einmal nur an mich!« sagte sie.

»Was sollte ich denn anderes tun?« fragte Hornblower überrascht.

»An dich sollst du denken!« sagte sie. »Ich habe dich getäuscht, ich habe dich betrogen, ich habe deine Güte und deine Großzügigkeit schmählich mißbraucht – oh!«

Das Lächeln schwand, dafür traten ihr plötzlich Tränen in die Augen. Es war schauderhaft, mit ansehen zu müssen, wie sich Barbaras Gesicht zum Weinen verzog. Sie stand immer noch wie ein Soldat straff aufgerichtet vor ihm, sie widerstand dem natürlichen Drang, sich die Hände vor das Gesicht zu schlagen, während es in ihren Zügen arbeitete und ihr die Tränen über die Wangen strömten. Sie ließ es sich nicht nehmen, ihre bittere Scham bis zur Neige auszukosten. In diesem Augenblick war Hornblower drauf und dran, sie in seine Arme zu schließen, aber er stand in seiner maßlosen Bestürzung weiter wie festgenagelt, und Barbaras letzte Worte hatten überdies einen neuen Wirbel von Gedanken in ihm aufgewühlt, der ihm alle Glieder lähmte. Wenn auch nur das Geringste von dieser Geschichte bekannt wurde, dann zog das unabsehbare Folgen nach sich. Die halbe Welt würde annehmen, Hornblower, der sagenhafte Hornblower, hätte sich dazu hergegeben, einem namenlosen kleinen Verbrecher zur Flucht und zur Desertion zu verhelfen. Die Wahrheit glaubte sicherlich niemand – aber wenn sie am Ende dennoch durchsickerte und Glauben fand, dann lachte die halbe Welt über ihn, den Admiral, der sich von seiner Frau zum Narren halten ließ. Ein gähnender Abgrund tat sich hier vor ihm auf. Aber außer diesem gähnte ihm ja schon ein zweiter Abgrund entgegen: Die grauenhafte Qual, die seine geliebte Barbara durchlitt.

»Ich wollte dir alles sagen«, stammelte Barbara, immer noch steil aufgerichtet und ganz blind von Tränen. »Wenn wir erst zu Hause waren, solltest du alles wissen. So hatte ich es vor, ehe der Hurrikan ausbrach. Und dann wollte ich es dir dort im Deckshaus sagen – nachdem ich das andere gesagt hatte. Aber da war keine Zeit mehr dazu, du mußtest mich verlassen, und ich mußte dir doch zuerst sagen, daß ich dich liebe. Das habe

ich dir gesagt, und das andere hätte ich dir sagen sollen — es wäre besser gewesen.«
Sie hatte keine Entschuldigung für sich selbst, sie wollte sich nicht verteidigen, sie war bereit und willens, die Folgen ihres Tuns auf sich zu nehmen. Dort im Deckshaus hatte sie ihm gesagt, daß sie ihn liebte, daß sie nie einen anderen Mann geliebt hatte. Das war die letzte, die höchste Erkenntnis, die ihn jetzt plötzlich wie ein Sturmwind überfiel, das war das einzige, worauf es jetzt und für alle Zukunft ankam.
Plötzlich war alle Bestürzung, alle Ratlosigkeit wie weggeblasen, die ihn bis zu diesem Augenblick gelähmt und hilflos gemacht hatte. Nichts in der ganzen Welt zählte für ihn, außer seiner Barbara. Nun vermochte er sich wieder zu bewegen, er tat zwei Schritte auf sie zu und schloß sie in die Arme. Ihre Tränen netzten seine Lippen.
»Mein einzig geliebter Schatz!« sagte er. Sie glaubte noch nicht an ihr Glück, und ihre Augen waren blind von Tränen, darum hatte sie seine Umarmung nicht gleich erwidert.
Aber allmählich lichtete sich das Dunkel um sie her, sie begann das Unfaßbare zu begreifen, ihre Arme umfingen ihn, und nun kannte beider Seligkeit keine Grenzen mehr. Nie waren die beiden so eins, der Zusammenklang ihrer Seelen so vollkommen gewesen. Hornblower ertappte sich dabei, daß er lächelte, daß er im Überschwang seines Glücks laut lachte. Es war eine alte Schwäche von ihm, daß er in kritischen Lagen zu lachen — richtiggehend zu kichern — begann. Auch jetzt war er wieder imstande, laut hinauszulachen, wenn er seiner Lust dazu die Zügel schießen ließ — das ganze Theater um diesen Hudnutt mit einem befreienden Gelächter abzuschütten. Er hätte lachen und immer nur lachen können. Aber sein gesundes Urteil sagte ihm zur rechten Zeit, daß Gelächter in diesem Augenblick leicht mißverstanden werden konnte. Dennoch konnte er sich nicht versagen, zu lächeln, wenigstens zu lächeln, während er sie küßte.

Bitte beachten Sie
die folgenden Seiten